小学館文庫

道

白石一文

小学館

道

第一部

1

二〇二一年二月十九日金曜日。

帰宅は午後十一時過ぎだった。

今週はシフトをずらして、夕方には帰宅できるようにしていたが、今朝、出勤してみると三日前に出荷したデコレーションケーキのクリームに糸くず状の異物が混入していたとの苦情が発生しており、慌ててラインをストップしてスタッフ総動員で原因究明に当たらなくてはならなくなったのだ。

昼過ぎには顧客から回収したクレーム品が工場に届けられ、急ぎ製品分析室で分析させて、それが一種類の繊維が絡み合ったものであることが判明した。これで午前中にすでに目星をつけていた原因箇所での混入でほぼ間違いないと分かったのだが、そうは言っても、他の可能性を完全に潰すために、デコレーションケーキ担当全員で夕方までかけて製造ラインを徹底チェックしたのだった。

功一郎(こういちろう)自身は途中でその作業から抜けて、クレーム品を回収してくれた本社のクレーム担当に連絡をつけ、混入原因のあらましを報告。すぐに顧客への謝罪と説明に向かうように督促し、さらに午後六時過ぎにラインの総点検が終了して他の原因箇所が見つからなかったことを確認すると、今度は本社に提出する正式な事案報告書の作成に取り掛かったのだった。

報告書作りを終えたのが午後九時で、十時の夜勤帯開始と同時に再稼働させるラインの点検を改めて一人で丹念に行い、ラインが順調に動き始めたことを確認して、十時半にようやく自分の車で帰宅の途についた。

我孫子（あびこ）の工場から自宅のある柏（かしわ）市松葉町までは車で片道三十分程度だが、金曜日の夜は国道十六号線がトラックで混み合い、いつも余計に時間がかかってしまう。そういうわけで家のカーポートに車をすべり込ませたときにはとうに十一時を回っていたのである。

玄関の鍵を開けて家に入る。

玄関ホールは暗かったが、真っ直ぐに延びる廊下の先からは明かりが漏れている。碧（みどり）はまだ起きているのだろう。渚（なぎさ）の方は、この時間だと薬を飲んですでに寝入っているはずだった。

式台に上がって脱いだ靴をきれいに揃え、通勤用のリュックを肩から外して廊下を進む。

左手に十畳ほどの和室があり、渚はそこにベッドを置いて寝ている。月曜日にあんなことがある前から功一郎は、その和室に自分の布団を持ち込んで妻と一緒に眠るようにしていた。

スリッパは履かずに冷たい床板を踏みながらリビングダイニングに通ずる正面の扉へと向かった。

扉を開けると、案の定、碧がダイニングテーブルの前に座ってパソコンを開いている。

「ただいま」

顔を上げた彼女がディスプレイを閉じながら「おかえりなさい」と言う。

「おにいさん、晩ご飯は？」

クレーム発生を知ってすぐに今夜は遅くなる旨、ラインで知らせてあったが、夕食のことは何も伝えていなかった。

「まだだけど、ラーメンでも作って食べるから心配ないよ」

「キムチチゲとご飯ならすぐだよ」

そういえば、チゲの匂いがうっすらと室内に漂っている気がする。オープンキッチンのガスレンジには煮込み料理のときに使っているル・クルーゼの大きな赤い鍋が載っていた。

「それとも、チゲにラーメンを入れる？」

「プデチゲかあ、いいね」

功一郎の会社と提携関係にある食品工場が韓国・水原（スウォン）市の郊外にあり、功一郎は年に一度、工場内の衛生管理指導のために渡韓している。もう十年来のことで、初めて出向いたとき水原市内のチゲ鍋料理店で振る舞われたプデチゲがあまりにも美味で、以来、チゲ鍋やそこにインスタントラーメンやハムを入れて作るプデチゲは彼の大好物の一つになっているのだった。

「じゃあ支度するね」

ノートPCを抱えて碧が立ち上がった。キッチン脇のドアを開けて一旦姿を消す。本来であれば勝手口になるはずのそのドアの向こうには八畳ほどの洋間がある。ちょっとばかり隠し部屋めいたそこが碧の居室になっていた。

この古い一戸建てを購入するときに決め手になったのはその〝隠し部屋〟の存在だった。渚の療養のために二年前、江東区東陽町のマンションを売り払って、ここに引っ越してきた。

同居する碧が気を遣わずに過ごすことができ、しかも同じフロアで姉の面倒を見るためには、それはうってつけの部屋だったのだ。

とはいえ、まさか二年もの間、こんなふうに碧と一つ屋根の下で暮らす羽目になるとは思ってもいなかった。長くても半年かそこらで渚の鬱症状も多少は落ち着くだろうと当時の功一郎は甘く考えていたのだ。

洗面所で手を洗い、二階の自室で部屋着に着替えてからリビングダイニングに戻ると、碧がプデチゲに仕立てた鍋をテーブルのカセットコンロに置いて火をつけようとしているところだった。

功一郎は冷蔵庫から缶ビールを取り出し、

「きみも飲む？」

食卓を準備している碧に訊ねた。

「うん」

彼女が頷く。

テーブルを挟んで差し向かいに座り、二つのグラスにビールをなみなみ注いで、一つを手渡す。

「きみも晩ご飯まだだったの？」

二人分の取り鉢と箸が手元に置かれているので確かめてみた。

「おねえちゃんと一緒に食べたんだけど、なんだかまたお腹が空いてきちゃって」

食卓にはプデチゲの他にれんこんとゴボウのサラダ、キャベツの浅漬け、それに塩ゆでのピーナッツの小鉢が並べられていた。

「それじゃあ」

グラスを上にかざして乾杯する。

功一郎は、冷えたビールを一息で半分ほど飲み干し、

「渚の様子はどう？」

と訊ねた。

目の前ではプデチゲがぐつぐつと音を立て始めている。

「相変わらずよく寝てるけど、でも、今日は昼も夜もちゃんと食べてくれたよ」

取り鉢に具や麺を取り分けながら碧が言った。山盛りに盛った鉢をこちらに寄越してくる。

「ありがとう」

熱くなった器を用心しつつ受け取った。

「おねえちゃん、ずいぶん落ち着いてきたし、おにいさんも来週からは仕事優先で大丈夫だよ。私の方はこのまましばらく在宅でも何とかなるし、どうしても会社に行かなきゃいけないときは事前に日程の相談をさせて貰うから。それにしたって滅多にはないと思う」

昨春、コロナウイルスが全国に広がり始めて以降、週の半分以上を在宅勤務にしている碧だったが、月曜日の一件が持ち上がるとすぐに会社に申し出て、当分のあいだ在宅一本で通すことにしたようだった。

だが、そうは言っても彼女一人に負担をかけるのは忍びなく、また、いまは片時も渚から目が離せないとあって、功一郎自身も工場長に掛け合い、これまでのシフトを二月一杯は日勤中心のシフトに裏返して貰ったのである。

碧はアパレルメーカーのベテラン営業職で、コロナ以前は各地の直営店や加盟店を巡って販促指導をやっていたのだが、二年前、功一郎たちとの同居が決まった時点で営業部門から内勤の総務部門へと鞍替えしていた。

「コロナのせいで店売りは壊滅的だし、会社もネット通販で何とか凌いでいる状況だもの。そう考えるとあのとき内勤に移っておいたのは私のキャリア的にも却ってプラスだった気がするな」

最近はそんなふうに言ってくれているが、たった一人の身内とはいえ姉の世話のためにせっかく積み上げた会社でのキャリアを棒に振ったのは痛恨の極みではあったろう。渚と碧は二人姉妹で、年齢差は五つ。渚が短大生の頃に両親が相次いで病死し、親類縁者との縁が薄かったこともあって、功一郎を除けば、今や身寄りはお互いのみという境遇になっている。

辛味充分のプデチゲを口にすると身体が次第にあたたまってくる。

今年はどうやら暖冬のようだが、それでも朝晩の冷え込みは厳しい。社員用の駐車場は広い敷地の一番端っこなので、工場の建物からは三百メートルほどの距離があった。今夜のような風の強い晩に吹きさらしの道を車まで歩いていると寒さが骨身にしみてくる。

「ところで今朝のクレームは解決したの？」

ラーメンを美味しそうにすすっていた碧が、箸を置き、缶ビールを持ち上げてこちらのグラスに注いでくれる。

「まあね」

「なんだか浮かない顔ですけど」

茶化すような口調になっている。

「やっぱり品質管理のプロ中のプロとしては、自分の働く工場でクレーム品を出すのはすこぶる不本意なんでしょうね」

「いや、そんなことはないんだけどね。食品工場での異物の混入というのは、どんなに管理を徹底していても起きてしまうものなんだ。大切なのはそれを重大な食品災害にまで発展させないことだし、何より同じ過ちを二度と繰り返さないことだからね」

「じゃあ、どうしてそんな浮かない顔を？」

自分のビールを飲み干し、碧は手酌でおかわりを注ぐ。

「そうかな。そういう顔してるかな？」

言いながら功一郎は立ち上がり、冷蔵庫まで行くと新しいビールを取って席に戻る。

「たぶん」

碧が面白そうに頷く。

今年に入ってすぐに二度目の緊急事態宣言が出された後は、こうして夜中に二人で晩酌を共にすることが増えていた。渚は酒は余り強い方ではなかったが、碧の方は結構な飲兵衛で、

「長年営業をやっていればこれくらい飲めるようにもなりますよ」

と言っているが、同じ姉妹でも体質が違うらしい。容姿がよく似ているだけに、美味しそうに酒を飲む碧の姿を見ているといつもなんだか不思議な心地になる。

同居を始めて最初の一年は、夜勤中心の功一郎が日中は渚とともに過ごし、碧が都内の勤務先から帰宅したところでバトンタッチして我孫子の工場へと出勤していた。

だが、そうやって組み立てた分業体制も、昨年からのコロナウイルスの蔓延でいまや融通無碍になっている。工場勤務の功一郎は緊急事態宣言期間中も毎日通勤していたが、碧の方は最初の宣言のときはほとんど在宅勤務だったし、今回も宣言発出と同時に出社は週一か二にまで減らしていた。それもあって、月曜日の一件の後、彼女はすんなり会社の許可を貰って家に張り付くことができるようになったのだ。

「今日の……」

功一郎は壁の掛け時計の針を見る。もう午前零時を回っていた。

「というか昨日のクレームは、デコレーションケーキの生クリームに糸くずが混じっていたって話だったんだけど、原因はすぐに突き止めることができた。クリームをホイップするときにオートミキサーという機械を使っていて、その回転昇降ハンドルのノブに巻いていたタオルの一部がいつの間にかちぎれてクリームに混じってしまったんだよ」

「へぇー。だけどどうしてそんなタオルが巻きつけられていたの？」

と碧が訊く。

「ハンドルノブの衛生状態を維持するため、次亜塩素酸ナトリウムの溶液に浸した木綿のタオルをノブに巻いておくという習慣があったんだ」

そこで、功一郎は言葉を淀ませる。自分が「浮かない顔」になっているのが分かり、さきほどの碧の指摘は当を得ていたと思う。

「実はね、半月ほど前にその衛生タオルのことが気になって、橋本君という製造課長には指摘しておいたんだ。タオルはやめてハンドルノブを適宜アルコール消毒する方法に変えるよう指示も出していた。でも、今回確認してみたらちゃんと徹底していなかった。ベテランのパートさんの一人が橋本君の言うことを聞き流して、自分がラインに入るときは相変わらずハンドルノブに衛生タオルを巻きつけていたんだよ」

「じゃあ、本当なら発生するはずのないクレームが発生したってことね」

「そういうこと。しかも、こういう事案は意外に深刻なんだ」

「そうなの？」

　碧が怪訝な表情になった。

　二人でせっせと食べたので、プデチゲはあらかたなくなっている。やはり碧も渚と一緒の食事のときは、彼女に食べさせるだけで精一杯なのだろう。

　月曜日、渚は二度目の自殺未遂を起こした。

　一度目はもう二年以上前で、美雨（みう）の事故から三ヵ月後のことだった。以来、精神状態や体調に好不調の大きな波はあったもののそれきり自殺を企てたことはなかった。

だから、功一郎にとっても碧にとっても今回の自殺未遂はまさしく青天の霹靂（へきれき）であり、二人が受けた打撃もひとしおだったのだ。

「ラインを統括している肝腎の製造課長に問題があるってことだからね。橋本君というのは職場の人間関係は上手に作れる男なんだ。担当しているラインはパートさんやアルバイトもよく働くし、ロスも少ない。三人いる製造課長の中でも、工場長の一番のお気に入りでもある。だけど、彼には品質管理の重要性がいまひとつ分かっていない。今回と似たような事例が二ヵ月前にも起きているし、恐らく昨日の一件もそれほど重大には受け止めていない気がする。そういう品質管理意識の希薄な人間がそのうち大きな食品災害を呼び込むんだよ。食べ物を扱っている以上、死亡事故だって起こり得るし、実際これまでも企業の存亡に関わる重大事故が、いろんな食品会社で何度も起きている。そういう点で、橋本君の問題は実にやっかいでもあるんだよ」

「その課長さん、歳は幾つなの？」

「三十八。碧ちゃんと同じ」

「三十八なら私の一個下だよ」

「そうか……」

ということは、碧は今年で四十歳になるというわけだ。

「だけど、三十八にもなっちゃうと意識ってなかなか変えられないよね。特に、下の人間に受けがいいタイプは案外頑固な人が多いから」

長年、系列店の店長たちの指導に当たってきただけあって碧はなかなか鋭いことを言う。

「昨日、張本人のパートさんに確認してみたら、彼女は、新品のタオルに交換したからそっちの方がアルコール消毒より衛生的だと思ったって言うんだ。課長にも一度見つかったけど黙認してくれたって。だけど、糸くずはむしろ新品のタオルの方が出やすいくらいだからね。橋本君が本当に黙認したのなら大問題なわけだけど、日頃からパートさんの受け重視の彼だったら、いかにもありそうな気がするんだ」

「このまま放置ってわけにもいかないんじゃない。大きな事故が起きてしまってからだと取り返しがつかないし」

「そうだね」

「だから浮かない顔をしてるんだ」

碧が覗き込むような仕草になってこちらを見てきた。ビールのせいで頬が少し赤らんでいる。この人ももう四十歳になるのか、と改めて思った。

「おにいさんだったら、その課長さんを現場から外すこともできるんでしょう？」

「まあね。でも、橋本君は明るい性格のナイスガイだしね、あんまりそういう強引なやり方はしたくないんだ……」

「そうなんだ」

功一郎の勤めるフジノミヤ食品は、惣菜や洋菓子を中心にさまざまな食品を製造し、各メーカーやコンビニに納入する大手食品製造会社の一つだった。本社は東京で、関東近県に七つの製造工場を擁している。功一郎は品質と衛生管理のエキスパートとして、会社全体の品質管理を統括する「管理監」という特別なポストに就いていた。待遇は役員並みだから、それこそ品質や衛生管理上の問題であれば、各工場の工場長に対して適切な人事配置、つまり職員の配転や転属などを求めることもできた。

橋本課長を速やかに製造ラインから外すよう我孫子の工場長に命ずることも権限上は許されているのである。

「職場の人間関係ってほんとに難しいよねー」

碧が呟くように言って、自分のグラスにビールを注ごうとする。だが、缶の中身はほとんど残っていなかった。

「おにいさん、今日は仕事？」

「夕方、ちょっと工場に顔を出せばいいだけ」

「じゃあ、もう少し飲もうか？」

「ああ」

二人でビールのロング缶二本だとさすがに飲み足りない。

碧が立ち上がり、テーブルの上のものを手早く片づけ始める。功一郎も席を立ってほとんど空になった鍋やカセットコンロをキッチンへと運んだ。

碧がワインとグラスを準備する。功一郎は冷蔵庫のサラミソーセージとチーズを出してペティナイフでスライスし、それを皿に盛って卓上に置いてから自分の椅子に戻った。

再びテーブル越しに差し向かいになり、赤ワインで乾杯する。

「きみの仕事の方はどうなの？」

橋本君については、夕方、工場長の長谷川さんと会って善後策を協議するしかあるまい――そう思いながら功一郎は水を向けた。

こんなふうに碧と一杯やりながら互いの仕事の話をするのは、いまの功一郎にとって唯一の気晴らしだった。

仕事には苦労がつきものだが、意義もあればやりがいもある。だが、その仕事を凌駕するほどの生きがいの場であったはずの家庭は、美雨の事故がもたらした渚の精神破綻で殺伐とした荒野に成り果ててしまった。

今回の自殺未遂で渚の回復はさらに遠のいた――いや、それどころか振り出しに戻った、ないしはより深刻な状況に陥ったのかもしれなかった。本来、夫の自分が一人で見るべき妻の面倒をこれまで共に担ってくれた碧には感謝の気持ちしかないが、そんな碧だからこそ、ほんのひととき渚のことを忘れて一緒に酒を飲むにはうってつけの相手でもあるのだった。

ただ、そういう甘えもこの辺で思い切って断ち切らねばならない。

これ以上、渚のことで碧に犠牲を強いるわけにはいかないだろう。

今までも事あるごとにそう思い、それでもずるずるとその献身に頼り続けてきた。しかし、今回の一件ですべてが振り出しに戻ったのだとすれば、ここが、妻に対する夫としての向き合い方を抜本的に改める貴重な機会なのだと功一郎は思う。

たった一人の愛娘をあんな事故で突然に奪われ、母親の渚が五体を引き裂かれるような苦痛の沼に滑落してしまったのは無理からぬことだろう。父親である功一郎にしろ、渚が先にあのような状態になっていなければ、我が身が精神破綻をきたしていた可能性は大いにある。その点では、渚は功一郎の分まで苦悩を背負って、今現在も闇夜をさまよっているのである。

十五日月曜日の深夜、薬の過飲で人事不省に陥っている渚を碧が見つけたとき、功一郎は不在だった。我孫子の工場で碧からの一報を受けたのは火曜日の午前二時過ぎ。渚はすでにかかりつけの慈恵医大柏病院に救急車で搬送され、医師の処置を受けた後だった。薬量は生命に関わるほどではなく、二年前のように胃洗浄をする必要はないこと、一晩様子を見て明日には退院できることなども併せて碧は伝えてきたのだった。

「一泊で退院は無茶なんじゃないか」

碧の報告に胸を撫で下ろしながらも功一郎が思わず電話口で呟くと、

「コロナがあるから入院はなるべくしない方がいいって先生が言うのよ」

彼女も困惑したような声を出した。

功一郎は急いで病院に駆けつけ、碧を帰して自分が渚の眠っている病室で夜を明かした。目を覚ました渚を連れて自宅に戻ったのは昼前だったが、そのとき玄関先に出てきた碧の顔色が余りに悪いことに一驚した。睡眠薬や抗うつ剤を大量に飲んだ末にようやく意識を取り戻したばかりの渚と比べても彼女の憔悴ぶりの方がひどいような有様だったのだ。

その姿を目の当たりにした瞬間、

――もうこんなことは、とてもじゃないが、これ以上は続けられない……。

功一郎は心底そう感じたのである。

「おにいさんの会社とは正反対。感染者が急増し始めた昨年末から、せっかく戻っていた売上が急降下しちゃって、どうやらまた希望退職の募集をかけるみたい。来週にはプレスリリースを出してメディアにも発表すると思う」

碧が嘆息気味に言う。

「今度は何人くらい？」

彼女の会社は、昨秋にもグループ会社全体の従業員の一割にあたる二百人規模の希望退職を募ったはずだった。コロナが外食や旅行、鉄道、航空などの業界を直撃しているのは周知だが、実は、ユニクロやワークマンといった実用衣料を除くアパレル業界が蒙（こうむ）っている打撃はそれに勝るとも劣らないらしい。

「百五十人。だけど、去年だって二百人の募集に三百人近くが応募してきたんだよ。今度も恐らく二百人以上が抜けちゃうんじゃないかな。まあ、今回は百貨店ブランドの運営会社と直営店の管理会社の二社に絞っての募集らしいけどね。併せて百貨店ブランドを七つも廃止して、四百店舗以上の撤退も年内に進めるって聞いてる」

長引くコロナの影響で企業業績の顕著な二極化が生じている。現に外食産業の不調を尻目に、家食拡大でスーパーの食料品部門や惣菜部門は大幅な売上増を果たしているし、そうした大規模小売店へプライベートブランド商品として菓子やスナック類、惣菜などを供給しているフジノミヤ食品の今期の売上も対前年比で二割以上のアップがすでに見込まれているのだった。

我孫子の工場では師走の繁忙期に、従業員、パートさんだけでなく短期のアルバイトにもボーナスを支給する大盤振る舞いが行われていた。

サラミやチーズには口をつけず、碧はグラスのワインをすいすいと飲み干している。

このワインは功一郎の会社が出資する山梨のワイナリーが作る国産ワインだが、渋みの少ない飲みやすさで近年テーブルワインとして大ヒットしている商品だ。

クリスマスに一ケース取り寄せて彼女にプレゼントしたところ、えらく気に入ってせっせと飲んでくれていた。

「だけどそんなにリストラばかりやったって将来的な社業の回復や発展は見込めないんじゃないの」

碧の会社の社長は銀行出身で二年ほど前に就任したと聞いている。ブランドビジネスの何たるかはほとんど理解していないのだろう。

「そうね。で、ここだけの話なんだけど、どうやらその代わりに生活雑貨のチェーン店を買収するらしいの。昨日、営業時代のボスだった人から突然電話が来て、その人、いまは副社長になっているんだけど、私にそっちを手伝ってくれないかって」

「手伝う？」

「そう。完全子会社化するらしくて、本社内に新しい部門を起ち上げるみたいなの。だから、そこに移って店舗指導の指揮を執って欲しいっていうのよ」

「それで？」

「もちろん断ったよ」

「どうして？」

むしろ碧の方が怪訝な表情になる。

「だっていまのおねえちゃんの状況じゃあ現場復帰なんてとても無理でしょう」

「だけど、それってきみにとってはいい話なんじゃないの？」

すると、碧はわずかに首を傾げて、

「どうかなあ。生活雑貨の販売なんてほとんどやったことないしね。それに仮に引き受けたらまた全国の店舗を飛び回る羽目になっちゃうし」

と言う。

それからしばらく会話が途切れた。功一郎はサラミをつまみ、自分のワインをちびりちびりすすった。

どことなく気分を害した感じの碧の様子をそっと窺う。

すると奇妙なことに気づいた。

「ねえ」

思わず声を掛けていた。

碧の視線がこちらへと動く。

「それ」

功一郎は、ワイングラスを持っている碧の右手を指さした。

「ああ」

合点がいった表情で彼女が手元に目を落とす。

「一ヵ月くらい前からときどきこうなるのよ」

そう言って、小刻みに震えている右手を左手で包み込むようにしたあと、残っていたワインを飲み干すとグラスをテーブルに戻した。

「お医者さんには相談したの？」

「一度、会社のビルに入っているクリニックで診て貰った。そこは脳神経内科の看板も出しているから。いろいろ診てくれて問題はないだろうって。自律神経の失調が原因みたい」

碧の会社は日本橋室町の新しい高層ビルに入っている。あのビルにあるクリニックならそれなりのレベルに違いない。

彼女は自分のグラスにワインを注ぎ、それをまた持ち上げてみせる。

「ほら。もう震えていないでしょう。たまになるだけだから」

功一郎は一つ呼吸を整えて義妹の顔を真っ直ぐに見つめた。

「ずっと考えていて、今週はさらに本気で考えたことなんだけど……」

渚の病室で夜を明かしているときから思案し、さきほど、家までの車中でもそればかり考えていたことをいまこそ口にすべきだと功一郎は思った。

「きみが来てくれて来月で丸二年になる。二年前、同居して渚の面倒を一緒に見てくれると言われたときも、正直、そんなことをさせていいんだろうかと悩んだ。でも、それで渚の回復が捗るんだったら甘えてもいいんじゃないかと思った。ただ、あのときは三ヵ月か長くても半年で渚も元気になるだろうと信じていたんだ。当時の主治医も、引き継いでくれた慈恵医大の先生もそんな感じのことを言ってくれていたからね。でも、ご覧の通り現実は違った。日中は僕が、夜はきみが見るっていう、いわば完全看護体制で渚を見守ってきたけど、まだ充分に回復したとは言い難い。それどころか、月曜日の一件からして、状況は振り出しに戻ったと考えざるを得ないような気がする」

そこまで喋って、功一郎は碧の反応を窺った。彼女は表情を変えず、無言でこちらを見つめている。

「このままいまと同じような暮らしを続けていても本物の回復は見込めないのかもしれない。

というより、彼女が元気になるには当初考えていたよりもずっとずっと長い時間がかかるんじゃないか。そうだとしたら、もうこれ以上、きみの大切な人生をこんな生活に巻き込むのは間違いのような気がするんだ」

それで、という表情になって碧は先を促す。

手にしたワインは一口もつけずにテーブルに戻していた。

「実は、これも前々から考えていたことなんだけど、僕自身も会社を辞めて独立しようかと思っているんだ。いまの会社では大事にして貰っているし、そもそも食品の品質管理のエキスパートとしてやってこられたのも、あの会社のおかげだからね。二年前、我孫子で夜間勤務中心の仕事をしたいと申し出たときも、何の条件もつけずにOKしてくれた。役員昇格を断ったときも、管理監というポストをわざわざ新設して同じ待遇にしてくれた。そういう点では、退職するのは非常に忍びないんだけれど、ただ、たとえ独立してもフジノミヤ食品の品質管理に力を貸すことは充分に可能だと思う。それに、独立すれば、他の会社との契約もできるし、いまだって時間を見つけて続けている講演活動やセミナーを本格化したり、品質管理の教本の執筆に専念することもできる。何より、家で仕事ができれば一日中、渚と一緒にいてやれるし、講演やセミナーで地方を回るときだって二人で出かけて、渚にいろんな場所や景色を見せてやることもできる。そんなふうにこれまで以上に彼女と過ごす時間を増やしていけば、それが病気の回復にもいい影響を与えるんじゃないかという気もしているんだ。

だとすれば、きみも安心してここを離れることができるしね。もちろん何か手伝いが必要なときは遠慮なくお願いするつもりだし、きみも好きなときに渚に会いに来てくれればいい。何しろ、もうこの家はきみにとっても勝手知ったる我が家みたいなものなんだからね」

功一郎は腹にあったことを偽りなく全部話した。

独立については美雨が亡くなったときも一度考えたのだった。娘の菩提を弔い、うちひしがれている妻を守るためにそうすべきではないのかとかなり迷った。当時、功一郎はすでに五十四歳。独立するならぎりぎりの年齢という気もしていた。

だが、渚が鬱症状をみるみる悪化させ、事故から三ヵ月後の二〇一八年の大晦日に大量の薬を飲んで自殺を図ると、独立どころの話ではなくなってしまった。一週間ほどで退院してきた渚を碧と二人で自宅に迎え、碧が長期休暇を取って渚の面倒を見てくれているあいだに功一郎の方は会社と掛け合って我孫子工場への異動を決めたり、美雨の思い出が染みついた自宅を売却して新居を見つけたりと奔走した。渚が美雨の使っていた部屋で薬を飲んだことから、生活環境を大きく変えるべきだと医師からもアドバイスを受けていた。

そして、二〇一九年の三月半ば、碧も同居する形でこの柏の一戸建てに三人で転居してきたのだった。

功一郎が話し終えた後も、碧は無言だった。

「この話、きみはどう思う？」

功一郎の方から問いかけてみる。

碧が一度視線を逸らし、また功一郎へと向ける。

「おにいさん、そんなの無茶だよ」

彼女は落ち着いた声で言った。

「おねえちゃんの病状は、これからさらに悪化していく可能性だってあるでしょう。実際、月曜日の出来事は驚きだったし、でも思い出してみれば、二年前に最初の自殺未遂をしたときも少し元気になってきてた気がする。前日、私が東陽町のマンションで会ったら、ずいぶん回復しているなあって思って、それで安心して帰ったのをよく憶えているもの。そしたら、大晦日の晩におにいさんから連絡が来て、びっくり仰天だった。今回もそうでしょう。九月に美雨ちゃんの三回忌が済んで、おねえちゃん、なんだか少し吹っ切れた感じだったじゃない。年末年始も塞ぎ込むようなことはなかったし。先週だって、一緒にスーパーに買い物に出かけたり、ご飯を作ったりしてた。土曜日なんて、しっかり二重マスクを着けて美容院にも行ったんだよ。その二日後にあれだもの。とても目が離せるような状況じゃないし、だとすれば、目は二つじゃなくて四つの方がずっといいに決まっている。月曜日のことがなかったのなら、その話も悪くないかもって思えたかもしれないけど、いま急におにいさんが一人でおねえちゃんの面倒を見るなんて、およそ現実的じゃないと思う。もちろん私のことを考えて言ってくれているのはよく分かっているけど、でも、こんな状態でここを出て行って、それで万が一にも月曜日と同じようなことがもう一度起きたら、それこそ私自身、一生悔やんでも悔やみきれないことになっちゃう。おにいさんが独立するというのは反対しない。それは、おねえちゃんにとっても心強いだろうと思う。この緊急事態宣言が予定通りに解除されたら、来月からは会社に出る日が徐々に増えるだろうし、私にとっても独立はありがたい話のような気がする。だけど、だからといって私がこの家を出て行くっていうのは、とても不可能だし、そんなことをすれば、それこそおにいさんも精神的に参って、おねえちゃんと共倒れになってしまうと思う」

碧は理路整然とした物言いで言う。反発しているとか、こちらを説得にかかっているとか、そういう雰囲気ではなく、彼女もまた自分の気持ちをありのままに伝えているだけのようだった。

もともと、渚と碧は仲の良い姉妹というわけではなかった。美雨が亡くなり、渚が鬱を発症するまでは疎遠だった。絶縁とまではいかないが、同じ都内に住んでいながら行き来は滅多にしていなかった。

「あの子は勉強はよくできたけど、ヘンにずる賢いところがあってどこかしら信用がおけないのよ」

ずいぶん昔、渚が碧のことをそんなふうに評したこともある。

二人の関係が変わったのは、だから、美雨の事故が起きてからだ。

「両親が亡くなったとき、私はまだ中学生で、おねえちゃんはおかあさん代わりだった。ものすごく世話になったのに、私はおねえちゃんとはいつも喧嘩ばかりで、全然仲良しの姉妹じゃなかった。だから、いまの私は罪滅ぼしのつもりでやらせて貰っているの」

この家に転居してきてしばらくした頃、碧がそんなふうに言ったこともあった。

姉妹の実家は「神宮寺（じんぐうじ）」という家で、両親は共に中学校の教師だった。

父親が脳梗塞で急逝し、それから半年もしないうちに母親もまた同じ脳梗塞で倒れて亡くなっている。当時、渚は短大の二年生、五歳年少の碧はまだ中学三年生だった。それからは杉並にいまもある持ち家のマンションで姉妹二人で生活し、渚は短大を卒業して功一郎の会社に就職。翌年には功一郎と一緒になった。さらに次の年、美雨が生まれ、その次の年には碧が大学に入学した。結婚と同時に渚は実家を出たので、両親亡き後、姉妹が実家で共に生活したのは二年ほどだった。

高校生になったばかりの妹がいると知り、功一郎は、結婚はせめてその妹が大学に入ってからにしようと考えていた。だが、新入社員だった渚と付き合い始めて二年目の暮れ、彼女の妊娠が分かり、そうも言っていられなくなったのだった。

むろん、碧の面倒をどうするのか気がかりだったが、

「あの子の方が、私にさっさと出て行って欲しいと思っているのよ」

渚は頓着する気配もなく、実際、結婚前に杉並の実家を訪ねてみれば、

「私はここで一人で全然平気だし、おねえちゃんがいない方が受験勉強も捗るんで、唐沢さんも私のことはどうか心配しないで下さい」

碧の方も実に淡々とした様子だった。

容姿はまるで双子のようによく似ているだけに、それとは真逆に思える姉妹の距離に功一郎の方がいささか面食らったくらいなのだ。

結局、慶應義塾大学商学部に入学した碧は、この柏に来るまでずっと杉並の実家暮らしで、姉の渚は功一郎が購入した東陽町のマンションに移り、美雨の妊娠が分かるとすぐにフジノミヤ食品を退職して家庭に入ったのである。

「だけど、僕が独立すれば渚と二人でも何とかなると思う。さっきも言ったように、きみの手が借りたくなったら遠慮なくいつでも援助を頼むつもりだしね。僕としては、月曜日の一件をきっかけに、今後の渚との向き合い方を根本的に変えてみたいんだ。これまでは、三ヵ月もすれば、半年あれば、一年でなんとか、二年も経てば間違いなく——といった感じで、渚の回復に期待を寄せてきた。でも、そういう期待が渚には却って負担になったのかもしれない。一刻も早く昔の自分に戻らなくては夫である僕に相手にされなくなってしまう——そういうプレッシャーをずっと与え続けてきた気がする。だから、これからは、病気の回復は自然に任せて、僕はいまの彼女としっかり向き合っていきたいんだ。夫婦として一から出直したいと思っている」

「おにいさんの言っていることも分かる。これは皮肉じゃなくて言うんだけど、もう一度二人きりで出直したい、共に美雨ちゃんの供養をしていきたいってことでしょう？　その気持ちもよく理解できる。でも、いま夫婦だけになっても、さっきも言ったようにきっとおにいさんがパンクするだけだと思う。たとえ独立したとしてもまずは仕事の足場固めに専念して、せめてあと半年、一年は同じ暮らしを続けて、おねえちゃんの様子もしっかりと観察して、そこから二人でリスタートした方がいいと私は思う」

相変わらず落ち着いた口調で碧は言い、手元のグラスを持ち上げた。

またグラスがかすかに震えている。

その震えるグラスを見つめながら、火曜日、玄関先に出てきた碧の憔悴ぶりを功一郎は想起する。

——やっぱり、もうこれ以上は無理だろう……。

改めて思う。

碧の言い分には一理も二理もあった。会社を辞めて独立したとしても、それと同時並行で一気に渚と二人だけの生活に移行するのは、彼女の指摘の通り、「無茶」で「現実的じゃない」かもしれない。功一郎自身にも正直なところ確信があるわけではなかった。

だが、目の前の碧を、こんな自分たちのどん詰まりの人生に巻き込み続けるのは許されざることだろう。

これは以前、渚が調子が良かった時期に聞いた話だが、かつて碧には結婚を約束した男性がいたようだ。美雨が亡くなり、鬱症状の姉の面倒を見なくてはならなくなって、彼女はその相手を諦め、姉夫婦との同居生活を選んだのだという。当時、碧は三十七歳。結婚にも出産にもぎりぎりの年回りと言っていい。そんな大事な時期を棒に振らせ、彼女も今年で不惑を迎えてしまう。

だとすれば、あと半年、一年であっても、もうこれ以上、時間を無駄にさせるわけにはいくまい。

——一体どうすればいい？

功一郎は頭を抱えざるを得ない。碧の理にかなった忠告をひっくり返すだけの論理を彼は持ち合わせていなかった。まさか力ずくでこの家から追い出すわけにもいかず、かといって首尾よく彼女を家から出すことができたとしても、その先の渚との暮らしに定かな見通しがあるわけでもない。実際、碧の力を借りずにやっていける自信は余りなかった。

——こうなったら思い切ってあれを試してみるしかない……。

これも今週、ずっと頭にあったことを功一郎は思い返す。

あれのことは、美雨を失った後、何度か思い立ち、そのたびに所詮は馬鹿げた妄想だと退けてきたのだった。しかし、渚の二度目の自殺未遂によって未来への希望がすっかり遠のいてしまったいま、たとえ馬鹿げた妄想に過ぎないとしても、もはやあれにすがるほか道はないのではないか？

——しかも……。

どういう偶然かは知らないが、来週二十三日の天皇誕生日、功一郎は、講演のために久々に故郷の福岡に帰る予定になっていた。講演先は黒崎の食品工場だが、その日は小倉のホテルに一泊の予定なので、翌日、生まれ育った博多の街に足を延ばすのは造作もない。

たった一度の経験ではあったが、少なくとも四十年前はうまくいった。

意図してやったわけではなかったが、あれによって功一郎の人生は決定的に変化した。

万が一、もう一度同じことができれば、このがんじがらめの苦境から一気に抜け出すことができる。

そしてそれは、功一郎、渚、碧のみならず死んだ美雨でさえも完璧に救済されることを意味するのだった。

2

フクホク食品黒崎工場は、一九八五年（昭和六十年）操業開始という年季の入ったカップ麺製造工場だが、管理の行き届いた実に清潔な工場だった。

フクホク食品との縁は、この会社の品質管理担当を務めている西嶋常務が功一郎の著した『食品の品質管理ここがツボ!』(小学館)の改訂版を読んで、いたく感激し、本人が直接連絡を寄越したのがはじまりだ。

「ぜひ、先生に講演をお願いできないかと思いまして……」

と頼まれ、郷里の会社でもあり二つ返事で引き受けた。それが一昨年の秋のことで、そのときは北九州市にあるフクホク食品の本社で主だった幹部職員を集めて話をさせて貰ったのだが、講演後の宴会の折、西嶋常務から、

「先生、来年からうちの工場を一つずつ見て貰って改善指導していただくわけにはいかんでしょうか?」

と提案されたのである。

フクホク食品は、カップ麺を主力に、さまざまな麺を使った加工食品やハム、ソーセージ、各種惣菜類を生産しており、黒崎、久山、田川、嘉穂に四つの生産拠点を持つ北部九州では大手の食品メーカーだった。

むろん快諾し、まずは黒崎工場から視察を始めようと常務とも打ち合わせていたのだが、昨年はコロナでさすがに出向くわけにもいかず、今年、ようやく最初の予定地である黒崎を訪問する手はずになったのだった。

長年品質管理の仕事をしていると、その工場の衛生管理や施設、設備管理の状況は工場敷

地内に一歩足を踏み入れただけでおおかた察しがつくようになる。工場周辺の清掃状況、給排水設備、排煙窓などのメンテ状況などを一目見れば、そこがどれくらい品質管理に気を配っているかがすぐに分かってしまうのだ。

黒崎工場の場合は、建物の老朽化は否めなかったものの、それぞれの施設や設備の保守点検は非常に念入りに行われているのが外観からでも充分に見てとれた。

午前十時着の飛行機で福岡空港に降り立ち、そこでわざわざ出迎えに来てくれていた西嶋常務の車で黒崎工場に移動し、十一時過ぎから一時間半ほど、まず最初に工場の会議室に集められた管理職たちに品質管理の講義を行った。コロナ禍とあって全員マスク姿で席もばらばらだったが、もとから工場内はユニフォームに帽子、マスク着用が当たり前だからさほどの違和感はない。

簡単な昼食の後、さっそく工場内の各部門を視察して回った。

最初の印象の通りで、黒崎工場の安全管理、衛生管理、設備管理は上中下で言うとすべての項目で「上」の部類だった。

「いやあ、一昨年の先生の講演内容と先生の書かれたものを精一杯活用させて貰って、このコロナもあるもんですからここ一年は衛生管理の徹底に心血を注いできたんですわ」

功一郎の高評価に西嶋常務は素直に喜びを表現する。

カップ麺工場なので一番の留意点はやはりペストコントロールだ。ハエやカ、アリ、ゴキブリ、それにネズミなどが工場内に侵入すると細菌による食品汚染が発生するだけでなく、それらのペストがカップ麺にそのまま混入するといった事故が起こってしまう。

SNSがすっかり定着した現在、そうしたいわば写真映えのするクレーム品は、直接販売店やメーカーに持ち込まれるのではなく、あっと言う間にツイッターやインスタにあげられて世間に広く拡散し、その後に異物混入事件として大々的にメディアに取り上げられてしまうのが常だった。

実際、数年前もとあるカップ麺メーカーで乾麺の中にゴキブリが混入している写真がネット上で出回り、結局、その会社は全製品の回収を余儀なくされ、あげく半年に及ぶ製造と販売の休止に追い込まれたのだった。たった一件のペスト混入事件で会社が蒙った損失は数十億円に及び、しかも、拡散した混入写真はいまでもネットで検索すれば誰でも簡単に見ることができるのだから、この会社が失った食品メーカーとしての信用は途方もないと言わざるを得ない。

そうしたペストコントロールに限っても、黒崎工場の防御態勢はモニタリングも含めてかなりハイレベルなものだった。

だがそんな高評価を踏まえた上で、功一郎が気になった箇所も幾つかあった。

たとえば原材料入荷場のシャッターのパッキンの摩耗などはその典型で、摩耗箇所にできた隙間からペストが侵入するだけでなく、夜間、入荷場の照明が漏れることによって多くの虫を引き寄せてしまう。

また、最近の大型工場ではそれまで専門の分析機関に外注していた金属、樹脂、生物といった各種混入異物の分析を自前の分析機器を使って行うようになってきているが、黒崎工場の分析室には、そうした高度な機材は揃っておらず、顕微鏡検査やカタラーゼ検査、炎色反応といった従来の検査しかできないのが現状だった。

最新式の微生物検査機器、理化学検査機器の導入は必須だと功一郎には思われた。

午後いっぱいをかけて工場内の各部門を細かく見て回った。

一通りチェックして、着替えを済ませて再び会議室に戻ったときにはすでに窓の外は暗くなり始めていた。それから、西嶋常務を筆頭に工場長や品質管理、生産管理、設備管理の責任者たちに対して、今日の視察で功一郎が気づいた問題点を一つ一つ丁寧に指摘していった。

一連の作業が終わったのは午後六時半過ぎのことだ。

ほんとうならこのあとは、常務や工場の面々と黒崎駅前の居酒屋にでも繰り出して一献となるはずだが、いまは首都圏のみならず福岡県にも緊急事態宣言が発令中とあって、工場長たちとはその場で解散し、再び西嶋常務の車に乗って小倉のホテルへと向かった。そして、常務ともホテルの車寄せで別れて功一郎は一人でチェックインし、予約されていた部屋に入ったのである。

一日中つけていたマスクを外し、さっさとシャワーを浴びると持参したルームウエアの上下に着替えてベッドに寝転がった。

時刻は七時半になろうとしている。

さっそくラインを確認する。シャワーの前に読んだのが最新で、碧からの新着はなかった。

午後五時過ぎに届いていた碧のラインによれば、渚の様子は普段通りとのこと。今日は日中気温が上がったので、二人で柏の葉公園までドライブし、公園の中を散策してきたという。昼食もコンビニでサンドイッチを買い、園内で食べたらしい。

渚の写真は添えられていなかった。

鬱症状がひどくなると彼女は被写体になるのを嫌った。

「こんなみじめな姿を撮らないで」

という目つきになってスマートフォンのレンズから顔を背けるのだ。そういうこともあって、美雨が死んだあとの渚の写真は、功一郎のスマホにも碧のスマホにもわずかしか保存されていない。

渚は功一郎より一回りも若く、派手ではないが端整な顔立ちとすらりとした体軀の持ち主だった。なので若い頃から写真を撮られるのは決して嫌いではなかった。母親に似た美雨も同様で、功一郎の歴代の携帯電話機やデジタルカメラのメモリには渚や美雨、そして二人が一緒に写った写真が膨大に残されている。

功一郎も、彼女たちの姿を写真におさめるのが好きだった。ことにスマートフォンになってカメラの機能が格段に向上すると、何かにつけて渚や美雨の写真を撮った。

ただ、現在のスマホに美雨の姿は一枚もない。

渚の鬱がひどくなり、美雨の写真を見ては取り乱すようになったため、彼女のスマホも功一郎のスマホも事故からほどなく新しくしたのだ。

功一郎自身も、気づけば美雨の写真ばかり眺め、そのたびに視界を曇らせて何も手につかなくなることが再々だった。最低限の生活リズムを取り戻すためにもスマホの買い替えは必要だったのである。

しばらくベッドで寛(くつろ)いだあと、功一郎は身体を起こした。

もう今夜は碧からのラインはないだろう。

碧が出張や旅行でごくたまに家を空けるとき、功一郎は極力連絡を控えるようにしている。せめてそういうときくらいは苦しい日常を忘れてリラックスして貰いたいからだ。碧の方も同じ気持ちに違いない。ゆえに、こうして講演旅行に出たときの彼女からの報告は日に一度か二度といったところだった。

ベッドを降りて冷蔵庫から缶ビールを出す。応接セットのソファに腰掛け、開栓したビールをそのまま一口すすって、カーテンを開けっぱなしの窓から小倉の町を眺める。

小倉駅に直結するこのホテルからは駅前風景が間近に見通せた。部屋は最上階の十四階だったので平和通りの真ん中を真っ直ぐに延びるモノレールの軌道とその両側に立ち並ぶビルの街並みが遠くまで望める。さきほどまでいた八幡西区黒崎と比較すればやはり北九州市の中心地・小倉には活気がある。それでも、製鉄で栄えた北九州の地盤沈下は深刻なようで、黒崎工場の人たちも、

「いまや九州は博多一強、ここに極まれりですたい。九州全体のヒト、モノ、カネ、全部が全部福岡市に吸い上げられちょりますけんね」

と口を揃えてぼやいていた。

功一郎はその福岡市で高校生まで暮らし、昭和五十八年、あの東京ディズニーランドが開業した年に大学進学のために上京した。当時の北九州市はいまほど福岡市に水をあけられてはいなかった。人口も共に百万人を超えたくらいで「九州一の都会」の座を両市で競っていた気がする。

とはいえ、博多育ちの功一郎には八幡や小倉は馴染みのある町ではない。北九州の中高生はしばしば博多まで遠征してきていたが、博多の中高生は北九州にはせいぜい工場見学で出かけるくらいだったのだ。

今日は柏もあたたかかったようだが、ここ九州は春の陽気だった。夜になっても冷え込むどころか生ぬるい風が吹いている。明日も福岡は晴れて気温が上がるらしい。

今度の旅は、食品工場の視察が目的だが、それとは別の本当の目的があった。

振り返ってみれば、昨年の九月、美雨の三回忌を終えた直後に今回の日程が決まった段階

で、福岡に行けばあれを試すことができる、という考えが脳裏をよぎった気がする。そして、先週の渚の自殺未遂によってそのアイデアがこうして実行に移されるまでに膨れ上がったというのが実情だろう。

——それにしても、あんなことがもう一度できるはずがない。

今朝、飛行機の中でも頭に浮かぶのはそればかりだった。

この二年半、美雨の死と渚の病で精神がすり切れそうになるたびに、あれのことを思い出していた。いざとなればあれがある、という思いにすがって気持ちを立て直してきた。

絶体絶命の渦中で、人は必ず奇跡に最後の望みを託す。

奇跡的な逆転、奇跡的な治癒、奇跡的な生還——だが、そんな奇跡は起きはしない。奇跡が存在し得る世界に、愛する娘をわずか十九歳で失うという余りに理不尽な悲劇が起きるはずはないのだ。

にもかかわらず、苦悶の中で人は奇跡を願い、功一郎も同じだった。

ただ、その一方で、どう見ても奇跡としか捉えようのない特異な出来事を功一郎が現実に体験したのもまた事実なのだった。

いまから四十一年前の三月、中学卒業を目前に控える功一郎にあれは起きた。

あれが起きた日から、あれについては今日の今日まで嫌というほど反芻(はんすう)し、数え切れないほど回想し、記憶の細部をなぞり、検証作業を続けてきた。

あれそのものが、自分の錯覚、幻覚、妄想、幻想、白日夢ではなかったかと一体どれくらい考え直してみたことだろう。

しかし、あれは錯覚でも幻覚でも妄想でも幻想でも白日夢でもなかった。

あの日の信じがたい奇跡は、事実として功一郎の身に起こり、そのことによって彼の人生は決定的に変わったのだ。彼はあれによって我が身に降りかかった不運を覆し、本来そうあるべきだった正当な人生航路へと復帰することができた。女手一つで一人息子を育ててくれていた母親を失望させることなく、また彼自身の長年の努力が水泡に帰する危機からも脱することができたのだ。

小倉駅前の風景を眺めながらビールを一缶飲み干すあいだに、功一郎は、四十一年前の出来事をいつものように細かくおさらいし、さらには、明朝、博多入りしたあとどんな段取りで行動するかを改めて頭のなかで組み立て直した。

明日は休暇を取っているが、明後日は我孫子の工場で昼間の勤務が入っていた。羽田行きの最終便までには目的を果たさなくてはならない。使える時間はほぼ半日。

――明日の最終便に乗らずに済めば、再び、俺の人生は大きく変わるのだ。

功一郎は自らに言い聞かせる。

ソファから立ち上がって、冷蔵庫から缶ビールをもう一本出す。それと車を降りるときに西嶋常務から渡された紙袋を持ってきて、ソファの前の小さなテーブルにビールと一緒に置いた。

新しいビールを一口飲んで、紙袋から中身を取り出す。

あらかじめ常務にリクエストしておいた今夜の夕食――折尾駅名物の東筑軒の「かしわめし」弁当だ。

鶏スープの炊き込みご飯に鶏肉と錦糸卵、きざみ海苔をあしらったシンプルな弁当だが、秘伝のスープで炊き上げた飯がとびきりなのだった。東筑軒は北九州市の会社ではあるが、この弁当は博多駅でもたまに売っていて、そんなときは母の美佐江がよく買ってきてくれた。「かしわめし」は功一郎の大好物だ。

昔ながらの木製の折箱に入った「かしわめし」の包みを開くと、懐かしい甘い香りが立ち上ってくる。昼は黒崎工場の社員食堂でうどんを一杯すすっただけなので、腹ペコだった。さっそく箸を入れて飯にありつく。

一昨年、フクホク食品の本社で講演をした折も帰りに小倉駅で渚たちへの土産にこの弁当を買って新幹線に乗った。

一年半ぶりの味だが、相変わらずのうまさだった。これをこうして頬張っていると狭い団地の一室で母と二人で「おいしいねえ」と言い合いながら差し向かいで食べていた頃のことを思い出す。

若くして夫と別れた母は、ずっと苦労のしずくめだった。

そのうえ、功一郎が無事に大学を卒業し、最初の会社、最初の結婚、離婚、現在の会社、渚との二度目の結婚、美雨の誕生と歳月を重ねるあいだ、ずっと彼を支え続けてくれた。そして、六十三歳のときに高校時代の同級生と偶然に再会して再婚したのだった。それからの十四年間、旦那の郷里である静岡に移り住んで彼女は幸福な暮らしを送り、美雨が高校に入った次の年、急性心筋梗塞で亡くなった。

すでに親を失っていた渚は母に対して実母のように接してくれたし、母も美雨が小さかった頃はしばしば博多から上京して渚の育児を手伝ってくれた。たった一人の孫である美雨のことを母は溺愛し、乳飲み子の頃から深い愛情を注がれた美雨も大のおばあちゃんっ子に育った。

母は七十七で鬼籍に入ったが、その二年後に待ち受けていた最愛の孫娘の不慮の死を知ることなくこの世を離れられたのは彼女にとって幸運なことだった気がする。

功一郎は一九八七年（昭和六十二年）、一橋大学法学部を卒業して大手商社の豊明（ほうめい）物産に入社。食品本部に配属され、そこで商社マンとしてのキャリアをスタートさせた。

配属先では嗜好性素材（果実・野菜加工品、コーヒー、カカオ豆、茶類、乳製品など）を担当する部署に回され、最初に割り振られた仕事は系列の食品会社、豊明食品と共同でトマト加工品の製造・販売会社をインドに設立するというプロジェクトだった。インドは中国に次ぐトマトの生産国だったが、生トマトの消費が大半でトマトソースやトマトケチャップ、トマトピューレ、トマトジュースなどのトマト加工品はほとんど流通していなかった。

そこで豊明物産は、現地の大手食品メーカーに持ちかけて合弁会社を起ち上げ、そこの製造設備と販売ルートを用い、高度なトマト加工技術を持つ豊明食品のノウハウを導入して、一気にインド国内にトマト加工品の新たな市場を創出しようと目論んだのだった。

入社して半月もすると、先輩社員と一緒にインドと日本を行ったり来たりする生活が始まった。入隊したばかりの新兵がいきなり前線に放り込まれるようなものだが、最初から戦力として扱われるのはストレスフルであると同時にやりがいもある。先輩の見様見真似で、慣れない英語を使って功一郎は懸命に働いた。

合弁相手として選んだのは、デリーに本社のあるリッチーソイ社で、リッチー社は食用油脂や大豆粕（かす）メーカーとしてインドでも最大手の一社だ。そのリッチー社の面々と仕事をする上で欠かせないのがゴルフだった。

経済発展著しい現在のインドはたいへんなゴルフ・ブームらしいが、当時もリッチー社のような大企業のビジネスマンたちの中にはゴルフ愛好家が多かった。

デリーに赴けば、そういう商売相手と休みの日は接待ゴルフということになる。

学生時代はクラブを握ったことさえなかった功一郎だが、みんなと一緒にコースを回れる程度のゴルフの技能を急いで身につけねばならなかった。

豊明物産には彼のような初心者のために「ゴルフ部」が用意されていた。というわけで、功一郎もさっそくゴルフ部に入部して手ほどきを受けることになったのである。

そこで出会ったのが、道明久美子だった。

二歳年長の彼女は短大を出て豊明物産に入ったので社歴では四年先輩。人事総務部に勤務する、いかにも〝一流商社で働くかっこいいOL〟の典型といった感じの女性だった。

その〝かっこいい〟道明久美子が、どういう風の吹き回しだったのか、新入部員の功一郎にすこぶる親切だった。彼女は、子供の頃から父親に手ほどきを受け、ゴルフの腕前は多くの女子部員の中でも群を抜いていた。そんなゴルフ部のエースが、まるで専属のレッスンプロのようにつきっきりで功一郎にゴルフを教えてくれるようになったのだ。

何しろ気温四十度以上、炎天下だと五十度にもなる猛暑のインドでラウンドするのだから、ルールの習得はもとよりそこそこの技量がないと一緒に回る先輩社員やリッチー社の人たちに迷惑をかけてしまう。おまけにデリーでのプレーは一ラウンドスルーが当たり前なのでハーフ休憩は十分くらいしかなかった。球数をかけていたのではプレーについていくことさえできない。

土日も練習場に付き合ってくれる久美子の熱心な指導がなければ功一郎はあれほど早くコースに出ることはできなかっただろう。

やがて付き合うようになって、久美子に、「どうして最初からあんなに親切だったの？」と訊いてみたことがある。

「功ちゃんの顔を一目見た瞬間、ああ、私はこの人と結婚するんだってピンときたんだよ。だとしたら、ゴルフくらいちゃんとできるようにしてあげないと私が困るでしょう」

久美子は何でもないことのように言ったのだった。

ゴルフ部で出会って二年後、彼女の直感通り、功一郎は久美子と結婚した。彼は二十五歳、久美子は二十七歳だった。結婚を機に久美子は会社を辞めて家庭に入った。

久美子の父親は全国でゴルフ用品店を展開する道明グループのオーナー社長、道明健一郎だった。

名古屋を拠点に一代で巨大なチェーンカンパニーを築き上げた道明は、会社でも家庭でも絵に描いたような専制君主だった。彼の妻も、そして一人娘の久美子も健一郎の前に出ると口答え一つできない。功一郎も初対面のときから強い風圧を感じ、およそ好きになれる相手ではないと見極めもつけたが、しかし、道明のようなタイプの人間は決して苦手ではなかった。非常に似たタイプの人物をもう一人、功一郎は小学生の頃からよく知っていたからだ。

実際、健一郎の方は娘が連れてきた男を気に入ったようだった。

その何よりの証左が、功一郎の名刺を受け取り、強烈な眼力でじろりと彼をねめ回した直後の道明の次の一言だ。

「なるほど俺が健一郎で、きみが功一郎か。まるで実の息子みたいじゃないか」

久美子との結婚話は、そういうわけでトントン拍子で進んでいった。

子供が久美子一人だった道明にとって九州のいなかで母一人子一人で育った功一郎の境遇は好都合だったに違いない。ゆくゆくは道明グループを託すことのできる〝聞き分けのいい娘婿〟を彼はご所望だったのである。

「パパの愛人のところには中学生になる息子もいるし、功ちゃんが無理してうちの会社を継ぐ必要なんてないから。それに、パパもあんなに元気だし、私がたくさん男の子を産んで、後継者は、その中から選んで貰えばいいんだよ」

万事、父親に似て豪快な性格の久美子は、婿養子めいた結婚に及び腰だった功一郎に向かってあっけらかんとそう言ったのだった。

結婚から丸一年が過ぎた一九九〇年（平成二年）の九月のある晩、急に名古屋から上京してきた道明に功一郎は一人で呼び出された。東京滞在中に定宿としている帝国ホテルの部屋に行ってみると、上機嫌の道明が冷えたシャンパンを用意して待ち構えていた。

「たしかにインド焼けで真っ黒だな。久美子の言っていた通りだ」

道明は笑顔になって応接セットのソファに功一郎を座らせ、自らシャンパンを抜いて二個のグラスに注ぎ、功一郎の分を手渡してくる。

「じゃあ」

と言われて、よく意味も分からずに乾杯に付き合った。

「少し早いんだが、功一郎君、豊明物産を辞めてうちに来てくれないか」

シャンパンを飲み干すと彼は再び笑顔になって言う。

藪から棒の話で功一郎には何が何やら意味不明だった。

「実は、君島が会社を辞めたいと言い出したんだ」

ますます分からないことを義父は言った。

「俺に万が一のことが起きたときは、君島にとりあえず会社は任せようと思っていた。彼にもそのことは前々から伝えてあった。ところがだ……」

そこまで聞いて、君島というのが義父の下でナンバーツーを務める君島専務だとようやく思い当たる。専務とは結婚式のときに一度だけ挨拶を交わした記憶がある。

「君島のやつ、自分も来年還暦だから、これからは好きなことをして生きたいと突然言い出しやがった」

「はあ」

「好きなことって何だ？　と訊いたら、ヨットで太平洋を横断するっていうんだ」

「はあ」

「学生時代から、ヨットが唯一の趣味の男だったが、まさかそこまで熱を上げているとは想像もしていなかった」

「はあ」

義父の口調は本気なのか冗談なのかいまひとつ摑めないほど明るく陽気だった。

「まあ、そういうわけだから、功一郎君、ここは一つ俺のたっての願いをきいてくれ。俺に万が一のことがあったときに会社を託せるのはもうきみしかいないんだよ」

一体どう論理を飛躍させればそんな結論になるのか分からなかった。

「しかし、お義父さん、急にそんな無茶なことを言われてもお答えのしようがないですよ。まだ入社して四年目の会社をいきなり辞めるなんてあり得ないし、そもそもお義父さんだって豊明のような会社で大きな商売を勉強するのは大事なことだとおっしゃっていたじゃないですか」

功一郎がそんなふうに言葉を返すと、

「そんなのは、きみが久美子と結婚する前の話だろう」

道明は、取り付く島もなかった。

「いいかね、功一郎君。きみはもう我が道明家の一員であり、義理とはいえ歴とした俺の跡取り息子なんだ。きみがいつ道明グループ入りするかは、きみではなく俺が判断する。それが会社にとってもきみにとっても最善の選択法なんだからね」

有無を言わせぬ口調で道明は言葉を重ねたのだった。

少し考えさせて欲しいと頭を下げて道明の部屋を辞去した。ノブを握ってドアを開ける直前、

「お義父さん。久美子はこのことを知っているんですか？」

功一郎は訊いた。

「まさか」

道明は一笑に付したが、その表情を見て、十中八九久美子の了解をすでに取り付けているのだろうと感じたのだった。

だが、真相は功一郎の想像を大きく超えたものだった。

帰宅して、さっそく久美子に真偽を訊ねてみると、

「功ちゃん、お願い、この通りだからお父さんの言うとおりにして」

彼女はいきなり頭を下げてきたのだった。

よくよく話をしてみれば、今夜の義父の申し出は久美子に頼まれてのことだったのだ。

「商社マンがこれほど大変な仕事だなんて全然知らなかった」

と久美子は言った。

「こんな生活じゃあ、赤ちゃんができても私一人で子育てしなきゃいけないし、功ちゃんともろくに会えない。一体何のために結婚したのか分からない。私は功ちゃんと一緒にいたいし、赤ちゃんだって二人で育てていきたい。うちはお父さんがあの通りで、ずっと母子家庭みたいなものだったでしょう。だから、自分が家庭を持ったら絶対にそんなふうにはしないって決めてた。この気持ち、本物の母子家庭で育った功ちゃんだったらきっと分かってくれると思う。ねえ、お願い。豊明を辞めてお父さんの会社に入ってちょうだい。そしたら私た

ち、いつも一緒にいられるようになるんだから」

　思い詰めたような表情と口調で目に涙を溜めて久美子は懇願してきた。

　結局、その年いっぱいで功一郎は豊明物産を退職する。

　四年に満たない商社暮らしだった。

　道明グループでの仕事は最初から期待を裏切るものだった。

　数年は東京本部での勤務だと言われていたにもかかわらず、半年で名古屋本社に呼ばれてしまった。名古屋への異動の理由も納得のいかないものだった。

　転職してすぐ、功一郎は、馴染みのインドへゴルフ用品を売り込みたいと発案し、詳細な企画書も提出した。義父からは、

「うちに来たら、きみの力で会社を国際化して欲しい。国内市場はもう飽和状態だし、競争相手もたくさんいるからね。これからは日本製の優秀なゴルフ用品を諸外国で売っていく算段をつけないと生き残れない。頼むよ功一郎君」

　と励まされ、この言葉に勇気を貰って功一郎は道明グループ入りを決意したのだった。

　ところが彼が打ち出したインドでのビジネスは、「時期尚早」という理由であっと言う間に却下されてしまう。義父に食ってかかると、

「役員会がどうにもうんと言わないんだよ。うちはとにかく頭の固いやつばかりでねえ」

　完全な独裁体制を築いているくせに、義父はいかにも困惑しきった顔でそう言うばかりだ

ったのだ。

それから数ヵ月。突然、名古屋本社への異動を命じられたのだった。

「数年は東京で頑張って欲しいとおっしゃっていましたよね。約束が違います」

異議を唱えると、

「インド案件がぽしゃったのも、結局、きみが名古屋にいないからだと気づいたんだ。人間、やはり魚心あれば水心だからね。そういうわけで、きみを一刻も早く役員に上げて会社の風通しを良くして欲しいと思ったんだよ」

つまりは、取締役への就任と引き換えに我が膝下に参じろと義父は言っているのだった。

このときも結局、久美子の希望を尊重して名古屋への転居を承諾した。用意された新居は、覚王山にある義父の大豪邸のすぐ近くに建つ高級マンションで、そこもむろん義父の持ち物だった。

名古屋に移ると、予想通り、久美子は実家に入り浸りになった。仕事を終えた功一郎は義父の家にまず立ち寄り、そこで久美子の出迎えを受けて義父や義母と四人で食事をしてから帰宅するのが通例となった。

完全な入り婿状態で、休日でさえ久美子はおおかた実家にいて、いつぞや彼女が涙ながらに訴えていた「私は功ちゃんと一緒にいたいし、赤ちゃんだって二人で育てていきたい」という言葉はすっかり反故にされた形だった。仮に子供でもできれば久美子の実家頼みはさらにエスカレートし、ゆくゆくは義父母との同居も不可避だろうと功一郎には想像がついた。

海外市場の開拓を任せる、という入社時の義父の言葉もでたらめだった。役員として国際部の起ち上げを提案しても一顧だにされることはなく、功一郎は社長直属の取締役営業企画部長として国内営業のいろはを徹底的に仕込まれることとなった。

会社でも四六時中、義父のそばに置かれ、帰宅しても多くの時間を義父母と過ごし、休日の大半は義父と共に得意先相手の接待ゴルフに明け暮れる。

義父との決定的な対立は極力回避し、郷に入っては郷に従うの精神で無難に日々の勤めを果たしていたが、名古屋に来てちょうど一年が過ぎた一九九二年（平成四年）の六月八日月曜日、功一郎はいつものように家を出て会社に向かったものの、ふと気づいたときにはJR名古屋駅から新幹線に乗って東京を目指していたのだった。

前の晩、久美子と大喧嘩した。

名古屋に来てすぐから久美子は子作りに熱心になった。当時はいまほど不妊治療は一般的ではなかったし、別段、久美子にも功一郎にも問題があるとは思えなかったので、彼女はその手の本を買ってきて熟読し、基礎体温のチェックや排卵日の特定などごくごく当たり前の作業に精出し始めたのだった。

そして排卵日が近づくと夜ごとセックスを求めてくるようになった。

だが、功一郎はそうした彼女のやり方に乗り切れなかった。久美子のやっていることは我が勝り過ぎて、余りにあけすけで下品に思えたのだ。

だから七日の晩も、彼は義父たちとの食事の場で深酒をし、マンションに戻ると風呂にも入らずに眠ってしまった。

ところが、ぐっすり寝入っていたところを突然、久美子に叩き起こされた。時計の針を見ると午前一時。ベッドに入ってまだ二時間も経ってはいなかった。

久美子は功一郎の身体に馬乗りになって、彼を揺すり起こし、

「とにかく、シャワーを浴びてきてちょうだい。明日、たぶん排卵日なんだよ。寝てる場合じゃないんだよ」

と厳しい口調で言う。

呆気にとられた気分でお湯を浴びているうちに、功一郎は心底うんざりしてきたのだった。

——こんなに無理矢理、子供を作らされて、生まれてきた我が子を俺は本当に愛することができるのだろうか？

そんな青臭い、しかし深刻な疑問さえ脳裏にちらついてくる。

バスローブ姿で寝室に戻ると、久美子はすでにベッドに入って待ち構えていた。

「ねえ、久美子」

彼は久美子を見下ろして言った。

「もう、こういうのはやめようよ。子供なんて自然に任せていればそのうちできるんだか

ら」

その瞬間の久美子の表情の変化は忘れられない。

血相を変えるとはまさしくあれだと思う。

「功ちゃん、一体何を言っているの。私、今年でもう三十なんだよ」

身体を起こした彼女は、

「少しは私の気持ちを分かって欲しい。そんな言い方、幾らなんでも無責任過ぎるよ」

冷たく言い放ったのだ。

その一言に、功一郎は自分でも想像し得ないほどの怒りを覚えた。

少しは私の気持ちを分かって欲しい——一体どっちのセリフだ！

激しい口論になった。途中から久美子は大泣きし、功一郎も興奮で頭に血が上り、日頃の鬱憤を一切合切ぶちまけた。

喧嘩別れのままリビングのソファで仮眠を取り、普段通りの時間に起き出して、寝室に閉じこもっている久美子には声も掛けずに彼は家を出たのだった。覚王山の駅でいつもの地下鉄東山線に乗った。道明グループの本社は名古屋駅の一つ手前「伏見」が最寄り駅だったが、そのつもりで電車を降りてみると、そこは名古屋駅だった。

「名古屋」という駅名表示を見た瞬間、

——もう帰ろう。

ぼんやりとそう思ったのである。

そしてふと我に返ったとき、功一郎は、動き出した新幹線の座席にいた。

数日、大学時代の親友でいまは公認会計士になっている中居(なかい)信介のマンションにやっかいになり、そのあいだに急いで部屋を探した。江東区清澄(きよすみ)の中居宅周辺の不動産屋を巡り、木場に手頃なアパートを見つけることができた。

久美子には東京に戻った当日に電報を打ち、しばらくこっちで今後のことを考えたいと知らせた。会社には新幹線の中から電話して、人事部長に当分出社を見合わせる旨通告した。役員になって良かったと思ったのは、唯一その電話をしたときだけだ。

アパートを借りたその日に、辞表を義父宛に投函した。添え状には、久美子とのことは二人でちゃんと話し合うつもりだとしたためておいた。

それから四日後、新しい木場の住所に義父からの長い手紙が届いた。

義父は、いままでの強圧的な態度を謝り、久美子の至らなさはすべて親である自分の責任だと謝罪の言葉を便箋に繰り返し書き連ねていた。それはいかにも〝らしくない〟手紙だった。

真意は奈辺にあるのか測りあぐねたが、要するに彼が一番言いたいのは、今後については、すべて自分が娘に成り代わって対応するということだと察しをつけた。

その証拠に、久美子からは何の連絡もなかったし、木場のアパートを訪ねてくることもなかった。

数日置いて、功一郎も手紙を書いた。辞表を受理するよう念を押し、離婚届も同封した。するとすぐに返信が来た。今度の差出人は義父ではなく会社の総務部だった。社長の代理で手紙を送る旨の一筆と、久美子の署名捺印入りの離婚届、そして役員退職慰労金の小切手が一枚入っていた。金額は二百万円。

翌週には木場のアパートに、会社と覚王山のマンションで使っていた功一郎の私物が送られてきた。差出人は前回同様に「総務部」で、伝票は着払いだった。

二百万円の小切手は突っ返そうと思っていたのだが、その着払い伝票を見て気持ちが失せた。

豊明の四年間でそれなりの蓄えもあり、慰労金の二百万円もあったので、功一郎は職探しはせずに司法試験の準備を始めた。

お茶の水にある司法試験予備校にさっそく入学し、とりあえず二年間、三十の歳までは弁護士を目指して勉強しようと考えたのだ。

大学が法学部だったこともあり、在学中も司法試験の勉強に手をつけたことがあった。卒業時も就職か司法試験かの二択でかなり迷い、試しに受けた豊明物産であっさり内定を貰ったのを機に就職へと舵を切ったのである。

一九九五年（平成七年）六月、背水の陣で臨んだ三回目の試験に跳ね返されて弁護士の夢を諦めた。

前年は通過していた短答式（択一式）ではじかれたので撤退の決断はつけやすかった。というのも、過酷な受験勉強のストレスもあってその年の初めから帯状疱疹に悩まされ、三月には一週間ほど入院せざるを得ない状態にまで悪化したのだ。年齢も四月で三十一歳になっていた。

今年は択一で落ちたと知って、この辺が潮時だと自分でも納得できた。

再就職先はハローワークの求人票で探した。二度とコネで会社に入るのは願い下げだったからだ。

フジノミヤ食品を選んだのは格別な理由があったわけではない。豊明時代に食品本部に所属していたので、食品を扱う仕事にはそこそこ馴染みのあること、加えてフジノミヤ食品本社が竹橋（たけばし）にあり、数年来暮らしてすっかり気に入っていた木場、東陽町、門前仲町界隈から東西線一本で通えることなどが判断材料になった。

すぐに採用となり、最初は本社法務部に配属された。

次の年の四月に同じ竹橋本社の品質管理本部に移り、そこで食品の品質管理を一から学ぶことになる。同じ法令を遵守するための業務とはいえ、品質管理はまずは現場をしっかり歩いて回るのが基本だから仕事は法務部よりもはるかに面白かった。

功一郎が品質管理本部に移った一九九六年（平成八年）は、例の堺市（さかい）での腸管出血性大腸菌

O-157による学童集団食中毒事件が発生し、食品の安全管理の重要性が広く世間一般に印象づけられた年でもあった。あの事件は、かいわれ大根が原因と言われたものの根拠には著しく乏しく、特定までには至らなかった。

だが、食品製造業はそうやって一歩間違えば、消費者の死亡事故につながり、会社の存続さえ危うくなってしまうことを現場の一人として、功一郎は肝に銘じざるを得なかったのだ。

吉祥寺の短大を出た神宮寺渚がフジノミヤ食品に入社したのは、功一郎が品質管理本部に移った翌年、一九九七年（平成九年）の四月だった。新卒の彼女は品質管理本部に配属されて功一郎の同僚となる。

年齢は一回りも離れていたが、お互いに会社に入って日が浅いこともあり、席を並べているうちに親しくなった。久美子と離婚してこのかた女性とは一度も深い関わりを持たずにいたが、二歳年上だった久美子とはまったく異なる世代に属している渚は初々しく、素直で可愛らしかった。

早くに両親を失ったせいなのか渚の方も三十をとっくに越えた功一郎に信頼感を持ったようで、どちらかというと彼女の方から積極的に接近してきたのだった。

半年もすると会社の外でも食事するようになり、一年後には渚がときどき木場のアパートに泊まりに来る関係になっていた。

そして、その年の暮れに渚の妊娠が分かり、二人は、十二月二十五日クリスマスの日に急いで入籍を済ませたのである。

3

午前七時四十一分小倉発の新幹線さくら四〇一号に乗った。博多到着は七時五十六分。普通電車なら一時間以上かかる小倉―博多間が新幹線ならわずか十五分。この博多へのアクセスの良さがいまや北九州にとって仇となっているのかもしれない。

朝の博多駅は通勤通学の人々でごった返していた。

二月七日に十都府県で一ヵ月間延長された緊急事態宣言は、その後、感染者数の減少傾向が明瞭になってきた大阪や兵庫、福岡など六府県では、今月いっぱいでの前倒し解除が予定されている。

だとすれば残りあと五日間。

それにしても、この混雑ぶりを見ると、宣言解除など行って大丈夫だろうかと不安になってくる。目の前の通勤風景には、人々のマスク姿を除けばすでにして〝緊急事態〟の雰囲気などほとんど感じ取れない。七割のテレワーク実施を政府は強く求めているが、企業も人もどこ吹く風のようだ。

JR博多駅から市営地下鉄を使って「箱崎宮前」まで行くつもりだったが、タクシーを使うことに切り替える。

この分だと地下鉄の車両は満員状態だろう。

日頃、自家用車で職場まで通っている功一郎は、コロナの前から滅多に電車には乗らなかった。そのせいもあって満員電車には人一倍の恐怖心があるのだ。

タクシーの方が、まだしも安全な気がした。

博多口の改札を出て、駅前のタクシー乗り場へと向かった。

さすがにタクシー待ちの行列はなかった。すぐに乗車して、

「箱崎の県立図書館までお願いします」

と運転手に告げる。

車窓から見上げる博多の空は晴れ上がっている。温暖な九州は好天続きと思っている人が多いが、日本海側に面した博多は一年を通してすっきり晴れる日は少ない。東京のような雲一つない日本晴れは滅多に拝めない土地柄なのだ。

その博多の空が今朝は日本晴れだった。

「いい天気ですね」

走り出したところで運転手に話しかけると、

「そげんですね。二月にこげん晴れるのはめずらしかですたい」

という言葉が返ってくる。

前回、博多に来たのはちょうど十年前。美雨が中学に上がる前の年だった。美雨と渚に生まれ故郷を見せたくて秋口に休暇を作って連れてきたのだ。

まだ母の美佐江は静岡で元気にしていたので、唐沢家の墓は福岡に置いたままだった。最初に墓参りをして、それから三日間をかけて福岡の名所をみんなで巡ったのである。

その墓も母が亡くなったあと、都内の納骨堂に遺骨をすべて移し替えてしまった。福岡時代はずっと借家暮らしだったので家産のたぐいもなく、もとから付き合いのあった親類縁者も皆無だった。

そういう意味では、功一郎はとっくに故郷喪失者なのだが、それでもこうして生まれ故郷の風景を眺め、懐かしい空気を胸におさめると心がほっと一息つくのが分かる。

福岡県立図書館は博多の八幡様として名高い筥崎宮のすぐ近くにある。

図書館から二分も歩けば二之鳥居で、そこから参道を二百メートルほど進めば、もう「敵国降伏」の扁額で知られる筥崎宮の楼門だった。

箱崎の団地で育ち、箱崎小学校に通った功一郎にとって、立派な筥崎宮は馴染みの鎮守様であり、友だちとの学校帰りの遊び場でもあった。

二十分ほどで県立図書館の正門前に着く。時刻は午前八時半を過ぎたところだ。

タクシーを降りて、図書館の古めかしいが荘重な建物を見上げる。九時開館だから、まだ入口は閉まっていた。

この建物にも長年世話になった思い出がある。

高校、大学の受験勉強はもっぱらここの学習室で行っていたのだ。

だが、今朝の本当の目的地は県立図書館ではなかった。

図書館を正面に見て、道路を挟んだ左側は功一郎が六年間通った箱崎小学校、背中には筥崎宮の参道がある。そして図書館のやはり道路を挟んだ右側には十五階建ての大きなマンションが建っていた。

功一郎はその右側のマンションのエントランスへと歩を進めた。

車寄せがしつらえられ巨大なルーフの付いた豪華な玄関には、「大日鉄グランドホークス箱崎」というエントランスサインが大理石の壁に埋め込まれている。

かつてこの場所にあった長倉彦八郎(ながくらひこはちろう)の豪邸はいつの間にか姿を消していた。グーグルマップのストリートビューで確認していた通りの光景だった。

あれを試してみると決めた後、功一郎は四十一年前にあれが起きた長倉邸がいまはどうなっているのか初めて調べてみた。いの一番にグーグルマップを開き、ストリートビューで県立図書館の右隣を見てびっくりした。左に隣接する箱崎小学校と同じくらいの敷地を誇ったあの長倉邸が影も形もなくなり、代わりに大日本製鉄の経営するマンションがそびえ立っていたのだ。

慌てて、「昭和鉄鋼」のホームページを探した。

「昭和鉄鋼」は長倉彦八郎が一代で築き上げた福岡の製鉄会社で、地元では知らぬ者のない大企業だった。

そのホームページで功一郎は初めて、「昭和鉄鋼」が十三年前に国内最大手の製鉄会社大日本製鉄の傘下に入ったこと、それと同時に創業家である長倉家は持ち株のすべてを大日本製鉄に譲渡し、「昭和鉄鋼」の経営から手を引いたことを知ったのだった。

長倉邸が大日鉄のマンションに建て替えられたのはそういう事情ゆえだったのだ。

あれが起きたとき、創業者の長倉彦八郎はすでに六十を過ぎた年回りだったから、彼が鬼籍に入ったのは当然だ。だが、一人息子の長倉人麻呂(ひとまろ)は存命で、いまもあの大豪邸に住んでいるのだと功一郎は勝手に思い込んでいたのである。

旧知の人麻呂を訪ねて長倉邸に入ることができれば、もう一度、あれを体験するのも不可能ではあるまい——そう簡単に考えていた。

功一郎の懸念は、長倉邸のあの場所にいまひとたび立つことができるかどうかではなく、あの場所でもう一度、あれを再現することができるかどうか、そちらの方に集中していたと言ってもいい。

ところが当の〝あの場所〟が消滅していることに、迂闊(うかつ)にもいまになって気づかされたのだった。

——さあ、行動開始だ。

心の中で一声出して、功一郎はマンションの前を離れる。

スマートフォンでグーグルマップを呼び出し、検索窓に「箱崎公民館」と入れる。地図の画面が動いて、赤いピンアイコンが県立図書館とJR箱崎駅のちょうど中間あたりの場所に浮かび上がった。住所は箱崎一丁目二七。ここからだと歩いて五分足らずの距離だろう。

この箱崎公民館に「箱崎校区自治会連合会事務局」が入っているのは確認済みだ。

まずは現地に立って、長倉邸がなくなっているのを我が目で確かめ、それから、ここに住んでいたはずの長倉人麻呂が一体いつ、どこに転居したのかを自治会の人に訊ねてみようと考えていた。

功一郎はさっそく公民館を目指して歩き始める。

あれが起きた四十一年前、長倉人麻呂は九州大学文学部の助手を務めていた。学生時代にフランスに留学し、二十代後半に帰国して、そのまま母校の西洋美術史学の助手におさまったのである。彼が福岡に戻ったのは功一郎が小学校五年生のときで、以来、功一郎が大学に進んで福岡を離れるまで人麻呂はずっと父親と二人で長倉邸に住んでいた。大学進学の頃には助教授になっていたはずだ。

人麻呂が生きていればすでに七十過ぎ。今回、彼の名前で検索をかけてみたが、助教授時代までしか経歴を辿れなかった。数冊ある著作もほとんどが、その時代のもののようだった。

一昨日、九大の事務局にも電話して、長倉助教授の消息を問い合わせてみた。

電話に出た総務課の女性は、

「長倉先生は、昭和六十二年に退職されています。その後のことは分かりませんね」

と素っ気なかったが、

「どこか別の大学に移られたのですか？」

と訊くと、

「そうではないようです。あくまで自己都合による退職ですね」

とも言っていた。

昭和六十二年といえば、功一郎が大学を出て豊明物産に就職した年だった。大学時代は学費稼ぎのアルバイトで滅多に帰省できず、母もすでに長倉家での仕事を辞めていたので、当主の彦八郎や人麻呂と会うことはなかった。だが、それからしばらくは、母の口から二人の噂を耳にしていた気がする。

人麻呂が大学を辞めたという話を聞いた記憶はない。

助教授から教授へと進んで、九大で長らく教鞭を執っていたのだろうと功一郎はすっかり独り合点していたのだった。

四十そこそこで教授にもならずに大学を辞めて、彼は一体どうなったのだろうか？

助教授以降の事績がネット検索で引っかかってこない点からして、九大事務局の言うとおり、どこか別の大学に移って研究を続けた可能性は薄いと思われる。

何しろ人麻呂には長倉家の財産があった。仕事をいきなり辞めても食うには困らないし、その後、一生働かずに生きることだって充分にできたはずだ。

「昭和鉄鋼」のホームページによれば創業者の彦八郎が亡くなったのは、二〇〇一年（平成十三年）。享年八十二。亡くなる直前まで相談役として会社に君臨していたようだ。だが、その亡父の後を継いで人麻呂が会長や社長の座に就いた形跡はない。

もとから彼には父親の会社を継ぐ意思はなかった。そこは彦八郎も息子をフランスに留学させた時点で納得していたはずだから、考えてみれば創業者を失った「昭和鉄鋼」が十年も経たずに大日本製鉄に吸収されてしまったのは当然の結末だったと言えるのだろう。

それにしても、あの豪邸まで大日鉄に売却して、人麻呂はいまどこにいるのだろうか？

普通ならば、結婚し、子供を作り、家族と共にどこかで安穏な暮らしを送っていると考えるのが妥当だけれど、人麻呂に限っては、およそそんな平凡な人生は選ばないだろうと思われる。

とにかく彼は、不思議な人物だった。

それでいて人懐っこくて、心根のやさしい人でもあった。

子供の頃、母が家政婦として働いていた長倉家を訪ねると、当主の彦八郎のみならず人麻呂も功一郎のことを歓待してくれた。四人で一緒に母が用意した夕餉（ゆうげ）の膳を囲むことさえたまにあったのだ。

高校入学直前にあれが起き、それからは長倉家に近づかなくなった。あの家に入って、知らないうちにまたあれが起き、せっかく取り戻した人生がご破算になるのが怖かった。

中学、高校と年齢が進み、彦八郎や人麻呂の親切に何やら胡散臭さを感じるようになったのも、あの家から遠ざかる理由の一つだった。母と彦八郎たちとのあいだに漂う奇妙な雰囲気に、これ以上立ち入らない方がいいと息子ながらに感じたのだ。

母が長倉家の家政婦を辞めたのは、功一郎が高校二年の春だった。彦八郎の斡旋(あっせん)で、母は昭和鉄鋼の子会社の一つに事務員として採用され、六十三歳で再婚する直前までそこでずっと働いたのである。

公民館にはあっと言う間に到着した。平屋の建物には「箱崎公民館　箱崎老人いこいの家」という看板が掲げられていた。「いこいの家」の方は高齢者のデイサービス施設なのだろう。緊急事態宣言下で運営されているかどうか分からないが、功一郎は背中のリュックから新しいマスクを取り出し、マスクの上にさらにもう一枚つけて二重マスクにする。

高齢者施設となればとにかく彼等に感染させないための最大限の配慮が必須だった。ノーズワイヤーを丁寧に調節し、顔とマスクとの隙間を極力なくして、彼は公民館の中へと入っていった。

正面の受付台に近づくと、若い女性事務員が席を立ってやってくる。まだ午前九時を回ったばかりとあって、建物の中に人の気配はまったくなかった。

「おはようございます。私、唐沢と申しますが……」

怪訝そうな表情の彼女にできるだけ丁寧な口調で用向きを切り出した。

十五分ほどで公民館をあとにした。

応対してくれた女性館長によれば、デイサービスはいまも続けているようだが、利用する老人は少ないらしい。それでも、館の玄関を抜けると、ちょうど車寄せに止まった白いミニバンからマスク姿の老人たちが何人か降りてくるのに出くわした。

その一団を避けるようにして功一郎は、公民館の敷地を出る。

路肩で立ち止まり、スマホを取り出してグーグルマップを呼び出す。

「十年くらい前まで県立図書館の隣にあった長倉さんのお屋敷に長倉人麻呂さんという方が住んでおられたのですが、その人麻呂さんがいまどちらにお住まいなのかご存じないでしょうか？　私は若い頃、人麻呂さんにたいそうお世話になった者なのですが」

普通の住人ならともかく長倉家は箱崎で特別な存在だった。古くからの町内会員であれば人麻呂の転居先くらい知っていても不思議ではない。

そう思って館長――彼女は自治会連合会の事務局長も兼務しているという――に問いかけてみると、ちょっと困惑の表情になり、続けて思わぬことを口にした。

「人麻呂さんなら、昔の九大の工学部本館のそばに住んでおられますよ」

「工学部本館？」

「はい。箱崎キャンパスはもうすっかり更地ですけど、工学部本館はまだ残っていましてね。本館の隣に長倉邸の離れだけを移築して、人麻呂さんは、いまはそこで暮らしておられるんです」

九州大学の糸島移転に伴い、箱崎地区にあった文系学部や農学部、工学部のキャンパスは廃止され、現在は大学当局による再開発事業が始まっている。それは知っていたが、たくさんの校舎や研究棟が建ち並んでいたあの広大なキャンパスがすでに更地になっているのはちょっと信じ難い現実だった。

功一郎自身、進学先を九大にするか一橋にするかで悩み、最後は、

「うちのことは心配せんでよかけん、あんたは東京に行きなさい」

母の美佐江に背中を押されて一橋に決めたのだった。

美佐江が九大進学を勧めなかったのは、自分とお腹の中の子を捨てて去って行った若い夫、つまりは功一郎の父親が九大出身だったからだと思われる。

「そうだったんですか……」

意外な話に功一郎はそんなふうに返すしかない。

九大工学部の本館は戦前に建てられた歴史的建造物だから、さすがに取り壊しを免れたの

だろう。

長倉邸には幾つか建物があったが、住居と呼べるのは巨大な母屋と離れの二棟だった。母屋と離れは屋根付きの渡り廊下で繋がっていた。

「離れ」と言っても、ウッドデッキや広いベランダがある別荘風の二階家で、思い出してみれば人麻呂が寝起きしていたのはもっぱらその離れだった気がする。

「そういえば、私が長倉邸にお邪魔している頃も、人麻呂さんの書斎や寝室は離れの方にあったような気がします」

不審者との誤解を与えないよう、旧知らしき物言いを心がける。

「そうなんですか」

しかし、館長は端からこちらを疑っている気配はない。

「館長さんは、いまでも人麻呂さんと会ったりするんですか？」

その口調に人麻呂への親しみが籠もっているので試しに訊いてみた。

彼女は頷いて、

「コロナの前までは、ここにもたまに顔を出してくださっていたんですよ。コロナになってからはさすがにお見えになりませんけど」

いかにも残念そうにしている。

この一言で、人麻呂が最近まで元気に暮らしていたのが分かる。

「人麻呂さんはいまも相変わらずお一人なんですか？」

「そうですねえ。誰かと一緒に暮らしているという話は聞いたことがありませんねえ」

もう還暦は過ぎたろうと思われる白髪の目立つ館長が、のんびりした声で言った。

工学部本館はここから目と鼻の先。住所も同じ箱崎だった。マップで一応確認して功一郎は歩き始める。

数日前、長倉邸がなくなっているのを知ったときは前途に暗雲を感じたが、現地に来てみれば故郷の空はあくまで青く晴れ渡り、目当ての長倉人麻呂の所在もこうして瞬く間に判明した。しかも、彼が寝起きしていた「離れ」は移築されて現存し、昔と変わらず人麻呂本人が居住しているというのだ。

四十一年という長い歳月を経て、何か目に見えぬ力が自分を同じ場所へと導いているような気がする。

近代建築の貴重な遺構である工学部本館の横にあの別荘風の「離れ」を移して住むなど、いかにも人を食った性格の人麻呂がやりそうなことだが、功一郎にとってはそれ自体がまたとない僥倖なのだった。

かつてあれが起きたのも功一郎が「離れ」にいるときだったのである。

公民館前の県道二十一号線を九大方向へと真っ直ぐに進む。県道といっても、車が二台すれ違えるくらいの普通の道だ。功一郎が箱崎団地に住んでいた時分は、この通りは賑やかな商店街で、一階が店舗、二階が住居の木造モルタル家屋が道の両側にびっしり連なっていた。いまは新旧大小さまざまなマンションやコンビニ、コインパーキング、それに介護ステーションなどが並んでいて、昔ながらの個人商店は飛び飛びにしか見当たらない。日本中どこでもそうであるように住宅街の小さな商店街は往時の勢いをすっかり失ってしまっている。

箱崎新道に出た。この道を左に行けば地下鉄「箱崎九大前」駅。そして正面の交差点が「九大正門入口」だ。

信号を渡り、九大正門に通ずる路地を直進する。

二百メートルほどで九大正門前に到着するはずだが、しばらくすると左側に銀色のスチールフェンスが現れ、それが前方へと延々続いている。かつての九大キャンパスはそうやって高さ三メートルほどの壁で遮蔽され、中を覗くことができなくなっていた。

功一郎の子供時分は日中なら誰でもキャンパスに入ることができた。学生や白衣姿の人たちが行き交い、そこは小中高にはない自由で知的な雰囲気の異空間だった。勉強好きだった功一郎はときどき一人でキャンパス内を散策し、早く大学生になりたいと憧れを募らせたものだ。

それがいまやまるで刑務所のように塀ですっぽりと囲まれている。

げっそりした気分でフェンス沿いの道を百メートルほど進むと、いきなり懐かしい風景が目の前に現れた。

赤煉瓦造りの門柱が大小二つずつ並ぶ九大の正門である。

その先はまた銀色のフェンスが設置されているが、正門は昔のままだった。

功一郎は門の前のアプローチで立ち止まる。

門構えの主柱二本は白御影石の礎石の上に据えられ、同じ白御影石の笠木を載せている。右の主柱には「九州大学」という大きな銅板が埋め込まれていた。

主柱の左右には同じく赤煉瓦造りの控え柱が立っている。

二本の主柱のあいだが正門。主柱とそれぞれの控え柱のあいだが脇門。いまはどちらのゲートも開いていた。

ただし、ゲートの奥は数メートルもいかずに色つきの低いフェンスで塞がれ、右の通路にしか進めないようになっている。その先には古びた門衛所があり、そこに制服姿のガードマンが一人立っていた。

敷地内に足を踏み入れるには、どうやら門衛所で通行許可を得なければならないようだ。

色つきフェンスの先には工学部本館の重厚な建物の一部が見える。

それにしても、あの隣に長倉邸の離れを移築することなどできるのだろうか？　どう見てもそこはいまも大学の管理区域なのだった。

公民館の館長の言うとおりであれば、銀色のフェンスで外界と遮断された再開発地区にわざわざ長倉人麻呂は「離れ」を移して住んでいることになる。

そもそもそんなことが果たして可能なのか？

だが、女性館長ははっきりと、

「本館の隣に長倉邸の離れだけを移築して、人麻呂さんは、いまはそこで暮らしておられるんです」

と言ったのだ。

功一郎は正門をくぐり、門衛所のそばに立っている背の高いガードマンに近づく。

「あのお、私、工学部本館の隣に住んでいる長倉人麻呂さんをお訪ねした者なのですが……」

我ながら奇妙な物言いだと思いつつ声を掛けた。

さきほど公民館を出たところでグーグルマップを開いたとき、航空写真でこの箱崎キャンパスの様子は確かめてあった。館長が言っていた通りで、工学部本館や大学本部の庁舎以外はすべて取り壊されてキャンパス内はほとんど更地に変わっていた。工学部本館の隣には何やら小さな建物があるようだったが、それが長倉邸の離れなのかどうかは判別がつかなかったのだ。

「長倉先生ですね、はいはい」

しかし、ガードマンの反応は予想外だった。すぐに了解して、

「それじゃあ、こちらにどうぞ」

と言いながら自分は門衛所の中へと入っていく。閉まっていた受付台のガラス窓が開いて彼が顔を出した。

「恐縮ですが、この紙にお名前と住所を記入していただけますか」

功一郎が近づくと、「訪問票」と印字された白い小さな紙を受付台の上にボールペンと共に置く。

住所氏名を書き終えたのを見届けた彼が、

「さらに恐縮なんですが、何かこの内容を確認できるものを拝見させて貰えますか?」

「ずいぶんと厳重なんですね」

功一郎が言うと、

「すみません。規則なもんで」

ガードマンが申し訳なさそうな顔になる。

「じゃあ、これ」

功一郎は上着のポケットの財布から免許証を抜いて差し出した。ガードマンは受け取るようなことはせず、名前や住所だけ目で確認して、

「ありがとうございました」

と頭を下げる。さすがにコピーをとらせてくれとまでは言わない。

免許証を財布にしまいながら、

「しかし、ここは九大の敷地ですよね。その敷地の中にどうして長倉さんは住んでいるんでしょう？　というかどうやって工学部本館の隣に長倉邸の一部を移築することができたんだろう？」

気さくな感じのガードマンなので率直に訊いてみる。

「さあ、それはなんとも。たぶん、大学当局と話をつけたんじゃないですか。そんな噂は耳にしたことがあるんで……」

「噂というと？」

「長倉先生は身寄りもないんで、自分の死後、全財産を母校である九大に寄贈することにしたんだそうです。で、その代わりに、ここの再開発事業が終わるまで工学部本館の隣に家を移して住まわせて欲しいと。工学部本館は歴史的建造物として保存されることが決まっているので、もともと再開発の対象外なんです。なので、大学当局も先生が亡くなるまでという条件で、その話に乗ったんじゃないかと」

ガードマンは博多弁ではなく標準語だった。年齢は三十半ばくらいだろうか。地元の出身ではないのかもしれない。地元の人間であれば、相手が標準語を使っても自分は博多弁で喋るのが一般的なのだ。

「へぇー」

功一郎は感心してみせ、

「それにしても、なんで長倉さんは工学部本館の隣なんかに住もうと思ったんだろう」

半ば自問するように言った。

「さあ、それは何とも……」

ガードマンは首を傾げ、

「まあ、住んでいるといっても、ずっとという感じでもないですし。ご本人も半分倉庫代わりのようなことはおっしゃっていたんで」

と付け加える。

「じゃあ、いまは長倉さんはここにはいないんですか？」

「どうでしょう。ときどきお見かけすることはありますが」

「今日は？」

「今日はまだ見ていないですね。ただ、先生の出入りを毎回チェックしているわけではないので、はっきりしたことは言えません」

「そうですか」

人麻呂が不在だと家の中に入ることができない。在宅か否かを詳しく訊ねたいところだが、ノーチェックならば交代勤務のガードマンが人麻呂の出入りを正確に把握するのは困難だろう。

「じゃあ、とにかく家まで行ってみます。お世話様でした」

功一郎は軽く会釈をして、門衛所の脇にある狭いゲートをくぐっていよいよ大学の敷地内に足を踏み入れたのだった。

「離れ」は、記憶よりも質素な建物だった。

棟の奥に見えるウッドデッキも二階の広いベランダも思い出のままだが、どちらも決して大きくもないし豪華でもなかった。

ただ幾度かの改修が行われ、塗装も繰り返されているのだろう。古ぼけてもいないしみすぼらしくもない。木造の二階家は薄いブルーに塗られ、スレートの屋根は黒だった。別荘風と言えば別荘風だが、山の別荘というより海辺のそれをイメージした方が分かりやすい。

もちろんかつて母屋とを繋いでいた屋根付きの渡り廊下は撤去されていた。

長倉邸によく顔を出していたのは子供時代なので、このちょっと米軍住宅めいた建物に異国情緒を感じていたのかもしれない。

母屋はハリウッド映画にでも出てきそうな大きな洋館だった。それと連結されていたことも「離れ」を余計に立派に見せていたのだろう。

こうして玄関の前に立ち、単独で眺めてみれば、なぜ人麻呂がこの建物だけをわざわざこんな場所に移築しようと思ったのかが理解できない。

どうせ残すのであれば、贅を尽くした洋館の方だろう。福岡でも有名だったあの豪邸であれば隣の工学部本館と共に歴史的建造物として保存する価値があるというものだ。

玄関のアプローチは移築したときに新調したらしい。さきほど通ってきた九大正門を真似て赤煉瓦の柱のあいだに両開きの門扉が嵌まっていた。

格子状の門扉を開けて、玄関ドアへと続く低いスロープを上る。スロープも煉瓦敷きだ。

ごっつい木製のドアはよく見ると細かい花柄の彫刻がびっしりほどこされていた。これには見覚えがある。塗り直されてはいるが昔のドアだった。

右側の壁のインターホンを押した。

「はーい」

という返事があった。応答の早さにも女性の声なのにも驚く。

「あのお、私、唐沢功一郎というのですが、若い頃に長倉先生にお世話になった者なんです。先生はご在宅でしょうか？」

「少々お待ち下さい」

ちょっとドギマギしながらおとないを入れる。

そこでインターホンが切れた。

すぐにドアの向こうで足音が聞こえ、鍵の外れる音がしたかと思うと分厚いドアがゆっくりと開いた。

三十代とおぼしき細面の女性が顔を出した。

「こんにちは」

用意しておいた名刺を手渡す。

「唐沢と申します。人麻呂先生、いらっしゃいますか？」

「いまはいないんですけど。たぶん、今日中には帰ると思います」

「そうですか。いや、実は私、ずっと東京で働いておりまして、昨日たまたま所用でこっちの方に来たものですから久しぶりに先生にお目に掛かりたいと思ったんです。今日は、何時くらいにお戻りか分かりませんでしょうか？　明日、どうしても外せない仕事があるので今日中に羽田行きの飛行機に乗らなくてはならないものですから」

「そうなんですか」

女性は名刺と功一郎の顔を交互に見ながら考えるような面持ちになっている。

間近で見れば三十半ばくらいか。ショートカットの髪に小さな顔。瞳が大きく、眉も濃かった。いかにも〝博多のおんな〟という趣の美人だ。ジーンズに白いカットソーの簡単な身なりでグレーのエプロンを腰に巻いている。

この女性は、一体誰なのか？

年回りからすれば人麻呂の子供でも不思議はないが、独身の彼にこんな娘がいるはずもない。そもそも顔もまるきり似ていなかった。

「ちょっとここで待ってて下さい」

彼女はそう言うと、名刺を手にしたままそそくさと奥に引っ込んでしまった。

五分ほどしてまた玄関に戻ってきて、

「どうぞお上がりください」

と言う。

どういうことだろうと功一郎が訝しんでいると、

「先生に電話したんです。昼過ぎには帰るから、それまでこちらでお待ち下さいとのことでした」

彼女は言い、

「一緒にお昼ご飯を食べよう、と功一郎君に伝えて欲しいと」

と付け加える。

さっさと人麻呂に電話するところなど、やけにさばけているし、彼との仲も相当に親密に思われる。

——ということは、彼女は人麻呂の妻なのだろうか？

あり得ないような話ではあるが、世の中、三十歳も四十歳も歳の離れた女性と結婚する男だっているし、人麻呂であれば却ってそういう結婚の方が現実味があるような気もする。

「さ、どうぞ」

と再度促されて、功一郎は靴を脱ぎ、広い玄関ホールへと足を上げた。

人麻呂の不在時にすんなり家に入れたのは、願ってもない展開ではある。

時刻は午前十時を回ったところだ。昼過ぎの帰宅ならば、まだ二時間くらいあった。そのあいだに隙を見て、四十一年前にあれが起きた部屋に忍び込むことも可能なのではないか。少なくとも家主の人麻呂の目を盗んで決行するよりは格段にやりやすいだろう。

家内に足を踏み入れてみれば、記憶がくっきりとよみがえってくる。

玄関ホールから一直線の廊下を進むと突き当たりがリビングダイニングになっていたはずだ。他の部屋はその手前に廊下を挟んで向かい合っていて、リビングを背にして右側が人麻呂の書斎兼仕事場だった。左側の部屋は彼がフランス時代に蒐集（しゅうしゅう）した数多くの絵画や彫刻、工芸品などの倉庫になっていたと思う。

水回りはホールのすぐ右手で、風呂もトイレも洗面所も仕切りがなく一室に収められていた。子供心にも浴槽と便器が並んだ光景がひどく奇妙だったのを憶えている。

人麻呂の寝室は二階だったが、彼はいつも書斎の大きなソファで眠っていた。

女性の案内でリビングに通される。

二十畳ほどの横長の部屋で、入って右側がダイニングテーブル、左がソファセットだった。テーブルもソファもロココ調の手の込んだ作りで、どちらも輸入物のアンティークだろう。人麻呂の趣味が変わらないのは了解したが、さすがにモノは当時とは異なっていた。

ソファに腰を下ろし、大きな窓の向こうを見る。

左手に張り出した恰好で設置されているウッドデッキの一部が見える。だが、かつては緑の芝で覆われていた庭はそこにはなく、赤茶けたむき出しの土が広がっているだけだった。植栽のたぐいも皆無だ。

保存が決まったとはいえ、工学部本館周辺の整備は手つかずのままで、つまりは荒れ地の上に人麻呂は「離れ」の建物だけを据え付けたのだ。

——どうしてまたそんな真似をしたのだろう？　仮に「離れ」を保存するにしても、ちゃんとした土地を選んで移築すればそれで片づく。何も遺産のすべてと引き換えにわざわざ大学の再開発予定地に持ってくる必要はあるまい。

そうやって改めて検討すれば、

——人麻呂には〝この建物をどうしてもここに移さなくてはならない〟特別な理由があった。

と考えるしかなくなってしまう。

功一郎が思案にふけっていると、リビングダイニングの奥にあるキッチンから女性がコーヒーを持ってやってきた。

「カフェオレです」

と言って、目の前のローテーブルにカップを置く。

そういえば人麻呂は、いつもコーヒーではなくカフェオレだったと不意に思い出した。

「あの、すみません」

お盆を持って立ち去ろうとしている女性の背中に声を掛ける。彼女が足を止めて振り返る。

「これ、ありがとうございます」

カップを持ち上げて礼を言い、

「失礼ですが、人麻呂先生のお嬢様？　それとも奥様ですか？」

と訊いた。

彼女がきょとんとした表情を作り、それから苦笑を浮かべた。

「いやだ。私はただの家政婦ですよ。ときどき来て、掃除や洗濯をしたり、料理の作り置きをしたりしているんです。お名刺までいただいていたのにこちらこそ失礼しました。私、高橋と申します」

「そうなんですか。いや、それは申し訳ない。幾らなんでも奥様のはずはなかったですよね」

功一郎は小さく頭を下げ、

「人麻呂先生はずっとこちらにお住まいなんですか？」

と重ねて質問した。門衛所のガードマンは「半分倉庫代わり」と言っていたのだ。

「ずっとじゃないんです。市内にも別にお住まいがありますし、あと、湯布院にも別荘がおありなんです。ここしばらくはそちらに行ってらっしゃって、昨日、先生から電話があって『明日には帰るから掃除と料理を頼む』って言われたんです」

さすがに、家政婦だという高橋さんは詳しかった。

「そうですか」

金に苦労のない人麻呂らしく、悠々自適の生活というわけだろう。

「それにしても、人麻呂先生はどうしてこんな場所に長倉邸の一部を移したんですか？　先生から何か聞いておられませんか？」

「さあ、それは……」

要領を得ない表情になった。

「だったら、今日先生と会ったら真っ先にそのことを訊いてみます」

「そうですね。それが一番いいかも」

高橋さんはホッとしたような笑みを作る。

「掃除や洗濯もおおかた終わったので、私、これから昼の買い物に行ってきます。カツ丼にしようと思っているんですけど、唐沢さん、カツ丼で大丈夫ですか？」

「もちろん。そういえば人麻呂先生は昔からカツ丼が大好物でしたよね。遠慮なくご馳走になります」

「分かりました」

高橋さんは再び笑みを浮かべてその場を離れていった。

功一郎の方は内心の興奮を抑えられない。

人麻呂が不在中にここに上がり込むことができたのみならず、留守番の高橋さんまで買い物に出かけるというのだ。

箱崎公民館を出たあと、何か目に見えぬ力が自分を導いている気がしたが、こうなるとそれは疑いのないことのように思えてくる。

五分も経たないうちに玄関の方でドアが開閉する音が聞こえた。

功一郎は半分ほど飲んだカフェオレのカップをテーブルに戻し、足下に置いたリュックを持って立ち上がる。

廊下に出る。人の気配が消えて家の中は静まり返っていた。

右側の壁にある最初のドアの前に立ち、金色のノブを回してゆっくりとドアを開けた。

ぷーんと古書の匂いが漂ってくる。懐かしい匂いでもあった。

やはり、ここが人麻呂の書斎なのだろう。

部屋に入って後ろ手で静かにドアを閉めた。

広い書斎の様子は昔と変わっていなかった。部屋に入った途端、遠い過去に逆戻りしたような強い印象を覚える。むろん功一郎自身の願望がその中に多分に含まれているのも事実だろう。

何しろ、彼は、これから四十一年前の出来事を再現しようとしているのだ。

部屋の中央に置かれたマホガニー製の巨大な両袖のデスクは英国製で、人麻呂がパリ時代に買い付けてわざわざ帰国の際に持ち帰った逸品だった。デスクの背後には天井まで届く特注の本棚が壁一面に造り付けられ、そこにはあふれんばかりの本が詰まっている。大半が洋書で、さらにその半数近くは十八、十九世紀にヨーロッパ各国で出版された稀覯本のたぐいだった。

人麻呂は英仏独、それにギリシャ語やラテン語を自在に操り、自らを井筒俊彦になぞらえるほどの語学の達人なのだ。

ざっと部屋の中を見回し、功一郎は目指す壁の方へと近づく。

入室したときから、その壁にあのときと同じ絵が掛かっているのを視認していた。

この家を訪ねた真の目的は、あの絵の前に立つことなのである。

リュックを手に提げ、上着の上からポケットの中のスマホの存在を確かめる。

果たしてリュックやスマホを〝向こう〟に持ち込めるのか？

そのまま持ち込むことができれば何かと便利に違いない。それもあって、念のためここ三年分の手帳や著書、書きためた原稿のUSBメモリなどをリュックの中に詰め込んできたのだった。長年の習慣で、手帳には毎日簡単な日記をつけている。

四十一年前は同じ制服姿のまま何も持たずに行ったので、手元のリュックやポケットのスマホが実際に運べるのかどうか判然としなかった。

壁の前に立ち、正面に掛かる絵を一目見て、視線を逸らす。

──本当にいいのか？

俯いて自らに問いかける。もしも、四十一年前と同じようにあれが起きれば、この二年半のすべてが消え去ってしまう。あの時間を取り戻すことはもう二度とできない。たった数日間に過ぎなかった前回とは状況がまるきり違うのだ。

──いいのか？

功一郎は瞑目し、再度問いかける。

──取り戻すなんてとんでもない。そっくりそのまま突っ返してしまいたいような二年半だったじゃないか。

思い切るように心中でそう呟き、彼は両目を見開いて敢然と面を上げたのだった。

4

一九八〇年（昭和五十五年）三月十二日水曜日。

功一郎は午前七時に起床した。母の用意してくれたトーストとハムエッグの朝食を食べ、先に仕事に出る母を見送って一時間ほど英単語の復習を行い、身支度をして家を出たのは午前九時だった。

このときまでは腹具合に何の異常もなかったのだ。

高校入試当日だったが、さしたる緊張もなくて、やるべきことはすべてやったという、本番を迎えての期待感、充実感の方がむしろ勝るくらいだった。

前の年に西鉄の路面電車が全廃されていたので、「福高前」の電停もなくなっていた。「箱崎」から「千代町」まで路線バスを使い、「千代町」のバス停からは歩くことにする。といってもせいぜい五分足らずの距離なので、受験会場である県立福岡高校に到着したのは九時十五分頃だった。

福高を受験する箱崎中学の仲間たち十数人と校門前で合流し、入室終了十分前の九時二十分ちょうどに功一郎を先頭に校内へと入っていった。

一限目、「国語」の試験が始まったのが九時四十分。

急に下腹部に差し込むような痛みを感じたのは、問題用紙が配られた直後だった。もちろん家を出る前に用は済ませてきていた。突然の腹痛の意味が分からない。

試験官に手を上げてトイレに行くべきか迷ったが、恐らく緊張のせいだと考え、「開始」という試験官の声と同時に問題用紙を開き、試験に集中することにした。

頑張って問題文を読み解き、答えを記入していったが、二十分ほど経ったところでどうしても辛抱できなくなった。腹痛は鈍化していたものの、それと反比例するように強い便意を覚え始めていたのだ。

過半まで解答欄を埋めたところで、功一郎は意を決して手を上げ、近づいてきた試験官に「トイレに行っていいですか？」と訊ねた。

試験官は無言で頷き、彼に促されて席を立ち試験会場の教室を出た。そこには別の教師が控えていて、その人の案内で男子トイレに連れて行かれたのだった。

ひどい下痢だった。胃腸は強い方で、滅多にお腹を壊すことはない。どうして急にこうなったのかますます意味不明だった。緊張だけでこんな下痢をするはずもなく、何か別の原因がありそうに思えた。

十分近く時間を失って席に戻る。

「国語」の試験はそれでもなんとか最後まで解くことができた。

試験を終えたところでもう一度トイレに行った。さきほどで出切ったはずなのにまた下痢だった。

入室時間ぎりぎりに試験会場に戻る。二限目は「数学」。途中退席はせずに済んだが、下腹部が絞られるように痛んで問題に集中できなかった。四十五分間の試験が終わり、次の「社会」までの十五分休憩のあいだに箱崎中の仲間と答え合わせをした。手こずった三問目の二次関数の問題で思わぬミスを犯したのに気づき、暗澹たる気分になる。

県立高校の入試は、難易度は高くないが取りこぼしが許されない。全教科でまんべんなく九割超の正答を出しておかないと福高のような進学校には合格できないのだ。

「社会」のあとの昼休憩のあいだに、学校を出て近くの薬局に駆け込んだ。下痢止めを買って薬局の人に貰った水で一服し、持参した母の手作り弁当には箸を入れずに午後の「理科」と「英語」に臨んだのだった。

薬のおかげで下痢は止まったが、腹具合は改善しなかった。止瀉薬の影響なのか手足が妙に冷たくなった。熱が出ている感じではなかったが、鉛筆を持つ右手の指が凍えてしまってなかなかうまく文字を書けない。腹回りを中心にした違和感も相変わらず。数学のミスのことが頭にちらついて、得意教科のはずの「理科」も「英語」もいつものようにすいすいと解くことはできなかったのである。

午後四時頃に受験会場をあとにしたときは途方に暮れる思いだった。

受験からようやく解放された喜びもあって仲間たちは連れだって天神に遊びに行ったが、功一郎は誘いを断って一人で箱崎の団地まで歩いて帰った。

道々、どうしてこんなことになったのかを考えた。

福高を出るときにトイレに行き、そこでまた水のような便がたくさん出て、それからは下腹部の違和感もかなり薄まっていたのだ。

この症状はどう見ても食あたりだろう。

だとすればそれを引き起こした食材があるはずだ。

考えられるのは昨晩の夕食だけだった。

昨日、午後五時過ぎに母の美佐江が勉強中の功一郎に電話を寄越した。受験前日なので早く帰って夕食をこしらえるつもりだったが、急用を彦八郎から頼まれたので帰りが少し遅くなるという連絡だった。

「七時頃には終わりそうやから、駅前で待ち合わせばして、一緒に焼き肉でも食べに行かんね？」

母はそう言った。焼き肉は功一郎の大好物で、箱崎駅のすぐそばにある焼き肉屋にたまに行っていたのだ。

「今日は家がよか。理科の問題集のおさらいば終わらせたいけん。やけん、何か買ってきてくれると助かる」

功一郎が返事をすると、

「やったら宝寿司に電話してにぎりば注文しようかね。七時に届けてくれるよう頼んでおくけん。その頃には帰れると思うけど、まだやったらあんたが受け取っておいてちょうだい。お金は後払いにしとくけん」

「分かった」

にぎり寿司も功一郎の好物だった。

母は七時前に帰宅した。宝寿司から届いたにぎり寿司はいつもの小さな桶ではなく、大きな桶だった。おまけに、いくらやウニも並んでいる。

母が、溶き卵とワカメのお吸い物を手早く作り、それぞれのお椀と寿司桶を載せた小さなちゃぶ台を挟んで差し向かいになる。

「ごめんね。大事な日が、こげん店屋物になってしまって」

母が申し訳なさそうにしたが、

「すごかね、これ」

四人前はありそうな特上にぎりを前に功一郎の方は大興奮だったのだ。

——昨日、寿司を食べ過ぎたせいかもしれない。

思い当たるのはそれだった。結局、母は一人前程度しか口にせず、功一郎が一人で三人前近くを平らげたのだった。

考えられる原因は他にはないだろう。ネタのどれが悪かったというのではなく、生魚をあんなにたくさん胃袋に流し込んだツケが今朝になって回ってきたのだ。

寿司にぱくついているとき、「明日は本番だし、生ものはほどほどにしないと」と一瞬躊躇(ためら)った記憶がある。だが、結局は寿司の魅力に負けて食べ進めてしまったのだった。

——食い意地のせいで肝腎要の高校入試にしくじるとは……。

余りの情けなさに何をどう嘆いていいのかさえ分からないくらいだ。

だが、そうやって家路を辿っているときは、まだ、かすかな希望があった。万全の出来ではなかったが、かろうじて合格に手が届くくらいの点数は稼いでいるのではないか——そんな淡い期待もなくはなかったのだ。

希望が完全に打ち砕かれたのは、翌日、地元紙の朝刊に掲載された「理科」と「英語」の模範解答例を見た瞬間だった。

前日夕刊に掲載された「国語」「数学」「社会」の模範解答例で、案の定、「数学」の三問目で大きく点を落としているのは確かめていた。だが、「国語」と「社会」はそこそこの出来で、得意の「理科」と「英語」でミスがなければ例年の合格点にどうにか手が掛かりそうな気がしていたのだ。

ところが、「理科」と「英語」の解答を見て、どちらでも大ポカをしでかしているのにすぐに気づいた。特に「理科」の天気図問題と「英語」の長文読解で普段ならば決してやらないであろう図表と英文の単純な読み違いを犯していたのだ。

「数学」と併せて五科目のうち三科目で失点してしまったのだから、どう甘く計算してみても例年の合格点数に十点以上足りないのは明らかだった。あげく、鉛筆がうまく握れなかった「理科」と「英語」については誤字、誤記入で減点を食らっている可能性もあった。

福岡高校への合格はもはや絶望的だった。

新聞を閉じ、功一郎は一人きりの部屋で天を仰ぐ。

どうしよう……。

福高に落ちれば滑り止めで受けた私立高校へ通うか中学浪人かのどちらかを選ぶしかない。

私立の合格通知はすでに貰っていたが、母子二人の家計を考えると学費の高い私立に行くのは現実的ではなかった。かといって中卒で浪人生活を送るというのも耐え難いものがある。

そもそも彼は、私立を受けるかどうか最後まで迷ったのだ。学年トップの自分が福高に落ちるとは到底考えられなかったし、だとすれば高い受験料を母に負担させるのは無意味な気がした。母から強く勧められて渋々受験したのである。

想像もしていなかった、まさしく悪夢のような現実だった。

合格発表は一週間後の三月十九日水曜日。

例年、午前九時に掲示される合格者の受験番号を福高まで出向いて確かめ、自身の合否を知ることになっている。

だが、この点数ではわざわざ発表を見に行く必要もないくらいだった。

「試験、どうだった？」

昨夜、早めに帰宅した母に真っ先に訊かれて、

「まあまあかな」

と答えた。

「慎重な功ちゃんがまあまあなら、合格間違いなしやね」

母は笑っていた。まさか首席を譲ったことのない息子が不合格になるとは夢にも思っていないのだ。

今朝は、枕元に「理科」と「英語」の問題と模範解答が載った地元紙が置かれていたが、母が仕事に出るまで開かなかった。そんな功一郎の余裕めいた様子を見て、母は尚更に合格を信じたに違いなかった。

だが実際は、母の前で模範解答を見るのが怖かっただけなのだ。

当時は、公立高校の受験終了から卒業式までの登校日は生徒の自主判断で決めてよかった。学校に行っても三年生は教室で自習するか、校庭に出てサッカーや野球をやって身体を動かすくらいで構わない。

裕福な家庭の子の中には、さっそく親子で海外旅行に出る者もいた。

功一郎はその日はずっと家にいて一歩も外には出なかった。

昼はインスタントラーメンで済ませたが、昨日のことが嘘のように腹具合は元通りになっている。

夕刊と朝刊二紙を何度も開いて、五教科の問題と模範解答を見直し、自分の書いた解答を思い出しながら藁にもすがる気持ちで性懲りもなく合格の可能性を探り続けた。

だが、何度見直し、何度サバを読んでみてもやはり合格点にはほど遠かった。

功一郎は敷きっぱなしにしていた勉強部屋の布団に寝転がって、これからのことを考えた。

母には申し訳ないが、滑り止めに受けた私立高校へ進学するしかないだろう。さすがに中学浪人は恥ずかしかった。受験競争の激しい福岡県では、毎年、相当数の中学浪人が生まれて社会問題化している。とはいえ箱崎中学で誰かが浪人したという話はもう何年も聞いたことがない。浪人生が多いといっても実数はさほどでもないのだ。

学費のことはアルバイトをして母の負担を減らすしかあるまい。

新聞配達であれば、朝刊だけの契約なら勉強や部活に差し障りはないと思う。ただ、学校は西区にあるので、通学に片道一時間以上かかる。朝刊を配り終えたらすぐに制服に着替えて家を出なくてはならない。朝刊だけの配達で果たしてどれだけ稼げるのか——そこも疑問ではあった。

一番の危惧は、母をひどく失望させることだった。

功一郎が福高に落ちるとは露ほども思っていない母のことを考えると、申し訳ない気持ちで心が張り裂けそうになる。

昨日、腹具合をおかしくして試験中に途中退席したことはもちろん言っていなかった。昼食時に止瀉薬を買ったことも、弁当を食べられなかったことも話していない。弁当の中身は帰宅すると新聞紙にくるみ、買ったばかりの薬と一緒にビニール袋に入れて団地内の公園にあるゴミ箱に捨てに行ったのだ。

出前の寿司が不合格の原因だと分かったら、「前夜に店屋物なんか食べさせた自分のせいだ」と母は一生悔やみ続けるに決まっている。

途中退席のことも止瀉薬のことも絶対に知られるわけにはいかなかった。

次の日、三月十四日金曜日は、昼になるまでぐずぐずと布団の中にいた。

正午過ぎにようやく起き出したが、長時間寝ていたのに眠った気がしない。夜中に何度も目が覚め、そのたびに三十分以上寝付けなかったのだ。横になったまま溜め息をついていた。気分が滅入ってちゃんと物事を考えることができない。

顔を洗って着替える。学校に行く気にはなれなかった。行けば、上首尾だった受験仲間たちの晴れがましい顔に接しなければならない。彼等は、よもや功一郎が落ちているとは思っていないから再び同窓となる相手として親しげに振る舞ってくる。それに適当に合わせるのが億劫だった。

十九日以降のことは想像したくもなかった。

功一郎の不合格は、驚きのニュースとなって瞬く間に学校中に広まるだろう。生徒たちの好奇の視線にさらされ、彼は憐憫と嘲笑の対象と化すのだ。

卒業式に出席するのをやめたかった。

仮病を使って休もうかと本気で思うが、しかし、それはそれで卑怯者のそしりを免れない。この博多の町では「臆病もん」の烙印を一度捺されたら生きていくことができなくなってしまう。

食欲もなく、昨日の夕食はほとんど手をつけなかった。

「試験が終わって気が抜けたんやろね。飯を食うのも面倒になった」

と母に言い訳していたが、鬱々として食事が喉を通っていかないのだ。

食べないことが奏功したのか、下痢はぴたりと止まり、腹部の違和感も完全に消えていた。そうした点からも一過性の食中毒だった可能性は限りなく高い。

何も食べず、どこに行くというあてもなく功一郎は、制服に着替えて家を出た。

部屋にいると余計に落ち込んでくる。幸い、外は春をうかがわせる陽気だった。愛用の自転車で中洲や天神あたりまで足を延ばし、風に吹かれて少しでも気分転換しようと思い立ったのだ。

国道三号線を進んで千鳥橋を過ぎ、昭和通りに入る。中洲、天神を抜けて平和台球場まで一気に走った。風も明るい日差しも心地よく、ペダルを漕ぐ脚も軽いが、気持ちはちっとも華やいではこなかった。

球場周辺は閑散としている。

二年前にクラウンライターが球団経営から手を引き、ライオンズは西武鉄道に引き継がれた。それと同時にホームグラウンドが平和台から埼玉県の所沢へと移転したのだ。西鉄から太平洋クラブ、クラウンライターとスポンサーが変わり、西鉄時代の栄光はすっかり過去のものとなった。平和台球場の客の入りも最悪だった。

だが、それでもライオンズは博多の魂とも言える球団だったのだ。

ライオンズが去るまではガラガラの外野席で、よく母と二人で野球観戦をした。エースの東尾が投げる試合は必ずと言っていいほど一緒に出かけた。母の美佐江が東尾投手の大ファンだったのである。

球場周辺を回っているとその頃のことが思い出されて、尚更に母に顔向けできない気分になってくる。女手一つで懸命に養ってくれている彼女に息子として報いるには勉強に励むしかなかった。だからこそ成績だけは常にトップを守ってきた。

そんな親孝行の総決算が福高受験だったのだ。

そこで結果が出せなければこれまでの努力は水の泡。母に合わせる顔がない。

功一郎は平和台球場を早々に後にして天神方向へと引き返す。気分を変えようと春の光の中へ飛び出してきたが、明るい日差しが却って鬱を誘ってくる。

こんなことならじっと団地の暗い部屋でうずくまっていた方がマシだったような気がする。光を避けて暗い場所へ行きたかった。誰の顔も見たくないし、誰からも自分の顔を見られたくない。

気づいてみれば中洲の映画館街に入っていた。〝暗い場所〟で思いつくのは映画館くらいだったのだ。

ずらりと並ぶ映画館の看板の中でもひときわ巨大な看板の前で自転車を止める。入口の脇に自転車を置き、制服の上着だけ脱ぐ。チケットを買って館内に入った。かねて観たかった映画だったし、いまの自分にはおあつらえ向きの映画のような気がした。次の上映が十五分後というのももってこいだ。時刻はちょうど午後一時半になったところだった。

映画館を出たのは四時過ぎ。

外の光は相変わらず眩しくて、通りに出るとしばらくは自転車を押して歩いた。

那珂川の川沿いの道に出たところで立ち止まる。ようやく目が陽光に慣れてきたのが分かる。

——これからどうしよう？

映画で気分がスカッとしたわけではなかったが、なんとなく自分の気持ちの底が見えた感触があった。難解で陰鬱だと評判のハリウッドの大作映画で、いまや世界中でこの映画の出来映えを巡る論争が沸き起こっている。功一郎にも内容はうまく咀嚼できなかったが、陰々滅々とした現在の心境をありのままに受け入れる素地をその作品は与えてくれたような気がした。

押していた自転車にまたがりペダルを漕ぎ始める。

やはり、母に本当のことを伝えよう、と思った。

来週の合格発表まで事実を隠しておくのは、みじめで未練がましい態度だ。急な腹痛でまともに受験できなかったこと、学費はかかるが私立に進みたいこと、自分もしっかりアルバイトをして家計を助けたいこと——洗いざらいを伝えた上で、母の意見に耳を傾けるべきだろう。

母は今日も長倉邸にいるはずだった。一応、家政婦紹介所からの派遣という形を取っているが週の大半は長倉邸で家事を行っていて、ほぼ専属と言ってもいい。そういう勤務がもう数年に亘って続いていた。

息子が母親の職場に気軽に立ち寄るというのは奇妙ではあるが、母が長倉邸で働き出して一年ほど経った頃に長倉彦八郎に引き合わされ、三人で食事をした。そのとき彦八郎本人から、

「功一郎君、きみには見所がある。いつでも好きなときに遊びに来なさい」

と言われたのだ。

人麻呂がフランスから帰国すると今度は彼にも、

「暇なときはちょくちょくおいでよ」

と歳の離れた友だち扱いを受けるようになった。

人麻呂の書斎がある「離れ」には洋書だけでなく珍しい辞書や事典、図鑑、画集、それに東西の美術品、工芸品が山のようにあって、一度足を踏み入れると幾らでも時間を潰すことができた。

在宅中の人麻呂が相手をしてくれることもあれば、彼は机で仕事をしていて、功一郎は功一郎で勝手に本を読んだり、学校の宿題をしたりすることもあった。

そんなときでも、人麻呂は美味しいケーキやクッキーを用意して、手ずから淹れたカフェ

オレでもてなしてくれる。

さまざまな文化芸術に精通したその蘊蓄(うんちく)あふれる一人語りに耳を傾けるのも楽しかったし、こちらが何か質問すれば、彼に答えられないことなどほとんどなかった。

人麻呂は本当に不思議な人だった。

容姿は、髪が黒いのを除けば西洋人のようで、目は大きく、何より鼻がびっくりするほど高かった。父親の彦八郎とは似たところがなく、

「人麻呂さんのおかあさんって外人さんやったと？」

母に訊ねたこともある。

「さあ。なんか人麻呂さんが生まれてすぐに亡くなりんさったみたいやけど、外人さんやったかどうかは知らんねえ」

と母は言っていた。

長倉邸には五時前に到着した。平日だから大きな屋敷にいるのは母一人か、または大学が休みの人麻呂が「離れ」にいるだけだろう。

門をくぐり広い車寄せの端に自転車を置いて、功一郎は母屋の玄関の呼び鈴を鳴らした。

しばらくして母の声が聞こえ、分厚い両開きのドアが開く。

「あら、どうしたの？」

たまにあることとはいえ、急にやってきた功一郎を見て母は少し驚いた様子だ。

「いま、忙しいと？」

「大丈夫やけど」

「人麻呂先生はおる？」

「うん。今日はずっと離れにいるみたいやね」

「そうね」

「離れにおらんかったと？」

人麻呂に会うときは最初から離れの玄関に行くので、母は彼が外出したと思ったようだった。

「そうやないけど……」

「お茶でも飲んでいく？　ジュースもあるよ」

映画館では何も飲み食いしなかったので、そういえば喉が渇いていた。

「じゃあ、ジュースにしようかな」

「そうやね。今日はやけにあったかいもんねー」

母は上機嫌そうに言って、功一郎を広いリビングへと招き入れた。

母が出してくれたオレンジジュースを飲む。仕事は一段落したらしく、彼女も大きなダイニングテーブルの向かい側の椅子に腰掛けた。

ジュースを半分ほど一気飲みして冷えたグラスを卓上に戻し、功一郎が話を切り出そうとしたちょうどそのときだった。

「そうそう。さっき、真弓から電話が来たんよ」

母が機先を制するように話し始める。

「犬飼さん？」

犬飼真弓は、母の中学、高校の同級生だった。いまは西区にある犬飼歯科医院の院長夫人だ。

「電話って、ここに？」

母が頷く。

「ときどきここに電話してくるんよ。私からはもちろん掛けたことはないんやけどね」

母も長倉邸での仕事が長くなって、そのへんはかなりゆるゆるになっている。加えて、彦八郎や人麻呂との間には、息子といえども踏み込めない領域があると最近の功一郎は感じ始めていた。

「何の話やったと？」

水を向ける。

「それがね、遼ちゃん、修猷館は駄目やったみたいなんよ」

「駄目？」

犬飼家には功一郎と同級の遼一君がいて、彼は福高と並ぶ県立の進学校、修猷館高校を受験したはずだった。

「駄目て、発表まだやない」

内心の動揺を悟られぬようにしながら返す。

県内の公立高校の合格発表は揃って十九日水曜日だった。

「それがね、本人が答え合わせをやって、絶対落ちたって言うとるらしいんよ。昨日なんて一日中部屋に引き籠もって、ご飯も食べんで泣いとったんやて」

「………」

功一郎はどう反応していいのか分からない。

「美佐江んとこはよかねえって真弓に言われたとよ。私も、なんて慰めていいか分からんでねー」

「合格発表は来週やけんね。まだ絶対やないよ」

つい心にもないことを言う。福高にしろ修猷館にしろ九割以上の正答率が求められるので、答え合わせをすれば合否は明白に分かる。

「まあ、そりゃそうやけど」

母は渋い顔で頷き、

「遼ちゃんは一人息子やけん、どうしても歯医者さんにならんばいかんもんね。だとすると修猷館に入れんかったんなら痛かよ。まあ、あそこはお金はあるけん、最後はどっかの私立の歯科大に押し込むことはできるんやろうけどね」

と言った。

真弓と母は高校卒業後、就職先も地元のデパートで一緒だった。

母はお歳暮シーズンに配送のバイトで来ていた九大の学生と恋仲になり、駆け落ち同然で一緒になった。そのバイト学生が功一郎の父親だ。

真弓の方は紳士物のフロアで働いているとき客だった犬飼氏に見初められて結婚したのだった。

「真弓は小さい頃からとにかく美人さんやったけんね。デパート時代もしょっちゅう誰かに言い寄られよったとよ。犬飼さんもそのうちの一人なんよ」

母はいつもそんなふうに言っている。

思わぬ話の成り行きに功一郎は内心で困惑していた。

映画を観て、本当のことを話そうと決心してここまで来たのだが、これでは自分も「絶対落ちた」とはとても言い出せない。その顔を見れば、母が功一郎の合格を微塵も疑っていないのは明らかだった。

――発表までまだ五日ある。別のタイミングを見つけるしかないか……。

すっかり決心は鈍ってしまった。

それにしても、この母に不合格の憂き目を見させるのは耐え難いと改めてつくづく感じる。

自らの不甲斐なさを呪いたくなってくる。

「ごちそうさま」

ジュースを飲み干すと立ち上がった。

「人麻呂先生のところに顔出してくる」

母は頷き、

「今日は美味しいすき焼きやけんね。あんまりお菓子を食べ過ぎんようにしんさいよ」

と言った。

「そりゃ豪勢やね」

「あんた昨日もあんまり食べとらんでしょう。四月から福高生なんやし、勉強だけでなく、これからは運動も、もうちっと頑張らんといかんけんね。福高は文武両道がモットーの学校なんやから」

「まあね」

言葉を濁して、功一郎はそそくさと退散するしかなかった。

5

「開始」の声で我に返った。

周囲で問題用紙を一斉に表に返す音がする。

功一郎は、そのザッザッという音を聞きながら唖然とした思いで前後左右をキョロキョロと見回す。

自分の身に一体何が起こっているのか分からない。

教室全体に張り詰めた空気がみなぎり、すぐに受験生たちが鉛筆を走らせる音が聞こえ始めた。それを耳にして、功一郎もほとんど反射的に裏向きの問題用紙をひっくり返し、「国語」と記された一ページ目をめくる。

一、次の文章を読んで、後の各問に答えよ。

われわれは先人の精神的遺産である文化に囲まれ、それを自分のものにしながら成長している。しかし、このけんらんと花咲く文化のなかに、ただ身を浸してさえいれば、それでいつとなく文化が自分のものになっていくものでないことは、いうまでもないことである。

なるほど、われわれのまわりには文化があふれている。本屋に行けば、新刊書がうず高くつまれているし、テレビのチャンネルをまわせば、各種の芸能が目の前で展開する。この文化の過剰のなかにあって、われわれのまずなすべきことは何か。それは選択するということであろう。選択するには、選びとる自分というものがなければならない。そこに、どうしても自分の□□□が要求されるのである。――

問一　本文中の「つまれて」「まわせば」について、傍線をつけたひらがなの部分に適切な漢字をあて、楷書でそれぞれの答の欄に書き入れよ。――

二日前に目にしたばかりの試験問題が並んでいた。

――一体どうなっているんだ……。

彼はもう一度、周囲を見回し、一昨日とまるきり同じ光景であることを確認する。廊下側の席や窓側の席には箱崎中の仲間たちの姿が見え、それもあの日の顔ぶれで間違いなかった。窓側の席には、十五分休憩のときに「数学」の三問目のミスを指摘してくれた同じ三年四組の辻野太郎の姿もあった。

――お腹は？

ようやく思い当たって功一郎は下腹に手を当てる。

何ともない。

二日前は、問題用紙が配付された直後に差し込むような痛みが起きたのだが、すでに数分が過ぎたいまも腹具合に異常はなかった。

それはそうだろう。ついさきほどまで自分は長倉邸の「離れ」にいて、人麻呂の書斎で不思議な絵を眺めていたのだから。

今日は昼過ぎまで寝て、何も食べずに自転車で団地を飛び出し、平和台球場から中洲の映画館へと回って映画を観た。長倉邸を訪ねて「離れ」に顔を出したのは午後五時過ぎで、書斎で人麻呂としばらく話をした。そしてそのあと、一人であの絵の前に立ったのだ。

それがどうして、自分はいま二日前の受験会場にいるのか？

功一郎は腕時計で時間を確かめる。日付は三月十二日水曜日。時刻は九時四十五分。「国語」の試験開始時間を五分ほど過ぎたところだった。

あの絵を眺めているうちに奇妙な現象に見舞われた。

人麻呂によれば、それはニコラ・ド・スタールという画家が描いた「道」という題名の油彩だった。

絵は、白と黒だけで構成されていた。上半分は青みがかった白で、下半分には左から黒、白、そしてバラ色がかった白の三角形が描かれ、画面の中央で三つの三角形が結びつこうとしている。中央の真っ白な三角形がおそらくは「道」であり、その道の先には黒い三本の木のようなものが立っていた。

じっくりと眺めているうちに、真ん中の白い三角形が遠くへと真っ直ぐに延びる道に見えてくる。左の黒は左側の景色、右のバラ色がかった白は右側の景色で、中央に立つ三本の黒いかたまりは樹木のようでもあり、建物のようでもあり、もしかしたらこの道を進む者を待ち構える人物なのかもしれなかった。

どれも黒一色だが、だからといって禍々しい気配はない。何かしら確固とした存在としてそれらは道の行く手に配置されているのだ。

書斎でその大きな絵を見るのは初めてだった。部屋に入ってすぐに気づいたところ、

「これは凄い絵なんだよ」

一緒に書斎に入った人麻呂が、絵のそばに近づいて話を振ってきたのだ。

「凄い絵？」

縦が六十センチ、横が一メートル近くはありそうなその絵は、なるほどこの書斎に掛かっている幾つかの絵画やポスターと比べても格段に大きかった。

「一昨日、ようやくフランスから届いたんだ」

人麻呂は少し自慢げな口調で言う。

「凄いだろ？」

念を押されて、功一郎はちょっと首を傾げる。

「何が凄いんですか？」

率直に訊いてみた。

「まずは値段」

茶化すように人麻呂が言う。

「値段？」

「そう。この屋敷がまるごと買えるくらいだ」

彼の言っていることが本当なのか嘘なのか判然としなかった。ただ、そう聞いて、功一郎も絵の近くへと歩み寄る。

「これが……」

意味もなく呟いた。

「でも一番凄いのは、この絵を描いた画家だ」

「画家？」

「ニコラ・ド・スタールという名前のロシア貴族出身の画家なんだ。不世出の天才だよ。僕はパリで初めてスタールの絵を見たとき、ピカソを超える天才がこの世界にいたことを知ったんだ」

「この世界にいた？」

「そう。スタールは二十五年前にアンティーブという南仏の港町で死んでしまったからね。

アトリエの窓から身を投げたんだ。ちょうど今頃の季節だよ。まだ四十一歳の若さだった。その夭折なかりせば、ピカソの打ち立てた金字塔は彼の手によってなぎ倒されていたかもしれない。ちなみにピカソはスタールの死後二十年近くも生きて、七年前に九十一歳で死んだ」

功一郎は、ニコラ・ド・スタールという画家の名前さえ知らなかった。パブロ・ピカソのことはむろん知っている。

美術の教科書に載っていたピカソの「泣く女」を観たときは、心の奥深くをえぐられるような衝撃的な感覚を体験した。

そのピカソを凌駕する画家がこの絵を描いたのだ、と思うとにわかに関心が増してくる。と同時に、そんな世界的な画家の絵をフランスから取り寄せて、こうして無造作に書斎の壁に掛けておける長倉家の圧倒的な財力を思う。

功一郎が絵の方へ顔を向けて黙っていると、

「どうした？　今日はなんだか元気がないな」

人麻呂が言った。いつの間にか彼はデスクを背にした四人掛けのソファの真ん中に座っている。そこが彼の定席で、夜は大抵その大きなソファで眠っているのだった。

功一郎は人麻呂を見て、ソファのはす向かいに置かれた一人掛けの革張りの椅子に移動した。人麻呂と話すときはいつもこの椅子を使っている。ソファも椅子も人麻呂がパリから持ち帰った逸品だった。

「一昨日の試験がうまくいかなかった?」

こちらに身体を向け、少し前屈みになってズバリ訊いてきた。

「たぶん」

功一郎は素直に認める。

「きみにしては珍しいな。しかも本番でしくじるなんて……」

人麻呂は福高のOBだ。

「何かあった?」

「数学の問題で、とんでもない勘違いをしちゃって」

もちろん腹痛が原因だとは言えなかった。回り回って母に知られたら大事になる。

「発表はいつだっけ?」

「来週の水曜日」

「そうか……」

人麻呂は、「大丈夫だよ」とか「まだ分からないよ」とか気安めのたぐいは口にしない。

そういう性格だし、功一郎のこともよく理解しているのだ。

「で、どうするの? といっても私立に行くしかないか」

私立に合格しているのは彼も知っている。

「駄目だったと、まだ母に言っていなくて……」

「そうなんだ」

「絶対受かると信じているから」

「だろうね。きみの成績からすれば万に一つも不合格はないからね」

「やっぱり先に話しておいた方がいいですよね。その方がショックが少ないかもしれないし」

「そんなのどっちだっていいさ。不合格は不合格なんだからね」

まるで突き放すように人麻呂は言う。

「まあ、人生、いろんなことが起きるし、いろんな道があるのさ。あの絵のようにね」

そう言うと、彼は不意に立ち上がった。

「美味しいカフェオレでも淹れてくるよ。今日はゆっくりしていくといい。晩ご飯も美佐江さんと一緒にここで済ませていけばいいよ。僕の方から美佐江さんにそう言っておくからさ」

人麻呂は母のことを「美佐江さん」と呼んでいるのだった。

「じゃあ、失敬」

彼はさっさと書斎を出て行ってしまった。

まるで置いてけぼりを食ったような心地で、功一郎はドアの向こうに消える人麻呂を見送った。

「不合格は不合格なんだからね」

という一言が頭の中で何度もリピートされている。

人気の消えた広い部屋で、ふと壁の絵を見る。自殺したロシア貴族の末裔が描いた、それはピカソさえも超越する絵なのだという。

「まあ、人生、いろんなことが起きるし、いろんな道があるのさ。あの絵のようにね」

人麻呂が出て行く前に言っていたもう一つの言葉がよみがえる。

どこかしら引っかかる物言いだった。

いろんな道があるのさ。あの絵のようにね——一体どういう意味なのだろうか?

「あの絵のように」ということは絵の中に「いろんな道がある」ということなのだろう。だが、あの絵には真っ直ぐに延びる真っ白な道が一本あるきりなのだ。

功一郎は椅子から立ち上がり、再度壁際に歩み寄った。

大きな絵と対峙する。

奇妙な現象が起きたのは、改めてじっくりと絵を見始めて数分経った頃だ。

白い三角形の道の左右にある二つの三角形、それまでは両側の風景に見えていたそれらが中央の真っ白な三角形とは異なる別の道のように見えてきたのである。

大きな画面の下半分に三本の道が並走し、中央の黒い木立なり建物なり人物なりへと通じているような、そんな気がしてきた。

「いろんな道がある」という人麻呂の言葉に合点がいった感じがする。

そうやって絵の中心へと向かって延びる三本の道を見つめているうちに、今度は、

「人生、いろんなことが起きるし、いろんな道があるのさ」

という人麻呂の言葉の前段が脳裏にくっきり浮かび上がってきた。

人生、いろんなことが起きる――確かに自分自身も絶対合格すると信じていた一昨日の入試で大失敗をしてしまった。

そして、人生にはいろんな道がある――この一枚の絵の中に、実はあと二本の道が隠されていたように、一つの人生であっても、目に見えない別の道がどこかにあるのかもしれない。

功一郎は真ん中の白い道ではなく、左側の黒い道へと視線を集中した。

――ああ、自分の人生にも隠された別の道があったらいいのに……。

そう内心で深々と呟いた瞬間だった。

いきなり視界が暗転し、強烈な力で胸ぐらを摑まれて壁の方へと引っ張られた。いや、引っ張られるというよりも身体ごと壁に吸いつけられるような感じだった。

あっと言う間に平衡を失い、慌てて右足を大きく一歩踏み出したが間に合わなかった。頭から突っ込むような恰好で功一郎の身体は宙に浮いた。そして、ぐるんときれいに一回転したかと思うと深い穴にでも飛び込んだようにどんどん落下しはじめ、そのうち何も感じられ

なくなった。一体どれくらいの時間が経ったのだろう。五感がすっかり閉ざされたと思ったその直後、彼は、何か固いものにしたたかに尻を打ちつけたのである。

衝撃と痛みで我に返った。

無意識に閉じていた目を開けると周囲の様子が見える。視力が戻ったのだ。

二日前と同じ教室の同じ席に座っていた。

そして、正面の教壇に立つ試験官の「開始」という声を耳にしたのである。

相変わらず、静寂の中を受験生たちが走らせる鉛筆の音が流れている。

功一郎は下腹に当てていた右手を持ち上げて、机上に置かれた三本の三菱ｕｎｉのうちの一本を握る。験を担いで、二日前に手にした右端のではなく真ん中の鉛筆にした。

ひとつ深呼吸をしてから問題用紙に向き合う。

一問目から最後の四問目まで、出題も設問も前回と全部同じものだった。

すでに一度受験し、新聞に載った模範解答も見ているのだから、何の苦労もなくすべての解答欄を正解で埋めることができる。

ものの五分もかからなかった。それでも、子細に内容を確認し、自分が記入した答えで間違いないかを何回も見直した。

そうした作業をしながらも、たったいま、我が身に起きていることがまるで理解できないままだった。

功一郎は答案を書き終えると鉛筆を置いて顔を上げ、あらためて受験生が居並ぶ静かな教室風景を眺める。

これは現実なのか？

それとも夢や幻覚のたぐいなのか？

自分はいまどこにいるのか？

何をしているのか？

人麻呂の書斎でいつの間にかうたた寝でもしてしまったのか？　つまりこれは夢なのか？　それとも今日一日の行動全体が現実ではなくて夢で、いまも自分は昨夜の眠りの中にいるのだろうか？

昼過ぎに起きて自転車で団地を飛び出し、平和台球場に行ったことも、そのあと中洲で映画を一本観たこともすべては夢なのか？

映画は、フランシス・フォード・コッポラ監督の『地獄の黙示録』だった。

受験が終わったら必ず観ようと楽しみにしていた、目下、世界中で話題の作品だ。

薄く目を閉じて、さきほど観てきたばかりの『地獄の黙示録』のストーリーや各場面を思い返してみる。

次々と鮮烈なシーンや音楽が脳裏に再現される。

これが夢だとすれば、自分はどうして一度も観たことのない映画の内容をここまで鮮明に最初から最後まで反芻することができるのだろうか？

それとも、そもそも『地獄の黙示録』という映画など存在せず、それ自体が自分の妄想の産物なのか？　もしくは、映画は存在しても、いま想起している詳細なストーリーや場面がまったくのデタラメなのか？　いや、それとも、自分はとっくに『地獄の黙示録』を鑑賞していて、単にそのことをすっかり忘れてしまっているだけなのか？

――たとえこれが夢の世界の出来事であったとしても、それでも出された問題には正しい答えを記しておくしかないのだ。

功一郎は、真剣な心地で考える。

夢の世界であっても、もう二度と試験に失敗したという思いを抱えたくはなかった。まして、夢から醒める前に合格発表の日を迎えてしまうのは正真正銘の〝悪夢〟だ。

一限目の「国語」は時間割の通りに午前十時二十五分で終了した。

いまだに目覚めない。

果てしのない夢の中に閉じ込められてしまったのか？

十五分休憩も終わり、受験生が全員着席する。次は「数学」だった。試験官がそれぞれの机に問題用紙を置いていく。「開始」の合図で一同が問題用紙を表に返した。今回は功一郎も同調した。

まずは計五問の問題をざっとチェックする。

第一問目の計算問題。一昨日の問題と完全に同じだ。二問目の商品の販売個数に関する問題。これも同じ。三問目は例の二次関数の問題だった。これもまったく同じだ。

「国語」同様に、やはり「数学」も二日前とそっくりそのままの問題のようだ——そう思って四問目を見たところで、功一郎は「えっ」と小さく声を上げる。

円と長方形を組み合わせた図形問題が、円と三角形を組み合わせた図形問題に変化していた。

——まさか。

急いで五問目に目をやる。こちらは、側面が底面に垂直な三角柱を使った問題で、二日前と同じだった。

五問のうち、四問目だけが新しい問題と入れ替わっている。

『地獄の黙示録』といい、この四問目といい、ますます頭が混乱してくる。

——一体ここはどこなのだ？

そう自問しつつ、しかし、意識は四問目の図形問題へと吸い寄せられていた。

——まずは、この新しい問題を片づけなければ……。

鉛筆を握り、問題文に集中する。

4　次の図で、三角形ＡＢＣの頂点Ａから辺ＢＣにひいた垂線は、辺ＢＣと点Ｄで交わり、垂線ＡＤを直径とする円Ｏは、辺AB、ACとそれぞれ点E、Fで交わっている。
下の⑴〜⑶の□□□の中にあてはまる最も適当な数または記号を記入せよ。ただし、無理数の場合は√の中を最も小さい整数にせよ。——

比較的簡単な問題だった。功一郎はすいすいと⑴⑵⑶の問いを解いていった。四問目を念入りに見直してから、残りの各問の答えを解答欄に丁寧に記入していく。あとの四問は模範解答を知っているのだから何一つ悩む必要もなかった。

四十五分の試験時間が終わり、十五分休憩に入る。

一昨日と同様に同じ三年四組の辻野太郎が功一郎の席へと近づいてきた。彼と「数学」の答え合わせをする。今回は二人の解答に相違はない。四問目の新しい問題に関しても功一郎と辻野の答えは一致していた。

「唐沢、次の『社会』が終わったら、昼飯はあっちの中庭で一緒に食べようよ」

辻野が言った。

その一言で、功一郎は足下に置いたリュックの存在に初めて気づく。辻野の前で持ち上げてファスナーを開き中身を確認した。あの朝、母が作ってくれたものと同じハンカチに包まれた弁当が入っている。

今日はこれをちゃんと食べることができそうだった。

福高には校舎に囲まれた広い中庭があった。そういえば一緒に学校見学に出かけたとき、

「受験の日は、晴れていたらここで昼飯を食べよう」

と辻野と話したのではなかったか。

「いいね」

この前は腹具合がそれどころではなく、二次関数の問題でのミスも分かって功一郎は顔面蒼白だった。その気配を察した辻野は、誘いたくても誘えなかったのだろう。

結局、午後の「理科」と「英語」を終えても、功一郎の目が醒めることはなかった。

「理科」は前回とすべて同じ問題だったが、「英語」は二つ目の対話文の完成問題が新しくなっていた。ただ、一番面倒な五問目の長文読解は同じだったので、最終的に今回の試験で答えられなかった問題は一問もなかった。

恐らくは全科目満点。

一昨日とは違って、合格は間違いなかった。

試験後、解放感に浸っている辻野たちから天神に遊びに行こうと誘われた。それも二日前と同じだったが、功一郎は断って前回同様に徒歩で箱崎団地まで帰ることにする。

夢にしては余りにも現実感が強かった。しかも、この夢はいつまで経っても醒める気配がない……。

まずは一人きりになって、現在自分が置かれている状況について冷静に見つめ直してみる

しかなかったのだ。

第二部

1

「本部長、そろそろ時間ですよ」

耳元に響く声で、功一郎は我に返った。

「ああ……」

と反射的に返したものの、頭がぼんやりしていて目の前に立っている人間もかすんで見える。

長い時間、深く眠っていたところをいきなり起こされたような感じだった。何か大事な夢を見ていた気がする。

「本部長、あと五分です」

ようやく早見卓馬(はやみたくま)の姿がくっきりした。その顔を見た瞬間、

――うまくいったのだ……。

内心で安堵の吐息をもらす。

腕時計の針を読むと時刻は、午後一時五十五分。文字盤の日付は「ＦＲＩ 28」。卓上カレンダーは２０１８年９月のページになっている。

あの日の会議は二時から始まったのだった。

――なるほどここからやり直すのか……。

前回の経験に鑑み、ぎりぎりのタイミングになる可能性は充分に予測していた。最大の危惧は、美雨の事故を未然に防ぐことが不可能な場所や時間帯に舞い戻ることだったのだ。

渚からの一報が入ったのは、これから始まる会議の最中だった。まずは着信があり、出られずにいるとすぐにラインが来た。

美雨が事故に遭って心肺停止の状態で病院に担ぎ込まれた、という文面だった。動転して会議室を飛び出し、震える声で電話すると渚はタクシーを拾って病院に向かっているところだった。

あの一本のラインを境にして、功一郎の人生は一気に暗転していったのだ。

「ちょっとトイレに寄るから、悪いけど先に八階に行っていてくれ」

席を立ちながら、さりげない口調で功一郎は言う。

今日は三ヵ月に一度の「安心品質会議」の日だった。

この竹橋本社の生産、商品開発、研究開発、販売、マーケティング、品質管理など各部門の部門長、部課長クラスが一堂に会する最重要の会議で、社長以下、主だった役員も全員顔を揃える。会場も役員フロアの大会議室と決まっていた。

「分かりました」

功一郎が会議に遅れることは滅多にないので、お客様相談室長の早見は少し怪訝そうな表情になったが、今日は自分が会議の議案提出者を仰せつかっているから遅刻するわけにもいかない。一礼すると背を向け、そそくさとエレベーターホールへと向かった。

功一郎が本部長を務める品質管理本部は七階、役員フロアは一つ上の八階だ。

もう一度時刻を確かめ、功一郎は椅子の背に掛けていた上着を羽織ると足下のカバンを手にして品質管理本部を出る。

エレベーターホールで押したのはむろん下りボタンだった。

今日は「安心品質会議」などに出ている場合ではなかった。欠席の旨は、まず秘書室に電話して社長に伝言し、そのあと電車に乗ったところで早見にメールをすればいいだろう。

〈腹具合がおかしいので急いで病院に行ってくる。申し訳ないがよろしく頼む。社長にはきみに一任したと連絡済み。〉とでも打っておけばいい。

会議は三時間近く続くのが通例で、あの日、渚から電話が来たのは午後四時過ぎだった。

美雨が事故に巻き込まれたのは午後二時五十分ちょうど。田園都市線の三軒茶屋（さんげんぢゃや）駅を出て、弦巻（つるまき）方向に世田谷通りを進んですぐの場所が事故現場だった。美雨は三時に待ち合わせた大学のクラスメートと会うために三軒茶屋へと出かけたのだ。

夕方、搬送先の東邦大学医療センターの霊安室で美雨と対面した。

顔に一切の傷はなく、眠っているようにしか見えなかった。幾ら声を掛けても目を覚まさないのが不思議で、渚は娘の肩を何度も揺すって起こそうとした。最後は功一郎がそんな妻を娘から引き離すしかなかったのだ。

フジノミヤ食品本社から地下鉄東西線「竹橋」駅までは歩いて五分ほど。歩きながら社長秘書に電話し、伝言を伝える。

午後二時十分発の東西線に乗り「竹橋」からひとつ隣の「九段下」まで行く。そこで二時十五分発の半蔵門線「中央林間」行きの電車に乗り換えた。

NAVITIMEによれば「三軒茶屋」到着は二時三十二分。

美雨は恐らくこの電車より遅れて着く電車で三軒茶屋駅に降り立つのだろう。事故現場の手前で待っていれば彼女をつかまえることができる。そのために与えられた時間は、二十分足らず。

彼女を見つけることができなければ、愛娘の事故死を直接目撃することになる。

最悪の事態だ。

電車の中は空いていた。当然の話だが、誰もマスクをしていない。中国武漢市の海鮮卸売市場で謎の感染症が流行しだすのはまだ一年以上も先のことだった。それでもマスクのない車内風景に著しい違和感を覚えてしまう。

功一郎はこれから先のことだけを考える。

「三軒茶屋」で降りてどう行動すべきか？

上着のポケットに入っていた昔のアイフォーンで三軒茶屋周辺の地図を表示し、美雨救出の段取りを頭の中でシミュレートする。

事故現場となった栄光銀行三軒茶屋支店は、田園都市線の出入り口から世田谷通りを百メートルほど下った三叉路にある。

美雨はその交差点で信号待ちをしているときに、いきなり突っ込んできたミニバンに撥ねられたのだ。

美雨を撥ねた車はそのまま支店のドアやガラス窓を破って店内に乗り上げ、停止した。窓口が閉まる直前の出来事で、中には数人の客が残っていたが、奇跡的に彼等や行員たちに怪我人は出なかった。

銀行のエントランス前にいた美雨一人が犠牲になったのである。

ミニバンの運転手は七十代の男性で、車から引きずり出されたときにはすでに事切れていた。事故後の警察の検証作業で、彼がブレーキも踏まずに交差点に突入したのは、その直前に心臓発作を起こしたからだろうと推定された。男性は運転中に意識を失い、恐らくは絶命した状態で百数十メートルの距離を走行し、そのまま美雨のいる交差点へと突っ込んだのである。

地図をチェックしながら、こんなことなら、せめて一度でも事故現場に足を運んでいればよかったと後悔する。

渚は何度か出向いて花も手向けたようだが、そういう詳しい経緯も含めて当時の功一郎はすべての情報をシャットアウトしたのだった。

美雨が死んだという事実の前で、彼の思考は完全に停止した。美雨が一体どこでどんなふうに死んだのかを確かめたいとはまったく思わなかった。事故から一ヵ月以上、新聞もテレビも一切見なかったし、会社での勤務もただ条件反射的にこなすだけで何も頭に入ってきていなかった。

品質管理本部の部下たちのサポートがなければ、彼はフジノミヤ食品での仕事も品質管理の専門家としての信用も丸ごと失っていたに違いない。

凍りついていた思考が復旧したのは、皮肉なことに事故から二ヵ月ほどが過ぎて、妻の渚の様子が明らかにおかしくなってきてからだったのだ。

電車が「永田町」駅を出たところで腕時計の針を読む。

午後二時二十分。

いまから三十分以内に美雨を助け出すことができなければ、わざわざ二年五ヵ月の歳月を遡ってきた甲斐がなくなってしまう。それどころか、散々味わったあの筆舌に尽くしがたい苦しみを、もう一度最初から味わい直さなくてはならなくなる。

それだけは断じてご免だ。

もしもそうなったら今回は耐え切れないかもしれない。

「表参道」に着いたところでメールの着信が入った。

〈大丈夫ですか？ 会議の方は何とかしておきます。ご心配なく。とにかくお大事に！〉

九段下で打ったメールへの早見からの返信だった。

その文面を読んで、過熱した意識が少し鎮まった。

こうして計画通りに過去に戻ることができたのだ——ということは、美雨のいのちを救うこともきっとできるに違いない。前回だって一度はしくじった高校入試に再チャレンジし、見事に合格を勝ち取ったではないか。

今日の「安心品質会議」の議題はフジノミヤ食品のＧＭＰ（適正製造基準）の改訂問題だった。

ＧＭＰというのは、原材料の受け入れから製造、出荷までの全工程における製品の「安全性」と「一定品質」を維持するために作成された社内独自の管理規則のことだ。米国などでは法的強制力を持つが、いまだ日本では医薬品を除いては法的に義務づけられたものとなっていない。とはいっても食品や飲食の分野でも、昨今は、かなり厳密な運用が求められているのだった。

今回の改訂の眼目は「従業員に対する品質管理教育の徹底」で、つまりは功一郎が主管する品質管理本部のマターだ。具体的には各生産現場（工場）での年四回の定期研修制度の導入で、対象は正社員だけでなく嘱託や派遣、パート、アルバイト従業員にも及ぶ。その具体的なプラン作りを担ったのが、お客様相談室長の早見だった。

あの日も会議はスムーズに進み、早見の提出した研修プランは各現場から幾つか指摘は受けたものの採択される流れで、実際、渚からの連絡を受けて功一郎が中座したあとにほぼ原案通りで社長の裁可を得たのだった。議事進行中も功一郎が発言する機会はほとんどなかったし、彼が冒頭から不在でも結論が変わることはないと思われる。

電車に揺られながら、つい三十分前まで九大旧工学部本館の隣に建つ長倉人麻呂の家にいたこと、彼の書斎で四十一年ぶりにニコラ・ド・スタールの「道」と対面し、その直後にこうして二〇一八年九月二十八日に戻ってきたことを思う。

期待通りと言うべきか、四十一年前に起きた〝奇跡〟が再現されたのである。

ただ、今日の会議にこうして欠席したことで、それまで自分が知っていた二〇一八年九月二十八日とこの〝二〇一八年九月二十八日〟とはすでに違うものになっている。そして、いまから三軒茶屋で美雨を救出することができれば、今日という日は、過去の今日とはまるで違うものへと大きく変化するのだ。

その変化は、この先の功一郎の人生、渚の人生、美雨の人生を変貌させ、自分たちに関わる多くの人々の人生を変貌させる。たとえば、鬱の闇に閉じ込められた姉を助けるために同居まで買って出てくれた神宮寺碧の人生は、美雨の事故がなくなることで激変するだろう。

彼女は、姉夫婦にかかずらうことなく、このまま自由な人生を歩めるようになる。

かつて福岡高校の入試会場に戻ったときは、遡行した時間はたった二日間だけだった。

だが、今回はそれとはスケールが違った。

二年五ヵ月という長々とした歳月を、功一郎はもう一度あらためて生きなくてはならないのだ。

「道」の前で起きたことは、四十一年前と寸分変わらなかった。

絵をしばらく凝視していると不意に視界が暗転し、凄い力で壁の方へと吸い寄せられた。今回は一切抵抗せずに我が身を委ね、宙に浮いた身体は前のめりになって頭から壁の中へと没入していった。前回はそのまままぐるんと一回転して、深い穴をみるみる落下していくような感覚がしばらく続いたあと、固いものに尻をしたたかに打ちつけ、目を開けると入試会場の椅子に座っていた。

今回は、会社の本部長席の椅子で目覚めるまでに更に時間があったような気がする。絵の中に吸い込まれた自分はすぐには過去に戻らず、どこか〝別の場所〟へ行ったような感触があった。

我に返ったとき何か大事な夢を見ていた気がしたのはそのためだったのだろう。

手にしているアイフォーンは一つ前の機種だったし、提げてきたカバンもかつて使っていたものだった。身につけているのは当時よく着ていたポールスチュアートのライトグレーのスーツで、我孫子の工場勤務になってからは一度も腕を通したことがない。「道」の前に立ったとき上着のポケットに入れておいたアイフォーンも手帳や著書、USBメモリを詰め込んだリュックもどうやら一緒に持ってくることはできなかったらしい。

――要するに身体一つで戻ったということか？

だとすれば、当時五十四歳だった身体は、すでに五十六歳になっている身体と入れ替わったことになる。

きっとそうに違いなかった。

いまだ二〇二一年二月二十四日までの記憶を保持している点からして、少なくとも脳という記憶媒体を連れて戻ったのは確かだろう。となれば身体ごと入れ替わったと考えるのが妥当ということになる。

電車は「渋谷」を出た。「三軒茶屋」は次の次だった。

功一郎はスマホをポケットにしまい、ズボンのベルトの上から自分の腹のあたりを触ってみる。

美雨が亡くなって一年で体重が五キロ以上減ってしまった。だが、柏市での生活が軌道にのり、渚の鬱症状も徐々に落ち着きを見せ始めたあたりから、今度はみるみる太り始めて、六十キロを切っていた体重は、事故以前の六十五キロを超えて六十七、八キロにまで増えたのだった。

腹回りを探れば、これが五十四歳の身体なのか五十六歳の身体なのか分かるような気がした。

だが、さすがに服の上からの手触りでは判然としない。

功一郎は目の前の電車の窓に映っている自分の姿に目をやった。

半蔵門線に乗ったときから座席には座らず、ずっと「三軒茶屋」で開く左側のドアのそばに立っている。

顔や体つきを確かめても、やはりどちらの自分なのか分からない。この二年五ヵ月、どこにも大きな傷をつくったことはないし、髪型も変えてはいない。そうなると腹回りの肉づきで判定するしか手はなさそうだった。

「池尻大橋」を出たところで、再び、美雨の救出だけに意識を集中した。

記憶に焼き付けたスマホの地図を思い描く。

確実に彼女をつかまえるには、やはり事故現場となった栄光銀行三軒茶屋支店の玄関前で待ち受けるのが一番だろう。姿を認めたところで近寄って声を掛け、その場に引き留めてしまえばいい。

ふと思いついてアイフォーンを取り出す。アラームを「14時49分」にセットして音量は最大に引き上げた。

銀行前で待機した状態でこの時間になって美雨が来なければ、どのみち彼女が事故に巻き込まれる可能性は消える。ただ、それまでにその姿を見つけるのは恐らく可能だと思われたし、アラームが鳴った時点では、三叉路の交差点に向かって弦巻方面から爆走してくるミニバンの姿も視界に捉えられるに違いなかった。

——こうして、自分は未来を大幅に変えようとしているのか？　それとも、新しい未来を作り出そうとしているのか？

主観的には前者だが、客観的には後者だろうと思う。

これは、四十一年前、福高を二度受験したときから考えてきたことだった。この先の未来を知っている自分にとっては「未来を変え」ることであっても、その未来を知らない人々にとっては「新しい未来を作り出」すことと同じだろう。実のところ、その「新しい」という形容詞自体も、先の未来を知っている自分だけに通用するものだから、他人にとっては単に未来がごく自然に紡ぎ出されていくに過ぎないとも言える。

そうした観点からすれば、時間を遡行することによって変えられるのは自らの記憶だけであって、未来そのものを〝変える〟など最初からできるわけもないことがよく分かる。

午後二時三十二分。予定通り、電車は「三軒茶屋」駅に到着した。

ドアが開くと真っ先にホームに飛び出して三茶パティオロの改札を目指す。パティオを抜けてキャロットタワーの地下一階に入り、エスカレーターを使ってタワー一階の出入り口から世田谷通りに出た。

時刻は二時三十五分。

栄光銀行がある三叉路はもう目と鼻の先だった。

世田谷通りの人通りはそれほどでもない。平日の中途半端な時間帯というのもあるのだろう。車道を走る車の数も普段のこの界隈からすればきっと少ないと思われる。実際、交差点に突入してきたミニバンに撥ねられたのは、あの日も美雨一人だった。彼女以外にも信号待ちの人間は幾人かいたのだろうが、彼等は撥ね飛ばされる美雨を尻目になんとか輪禍を免れたのだ。

銀行のエントランスに立ったのは二時三十七分。心臓発作で意識を失った七十代の男の車が突っ込んでくるのは十三分後。

信号待ちの時間を加味しても、美雨がここに来るまであと十分くらいはあるだろう。

今朝九時過ぎに彼女は東陽町のマンションを出て、今から十分ほどでこの場所にやってくる。それまでの足取りについては定かでなかった。事故後、渚からその辺の話も聞いたのだろうがまるで記憶にない。

「九時過ぎに玄関で見送って、それが最後だなんて……」

霊安室での妻の悲痛な嘆きが脳裏に焼き付いているから、美雨が今日の午前九時過ぎに家を出たことだけは認識しているのだ。

ただ、美雨の通っていた大学は渋谷にあったので、十中八九、渋谷から田園都市線に乗って三軒茶屋まで来たのだと思われる。だとすれば彼女もあのキャロットタワーの出入り口を使って、こちらに歩いてくるに違いない。

万が一、逆方向からやってくるとしても、目を配っていればかなり手前で視認することはできる。

功一郎は銀行のエントランスを背にして左右に視線を投げる。

依然として人通りはそれほどでもない。これならば見落とす危険性はほとんどないだろう。いたってのどかな金曜日の午後の風景が広がっている。

マスク姿の人間など一人も見当たらず、晴天の下、穏やかな日差しが降り注ぐ街路を銘々が思い思いの服装で行き交っている。

もうじきここにブレーキも踏まず、クラクションも鳴らさずに一台のミニバンが猛スピードで突っ込んでくるとはとても信じがたい。

だが、十分もすれば、ピンと張ったトレース紙を鋭いナイフで切り裂くように突然この日常は破裂するのだ。

その瞬間を想像すると背筋が寒くなる。

歩行者信号が青に変わり、信号待ちをしていた人々が目の前の横断歩道を渡っていく。こちら側から二人、あちら側からは三人。最後の一人が渡り終えたところで信号は赤に変わり、車が走りだす。

功一郎は腕時計を見る。二時四十一分。残された時間はあと九分。

美雨の姿はどこにもなかった。

キャロットタワーの出入り口からここまで二分足らずの距離なので、彼女がやってくるにはまだ少し間がある。

横断歩道のそばにベビーカーを押した若い女性がやってきて立ち止まった。赤ん坊が乗っている。一歳になるかならないかくらいだろう。男の子のようだった。ベビーカーのフロントガードから半身を乗り出すようにしてキョロキョロと周囲を眺めていた。母親の方はちょっとくたびれた様子で信号が変わるのをじっと待っている。肩には大きなバッグを掛け、ベビーカーのカゴにもふくらんだレジ袋や布製のバッグがぎゅうぎゅうに詰め込まれていた。

信号が青になって、母子はゆっくりと横断歩道を渡っていく。

その後ろ姿を見送りながら、功一郎は恐ろしい想像がみるみる胸に湧き出してくるのを感じていた。

もしも、美雨が事故に巻き込まれなければ、彼女の立っていた場所に別の誰かが立つことになるのではないか？

――それが、いま横断歩道を渡っているような母子だったとしたら……。

二人が渡り切ったのを見届け、功一郎は時刻を確かめる。二時四十四分。事故まであと六分。スマホのアラームが鳴るまでに五分だった。弦巻方向に目をやる。爆走してくるミニバンの姿はない。左に目を転ずる。美雨の姿もいまだ見えなかった。

交差点に近づいてくる美雨を途中で立ち止まらせるという方法はやめるべきではなかろうか？

そんなことをすれば、美雨が〝立っていた場所〟に誰かがやってきて、その人間が事故に巻き込まれてしまうかもしれない。

さきほどの母子がベビーカーごとミニバンに撥ね飛ばされる場面がありありと脳裏に浮かぶ。

――じゃあ、どうすればいい？

答えは簡単だ。

暴走してくるミニバンを交差点の手前で安全に停車させてしまえばいい。

だが、突っ込んでくる車を功一郎一人の力でいまから制止するなどできるはずもなかった。

もう一度時計を見る。

――どうする？

早急に別の方法を考えなくてはならない。美雨を助けるために他の人間を犠牲にしてしまっては元も子もない。一生、後悔を引きずることになるだろう。意識を失って突っ込んでくる運転手を止めるのが無理ならば、その車に巻き込まれる人を出さないようにするしかない。

むろん、そうだとしても美雨のいのちを救うのが最優先だ。

——どうする？

功一郎はじりじりと追い詰められるような心地で意識を集中する。

美雨の姿を視界に捉えたのはそのときだった。

時刻は二時四十七分三十秒。

予想通り、美雨はキャロットタワーの方から歩いてくる。グリーンのロングスカートに白のカットソー、黒のキャップをかぶり、肩には大きなバッグを掛けている。どれも見覚えのあるものだった。長い髪を今日は後ろでまとめてポニーテールにしているのだろう。

功一郎は銀行の前を離れて美雨の方へと近づいて行った。この先一体どうすればいいのか名案は浮かんでいない。

だが、これで美雨をあの事故から守ることができるのは確実だ。

それだけで全身に力が漲ってくるのを感じる。

——美雨のいのちさえ救えれば、あとは何とでもなる。

そう思った。

近づいてみれば美雨はひどく浮かない顔をしていた。うつむき加減でとぼとぼ歩いてくる。すぐそばまで来てもこちらに気づかない。

「美雨」

功一郎の方から声を掛けた。

大げさなくらいびくっと身体を震わせて美雨が視線を持ち上げた。

その顔を見た瞬間、功一郎は、あの日、東邦大学医療センターの霊安室で見た彼女の死に顔と目の前の顔が重なるのを感じた。

この子は生きている。

全身の血液が歓喜の炎で沸騰する。

「おとうさん、どうしたの？」

口をぽかんと開けて美雨が功一郎を見つめる。

「この近所の食品会社に商談に行って、いまから会社に戻るところだよ。そしたら目の前を美雨が歩いてくるから驚いたよ」

刻々と時間は過ぎていく。

「えー。信じられない。こんなところでおとうさんに会うなんて」

沈んでいた顔つきが明るさを取り戻していた。

三年ぶりに目にする娘の笑顔だった。

その直後だった。胸ポケットのアイフォーンのアラームがけたたましく鳴り始める。美雨の口がまた丸く開かれた。

「美雨、ちょっとここで待っていてくれないか。おとうさん、すぐに戻ってくるから。絶対にこの場を離れないでくれ。いいね」

「え」

美雨は訳が分からない顔になる。それはそうだろう。

「とにかく、しばらくここにいてくれ」

功一郎はそう言って美雨の細い両肩に手をのせて力を込めた。

「絶対に動くんじゃないぞ。分かったね」

提げていたカバンを彼女に押しつけるように渡し、踵を返して駆け出す。

栄光銀行三軒茶屋支店のエントランス前に戻り、美雨の方を見る。彼女は啞然とした表情でこちらを窺いながらじっとしていた。

そのことを確認して、功一郎は車が行き交う世田谷通りの先を見通す。

二年五ヵ月前と同じ事故が起きるのであれば、間もなく猛スピードのミニバンがここを目がけて爆走してくるはずだ。

ただ、百パーセントそうなると決まったわけではない。福高の入試問題も、「数学」、「英語」はそれぞれ一問ずつ新しい問題と入れ替わっていた。今日の事故も前回とまったく同じ時刻にまったく同じ形で起きるとは限らない。それでも、あのとき大半の入試問題が同一だったように、恐らく事故は〝限りなく同じような形〟で起きると推定される。

ちょうど歩行者信号が青に変わり、交差点に溜まっていた数人が向こう側へと歩き始める。

あちら側からも三人ほどが横断歩道を渡ってくる。

そこで、突然のように迫ってくる白いミニバンの姿が目に入った。

あれだ！

想像を超えるスピードで接近してくる。

やはり今日も事故は起きるのだ。

ふっと人の気配を感じて、功一郎は思わず前方から目を逸らした。驚愕すべきだが、いつの間にか彼の隣に若い金髪の女性が立っている。彼女は両耳にワイヤレスイヤホンをはめ、手の中のスマホに見入っていた。

彼女の身体を抱き取って左前方に身を投げるのと、突進してくるミニバンの運転席でハンドルに覆い被さるように突っ伏している男の姿が見えたのとはほぼ同時だった。

すさまじい轟音と衝撃波が全身を揺さぶった。

甲高い悲鳴が上がる。

その悲鳴が腕の中の女性から発せられたものなのか、それとも別の誰かの叫びなのか、彼女を抱き締めてアスファルトの地面に倒れ込んでいった功一郎には区別がつかなかった……。

「おとうさん」

懐かしい声に目を開ける。飛んでいた意識が舞い戻ってきた。

「からさわさん、だいじょうぶですかー」

白いヘルメットをかぶった制服姿の男性がこちらの顔を覗き込んでいる。眼球を動かすと彼の隣には不安げな表情の美雨がいる。

「すみません」

功一郎は急いで身を起こそうとする。そこで自分が固い地面に横たわっていることに初めて気づいた。

「あ、からさわさん、そのままにしていてくださーい。おきないでくださーい」

制服姿の男性に制止されてまた寝そべる。

頭だけ持ち上げて周囲の様子を眺めた。大勢の人たちが行き交い、その向こうに支店内に乗り上げた白い車の姿がわずかに見える。車の周りにも人が群れている。

あの車が突っ込んで一体どれくらいの時間が過ぎたのか？

まるで見当がつかなかったが、目の前の混乱ぶりからするとさほど時間が経っていないようにも見受けられた。

「からさわさん、いまから病院に向かいますよー。聞こえていますかー」

救急隊員が二人に増え、美雨の姿は消えていた。

「はい。よく聞こえます」

いつの間にかそばにストレッチャーが運ばれている。二人の隊員の手で功一郎はそこにのせられる。

「うちの娘は？」

すぐにストレッチャーが動き出し、隊員に慌てて訊いた。

「おとうさん、ここにいるよ」

声の方へと目をやると、右側の救急隊員の背後に美雨の姿が戻っていた。

搬送されたのはあの東邦大学医療センターだった。まるで美雨と自分とが入れ替わったような成り行きだと思う。

ERで簡単な診察を受け、

「目立った外傷はないようですが、念のためレントゲンとCTを撮っておきましょう」

と言われた。

検査が終わったところで、ストレッチャーを使うのは遠慮して、車椅子に切り替える。美雨に車椅子を押して貰って病棟へと上がった。

病室のベッドにも看護師の手助けを借りずに自力で上がることができた。

ぼやけていた意識も病院に到着した頃には完全にクリアになっている。

それでも、その日は入院と決まった。

一時的に意識を失ったことを重く見たERの救急医から、大事を取って一晩様子を見るようにとの指示が出たためらしかった。ただ、CTの画像やレントゲンにも特段の異常は認められなかったという。

美雨からの連絡で渚が病院に駆けつけたのは、病棟に上がって十五分ほど経った頃だった。病衣姿の他はいつもと何も変わらない様子で彼女を迎えた。

それでもしばらくは眉間に皺を寄せて心配そうな面持ちのままだったが、そのうち渚も緊張の糸をほぐしたようだった。

かつて霊安室で家族三人になったときと同じ時間に、こうして同じ病院で三人が元気に顔を揃えている。

信じられないような奇跡の光景だった。

美雨によれば事故による怪我人はいなかったという。

閉店間際の栄光銀行三軒茶屋支店にはまだ数人の客がいたようだが、彼等も行員たちもほぼ無傷で、功一郎がすんでの所で助けた若い女性も膝に小さな擦り傷を作った程度で済んだらしい。

「警察の人も、こんな大きな事故で重傷者が一人も出なかったのは珍しいって驚いてたよ。ただ、念のためにということでおとうさんの他にも救急車で運ばれた人は何人かいたみたいだったけど」

あの金髪の若い女性もその一人ではあったらしい。

「車の運転手は?」

ミニバンの運転席でハンドルに覆い被さるようにしていた男の姿を思い出しながら功一郎は訊いた。

「多分亡くなったと思う」

美雨は眉根を寄せて言い、

「運転席にいるときも全然動かなかったし、レスキューの人たちに救出されて担架で運ばれていくときも同じだったから」

と付け加える。

やはり、男は〝前回〟同様に運転中に心臓発作を起こしたのだろう。

「運転中に意識を失ったんじゃないかって警察の人が言ってた」

同じことを美雨が言う。

当然のことだが、美雨は事故の場面に遭遇し、功一郎が若い女性を抱き取ってミニバンからかろうじて身をかわした瞬間を至近距離からつぶさに目撃したのだった。

驚愕してその場に駆け寄り、功一郎の安否を確かめ、失神した彼のそばで救急車の到着をいまかいまかと待ちわびていたに違いない。そして、そのあいだに現場で数多くのことを見聞きし、この病院に来てからも警察や消防の面々からたくさんの情報を仕入れたのだと思われる。

「会社には連絡したの？」

顔を合わせて三十分ほど過ぎたところで、渚が思い出したように言った。

「してないよ。今日は取引先と打ち合わせのあとは戻らないかもしれないと言って出てきているし、明日は土曜日だからね。事故のことは何も言わなくても大丈夫だと思う。どうせすぐに退院できるんだしね」

「そう……」

渚は曖昧に頷く。

勤務中の被災なのだから念のため報告すべきではないか——そう彼女は考えているのだろう。今後、万が一後遺症が出たとき労災認定を受けるにはそっちの方が有利だというわけだ。いかにも用意周到な性格の渚らしい発想だと思う。

実際は仮病を使って会議を欠席し、三軒茶屋に向かったのだ。そこで事故に巻き込まれたことなど報告できるはずもなかった。

ただ、心配しているだろう早見には「急性胃腸炎」の診断を受けて、そのまま病院から家に帰ったとあとでメールでも打っておこう。

出された夕食もきれいに平らげる。

食事中に訪ねてきた病棟担当医の話では、明日の午前中に簡単な診察を行い、異常が認められなければ退院して構わないということだった。

「じゃあ、明日、十時くらいに迎えに来るね」

功一郎が食事を終えるのを見届け、そう言って渚と美雨は引きあげていった。

肩を並べて病室を出て行く二人の後ろ姿を見送りながら、こうして今晩一晩、一人きりで過ごせるのはある種の恩寵なのかもしれないという気がした。

いま別れた美雨や渚にとっては、今日の事故は〝唐沢家の大事件〟ではあっても、結果的には無事に乗り切ることのできた一過性の出来事に過ぎない。

「あそこでおとうさんとばったり会ってなかったら美雨があの事故に巻き込まれていたのかもしれない。ほんとに危機一髪だったよね」

美雨や渚はこれからもしばしばそんなふうに今日のことを話すだろう。

だが、それは決して悪い思い出ではなく、むしろ幸運な思い出となるのだ。

新型コロナウイルスが猛威を振るい始める再来年まで美雨はこのまま学生生活を謳歌するだろうし、美雨が生きているのだから、渚も重い鬱病に罹(かか)って自殺未遂を繰り返すような羽目に陥ることは絶対にない。

あの二人にとっては相変わらずの平和な日々が今後も続いていく。

だが、功一郎はまったく違う。

彼は、この二年五ヵ月のあいだ、渚や義妹の碧と共に出口の見えない暗いトンネルの中をさまよい歩き続けてきたのだ。

そして、つい数時間前、ようやくその苦難の日々が終わりを告げた。

まるで一度死んで生まれ変わったかのように、彼はいままでの辛苦のすべてを天に返上し、幸福だった頃の暮らしを取り戻してみせたのだ。

彼のこの喜びは誰とも分かち合えるものではなかった。渚や美雨に限らず何人にも打ち明けてはならないし、仮に誰かに話したとしても到底信じて貰うことはできないだろう。

病室は狭かったが個室だった。

今日だけは誰憚ることなく、自分の成し遂げたことを深く噛みしめたい。この飛び跳ねたいほどの達成感を、叫び出したいほどの歓喜を思う存分に味わいたい。

孤独な一夜はそのための何よりのプレゼントというわけだ。

――これで、美雨の花嫁姿を渚と二人で見ることができる。

功一郎はベッドに胡座をかいて深く思う。

――彼女の産んだ子供をこの手に抱き締めることだってきっとできる。

美雨を亡くすまでは、そんな未来図など想像したことさえなかった。美雨の嫁入り、孫の誕生――それが一体何だ、くらいにしか考えていなかった。

ところが彼女を失って、当然訪れるはずの未来が自分たちに来ないという事実を思い知ると、功一郎は絶望にすっかり打ちひしがれてしまったのだ。

テレビドラマやコマーシャルでウェディングドレス姿の若い女性を見るたびに、街中でお腹をふくらませた妊婦の姿を見かけ、公園で孫を散歩させている老人の姿を見つけるたびに功一郎は二十も三十も自分が老いさらばえて、凍てついた原野にたった一人立ち尽くしているような心地になった。身体に染みこんでくるあの冷たい寂寥感は、いまでもありありと思い出すことができる。

平凡でありふれたもののように見える日常が、実はかけがえのない貴重なものであることを功一郎は毎朝、毎晩、仏壇の中で微笑む美雨に手を合わせるたびに痛感させられてきたのだった。

それは一度失くしてしまうともう二度と返ってはこないのだ、と。

いつの間にか消灯時間になり、廊下の明かりが消える。読書灯だけが灯ったベッドにゆっくりと身を横たえる。

両手を組んでお腹の上に置く。

夜の病院の静寂が徐々に彼の全身を包み込んでいった。

目を閉じて浮かんできたのは美雨の顔でも渚の顔でもなかった。

それは、この二年五ヵ月のあいだにすっかりやつれてしまった碧の顔だった。

――碧は今頃どうしているのだろう？

ふと思う。

帰ってくるはずの功一郎がこんな時間になっても戻らず、あの松葉町の古い家で彼女は渚と二人で途方に暮れているのではないか？

幾ら電話しても功一郎のスマホには繋がらず、何度ラインで所在や安否を訊ねても一本の返事も来ない。一晩、眠れぬ夜を過ごした後、彼女は思い余って明日の朝、我孫子の工場や竹橋の本社に功一郎の消息を問い合わせるに違いない。

「さあ、こちらにも一切連絡はないですね」

返ってくるのは、会社の人間の困惑したような声。

弱り切った表情で通話を切る碧の姿が目の前に浮かんでくる。

「功一郎さんに何かあったの？」

不安げに訊ねる渚に、彼女は一体どう答えるのか？

前回、福高入試の際はこんなことは想像もしなかった。あのときは、たった二日間戻っただけなので、功一郎の提出した答案の中身以外に大きく変わったものなど何もなかったのだ。実際に合格を知ってからも、自分が受かったせいで誰か別の受験生が落ちたとは考えなかった。一人くらい合格ラインに食い込んだところで、それで合格最低点が上がって誰かが弾き出されるとも思えなかった。結局、功一郎が合格したことで、あの年の福高入学者が一人増えたに過ぎないだろう。

しかし、今回はどうなのか？

こうやって自分が過去に遡ったことで、あちらに残してきた渚や碧たちは一体どうなってしまうのだろうか？

——そんなことで悩む必要はないのだ……。

功一郎は自分自身に言い聞かせる。その種のことは、今回、あれを試そうと決めるずっと以前から思案を巡らせてきたのだった。

この病院に運ばれて各種の検査をしているあいだに、いまの身体が二年五ヵ月前の身体だというのが分かった。裸の腹回りを見れば一目瞭然だったのだ。ということは、どういう形でかは分からないが、自分が二〇二一年二月二十四日時点の意識と記憶だけを携えて、今日という日に舞い戻ったことになる。

だとすれば、こちらの世界で目覚めたときにはあちらの世界での自分の意識は消えてしまったということだろう。

あちらの世界の自分は一体どうなってしまうのか？

これには二通りの考え方がある。

一つは、ニコラ・ド・スタールの「道」の中へと意識だけが吸い込まれて、意識の抜けた肉体はあちらに残されるというもの。つまりは今日、自分はあの長倉人麻呂邸で突然死してしまったというわけだ。

もう一つは、そうやって「道」に意識が吸い込まれてしまった瞬間に、あちらの世界が全部丸ごと消滅してしまったというもの——。

だが、よくよく考えてみれば、この二つは同じことなのだった。

どちらにしろ、自分の意識が存在しない世界は、世界自体が存在しないのと変わりがないからだ。

そして、今日、三軒茶屋へと向かう電車の中で考えたように、これから二〇二一年二月二十四日までのあいだに起こるさまざまな出来事は、それはすべて功一郎の記憶の中にあるだけで、いまだどこにも存在していない未来なのである。

それでも、目の前に浮かんでくる弱り果てた碧の姿には強い実在感がある。

何しろ、昨日の早朝、彼女と顔を合わせたばかりなのだ。午前八時の福岡空港行きの便に乗らなくてはならなかったので、松葉町の家を出たのは午前五時半過ぎだった。渚はいつも通り眠っていたが、碧はわざわざ起きて最寄り駅の「柏の葉キャンパス」駅まで車で送ってきてくれた。

駅のロータリーで車を降りて振り返ると、運転席の窓を開けた碧はなぜかわざわざマスクを外して、

「おにいさん、行ってらっしゃい」

と笑みを浮かべたのだった。

「行ってきます」

その眠そうな笑顔に向かって功一郎は手を振る。

胸の奥深くに小さな痛みを感じた。

もしも、このまま福岡であれが成功すれば、もう碧とこんなふうに交わることは二度とないのだと思う。

彼女が渚に深く関わったのは、美雨の事故死のあとからだ。無事に美雨を救出することができれば渚と碧はそれまで同様に不仲で疎遠な姉妹のままだろう。

ましてや義兄の自分が碧と親しく接することは一切なくなってしまう。

つまり、これが彼女との永遠の別れなのだ。

「ありがとう」

功一郎は万感の思いを込めて碧に言った。

彼女は軽く手を振り返すと、ドアウィンドウを上げて前に視線を戻す。もうこちらに一瞥をくれることなくハンドルを握り、車を発進させた。

功一郎は、そうやって走り去って行く車の後ろ姿を、見えなくなるまでじっと見送ったのだった。

2

六時過ぎに起き出し、ベッドから降りて軽い体操を行っていると看護師が検温にやってくる。熱は平熱、血圧も異常なし。身体を動かしながら、どこかしら身軽な感じがして、最初は爽快な気分のせいだろうと思っていたが、血圧が普段よりずいぶんと低いのを知り、気分のためではなく本当に身体が軽くなったからだと気づいたのだった。

確かに、あと一ヵ月余りで五十七歳になる肉体から五十四歳と六ヵ月の肉体へと突然若返ったのだ。体重も当時の方が軽かったし、体力だってあった。

時間の矢は同じ方向にしか飛ばないため、我々は肉体の老化は実感できても、その逆を感覚することは絶対にできない。

その誰にも不可能なことをいま自分は体験し、味わっているのだと功一郎は思う。

わずか二年半でも、こうして若返ってみると、分厚いコートや手袋、長靴下、重い帽子を全部脱ぎ捨てたような〝軽やかさ〟を感じる。

──若さというのは凄いものだな……。

初めてそのことをまざまざと理解できたような気がした。

担当医の診察は九時過ぎで、病室での簡単な問診だけだった。

「問題なさそうですね。本日退院でOKですよ」

若い医師はあっさりそう言って出ていった。

早速、スマホで渚に、

〈無事に退院許可が下りました。待っています。〉

とラインを送る。

ミニバンを避けて地面に倒れ込んだときの衝撃で上着のポケットにあったスマホが外に飛び出したらしい。

「そばに落っこちてたけど、画面も割れてないし大丈夫みたい」

と言って、昨日の帰り際に美雨が返してくれたのだった。

確かに朝の光でチェックしてもどこにも傷らしきものはない。

美雨が亡くなったあとアイフォーンXSに買い換えた。いま手の中にあるのはアイフォーン7だ。動作はさすがにXSより鈍いが、ラインのやりとりなどはまったく問題ない。

ラインを開くと、ここ数日間の渚とのトークがすぐに表示される。

鬱が進行してからは渚とラインをすることはなくなった。渚のスマホも一緒にXSにしたのだが、それを彼女が使うことはほとんどなかったのだ。

そして、何よりの喜びは、美雨とのライントークが復活していることだ。

美雨が高校生の頃からＩＤの交換はしていた。ＸＳに買い換えたときも彼女とのトーク履歴は残したが、むろん、二度とやりとりすることは叶わなかった。

それが昨夜、美雨から新しいラインメッセージが届いたのだ。

〈今日はびっくりしたね。でも、無事でよかった。明日、迎えに行きます。おやすみなさい。〉

という文章を、功一郎はすぐにスクショして写真フォルダーに保存した。

今朝、起きてからもそのスクショを何度も何度も見直している。

――まるで夢を見ているようだ。

見直すたびに同じことを思う。

今日は、九月二十九日土曜日。本当なら美雨の遺体を葬儀場に移し、今夜の仮通夜、明日の本通夜、そして十月一日月曜日の葬儀と慌ただしく時を過ごさねばならなかった。あの三日間、功一郎も渚も一睡もできなかった。葬儀の日は、渚は目が腫れてほとんど視力を失っていたし、功一郎も霊柩（れいきゅう）車の前で会葬御礼を喋っているとき自分がどんな言葉を口にしているのかまったく聞き取れなかった。

通夜、葬儀も早見をはじめとした会社の面々がサポートしてくれなかったらきっと無事に執り行うことができなかっただろう。

渚には碧がずっと付き添ってくれていた。

美雨の訃報を聞いて駆けつけた碧は、それまでの碧とはまるで別人のようだった。涙をこぼしながらも姉にかいがいしく接し、渚の方も彼女に何もかも委ねている気配だった。

そんな姉妹の姿に、血のつながりの重さと深さを功一郎は改めて思い知らされたのだった。

昨日とは違って、今日は曇天だった。テレビの天気予報によると一時的に雨も降るらしい。

あの日もそうだったろうか？

思い出そうとするがよく憶えていなかった。ただ、葬儀の日はまるで真夏を思わせるような猛暑だった気がする。

前回の試験問題の経験から、こうして舞い戻ってきた世界にも何らかの小さな変化が起きているのではないかと功一郎は考えていた。

昨日の事故は時間も場所も同じように起きたが、それだって秒単位、ミリ単位で観測してみればほんの少しずつ〝前回〟とは異なっていたのかもしれない。昨日はかつて美雨が立っていた場所に金髪の若い女性がやってきた。〝前回〟あの女性はどこに立っていたのだろうか？

美雨のすぐ近くにいて難を逃れたのかもしれないし、そうではなく、もとから事故現場に彼女の姿はなかったのかもしれない。

そんなふうにして、「数学」や「英語」の問題が一問ずつ異なっていたように昨日の現場も何かしら〝前回〟とは違っていたかもしれなかった。

だが、それを検証するすべが功一郎にはない。

これからの二年五ヵ月のあいだ、功一郎の記憶の中の現実と、本当に起こる現実とには微妙な食い違いが生じてくる可能性が高い。その中には功一郎が明らかに違うと気づく出来事もあるだろうし、最後まで気づけないものもあるのだろう。

——どちらにしろ、なるべくこの記憶からはみ出さないようにしなくては……。

功一郎はそう思っていた。

昨日、三軒茶屋の事故現場にあの若い金髪の女性がいきなり出現したように、記憶の中の未来をいたずらに動かすと、思わぬ事態が出来しゅったいしてこないとも限らない。

実際、歩いてくる美雨を引き留めただけで何もしなければ、ほぼ間違いなく金髪の女性は美雨の身代わりとなってミニバンに撥ね飛ばされてしまっていたのだ。

功一郎がとっさに取った行動は、何とかして記憶と現実とを違たがえないようにするための苦肉の策だった。

事故によって犠牲になったのは美雨一人で、栄光銀行三軒茶屋支店前や支店内にいた人たちは無傷だった——という自分の記憶を成就させるために、彼は交差点まで急いで戻り、金髪の女性を間一髪で輪禍から救ったのである。

十時少し前に美雨たちが迎えに来てくれた。

今日はほどいている長い髪やブラウスの上に羽織ったカーディガンの肩先がわずかに濡れている。

「車を降りたら急に降ってきちゃった」

美雨がバッグからハンカチを取り出して丁寧に雨滴を拭っている。

「どっちが運転したの？」

「もちろんおかあさん」

彼女はこの夏休みに免許を取ったばかりのはずだった。

「帰りは私が運転したかったのにな」

美雨は、病室の窓の向こうを恨めしげな表情で見ていた。あいにく、雨は本降りになってしまったようだった。こんな雨の中を運転するのはさすがに怖いのだろう。

渚の方はカバンに詰めてきた功一郎の着替えを取り出し、功一郎が昨日着ていたスーツやワイシャツをきれいに畳み、ビニール袋に入れてカバンにしまっている。お気に入りのポールスチュアートは転倒したせいでズボンも上着も汚れてしまっていた。

昨夜、スーツを早くクリーニングに出して欲しいと頼むと、

「慌てて家を飛び出したから、着替えを用意してこなかったの。ごめんなさい」

渚はそう言ってそれらを持ち帰るのをためらった。万が一、夜中に大地震でも起きて夫が困るのを危惧したのだろう。

「私、ちょっとこれをナースステーションに届けてご挨拶してくるね」

着替え一式を功一郎に手渡すと、用意してきた菓子折の紙袋を提げて渚は部屋を出て行った。

美雨と二人きりになる。

美雨は窓辺に歩み寄って、外の雨をじっと見ていた。

その懐かしい横顔を功一郎は眺める。

――ああ、この子は生きているんだ……。

そう思うと、また胸のあたりに熱いものが込み上げてきた。

「ねえ、おとうさん」

不意に美雨がベッドの側へと顔を向けた。思いがけず強い瞳で見つめてくる。

「昨日のことなんだけど……」

そのくせ、少し言いにくそうに口ごもった。

「なに？」

功一郎が先を促す。彼は患者衣のままベッドサイドに置いた丸椅子に腰掛けていた。

「どうしてあの交差点に車が突っ込んでくるって分かったの？」

美雨が言った。

「分かった？」

いまのいままで美雨がそんな疑問をぶつけてくるとは思ってもいなかった。迂闊と言えば迂闊な話だが、昨日今日と功一郎にそこまで思案を巡らす余裕はなかったのだ。

「だって、おとうさん、あの女の人を助けに交差点まで戻ったんでしょう？」

「うーん」

功一郎はとりあえず俯いて誤魔化す。

思い出してみれば、交差点の五十メートルほど手前で美雨に声を掛け、唐突に「絶対に動くんじゃないぞ」と強く言い置いて交差点に駆け戻ったのだ。彼女が不審に思うのも無理はなかった。

父親のカバンを手に持って、怪訝そうにこちらを見ていたあのときの美雨の姿が脳裏に浮かんでくる。

「あれは、ポケットのスマホのアラームが突然鳴り出したからだよ」

美雨がよく分からない顔をする。

それはそうだろう。

功一郎だって苦し紛れのでまかせを口にしているのだ。

「アラームなんて設定していなかったからね。急にアラームが鳴り出して、そしたら何だか背中がぞわっとしたんだ。まるで後ろから誰かに呼ばれているみたいに。それで慌てて交差点まで引き返したらいきなり車が突っ込んできた。女の子を抱き取って左に飛んだのはとっさの判断で、自分でもよくあんな真似ができたと思うよ。火事場の馬鹿力とはまさにあれのことだね」

「………」

美雨は怪訝な表情で功一郎を見ている。

「正直、どうしてあんなことをしたのか分からないんだ。でも、いまの話は嘘じゃない。美雨も昨日、言っていただろ。もしおとうさんとあそこでばったり会わずにそのまま歩いていたら、自分が事故に巻き込まれたかもしれないって。多分、それは本当にそうで、だからおとうさんは美雨を呼び止めた。だけど、そんなことをしたら今度はあの若い女の子が車に撥ねられてしまうかもしれない。それで、何かに命じられて助けに行ったんじゃないかと思う。鳴るはずのないアラームが鳴ったのは、そういう特別な力が働いたからなんだよ。実は、おとうさんも昨夜、自分がどうしてあんなことをしたのか不思議で仕方がなくて理由をずっと考えていたんだ。で、もしかしたら、そういうことだったんじゃないかって思いついたんだよ」

自分でも訳の分からないことを話しているのは自覚していた。

美雨はますます困惑したような顔つきになっている。

だが、口任せに言葉を連ねているうちにだんだんと自らの言動に真実の一端が秘められているように思えてきた。

そんな言葉の熱気が目の前の美雨にも少し伝わっている気がする。

「我ながらヘンな話をしているね。そんな霊感なんてあったためしがないのに……」

功一郎が言葉を足すと、

「でも、おとうさん、たまに似たようなことを言っているよ」

意外な言葉が返ってきた。

「似たようなこと？」

「そう。いろんな食品工場を視察していると、ああ、この工場はそのうち事故を起こしちゃうなって分かるときがあるって」

それは事実だった。

最新鋭の設備を誇り、いかにも異物混入や細菌汚染とは無縁に見えても、外観だけでどこかしら危なげな感じのする工場がある。そして、そういう現場はいずれ何らかの食品事故を起こしてしまうのが常なのだった。

「それはおとうさんが長年やっている仕事だからね。そういう直感も働くときがあるんだよ」

「でも、〝私のおとうさん〟だって長年やっているんじゃない？」

「まあ、それはそうだけどね」

功一郎は苦笑いを浮かべるしかない。

「だけど、本当にアラームは設定されていなかったの？」

むろん美雨もいまの話を完全に信じているわけではないようだ。

「そうなんだよ。おとうさんも昨日、スマホを返して貰ってすぐに確かめたけど何もなかった。そもそもあんな時間にアラームを鳴らす理由なんてないからね」

そう答えながら、内心冷や汗が出る。

スマホのアラーム機能が駄目になっていなければ、電車の中で設定した「14時49分」はいまも残っているはずだ。「私にも確かめさせて」と言われてスマホを見せることになれば万事休すだった。

「そうなんだ……」

だが、さすがにそこまでは言わずに美雨は黙ってしまう。

「それより、美雨の方は大丈夫だったのか？」

さっそく功一郎は話題を移した。

「大丈夫？」

「昨日、三軒茶屋に行ったのは何か予定があったからだろう？」

彼女は、あの交差点を渡った先のコーヒーショップで大学の友人と待ち合わせていたはずだった。

「全然ＯＫ。友だちと待ち合わせて三茶のカフェ巡りをしようと思ってただけだから」

「そうか……」

本物の現実は、〝記憶の現実〟とどうやら重なったようだ。

十五分ほどで渚が会計も終わらせて戻ってきた。着替えを済ませ、三人でナースステーションに顔を出してからエレベーターで一階に降りる。

「車を回すからちょっと待ってて」

渚が折りたたみ傘を開いて玄関を出て行った。エントランスのガラス越しにも雨の勢いが感じられる。

タクシー乗り場の前に横付けされた車に乗った。渚が運転するときは助手席が定席だったが、今日は美雨と一緒に後部座席に乗り込む。

——渚がハンドルを握っている。

それだけでまたしても胸の中が熱くなってくる。

多量の向精神薬を服用するようになって渚は運転から遠ざかった。彼女の運転姿を見るのは二年ぶりくらいだ。

今朝も渚は実にきびきび、てきぱきと動いている。行動の一つ一つに無駄というものがない。

——この人はそういう人だったのだ……。

改めて、美雨を亡くしたあとの彼女がすっかり別人になっていたことを痛感する。

昨日は美雨にばかり目がいっていたが、今朝は潑剌とした渚に目を見張っていた。

こんなにきれいな人だったのか、という気がする。

二〇一八年九月の渚は四十二歳。もとから一回りも若いのだが、こうやって美雨と一緒のところを見ると歳の離れた姉妹と言ってもいいくらいだった。

松葉町の家で、抗うつ剤や抗不安薬、睡眠剤などを飲んではベッドに横になってばかりだった渚とはあまりに違いすぎて他の人のようだ。

スマホのカメラを向けるたびに、

「こんなみじめな姿を撮らないで」

と両手で顔を覆っていた姿が思い出され、胸が詰まる。

車の中にはまだ新車の匂いが漂っていた。

——そうだった。このプリウスは美雨の免許取得を見越して、七月に買い換えたばかりだったのだ。

前の車もプリウスで、四年乗って四代目に乗り換えた。十二月のマイナーチェンジを前に大幅値引きのできる掘り出し物がある、と三代目を購入したときに世話になった営業マンから強く勧められたのだ。事実、下取りを含めて最上級グレードで三百万円を大きく切る価格だった。色はグレーメタリック。

美雨はせっかく買い換えるのならば今度は日産にしたいと言っていたのだが、ルノーの傘下に入り、あのカルロス・ゴーンが支配するようになった日産は、功一郎の中ではすでに国産自動車メーカーではなかった。

美雨にもそう伝えて希望を却下すると、

「ゴーンさんは見事な手腕で日産を立て直した救世主じゃない」

と擁護するようなことを言っていたものだ。

新車の匂いを嗅ぎながら、功一郎は当時のことをくっきりと思い出す。

――そのカルロス・ゴーンが金融商品取引法違反の疑いで東京地検特捜部に逮捕されるのは、再来月のことだ……。

走り出した車の窓から雨の東京を眺めながらそんなことをふと思う。

東陽町のマンションに着いたのは十一時半過ぎだった。

昼ご飯はきつねうどんと渚特製の天むすだった。渚の天むすの具は小柱と空豆の天ぷらで、それが海苔を巻いたおにぎりにとてもよく合う。新婚の頃からの得意料理で功一郎の大好物でもあった。

三人でリビングの食卓を囲んで食べる。

いつも通り、夫婦がキッチン側に並び、ベランダ側に美雨が座る。

「どうしたの？　にやにやしちゃって」

天むすを頬張っていると隣の渚に声を掛けられた。

「そうかな」

正面に座る美雨も、

「そうだよ。さっきから私の顔を見てにやにやばっかりしてる」

と口を尖らせた。

「いや、別に何でもないんだけどね……」

功一郎は、食べかけの天むすを皿に戻して、今度はうどんに箸をつける。

こんなに美味しい食事は生まれて初めてのような気がしていた。

昼食が済むと美雨は出かけた。

「昨日の仕切り直し。約束していた友だちと会うの」

「また三軒茶屋で待ち合わせか？」

「まさか。あんな事故を見てしまったし、しばらく三茶には行けない気がする。今日は渋谷」

「雨だから気をつけろよ」

「雨は私のラッキーアイテムだから平気だよ」

そう言って美雨はレインブーツを履き、傘を持って出ていった。

正午を過ぎて雨脚はだいぶ弱まっていたが、まだしっかりと降っている。

〝前回〟の今頃はすでに葬儀場に到着し、早見や総務部の面々に助けられながら功一郎は通夜、葬儀の準備に追われていた。一晩泣き通しだった渚は碧が支えなくては倒れてしまいそうなほどだったが、それでも片時も美雨の棺から離れようとはしなかった。

その渚が、目の前のアイランドキッチンで普通に食器を洗っている。

ごく当たり前の週末の風景がそこにはあった。

長倉人麻呂邸の書斎に入り、「道」の前に立ったのは昨日の午前十時半頃だった。あれからまだ二十六時間程度しか経っていない。なのに、自分がここはまったく異なる世界にいたのが、もうにわかには信じ難くなってきていた。

渚が淹れてくれた熱い緑茶を持って応接セットの方に移り、ソファに座ってテレビをつける。午後一時のニュースが始まったところだった。

トップは、昨日インドネシア中部で起きたマグニチュード7・5の地震と津波による死者が三百八十四人に上り、スラウェシ島沿岸部を襲った津波の高さは六メートルにも達したというニュースだった。

インドネシアでそんな大きな地震が起きていたとはつゆ知らなかった。あげく六メートルの大津波というのにも驚きだ。

津波で無残に破壊され尽くした海沿いの町の映像を眺めながら、

――こんなニュースは〝前回〟は観たことがあったろうか？

ふと思う。

記憶にはなかったが、何しろ美雨が亡くなった当日の出来事なのだから憶えていなくて当然かもしれない。幾ら遠い外国の地震災害とはいえ、さすがにそんな大きな「ずれ」が〝前の世界〟と〝今の世界〟とのあいだで生じたりはしないだろう。

「津波、怖いね」

いつの間にか蛇口の水を止めていた渚がぽつりと言う。

「確かに六メートルはすごいよね」

と功一郎。

「やっぱりうちも、もう少し海から離れた場所に住み替えた方がいいかも……」

そこで、渚が奇妙なことを言った。

「やっぱり」とは何が「やっぱり」なのだろうか？

この東陽町のマンションを引き払いたいと渚が言ったことなどこれまで一度もなかった気がする。

「たとえ六メートルの大津波が来たって、ここなら大丈夫だよ」

「でも、江東区は土地が低いから水が来たら大変でしょう」

「まあ、それはそうだけどね」

「私はやっぱり津波は怖いなあ……」

まるで津波に襲われた経験があるかのような口振りで渚は「怖い」と「やっぱり」を繰り

返した。

東京に住んでいる限り、いずれやって来る大地震の恐怖から免れることはない。だが、九州出身の功一郎に比べれば東京育ちの渚は地震に耐性があるようだった。たまに揺れの強い地震がくると深夜でも功一郎はベッドから飛び起き、テレビの前に走るのだが、慣れっこの渚はおおかた寝たままだった。

そういうところは名古屋出身の久美子との方がよほど気が合ったのだ。

ニュースが終わるとテレビを消してソファから立ち上がる。

「ちょっとシャワーを浴びてくるよ」

キッチン回りを拭いている渚に一声掛ける。きれい好きの彼女はヒマさえあれば部屋のあちこちを片づけている。

だが、鬱を発症してからはそんなこともなくなった。碧は姉ほどの掃除マニアではなかったので松葉町の家の整理整頓はもっぱら功一郎の仕事だったのだ。

「昨日はお風呂に入らなかったの？」

「頭を打っていたし、念のため控えたんだ。看護師さんは今朝、シャワーを使ってもいいって言ってくれたんだけど、まあ、帰ってからにしようと思ってね。病院のにおいも落としたかったから」

「そう」

「上がったら寝室で待っているよ」

言い置いて功一郎は浴室へと向かった。

シャワーを浴び、バスローブ姿で風呂場を出ると玄関脇の夫婦の寝室に入った。渚のドレッサーの前に座ってドライヤーで髪を乾かす。五分ほどするとバスローブ姿の渚が扉を開けて入ってきた。彼女も簡単にシャワーを浴びてきたのだろう。

功一郎はドライヤーを止めてドレッサーの上に置き、裸になってベッドに入る。

「おいで」

渚が明かりを落とし、自分もバスローブを脱いで功一郎の隣に入ってきた。

シャワーを浴びているときからずっと勃起しっぱなしだった。

二年五ヵ月ぶりに妻の身体を懐に抱き締める。

彼女の顎の下に鼻をつけて忘れていたその匂いを嗅ぐ。

欲望の炎が一気に燃えさかる。血管が膨れ上がり、ペニスがさらに硬く太くなるのが分かった。

「大丈夫なの？」

首筋から鎖骨のあたりへと唇を這わせていると、上ずった声で渚が言う。

「もう何ともないよ」

美雨が高校に入る頃からは彼女が家を空けているときに交わることが多くなった。

塾で帰りが遅い日や今日のように遊びに行っている日に渚を抱いた。シャワーを浴びるというのはそのためのサインで、もっぱら功一郎が切り出すのだが、時には渚の方から「シャワー浴びてくるね」と言うこともあるのだ。

こんな日がまた訪れるとは思ってもいなかった。

渚とはそういうことは二度とないと深く諦めていた。というより、彼女が回復してくれるなら生涯禁欲の誓いを立ててもいいとさえ思っていたのだ。

功一郎はセックスに夢中になった。

一度果ててもすぐに回復する。

彼女の手足の指から脇、胸、背中、尻、両耳、頬や鼻や額、まぶたの上まで身体中のすべてを舐め回し、表にしたり裏返したり、四つん這いにさせたり腹の上に乗せたりとその身体を貪るように味わう。

渚は激しい反応を示しながら、

「ねえ、どうしちゃったの？」

と何度も口走っていた。

終わると、まさしく精根尽きてベッドに仰向けになる。渚も上掛けを足下から引き上げる余力もないのか全裸のまま功一郎の腕に頭を置き、身体を寄せて死んだようにしばらく目を閉じていた。

「やっぱり、昨日、死にかけたからかな。一瞬遅かったら突っ込んできた車に撥ね飛ばされていたに違いないんだ」

突然の荒々しい行為への言い訳が半分だったが、あと半分は本心でもあった。

「ねえ、あなたが助けた女の子、誰だか分かった？」

意外な問いに功一郎は渚の顔を見る。目はつぶったままだった。

「名前とか？　警察の人から何も聞いていないの？」

ようやく目を開けてこちらを見た。額の生え際や首筋が汗ばんでいる。

「うん」

「だけど、その子、あなたがいなければ死んでいたかもしれないんでしょう。普通は御礼くらい言いに来るんじゃないかしら」

「念のため、僕と同じように病院に運ばれたみたいだからね」

御礼と言われても、と功一郎は思う。

助けたというよりも、むしろ彼女をどうにか事故に巻き込まずに済んだというのが偽らざる心境だった。

「でもかすり傷程度だったみたいじゃない。それに、たとえ本人が来られなくても親とか家族の誰かくらいは挨拶に来るのが当然なんじゃない？」

「そうかな」

「そうよ。警察に連絡先を聞いて、せめて電話くらい掛けてくるべきだと思う」

「うーん」

渚の言い分にも一理あるという気がした。

確かに、あの金髪の子や家族にすれば功一郎は「いのちの恩人」だろう。だとすれば昨日、今日のうちに礼の電話くらい掛けてきても罰は当たるまい。

「そのうち連絡してくるんじゃないかな」

「そうかしら」

渚は懐疑的なようだ。

「それより美雨のことなんだけど」

耳にイヤホンをはめ熱心に手元のスマホを見ていた金髪の若い女性の姿を脳裏に浮かべているうちに功一郎は別のことを思い出していた。

「昨日、三軒茶屋で出くわしたときひどく浮かない顔をしていたんだ。下を向いてとぼとぼ歩いてきて、目の前に僕がいるのに全然気づかなかった。こっちが声を掛けなければそのまま通り過ぎて行ったと思うよ。何だか心ここにあらずって感じだった」

「そうなの？」

「ああ。およそ友だちと待ち合わせてこれからカフェ巡りをするって雰囲気じゃなかったね」

「そうなんだ……」

渚がさらに密着してくる。熱を帯びた柔らかな肉の感触が心地よい。身体がまた反応し始めているのが分かる。

「何か心当たりある？」

右手を伸ばして渚の股間を探る。いまだぐっしょり濡れていた。

「ううん」

彼女の口からため息に似た喘ぎが漏れる。指でもてあそぶ。

「じゃあ、私から今度それとなく……」

渚の声が高くなり、もうそれ以上は言葉にならなかった。

3

起こされたのは深夜だった。

「ねえ、功一郎さん、起きて」

肩を揺さぶられて目を開けるとパジャマ姿の渚がベッドの脇に立っていた。いつの間にか部屋の明かりが灯っている。

「美雨の様子がおかしいの」

一瞬で意識がクリアになる。身体を起こし、サイドテーブルの上に置かれた目覚まし時計の針を読む。

午前二時十五分。日付は変わり、すでに土曜日だった。

「おかしいって？」

「お腹が痛いみたい」

「いつから？」

「さっきお手洗いに立ったら、部屋から出てきて呼び止められたの。ずっと我慢していたらしくて」

「ずっとって？」

「晩ご飯のあとから」

夕食は一緒にとったが、美雨はあまり食べずに自室に行ってしまった。たまにそういうこともあるので気にはしていなかった。

「また急性腸炎かもしれないな。下痢とか吐き気は？」

美雨は昔からお腹が弱く、幼少期はよく細菌性の腸炎になって夜中に救急外来に駆け込んだものだ。

「そっちじゃないのよ」

渚が困ったような顔になる。

「そっちじゃない？」

「出血してるの」

「出血？」

「生理中らしいんだけど、こんなにお腹が痛いのは初めてだって」

女性のこととなると、功一郎には判断の仕様がない。

「心配だから病院に連れて行きたいの。いいでしょう？」

「もちろんだよ。じゃあ、僕もすぐに着替える」

そう言って功一郎はベッドから降りた。

功一郎が身支度をしている間に、渚が隣町の新砂（しんすな）にある啓明林大学江東医療センターに電話をする。美雨が幼稚園の頃にできた病院で、これまでも夜間救急で何度か世話になっていた。

「すぐにいらして下さい、って」

救急の看護師とやりとりしていた渚が電話を切って、そう言う。彼女が着替えを始めたので寝室を出て美雨の様子を見に行った。

美雨はすでに用意を済ませてリビングのソファに座っている。

「大丈夫か？」

と訊くと、

「うん」

小さく頷く。

昔から具合が悪くなるとほとんど喋らなくなる子だった。

渚を待ってすぐに家を出た。病院までは車で五分足らず。

救急の受付で手続きを済ませて待合スペースに行く。長椅子が並ぶがらんとした空間に飛び飛びに患者が座っている。カップルが一組、子供と両親が一組、それに美雨くらいの若い女性が一人。

誰もマスクをしていないのが、功一郎には相変わらず不思議に思える。

時刻は午前二時半を回ったところだった。

五分ほどで名前が呼ばれ、美雨一人で診察室に入っていく。車に乗るときは顔色も悪く、お腹のあたりに手をやってとぼとぼと歩いていたが、病院に着くと足取りも少ししっかりしていた。

それほど心配はないのかな、と功一郎は思う。

いましがた渚に起こされて、「美雨の様子がおかしいの」と言われたときはぞっとした。あの事故からほぼ一ヵ月。またぞろ娘の生死に関わる事態が出来したのかと怖くなったのだ。

ところが、いまは、さきほどとは真逆に思えてくる。

——美雨は、新しい人生を得たばかりなのだ。それが一ヵ月かそこらで生命を脅かされるはずもあるまい。

診察が終わるのを長椅子に二人で座って待つ。

ずっとスマホでニュースを見ていた渚が、

「今日も仕事？」

顔を上げて、不意に訊いてきた。

「うん」

「たいへんだね」

「まあ、仕方がないよ」

功一郎は、この一週間、大手スーパーチェーン用のヨーグルトを製造している高崎工場で大きな食品事故が起きてしまい、その事後処理に忙殺されていた。

プライベートブランドのギリシャヨーグルト（プレーン加糖）に大腸菌群の混入が疑われ、製品の回収に追い込まれてしまったのだ。

混入の疑いが持ち上がったのが十月二十二日月曜日で、功一郎はすぐに品質管理第二課長の吉葉慎市と二人で高崎に出向いて調査を行った。

下痢や発熱を引き起こす恐れのある大腸菌群の混入は、食品メーカーにとって典型的な食品事故で、そんな事故が起きないよう製品の出荷前検査は徹底的に行っているはずだった。

ところが現地で確かめると、出荷担当者のチェックミスで三二〇〇個ものヨーグルトが検査結果が判明する以前に出荷されてしまっていたのである。

出荷先は一都九県に及び、しかも一部商品はすでに各店舗に配送済みだった。

即時回収を決めた上で、その日のうちに功一郎たちは本社にとって返し、厚労省、消費者庁、一都九県の食品衛生担当部局への報告と対策説明の準備を行い、併せて回収作業の円滑化を図るために関係部署と協議の上、多くの人員を製品回収に振り当てる措置を取ったのだった。むろんメディアへの連絡や社告の作成なども同時に進めなくてはならなかった。

何とか昨日までに主だった対策は打ち終わり、今日、休日出勤して吉葉たちと役員会へ提出する報告書と添付資料の取りまとめを済ませれば、今回の案件はようやく一件落着となるはずだった。

何より購買者の健康被害の報告がいまのところ上がってきていないのが不幸中の幸いではあった。

前の世界では、この事故が起きた記憶はない。

美雨を亡くして間がない時期だから当時の記憶は現在でもぼんやりかすんでしまっているのだが、さすがにこの規模の事案だと完全に忘れているはずはなかった。ただ今回より小規模の事故が高崎工場で起き、トラブル処理は早見や吉葉たちが全てこなしてくれて、功一郎にはそれほどの印象が残っていない——ということは大いにありそうにも思えた。

何しろあの頃の彼は、美雨を失ったショックで、自分がどうやって生きていたのかよく憶えていないのだ。

十分ほど経った時点で、美雨の入った診察室のドアが開き、看護師が出てきた。

「唐沢さんのご家族の方はいらっしゃいますか?」

と言いながら目で探している。

「はい」

渚が軽く手を上げると看護師が近づいてきて、

「おかあさまですね。ちょっと診察室によろしいですか?」

と言った。

「私が、ですか?」

渚が怪訝そうに彼女に顔を向ける。

「看護師さん、娘に何かあったんですか?」

横から口を挟んでみる。

「いえ、そういうわけではないんですが、患者さんと先生からおかあさまにお話があるみたいなので」

若い女性看護師が曖昧な微笑を浮かべて言う。

「さ、どうぞ」

と促されて渚は立ち上がり、彼女と一緒に廊下の先の診察室へと消えていった。

看護師の言い方は実に奇妙だった。彼女は「先生から」話があるとは言わず「患者さんと先生から」と言ったのだ。

それって一体どういう意味なのか？

五分ほどで渚が診察室から出てくる。

憮然とした面持ちで功一郎の座っている長椅子へと戻ってくると、

「多分問題ないと思うけど、一応入院だって」

再び隣に腰掛けながら彼女は言った。

「入院？」

渚がこちらに顔を向ける。

「美雨、昨日、人工妊娠中絶の手術を受けてきたみたい」

思いも寄らない言葉がその口から飛び出した。

「エコーで見る限り大丈夫そうだけど、万が一のことを考えて二、三日入院して様子を見ましょうだって」

「万が一って？」

「中絶すると、まれに細菌感染が起きて敗血症になることがあるんだって。出血や痛みだけでなく、熱もちょっとあるから用心しておこうって。まだ二十代だと思うけど、すごく親切な女の先生だったよ」

「で、美雨は」

言葉を交わしながらも、「中絶」という降って湧いたような一言が頭の中を駆け回っている。

「ごめんなさいって。あとはだんまり」

「………」

「いま抗生剤と痛み止めの点滴をしているから、それが終わったら上の病棟に移るみたい。個室だから簡易ベッドも入れられるし、一緒に一泊しても構わないって先生が言ってた。中絶のことを親に話していないと美雨に聞いて、きっと気を利かせてくれたんだと思う。あなたはどうする？　今日も仕事なんだし、付き添いはとりあえず私一人でも大丈夫だと思うけど」

渚が言う。

努めて事務的な口調を装っているが、彼女も意想外の事実に呆然としているに違いなかった。

「どうすればいいかな？」

残るべきか、それともここは母親に任せて父親は帰るべきか判断がつかない。

「私一人の方がいいかもね。点滴が終わって少し落ち着いたら中絶の話もちゃんと聞かなきゃいけないし」

「きみも知らなかったんだよね」

「もちろんよ。あの子にそんな相手がいることさえ知らなかったわ」

そう言って、渚は小さなため息をつく。

功一郎が帰宅したのは午前三時過ぎだった。

美雨がつらそうだったら一旦眠らせて、起きてから詳しく話を聞くと渚は帰り際に言っていた。

吉葉たちとは午前九時に会社集合にしてある。あと六時間。今週は残業続きでろくに寝ていないから少しでも眠っておきたかった。だが、美雨のことを考えるとてもベッドに入る気分にはなれない。

功一郎はウイスキーのオンザロックを作り、グラスを持ってテレビの前のソファに腰を下ろした。

昨夜の美雨の様子を思い出してみる。

食欲はなかったが、別段変わったふうにも落ち込んでいるふうにも見えなかった。ダイエットと称して食べないことはよくあったから、箸が進まないのもそのせいだと思い込んでいたのだ。

まさか、子供を堕ろして帰ってきたばかりとは想像もつかなかった。

――一体、相手は誰なのか？

父親としては、それが一番気にかかる。

高校時代もボーイフレンドがいたことは知っていた。だが、まさか妊娠するような深い関係の男がいるとは思ってもみなかったのだ。

美雨がそんなことをするとは考えもしなかった。というよりも考えること自体を拒んでいたと言うべきかもしれない。父親としては当然の心理だろう。

そして、こうして一気に現実を突きつけられる。

それもまた娘を持つ家庭ならば、どこの家でも一度は演じられる場面なのかもしれない。

――だが、いきなり中絶というのは、幾らなんでも行き過ぎじゃないのか？

美雨は昨日、子供を堕ろすためにどこかの病院を訪ね、手術台に横たわり、掻爬の手術を受け、しばらく病院のベッドで休息し、そして何食わぬ顔でこの家に戻ってきた。

しかも、そこに至るまでには、妊娠に気づいた日、産婦人科で診断を受けた日、堕胎すると決めて病院に相談に行った日があり、その合間のどこかでは当然、相手の男と話し合った日もあるのだろう。

そうした一連の作業の末に、彼女は昨日という日を迎えたのだ。

――自分たちは、そのどの段階でも美雨の異変に気づいてやれなかった……。

それどころか、渚はさきほど「あの子にそんな相手がいることさえ知らなかった」と言っていた。

たとえ実の娘であっても男女の事となれば案外そんなものかもしれないが、そうは言っても二人とも親として不甲斐ないとは思う。美雨の力になることができず、彼女は一人で堕胎を決め、一人で危険な手術を受けねばならなかったのだ。

ウイスキーはすぐになくなり、キッチンに行って二杯目をこしらえてソファに戻る。

座り直して、

――それにしても……。

と思った。

美雨の中絶を知った瞬間から頭の中にもやもやしたものがある。

――これは〝今の世界〟と〝前の世界〟との「ずれ」なのか？　それとも〝前の世界〟で
事故に遭ったとき彼女はすでに妊娠していたのだろうか？

あの日、美雨は病院で死亡が確認されたあと検死を受けている。功一郎が霊安室で対面する前に終了していたが、そうであれば妊娠の有無は当然確認済みだったろう。

検死結果の説明は、先に病院に駆けつけた渚が警察から聞いていた。功一郎は彼女の報告を受けたに過ぎない。

だとすると、渚が美雨の妊娠を隠した可能性があった。

娘の名誉を守るためだったのか、娘のみならず初めての孫まで失った衝撃を夫に味わわせたくはなかったのか――理由はともかく、渚が美雨の妊娠の事実を一人で抱え込んでしまったというのは大いに考えられることだった。

この世界で渚と再会して一ヵ月近くが経ち、功一郎は彼女の芯の強さを久々に再確認している。年齢は十二歳も違うが、渚は、こうと決めたら自らの考えをはっきりと保持し、何事にも全力で取り組むタイプの女性だった。その分、思い込みが激しく頑迷な一面もある。弱々しい姿にばかり長く接しているうちに功一郎は妻のそういう性格をすっかり忘れてしまっていたのだ。

美雨の妊娠を隠したというのは、いかにも彼女ならやりそうなことだった。

そして、そのことが本人の鬱症状の悪化を加速させる一因になったのも、充分にあり得る話のような気がする。

時刻はいつの間にか午前四時を回っていた。

今頃は美雨の痛みも緩和され、二人で中絶のことを話し合っているのか。それとも時間が時間だから詳しい話は一眠りしてからにしようと決めて一緒に眠ったのか。

どちらにしろ、今回も渚経由で美雨のあれこれをまずは知らされるわけだ。

もちろん、一番大切なのは美雨のことだ。傷ついた彼女の身体と心が一刻も早く回復するよう親としてできるだけの援助をしなくてはならない。

だが一方で、功一郎は、失われてしまった小さないのちのことを思わずにはいられなかった。

この世界に生まれることを許されなかった小さないのちが、昨日まで美雨のお腹の中で生きていたのだ。しかも、祖父である自分は、その小さないのちの存在さえも知ってやることができなかった。

——なんと不憫な子だろう……。

二杯目を飲み干し、ぼんやりと酔った頭で功一郎は思う。

——ほんとうにかわいそうに……。

自分が存在し始めたことを誰にも祝福されぬまま、その子は死んでいったのだ。

美雨を失ったとき、功一郎は奈落の底に突き落とされた。そこからの二年五ヵ月、彼は本当の意味で一度も転落した場所から這い上がることができなかった。余りにも深い絶望に打ちひしがれるばかりだった。だからこそ最後はあれにすがってこの世界に舞い戻ってくるしかなかったのである。

失くしたいのちはもう二度と取り戻せない。いのちの尊さは何物にも代えがたい。

いまの功一郎は骨身にしみてそれを知っている。

美雨も渚も、彼ほどにはそのことが分かっていないだろう。

そこまで考えて、功一郎はふと奥深い思いにとらわれた。背筋のあたりがひんやりとしてくる。

――あの日の美雨が妊娠などしていなかったとしたら？　これが〝今の世界〟と〝前の世界〟の「ずれ」だったとしたら？

功一郎は、金髪の若い女の子を助けたことで誰かが美雨の身代わりになるのをかろうじて防げたと信じていた。

だが、もしもこれが〝今〟と〝前〟の「ずれ」だったのだとすれば、自分は単に美雨のお腹の中の小さないのちを美雨の身代わりにしただけということになってしまう。美雨の生命を救ったのは、自分ではなく、昨日、産婦人科のベッドで子宮から掻き出された名もなき小さないのちだったということになる。

功一郎は一つ息をついて、ソファに身を預ける。たった二杯のウイスキーでこんなに酔ってしまったのは疲れのせいに違いない。

目を閉じると、まぶたの裏の暗幕にぐるぐると渦巻く意識の流れが見えた。

――俺は孫を殺すためにこの世界に舞い戻ってきたというのか……。

グラスを持って立ち上がる。

どうやら、これ以上起きていてもろくなことにはならないようだ。

キッチンのシンクに氷が残ったままのロックグラスを置くと、彼は、もつれがちの足で寝室へと向かったのだった。

渚からのラインの着信音で目が覚めた。午前八時。

ベッドに入ってもなかなか寝つけず、うとうとしているうちにカーテンの向こうが明るくなった。その薄明かりにため息をついた直後に眠りに落ちたような気がする。睡眠時間はせいぜい二時間程度か。

〈美雨とは今朝たくさん話しました。詳しくは今夜。すごく元気だけどあと二日くらい念のため入院のようです。お仕事がんばって。〉

穏やかな文面だった。

とりあえず安堵して功一郎はベッドから降りる。急いで支度をして出ないと集合時間の九時に遅れてしまいそうだった。

品質管理第二課長の吉葉の他にも二名の課員が出てきて手伝ってくれたので、報告書の作成と添付資料の整理はスムーズに進み、午後五時には解散となった。吉葉たちは行きつけの居酒屋に繰り出すつもりで、「本部長もどうですか？」と誘ってきたが、「年寄りは、とっとと帰って寝るわ」と笑って断る。

今日は早く帰って渚の話を聞かなくてはならない。

三軒茶屋で待ち伏せしていたとき、こちらに向かって歩いてきた美雨はひどく憂鬱な顔をしていた。次の日、渚にそのことを伝えると、彼女はそれとなく訊いてみると請け合い、数日後に、

「あの日は、お昼にバイト先で嫌なことがあったんだって。それもあって気晴らしに美咲(みさき)ち

ゃんを三茶に誘ったみたいよ」

と報告してきたのだった。

花房美咲は、美雨がいま通っている大学の付属中、高校時代からの同級生で、彼女が最も心を許している親友だった。

美雨は大学に入ってしばらくしてから、渋谷道玄坂のピザレストランでアルバイトを始めた。バイト先とはその店のことだろう。

「そういうことだったのか」

そのときはそれで功一郎も納得したのだ。

だが、今にして思えば、もうあの時点で自らの妊娠に気づき、美雨は深く悩んでいたのに違いない。

六時前に帰宅すると渚が待ち構えていた。

「話が先で夕食はそれからでいい？」

と言われて頷く。

ダイニングテーブルを挟んで向かい合って座り、渚が淹れてくれたコーヒーを飲みながら話す。

「相手はバイト先の店長さんだって」

コーヒーを一口すすって渚が言った。

「三十五歳で、あげくバツイチ」

　呆れたような口調になっている。

「そうか」

　功一郎はそれだけ言って次の言葉を待つ。

　高校時代の彼氏だとか、大学の先輩だとか、バイト仲間の学生だとか、そういう男ならいざ知らず、十五歳以上も年齢差のある離婚経験者が相手とは驚きだった。とはいえ、渚にしても二十一歳のときに三十三歳のバツイチと付き合い始めたのだから、彼女が呆れ顔なのはいささか辻褄が合わなくはある。

　ただ、渚の場合はこうして心配する両親はすでに亡く、妊娠が分かるとすぐにそのバツイチ男と一緒になったわけだが。

「三軒茶屋であなたとばったり会ったあの日、彼と会って、子供ができたみたいって伝えたんだって。彼にちゃんと調べてきてくれって言われて、その足で渋谷の産婦人科を受診したらしいの。二ヵ月目に入っていると診断を受けたら、急にすごく不安になって、それで美咲ちゃんと三茶で待ち合わせることにしたみたい。そしたら偶然あなたに会って、あの事故にも遭遇してしまったのよ」

「バイト先の嫌なこと、というのはそれだったのか」

「浮かない顔をしてたのもそのせいね」

「で、結局、一ヵ月のあいだに男に説得されて中絶すると決めた……」

功一郎が言うと、

「そこは違っていて、彼は産んで欲しいってずっと言っていたんだって」

「まさか。それは相手の男を庇っているだけだろ」

「そうかもしれないけど、美雨の話だと、彼は結婚して一緒に子供を育てようと一貫して言っていたそうよ」

「…………」

「自分の方がどうしても決心がつかなかったって、今朝、あの子、すごく泣いてたわ」

明け方の妄想のことも手伝って、美雨の方から中絶を言い出したというのはショッキングな話だった。

――やはり俺は、娘のために孫を犠牲にしてしまったのではないか？

「で、その店長とは別れたんだろうね？」

大事な娘に手を出したあげく妊娠までさせた男のことは、父親としてとても許せるものではない。

自責の念が容易に怒りへと転化して相手の男に向かうのが分かる。

「そのあたりははっきりしないのよ。昨日も、病院までついてきてくれたわけでもなさそうだし。多分、彼には内緒で手術を受けたんじゃないかと思う」

「じゃあ、美雨はもう別れるつもりだってことだね」

　功一郎が言うと、渚は少し戸惑ったような顔になり、

「そうだといいんだけど……」

　と言葉を濁す。

「とにかく、その相手の男とは僕が一度会って話すよ。名前は何ていうの？　訊いてくれた？」

「しめぎさんっていう人」

「しめぎ？」

「目標とか標識の標と書いて、しめぎって読むんだって」

　そう言われて、功一郎は漢字を頭に思い浮かべる。

「名前はれん。れんは連絡とか連合の連」

「標連（しめぎれん）か。なんだか中国人の名前みたいだな」

「私もそう思ったけど、日本人だって」

「連絡先は？」

「それはまだ。でも、あなたが直接会って話すというのは、美雨が嫌がるかもしれないよ」

　渚が言う。

「いまさらそんなことは関係ないだろう。娘がこんな目にあったんだからね。親として、そ

いつと会うのは当然の話だよ」

「だけど……。その前に先ずは美雨の考えを確かめておくべきだと思う。もし、美雨がまだ標さんと別れたくないのであれば、話の持って行き方も変わってくるし、幾ら親でも無理矢理に別れさせるなんてできないでしょう」

「美雨はやっぱり未練がありそうなのか？」

「さあ、それは私にもよく分からないけど」

「しかし、こんなことになったんだ。その標という男と続くなんてのはあり得ないだろう。そもそも美雨はまだ二十歳前の学生なんだからね」

「それはそうだけど……」

何かを隠しているという感じでもないが、今日の渚はいまひとつ歯切れが悪い。今回の美雨の中絶を彼女がどう考えているのか、功一郎にはよく見えなかった。

「ともかく月曜まで入院なら、明日、美雨を見舞いに行ったときにちゃんと僕から話すよ」

そう言って会話を打ち切るしかなかったのである。

4

二〇一八年十二月二十八日金曜日。

例年、フジノミヤ食品の仕事納めは官庁のそれに準じている。今年も出社は今日で最後だった。仕事始めは一月四日金曜日。これも官庁の御用始めと同じだ。

正月休みは正味六日間。ただ、大半の社員は四日を有給にして九日間の長い休暇を作っていた。

あの年の年末年始がどんなふうだったか、功一郎にはほとんど記憶がない。

大晦日に渚が薬を大量に飲んで自殺を図り、年が明けてすぐに異変に気づいて救急車を要請した。救急車の中から碧の携帯に電話したのは憶えている。

渚が一命を取り留め、退院するまでの一週間、毎日病院に通った。

始業日の四日は、果たして会社に顔を出したのだろうか？　それとも見送って月曜日から出たのか？

退院には碧も付き添ってくれ、それ以降ほとんど毎日、東陽町のマンションに泊まり込んでくれたのだった。

今年はあのときとはまったく事情が違った。

三時を回ると、社員たちが一斉に机上のパソコンを閉じて席を立つ。

仕事納めの日は、午後三時で終業と決まっていて、そこからは各部署ごとの忘年会が始まるのだ。

各々の会議室や作業台には出前の寿司やピザが届けられ、それとは別に会社の工場から朝のうちに大量に配達された豪華なオードブルが大きなテーブルに所狭しと並べられる。酒は、この日のために取引先の業者から調達した日本酒、焼酎、ビール、ワイン、シャンパン、ウイスキーがずらりと揃っていた。

目の前で部下たちがいそいそと宴会の準備をしているのを功一郎は眺める。

毎年見てきた光景だったが、功一郎にとってはすこぶる懐かしい光景でもある。

〝前の世界〟では、来春我孫子工場に異動してしまい、以降は本社での忘年会に顔を出すことはなくなった。しかもこの年の最後の忘年会は、恐らく参加せずに三時の終業と同時に自分は会社を出たと思われる。

だとすると、実質、四年ぶりに接する光景でもあった。

十五分ほどで支度がととのい、若い女子社員が功一郎を呼びにくる。

品質管理本部の広い第一会議室に入ると、いつものように三十人ほどの部下たちが顔を揃えて彼を待っていた。全員の手に酒の注がれた紙コップが握られている。

いまから退社時刻の午後五時半までみんなでわいわいと盛り上がり、そのあとは夜の町へと繰り出す者、家路を急ぐ者とさまざまに分かれていくのだ。

部下の一人から日本酒で満たされた紙コップを受け取ったところで、

「じゃあ、本部長の方から一言お願いします」

これも例年通り、お客様相談室長の早見が口火を切った。

こういう場では早見が司会役と決まっている。

美雨が亡くなったとき誰より親身になってくれたのもこの早見だった。彼や品質管理本部の面々がいなければ美雨をちゃんと葬送することも不可能だったろうし、いまの仕事を続けていくこともきっとできなかったに違いない。

功一郎が役員昇進を辞退し、我孫子工場に異動すると知ったときも早見や吉葉を始めここにいるみんなが残念がってくれた。いまから三ヵ月後、功一郎は後ろ髪を引かれる思いでこの場所を去ったのである。

一人一人の笑顔を見つめながら、彼は部員たちに向けて深い感謝の意を捧げる。

「みなさん、今年も本当にご苦労様でした。そして本当にありがとうございました。この六月に十五年ぶりに食品衛生法の大改正が行われ、いよいよ日本でもＨＡＣＣＰ(ハサップ)の制度化や食品リコールの報告義務化などが実施される運びとなりました。来年からは、二年後、三年後の各制度の施行に向けて、我がフジノミヤ食品でもさまざまな取り組みを本格化させていかなくてはなりません。正直なところ今年以上に忙しくなります。みなさんのますますの活躍を本部長として期待し、またお願い申し上げます。さらに来年は新しい天皇が即位し、いよいよ令和の新時代を迎えます。新しい酒は新しい革袋に盛れのたとえの通り、我々の扱う分野でも、従来のやり方に固執することなく、斬新で大胆な発想の衛生管理、安全管理の手法を確立してまいりましょう。我が社における〝食品事故ゼロ・イヤー〟の実現に向けて、来年も品質管理本部一丸となって頑張っていきたいと思います。それでは、例年にならいまして僭越ながらわたくしが乾杯の音頭を取らせていただきます」

功一郎はそこで、「みなさん、ご唱和をお願いいたします」と一拍置く。改めて部下たちの顔をじっくりと眺め、

「それでは、来年のみなさんのご多幸、ご健康を祈念いたしまして、かんぱーい」

日本酒の入った右手の紙コップを高々と掲げて声を張り上げたのだった。

会議室では部下たちが三々五々集まって料理をつまみ、酒を酌み交わしながら歓談している。功一郎のところへも次々と部員たちが挨拶に来る。

〝前の世界〟では、改正食品衛生法にそなえた品質管理体制改善の陣頭指揮を執ることはかなわなかった。我孫子に移ってからも早見や吉葉がしばしば功一郎のもとへ相談に通ってきていたものだ。新しい本部長は法務畑とはいえ食品衛生に関してはずぶの素人で、早見たちからすれば頼りにならない上司だったのである。

人の輪からちょっと外れて、「だが……」と功一郎は思う。

――来年、自分が独立してしまえば、この世界でも彼等とは一緒にやることができないというわけか……。

部員たちと談笑している早見や吉葉の姿を眺めながら、少し申し訳ない気持ちになる。

「本部長、レイワって何ですか？」

そんなことをつらつら考えていると部下の一人が声を掛けてきた。

滝沢順一という去年異動してきたばかりの若手だ。四年のあいだ五階の情報管理室で働いていたが、現場に出たいと自ら希望して品質管理本部に移ってきた。さっそく三年後の六月から始まる食品等リコール情報報告制度に対応した製品回収情報のデータベース化を手伝わせているのだが、前職が前職だけにITには滅法強く、すでに貴重な戦力となってくれていた。

「レイワ？」

不意の質問に問い返しながら、功一郎は内心で冷や汗をかく。

「さきほどのご挨拶で、本部長、『いよいよレイワの新時代を迎えます』っておっしゃったじゃないですか？　レイワの新時代って一体何のことなのかなあと思ったんです」

今上天皇が生前退位の意思を示しておよそ二年半が経つ。いよいよ来年五月一日には皇太子が即位し、それに先立つ四月一日に新元号「令和」が菅義偉（すがよしひで）官房長官から発表されるのだ。

そして、その菅長官は、持病の悪化で退陣した安倍総理の後を襲い、二〇二〇年九月に第九十九代の内閣総理大臣に就任することになる。

そうした未来を人々は知らない。まして国民の一大関心事である新元号が何になるのかは発表時期も含めていまだ詳細は明らかになっていないのだった。「令和」と口走ったのはとんでもないミスだった。

「令和じゃないよ、平和って言ったんだ。いよいよ平和な新時代を迎えるって」

「平和な新時代ですか？」

滝沢が怪訝そうにした。納得がいかないのも無理はない。しかし、まさか新元号が「令和」になるなんて言えるわけもなかった。

「いまの天皇の時代は、神戸の震災もあったし、湾岸戦争や同時多発テロもあったりで物騒だったからね。新しい天皇の下で日本も世界もいまよりは平和な時代を迎えて欲しいと期待を込めて口にしたんだよ」

令和元年の年末には新型コロナウィルスが出現し、翌年からは世界中がコロナ禍一色で塗りつぶされてしまう。「平和な新時代」とはほど遠い令和の幕開けなのだが、そのことも目の前の彼等は何も知らないのだ。

「神戸の震災、ですか……」

しかし、滝沢はそう呟いて、さらに何か訊きたそうな表情になった。ただ、ちょうどその

ときには、わかれの部員がこちらに近づいてきたこともあって、

「本部長、今年はたいへんお世話になりました。来年もよろしくお願いいたします」

と丁寧に頭を下げてその場を離れていったのだった。

忘年会を終えて会社を出たのは午後六時前だ。

いつものように竹橋駅には向かわず、会社の前の通りでタクシーを拾う。運転手に「日本橋高島屋までお願いします」と告げた。

今夜、渚はアートフラワー教室の忘年会だった。

美雨の小学校入学と同時に始めた渚のアートフラワーはぐんぐんと上達し、美雨が卒業する頃には講師の資格を得るまでになっていた。

そののち、最初に通っていた西葛西の教室の仲間が木場駅そばの深川ギャザリア内にあるオフィスビルの一室を借りて新しい教室を開くことになり、渚にも講師の一人として参加しないかと誘いがかかった。慎重な彼女はしばらく返事を保留していたのだが、美雨が第一志望の私立中学に合格したのを機に週三日の約束で教えることに決めたのだった。

その講師の仕事もすでに七年目を迎え、いまでは教室の数も三つに増えている。

今日は、その三つの教室の生徒さんたちを一堂に集めての忘年会の日で、会は例年、門前仲町のイタリアンレストランを貸し切りにして盛大に催されるのだった。

この日ばかりは渚もそれなりに着飾っていそいそと出かけていく。一次会のあと主宰者や

講師たちだけの二次会も予定されているので帰宅が午前様になることもままあった。

タクシーの窓から歳末の東京の景色を眺めながら、

――そういえば、去年の忘年会のときはどうしていたのだろう？

功一郎はぼんやり思う。

去年と言っても実際は四年前なのですぐには思い出せない。去年ということは美雨は高校三年生。大学進学も決まり、学生生活への夢をふくらませていた時期だ。まさかそれから一年もせずに自分が不慮の事故でいのちを失うとは思いもよらなかっただろう。

そうだった。あの日は、美雨と二人でカレーを作って食べたのだった。もともとは東陽町にある行きつけの中華屋に行く予定だったのだが、美雨が風邪気味ということで、急遽、あり合わせの材料でカレーをこしらえた。福神漬けもらっきょうも切れていたので、代わりにキュウリのピクルスを美雨が細かく刻んでカレーに添えたのを記憶している。

――それがたった一年でこんなふうになるなんて……。

むろん、美雨のいのちが救われたのだから贅沢は言えないと功一郎は毎日自身に言い聞かせてはいた。

生きているだけで充分だと心から思っている。

だが、それはそれとしても、まさかあの美雨があんなふうになるとは信じられない。

十月二十七日の未明に彼女の人工妊娠中絶の事実を知って二ヵ月が過ぎた。

美雨はいまだに標という男と付き合っているようだ。

渚の求めもあって、体調が回復するまで彼女を問い詰めるようなことはしなかったが、退院から十日ほど過ぎて、功一郎は相手の男に会わせるよう美雨に迫ったのだった。

「どうしておとうさんが首を突っ込んでくるの？」

できるだけ冷静に持ちかけたにもかかわらず、美雨の最初の言葉はそれだった。

「おとうさんには関係ないじゃない。そんなことを言い出すなんて信じられない」

あのとき美雨が放った鋭い刃物のような視線を功一郎は忘れることができない。

この子は、こんな目をするんだ――そう思った瞬間、自分と娘との間に取り返しの付かないほどの距離が生まれているのを功一郎は実感したのだった。

年末で混み合っていたこともあり、十五分ほどかかって髙島屋の本館に到着した。

タクシーを降りて、本館正面口をくぐる。

一階フロアは買い物客でごった返している。だが、誰もマスクはしていないし、人々は平気な顔で身体をくっつけ合って通路を進んでいる。

正面口を入ってすぐの場所がアクセサリー売り場だった。

今日の目的は、そこで手頃なネックレスかペンダントを買うことだ。

渚ではなく美雨のために。

結局、美雨はクリスマスの二十四日も二十五日も家を空け、イヴの日は外泊した。友だちとホテルでパーティーだと渚には言っていたようだが、そんなはずもない。

二十五日も遅くに帰ってくると自室に引き籠もって出てこなかった。最近は、功一郎が家にいるあいだはいつもそんなふうだ。ここ半月ほどは、三人で食卓を囲むこともなくなり、声を掛けても美雨は目を逸らして何も返事をしない。

十一月中はそれでも何度か話し合いを持った。功一郎も頭ごなしに「別れろ」と言ったわけではなく、中絶までさせてしまったのだから直接会って、美雨との関係について彼の存念を確かめたいと一貫して求め続けただけだった。

ところが、美雨の方は「どうしてそんなことをするのか分からない」の一点張りで、あげく一ヵ月前からは「もう、標さんとは別れたからいいでしょう」と言い始めた。

「そんなはずがないだろう」

と返すと、

「私のこと、信じてくれないんだね」

冷たい目で睨んできて、そのうち何を言ってもだんまりを決め込むようになってしまったのである。

だが、渚によれば二人の関係は現在も続いているらしい。

その上、渚は渚でまったく頼りにならなかった。

「いまは標さんのことで頭がいっぱいいっぱいなんだから、黙って様子を見るしかないよ」

妙に達観したセリフを口にするだけで、打開策を見つけようという気配はまるで感じられないのだ。

羽根をかたどった可愛らしい銀のブローチがあったのでそれに決める。

美雨もさすがに年末年始は家族と共に過ごすだろうから、そのときお年玉代わりに渡すつもりだ。いつもは現金だが、金を渡せばどうせ男に使うに決まっている。それでは一体何のためのお年玉か分からない。

プレゼント用の包装をして貰ったブローチを受け取り、ますます人で溢れ始めたデパートを出ようと正面口に向かっていると背後から、

「おにいさん」

という声が聞こえた。

聞き慣れた声に振り返ると碧が立っている。

「やあ」

と笑みを返した後、手招きするようにして人混みを避け、正面口脇のスペースへと一緒に移動した。

「ずいぶんお久しぶりです」

碧が言う。

「そうだね」

応じながら、功一郎は碧の顔をまじまじと見た。

いつかこうして〝今の世界〟の碧と会う機会があるだろうと想像していたが、こんなに早くだとは思っていなかった。

「いつ以来かな？」

三ヵ月ぶりだと思いながら彼は言った。

「おかあさまのお葬式以来だから、もう二年半ですね」

そうだった。母の美佐江が死んだのが二年前の五月で、静岡市内で執り行われた葬儀に碧もわざわざ出席してくれたのだった。

「あのときはありがとう」

「とんでもない。四十九日は出られなくて申し訳ありませんでした」

母が亡くなったときは、遺骨は、福岡の母方の祖父母のそれと一緒に都内の納骨堂に納めることで静岡の義父と話がつけてあった。母と義父との結婚は、義父の子供たちに大反対された末だったので義父にとっても、それは渡りに船だったのだ。

四十九日の日は、仕事の都合か何かで碧は来られなかったのだろう。

そんなことはすっかり忘れていた。

それにしても母の葬儀以降、一切の交流がなかったというのも姉妹の疎遠ぶりを如実に物語ると功一郎は改めて思う。

「そうか。オリンポスの本社がこっちに移ってきたんだったね」

話を少しずらす。

碧の勤めるアパレル大手の「オリンポス」が、日本橋室町の高層ビルに本社を移したのは、そういえば今年だったはずだ。

「おにいさん、よくご存じですね。でも、そうじゃなくて私、いまこのデパートで働いているんです」

碧が意外なことを言う。

こうして碧と久々にやりとりしていると、複雑な思いが胸の奥からにじみ出てくるのを感じる。それは懐かしさと親しみと後悔が混じり合ったような感情で、美雨や渚と再会したときとは異なる色合いのものだ。

三ヵ月前、柏の葉キャンパス駅のロータリーで別れた際のやつれた碧の顔が、目の前の元気そうな顔と重なって見える。

「そうなんだ」

「と言っても今月いっぱいなんですけどね。ここの四階にうちの会社のショップが入っていて、年明けから産休に入る予定だった店長が早産になってしまったんです。それで急遽、私がピンチヒッターで駆り出されちゃって」

「なるほど。臨時店長ってわけだ」

それはそうだろう。〝前の世界〟の碧は販売促進部の課長代理で、全国のオリンポスの直営店や系列店を回って販促指導をやっていたはずだ。彼女が内勤の総務部門に異動するのは渚の鬱症状が悪化し、功一郎たちと柏市松葉町の一戸建てで同居すると決まってからだった。

しかし、そのような暗鬱な未来に彼女が搦め捕られる危険性はすでに皆無だ。

「どなたかにプレゼントですか？」

手に提げていたジュエリーショップの小袋に目をつけて碧が訊いてくる。

「ああ、ちょっと娘にと思ってね」

「美雨ちゃんに。いいですね、美雨ちゃん。おとうさんに大事にされていて」

美雨の名前が彼女の口から出て、功一郎はふと思いついた。

「碧さん、まだ仕事？」

私服姿だから違うのではないか？

「今日は早番なんでもう上がりです」

「だったら、少し時間貰っていい？　これから晩飯でもどうかな？」

碧が怪訝な顔になる。

無理もない。義理の兄妹といっても二人きりで食事をしたことなど一度もないのだ。

「全然、大丈夫ですよ。今夜は予定ゼロなんで」

「そう」

功一郎はこの御用納めの日に碧を連れていける店を頭の中で見繕う。

「馴染みの寿司屋が新富町にあるんだけど、そこでいいかな？」

「もちろん。お寿司は大歓迎です」

碧がさらに潑剌とした笑顔を向けてくる。

「新富寿司」は豊明物産時代からの行きつけで、通い始めて三十年以上になる。

先代は十年ほど前に亡くなり、今は二代目が継いでいるが、二代目とは年齢が近いことも手伝って先代以上に昵懇の間柄だった。彼とは年に二、三度一緒にコースを回るゴルフ仲間でもあった。

その二代目が根室の寿司屋で修業していた時代、功一郎は当時付き合っていた久美子と二人でわざわざ根室まで訪ねて行ったことがある。婚前の北海道旅行だったのだが、先代が根室に修業に出ている長男の話を時々していたので、久美子の発案でいきなり訪ねることにしたのだ。

二代目とはそれが初対面で、「大将に、この店で跡取りが働いているって聞いたものだから」と言うと彼は目を丸くしていた。

喜んでくれたのは、むしろ後からその話を聞きつけた大将の方で、それ以降は常連扱いとなり、さらに五年ほどで二代目が戻ってくると身内同然の扱いになったのだった。

予想通り店は満席だったが、功一郎が碧を連れてのれんをくぐるとカウンターの端をすぐに空けてくれる。

「義理の妹の神宮寺碧さん」

紹介すると、

「なるほど。どうりで奥さんとそっくりだと思ったよ」

不思議そうにしていた二代目はようやく合点がいった顔になった。

ここには渚も何度か連れてきたことがある。二代目は久美子のことも渚のことも知っているのだった。

碧の勤めるオリンポスは、ファーストリテイリング、しまむらに次いで業界三位の大手アパレルメーカーだ。日本橋髙島屋には「ATOMO」というブランドショップが入っていて、大晦日まで彼女はそこで臨時店長を務めるらしかった。

「ATOMOってどういう意味？」

「ギリシャ語で〝個人〟という意味なんです」

「ギリシャ語なんだ」

「はい。社名がオリンポスなのでうちのオリジナル・ブランドは全部ギリシャ語です。ただ、買収したブランドはそのまま使っているから、結局ガチャガチャなんですけどね。創業者は何しろコテコテの大阪人ですし、まあ、そんなものだと思います」

カウンターに並んで座り、しばらくはお互いの仕事の話をした。

飲み物は二人ともビール。二年弱の同居生活で碧の好みはよく知っている。最初はビール、次はワインか焼酎というのが定番なのだ。料理は二代目がその日一番のネタを刺身や焼き物、煮付けにして頃合いを見ながら出してくれる。

「めっちゃ美味しい」

碧はいつも通りよく食べ、よく飲んでいた。

彼女にしてみれば功一郎が義兄になって以来、二十年目にして初の二人きりの食事なのだが、功一郎にとっては二年近く続いた同居生活における日常の一コマだった。

いまの碧は三十七歳。

姉の鬱病と二度の自殺未遂で神経をすり減らしていたあの碧とは別人と言ってもいいのだろう。

功一郎にすれば、美雨を亡くしたあとの悲惨な生活に彼女を巻き込まずに済んだのは何よりの喜びだった。だが、こうやって顔を合わせてみると、同じ屋根の下で共に過ごした記憶が彼女の中にだけ存在しないのが、何やらもどかしくもある。

ビールからワインに切り替えたところで、

「実は、今日は、碧さんに相談したいことがあるんだ」

功一郎は本題に入る。「碧ちゃん」と言いそうになって寸前で言い換えた。

「はい」

碧の方もいよいよか、という感じで少し居住まいを正した。

そのあと功一郎はできるだけ詳細に、現在の唐沢家の状況を説明していった。美雨の中絶のこと、最近の様子、渚の姿勢、そして自身の考えもじっくりと伝える。

その上で、どうやってこの問題を解決すべきかを「碧さんの知恵を借りたい」と彼は率直に訊ねた。

「どうしてそんな話を私に？」という気配は一切見せず、碧は無言で話を聞いていた。注意深そうな顔つきになるのはいつものことで、実際、彼女は相手の話をほとんど聞き漏らすことがない。そして、頭に入れたことは完璧に記憶している。そういうとき、「あの子は勉強はよくできた」という渚の言葉をしばしば功一郎は思い出したものだ。

今夜、偶然彼女と出会って、美雨のことを相談しようと思い立ったのも、彼女がうってつけのアドバイザーだとよく分かっていたからである。

「美雨ちゃん、彼氏の店のバイトは続けているんですか？」

碧の最初の一言はそれだった。

「いや。バイトは辞めたと思う。というか別のバイトに変えたみたいだ。男と別れたと僕たちに言った手前続けるわけにもいかなくなったんだろう」

「そうですか」

頷いて、碧は大きな瞳で功一郎を見る。

「それなら、おにいさんが店に乗り込んで、彼と直接会って話せばいいんじゃないですか？」

「だけど、そんなことをしたら美雨がどんな反応をするか分からないよ。というか、ますます関係が悪化してしまう気がする。いまは彼氏と会っても家に帰ってきているけど、そういう強硬手段に出たら向こうに行ったきりになるかもしれない」

功一郎はそう言い、

「それに、渚も当分は乱暴なことはしない方がいいの一点張りだしね」

と付け加える。

「そうですか……」

空になった功一郎のグラスに白ワインを注いでくれながら碧は思案げな表情を作った。

「だったら、私が美雨ちゃんと会って話しましょうか？　というか、美雨ちゃんと彼氏の両方と会ってもいいし」

碧の口から突拍子もない提案が飛び出し、功一郎は口許に持っていきかけたワイングラスの手を止めて彼女を見る。

「だけど……」

困惑の態でいると、

「このことはおねえちゃんには黙っておいて欲しいんですけど」

碧が言う。

「私、美雨ちゃんとは結構仲良しなんですよ。最近は会っていないので彼氏の件は初耳でしたけど、でも、私が連絡すれば彼女もその標さんという人と会わせるくらいのことはしてくれると思います」

ますます意外なセリフが彼女の口から漏れる。

どうりで怪訝な様子も見せずに話を聞いていたわけだと半分では思い、もう半分では「結構仲良し」って一体どういうことだと大きな疑問符が頭に浮かんでいた。

「美雨ちゃんが高二のときに突然連絡が来て、それで彼女と会って進学の相談に乗ったんです。以来、姉には内緒でたまに会って食事をしたり映画を観に行ったりしていました。大学に入ったときも一緒にご飯を食べたんですけど、ここ半年くらいは私も忙しくてなかなか会えなくて。彼氏ができたのはその間のことなんでしょうね。だから、私から連絡すれば彼女も応じてくれると思います。もちろん、おにいさんから相談を受けたということもちゃんと伝えますから」

「進学の相談って？」

あの美雨が、渚とは不仲の碧と高校生の頃から付き合いがあったとは、にわかに信じ難い話だった。

「美雨ちゃん、外部進学するかどうかですごく悩んでいたんです。具体的に言うと、いまの大学じゃなくて私が通った慶應に進みたいという希望でした。それもあってOGの私の意見が聞きたかったんだと思います。でも、よく話してみると美雨ちゃんのやりたいことは別に慶應じゃなくていまの大学でもできそうだったし、慶應だとキャンパスが藤沢になっちゃうから通学もたいへんだと思ったので、そのまま上がった方がいいよってアドバイスしました」

「美雨のやりたいことって何だったんですか？」

そんな話は美雨本人からも渚からも何一つ聞いたことがなかった。

「ＵＮＨＣＲ（国連難民高等弁務官事務所）とかＵＮＩＣＥＦ（国連児童基金）とか、将来そういう国際機関で働きたいと彼女は言っていたんです」

「………」

「私の大学時代の先輩がＵＮＨＣＲで働いているので、一度先輩と三人でご飯を食べたこともありますよ。彼女の意見も私と同じだったので、それで美雨ちゃんも納得したって感じでしたね」

「そうだったんだ」

美雨と碧のあいだにそこまでの交流があったとは驚きの一言だった。

〝前の世界〟で碧はそんなことは何も言っていなかった。

もしかしたら、これは〝今〟と〝前〟の「ずれ」なのか？

だが、思い返してみれば、美雨の話は松葉町の家ではタブーのようになっていて、仮に生前の彼女とそうした関わりがあったとしても碧は渚にも功一郎にもそのことを打ち明けることはできなかっただろう。

それより、美雨の死を知らせたとき病院の霊安室に駆けつけた碧の深い悲しみようは、この話に鑑みるならば得心がいく気がする。あのときの碧の様子は縁の薄かった姪の死に接した叔母のそれとはまったく異なるものだったのだ。

「おねえちゃんはともかく、おにいさんも美雨ちゃんから何も聞いていなかったんですか？」

「まったく」

「そうですか。きっとおにいさんから姉に伝わるのが心配だったんでしょうね」

碧は少し声を落として言った。

「なので、よければ私が代わりにその標さんと話してみます。もちろん美雨ちゃん本人とも。二人がいま何を考えているのかよおく聞いて、おにいさんにお伝えしますよ」

碧は少し赤らんできた顔で自信たっぷりにそう言ったのだった。

5

「確かに、おにいさんがおっしゃる通り、自分の力を試すのなら年齢的にもいまが最後のチャンスかもしれないですね」

酒はワインから焼酎に変わっていた。

時刻は午後八時を回ったところだ。カウンターにゲタが置かれたので、これから二代目自慢の絶品の寿司が握られてくる。

「でも、美雨ちゃんのためにそうするっていうのは私も、姉の言うとおり話の筋が違うような気がします」

碧の言葉は功一郎にはちょっと意外だった。

会社や組織に身を置いた経験の薄い渚と違って、彼女なら独立に賛成してくれると思っていたのだ。碧のビジネスセンスが一流であるのは、二年間の同居生活で充分に分かっていた。

「そうかなあ」

功一郎は呟く。

渚に独立の話をしたのは四日前、クリスマスイヴの夜だった。美雨のいないイヴの夕食を

二人で済ませ、紅茶とケーキの時間に、

「ここ数年、ずっと考えていたことなんだけど」

と彼は切り出した。

・今回の一件にしても、きみにばかり家庭を押しつけてきたツケが回ってきたような気がしている。これからはもっときみや美雨と一緒に過ごす時間を増やしたい。

・今回の一件で、家族の大切さを改めて美雨から教えて貰ったような気がする。

・今後は、父親として美雨に対して真正面から向き合っていきたい。そのためにも自分で自分の時間を管理できる立場を得たい。サラリーマンの世界にいる限り、それは絶対に不可能だと思う。

「だからこの際、独立して自由な立場で、食品の品質管理の問題に取り組んでいきたいんだ。幸いいろんな人脈もすでにできているし、セミナーや講演、執筆依頼もたくさん来ているからね。これまでは会社優先で一部しか引き受けられなかったけど、独立すれば専念できる。フジノミヤ食品以外の食品会社からもアドバイザリー契約の話が来るだろうし、だとしたら、収入だって今よりずっとよくなるんじゃないかと思うんだ」

功一郎は一生懸命に説明した。

独立は決定事項としても、渚に快く受け入れて欲しいと願っていたからだ。ちゃんと話せば分かってくれると信じて疑わなかった。なので、話の途中から彼女の面上に困惑の色が滲んでくるのを見て彼はひどく面食らったのだった。

「美雨や私のために独立するというのはやめて欲しい」

渚は開口一番そう言った。

「そんな理由で独立されて、万が一にもあなたが行き詰まったとき、私たちには責任の取りようがないから」

その言い方は、要するに「絶対反対」ということだった。

「独立後に苦労があったとしても、別にきみたちのせいになんてしないよ」

なので、功一郎も多少やり返すような物言いになってしまう。

渚はやや怯んだ表情を見せたが、今度は懐柔口調になって言った。

「何も独立なんてしなくていいと思う。美雨のことが心配なのは分かるけど、でも、重病を患ったわけでも大怪我をしたわけでもないし、若い頃にはいろいろあって当たり前だと私は思っているの。それに、来年はあなたも役員昇進が確実なんでしょう。その先には社長になる可能性だって充分にあるんだから、いま辞めるなんてすごくもったいないと私は思う」

「なんでそんなこと知っているんだ？」

役員だの社長だの、一体どこから聞き及んだのか？

「この前、早見さんが遊びに来たとき、帰り際にそう言っていたの。このまま順調に行けばあなたが堀米さんの次の社長だろうって」

「早見のやつ……」

社長の堀米正治は、堀米が相模原の工場長だった時代からずいぶんと品質管理を巡ってやり合った相手で、いまでは肝胆相照らす仲と言ってもいい。功一郎が役員昇進を断ったとき、わざわざ「管理監」という役員待遇のポストを設けた上で我孫子工場に送り出してくれたのも堀米の配慮だった。

ちなみに相模原工場は、我孫子工場と並んでフジノミヤ食品の基幹工場だ。

「とにかく、会社を辞めるなんていまは考えないで欲しいの。もし、どうしても独立したいのなら美雨の問題が片づいてからにしてちょうだい。美雨や私のためじゃなくて、あなたが自分自身のために独立を決めてくれないと、私だってこれから本気で支えていけなくなると思う」

渚はそう言うと自分から話を打ち切ってしまったのだった。

「だけど、家族を守るために夫が仕事を変えたいと言い、独立しても経済的な迷惑はかけないと約束しているんだよ。そういう言い草は、それこそ筋違いのような気もするけど」

功一郎はぼやき口調で碧に言う。だが、それが本音だった。美雨を失って、彼は家族の大切さを痛切に思い知らされたのだ。だとすれば、今回の娘の一大事に手をこまねいているわけにはいかない。美雨と本腰を入れて対峙するなら、まとまった時間を確保する必要があるし、それならば独立が一番手っ取り早い方法でもあろう。

「おにいさんがどうしても独立したいのなら、勝手に会社を辞めて、事後報告にすればいいじゃないですか。そしたら姉も諦めをつけると思いますよ」

「うーん」

「でも、とりあえず美雨ちゃんのことは私に任せて下さい。彼氏とも会って、二人が何を考えているのか聞いてきますから。それが分かるまで、おにいさんはじっとしておくのが一番だと思います」

この店の名物であるマグロの漬けを口に放り込みながら碧が言う。そうやって出てきたにぎり寿司を碧は美味しそうに次々と平らげていく。

「じゃあ、そうしようかな」

碧に言われるとそんな気にもなってくる。

「今日は碧さんとばったり会えて良かったよ。これも何かのご縁なんだろうね。とにかく美雨のことをよろしく頼みます」

功一郎は改めて碧に頭を下げる。

それからは麦焼酎を酌み交わしながらいろんな話をした。

碧のプライベートにもそれとなく探りを入れる。

いつぞや渚に聞いた話では、彼女にはいま結婚を約束した相手がいるはずだった。〝前の世界〟ではその彼氏に別れを告げて功一郎たちとの同居に踏み切るわけだが、もうそんな不本意な未来を彼女が選択する必要はなかった。

「碧さんも学生の頃、美雨みたいに夢中になる相手がいたの？」

「おにいさんはどうでした？」

逆に碧が訊いてくる。

「僕は全然だったよ。一人だけ、大学三年のときに付き合った人はいたけど、その人とも一年足らずで別れたしね」

「へぇー。同じ大学の人ですか？」

「そう。同じ法学部で、法学研究会というサークルで一緒だったんだ」

「法学研究会？」

「司法試験を受験する連中が集まるサークル。彼女は一年後輩で、親が二人とも弁護士だったからどうしても弁護士にならなきゃいけないって言ってたよ」

「じゃあ、おにいさんも司法試験を狙っていたんですね」

「まあね。でも、彼女みたいに熱心じゃなかったし、だから結局、一般企業に就職することになったんだ。彼女に振られたのも司法試験を諦めた原因の一つではあったけどね」

「振られたんですか？」

「あっさりね。彼女の同級生にやはり弁護士の息子がいて、そっちに乗り換えられたんだ。一緒に勉強するんだったら同じ境遇の男の方がいいと思ったんだろう」

「なるほど。その二人はいまどうしてるんですか？」

「二人とも弁護士になって、結婚して、虎ノ門に共同事務所を構えているよ。ただ、僕の親友で公認会計士をやっている中居という男がいて、彼が旦那の方と付き合いがあるんだけど、夫婦仲はずいぶん前から冷え切っているらしい」

「へぇー」

「実は、最初の妻と別れたあと、いまの会社に入る前に司法試験にチャレンジしてみたんだ」

「そうなんですか？」

「三年やって駄目だったんだけど、その頃までは彼女に未練があった気がする。ていうか自分も弁護士になって彼女を見返してやりたかったのかな。あのとき試験に受かっていたらどうだったろうってたまに思うよ」

「そしたら、彼女と縒りが戻ったかもしれない、とか？」

「そうだね。こっちも離婚しているわけだし、夫婦仲が悪いとなれば向こうにつけいる隙もあったんだろうしね。馬鹿げた妄想に過ぎないんだけど」

「なんだか面白いですね。そういう話を聞くと、人生って『もしも、あのとき』の連続なんだなって思う」

「もしも、あのときの連続か、確かにその通りかもしれないね」

功一郎はそう言ってまじまじと碧の顔を見た。酒も進み、頬がほんのり赤くなっている。だが酔っ払っている様子ではない。三ヵ月前に駅のロータリーで別れたときのやつれた顔が、また目の前の元気そうな顔と重なってくる。

——あっちの世界で置いてけぼりを食わされて、碧は一体どうしているのだろう？

つい思ってしまう。

「で、碧さんはどうだったの？」

そんな思いを頭から振り払いたくて質問した。

「は？」

「だから大学時代」

「私はちょぼちょぼでしたね。ていうか、全然もてなかったし」

「そんなことないでしょう」

「でも、本当にそうでした。いつも、おねえちゃんはあんなにもてるのに自分はどうして全然なんだろうって思っていました。顔はそっくりなのにって」

「渚はそんなにもてたの？」

「はい。中学生の頃からすごかったですよ」

「そうなんだ」

「そういう話、おねえちゃんはおにいさんにしないんですか？」

「一度も聞いたことないよ」

「そこが、やっぱりもてる人は違うんですよね」

「どういうこと？」

「本当にもてる女はもて自慢なんてしないってことです」

「なるほど。そういえば男もそうかもしれないね」

「じゃあ、おにいさんももてたってことですね」

「いやいや、何にでも例外ってものはあるよ。きみと違って僕は本当にからっきしだったから」

「私だって正真正銘の例外です。嘘じゃありません」

彼女がいささか憤然としたところで、二代目が煮はまぐりをそれぞれのゲタに一貫ずつ置きながら、

「コースは一応これで終わりなんで、あとはお好みで。食べたいものがあったらおっしゃって下さい」

と声を掛けてきた。

碧がさっそく煮はまぐりに手を伸ばしながら、「じゃあ、私、こはだを下さい」と言う。

二代目が指を二本示すと、「はい。二貫で」と答えた。

「二代目、じゃあ、僕はやりいかと鯛の昆布〆を一貫ずつ」

功一郎も注文した。

「なんかお互い地味ですね」

と碧が笑う。

功一郎は焼酎の水割りで喉を潤し、

「じゃあ、いまはどうなの？」

と言った。

「おにいさん、意外に突っ込んできますね」

笑顔のままの碧が言う。

「いや、そういうわけでもないんだけど、何となくそろそろ結婚しそうな気配を感じるからさ」

「結婚しそうな気配？」

「うん。さっき髙島屋で碧さんの顔を見た瞬間にそんな感じがしたんだよ」

「そうなんですか」

何かを含むようなその表情からして、渚の言っていたことは間違いなさそうだった。

「ただの直感なんだけどね」

「さすがですね」

碧は言い、

「確かにお付き合いしている人はいます」

と言った。

「やっぱりね」

何が「やっぱりね」だよ、と自身に突っ込みを入れながら返す。

「でも、ちょっと問題もあるんです」

そこで、意外なセリフが碧の口から飛び出した。

「問題？」

「はい。実は、これが大問題なんですけど」

「大問題？」

何やら話の雲行きが怪しくなってくる気配だ。

碧の方は、こはだを口に入れた後、存外平気な感じで「はい」と言う。

「二人いるんです」

寿司を飲み下しながら付け加えた。

「二人って、付き合っている相手が？」

今度は大きく頷く。

「はい。一人は、一月に業界の懇親会で知り合った人で、年齢も私と同じくらいで独身。で、もう一人は会社の元上司で、歳はおにいさんくらい。そっちは妻子持ちなんです」

「じゃあ、いわゆる……」

「そうなんです。二股かけてるってわけです」

碧はもう一貫のこはだも口に運んだ。

功一郎には返す言葉がない。

「で、この一年くらいずっと迷ってきて、ようやくどっちかに決めようかと……」

「どっちに？」

「もちろん独身の方です」

「なるほど」

歳の離れた上司との不倫を清算し、同世代の男と身を固める。どこにでもありそうな話だし、案外、両方と重なって付き合う時期を持つ女性も多いのかもしれない。

だが、〝前の世界〟での彼女は、姉の自殺未遂に遭遇して「独身の方」との結婚を断念している。つまるところ、彼女が本当に好きだったのは「独身」ではなく「妻子持ち」の方だったということだろう。

その「妻子持ち」の「元上司」が誰かも、いまの功一郎には大方察しがつく。新しく作る生活雑貨部門に彼女を引き戻そうとした「営業時代のボス」で「いまは副社長」の男がその人物で間違いないだろう。

功一郎は、鯛の昆布〆から先につまみながら、

「それは正しい選択だと思うよ」

と言った。

碧ももう三十七歳だ。できれば普通の幸せを摑んで欲しい。せっかくあれを試みて、彼女を悲劇に巻き込むことを回避できたのだ。尚更そうなって欲しいと彼は思う。

「正しい選択ですか？」

「そう。一年前にいまの人と知り合った後も、まだ元上司と付き合っているということは、彼はよほど魅力的なんだと思うよ。きっと仕事もすごくできて出世もしている人なんだろうね。これまでいろいろと教わってきた相手だろうし、きみのことをちゃんと評価してくれている人だと思う。だけど、女性が結婚を考えるときは、それはそれ、これはこれと公私の峻別をきっちり付けるのが一番大事なんじゃないかな。どんなに魅力的でも結婚が難しい相手に深入りし過ぎるのは正しい選択じゃない。それは単に情に溺れているだけだからね」

「情に溺れる？」

碧は居住まいを正した風情で問い返してくる。

「そう。情に溺れるのは悪くはないが、一時の事にしないと。情というのは腐りやすいからね。食品で言えば生鮮食品みたいなものなんだ」

「情は生鮮食品……」

「まあ、僕的な言い方をするとね」

「なるほどー」

碧は納得がいったような顔になる。

「情は生ものですか……」

同じ言葉を繰り返し、

「今夜はいいアドバイスをいただけました。おにいさん、ありがとう」

と笑みを浮かべたのだった。

「新富寿司」を出たのは午後九時半。地下鉄を使うという碧を有楽町線の「新富町」駅の出入り口まで送り、功一郎は新大橋通りでタクシーを拾った。

東陽町までは車で十五分足らず。十時前には自宅に着くが、まだ渚は帰って来ていないだろう。美雨も今夜はバイトで遅くなると渚が言っていた。

「私も帰りが遅いし、もしかしたらあの子は標さんのところに行くかもね」

出社するときにそう言われて、内心ホッとしている自分が情けなかった。

帰宅してみれば、案の定、渚も美雨もいない。

暖房のない部屋の中は冷え切っていた。功一郎は部屋着に着替えるのはやめてすぐに風呂に入ることにする。そのあいだに部屋を暖めておく方がよさそうだ。酔いはすでにすっかり抜けていた。

十五分ほどで風呂が沸き、スーツを脱いで浴室に入る。

湯船に浸かって身体を伸ばすと、ふぅーと大きなため息が出た。

久しぶりに碧と話して、別れたいまも気持ちが高ぶっている。

どうにも不思議な気分だった。

日々、渚が鬱病でもなく美雨も元気に生きているという事実に喜びと戸惑いを覚えつつ二人と過ごしているが、それらは早くも新しい現実として自分の身体の中に定着しだしている。あと数ヵ月もすれば、すっかり当たり前の日常と化すだろう。

渚との二年五ヵ月はうつろな日々だった。事故でいのちを奪われた美雨とはそんな日々でさえ一緒に送ることがかなわなかった。

だが、碧との二年五ヵ月は違う。

鬱に苦しむ渚を守り、彼女の回復のために力を合わせた苦しくて重い、だが、中身のぎっしり詰まった日々だったのだ。

功一郎は、渚や美雨との空虚な二年五ヵ月を返上し、新しい日常を勝ち取った代償として、碧との忘れ得ぬその濃密な日々を手放したのだった。手放したというよりも消去した、完璧になかったことにしたと言うべきかもしれなかった。

今夜、彼は深い絆を結んだ相手と再会した。

しかし、向こうはそんな記憶を持ち合わせてはいなかった。碧にとっての功一郎は、偶然、デパートで顔を合わせた縁の薄い義兄でしかなかったのだ。

だが、それでもたった一度の食事で思わぬほどに打ち解けられたのは、やはり、功一郎が碧のあれこれを充分に知悉(ちしつ)しているからだろう。

碧にとって彼は赤の他人のようなものだが、彼にとっての碧は、自分が最も苦しいときに救いの手を差し伸べてくれた誰にも代えがたい恩人なのである。

その碧から、「新富寿司」を出る直前、意外な話を聞いた。

最後に碧が頼んだ赤ワインも一杯ずつ飲み干し、熱い緑茶をすすっているとき、

「この際だから、一つ訊いてもいいかな？」

功一郎はふと思いついて切り出してみた。

「はい」

大きな湯飲みを持ち上げていた碧がそれをカウンターに戻す。

「どうしてきみたちはそんなに不仲なの？　昔、よほどのことでもあったのかな？」

二親を失い、姉一人妹一人になったにもかかわらず、なぜここまで彼女たちが疎遠なのか彼には理解できなかった。何らかの確執があったに違いないが、時折、渚にそれとなく訊い

てみても、彼女は何も話してくれないのだ。

「そのことですか……」

碧はしばし思案げな顔つきになる。

「この話、姉には絶対内緒ですよ。おにいさん約束してくれますか？」

「もちろん約束するよ」

さすがに酔いの回った目で彼女がじっと功一郎を見た。

「じゃあ、信じてお話しします。もうとっくに時効だと思うので」

功一郎は無言で頷く。

「私たちの両親が続けて亡くなったのはご存じですよね。最初に父が脳梗塞で亡くなり、半年もしないうちに今度は母が同じ脳梗塞で亡くなった」

功一郎はまた無言で頷いた。

「それは事実なんですけど、実は、父はずっとあの浜田山の家にはいなかったんです」

それから碧が語ったことは、いままで一度も聞いたことのない驚くような話だった。

〈父は、私が小学校三年生のときに出て行って、死ぬまで一度も戻って来ませんでした。同僚の教師と不倫して、それが母に見つかって不倫相手のもとに駆け込んでしまったんです。だから、私は父のことはあんまりよく知らなくて、母も自分を裏切った夫を決して許さなかった。彼女が離婚の申し出をかたくなに拒み続けたのは、父と相手の女性を絶対に自由にさせたくなかったからだと思います。何しろ、相手の女性というのがかつて父や母と同じ中学校で教えていた人で、父と母はその学校時代に結婚して、それぞれ別の学校に異動になるんですけど、あるとき父の学校に彼女があとから赴任してきて、そこで男女の仲になってしまったみたいなんです。彼女の方は独身で、どうやら三人一緒だったときも母とは恋敵の関係だったらしくて。

そんなわけで、私の場合は父に対してそれほど思い入れもないんですが、当時すでに中学生だった姉は、父の家出にもの凄いショックを受けたようでした。大の父親っ子だったので、父が向こうの家に行ったあとももときどき母に内緒で父とは会っていたみたいです。そうしたら、私が中学三年のときに父が脳梗塞で倒れて、そのまま亡くなったんです。

戸籍上はまだ夫婦でしたし、私たちもいるのですぐに先方から連絡が入って、どちらがお葬式を出すかという話にもなったんですが、母はあっさり断って、しかも自分だけじゃなくて姉や私にも葬儀には行かないようきつく命じたんです。

姉はそもそも母がお葬式を出さないと決めたこと自体が気に入らなかったので、『そんなことをしたら、絶対に罰が当たるからね！』って何度も母を責めていました。結局、姉は一人で向こうのお葬式に参列して、父のお骨も拾ったようでした。私は、まさか母を一人にするわけにもいかなくて出席しなかったんです。

母が同じ脳梗塞で倒れたのはそれから半年もしないときで、台所で洗い物をしている最中にいきなりその場に崩れ落ちて、私や姉がびっくりして飛んでいったときはもう意識がありませんでした。慌てて救急車を呼んで病院に運んだんですが、結局、一度も意識は戻らないまま二日後に亡くなったんです。

母は一人娘だったので頼れる親族はいなくて、お葬式は母の学校の同僚の先生たちが手伝ってくれました。息を引き取ったあと、母と一番親しかった先生に連絡して、その先生が病院に駆けつけるまで姉と私だけで病室で待っている時間があったんです。そのとき私が『おねえちゃんがあんなこと言ったからだ』って口を滑らせてしまったんです。『絶対に罰が当たるなんて言うから、おかあさんが死んでしまったんだ』って。私も余りに突然のことだったし気が動転していたんだと思います。まるで父の後を追うように母まで亡くなるなんて思いもよらなかったですから。

姉と私がこんなふうになってしまったのは、そのときのことが原因だと思います。姉は何も言わなかったけれど、多分、私の言葉に深く傷ついたんだと思う。自分が母親を殺したと言われた気がしたんでしょうね。姉は、母が父を決して許さなかったように私のことを許していないんだと思います。おにいさんに本当のことをいまだに明かさないのもそのせいだし、実際、お二人の結婚が決まったとき、唯一私に釘をさしてきたのが、父が愛人の家で亡くなったことを金輪際口にするなということでしたから〉

五分も湯に浸かっていると、身体があたたまってくる。功一郎は全身を弛緩させて湯船のへりに背中を預け、浴室のクリーム色の天井を眺めた。

――どうしてそんな大事なことを渚は隠し続けているのだろう？

と思う。

「とっくに時効」と碧も最初に言っていたが、渚と結婚して二十年の歳月が流れている。何度でも事実を打ち明ける機会があったし、実際、何度も功一郎自身が彼女に姉妹不和の真因を訊ねてきたのだ。

父親が愛人の家で亡くなり、母親が葬式を出すのを断ったというのは子供にとってはショッキングな出来事ではあろうが、それにしても当の子供自身がすでに結婚し、一児の母となっているのだ。

二十年も内緒にしておくような話ではあるまい。

一方で、そういう態度はいかにも渚らしいという気もする。

碧の放った一言で、彼女との関係自体を凍結してしまったのもそうだし、父親が不倫して自分を捨てたことを夫に打ち明けないのも彼女らしかった。

渚の中にはさまざまな〝理念型〟というものが存在している。

夫婦とはこうあるべし、親子とはこうあるべし、家族とはこうあるべし、サラリーマンとはこうあるべし、男とはこうあるべし、という彼女なりの理想像がきっちりと保持されているのだ。

そしてその〝理念型〟に現実を近づけていくのが彼女にとっての〝幸福とはこうあるべし〟なのだった。

だからこそ、父親の不倫は受け入れてはならず、母親が父親の葬儀を拒絶するのは理解しがたく、母を看取った直後に姉を責めた妹は許すべからざる肉親となる。

今回の美雨の一件に対する構え方にも、そういう彼女らしさが現れていた。

大事に大事に育て、順調にステップアップさせてきたはずの一人娘が一回り以上も年嵩の男と深い関係を結び、妊娠までしてしまった――という現実は、彼女の中ではおよそ消化しきれるものではないのだ。ゆえに、「若い頃にはいろいろあって当たり前」などと必要以上に楽観的な構えを取り、「黙って様子を見るしかない」と決めてしまう。静観するというのは、要するに美雨の抱えた現実を「見ない」に過ぎないのだが、渚にはそれが最も有効な解決法に思えてしまう。

功一郎が美雨と真剣に対峙するために独立したいと提案しても、せっかく積み上げてきたサラリーマンとしてのキャリアを娘の色恋沙汰で投げ捨てようとしているとしか思えない。それは、彼女にすれば、美雨に対する〝理念型〟のみならず功一郎に対する〝理念型〟までも破壊するとんでもない選択ということになるのだろう。

——だとすると、今夜、碧と会ったことや、彼女が美雨や彼氏と会うと約束してくれたことは当分秘密にしておいた方がいい。

湯船から上がって髪を洗いながら、功一郎はそう考える。

——そして、自分は碧のアドバイスに従い、美雨や彼氏が「何を考えているのか」「分かるまで」「じっとしておくのが一番」というわけか……。

功一郎は碧の顔を脳裏に浮かべながら思う。

それはさきほど地下鉄の出入り口で別れたばかりの若々しい顔だった。

第三部

1

年末年始、美雨はずっとアルバイトだった。

新しい勤務先は渋谷のコーヒーショップで24時間営業・年中無休らしい。大晦日も帰宅したのは明け方で、三人で新年の食卓を囲んだのは昼過ぎのことだった。

例年通り、お屠蘇(とそ)を飲んで、渚が腕によりをかけて作ったおせちを食べる。

会話は弾まなかったが、それでも美雨は功一郎の前でぽつりぽつりと口を開く。

数ヵ月ぶりに団らんが戻ってきたようではあった。

正月休みに入ると同時に、功一郎は、頼まれている教本の執筆に取りかかった。

〝前の世界〟では、柏市に転居し、渚の病状が多少落ち着いた今年の夏頃からようやく書き始めることができた原稿だ。人麻呂邸の書斎で、あわよくば一緒に持ち込もうと手に提げていたリュックには、その原稿のUSBメモリも入っていた。

残念ながらリュックやスマホは持ってくることができなかったが、原稿の内容は頭の中にインプットされている。すでに八割方は書き終えていたので、あらためて執筆を再開したとしても時間はほとんど要さないだろう。となれば、予定より二年近く早く刊行できると思われる。内容の完成度もさらにアップさせられるに違いなかった。

美雨が自室に引き籠もっているように功一郎もリビングと繋がる六畳の和室を閉め切ってパソコンを小さな座卓に据え、原稿書きに精出したのだった。

初詣は毎年、三日の日に三人で深川不動堂に行くと決まっていて、美雨が生まれて以来一度も欠かすことなく続けてきたのだが、今年は渚と二人きりだった。

バイトで帰りが遅かった美雨は、風邪気味だと言って同行を拒んだのだ。

そんな態度にも功一郎はあっさり引き下がった。

二十八日以降は、彼氏の件で彼女に何か言うことは一切なかったし、渚と二人だけのときもその話題は口にしなかった。

あの日、碧と偶然会って、美雨たちの存念を彼女に探って貰うことに決めた。結果を聞くまでは碧に言われたとおり「じっとしておく」と自らに言い聞かせているのだ。

碧からの連絡はいまのところない。

美雨の様子を見てもまだ二人は会ってはいないようだった。何しろ年末年始があいだに挟まっているのだから気長に連絡を待つしかないのだろう。

一月四日金曜日は出社した。

碧の連絡を受けるなら渚のいない会社の方が都合が良かった。ただ、こちらからせっつくような真似をするつもりはない。すべて碧に任せて上首尾を期待するしかないのだ。

品質管理本部に限らず、どの部署も出社している人間は数えるほどだった。

フジノミヤ食品の七つある工場でも、四日から稼働するのは相模原と我孫子の二工場に過ぎず、残りは七日スタートだった。二工場にしてもフル稼働ではなく、動かすラインは半分程度である。

メールや年賀状のチェックを終えると、功一郎はデスクのPCに持参したメモリスティックを差し込んで書きかけのワード原稿を表示する。年末年始の集中作業でもう全体の四分の一くらいまで書き進めていた。

この分だとあと二ヵ月もあれば第一稿は仕上がるだろう。

教本はこれが三冊目だが、今回は、品質管理への啓蒙や実践案内にとどまらず、かなり専門的な知識も盛り込んでいる。実質的には全面改稿に等しいから中身もこれまでで一番充実したものになるだろう。

独立のことを見据えれば、この本の出版前後に会社を辞めるのが最も効果的だと考えられる。渚も美雨の問題が片づき、自分自身のために独立するのであれば反対はしないと言っていた。

その肝腎の「美雨の問題」を解決する切り札は恐らく碧なのだと功一郎は思っている。二年間、碧と同じ屋根の下で暮らしてきて、彼女があんなふうに自信たっぷりに請け合ったときはちゃんと結果を出してくれると分かっているからだ。

一時間ほど原稿を読み下したところで、弁当とペットボトルのお茶を持って作業台の前に移動した。

時刻はちょうど正午になるところだった。

出社してきた早見や吉葉もさっさと退社して、品質管理本部には誰も残っていない。

弁当はパレスサイドビルの地下の「磯むら」という和食屋で買ってきたものだった。そこの海苔弁が安くてうまい。普段もたまに買って、こうして作業台で食べている。この世界に戻ってきてからもすでに何度か利用していた。

鰹節と海苔を敷いた白米の上に鮭の塩焼き、ゴボウと人参のきんぴら、たくわん二片、それに漬け卵半分が載っているだけのシンプルな弁当だが、素材がどれもいい。休日出勤の日に、この弁当をがらんとした会社でこうして食べるのが功一郎は大好きだった。

作業台の向こうのテレビをつける。

ちょうど昼のニュースの時間だった。トップは安倍(あべ)総理の年頭記者会見の模様で、「平成」に代わる新たな元号を四月一日に公表すると総理が正式に表明したのだという。

そのニュースを観ながら、

――もし、自分がネットで、〈新元号は「令和」で決まりじゃないの？　出典は万葉集〉といった書き込みを何度か繰り返せば、元号は「令和」ではなくなるのだろうか？

そんなことをふと考える。

たとえ匿名でも相当の回数、「令和」という一語をネット上に書き込めば、当然内閣官房の元号担当者の事前調査にも引っかかるだろうから「令和」は候補から除外される可能性が高い。

——それは、要するに歴史を変えたということになるのだろうか？

例によって、それはそうでもあり、そうでもないと功一郎は思う。

この世界で四月に決まる元号が「令和」だと知っているのは功一郎ただ一人だった。であるならば、たとえ「令和」以外の元号に変わったとしても、それで歴史が変わったとはならない。変わったのは功一郎の〝前の世界〟における記憶だけなのだ。

自分以外の誰一人として、本当は「令和」という元号になるはずだったと知らなければ、そんな歴史は最初から存在していなかったのと同じなのである。新元号が決まった後、仮に功一郎が「本当は令和だったんだ」と力説しても、それを信じる人間は誰一人いないに違いない。

——ならば、この世界の歴史を変えるには一体どうすればいいのか？

そのこともかねて功一郎はたびたび考えてきたのだった。

一番分かりやすいのは、自分自身が〝歴史になる〟ということだろう。

自分自身が歴史の一部になってしまえば、自分が変化する事それ自体が〝歴史の変化〟となる。

今日から二〇二一年二月二十四日までの期間に日本や世界で起きる様々な出来事を功一郎はすでに知っている。

高校受験時の入試問題がそうであったように多少の「ずれ」はあるのだろうが、おおよそは分かっている。

手っ取り早いのは、予言者になればよいのだ。

これから起きる出来事をＹｏｕＴｕｂｅなどでじゃんじゃん予言していく。彼の予言によって現実が変わる可能性の薄い事象、たとえば天変地異や遠い国の戦争、不可避の事件や事故などを的中させれば、功一郎の名前は瞬く間に世界を駆け巡る。

予言を知りたくて多くの人々が彼のもとへと参集する。

そうやって一気に人を集めて新興宗教でも組織すれば、彼の行為そのものが歴史の一部となる。つまり彼自身が世界を創造するわけだから、それを〝歴史を変えた〟と表現しても誤りではないだろう。

だが、そんなふうに自分史と世界史とを一体化させない限り、功一郎には、自身の記憶と現実との距離を遠ざけたり近づけたりすることしかできないのだ。つまるところ彼以外の人にとっての歴史は常に一つきりなのである。

その日は、午後六時過ぎまで一人ぼっちの社内で原稿の手直し作業を行ったが、碧からの連絡はなかった。

一月九日水曜日。

昼食をとりに会社を出たところで着信があった。

「時間がかかってしまってごめんなさい」

新年の挨拶も抜きに碧が言う。

「昨日の夜、二人とじっくり話してきました。今日にでもご報告したいんですけど、おにいさん、お時間はありますか?」

「もちろん。碧さんの都合に全部合わせるよ」

功一郎は即答する。

「でしたら、午後六時にコレド室町の中華屋さんで待ち合わせにしましょう。席は私の方で予約しておきます。あとで、この前貰った名刺のアドレスにお店の情報をメールしておきますね」

すでに場所も時間も決めている気配で碧が言う。

「了解。じゃあ、六時までにそこに行っておきます。本当にありがとう」

そう言って、功一郎は自分から通話を打ち切ったのだった。

碧は開口一番「時間がかかってしまって」と言っていたが、彼にすれば予想よりもずいぶんと早い連絡だった。

昨夜、「二人とじっくり話し」たと言っていたので、美雨と彼氏の両方と面談したのだろう。昨夜の美雨の様子はどうだったろうかと思い出してみるが、例によって深夜に帰宅するとすぐに自室に引っ込んでしまったからよく分からない。今朝も功一郎が家を出るときはまだ眠っているようだった。

仕事が始まったばかりの週だし、早めに退社しても何ら支障はなかった。

日本橋のコレド室町「徳陽飯店(とくようはんてん)　日本橋店」に着いたのは午後五時五十分。入口で「神宮寺の名前で予約が入っていると思うのですが」と告げると、ウエイターが「神宮寺さまは、すでにお越しになっておられます」と答えて、窓際の一番奥のテーブル席へと案内してくれた。

碧が窓を背にしたソファ席に腰を下ろしているのが見えた。

「すみません、お待たせして」

引いて貰った椅子に腰掛けながら頭を下げると、

「早かったんですね」

碧は言い、

「私もいま着いたばかりです」

と笑みを作る。

その顔は渚と本当によく似ている。碧の髪がショートなので見分けがつくが、そうでなければ分からないくらいだった。

〝前の世界〟では、病気と薬のせいで渚がすっかり面変わりしていて余り感じなかったが、こうしてどちらも元気な世界に来てみると、二人が双生児のようにそっくりであることに改めて驚かされる。

席まで案内してくれたウエイターが水とメニューを持ってやって来た。

碧は手を上げてメニューを受け取り、

「ここ、よく使っているんで注文は任せて貰っていいですか？」

とメニューを開きながら言う。

「おにいさん、辛いのは苦手ですか？」

「全然大丈夫」

「じゃあ、勝手に頼みますね。最初はビールでいいですよね」

「料理も飲み物も任せるよ」

徳陽飯店は四川料理の老舗として知られている。本店はたしか西麻布（にしあざぶ）だったはずだ。

彼女はすぐにウエイターを呼び戻すと、てきぱきとオーダーしていく。

注文が済んだところで、

「今日は私にご馳走させて下さいね」

と言った。

「そうはいかないよ。きみには今回すっかり世話になっているんだ。その上、飯まで奢らせたりしたら罰が当たる」

「そんな堅苦しいこと言わないで下さい。私がお誘いしたんですから」

「じゃあ、次からは全部僕に持たせると約束してくれるなら了解するよ」

「いやだなあ、そういう大人の男みたいな言い方」

碧が苦笑する。

そこへちょうどグラスの生ビールが届いた。

「まあ、どっちが奢るかは最後にじゃんけんでもすることにして、とりあえず乾杯しようか」

功一郎がグラスを持ち上げると、碧もグラスを手にした。

「明けましておめでとうございます」

碧が言い、

「明けましておめでとうございます」

そう返して、功一郎は冷たいビールに口をつけた。

乾杯の後、グラスをテーブルに戻すと、碧が少し身を乗り出すようにして、

「早速なんですが」

と本題に入った。

「昨日の夕方、標さんのマンションがある用賀駅の改札で待ち合わせをして、用賀の商店街の中のイタリアンレストランで食事をしながらゆっくり二人と話しました。店を出たのが十時過ぎでしたから、三時間以上一緒にいたことになると思います」

功一郎は碧の顔をしっかりと見て頷く。

「結論から先に言うと、二人は本気で結婚を考えているようです」

「結婚？　どういうことですか？」

功一郎は問い返す。

「この前のおにいさんのお話の通りで、中絶は美雨ちゃんが一人で決めたみたいです。標さんは彼女の妊娠を知った当初から、結婚して子供を産んで欲しいと頼んでいたようで、美雨ちゃんの方が学生の身分でそんなことはできないと思い詰めて、独断で手術を受けたということらしいです」

「そうですか……」

としか父親の功一郎には反応の仕様がない。

「で、美雨ちゃんが勝手に中絶したと知って標さんは激しくショックを受けたようで、そのあと一度は別れ話にもなったと言っていました。中絶したらきっとそうなるし、それで踏ん切りがつけられると美雨ちゃん自身も覚悟していたんだそうです。だから、彼女が十一月に標さんと別れたとおにいさんたちに言ったのは半分は本当のことだったみたいです。だけど、結果的に二人は別れられなくて……」

「で、今度は一転して結婚するというわけですか」

「ただ、結婚については標さんの方は美雨ちゃんと付き合い出してすぐから、ゆくゆくはそうしたいとずっと言っていたようで、これも美雨ちゃんの方が彼のそういう気持ちを持て余していたのが実情だったみたいです」

「まあ、美雨は去年大学生になったばかりなんだし、十五歳以上も年上の男からそんなふうに一方的に迫られたらどうしていいか分からなくなるのは当然でしょう」

「私もそう思ったんですが、よくよく話を聞いてみると、標さんのことを最初に好きになったのは美雨ちゃんの方で、男女の仲になるまでは彼女がものすごく積極的だったみたいです。本人もそのことは昨日認めていました」

「認めるって？」

「おにいさん、『恋雨』って漫画はご存じですか？」

そこでいきなり意味不明の質問が碧の口から飛び出した。

「こいあめ？」

「『恋は雨上がりのように』っていう人気の恋愛漫画で、私もタイトルくらいしか知らなかったんですけど、彼女に言われてググったら結構詳しく出てきました。去年の一月にはアニメ化されて五月には実写版の映画も公開されています。実写版の主演は小松菜奈（こまつなな）と大泉洋（おおいずみよう）

です」

「はあ」

「この『恋雨』のストーリーっていうのは、超々簡単に言うと、ファミレスでバイトする高校生の女の子が、四十五歳のバツイチの冴えない店長と恋に落ちるって話なんですけど、どうやら美雨ちゃんは中学時代からこの『恋雨』の熱烈なファンだったみたいで、で、去年大学に入って渋谷のピザレストランでバイトを始めてみたら、この漫画に出てくる近藤という店長にそっくりの店長がその店にいたっていうわけなんです」

思わぬ方向に話が進み、功一郎は二の句が継げない。

「おにいさんもあとでググってみてください。映画も去年の十一月にDVD化されていて、私もさっそく昨夜、浜田山のレンタルビデオ屋さんで借りて観てみました。なかなかいい映画で、実際評判も良かったみたいです」

ダメ押しのように碧が続ける。

「彼と出会ってしばらくは、あの『恋雨』の主人公そっくりだったって美雨ちゃん本人が言っていました。映画を観て、なるほどと私も腑に落ちたんですけど」

「そうですか。じゃあ、あとで調べてみます」

幾分要領を得ないまま功一郎は言う。正直、それだけ口にするのがやっとだった。

「はい。ぜひ」

そこで前菜の盛り合わせとエビとニンニクの芽の炒めもの、ピリ辛ソースのかかった茹でワンタンなどが届く。

碧が取り皿に手際よく料理を取り分け、功一郎の分の皿を差し出してくる。〝前の世界〟でもこんなふうに碧と酒を酌み交わしていたのを思い出し、功一郎は懐かしくなった。

三枚の小皿を順に受け取って、少し気持ちを立て直す。

「それで、その標という人は、どんな感じの人なんですか？」

彼の頭の中には「大泉洋」の顔がさきほどからずっと浮かんでいた。

「うーん」

碧は考え込むような表情を作った。茹でワンタンの皿に箸をつけながら、

「第一印象で言えば、とにもかくにも見かけが若いですね。ものすごく痩せていて、顔はシュッとした感じで、なんだろう、大泉洋というよりはサッカーの内田篤人(うちだあつと)にちょっと似ているっていう印象です。美雨ちゃんと十六歳も歳が離れているとはとても思えなくて、並んで座っていると、まるで大学のサークルの先輩後輩って感じです。姉がおにいさんを連れてきたときも、おにいさんが余りに若く見えるんで驚いた記憶があるんですけど、それを凌ぐっていうか。とにかく標さんはとても三十五歳には見えない雰囲気の人です」

と言う。

「なるほど」

大泉洋から「内田篤人」に頭の中の顔が切り替わる。

見かけは大学生にしか見えない「内田篤人」となれば、美雨ならずとも惹かれるのは当たり前だろう。しかも、彼女は以前から「サッカー選手ならウッチーが一番かっこいい」とよく言っていたのだ。

「人柄や性格は？」

知りたいのはもちろんそっちの方だ。

バイトの女子大生に手を出したとはいえ、付き合い始めてほどなく自分から「結婚」を持ち出す「内田篤人」というのもなかなか想像しづらいものがある。

「うーん」

すると、碧はまたも思い悩むような顔になった。

「悪い人って感じはゼロですかねー」

「じゃあ、一言で言うとどんな感じですか？」

「そうですねー」

碧は残っていたビールを飲み干し、

「一言で言うと、かなり頼りないっていう感じでしょうか」

「頼りない？」

「ていうか、脱力系ですかね。趣味は食べ歩きで、あとは本を読んだり映画を観ることとくらいだそうです。大震災の年に二十八歳でサラリーマンを辞めて離婚して、いまの店にはそのあとしばらくしてバイトで入ったみたいです。三年前に正社員で採用されて、すぐに渋谷店の店長になったって言っていました。だから真面目は真面目なんだと思います。ただ、そういうこともほとんど美雨ちゃんが話してくれたんですけどね」

「大震災の年に二十八歳ですか？」

そんなはずはなかろう。

阪神・淡路大震災は今から二十五年近くも前の出来事なのだ。

「はい」

功一郎の不審げな口調に碧の方も怪訝な表情を見せる。

「実は、標さん、石巻の出身で、あのときの津波でおかあさんと妹さんをいっぺんに亡くしているんです。当時、彼はこっちにいて、ゴルフ用品チェーンの『DOMYO』の神保町本店に勤めていたらしいんですけど、震災後に鬱病になってしまって、それで会社を辞めたんだそうです。結婚したばかりの奥さんとも別れて、それからの一年近くは石巻の実家と東京とを行ったり来たりしながらぼーっとしていたって言っていました。実家は石巻市の山側なので流されなかったそうなんですが、おかあさんと妹さんの勤務先がどちらも海側の方だったので二人とも津波にさらわれてしまったみたいです。そういう震災の話はもちろん標さん本人がしてくれたんですけど」

「はあ……」

功一郎は、この碧の言葉に頭の中が一気に混沌としていくのを感じた。

彼女の語り口や表情からして作り話をしているとは到底思えない。

だが、いまの話が真実だとするならば、標が二十八歳だった七年前、この国では神戸の震災とはまったく別の「大震災」が発生し、標の母親や妹をさらってしまうような巨大な津波が「石巻」の沿岸部に襲いかかったことになる。

「石巻」は当然、宮城県石巻市のことだろう。

「まあ、頼りなくはあるんですけど、でも、人柄も良さそうだし、こういう言い方をするのは、おにいさんにとってはショックかもしれないですけど、しっかり者の美雨ちゃんと脱力系の標さんとは案外お似合いな感じがしました」

「ということは、二人はいまは完全に縒りが戻っているわけですか」

「はい。美雨ちゃんも、中絶のことを知った標さんが激怒しただけでなく、大きなショックを受けているのを見て考えを改めたみたいです。ていうか、いまになって大事な赤ちゃんを堕ろしてしまったことを深く後悔している様子でしたね。今度こそはちゃんと産みたいと繰り返し言っていましたから」

「ちゃんと産みたい、ですか？」

「ええ」

「じゃあ、美雨も彼と結婚するつもりなんですね」

「そうみたいです」

「うーん」

碧の語る美雨たちの意向も功一郎にとってはおよそ現実感のないものだった。だが、いまはそれ以上に、この世界で七年前に起きたらしい「大震災」のことが気になって仕方がない。

〝今〟と〝前〟の世界に多少の「ずれ」があることは最初から覚悟していた。だが、阪神・淡路大震災とは別にもう一つの大震災がこの世界で起きたというのは、「ずれ」などという簡単な言葉で表現できるレベルのものではないだろう。

――果たして、阪神・淡路大震災は、この世界で起きたのだろうか？

碧の話を耳に入れつつも、功一郎は頭の半分でずっとそんなことを考えている。

七年前に石巻で大地震が起きたのであれば、逆に神戸の地震はここでは起きていないのではないか？

そう思うのは、年末の仕事納めの忘年会の場で部下の滝沢が、

「神戸の震災、ですか……」

といかにも腑に落ちなそうにしていたのを脳裏によみがえらせたからだった。

他にも違和感を覚えたことがもう一つある。

こっちの世界に来て二日目、東邦大学医療センターでの一泊入院を終えて自宅に戻り、昼

食後、お昼のニュースを見ていたときのことだ。

前日インドネシアのスラウェシ島を襲った大津波のニュースが流れると、洗い物をしていた渚が手を止めて、

「やっぱりうちも、もう少し海から離れた場所に住み替えた方がいいかも……」

と言ったのだ。

彼女の口振りがまるで津波被害を体験した人のようで、功一郎は実に不可解な気分にさせられたのだった。

「おにいさん……」

名前を呼ぶ声に我に返る。

困ったような顔で碧がこちらを見ていた。

いつの間にか物思いにふけってしまっていたようだった。

「大丈夫ですか？」

「うん」

「娘を思う父親の身としては、ちょっとばかりキツイ話ですよね」

碧は、冗談めかした口調になって笑みを浮かべる。

「次は紹興酒でもどうですか？」

空のビールグラスを指さしながら言った。

「いいね。だったら僕はぬる燗にして貰おうかな」

そして、功一郎は立ち上がる。

「ちょっとお手洗いに行ってくるよ。少し頭も冷やさないとね」

彼も冗談めかした口調になって言った。

店を出ると、トイレには行かずに反対方向の連絡ブリッジへと向かった。ブリッジの中程まで来て格子状になった壁を背に、さっそくポケットからスマホを取り出す。

検索バーを呼び出して真っ先に「阪神淡路大震災」と打ち込んだ。

「阪神・淡路大震災」というウィキペディアの項目が最初に出てくる。

――よかった。あった。

それだけで思わず安堵の吐息が口からもれる。

ページを開いて、ざっと概要を読む。

〈阪神・淡路大震災は、1995年（平成7年）1月17日に発生した兵庫県南部地震により発生した災害を指す語である。……〉

どうやら〝前の世界〟の震災とそれほどの「ずれ」はなさそうだった。

続けて、今度は「石巻　津波」と打ち込んでみた。息を詰めて検索ボタンを押す。

ディスプレーにまず四本の動画が表示される。

「石巻市に押し寄せる津波」

「石巻市湊(みなと)地区に押し寄せる津波【視聴者提供映像】」

「【東日本大震災】宮城県石巻市に大津波」

「〔3・11〕雪が降る中で津波に家屋が流される宮城・石…」

「東日本大震災」という言葉と「3・11」という数字を頭に刻みながら、二番目の「石巻市湊地区に押し寄せる津波【視聴者提供映像】」という四分二秒の動画を開く。

音量を絞って最後まで視聴した。

再び検索バーに戻り、今度は「東日本大震災」と打ち込んだ。

〈東日本大震災は、2011年（平成23年）3月11日に発生した東北地方太平洋沖地震による災害及びこれに伴う福島第一原子力発電所事故による災害である。大規模な地震災害であることから大震災と呼称される。

東日本各地での大きな揺れや、大津波、火災などにより、東北地方を中心に12都道府県で2万2000人余の死者（震災関連死を含む）・行方不明者が発生した。これは明治以降の日本の地震被害としては関東大震災（死者・行方不明者推定10万5000人）に次ぐ2番目の規模の被害となった。沿岸部の街を津波が襲来し破壊し尽くす様子や、福島第一原子力発電所におけるメルトダウン発生は、地球規模で大きな衝撃を与えた。

発生した日付から、3・11などと称することもある。〉

――何だ、これは……。

津波の映像も驚異だったが、阪神・淡路大震災を超える被害が出ていること、そして何より福島第一原子力発電所で「メルトダウン」が起きたという事実に愕然とする。

原発がメルトダウンして、福島県や近隣の地方、さらにはこの東京は大丈夫だったのだろうか？　放射能汚染は起きなかったのか？

それにしても、

――どうしていまのいままで、このことに気づかなかったのか……。

こっちの世界に来てすでに三ヵ月余りが過ぎている。

これほどの大災害であれば、日々目にする新聞記事やテレビニュースでも、頻繁に震災や原発事故関連の記事や映像が散見されたはずだ。何しろこの未曽有の災害からまだ十年も経っていないのだ。

そのどれ一つにも注意が行かずに自分が見過ごしていたというのは、にわかには信じがたいことだった。

だとすれば、この巨大な「ずれ」は、たったいま起きたのか？

いや、それはそうではないだろう。インドネシアの津波被害の様子を見たときの渚の物言いや年末の社内忘年会での滝沢順一の反応からして、「東日本大震災」は功一郎がこの世界にやって来たときからすでに存在していたに違いない。

九月二十八日に美雨を無事救出し、彼は新しい人生に踏み出した。

それ以降は、美雨が生き続ける世界に自分の感覚を合わせることで精一杯だった。

あげく、その一ヵ月後には当の美雨が妊娠中絶をするという思わぬ事態に見舞われてしまった。そこから先は美雨や渚とのあいだに生まれた軋轢や齟齬に心を悩ませながら今日に至っているのだ。

三ヵ月間もこれだけの〝歴史的事実〟に気づけなかったのは、やはり自分自身によほど心の余裕がなかったということなのだろう。

だが、理由はそれだけではないような気もしていた。

確かに、〝前の世界〟では「東日本大震災」は起こらなかった。だが、今から一年後、あの世界は、新型コロナウイルスによるパンデミックに襲われるのだ。

功一郎がこの世界にやって来たのは、ウイルス蔓延から一年が過ぎてもいまだに終息の気配が見えないその大混乱の真っ最中であった。

世界的なウイルス・パニックの渦中にずっと身を置いていたことで、彼の中の災害に対するセンサーが麻痺状態に陥っていたのかもしれない。

いつの間にか危機に対する感度が鈍ってしまっていて、それゆえに、こちらの世界で起きた未曽有の災害にも気づくことができなかった――人の心の中でならいかにも起きそうな現象という気もする。

〝今〟と〝前〟とのあいだにここまでの巨大な「ずれ」が生じているのであれば、もうどんな「ずれ」が存在したとしても不思議ではないだろう。一刻も早く、さまざまな出来事について、自分の記憶と新しい現実との照合作業を行った方がいいと思う。

むろん東日本大震災に関しても詳細に調べる必要がある。メルトダウンに至るような深刻な原発事故が起きているのだ。

功一郎の専門である食品の衛生管理、品質管理の分野でも何らかの大きな法令改正や安全管理基準の変更が行われている可能性があった。そうであれば、いま執筆している教本の中身も細かく修正しなくてはならない。

十分間ほどの中座になった。

「申し訳ない。トイレから出たところで仕事の電話が入ってしまって」

頭を下げながら元の席に戻った。

「だいぶぬるくなっちゃいましたけど」

そう言いながら、碧がショットグラスにぬる燗の紹興酒を注いでくれた。功一郎は、シュガーポットの角砂糖をトングでつまんでグラスに落とす。

乾杯の仕草をすると彼女も自分のグラスを目の前に掲げた。

「『DOMYO』の神保町本店は、僕もしばらく勤めたことがあるよ」

紹興酒を一口飲んだあと、グラスをテーブルに戻して功一郎が言うと、

「えー」

碧が驚いた顔になった。

「学生のときのバイトか何かですか？」

功一郎が大学卒業後、豊明物産に就職したことは、先般「新富寿司」で食事をしたときに彼女に話していたが、道明グループにいたことまでは教えていなかった。

「いや。実は豊明物産のあと道明グループに移ったんだよ。といっても一年半くらいのことなんだけど。最初の結婚相手が道明健一郎の一人娘だったんだ。入社して二ヵ月間、研修という名目で神保町本店で働いたよ。しばらくと言ってもその程度なんだけどね」

「そうだったんですか」

「だから、標君があの神保町本店で働いていたと聞いて、内心びっくりしたんだ」

「じゃあ、豊明から道明に移ったときは、おにいさん、跡継ぎ候補だったわけですね」

「まあね。一応、健一郎氏の子供は妻一人だったからね。彼はいろんなメディアでも書かれている通り大変なワンマンでね。まあそれはそんなに嫌ではなかったんだけど、妻がとにか

く父親依存が激しかったんだ。彼女の意向で名古屋のグループ本社に異動してからは、健一郎氏の屋敷近くのマンションに夫婦で住んだんだけど、妻は年がら年中実家に入り浸りで、そのうち夫婦仲もうまくいかなくなってしまった。ある日、大喧嘩をして僕だけソファで眠って、それでも朝早く起きて会社に行くために家を出たんだけど、ふと気づいたら東京行きの新幹線に乗っていた。妻とは結局、それきり一度も会わずに離婚することになったんだよ」

功一郎はそうやって話しながら、

――これで果たして合っているのだろうか？

内心で不安を感じていた。

この世界でも道明グループの総帥は道明健一郎で、一人娘の久美子はその通りに存在するのだろうか？　道明グループの本社は名古屋で間違っていないだろうか？　健一郎が「大変なワンマン」というメディアの評判はこちらでも同じなのだろうか？

自分の記憶の一々にもはや確信を持つことができなくなっていた。

最初の結婚については、松葉町での二年間の同居生活のあいだに碧には詳しく伝えていた。

営業経験が長くオリンポスの数多くの店舗を巡って販売指導を行ってきた碧は非常に聞き上手だった。彼女と二人で酒を酌み交わしているといつの間にか自分の仕事のことや昔のことをたくさん喋ってしまうのだ。

妻の渚にはほとんど話していない道明健一郎や久美子とのことも彼女には洗いざらい打ち明けていた。

だが、目の前の碧は、初めて耳にする義兄の身の上話に興味津々の様子を見せている。そんな彼女の姿がある意味で新鮮だった。

「じゃあ、おにいさんと標さんって何かの奇縁で結ばれているのかもしれませんね」

「奇縁か……。確かに不思議だとは思ったよ。美雨の好きになった男が、僕が昔いた会社の社員だったなんてね」

「標さん、イタリアンのお店をやりたいって言っていました。漠然とした夢じゃなくて、来年にはオープンさせるつもりだって。そしたら美雨ちゃんと結婚して、彼女には大学に通う合間にお店を手伝って貰うつもりなんだそうです」

「美雨は、何て言っているの？」

「親たちが許してくれればそうしたいけど、きっと無理だろうって。特におかあさんは絶対に許してくれないって言っていましたね」

「うーん」

話をしながら、功一郎は手酌で紹興酒のショットグラスを次々と空にしていった。

名物の麻婆豆腐と汁なし担々麺を碧が追加注文したが、届いた料理にはほとんど手がつかない。

「東日本大震災」の件、そして美雨たちの件、この二つが頭の中で錯綜しながら駆け巡り、彼は冷静に物事を判断する心理状態ではなくなっていた。過熱した意識をアルコールでクールダウンさせるだけで精一杯だったのだ。

「だけど、さっき脱力系でかなり頼りないって彼のことを言っていたよね。そんな男があと一年で自分の店なんて持てるのかね？」

頭が回らないので思いつきで喋るしかない。

「私もそこはちょっと不安に感じたんですけど、美雨ちゃんによれば、この数年じっくり準備してきているし、食べ歩きが趣味というのも、半分は研究目的なんだそうです。標さんがつけている食べ歩き日記みたいなものがあって、そこには料理の絵や写真、素材やレシピの分析がびっしり書き込まれていて、実際、彼の料理の腕前はプロ並みだって言っていました」

「…………」

功一郎には何とも感想の言いようがなかった。

とはいえ、いざとなったとき難敵は父親の功一郎ではなく母親の渚だ――そこは美雨もよく見ていると思う。学生の分際で、しかも十六歳も年長の男と一緒になることなどあの渚が許すとは到底思えない。むろん功一郎自身もすんなりとそんな勝手わがままを容認するつもりはなかった。

親子の縁、きょうだいの縁と言っても所詮はほんの一時、その場限りのこと、というのは事実ではあろう。だが、それは夫婦とて同様であり、とどのつまりは血を通わせた血縁の重みは何ものにも代えがたいという一側面も厳然とあるのだ。

もう大人なんだから自分の好きにすればいい——そんな構えで、二十歳にもならない娘の結婚を親として放任していいはずがない。

それに、と功一郎は思う。

標が目論んでいるという来年のレストラン開業は恐らく不可能だろう。

二〇二〇年は初頭から新型コロナウイルスが世界中で猛威をふるい、日本国内もとても飲食店を始められるような環境ではなくなってしまう。

ただ、その一方で、功一郎の脳裏には別の思いも同時にちらついていた。

——果たして、〝今〟の世界でも新型コロナウイルスのパンデミックは起きるのだろうか？

こうなってくると、そのことさえも確実というわけではないのだ。

2

帰宅したのは午後九時半過ぎだった。

渚には早見たちと一杯やってくるとラインしておいたので、別段不審がられることもなかった。酔い覚ましの濃い緑茶を淹れて貰う。

ダイニングテーブルで熱いお茶をすすりながら、キッチンで煮物をこしらえている渚に声を掛けた。

「美雨は？」

玄関に靴はなかったし、彼女の部屋の前を通っても人の気配は感じられなかった。

「今日は直美（なおみ）さんのところに行って、そのあとは美咲ちゃんの家にお泊まりだって」

直美さんというのは、花房美咲の叔母で、もとはＪＡＬの国際線のスチュワーデスだったが、英国人のリチャード・ネイサンという外交官と結婚して、長らくイギリスで暮らした人だった。現在は夫のリチャードが日英協会の理事におさまり、夫婦で南青山のマンションに住んでいる。美雨と美咲は中学時代からこの直美さんにずっと英会話を習っているのだった。

美咲の父親は楽器の輸入商で、彼女の実家も同じ南青山にある。

それもあって英会話の日はときどき、美雨は美咲の家に泊まってくることがあるのだった。美雨は大学を出たらUNHCRやUNICEFのような国際機関で働きたいと高校二年の頃に碧に打ち明けていたという。いまになってみれば、長年の語学への情熱にはそうした思いが込められていたのだろう。

だとするならば、その夢は、彼女の中で一体どうなってしまったのか？

二十歳になるかならないかで十六歳も年上の男と結婚し、男の開いたイタリア料理店を手伝いながら大学を終え、そのあとは夫婦で店を守り、子供を産んで育てていく――そのために外部進学まで考えたほどの彼女の夢は、そうやっていとも簡単に潰えて構わないものだったのだろうか？

「美雨の彼氏って東京の出身なのかな？」

それとない口調で訊いてみる。

標連が石巻市の出身だと渚が知っているなら、当然、「東日本大震災」で彼が母と妹を失ったことも知っているに違いなかった。

「さあ……」

しかし、渚は首を傾げただけだった。

標と一緒になると決めたとき、一番の難敵は母親だと美雨は言ったというから、渚に腹を割って相談するような場面はいままで一度もなかったのだろう。だとすれば、彼女が標の出身地を知らないのも頷ける話ではある。

「いい匂いだね」

渚が鍋の蓋を取って味を見ている。

美味しそうな香りが功一郎のもとまで漂ってくる。

「ヨーカドーで北海道フェアをやっていて、上物の身欠きニシンが安かったのよ」

身欠きニシンと大根のしみ煮は渚の得意料理だ。功一郎の大好物でもあった。

「ちょっとつまんでみる？」

そう言われて、

「いや、明日にするよ。一晩寝かせた方が味がしみて美味しいから」

「そうね」

渚はコンロの火を止めると前掛けを外しながら、

「じゃあ、私、先にお風呂に入ってくるね」

と言った。

今夜は美雨も外泊だし、交わるにはいい機会だ。今年に入ってまだ一度も渚を抱いていなかった。

これからすぐにでも六畳間に籠もって「東日本大震災」を始めとした〝今の世界〟の歴史チェックに取りかかりたい誘惑にも駆られるが、その一方で、さきほどまで一緒にいた碧とそっくりの渚を存分に犯したいという倒錯した欲望も感じた。

「僕も入るからお湯は抜かないでくれ」

「うん。じゃあ、寝室で待ってるね」

そう言って、渚はいそいそとリビングルームを出ていったのだった。

翌日からの一週間は、ひたすら過去の調査に没頭した。

まずは大型書店に出かけて、歴史年表と現代史の教科書や参考書を買ってきて、ざっと流し読みをした。その限りにおいては目立った違いは見つからない。たとえば戦国時代や江戸時代、明治維新がなかったとか、日清、日露の戦争や太平洋戦争がなかったとか、そういう大きな差異は見つけられなかった。

会社に置いてあった新聞社発行の現代史年鑑も自席に積み上げて、時間のあるときに目を通した。さまざまな歴史上の出来事も少し細かくなってくるとこっちの記憶があやふやなので正誤の見極め自体がつかない場合が多い。

たとえば湾岸戦争やイラク戦争はともかく、ベトナム戦争や中東戦争、アフガン戦争、印パ戦争などは正確な勃発年を憶えていないので、仮に一、二年前後していたとしても気づくことはできないだろう。

ベルリンの壁崩壊やソ連解体、アメリカの同時多発テロや初の黒人大統領バラク・オバマの誕生などもとりあえずはちゃんと起きていた。

自分の知っている事件や事故が年表や参考書、年鑑に載っていると心底ホッとする。会社でも自宅でも一週間丸々作業に集中して、どうやら明らかに違うのは東日本大震災だけのようだと思えてきた。

なぜこの大震災だけが〝今〟の世界では起こり、〝前〟の世界では起きなかったのか？

そこが不思議で仕方がない。

前回の東京オリンピックも三億円事件も大阪万博も沖縄返還もロッキード事件もグリコ・森永事件も日航ジャンボ機墜落事故も地下鉄サリン事件も阪神・淡路大震災も全部年表の中にある。かつていた世界では起きたのにこっちの世界では起きていない大事件や大事故はいまのところ見当たらない。

東日本大震災が起きた二〇一一年三月十一日から、あれを使う直前の二〇二一年二月二十四日までのあいだに〝前の世界〟で東北地方を訪ねたことはあっただろうか、と功一郎は自問した。

津波で壊滅した東北沿岸の幾つもの港町が無傷のままでいる様子を目にする機会があっただろうか？　帰宅困難区域に指定されて廃墟と化した福島第一原発周辺の町々で人々が元気に暮らし続けている姿に触れる機会があっただろうか？

五年ほど前に一度だけ日帰りで仙台に講演に出かけたことはあった。

だが、あのときも、東日本大震災で津波に襲われた仙台市沿岸部に足を延ばしたわけではなかった。

人間というのが意外なほど自分と関わりのない生活圏に足を運ばないものであることを痛感させられる。

唯一、向こうの世界とこちらの世界で明らかな違いがあったのは、二〇一四年（平成二十六年）の東京都知事選挙だった。〝前の世界〟では主要候補として舛添要一氏と宇都宮健児氏の二人が選挙戦に臨み、舛添氏が圧勝したのだが、〝今の世界〟では「脱原発」を公約に掲げた元首相の細川護熙氏が候補者に加わって三つ巴の戦いとなったようだ。ただ、結果は舛添氏の勝利で変わりはなかったし、その舛添氏が二年後に公私混同問題で辞任し、小池百合子氏に都知事の座を譲ったのも同じだった。

元首相の小泉純一郎氏が、福島原発事故以降、「反原発」の申し子のように原発批判を繰り返しているというのも意外ではあった。〝前の世界〟の小泉氏は二度目の政権を握った安倍総理のアドバイザー的な立場に徹していたからだ。とはいえ、こちらでもあちらでも政界を引退した小泉氏の政治的な影響力はさほどのものではなさそうだった。

ＹｏｕＴｕｂｅで地震や津波の映像を何十本も観たし、ネットで検索すると数え切れないほどの画像や情報がアップされていた。福島第一原子力発電所のメルトダウンに関しても同様で、原発事故関連の書籍が何冊も書店の書棚に並んでいた。

仮に、かつての世界と〝今の世界〟との違いが「東日本大震災」の有無とそれに連動する社会状況の変化に限局されているのだとしたら、どうして自分はよりによってそんな大震災の起きた世界にやって来たのだろうか？

そこには何か特別な理由があるのか？

それとも単なる偶然に過ぎないのか？

功一郎は娘の美雨を助けたい一心で時間を遡り、この世界にやって来た。彼の行動にはそれ以外の動機も理由もない。

ところがそうやって降り立った世界では、一ヵ月もしないうちに美雨が人工妊娠中絶でお腹の子を死なせ、八年ほど前には地震と原発事故で二万人を超える死者・行方不明者と数万人に達する避難民が生まれていたのだった。

――自分という平凡な父親のたった一つの願いを叶えるためだけに、それほどの犠牲が必要だったということなのか……。

そんなふうに考えると、何ともやりきれない思いが胸に込み上げてくる。

津波や原発事故の映像や写真、震災直後の被災地の様子や現在までの復興の過程などを短期間で一気に頭の中に取り込んでいくうちに、功一郎は奇妙な感覚にとらわれるようになった。

ネットや本で大震災のことを調べ始めて四日目、それはまず夢の形で意識の中に入り込んできた。

夢の中の彼は、長倉人麻呂邸でニコラ・ド・スタールの「道」と向き合っている。「道」を凝視しているうちに沿道の風景と思い込んでいた両側の三角形が真ん中の道とは異なる、別の新しい道に見えてくる。左は黒、右はバラ色がかった白の道だ。それら二本の道も、真ん中の道と同じように画面の中心に描かれた黒い三本の木立に向かって真っ直ぐに延びている。

彼は、これまで通りに左の黒い道を選択する。

そして、「こっちの道に乗り換えたい」と強く願った刹那、もの凄い力で壁の方へと吸い寄せられていく。

ここまでは功一郎が実際に体験したことをそのまま再現したようなものだった。だが、夢にはさらに続きがあった。

「道」の中へと飲み込まれた彼は、一瞬の後に視界が元通りになると、奇妙な世界にいることに気づくのである。

そこは液体の中だった。

全身がぬるぬるした液体に包み込まれ、身体を動かすと重くねっとりとした抵抗を感じる。ゼリーか寒天の中にでもどっぷり浸かっているかのようだ。息苦しさはなく、口を開けても液体が流れ込んでくることもない。だが、急に手足が痺れたわけでも、強い重力に捕まったわけでもなく、ゼリー状の透明な液体の中に本当に閉じ込められてしまっているのは確かだった。

——おかしいな……。

周囲を見回しても何も見えない。四方はどこまでもゼリーで満たされていて、透明度は高いから見通しは悪くないのだが、前後左右上下、何一つ形のあるものは見当たらない。

——おかしいな……。

もう一度功一郎は思う。

——本当ならば教室の椅子なり、会社の自席の椅子なりに尻を打ちつけるようにして〝落下〟するはずなのに……。

そのあたりから、これが夢であることに彼は気づく。

夢ならば何も恐れることはない。この不思議な環境を存分に楽しめばいいのだ。

気持ちを軽くして、鼻先の方へと歩き出す。真水よりもはるかに抵抗は強いから決して歩きやすいわけではないが、しかし、息苦しさはなく、疲労感も増すことがないので、どこまでも歩いて行けそうな気がする。

一時間、いや二時間近くは歩いただろうか？

前方に不意に不思議な景色が出現した。

左から右へと長い壁のようなものがあって、それはよく見ると壁ではなく中空に横に延びる帯状のものだった。

できる限り足を速めて、功一郎はその帯状のものへと近づいていく。

百メートルほど手前まで来ると、それが帯ではなくて横にずらりと並んだ絵画か写真のようなものであることが分かった。

さらに五十メートルほど進んで一度立ち止まり、左右に途切れることなく続いている、それらの絵か写真かを一望する。

顔を少し前に突き出し、目を細めて一枚一枚をじっくり検分しようとした。

だが、どうしたことか、どれ一つとしてはっきりとは見えないのだ。

これくらいの距離であればせめて正面の数枚はどんな絵なのかどんな写真なのか分かりそうなものだったが、ある一枚に絞って絵柄を見極めようとすると、いつの間にか視界にぼんやりとした白いもやのようなものがかかってくる。

何度繰り返しても同じだった。

ただ、そうやって目を凝らしているうちにどの一枚もどこかの風景や人物を描いたものらしいと分かってくる。一体どこで誰が何をしているのかはさっぱりだが、とにもかくにも一枚一枚それぞれが、この世界を絵筆で描くなり、カメラで撮影するなりしたものだという感触はあった。

――もう少し近づいてみよう。

さきほどまでの警戒心はすでに解け、気持ちは大胆になりつつある。

――どうせ、これは夢に過ぎないのだ。

という安心感もある。

正面に浮かんでいる数枚を目指して功一郎は力強く一歩を踏み出す。

そのときだった。

耳元で鮮明な声が聞こえたのだ。

「ようこそ、スタールのギャラリーへ！」

びっくりして足を引っ込め、周囲を見回した。

どこにも声の主の姿はない。

「ようこそ、スタールのギャラリーへ！」

しかし、もう一度同じ声が、最初よりよほどくっきりと聞こえた。

声には明らかに聞き覚えがある。

――これは一体誰の声だったっけ？

そう首を傾げたところで、功一郎はいきなり夢から覚めてしまったのだった。

以来、彼はときどきその不思議な光景を思い出すようになった。

それは夢を思い出すというよりも、昨年の九月二十八日、長倉人麻呂邸から〝今の世界〟へとやって来るときに得た奇妙な感覚をあらためて掘り返す作業でもあった。

というのも、大震災について調べだして四日目に見た夢と、九月二十八日に彼が本部長席に〝落下〟する直前に見ていた夢とが同じものであると気づいたからだった。

あの日、「本部長、そろそろ時間ですよ」という早見の声を聞いて、功一郎は我に返った。

「ああ……」と反射的に返事はしたものの頭がぼんやりしたままで目の前に立っている早見の姿がかすんで見えた。

長い時間、深く眠っていたところを不意に起こされたような感じだった。

「何か大事な夢を見ていた」ような気がした。

今回の夢とその「何か大事な夢」とが同じだと知ったのは、

「ようこそ、スタールのギャラリーへ！」

という言葉のおかげだ。

最初は聞き覚えのある声だとしか感じなかったが、目覚めた後、幾度か反芻しているうちに以前にもどこかで同じ言葉を耳にしたような気がしてきて、それがあの日の「何か大事な夢」の中で聞いた言葉だと思い出したのである。

そのことによって、功一郎は自分が「何か大事な夢」を実際に見たことを確信し、中身をもっと掘り返そうと努めるようになった。

そして、そうした作業を重ねているうちに、あの日も〝今の世界〟に到着する前にゼリー状の空間を歩いたことや帯状に絵画や写真が横に連なった「スタールのギャラリー」に行き当たったことを思い出したのだった。

声の主が誰かも分かった。

聞き覚えのある独特な声は、長倉人麻呂のものだった。

「スタールのギャラリー」というのは、ニコラ・ド・スタールの画廊という意味だろう。だとすれば、功一郎にニコラ・ド・スタールという画家の存在を教えてくれ、パリ留学時代に親しんだスタールの作品を大枚はたいて購入した人麻呂が声の主だというのは理にかなっている。

スタールのギャラリーと言うからには、人麻呂は「道」以外にも彼の絵を蒐集していたのかもしれない。書斎に飾っていたのは「道」だけだったが、倉庫代わりに使っていた向かいの部屋には他の作品が何点か眠っていたのかもしれない。

あの人麻呂の性格と財力に鑑みれば、それは大いにあり得ることだった。

そして、人麻呂が「ようこそ、スタールのギャラリーへ!」と声を掛けてきた点からして、帯状に連なっていた「絵画か写真」はすべてニコラ・ド・スタールの作品群だったとも考えられる。

ずらりと並んだ「絵画」や「写真」はニコラ・ド・スタールの描いた油彩画やデッサン、彼が撮影した写真などで構成されていたのではないか?

——先日の夢ではどんなに目を凝らしても一点一点の内容を見ることはできなかったが、九月二十八日のときはどうだったのだろう? あの日はもっと距離を詰めて、しっかりとそれぞれの作品を見分けることができたのではなかったか？

二つの夢が同じものだと気づいた段階で、功一郎が真っ先に頭に浮かべたのはその疑問だった。

曖昧で不確かな記憶に過ぎなかったが、最初の夢の中で、彼は「スタールのギャラリー」の一点一点をつぶさに鑑賞したような気がする。

〝今の世界〟に到着する以前、自分は一体どんな絵や写真を見たのだろうか？

そして、そのことと、この世界に自分が〝落下〟したこととのあいだにはいかなる繋がりがあるというのか？

九月二十八日の夢をもっと詳しく思い出すことができれば、その答えが見つかるのかもしれなかった。

あの日、自分が見た「スタールのギャラリー」の作品一つ一つに描かれていた光景を頭の中で再現できれば、きっと大きなヒントが得られるに違いない——東日本大震災のことを調べていくうちに功一郎は、そうした黙（もだ）しがたい衝迫にとらわれるようになっていったのである。

3

功一郎が渋谷道玄坂のピザレストラン「ベリッシマ」に行ったのは、碧とコレド室町で会って九日後の一月十八日金曜日のことだった。

その日は午前七時前に出社し、誰もいない職場で、昨夜借りてきた「恋は雨上がりのように」のDVDをデスクのPCで視聴した。二時間足らずの映画だったので、部員が出てくる頃には観終わっていた。

主人公の女子高生を演じる小松菜奈は、CMなどで顔は知っていたが演じている姿を観るのは初めてだった。典型的な美少女というわけではないが、確かな芝居と独特の雰囲気で存在感は際立っている。突然、女子高生に告白される中年店長役の大泉洋も、二人の関係がしっくりくるようなこないような微妙な間合いを巧みに作り出していて、さすがの演技力だった。

全編に亘って爽快感のあるいい映画だったが、功一郎は主人公の顔についつい美雨の顔を重ねてしまうので、エンドロールが流れる頃には気持ちがどうにも落ち着かなくなってしまっていた。

しかも、映画の中の二人は身体の関係は結ばなかった。寸前まではいくのだが、男の方が分別を発揮して踏みとどまるのだ。

だが、美雨たちは最後の一線を越え、それどころか妊娠までしてしまったのだ。

それを思うと居心地の悪さはさらに募ってくる。

部下たちが出社してきて、仕事に取りかかっても胸の中のもやもやはなかなか晴れない。

十時を回ったところで功一郎は席を立った。

ホワイトボードに「本屋回り　一時スギ」と書いて会社を出る。

今日は会議が一本も入っていないので割と自由に動くことができる。そういうときは、食品関係の書籍を探しに神保町界隈を歩くこともたまにあったので、誰に見咎められることもない。

標連が店長を務める「ベリッシマ」のことはだいぶ前に店名や場所を渚から聞いていた。

「こっそり、彼の顔を見てくるよ」

とロにして、

「やめた方がいいよ」

渚にたしなめられたこともあった。

功一郎の方も、娘を妊娠させた男の顔をこそこそ拝みに行くなど業腹でもあり、そう言われてあきらめたのだ。

だが、美雨が中学時代からファンで、作中の主人公に憧れていたというコミックを実写版映画で観てしまうと、どうしても想像上の標の顔が大泉洋とダブってしまう。内田篤人に似ていると碧は言っていたが、幾ら振り払っても人懐っこい顔立ちの大泉が美雨に寄り添っている姿が脳裏に浮かんでくる。

――こうなったらホンモノを自分の目で確かめるしかないな。

そう思い立って会社を出てきたのだった。

渋谷に着いたのは十時半。「ベリッシマ」は十一時開店なので、それまで大盛堂書店で時間を潰すことにしてスクランブル交差点を渡る。

交差点は相変わらずの混雑ぶりだが、ここでも誰一人マスクをつけていないのが不思議だった。普通に街を歩けるようになって四ヵ月近くが過ぎたが、功一郎は、いまでもときどきマスクをしていないのが不安になることがあった。丸一年、コロナウイルスが蔓延する世界で暮らしているうちに、マスクが新しい日常として我が身にしみついてしまったのだと、こっちに来て改めて痛感させられている。

大勢の人々に交じって横断歩道を渡りながら、この人たちも来年の今頃は品薄のマスクを何とか確保しようと狂奔することになるのだ、と思う。

むろん、この世界でも〝前の世界〟と同じように新型コロナウイルスが中国・武漢市の華南海鮮卸売市場で発生すればの話ではある。

これまでの検証作業から察するところ、〝今〟と〝前〟の世界の違いは「東日本大震災」に限られている。だとしたら、コロナウイルスの蔓延は予定通りに起きるようにも思えるが、一方で「東日本大震災」とはまた別種の大災害とも言うべきコロナの蔓延は、案外、こちらでは起きないのではないかという読みもあった。

〝今の世界〟では大震災が起こり、〝前の世界〟ではコロナ禍が起きる。そうやって両方の世界での悲劇の総量が均等になるように仕組まれているのではないか——何の根拠もないのだが、そんな気がしなくもないのだ。

大盛堂書店では二十分ほど雑誌や文芸書を眺めただけで再び外に出た。

渋谷109に向かって道玄坂を上っていく。

昼時にはまだ間があるが、道玄坂は行き交う人々でごった返し、車の数も凄かった。109の前には若者たちが大勢たむろしている。その道玄坂下の交差点を左へと進路を取る。ここを過ぎて百メートルも歩けば「ベリッシマ」があるはずだった。

「ベリッシマ」はすぐに見つかった。

道の右側に古くて大きな雑居ビルがあり、一階にはコンビニやハンバーガーショップが入っているのだが、地下や上階にはさまざまな飲食店が入居していた。

一階と二階のあいだに各店の看板が掛かっていて、そのうちの一枚が「2F　ベリッシマ　Bellissima」だった。

ちなみに「ベリッシマ」とはイタリア語で「最も美しい女性」という意味だ。

通りに面してエスカレーターが設置されていたので、さっそく二階へと上がった。

時刻は十一時五分。

金色の取っ手を掴んで重いドアを引く。

開店したばかりの店内へと歩を進めた。

さすがに広いホールは閑散としている。カウンター席はなく全部テーブル席で、ざっと見ても二十五席くらいはありそうだ。客は窓側の席に一組と厨房の近くに一組。窓側は若いカップルで、厨房側のテーブルにはスーツ姿の三人組が座っていた。

ホールの入口で席を見渡しているとシャツに黒いズボン姿の背の高い男性が近づいてくる。

「いらっしゃいませ」

彼は、笑みを浮かべ、こちらへどうぞと促してくる。

カップルとは少し離れた右端の窓際席へと案内してくれた。

「こちらの席でいかがでしょうか？」

「ありがとうございます」

礼を言ってファミレス風のソファ席に座る。

「いま、お水とメニューをお持ちしますね」

胸の名札には「店長　標（しめぎ）」と記されている。

一目見たときからそうだろうと思っていた。

十一時半を過ぎると急に店は混み合ってきた。正午前、ほぼ満席になったところで功一郎は席を立つ。

会計は若いウエイトレスがやってくれた。標は忙しそうにホールと厨房を行ったり来たりしている。それでも、功一郎が伝票を持って席を離れると目ざとく見つけて、

「ありがとうございました」

後ろから爽やかな声を掛けてきた。

道玄坂に戻ると、たいへんな混雑だった。人の波をかき分けるようにして渋谷駅へと向かう。

だが、気分は決して悪くなかった。

生き生きと働いている標連の姿がまだまぶたの裏に残っている。

コーヒーとピザを注文し、一時間近くずっと彼の働きぶりを注視していた。客への応対、スタッフへの接し方、厨房への声掛けなどに着目し、同時に、店の隅々にも目を光らせてみた。長年、食品工場の品質管理、衛生管理を専門としてきているので、じっくり観察すれば飲食店の管理状態の善し悪しは確実に把握できる。

一度席を立ってトイレの中もチェックした。

「ベリッシマ」は、玄関やトイレの清掃もよく行き届いていたし、ホールの床や壁、照明器

具、テーブル、カスターやカトラリー、それにテーブルを拭く布巾なども非常に清潔に保たれていた。店員たちの接客ぶりにも好感が持て、従業員教育が徹底されているのが見て取れる。

何より感心したのは、店員たちが客とだけでなく、店員同士でも声を掛け合い、またしばしばアイコンタクトも取っていることだった。

食品工場の場合、従業員同士が互いの行動にしっかりと目を配り、助け合っているラインでの生産性は高い。事故やロスもぐんと少なくなる。店舗においても、こうしたスタッフ同士のコミュニケーションの重要性については何ら変わりはあるまい。

「ベリッシマ」は首都圏に数十店舗を展開するチェーンストアだが、立地や規模からして渋谷店は基幹店の一つだろう。客数が膨大なその基幹店をあのように円滑に回している標連の店長としての手腕は充分に評価に値する。

三十五歳とは思えない若さや内田篤人似のルックスはともかく、碧の言っていた「かなり頼りない」「脱力系」という印象は、さきほどの姿からは窺われなかった。

むしろ、「恋は雨上がりのように」で大泉洋が演じていた「ガーデン元住吉店」の近藤店長とはだいぶ違って、標は実に楽しそうに仕事をこなしていたのだ。

人物眼のある碧が見間違ったとは思わないが、恐らく、彼女もああして働いている様子を見れば評価を変えるに違いない。あれなら、彼が「イタリアンのお店をやりたい」と考えているのも事実だろうし、独立に向けて、食べ歩きやレシピの分析を熱心に行っているという美雨の言葉も、あながち手前味噌とばかりは言えないと思われた。

——とりあえず、どうにもならない男ではなくて良かった。

それだけでいままでの不安のかなりの部分が解消されたような気がした。

男を評価するには、やはり職場での姿を見るのが一番である。どんなに如才なく見えて、こっちの面前で器用に振る舞っていても、仕事がちゃんとできない男では話にならない。古くさい考え方だとは分かっているが、男というのは、やはり女を助け、養っていくべき役目を背負っている。夫が妻の生活や人生を支えるのは当然の義務だと功一郎は信じていた。そういう信念に立つならば、大事な一人娘の配偶者は、まずもって生活力のある男でなくてはならないのだ。

碧が標のことを頼りなく感じたのは、彼が鬱病の病歴を持っていると知ったのも大きな要因になっているのかもしれない。世間一般では、現在でも鬱病を心の弱さの表れと捉える風潮が根強くある。功一郎自身も渚が鬱病になるまではそう思っていた。

だが、実際、誰よりもしっかり者だった渚が鬱を発症し、その渚と二年余り共に暮らしてみて、鬱病というものがそんな単純なものではないことを思い知った。

彼からすれば、母と妹を津波で亡くして鬱を発症した標連が、あんなふうに立派に立ち直っていることの方に大きな価値を感ずる。標という人間の忍耐心や地金の強さが、そのことによって証明されていると前向きに評価したかった。

渚の場合は、美雨の死から立ち直ることが容易ではなく、結局、功一郎の方があれを使って美雨を救出するという非常手段に打って出るしかなかった。

鬱から抜け出すのは確かに簡単ではないが、鬱を克服した人間が以前よりも人間的に成長しているのは間違いないだろう。

実際、家族の大きな悲劇を経験した標が、美雨の堕胎に激しく反発したのは、彼が肉親の死や鬱病を乗り越える過程で、いのちの尊さ、かけがえのなさをより強く認識できるようになったからであろう。

一度、美雨を失った経験のある功一郎にはそのへんの機微がよく理解できる。

少なくとも標連という人物が、ただの頼りない脱力系の男ではないことに、今日、本人を間近にしてみて功一郎は安堵したのだった。

「ベリッシマ」を訪ねた二日後、一月二十日日曜日。

昼前に大きな宅配便が自宅に届いた。

昼食の支度をしていた渚が玄関で受け取り、すぐに「功一郎さーん」と大きな声で呼ぶ。

功一郎は例によって和室に引き籠もり、現代史の本を読みふけっていた。

美雨は昨夜も、花房美咲の家に泊まると言って帰ってこなかった。どうせ標のところへ行っているのだろうが、最近は渚も何も言わないし、功一郎も黙って美雨の好きなようにさせている。

会えば気まずい美雨の不在に功一郎の方も次第に慣れ始めていた。

「ベリッシマ」に行ったことは一日置いた昨日の夜、夕食の時に渚に話した。標の印象も伝えたが、碧から聞いた「恋雨」のことや標の経歴などは明かせないので、彼の仕事ぶりについて感想を述べることしかできなかった。

案に相違して渚は勝手に会いに行ったことを咎めるような様子は見せなかった。

「へぇー。ウッチーに似ているってことは結構イケメンなんだ」

最初の一言はそれだった。

「身長は？」

「たぶん一八五センチくらいあるんじゃないかな」

「痩せてるって、どれくらい痩せてるの？」

「どうだろう。あの感じだと結構ガリガリかもしれないな」

「ガリガリのウッチーかあ……」

内田篤人に似ているというところに渚は強く反応したので、それまでそんなことは匂わせたこともなかったが、彼女も美雨同様にウッチーがタイプなのかもしれないと功一郎は思った。

「せっかくだから、話しかければよかったのに」

仕事熱心で真面目そうに見えたと言うと、渚は意外な言葉を口にした。

「話しかけるって？」

「唐沢美雨の父親だって明かせばよかったんじゃない。近いうちに会ってちゃんと話したいって。そんなに真面目そうな人だったんなら二人だけで会う時間を作ってもよかったかもしれないよ」

「だけど、美雨にバレたら大変だろう」

「しっかり口止めすればいいのよ。向こうも三十五歳のバツイチなんだし、それくらいの分別はあるでしょう。もし、美雨とのことが本気なんだったら、彼女の父親に言い含められた約束を破るなんてできっこないもの」

「うーん」

これまで一貫して、堕胎はともかく、美雨の恋は麻疹(はしか)みたいなものだからそっとしておくのが一番だと言い続けてきた渚とは思えないような言動だった。

「だけど下手に彼と会ったら、藪蛇になる可能性もあるだろう？」

「藪蛇って？」

「たとえば、自分は本気だから娘さんと結婚させて欲しいなんて言われたらどうする？」

碧によれば、二人は真剣に結婚を考えているらしいのだ。

「そしたらもうゲームオーバーだよ」

渚がぶっきらぼうな言い方をした。

「ゲームオーバー？」

「美雨もその気だったら、幾ら反対したって仕方がないでしょう。二人の好きにさせるほかないじゃない。もちろん大学を卒業するまでは親の義務として美雨の面倒は見なくてはいけないけど、そのあとは『二人でご自由に人生を切り拓いていって下さい！』って話だよ」

「やけにあっさりしているね」

ちょっと啞然とした思いで功一郎は言った。

「ただ、そうは言ってもさ」

そこで渚の目が強い光を帯びるのを感じる。

「私は、まだ美雨を信じているんだけどね」

それは、何かを断ち切るようなきっぱりとした言い方だったのだ。


玄関先に行ってみて驚いた。

届いた荷物がものすごく大きい。

渚もいささか困った顔で功一郎を見る。

「何、これ？」

訊くと、

「差出人は森満由希子さんだよ」

「森満さん？」

意外な名前だった。

森満由希子は母の再婚相手である佐久間重明の長女だ。三年前に母の美佐江が亡くなったとき、重明と共に母の葬儀に参列してくれたのは、重明の子供の中では由希子一人だけだった。

渚に言われて厚紙で包まれた四角い箱状のものに貼り付けられた伝票を見る。確かに差出人欄には静岡市内の住所と「森満由希子」という名前が記されていた。

母の高校時代の同級生だった佐久間重明には三人の娘がいた。

そして、父親が還暦を過ぎて後妻をもらうと知って三人とも再婚に猛反対したのだった。そのため重明と娘たちとは絶縁状態に陥ったが、数年が過ぎて長女の由希子だけは父親夫婦との交流を始めたのである。

博多から重明の住む静岡市に移った母は、距離が格段に近くなったこともあってしばしば美雨に会いに上京してきた。夫の重明が一緒に来ることは滅多になかったが、それでも何度か我が家に二人を迎えたこともある。

そんなとき、せめて長女とだけでも関係が旧に復したことを重明は喜んでいたし、母の美佐江も由希子のことは「心根のやさしい人だ」としきりに言っていた。

娘たちが父親の再婚に反対したのには、地元では素封家として知られた佐久間家の資産の存在が大きい。母は最初から、入籍をしても相続は放棄する旨、公正証書まで作って義理の娘たちに差し出したのだが、それでも彼女たちは納得しなかったのだ。

そういう話を母から聞いて、功一郎と渚も「そんな結婚はやめた方がいい」とかなり強硬に反対したのだが、実際に一度重明と東京で引き合わされてみて考えが変わった。

高校時代、わずか二年間だけ教室を同じくしたに過ぎなかったが、母と重明とが並んで座っている姿を目の前にすると、二人はまるで何十年も連れ添った夫婦のように見えたのである。

そこは渚も同様だったらしく、

「一目見て、この結婚に反対はできないって思ったよ」

と言っていた。

「何だろう、これ？」

縦が五十センチ以上、横は一メートル以上、高さは二十センチほどの厚紙に包まれた直方体だった。

「多分、絵か何かだと思うよ」

確かに言うとおりだ。この形だと中身に一番ふさわしいのは額装された絵画やリトグラフ、ポスターのたぐいであろう。

功一郎は和室からカッターナイフを持ってきてさっそく梱包を解きにかかった。

厳重に包まれた厚紙を丁寧に剝いでいくと、案の定、金色の額縁の一端が姿をあらわす。

彫刻のほどこされた厚みのある額縁で油彩画用と思われた。

「ほら、やっぱり絵だよ」

渚がやや興奮気味に言った。

それにしても、いまになって由希子はどうしてこんなものを急に送りつけてきたのか？

母の形見分けは、三年前に重明と相談してきっちりと済ませている。形見分けと言っても母の持ち物でどうしても引き取りたい物などほとんどなく、愛用していた腕時計や少しのアクセサリー、それに若い頃に彼女がつけていた日記等を貰ったに過ぎなかった。

母がこんな大きな絵を所有していたとは思えないし、そうだとしてもあの形見分けの際に重明が持ち出してこなかったはずもない。

森満由希子は趣味で油絵でもやっているのだろうか？

それで、ふと思いついて自作を一枚、送って寄越したのだろうか？

だが、彼女との付き合いは、母が亡くなった後は一切なかった。重明とでさえ、いまでは賀状のやりとりくらいしかしていないのだ。

最後は引き千切るように思い切って一気に厚紙を剝ぎ取った。

「何、これ」

渚が絶句している。

だが、その何倍も驚愕したのは功一郎の方だった。

「油絵だね」

声の震えを極力抑えながら彼は言う。

「誰の絵なのかしら？」

「さあ……」

渚は立ったまま腰を折ってその巨大な絵に顔を近づけ、サインの有無を確かめていた。この絵に作者のサインがないことを功一郎は知っている。

「ずいぶん変わった絵だね」

玄関の壁に立てかけた形になっている絵を、今度は、少し離れた場所から見下ろして彼女が呟く。功一郎の方は差出人の手紙がどこかに入っていないかと、ばらけて重なり合っている厚紙を点検し、次に額縁を手前に引いて裏側を覗いた。それにしても大きな絵だから狭い玄関がすっかり占領されてしまっている。

絵を一目見た瞬間から、動悸が速まり、喉元まで何度も呼気のかたまりがせり上がってくるのが分かる。

——これは一体どういうことだ？

頭の中は巨大な疑問符ではち切れそうだった。

どうしてこの絵がここにあるのか？

まったく訳が分からない。

額縁の裏に白い封筒が貼り付けられていた。

それを引き剝がして渚に見せる。絵の前にしゃがみ込み、封のされていないベロを開いて中の便箋を取り出した。二枚の便箋に整った小さな文字が並んでいる。

拝啓

ずいぶんとご無沙汰いたしております。今日はご報告があって手紙を差し上げます。

実は昨年十二月二十九日に父の重明が他界いたしました。

通夜葬儀はうちうちで済ませ、唐沢様をはじめ生前ご厚誼のあった皆様へのご報告が今になってしまいましたこと、誠に申し訳なく思っております。

父は亡くなる前の日まで元気で変わりもなかったのですが、翌朝、寝床で声を掛けても反応がなく、まさに忽然と旅立って行きました。何事にもこだわりなく飄々（ひょうひょう）と生きてきた人でしたから、いかにもそれらしい最期であったと思います。

存命中は、お母様にも大変お世話になり、今頃は私どもの母、そしてお母様と久しぶりの対面を果たし、ちょっと照れたような笑みを浮かべて話に花を咲かせていることでありましょう。

さて、思わぬことだったのですが、亡くなった数日後、父の遺言状が弁護士さんより明らかにされ、その中に、本日同封しました絵画一点を唐沢様に遺贈するようにとの文言が記されておりました。

弁護士さんによれば、もともとこの絵はお母様が父のもとへ嫁ぐときに持参されたもので、父存命中は父が保管し、父がみまかってのちは唐沢様にご返却するようにとお母様から言づかっていたもののようです。

ですので、「遺贈」という言葉も正しくはないのですが、遺言状の文言に従ってそのように記させていただきます。

画布上にはどこにも作者の銘はなく、一体誰が描いたものか見当もつきません。名のある画家の作品なのか、それにしても真物であるのか否かも確かではありませんが、とにもかくにもたいそう不思議な絵だと思います。

こんなに大きなものをいきなり送りつけて、さぞやご迷惑かとも思いましたが、父の遺言にそのようにありましたので「遺贈」させていただくことにいたしました。

お母様亡きあとも、父はよくお母様のお話をしておりました。

「美佐江が先に逝くとはなあ……」

亡くなる二日前も、お母様の写真を眺めながらそう呟いていたのを思い出します。

それでは、唐沢様もご一家の皆様も、どうかお健やかにお過ごしください。

乱筆乱文、平にご容赦のほどを。

かしこ

なお、御香典そのほかは一切、固く辞退させていただいております。くれぐれもお気遣いなきよう、誠に勝手ながらお願い申し上げます。

森満由希子

平成三十一年一月十九日

読み終えた手紙を渚に渡す。彼女が文字を追っているあいだ、壁に立てかけた巨大な額縁と正対する恰好で胡座(あぐら)を組み、今度は功一郎が絵に顔を近づける。冷え切った床のせいでやけに尻が冷たかった。

絵はニコラ・ド・スタールの「道」だった。

どうして母の美佐江が、この絵を持っていたのか皆目見当もつかない。ただ、もちろん本物のはずはなかった。複製画であろうことは疑いあるまい。

本物であれば恐らく時価数十億円はするスタールの代表作なのだ。

人麻呂がパリから取り寄せた四十年前の時点でも、福岡の長倉邸が「まるごと買えるくらい」の値段だと言っていたから、彼は数億円の価格で落札したものと思われる。その後、スタール作品の値段は年々高騰を続けているのだった。

「佐久間さん、亡くなられたんだ」

手紙を読み終わった渚がこちらにそれを戻しながら言う。

「そうだね」

温厚で飄々とした雰囲気の重明の顔が脳裏に浮かぶ。縁は薄かったが、母はいい人を選んだといつも思っていた。

「この絵のことは、功一郎さんは知っていたの？」

「まさか。こんな絵をおふくろが持っているなんて聞いたこともなかった」

「そうなんだ。由希子さんも不思議な絵だって書いているけど、ホントに不思議な絵だね」

「ああ」

「誰の絵だか分かる？」

功一郎は顔を横に振る。

「ていうか、これ本物なのかしら」

そう言って、渚も隣にしゃがんで額装された絵の方へ再び顔を寄せた。

「多分、複製画じゃないかな」

功一郎が渚の頰に自分の頰をすり寄せるようにしてから言った。

「でも、こうやって見る限り複製には見えないよ」

「うーん」

実は、功一郎も内心そういう気がしていたのだった。

目の前の「道」は、四ヵ月ほど前に長倉人麻呂の家で相対した「道」と同じ物のように見えた。納められた額の古色や飾り彫りも記憶の中のそれと同じだし、何より、絵自体の質感や色合いが人麻呂邸の「道」と何一つ変わらないのだ。

――まさかホンモノ？

それよりも人麻呂邸の書斎に掛かっていた「道」が複製だったと考えた方が正しいのかもしれない……。

ただ、西洋美術史学を専攻し、もともと美術品コレクターとして知られていた長倉彦八郎の意を受けて西洋絵画や彫刻などを買い付けるミッションも背負った上でフランスへと留学した人麻呂が、自らの書斎に複製画を飾るとはちょっと考えにくかった。

当時でも億を超える価格だった真物は美術品倉庫のようなしかるべき場所に保管し、そのレプリカを自邸に掛けていた可能性もゼロではないが、とはいえ、万事、率直で嘘の嫌いな人麻呂の性格からしてそんなけち臭い真似はしないような気がする。

ましてレプリカならば、功一郎に対してあんな値段自慢など彼はしなかったはずだ。人麻呂の書斎で見た「道」はホンモノだったと功一郎は信じている。あれが真物でなければ、あんな奇跡が二度までも起きるはずがない。

そして、いま目の前に立てかけられている「道」もまたホンモノにしか見えなかった。

こうしてじっと見入っていると、またぞろ絵の中に吸い込まれてしまいそうな、まるで総毛が静電気を帯びて逆立ってくるようなゾワゾワ感があった。

「どうする？　こんなに大きな絵」

散らばった厚紙を一つにまとめながら渚が言う。

功一郎は胡座をほどいて立ち上がった。中腰の体勢で額縁の両側に手を掛け、わずかに持ち上げてみる。ずしりとした重みが両腕に伝わってくるが、一人で運べないこともなさそうだった。

「とりあえず書斎に運んで、この絵が誰の絵なのかじっくり調べてみるよ」

絵を本格的に持ち上げ、功一郎は言った。

「そうね」

どうやら渚は、この奇妙な絵を室内に飾るのは気が進まないように見える。

功一郎にとっては勿怪(もっけ)の幸いだった。

家の中に掛けておけば、訪ねてきた誰かが、ニコラ・ド・スタールの「道」であることを指摘するかもしれず、そんなことはないとしても、美雨や渚がその気になって絵の正体を突き止めようと思い立つかもしれない。

万が一、鑑定にでも出して真物だとなったら、それこそ巷の大事件に発展しないとも限らなかった。

――もし、これが本物の「道」ならば、母は人麻呂か彦八郎からこの絵を貰ったということになる。

あの母が長倉邸から勝手に持ち出すはずもないから、それ以外考えられない。

複製だとすれば、母の退職記念に彦八郎や人麻呂が母にプレゼントした可能性もある。ただ、仮にそうならば、当の母がそのことをなぜ功一郎に隠していたのかが謎だった。さらには、なぜ死後は佐久間重明に預かって貰うよう計らっておいたのか、その理由も判然としない。

どうしてなのかは分からないが、母の美佐江は、重明が亡くなって初めて、この絵が息子のもとへと渡るようにわざわざ手配していたのである。

4

広い芝生に人の姿はまばらだった。

ここ「利根川ゆうゆう公園」に来るのは八ヵ月ぶりくらいだろうか。〝前の世界〟にいた頃は我孫子工場から車で十分ほどのこの場所へよく足を延ばしたものだ。

コロナが蔓延するまでは夜勤中心のシフトだったから、仕事から戻ってきた碧とバトンタッチをして、夕方に松葉町の家を出ていた。工場に入る前にときどきこの公園に車をとめて、人の少ない芝生に一人で佇み、利根川の西方に沈んでいく赤い夕日を眺めたりしていたのだ。

コロナ禍になってからも、日勤の日は昼餉時に工場を抜けて出向くことがよくあった。車中で碧が作ってくれた弁当を食べ、食後は、川に沿って続く遊歩道や土手の道をそぞろ歩いた。

そんなときはいつも一人だった。

工場の誰かを誘ったことはないし、まして渚や碧と連れ立って来たこともない。

二〇一九年の三月に柏市松葉町の一戸建てに移り住み、我孫子工場勤務となった。本社暮らしが長かった身には、慣れない現場は何かと勝手が違った。役員待遇の〝管理監〟という肩書きも、本社から来たお目付役という印象をスタッフたちに与え、最初の半年ほどはずっと外様扱いが続いたのだ。

殊に長谷川工場長とのあいだには、古臭い譬えを使うならば、艦隊司令官と座乗艦の艦長とのあいだのような微妙な空気感が漂っていた。工場長と打ち解けて話せるようになるにもやはり長い時間がかかったのである。

二〇一九年四月五日金曜日。

〝前の世界〟で最後にここに来たのは二〇二一年の年明け早々だった。

美雨を失って三年目を迎え、年末年始は渚の調子も良くて穏やかな新年を迎えていた。まさかそれから一ヵ月余りで彼女が二度目の自殺未遂を引き起こすなどとは想像だにしていなかった。

我孫子工場での勤務も板に付き、コロナ禍のなか日勤と夜勤がまざる通常シフトになって、工場全体の安全管理を全時間帯で実地に指導できるようになっていた。おかげでスタッフとのコミュニケーションも密になり、仕事自体は却って順調だった。工場内での〝お客さん扱い〟も急速に解消されていったのだ。

あの日も日勤で、在宅勤務の碧が用意してくれた弁当を持って昼餉時にやって来た。

芝生の広場にも遊歩道や土手にも人影はなく、外に出ると凛(りん)とした空気がみなぎっている。日差しがあって、ちっとも寒くなかった。功一郎は広場の真ん中に座り込んで弁当を食べた。

食べながら正月の晴れ渡った空をしばしば見上げた。年が変わり、何もかもが新しくなり、停滞していた運気がようやく上向いてくるような感触があった。

こうして思い出してみれば、独立について真剣に考えたのは、あの日が最初だったような気がする。

渚の自殺未遂後、もうこれ以上こんな底なし沼に碧を引きずり込むわけにはいかないと独立の話を持ち出したが、それ以前から功一郎は会社を離れ、食品衛生の専門家として広く世間にその重要性を訴えていきたいと考えるようになっていた。

令和二年をどうにか乗り切ったと自信を深めていたあの日、現在執筆中の原稿が一冊にまとまったら会社を辞めて一本立ちしよう――この公園ではっきりと意識したのだ。

だが、結局はそうはならず、自分はあれを使って〝今の世界〟にやって来てしまった。

むろん後悔はしていない。

亡くした美雨を取り戻し、渚の鬱病を未然に防ぎ、そして碧の人生と日常を打ち砕かずに済んだ。あれによって自分は満願を成就したと感じている。

だが、その一方で〝今の世界〟もまた決してユートピアでないことを痛感しているのも確かだった。

八年前、未曽有の大震災と原子力災害が同時に起きたという〝史実〟が何より雄弁にそのことを物語っていると彼は思う。

自分たち家族は幸い東日本大震災の被害を直接は受けなかったようだ。しかし、目下美雨が付き合っている標連という男は、あの震災によって母親と妹をいっぺんに失っていた。そういう相手と美雨が結婚を視野に真剣に交際しているという事実自体、大震災が我が唐沢家にとっても決して他人事ではない大きな証左であろう。

あれほどの災害が起これば、そこに身を置く誰もが大なり小なり、巨大な悲劇の傘の下に立たされざるを得ないのだ。

いましがた訪ねてきた我孫子工場も〝前の世界〟とはだいぶ様相を異にしているようだった。

今日は早朝に東陽町のマンションを出て、自分の車で我孫子に向かった。事前連絡なしの〝抜き打ち視察〟のためだ。品質管理本部のトップとして、二年前から功一郎は各工場に対してそうした視察を行っていた。部下も連れずにいきなり訪ねると工場のスタッフたちはひどく面食らうが、その分、ありのままの生産現場をつぶさに観察することができる。

早朝の訪問だから工場長が在席していることは滅多になく、出迎える社員は夜のシフトを担当している製造課長、それに夜勤中の総務部員などである。

慌てて工場長を呼び出す製造課長もいれば、自分一人で対応する実力派の課長もいて、そこは各工場それぞれと言っていい。

我孫子工場の抜き打ち視察は今回が初めてだった。

とはいっても、実際は二年近く通った勤務先だ。午前六時過ぎ、敷地内の外れにある社員用パーキングにプリウスをとめ、運転席から朝日を浴びる工場の佇まいを目におさめた瞬間、なんとも言えない懐かしさが胸に込み上げてきた。

これから訪ねる工場の面々は、大半が功一郎とは一面識もないのだが、功一郎にとっては長谷川工場長をはじめとした社員スタッフのみならず契約さんにしろパートさんやアルバイトにしてもみんなよく知っている。

いつも通り、昼過ぎまでたっぷり時間をかけて全ラインをチェックする予定だし、それまでには工場長も顔を見せるに違いないが、余りにも内情に精通していると怪しまれぬよう用心しなくてはと思いつつ、功一郎は車を降りて工場の正面玄関に向かったのだった。

応対に出てきたのが橋本祐介製造第二課長だったのはちょっと意外だった。

橋本君は当時奥さんが臨月の身重で日勤中心のシフトを組んでいたはずだ。二度の流産を経て彼が初めての子供を手に抱くのは明後日、四月七日日曜日。四月七日は功一郎の誕生日でもあるので、そのことは強く印象に残っている。

我孫子工場に着任早々の出来事とあって、功一郎も個人的に橋本君にお祝いの品を渡し、えらく感激されたのだった。

橋本君は緊張の面持ちで功一郎を迎え入れた。

「悪いね、いきなりで」

功一郎が言うと、

「いえ。〝本部長視察〟の噂は耳にしていましたから」

この我孫子工場でとりあえず七工場全部の抜き打ち視察を終えることになっている。他工場の人間から話は聞いていたのだろう。この視察が社員たちの間で「本部長視察」と呼ばれていることも功一郎は知っていた。

そうした噂が流れるだけでも、各工場の衛生管理、品質管理意識が高まるのは間違いない。〝抜き打ち〟の効用は、単に現場の実情を正確に把握できることだけではないのだ。

「奥さん、もうすぐ出産だよね」

打ち解ける意味もあって話しかける。

「よくご存じですね、本部長」

「藤代君に聞いたんだ。彼は同期だよね」

「そうだったんですか」

藤代というのは、品質管理本部の課長代理で、橋本課長と入社同期だった。

どうやら〝今の世界〟の橋本君も〝前の世界〟の橋本君とそれほどスペックは変わっていないようだとそうやって小さく確認する。

「赤ちゃん、きっと元気に生まれてくるよ」

「ありがとうございます」

橋本君が笑顔で頭を下げる。

今回はさすがにお祝いというわけにもいかないか、と功一郎は思った。

彼の案内で各製造ラインを念入りに点検していった。

我孫子工場は相模原工場と並ぶフジノミヤ食品の基幹工場だけあって、さすがに衛生管理状態は良好だ。厳しい目でチェックしてもこれといった問題点は見つからない。〝前の世界〟で三月末に管理監として赴任したときも、数ヵ所の小さな改善点を指摘するだけでとりあえずは事足りた。今回の視察でも同様だった。

ただ、橋本君が課長として統括している洋菓子の製造ラインだけは倍の時間をかけて細かく点検し、特にオートミキサーの昇降ハンドルノブに巻かれた消毒用のタオルについては、

「こういうことはもう二度としないようにして下さい。いずれタオルの糸くずがオートミキサーに落ちてホイップクリームに混入するのは確実ですから」

と注意喚起し、功一郎自らが次亜塩素酸ナトリウムの溶液で濡れた木綿のタオルを取り外したのだった。

「ハンドルノブは適宜アルコール消毒に変えて下さい。派遣さんやパートさんにもその旨を徹底するように」

〝前の世界〟では現実に混入事故が起きたのだから、ここは強く言うしかない。

あのときはアルコール消毒を指示したにもかかわらず、ベテランのパートさんが新品のタ

オルと交換するだけにとどめたのを橋本課長が黙認したのだった。

「分かりました。さっそく今日から周知徹底させます」

今日の橋本君は引き締まった表情できっぱりと言った。

午前十時過ぎに長谷川工場長と柳下製造第一課長が出勤してきて、そこからは夜勤明けの橋本課長からバトンタッチした二人と一緒に昼過ぎまでラインや各種設備の点検を続けたのだった。

終了後、第一会議室でチェック項目に基づき長谷川工場長以下に結果報告と改善指示を行った。

柳下製造第一課長、それに今日の夜勤担当である森内製造第三課長も駆けつけ、さらには仮眠を取っていた橋本製造第二課長も姿を見せた。いつも通り、設備管理課長と食品分析室長にも参加して貰う。

いよいよ噂の「本部長視察」が行われ、どんな評定が下されるのかと誰もが固唾を吞む雰囲気で功一郎の言葉を待っていた。実際、幾つかの工場では臨時の従業員研修会を開かせたり、担当課長の配転を命じたりもしていたのだから、功一郎の査定が相当の辛口であることは彼等の耳にも達しているに違いない。

功一郎にとっては全員懐かしい顔ぶれだったが、向こうにすれば本社での会議でたまに見かける程度の上席者に過ぎない。

――そんなにしゃちほこばらなくてもいいのに……。

一様に生真面目な表情を崩さずこちらに顔を向けている六人を眺め、功一郎はちょっと滑稽な気分にさせられる。

「それでは、今回の視察で私が気づいた諸点について、順を追って説明していきます。改善法についてもその都度、明示しますのでテイクノートしておいて下さい」

三十分ほどかけて、各ラインや工場内各部署の品質管理、衛生管理状態への評価を行っていった。

功一郎の話が進むうちに長谷川工場長たちの緊張した雰囲気がみるみるほどけていく。

それはそうだろう。改善項目の数は少なく、むしろ称揚すべき箇所の方が多いくらいだったのだ。

一通りの話が終わる頃には、みんな安堵の表情になっていた。

「いやあ、まずまずのご評価をいただいて、正直、ホッとしております。今後とも品質管理本部とは密に連絡を取らせていただき、逐一ご指示を仰ぎながら、従業員一同一丸となって尚一層の品質の向上に努めていこうと決意を新たにしました」

〝前の世界〟では、二年のあいだにすっかり親しくなっていた長谷川工場長が、いかにもへりくだった口調で言う。

彼は寛容で情に厚い人物だった。

「これも長谷川さんの日頃のご指導のたまものでしょう」

「この業界で令名高い唐沢本部長からそんなふうに言われるとは光栄の極みです」

工場長は満面の笑みを浮かべてみせた。

会議室を出たのは午後一時近くで、

「本部長、これから私たちは昼飯なんですが、ご一緒にどうですか？　近くにうまい鰻屋があるんです」

と工場長が誘ってくる。

「鰻ですか……」

思わず誘いに乗りそうになった。

利根川と手賀沼（てがぬま）に挟まれた我孫子には鰻の美味しい店が多かった。なかでも長谷川工場長がお気に入りなのが「木暮屋（こぐれや）」という炭火焼きの名店で、彼は何か嬉しいことがあると部下を誘ってこの店に繰り出すのが常だったし、取引先との接待にもよく使っていた。

功一郎も何度か連れて行かれ、そのうち自分でも利用するようになった。早見や吉葉が訪ねてきたときも二度に一度は「木暮屋」で鰻重をつつきながら相談に乗ったものだ。

「申し訳ありませんが、今日は、こういう職務で来ましたから」

抜き打ち視察のときに先方のスタッフと食事を共にするわけにはいかない。

「そうですか……。それは残念です」

本当に残念そうな顔になって工場長が言う。

「木暮屋」の饅重を頭に思い浮かべながら、功一郎自身も非常に残念だった。

——あそこは饅重に松竹梅がないのがいいんだ。

メニューは「饅重」一つきりという気っ風のいい商売も功一郎の好みだったのだ。

背中に声を掛けられたのは、工場の正面玄関を出て駐車場へと歩き始めたときだった。

「唐沢本部長」

呼ばれて振り返ると橋本君が立っていた。

「やあ。きみも帰りですか。今日は夜勤明けなのに時間を使わせてすみませんでした」

「いえ、とんでもない」

橋本君は胸前で手を振り、それから少し間を置いて、

「唐沢本部長、いまから少しお時間をいただけないでしょうか?」

と言う。

「はあ」

要領を得なくて生返事を返す。

「実は、ちょっと本部長のお耳に入れておきたい話があるんです」

よく見ると、橋本君の表情と口調は思いのほか真剣だった。

「そうですか」

そう言いながら功一郎は周囲を見回す。どうやら立ち話というわけにもいかない雰囲気だった。

「工場の裏手に通用口があって、通用口を入ってすぐのところに休憩室が三つ並んでいるんです。ドアにABCとアルファベットが書かれています。その中のCの休憩室で五分後でいかがでしょう？　工場長たちも出かけましたし、いまの時間なら誰かに見られることもないと思いますので」

橋本君がこちらの思いを察したように提案してくる。

その口振りからして、この我孫子工場に関する何か重要な話であるのは間違いなさそうだった。

「分かりました。では、五分後に」

「もし休憩室の場所が分からないときは名刺にある僕の携帯番号に電話して下さい」

「大丈夫です」

休憩室ならよく知っている。夜勤のとき功一郎も仮眠のためにしばしば使っていた。あそこなら内鍵がついているので誰かに邪魔されることもないし、「C」は一番奥の部屋だから廊下に話し声が漏れることもなかった……。

芝生をしばらく歩いてから土手に上がった。

利根川を右手にして真っ直ぐに延びた道を柏方向へと歩く。利根川の向こうは茨城県の取手(とりで)市、背後は成田市に通じている。

時刻は午後二時を回ったところだった。

今年は春が早く、桜の季節は三月中にあっと言う間に通り過ぎてしまった。それでも、功一郎はコロナ禍で去年は満足に見られなかった桜を思う存分に堪能したものだ。

土手の緑も、川沿いの芝生の緑もすっかり青々としている。風も春の盛りのようなあたたかさで、見渡す限りの風景は光に満ち満ちている。

だが、目の前の光景と反比例するように功一郎の気分は晴れなかった。

結局、狭い休憩室で一時間近く橋本課長の話を聞いた。

最初はおよそ信じられないような中身だったが、じっくり聞き取るうちに彼が真実を口にしているのだと確信した。

そうは言っても、功一郎の頭の中はいまだに混乱している。

橋本君が打ち明けたようなことは〝前の世界〟では起きなかった。

彼の話がしばらくうまく飲み込めなかったのは、その思い込みがあったからだ。

だが、そうではないのかもしれないと次第に考えを改め、そうすると彼の告白が真実味を増してきたのだった。

橋本君の指摘する事実は〝前の世界〟で功一郎が我孫子に赴任する以前の出来事だった。だとすればあちらでもその通りのことが起きていて、しかし、長谷川工場長は突然、管理監の功一郎がやって来ると分かって慌ててナリタ乳業に厳密な品質管理を命じたのかもしれない。

だからこそ、彼が我孫子工場に在籍した二年弱のあいだ、ナリタ乳業から仕入れた生乳や脱脂粉乳には格段の異常が見られなかったのではないか？

だとすると〝今の世界〟では功一郎が我孫子工場に赴任することはないのだから、このまま現状を放置していると橋本君が恐れているような最悪の事態が出来しないとも限らないというわけだ。

――やはり、早急に手を打たなくては……。

歩きながら功一郎は心に決める。

とりあえず、ナリタ乳業からの生乳や脱脂粉乳については橋本君が引き続きしっかりと品質検査を行っていくと約束してくれた。さきほど第一会議室でのミーティングに参加した食品分析室の八重樫さんも優秀な女性分析官だから、フジノミヤ食品がかつての雪印乳業の二の舞を演じるようなことはいまのところあり得ないだろう。

それに当時とは違って分析室の微生物分析機器も理化学分析機器も性能は格段に向上している。原材料にしろ製品にしろ製造・出荷前検査にきちんと回されれば万に一つの見落としもないはずだ。

だが、問題は取引業者との馴れ合いを長年続けている長谷川工場長の体質そのものだった。彼が基幹工場である我孫子工場を取り仕切っている限り、いつなんどき重大な食品事故が発生しても不思議ではないということだ。

――できるだけ早く堀米社長と会わなくては……。

長谷川工場長の人事となれば、職制上ほぼ同格である品質管理本部長の裁量だけでどうにかなるものではなかった。彼を更迭するにはやはり社長に人事権を行使して貰う必要がある。

五百メートルほど土手の道を歩いて、功一郎は踵を返す。日差しはさらに強まり、首筋や額がうっすら汗ばんできている。

今日の橋本君の行動からして、どうやら自分は大きな勘違いをしていたようだ。

橋本君の品質管理意識が薄かったわけではなく、工場長に気に入られていた彼は必要以上に工場長の意向を忖度していたのだろう。

温情家の長谷川工場長とは良好な関係を築いていると独り合点していたが、今回のナリタ乳業との一件に鑑みるに、自分の眼鏡違いだったということになる。鬱病の渚を抱えての日々を何とか切り抜けるのに精一杯で、しかも当初はギクシャクしていた工場長との関係を改善するのに腐心するあまり、ついつい評定が甘くなったのかもしれない。

橋本君の話では、ナリタ乳業が納めている原料乳はこれまで何度も大腸菌検査で引っかかり、改善要求を繰り返してきたのだという。

「あそこはパスチャライゼーション（低温殺菌）のやり方がまずいんです。恐らくホモゲナイザーやパスチャライザーのメンテナンスがいい加減なんでしょう。それで乳製品担当だった袋井製造第三課長は何度もナリタ乳業に出かけて改善の要請をしていたし、それでも検査で引っかかるんで、工場長にナリタ乳業との契約を打ち切るよう求めたんです。そしたら工場長は袋井さんの方を現場から外して直販課に回し、自分のお気に入りの森内さんを第三課長に据えてしまったんですよ」

「それっていつのこと?」

「もう半年以上前の話です」

　橋本君は呆れたような口調で答えたのだった。

　その段階でどうして品質管理本部に通報してくれなかったんだ?——思わずそう言いたくなったが、飛ばされた袋井課長本人でさえ何も言ってこなかったのだから直接の担当者ではない橋本君を責めるのは酷というものだろう。

　こうして勇気を奮って打ち明けてくれただけで充分に多とすべきだと功一郎は思い直したのだった。

　橋本君によれば、ナリタ乳業の脱脂粉乳からエンテロトキシンAが検出されたのはちょうど一週間前だったという。

そして、彼がその話を耳にしたのはつい三日前、四月二日火曜日のことだ。
およそ信じがたいような驚くべき告白に、

「その話、一体誰から聞いたの？」

功一郎は真っ先に情報の出所を確認した。

「袋井さんからです。袋井さんは、分析室の八重樫さんから聞いたそうです」

「八重樫さんが……」

それが本当なら間違いのない事実ということになろう。

「八重樫さんは仰天して、すぐに森内課長に報告して、森内課長から工場長に上がったそうです。ところが長谷川工場長は厳重に箝口令を敷いて、このことは他の誰にも一切漏らさないようにと指示したんだそうです」

「箝口令？」

「はい。工場内に広まってしまうと騒ぎにもなりかねないですし、マスコミにでも嗅ぎつけられると大問題なので、箝口令については八重樫さんも納得したんだそうです。工場長と森内課長の方で、その日のうちにナリタ乳業の担当者を呼びつけて原因の徹底究明を指示し、その上で取引の一時停止を通告するのだろうと八重樫さんは思っていたようです。ところが、実際は、そうした動きは一切なくて、次の日もその次の日も当たり前にナリタ乳業の生乳や脱脂粉乳が搬入されて、それで驚いて、先ずは前任の袋井課長に相談したというわけです」

「なるほど」

エンテロトキシンAといえば、かの悪名高き雪印集団食中毒事件を起こした原因物質である。

あのときも北海道の雪印大樹工場が製造したエンテロトキシンA入りの脱脂粉乳が大阪の工場に送られ、そこで製品化された商品が関西各府県に出回って未曽有の食中毒事件となってしまったのだった。今回も構図としては同様で、ナリタ乳業の汚染された脱脂粉乳が我孫子工場でそのまま製品化されてしまっていれば、それこそ雪印事件と変わらぬ規模の食中毒事件を起こしていたことになる。

脱脂粉乳は、低脂肪ヨーグルトやヨーグルト飲料の原材料で、我孫子工場でも大量のヨーグルト製品が製造され、関東各都県の大手スーパーにプライベートブランド商品として供給されていた。

今回の場合は、製品化される前の原材料検査でエンテロトキシンAが検出され、当然、入荷した脱脂粉乳はすべて焼却処分されたようだから食中毒事件にまで発展はしていないが、とは言っても、それほどの重大なミスを犯し、本来ならば関係各機関に通報してもおかしくないようなナリタ乳業の品質管理体制をそのまま黙認し、取引の一時停止措置さえ取らなかったという長谷川工場長、森内製造第三課長の決定は、あり得ないような判断ミスと言って差し支えなかった。

いまから二十年ほど前に起きた雪印集団食中毒事件では、七千人の従業員を抱え、売上高五千億円を超える業界トップ企業の「雪印乳業」が致命的な傷を負い、直後の「雪印食品」の牛肉偽装事件も重なって、戦前から守ってきた雪印ブランドを失ったのだった。そして、雪印グループ自体も解体の憂き目に遭うこととなる。

雪印の大樹工場では、停電で黄色ブドウ球菌が大量増殖した脱脂乳を加熱処理し、菌を死滅させた状態で粉乳化して大阪の工場へ出荷していた。その脱脂粉乳によって作られた「のむヨーグルト」には、黄色ブドウ球菌が産生した毒素、エンテロトキシンAが残留していたため空前の規模の食中毒被害を発生させた。

黄色ブドウ球菌を加熱殺菌しても、すでに産生されたエンテロトキシンAは熱処理によって無毒化しないというのは、およそ一流食品メーカーの製造担当者であれば誰でも知っているべき基礎知識だったが、業界のトップブランドである雪印の、しかも基幹工場である大樹工場の製造部門ではそのことがしっかり認識されていなかったのである。

——本社に帰ったらすぐに社長と会わなくては……。

利根川ゆうゆう公園の駐車場にとめてあるプリウスの運転席に腰を据えたときには、功一郎はそう決心していた。

柏ＩＣから常磐自動車道に上がったところでプリウスのハンズフリー機能を使って本社の秘書室に電話を掛けた。堀米社長は外出中で戻りは午後六時だと言われ、「だったら午後六時でアポを頼みます。社長には火急の用件だと言って下さい」と伝える。

時刻は午後三時になるところだった。

本社の地下駐車場に車を置いて七階の品質管理本部に戻ったのは午後四時過ぎ。自席の電話機に、「お帰りになったら秘書室の山田さんに連絡してください」という付箋が貼られていた。山田秘書に電話すると、

「お忙しいところ申し訳ありません。さきほど社長から連絡がありまして、今日はゆっくり話したいので午後六時過ぎに神楽坂(かぐらざか)の『ちとせ』にいらしていただきたい、とのことです。よろしいでしょうか？」

と言う。むろん了解の返事をして受話器を置く。

「ちとせ」は堀米が接待によく使っている善國寺の近くの料理屋で、功一郎も何度か一緒に行ったことがあった。

六時ちょうどに店を訪ねると、いつもの通り二階の座敷に案内された。二階には座敷が二間あり、階段を挟んでいるので密談には好都合だと堀米はいつも笑いながら言うのだった。

奥の十畳間に堀米は先着していた。手元にはすでにビールの中瓶が一本置かれている。

「今日は初夏みたいな陽気だったねえ。失敬して先にやらして貰ってるよ」

小さく手を掲げると、持っていたビールグラスを口許へ運ぶ。

「すみません。急にお時間を頂戴することになって」

功一郎は向かいの座椅子に腰を下ろす。

掘り炬燵式なので足を伸ばせるのがありがたい。

「いや。僕の方もちょうどきみと会いたかったんだ。来週にでも誘おうと思っていたんだが、きみの方から言ってきたんで好都合だったよ」

堀米正治は今年六十二歳。三年前に社長に就任、すでに二期目に入っている。年齢は功一郎より七歳上で、むろんフジノミヤ食品の生え抜きだった。

堀米とは彼が相模原工場の工場長だった時代に、品質管理の問題で何度も二人で派手にやり合った。当時、功一郎は品質管理本部の第一課長で、いまの早見や吉葉と同じような立場だった。特にHACCP（ハサップ）の導入を巡っては、生産効率最優先で基幹工場をぐいぐいと引っ張っていた豪腕の堀米とHACCPの徹底運用を要求する功一郎とでほとんど喧嘩に近いようなやりとりを何度も繰り返したものだ。

だが、結果的にそうした本音と本音のぶつけ合いが、いつの間にか二人の間の敷居を取っ払い、気づけば互いに心の底をさらけ出せる肝胆相照らす仲になっていたのだった。

ビールで乾杯したあと、

「ところで火急の用件というのは何なの？」

堀米に水を向けられ、功一郎はさっそく昼間の案件を持ち出した。

一週間前にナリタ乳業の脱脂粉乳からエンテロトキシンAが検出されたことを皮切りに詳

細な説明を行う。

「橋本課長の報告は事実と思われます。なので、まずは早急に長谷川さんを本社に呼んで事情聴取し、同時にナリタ乳業にも調査を入れて確認を取り、速やかに長谷川工場長、森内製造第三課長を更迭すべきでしょう。加えて今回の一件に関わった社員全員にも何らかの処分を行うべきだろうと思います」

一通りの話を聞き終えた堀米は、

「ナリタ乳業か……」

慨嘆するような趣で呟く。それから居住まいを正し、

「分かった。明日の午前中に長谷川を呼んで事情聴取するよう保坂に命じておくよ。ナリタ乳業への照会は、長谷川の話を聞いたあとで構わないだろう。長谷川だって本社に呼び出されて、あの保坂に面と向かって詰問されればさすがに妙な言い逃れはしないだろうからね」

保坂というのは、社内きっての強面で通っている総務担当役員で、堀米社長の懐刀でもあった。

「よろしくお願いします」

「了解。月曜日には更迭人事を発令するよ。とりあえず長谷川と森内は外すから」

「はい」

そこまで話したところで襖が開き、新しいビールと料理の膳が運ばれてきた。

「まあ、とりあえずもう一杯」

新しい中瓶を堀米が差し向け、功一郎は手元の空になったグラスを取って注いで貰う。彼も自分の分の中瓶を持ち上げ、堀米のグラスにビールを注いだ。

「じゃあ」

堀米が笑顔になってビールを飲み干してみせる。功一郎もそれにならう。

「ナリタ乳業か……」

グラスを置いて、もう一度、呟くように堀米が言った。

「あそこはもとは手賀沼食品の副社長だった朝倉さんという人が始めた会社でね、と言っても創業は、うちが手賀沼食品を買収するずっと前だったんだが、手賀沼の人員整理をやったときに、手賀沼の社員たちを彼が大勢引き受けてくれたんだよ。だからナリタ乳業には旧手賀沼の連中がいまでも結構いるはずなんだ。朝倉さんという人は僕も何度か会ったことがあるんだけど、面倒見のいい人格者でね、恐らく長谷川君は手賀沼時代に彼に可愛がられた若い部下の一人だったんだろうね。もっとも朝倉さんは数年前に亡くなっていまは二代目が社長のはずなんだけど、朝倉さんの薫陶よろしく長谷川君も義理人情に厚いタイプだから、昔の恩義をずっと感じていて、ナリタ乳業には強く出られないんだろうと思うよ。正直なところ、うちも旧手賀沼の人たちとはいまでもしっくりいってるわけじゃないからね。その分、向こうの結束は固いんだ。専務の大前田(おおまえだ)にしても、僕からすればやっぱりやりやすい相手じゃないからね」

手賀沼食品というのは、功一郎が入社する前の年にフジノミヤ食品が買収した食品メーカーだった。現在の我孫子工場はもとは手賀沼食品の本社工場で、長谷川や大前田専務は、かつてこの手賀沼食品の社員だったのだ。

買収自体は四半世紀も前の話なので、現在のフジノミヤ食品に旧手賀沼の社員はそれほど残ってはいないが、そのうちの出世頭が大前田や長谷川ということになる。

「なるほど、そういうわけだったんですか」

ナリタ乳業が、手賀沼食品の元副社長が創業した会社だとは知らなかった。〝前の世界〟ではそんな話を耳にしたことがない。

――ということは、もしかしたら……。

ふと彼は思う。

――これもまた〝今の世界〟と〝前の世界〟の「ずれ」なのか？

「長谷川の気持ちも分からなくはない。よその会社を買うというのは、つくづく難しいものだと痛感するよ」

しみじみとした口調で堀米は言い、

「ただ、これはこれ、それはそれ、だがね」

と付け加えた。

そこからしばらく、仕事の話や社内の動向などについて語り合う。一時間ほどが経ち、堀米が一度腕時計に目をやった。酒は焼酎の水割りに変わっている。

「僕の方が会いたかったというのはね……」

再び堀米が姿勢を正して、こちらを見た。

「折り入ってきみにお願いしたいことがあるんだ」

「はい」

功一郎も背筋を真っ直ぐにする。

「実は、六月の役員改選できみに取締役になって貰いたいんだよ。そろそろ役員として僕をサポートして欲しい」

思わぬ話というわけではなかったが、今夜、この場でそれが出るとは思ってもいなかったので功一郎は少し驚く。

「取締役ですか」

「ああ。今回の人事では、役員の数を減らすつもりなんだ。さっき名前を出した大前田君にも退任して貰うしね。他にも二人ばかり辞めて貰うつもりでいる。で、代わりに唐沢君に役員を引き受けて欲しいんだ」

堀米の顔を見ながら、功一郎は〝前の世界〟のことを思い出す。

いまから二ヵ月ほど前、功一郎が我孫子工場への異動を堀米に頼み込んだとき、彼は、い

かにも残念そうに、

「そうか。むろんその通りにするが、きみには今年、役員に上がって貰おうと思っていたんだよ。とにかく一刻も早く奥さんが回復することを祈っているよ」

と言ったのだった。

「受けてくれるよね？」

功一郎が黙っているので堀米が念を押してくる。

尚も、功一郎は無言だった。

美雨との関係を修復するためにも近々、堀米に退職を申し出ようと考えていた。新しい本の原稿もほぼ完成し、夏には出版の運びとなる。それまでに独立するには少なくとも来月中には会社を辞める必要があったのだ。

だが、こうして堀米と面と向かうと、「それはお断りします」とは言えない気がした。あのとき、我孫子工場への異動を即決してくれ、そのうえ、「管理監」というポストまで設けて堀米は自分を送り出してくれたのだ。二年の歳月、渚や碧と柏の家でなんとかやってこられたのはその助力のたまものだった。そういう点で、彼は自分たち家族の恩人と言ってもいい。

その恩人の〝三年越し〟の申し出をにべもなく断ることなどできるだろうか？

「どこまでお役に立てるか自信はありませんが全力で取り組みます。ありがとうございます。

何卒よろしくお願い申し上げます」

功一郎は、掘り炬燵から足を抜き、座椅子に正座して頭を下げる。

手元に視線を落としながら、脳裏には早見や吉葉や他の部下たちの顔がちらついていた。

品質管理本部を去るとき、彼等がどれだけ残念そうにしていたか、にもかかわらず最後は全員笑顔で見送ってくれたのだった。美雨が死んだときも、彼等の支えがなければ自分はきっと生きていくことさえできなかっただろう。

フジノミヤ食品の取締役に就任することは、あの部下たちの期待に応えることでもあった。

――どこの世界でも、自分の思った通りにはいかないものだ……。

自嘲気味に内心で呟く。

――まあ、美雨のことはあの男に任せればいいか……。

不意にそんな言葉が胸に浮かんで、自分でもびっくりする。早見たちの顔に代わって、ウッチーによく似たハンサムな男の顔が脳裏に浮かんでくる。

――いかんいかん。俺は何を考えているんだ。

その顔を頭から振り払いながら功一郎は面を上げた。

満足そうな笑みを浮かべた堀米がこちらをじっと見ている。

5

午後八時を回ったところで、堀米が保坂に電話した。我孫子工場に関するあらましを伝え、途中で手の中のスマホを対座する功一郎の方へと差し向けてくる。

結局、功一郎が保坂に詳しい説明を行った。

「すべて了解。いまから長谷川さんに連絡して明朝一番で本社に来て貰うことにするよ。橋本君の名前は出さないからご心配なく。結果は、聴取が終わったらすぐに社長ときみに連絡するよ」

保坂はそう言って、そのまま通話を打ち切ったのだった。

「明朝、長谷川さんの話を聞いたあと堀米さんと僕に連絡をくれるそうです」

切れたスマホを堀米に返しながら言う。

「そうか。これで一件落着だな」

堀米はそう言って、残っていた焼酎の水割りをうまそうに飲み干した。

腕時計を覗き、

「じゃあ、もう一軒だけ行くか」

と立ち上がる。

「はあ」

堀米が二次会に誘うことは余りなかった。

「何か予定でもあるの？」

「いえ」

功一郎はかぶりを振って立ち上がる。足が痺れているのを知り、自分がずっと正座だったのに初めて気づいた。

その様子を見て堀米が、「なんだ、まだ若いのに情けないなあ」と面白そうに笑う。

堀米の車に同乗して飯田橋のホテルグランドパレスへと向かった。

その最上階のクラウンラウンジも彼の行きつけである。

ホテルグランドパレスは、二年後の二〇二一年六月に閉館する予定だ。新型コロナによる営業不振が原因だった。閉館のニュースに接したのは、功一郎が〝今の世界〟にやってくる少し前、二〇二一年二月半ばのことだ。開業五十周年を目前にしての無念の閉館――そんな記事を読んだ記憶がある。

二〇二〇年に開催予定だった東京オリンピックが一年延期されたことも大きく響いたようだ。かつてはプロ野球のドラフト会議が開かれ、あの金大中（キムデジュン）事件の舞台にもなった由緒あるホテルだった。

車窓越しに春宵の都心の景色を眺めている堀米はそのことを知らない。来年、コロナウイルスが世界中に蔓延し、オリンピックも延期となり、大袈裟でなく人類全体が生活様式を一変せざるを得なくなるという事実も彼には知るよしもないのだ。

——もしも、うちの会社が航空会社や旅行代理店、外食チェーンやホテルチェーンだったらどうしていただろう？

さきほど取締役就任を受諾し、経営陣の一角に名を連ねることになってみて、功一郎は堀米の端整な横顔を見ながらふと思う。

来年の業績急降下を睨んで、役員の一人として何か特別な施策を提案するだろうか？

〝前の世界〟と同じようにコロナが広がれば、自分の提案した施策は大きく評価されるだろう。たとえ採用されなくても先見の明で衆望を集めるに違いない。

そんなことを考えているうちに、コロナ禍で大幅に売上を伸ばすフジノミヤ食品においても、いまから準備すればさらなる増収増益が見込めるのだと気づく。

——早見や吉葉を引き込んでそのための具体的なプランを練ってみるか……。

コロナのことは告げずとも、家食や宅配にさらに注力した形での商品ラインナップや生産計画を立案するのは難しいことではない。早見も吉葉も品質管理だけでなく、営業、企画、商品開発、マーケティングとさまざまな部署を経験してきた優秀な人材だった。功一郎が役員に昇格すれば、特命事項として彼等に業務外でプラン作りを託すこともできるようになるだろう。

今日も、抜き打ち視察の帰りに利根川ゆうゆう公園に立ち寄って、独立のことを考えたばかりだ。美雨のためにそうすべきだと昨年から固く決意していたはずだった。

それが、こうして堀米に役員昇任を内示された途端に、会社での今後の仕事をどうやって広げていくかで知恵を絞っている。

我ながら自分の節操のなさに呆れる思いだった。

ただ、一方で別の感慨もある。

さきほども「ちとせ」で不意に頭に浮かんだのだったが、美雨のことはあの標連に任せてもいいのではないか――なぜだか自分は心の奥深くでそんなふうに受け止めているような気がする。

たった一度、名乗るでもなく渋谷の「ベリッシマ」で遠目に働きぶりを眺めたに過ぎないが、功一郎にはその一度きりで、標という男の芯の部分を見定めることができた感触があった。

そして、その感触の確かさは日を追うごとに薄れるどころか増しているようでもある。

――俺は、心のどこかで美雨に愛想を尽かしているのだろうか？

そんなはずはなかった。時間を遡ってまで奪還した愛娘なのだ。彼氏のことくらいで見放したりするわけもない。

美雨を死なせずに済んだことで、当初の目的の大半が達成されてしまったということなのか？

どうにも自分自身の胸の内がはっきりしない。

堀米の横顔から視線を外し、腕時計の文字盤に目をやる。

まだ午後九時前だった。

渚は、今日はアートフラワー教室の授業のあと、経営者の床次英美里と食事だと言っていた。もとから夕食は外で食べる予定だったのだが、堀米との会食で帰宅が遅くなりそうなこと、酒が入るので車を会社に置いていくことなどを念のために夕方ラインで彼女に伝えておいた。

〈了解しました。あまり飲み過ぎないようにね。私もエミリーと少し長話になるかもしれません。〉

送信するとすぐにその返信が届いたのだった。

床次英美里は、渚が西葛西のアートフラワー教室に通っていたときの同窓で、現在、渚が講師として勤めている「タック・アートフラワースクール」の経営者でもある。

といっても会社は弟との共同経営で、彼女は渚同様、講師として日々、生徒たちにアートフラワーを教えている。

年齢は渚より二歳年長で、社長を務めている弟が渚と同年だと聞いたことがあった。

英美里は名前からも察せられるのだが、日本人の父親とアメリカ人の母親との間に生まれたハーフだ。母親がスウェーデン系アメリカ人なので、それにちなんで会社の名前を「タック」と付けたのだという。「タック」というのはスウェーデン語で「ありがとう」という意味なのだそうだ。

功一郎も何度か英美里とは顔を合わせたことがある。

美しい顔立ちだったが、エネルギッシュさが勝る快活な女性だった。この人だったら教室の二つや三つ起ち上げて当然だろうと思わせるような人物だ。

万事慎重で、思慮深いタイプの渚とは正反対の印象だったが、その好対照が二人を引き寄せたのかもしれない。二歳とはいえ英美里の方が年上だったのもウマが合った要因だろうと功一郎は推測している。

グランドパレスの正面玄関で車を降り、堀米と二十三階に上がった。

クラウンラウンジの座り心地のいい肘掛けソファに腰を落ち着けて再び向かい合う。

堀米は白州12年のハイボール、功一郎は山崎の水割りを注文した。つまみはオードブルの盛り合わせだけ。

酒が届くと、堀米はグラスを手にして、無言で乾杯の仕草をした。功一郎も水割りのグラスを持ち上げる。

「しかし、よかったよ」

一口飲んだハイボールをテーブルに戻して堀米が独りごちるように言った。

功一郎が怪訝な表情を作ってみせると、

「いや、きみが役員を引き受けてくれて」

と言う。

「きみの名前はこの業界では聞こえているからね。そろそろ独立したいと言ってくるんじゃないかと冷や冷やしていたんだよ。今日も実は、そんなことなら会社を辞めさせてくれと言われるような不吉な予感がしていたよ」

「まさか……」

図星をつかれて功一郎は内心舌を巻く。

堀米は直感力、洞察力に優れた非常に優秀な経営者だった。フジノミヤ食品の社長定年は六十八歳。会長定年は設けられていない。現在六十二歳の堀米は、今後十年は社長、会長として君臨すると思われる。来年早々からのコロナ禍も加味して見通すならば、会社のさらなる繁栄はすでに約束されていると言って構わないだろう。

「とにかく、唐沢君、これからよろしく頼むよ」

そう言って彼は深々と頭を下げてみせる。

「とんでもない。自信はありませんが全力でやらせて貰います」

功一郎はさきほどと同じセリフを口にして自分も頭を下げた。

「実はね」

顔を上げると、堀米がこちらに身を乗り出すようにしていた。

「これはここだけの話にしておいて欲しいんだが……」

表情は変わらないが、口調には重々しさが加わっている。

たまに彼と会っているときに感じる〝社長のオーラ〟を今夜初めて感じた。

「はい」

「半年前にかみさんにがんが見つかったんだよ」

思いもよらない一言に功一郎の表情は固まってしまう。

「もともと母親から貰ったC型肝炎のキャリアでね。長年治療を続けてきたんだけど、残念ながら肝がんを発症してしまった。まあ、肝臓のがんの原因の六割以上がC型肝炎だから、これればかりは受け入れるしかないわけだけどね。いまは治療法もいろいろあるし、すぐにどうこうというわけじゃないんだが、それにしても心配な病気であるのは間違いない。かみさんの場合、母親も最期は肝がんだったしね」

「はあ」

仕事では深い付き合いの堀米だが、彼のプライベートについては何も知らない。むろん自宅に行ったこともないし、夫人に会ったこともなかった。

「かみさんには若い頃から苦労の掛けっぱなしだったからね。不幸にしてがんが見つかったときは、その後の自分の人生は彼女のために使おうと昔から決めていたんだ。それにしてもちょっと早かったんだけどね」

「奥様はいまお幾つですか？」

「今年、還暦だよ」

　堀米と二つ違いということか。

「というわけでね、社長業も今期限りと腹を固めているんだよ。それもあって早くきみには役員に上がって貰いたかったってわけなんだ」

「今期限り？」

　すでに二期目に入っているのだから、だとすると来年の六月には退任という話だった。

「来年、会長に上がるということですか？」

「いや、それもない。うちの会長職は代表権付きが不文律になっているからね。それじゃあ社長と変わらないような話だろ」

「じゃあ、完全に身を退かれるおつもりなんですか？」

「そうなんだ」

「そんな……」

「そんな無責任な、か？」

　堀米が苦笑する。

功一郎は何も返せない。実際、実力社長の堀米が来年辞めてしまえば、コロナ禍のなか会社は舵を失って漂流する船と化すのではないか？

「次は保坂に任せようと思っている。ただ、なにぶんあいつは容赦のない性格だからね。社長としては足りない部分も多い。とはいえ、あの曲がったことが大嫌いな清廉潔白さは余人を以て代えがたいと僕は思っているんだ。六月に専務に上げて、この一年でいろいろと引き継いでいこうとは思っている。だからね、僕がいなくなったあと、きみに保坂の面倒を見て貰いたいんだよ。彼もきみには一目も二目も置いているし、品質管理の専門家というだけでなく、きみの人使いのうまさや公平無私な気質も僕同様、保坂もよく分かっている。きみの言うことなら彼も耳を貸すに違いないんだ」

「しかし……」

功一郎は返す言葉を失ったままだった。

フジノミヤ食品の「中興の祖」ともなり得る実力社長の堀米をそう簡単に引退させていいわけがなかった。

かねて危惧していた肝臓がんが妻に見つかり、堀米が相当なショックを受けているのは確かだろう。だが、彼も言っている通り、肝臓がんに対しては数多くの治療法が存在し、その有効性も日進月歩のはずだ。口振りからして、夫人の状態も堀米がつききりで看病すべきほどではなさそうだった。

ならば、あと一年で社長を退く必要はないし、仮に退くとしても会長職にスライドするくらいのことは充分に可能ではないのか？

妻が心配であれば、会長としての仕事の多くを新社長に回し、大きな事業課題だけ会長として決断を下すようにすればいいのだ。

功一郎は、企画や総務畑の長い保坂と直接仕事のやりとりをしたことはなかった。だが、厳格無比なあの保坂と自分がうまくやれるとは到底思えない。堀米のような豪放磊落(ごうほうらいらく)な一面を兼ね備え、しかも歳も立場も上という構図であればともかく、タイプとしては堀米よりも保坂寄りの自分が、彼と摩擦なくコンビを組むのは至難の業と思われる。

妻の発病もあってだろうが、そのへんの読みが、人物眼のある堀米にしてはずいぶん甘過ぎると功一郎は感じざるを得なかった。

「どうやら相当に不満のようだね」

功一郎の顔を覗き込むようにして堀米がまた苦笑を浮かべる。

「唐沢君、きみの家は一人娘だったよね」

いきなり奇妙なことを訊いてきた。

「はい」

「そうか……」

堀米は姿勢を戻し、ソファに背中を預けるようにした。じっと功一郎の顔を見つめている。

「うちに子供がいないのは知っていると思うが、実はね、昔、娘を一人亡くしているんだよ」

またもや初耳の事実を彼は口にした。

「交通事故だった。まだ小学二年生だったよ。学校の近くの横断歩道を子供たちみんなで渡っているとき、そこにいきなりトラックが突っ込んできたんだ」

堀米の視線は手元のグラスに注がれている。

「たくさんの子が巻き込まれたんだが、亡くなったのはうちの娘一人だった。妻は半狂乱になるし、僕も落ち込んでしまってね。いまでもこうして思い出すと耐え難い感情が胸に押し寄せてくる。妻も僕もあのとき心の半分が死んでしまった。いや、三分の二が吹っ飛んだような気がする」

目の前の堀米が急に老け込んでしまったように見える。

「それでも、これまで何とか一緒に乗り越えてここまできた夫婦だからね、彼女の存在は僕にとって何物にも代えがたいんだよ。特別な絆と言ってもいいと思う。肝炎も抱えているし、もしかしたらと覚悟はしてきたんだが、そうは言っても彼女の方が先に逝くのかと思うとやるせないし、本当に悲しいんだ」

そこでようやく堀米が顔を上げた。眼差しに力がこもる。

「ただ、とにかく生きている間はあらん限りのことをしてやろうと思っている。本当はすぐにでも仕事を捨てて彼女のそばに戻りたいんだが、この立場だからね。社員一人一人にも大事な家族がいる。一度背負った責任をおいそれと投げ出すわけにはいかない。だから、今期限りと決めて、今後は会社のためになることはどんなことでもやり切ろうと決めているんだよ。きみに役員に上がって貰うのもそのためだと受け止めて欲しい」

クラウンラウンジで一時間ほど飲んで散会となった。

二十三階のエレベーターホールで堀米を見送ると、功一郎はラウンジに戻り、あらためて席に腰を落ち着ける。気持ちを整えるためにもう少し飲んでから家に帰ることにしたのである。

堀米の告白は、恐らく彼の想像する何倍もの衝撃を功一郎に与えたのだった。

功一郎が真っ先に感じたのは、

――この人は、〝前の世界〟で生き続けてきた俺なのだ。

ということだった。

一人娘を不慮の事故で亡くし、その後の数十年を妻と共に苦しみ続ける――本当ならそうやって生きるはずだった自分自身……。

堀米は言っていた。いまでも、思い出すと耐え難い感情が押し寄せてくるのだと。あのとき心の三分の二が吹っ飛んでしまったと。

事故の後、渚がそうだったように、妻は半狂乱になったとも言っていた。そして、それでも夫婦で何とか一緒に乗り越えてここまできたのだと。

その妻が深刻な病を発症し、長年心に決めていた通り、今後の人生をすべて彼女のために捧げることにしたのだ。妻のためにあらん限りのことをすると彼は言っていた。

渚が重い鬱を発症し、我孫子への異動を願い出たとき、堀米は深い同情を寄せてくれた。管理監という特別なポストを与えた上で新天地に送り出してくれたのだ。そうした温かい配慮も、自らの痛切な体験が背景にあったのだろうし、美雨を失ったばかりの功一郎にその体験を一切打ち明けなかったのも、当時の功一郎にはいかなる言葉も無力であるのを彼自身が身を以て知っていたからだと思われる。

——俺は……。

美雨を取り戻したことに後悔はない。

その事実が自分の中で変わることは絶対にあり得ない。

だが、堀米の告白に触れて、心がひどく揺れているのもまた事実だった。

——結局、俺は……。

それ以上の言葉は胸の内でも形にしたくはなかった。

ただ一つ、堀米にああ言われた以上は、この一年余りのあいだに保坂と二人で堀米を後顧の憂いなくしっかりと妻のもとへ戻してやることが自分の責務なのだと痛感する。

——そうすることが、〝前の世界〟に置き去りにしてきた渚や碧へのせめてもの罪滅ぼしなのかもしれない。

時刻が十時半を過ぎるところで席を立った。堀米と会っているあいだは素面同然だったが、一人になった途端に酔いが回ってきたようだ。

エレベーターに乗り込むときに小さくたたらを踏んで、自分がかなり酔っているのだと自覚する。

一階のロビーでしばし酔いを醒ますことにした。エレベーターを降りて、アーケード街の入口に置かれた長椅子まで歩く。時刻が時刻だからフロントロビーにも太い柱の裏のこのレストスペースにも人の姿はなかった。

椅子の背もたれに身体を預けて、エレベーターホールの方へとぼんやり鼻先を向ける。

五分ほど経ったときだった。

真ん中のエレベーターの扉が開き、一組の男女が降りてくるのが見えた。左が女性で、右はやけに背の高い男性だった。

つい背の高い方へと注意が逸れて、隣の女性の顔を識別するのが一瞬遅れた。すると女性の方がすぐに立ち止まり、こちらへとはっきりとした視線を投げて寄越した。

そこでようやく、彼女が渚だと功一郎は気づいたのだった。

渚が男に何か話しかけ、二人でこちらへと歩み寄ってくる。思わぬ場所、思わぬ形で妻と出くわして、功一郎の方はうまく反応できずにじっと長椅子に座ったままだった。

「どうしたの？」

驚いたような顔で先に言葉を発したのは渚だった。

「堀米さんと神楽坂で食事じゃなかったの？」

問い詰めるふうでもないが、いかにも怪訝そうな様子はしている。「きみこそ、エミリーとご飯だったんじゃないの？」という一言がなぜか出てこなかった。

「神楽坂のあとここの二十三階のバーに堀米さんと行ったんだよ。そこでちょっと飲んでさっき解散したところ」

「そうだったんだ」

渚は納得顔になり、

「功一郎さん、こちら床次レオンさん。うちの会社の社長、というよりエミリーの弟さんね」

隣の男性を見上げるようにして渚が言う。笑顔になっている。

「初めまして。唐沢先生にはいつも本当にお世話になっております」

男が丁寧な口調で言い、小さく会釈する。

さすがに座ったままというわけにもいかず、功一郎は立ち上がった。

功一郎の身長は一七五センチだったが、向こうはそれより十センチ以上高い。痩せていてグレーの地味なスーツがよく似合っている。日本人離れした顔立ちは、姉のエミリーとよく似ていた。

だが、それ以上に誰かによく似ていると感じ、すぐにピンときた。

俳優のキアヌ・リーブスにそっくりだ。

彼が懐から名刺を一枚抜いて差し出してくる。慌てて功一郎もポケットから名刺入れを取り出した。

「タック・アートフラワースクール　社長　床次礼音」

受け取った名刺を見て、レオンが「礼音」なのだと知った。

「私たちもいま食事が終わって帰るところだったの」

渚が言って、キアヌ・リーブスの顔を見る。彼も頷く。

「エミリーさんは？」

「彼女は急用ができて、三十分くらい前に先に帰ったの」

「急用？」

「そう」

渚がまたキアヌの顔を見た。

「実は、父が認知症になっていてときどき行方が分からなくなるんです。それで今夜も母から電話が入って、姉は急いで実家に戻ったんです」

今度は渚が功一郎に目くばせしてくる。

「そうなんですか。それは大変ですね」

初めて知ったような顔をしてみせるが、認知症の父親が最近、徘徊するようになってエミリーが手を焼いているという話はだいぶ前に渚から聞いていた。

ちなみにエミリーは若い頃に一度結婚歴があるが、いまは独身で葛西の実家で両親と一緒に暮らしているのだった。

「功一郎さん、車は会社に置いてるのよね」

渚が言う。頷くと、

「社長、じゃあ私たちは自分の車で帰るので、ここで解散させて下さい」

渚は床次礼音に言い、

「今夜はご馳走様でした。さきほどの件は少し考えてからお返事させて貰います」

と付け加える。

「そうですか。こちらこそ今日は遅くまで申し訳ありませんでした。前向きの返事を姉と二人でお待ちしております」

そう言うとキアヌ・リーブスは後ずさるように功一郎たちと離れながら笑みを浮かべ、さっと踵を返すとホテルの正面玄関に向かって足早に歩き始めた。

その後ろ姿を功一郎はほれぼれとした目で見送る。まるで本物の映画スターのようだった。

「じゃあ、竹橋までタクシーにしましょう」

もう何事もなかったかのような様子で渚が言う。

「だけど、きみ、お酒は？」

「一滴も飲んでないから大丈夫」

「どこで食べたの？」

「ここの地下の中華。すごく美味しかったよ」

地下には「禄寿園（ろくじゅえん）」という広東料理の名店が入っている。功一郎もたまに昼飯を食べに来たり、得意先の接待で使ったりしている店だ。

タクシーで会社まで戻り、渚の運転で帰宅の途についた。

渚の運転はとても上手だ。隣に座っていても不安になることはなく、車庫入れや車線変更も堂に入ったものだった。結婚するまでは完全なペーパードライバーだったが、初めて車を買ってすぐから見事なハンドルさばきだったので、恐らく生まれながらに運転の才能があるのだと思う。

なのでドライブ中の会話もそれほど気を遣わずに進めることができる。

「さきほどの件って何だったの？」

「タックがまた教室を増やすみたいなの。今度は同時に三つも」

「すごいね。倍増じゃないか」

いまは深川ギャザリアに二教室、東陽町に一教室の三教室だった。

「場所は？」

「西葛西と浦安と妙典」

三つとも東西線沿線だ。どれも住宅地だから生徒を集めるのは容易かもしれない。

「六月からなんだけど、その前に会社を株式会社にするから私に役員になって欲しいって言われたのよ」

「役員？」

「といっても定款上のことで、仕事自体はいまと変わらないっていう話なんだけどね」

功一郎はちょっと不思議な心地になる。夫婦揃って同じ日に役員就任を打診されるなんて滅多にない話に違いない。

「そうなんだ」

とりあえず、自分のことは伏せて話を続けることにした。

「で、きみはどうしたいの？」

車は日本橋のあたりを走っている。昼中は混雑ばかりの都心も、もうこの時間帯だと道は空いている。周りはタクシーがほとんどだ。

「どうすればいいのかな？」

渚にしては困ったような口調になっていた。

「役員手当もちゃんと出すとは言ってくれているんだけど、何かあったときに責任を取らされるのって怖いでしょう」

「でも、株式会社に改組するなら、そんな心配は要らないよ」

「まあ、それはそうなんだけど」

渚も少しとはいえ会社員の経験はあるから、その辺は了解済みのはずだった。

「いまは美雨のこともあるし、あんまり余計な荷物は持ちたくないのよね」

そこはいかにも渚らしい物言いだった。

「それにしても、床次さん、キアヌ・リーブスにそっくりだね」

永代橋（えいたいばし）を渡り切ったところで、功一郎は話題を転じた。

「キアヌ・リーブス？」

渚が合点のいかないような声になる。

「そうかなあ……」

「やっぱり外国の血が入っていると顔立ちがモンゴロイド系の我々とは決定的に違うよね」

「だけど、あの人、中身はまるきり日本人だよ。日本生まれの日本育ちで、大学もこっちだし」

「タックを起ち上げるまでは何をしていたんだろう？」

渚がアートフラワースクールの講師になったのは三十五歳を過ぎてからだった。あのキアヌが同年ならば、彼はそれまで何か別の仕事をしていたことになる。

「公務員だったって聞いたことがある」

「公務員？」

「そう。浦安市役所じゃなかったかしら」

「そうなんだ」

あのルックスで市役所の職員とは、ミスマッチ感がすごい。

「だけど、どうしても朝早くに起きるのが苦手で、それを克服できなくて辞めたらしいよ」

「何、それ？　誰がそんなこと言ってたの？」

「昔、本人が言っていたと思うよ」

「へぇー。それで姉貴の会社を手伝うことにしたのか」

「そうみたい。自分が社長だったら毎朝早くに会社に行かなくても、まあ許されるってわけでしょう」

「なるほど」

「私は、彼とは滅多に顔を合わせないんだけど、エミリーによると子供の頃から相当変わった子だったんだって」

「どんなふうに」

「さあ、それはよく分からないんだけど」

「結婚は？」

「してないんじゃないかな。結婚歴があるかどうかは知らないけど」

「そうなんだ」

「でも、仕事はちゃんとやる人なんだと思うよ。現にこうしてタックも順調に成長しているわけだしね」

「そりゃそうだね」

そうやって床次礼音の話をしているうちに奇妙な思いが胸中にじわじわと湧き上がってくるのを功一郎は感じた。

礼音の姿を一目見た瞬間に誰かによく似ていると思い、すぐに俳優のキアヌ・リーブスを思い浮かべたつもりでいたが、本当はそうではなかったのかもしれない。

現に、キアヌの名前を出しても渚はピンとこない感じだったし、いまこうして改めて床次礼音の顔を思い出してみれば、そっくりというほどでもない気がするのだった。

――あのとき、自分は実は別の誰かの顔を想起しながら、なぜかそれを避けて、強引にキアヌ・リーブスの顔と礼音の顔とを重ね合わせたのではなかったか？

まったくもって馬鹿げた想像だったが、胸に湧き上がっているモヤモヤの正体はそれだった。

キアヌ・リーブスといえば真っ先にイメージするのは、『マトリックス』の主人公・ネオだ。『マトリックス』は『地獄の黙示録』と並んで功一郎が最も好きな映画で、いままで何度も繰り返し視聴している。

あの映画が心に響き続けているのは、むろん、彼が十五歳のときにあれを体験しているからだった。二十年ほど前に初めて『マトリックス』を映画館で観たとき、エンドロールが終わり館内が明るくなったあとも功一郎はしばらくシートから立ち上がることができなかった。

映画の中で描かれている仮想現実の世界は、あれによって大きく変貌した功一郎の〝世界観〟と深々とシンクロしているような気がしたのだ。それは彼にとって衝撃的な経験だった。

――この映画はフィクションでありながら何か決定的な「真実」を伝えているのではないか？

実感としてそう受け止めたのである。

どうして初対面の床次礼音の顔が一瞬、「ネオ」に見えたのか？

本当は誰の顔とダブったのか？

永代通りに車が入ってしばらくすると、功一郎は渚との会話をやめて、そんな物思いに耽ったのだった。

次の週、四月十二日の金曜日。

功一郎は早見と吉葉を昼食に誘ってホテルグランドパレスに行った。

堀米に役員就任を打診されてちょうど一週間が過ぎた。そろそろ二人には内示のことを伝えようと考えたのだ。

グランドパレスを選んだのは単なる思いつきだった。

一週間前、渚とばったり会ったときに地下の中華料理店「禄寿園」の料理がとても美味しかったと聞いたのが記憶の片隅に残っていたのだ。

功一郎はこの店の五目そばが好物だった。

予想通り、昼時でも「禄寿園」はさほど混み合ってはいなかった。

出迎えたウエイターに頼んで一番奥のテーブル席に案内してもらう。

すぐにお茶とメニューが運ばれてきた。

五目そばと決めているので、メニューは開かない。

「へぇー。改装記念で全品三十パーセントオフなんだ」

すると、メニューを見ていた吉葉が言う。

「え、そうなの？」

功一郎は慌てて手元のメニューを取り上げる。

確かに最初のページに「店内改装感謝セール」というチラシが一枚挟まっていた。

四月八日から十五日までは「リニューアルオープン価格で全品30パーセントオフ」と大きな活字で印刷されていた。

「だったら、このランチコースにしようか？」

五目そばをやめて、一人三千五百円のランチコースを提案した。

「いいですね」

早見が乗り、

「僕もそれにします」

吉葉も同調する。

時刻は十二時になるところで、徐々に客の姿が増えてきている。リニューアルオープンと知って店内を見回せば、なるほど床や壁、照明などが新しくなっているようだった。テーブルや椅子が元のままなのですぐには気づけなかったのだろう。

ウエイターを呼んで注文を告げる。ノンアルコールビールの中瓶も三本付け加えた。

「リニューアルっていつやったんですか？」

早見がウエイターに質問した。

「先週いっぱいお休みをいただいて工事を入れたんです」

ウエイターが言う。

「先週いっぱい？」

そこで功一郎は思わず声を出した。

「ということは先週の金曜日は営業していなかったんですか？」

「はい」

ウエイターが答える。

「はい。工事が終わったのが日曜日の午後でしたから」

「昼も夜も?」

「そうですか……」

少し訝しそうな表情になってウエイターが去って行った。

「本部長、何か気になることでも?」

奇妙なやりとりにさっそく早見が問いかけてくる。

「いや、そういうわけじゃないんだけどね」

功一郎は言葉を濁すしかなかった。

だが、先週の金曜日の晩、

「どこで食べたの?」

功一郎が訊ねると、

「ここの地下の中華。すごく美味しかったよ」

渚はそうはっきりと言ったのだ。

このホテルの地下に中華料理店は「禄寿園」しかない。

そして、「禄寿園」はあの日、店内改装で終日営業を中止していた。

——だとすると、渚は、あんな遅い時間にこのホテルで一体何をしていたのか?

功一郎は、自分が不意に見知らぬ仮想現実の世界へと迷い込んでしまったような思いに囚われる。同時に、渚と一緒にいた床次礼音の顔が脳裏によみがえってくる。その顔はやはりキアヌ・リーブスによく似ている気がするのだった。

第四部

1

二〇一九年六月十七日月曜日。

出社してほどなくの午前九時過ぎ、受付から連絡が入った。

「本部長、おはようございます。お約束ではないそうですが、山本さんという方が本部長をお訪ねになっております」

「山本さん？」

「はい。『去年の九月に本部長に助けていただいた金髪の女の子』と伝えて貰えれば分かるとおっしゃっているのですが……」

去年の九月？

金髪の女の子？

一瞬、何のことか分からなかったが、すぐに思い当たった。

「分かりました。いま降りていくので、そこで待ってて貰って下さい」

そう告げて内線電話を置く。

〝彼女〟のことはすっかり忘れてしまっていた。しばらくは気になっていたし、渚も「どうして御礼の一つくらい言ってこないのかしら？」と何度かこぼしていたが、それもひと月くらいのことで、そのうち思い出すことさえなくなっていたのだった。

だが、「去年の九月に」「助け」た「金髪の女の子」といえば、三軒茶屋の交差点で間一髪で事故に巻き込まれるのを防いだ女性に間違いないだろう。

それにしても、あの事故からすでに九ヵ月近くが経っている。

今頃になって、しかも、わざわざ職場にまでやって来たのはなぜだろう？

椅子の背に掛けてある上着を羽織って、功一郎はエレベーターホールへと向かう。

先週の定時株主総会で正式に取締役に就任したのだが、席はこれまでと同じ品質管理本部長席だった。とはいっても、保坂の専務昇格に併せて、彼が担当していた経営企画本部の本部長を兼任することになったので、功一郎の席は八階の経営企画本部にも設けられている。ただ、八階には前職の保坂がいるので、功一郎は当面、会議のとき以外はあまり顔を出さないようにしようと考えていた。

経営企画本部を任されたこと自体は大歓迎だった。

これで、早見や吉葉たちと一緒に思う存分に〝対コロナ〟の経営戦略を練ることができる。

二人にはさっそく今週にでも詳しい話をして、宅食およびテイクアウト、宅配に的を絞った新しい商品開発と製造・流通システム構築の検討を指示しようと考えている。

それに併せて、今秋か遅くとも年末には早見を経営企画本部に企画室長として送り込む腹づもりだった。

武漢の華南海鮮卸売市場で謎の肺炎が見つかったというニュースが流れるのは十二月だ。その一報に接した時点で即座に〝対コロナ〟の生産体制を始動できるようにしっかりとしたスキームを準備しておかねばならない。

四月一日に発表された新元号は〝前の世界〟と同じく「令和」だった。

いまのところ、〝前の世界〟と〝今の世界〟で起きる出来事はほぼ同一と見受けられる。

昨年十一月に逮捕されたカルロス・ゴーンは一月にルノーの会長を辞任したし、二月に開かれた二回目の米朝首脳会談は物別れに終わった。三月には、ニュージーランドのクライストチャーチで五十一人が亡くなる銃乱射事件が起き、四月には元工業技術院院長が、池袋で母子二人を死なせる痛ましい暴走事故を起こした。五月にはトランプ米大統領が国賓として来日し、トヨタの売上高が史上初めて三十兆円を突破した……。

こうした世の流れから察するに、〝今の世界〟でも〝前の世界〟がそうだったように、来年早々から新型コロナウイルスが猛威を振るう可能性が高いと思われる。そのための施策を用意しておくメリットは計り知れないだろう。

一階の受付に行くと、ロビーの端に置かれた長椅子にほっそりした女性が座っている。

「山本さま」

受付の女性が彼女に声を掛けるのと、彼女が功一郎の方へと顔を向けて急いで立ち上がるのとがほとんど同時だった。

功一郎も早足になって彼女に近づいていった。

正対すると、相手が深々とお辞儀をする。

「あのときは本当にありがとうございました。ご挨拶がこんなに遅くなってしまって誠に申し訳ありませんでした」

ぎこちない口調だが、丁寧に御礼の言葉を口にする。

金髪の頭が持ち上がり、正面に顔が向いた。上背は結構ある。百六十五センチくらいか。

――こんなに背の高い人だったのか……。

少し意外な気がしたが、非常に痩せているので抱き取ったときの手応えが軽かったのだろう。

黒のタンクトップに青いデニム。赤と紫の花模様が散った前開きのワンピースを羽織るように身につけている。足下は黒のサンダルだった。

砕けた服装だが、タンクトップやワンピース、デニムやサンダルも高級そうな品物に見える。

大きな黒縁の眼鏡をかけていた。

事故の日、彼女が何を着ていたのか思い出そうとしたがまるで記憶にない。憶えているのは、両耳にワイヤレスイヤホンをはめ、手の中のスマホに見入っている姿だけだ。

首筋や胸元の肌のみずみずしさが若さを物語っていた。恐らく美雨と似たような年回りだと思われる。

目も鼻も口許も形が良く、眼鏡を外せばさぞや美しい顔立ちだろう。

唯一、金色のショートヘアーが顔にも服装にもそぐわない印象だった。

どうしてこんな金髪にしているのだろう？

間近に見て、違和感を覚える。

「この会社だとよく分かりましたね」

「はい。あのとき、警察の方に唐沢さんのお名前と勤務先を教えていただいたんです。すぐにでも御礼に伺いたかったのですが、いろいろな事情もあってなかなかお訪ねすることができなくて……」

「はあ」

「あのお……」

そこで彼女がおずおずとした調子で訊ねてくる。

「いま、少しだけお時間をいただくことってできますか？　もしお忙しければまた日を改めて伺います。その事情のことも含めてちゃんとご説明させて貰えればと思っているのですが」

「はあ」

面と向かっているうちに、どこかで見たような顔だと功一郎は感じ始めていた。

「時間はありますよ。だったら、ちょっとお茶でも飲みに外に出ましょうか?」

「できれば、こちらの会社のお部屋をお借りしたいんですけど……」

そこで、彼女が奇妙なことを言った。

「あまり人に見られたくないものですから。すみません、突然お邪魔した上にヘンなわがままを言って」

恐縮したようにまた深々と頭を下げた。

「構いませんよ。殺風景な部屋ですけど、いいですか?」

「ありがとうございます」

一度顔を上げ、また彼女は低頭する。

その様子を眺めながら、やっぱりどこかで見た顔だと功一郎は思った。

七階に連れて行くのも人目があるので、小さな応接室が並んでいる二階に彼女を案内する。

まだ十時前だから来客もそこまで多くはないだろう。案の定、応接DとEが空室で、ドアのところの予定表を確認するとどちらも午後まで予約は入っていなかった。

一番奥のEの部屋に二人で入る。

四畳半ほどの絨毯(じゅうたん)敷きの個室だった。テーブルを挟んでソファが向かい合わせで配置されている。窓はあるが、隣のビルの壁面しか見えない。殺風景と言えば殺風景な部屋ではある。

ソファの一つにまず彼女を座らせる。応接室には各々コーヒーメーカーが常備されていて、セルフでコーヒーを飲むことができる。カップホルダーにセットした白いプラカップにコーヒーを注いで、彼女の分と自分の分を卓上に置いたあと功一郎も反対側のソファに腰を下ろした。

「すみません。コーヒーしかないんですが」

「ありがとうございます。いただきます」

彼女はカップを持って一口すする。

「さっきはごめんなさい。ヘンなことを言っちゃって」

カップを戻して照れたような笑みを浮かべた。

「いえ」

「私のこと、ご存じじゃないですか？」

そこでまた彼女は奇妙なことを訊いてきた。

功一郎にすれば何と答えていいか分からない。

すると、彼女はかけていた黒縁眼鏡を外し、頭に両手を持っていくと髪の毛を摑んで引っ張り上げる。

金髪がすっぽりと外れる。その下から黒いショートヘアーが現れた。

いきなりの早変わりに功一郎の方は啞然とするしかない。

カツラを膝の上に置いて髪を整え、彼女が居住まいを正すようにする。

「これで、どうですか？」

自信なげな口振りだった。

その顔を一目見て内心、驚愕していた。

「霧戸ツムギさんですよね？」

間違いないと確信しつつ名前を口にする。

「よかった。ご存じでしたか」

彼女がほっとしたような表情を作った。

霧戸ツムギは、現在最も人気のあるアイドルユニットのメンバーで、その中でも一、二を争う人気者であり売れっ子だった。最近はアイドル活動だけでなく女優業にも乗り出し、映画やテレビドラマに活躍の場を広げている。

功一郎のような年代でも、霧戸ツムギの名前を知らない人間はいないだろう。それこそ「恋雨」の小松菜奈に匹敵するかそれ以上の知名度と言ってもいい。

「あまり人に見られたくない」

というさきほどのセリフの意味がようやく腑に落ちた気がした。

だが、功一郎が内心で驚愕せざるを得なかった理由はそれだけではなかった。

彼女がやがて引き起こす〝大事件〟のことがみるみる思い出されてきたのだ。

　霧戸ツムギが少し身を乗り出すようにした。

「あの日、唐沢さんに助けていただいて、その日のうちに御礼を伝えに行こうと思っていたんです。ところが、病院まで迎えに来てくれた事務所のマネージャーに相談したら強く反対されて、それで行こうにも行けなくなってしまったんです」

　ツムギは、そこでまたコーヒーを一口すすった。

「せっかく警察や消防にも私の正体がバレていないのに、そんな真似をしてあんな時間にあんたが三茶にいたことがバレたら一体どうするんだってマネージャーにすごく叱られてしまって……」

「そうだったんですか」

　何となく察せられるものはあったが、とりあえず功一郎は素知らぬ態で頷いてみせる。

「実は、私、あの日、三茶に住んでいる彼氏のところにお泊まりしていたんです。それで三茶で事故に巻き込まれたとメディアにバレるのをマネージャーがすごく警戒しちゃったんですよね」

「はあ」

「彼氏も芸能人なんで、噂になったらどっちの事務所も確かに大変なんです」

「なるほど……」

　功一郎もコーヒーを一口すすった。

生真面目な表情で話す霧戸ツムギの顔を眺めながら、だったら、いまさら礼になど来なければいいだろうに、と単純に思う。

「そういう事情であれば仕方ないですよ。今日だってわざわざこんな会社にまで訪ねてこなくてよかったと思います。時間もだいぶ経っているし、僕としては、あなたが無事に助かったと当日に警察の人から聞いて、それでもう満足だったわけですから」

率直に言ってみた。

「そうですよね。ここまで時間が過ぎたあとでいきなり訪ねてこられて御礼を言われても唐沢さんの方は迷惑なだけですよね」

「いや、そういうわけではないんですが……」

こんなに間近で有名なアイドルと向かい合って、功一郎は内心で薄気味悪さを感じていた。まさか、あの日、三軒茶屋の交差点で助けたのが霧戸ツムギだとは思いもよらなかった。

「一昨日、その彼氏に初めて事故のことを話したんです。それまではマネージャーにもきつく口止めされていたし、彼に話すのもきっと迷惑だろうと思って。でも、時間もずいぶん経ったし、もういいかなと思って、あの日、事故に巻き込まれそうになったところを唐沢さんに助けて貰ったって打ち明けたんです。もちろん、当時は三茶住まいだったんで、彼は駅前の栄光銀行に車が突っ込んだ事故のことはよく憶えていて、すっごい驚いて、私がその人に御礼も何も伝えていないって話したら、『お前、一体何考えているんだよ。いのちの恩人に御礼もしていないなんて人間としてサイアクサイテーだろ』ってめっちゃ叱られてしまって。一刻も早くその人のところへ会いに行ってこいって言われたんです」

「なるほど」

彼氏に叱られて、慌てて訪ねてきたというわけか——ますますきな臭いものを感じながら功一郎は思う。

その「芸能人」の彼氏というのが恐らく戒江田龍人(かいえだりゅうと)なのだろう。

戒江田龍人は、ストリートダンサー出身の俳優で、十年ほど前にNHKの朝ドラで大ブレークし、その後はヒット作を連発。いまや若手のトップに君臨する超人気俳優であった。

二人はテレビドラマでの共演をきっかけに付き合うようになり、事件が起きる一年ほど前から半同棲の状態になっていたのだった。

事件が起きたのは二〇一九年の八月だったと記憶する。

つまり〝前の世界〟と同じようにあの事件が起きるのであれば、あと二ヵ月かそこらで目の前の霧戸ツムギの人生は激変してしまうのだ。

——彼女は、戒江田の命令には絶対服従というわけか。

事件後、報道された二人の関係性に鑑みれば、いかにもありそうな成り行きではあった。

「それで……」

霧戸ツムギが手にしていたバッグから何か小さな包みを取り出し、テーブルの上でこちらに差し出してきた。

「いのちの恩人に御礼をするといっても、そんな御礼があるとも思えなかったんですが、せめてもの私の気持ちです。どうか受け取って下さい」

彼女が手にしているのは四角い小箱だった。髙島屋の包装紙にくるまれている。

「これは何ですか？」

「唐沢さんの好みが分からないので、何を買えばいいのか迷ってしまって。ご自身でお好きなものを買っていただきたくて、これにしました」

どうやらデパートの商品券のようだった。

「そういうものを受け取るわけにはいかないですよ」

功一郎はできるだけ気安い感じで言った。

「ご迷惑でしょうか？」

何やら切羽詰まった表情になって霧戸ツムギが言う。

恐らく戒江田龍人から必ず受け取って貰えと厳命されているのだろう。

「迷惑とかそういうわけではないんですが……」

「じゃあ、ぜひお受け取り下さい」

「うーん」

功一郎はしばし考えるように間を置いた。

頭の中ではさまざまな想念が渦巻いている。

「やっぱり、こういう金銭的なものをいただくのは気が進みません。申し訳ないですが辞退させて下さい」

「そうですか……」

彼女がひどく落胆したような表情を見せる。

「その代わり、電話番号を交換しませんか？」

そこで間髪容れずに提案する。

霧戸ツムギが怪訝な表情になった。

「こうして本来あり得ないような形で知り合ったのも何かのご縁かもしれません。霧戸さんみたいな有名人からすれば、見ず知らずの僕のような人間に電話番号を教えるなんて論外なんでしょうが、ご覧の通り決して怪しい者ではありませんし、僕には霧戸さんと同い年くらいの娘もいます。こう言ってはなんですが、今後もあなたが何か困ったときに少しくらいは助けになれるかもしれません。もちろん、僕の方でも霧戸さんに助けていただきたいことができたら、遠慮なく電話させて貰います。いかがですか？」

「そんなことくらいでいいのでしょうか？」

尚も不審そうな顔で相手が言った。

「はい。ちょっと厚かましくはあるんですが」

「もちろん、私の電話番号でよければお伝えします」

さっそく功一郎は上着からアイフォーンを取り出した。

「じゃあ、いまから言う僕の番号に電話をして貰えませんか」

霧戸ツムギもバッグからスマホを出す。暗唱した番号にあわせて目にも留まらぬ速さで画面をタッチし、あっと言う間に功一郎の電話が鳴った。彼女の番号がディスプレーに表示されていた。

「ありがとうございます。家族も含めて、この番号を他の誰かに教えることは絶対にしませんからご安心下さい」

「私、唐沢さんのことを信用しているので、そんな心配はしません」

霧戸ツムギがきっぱりと言った。

金髪に戻った彼女を一階の正面玄関まで送っていった。

「ところで、その彼氏さんとはうまくいっているんですか？」

別れ際に訊ねると、

「はい。私たち、すごく仲良しなんです」

霧戸ツムギは、今日初めてというような明るい笑顔になってそう返してきたのだった。

七階の自席に戻ったあと、功一郎はしばし思案にふけった。

いましがたの一場がまるで架空の出来事のようだった。

昨年の九月二十八日に三軒茶屋の交差点で助けた金髪の女性が霧戸ツムギだったのも嘘みたいな話だが、彼女があのとき、本当なら美雨の身代わりになっていたかもしれないという事実は、それ以上に不可思議な話だった。

——これは一体どういうことなのだろうか？

〝前の世界〟の霧戸ツムギは、この八月に芸能界史上でも特筆すべき大事件を起こす。

彼女は恋人の戒江田龍人を、彼の新宿の自宅マンションで殺害し、自身も戒江田の部屋のベランダから身を投げて自殺してしまうのである。

戒江田の居室は高層マンションの最上階で、そこから飛び降りた霧戸ツムギは即死だった。

被害者、加害者ともに死亡し、二人の間に何があったのか真相は明かされないままではあったが、当代一の人気俳優と超人気アイドルの「無理心中」は世間の耳目をかっさらうには充分過ぎる大事件だった。

それからの数ヵ月間、二人の事件がどこかのメディアで取り上げられない日は一日もないような状況が続いたのである。

——もし、あの日、俺が霧戸ツムギを助けなければ……。

功一郎は考え込んでしまう。

そうすれば、霧戸ツムギは死んでいたに違いなく、一方で、二ヵ月後に刺殺されるはずの戒江田龍人は死なずに済んだのではないか？

あのとき、功一郎は、事故で亡くなるはずの美雨を助けたせいで別の誰かが身代わりになってしまうのを恐れた。だからこそ美雨にカバンを預けて、一人で交差点に引き返したのだ。だが、結果的にその行為が戒江田龍人と霧戸ツムギの両方を死なせることに繋がってしまう……。

むろん、それは間違った行為ではなかったのかもしれない。

霧戸ツムギのいのちを助けなければ、〝前の世界〟で起きた事件は起こり得ず、それはそのまま本来の歴史をねじ曲げることになってしまうからだ。

〝今の世界〟に来たとき、歴史への介入はしないと功一郎は心に決めた。変えるのは自分や自分の家族の人生だけに限定しようと考えたのだ。

だが、どんなに小さな石でも池に投げ込んでしまえば、その波紋はどこまでも広がっていく。標連と美雨のこともそうだし、床次礼音と渚とのこともそうだった。長谷川工場長や森内製造課長の更迭人事もそうだし、自分がこうして独立をやめてフジノミヤ食品の役員になっていることもそうだ。波紋は幾重にも広がり、家族以外の人々の人生をも大きく変えていってしまう。

しかし、さきほどの出来事はそうした不可避な現象とは根本的に異なっているような気がする。

仮に霧戸ツムギがわざわざ功一郎を訪ねてこなければ、八月の刺殺事件は〝予定通り〟に発生し、世間は〃予定通り〃の大騒ぎとなるのだろう。

だが、一昨日、霧戸ツムギがあの事故の顛末をたまたま戒江田龍人に打ち明けたことで、戒江田が「いのちの恩人」に会いに行くように彼女を促し、彼に絶対服従の霧戸ツムギは早速、功一郎のもとへとやって来たのだ。

これは非常に複雑で厄介な状況だと考えられる。

なぜなら、霧戸ツムギと会ったことで、彼女の起こす事件を知っている功一郎には、霧戸と戒江田の二人を助けるチャンスが与えられてしまったからだ。

事件後の報道によれば、霧戸は、十歳近く年長で強烈な個性を持つ戒江田に完全にマインドコントロールされていたようだった。二人の関係は事件のだいぶ前から業界内では知られるようになってきており、戒江田の言いなりと化した霧戸は、仕事の面でもプライベートの面でも所属事務所の方針と食い違う態度を示すようになっていたという。どれもこれも裏には戒江田の指示があったらしく、霧戸の事務所は戒江田の所属事務所に強硬にクレームを入れていたようだった。

やがて霧戸ツムギは戒江田の事務所に移籍したいと言い出し、これでいよいよ両事務所の対立は決定的になった。仲裁に入ったテレビ局幹部も霧戸の戒江田への心酔ぶりに呆れ果てて早々に手を引く始末だった。

ところが、その矢先、戒江田が別のアイドルに手を出していることが霧戸の耳に入る。この一件で両者の関係は急速に悪化。事件が起きた当夜、二人は戒江田のマンションで激しい口論となり、その後、大酒を飲んで寝入ってしまった戒江田を霧戸がキッチンにあった刺身包丁で滅多刺しにして絶命させ、自分も三十六階のベランダから身を投げて自殺してしまったのだった。

そうしたおおよその経緯は戒江田の部屋に残されていた霧戸の遺書めいた走り書きから判明したのだといわれている。

いましがた別れたばかりの霧戸ツムギの様子をあらためて思い返してみる。

態度にも言葉遣いにもこれといって変わったところは見受けられなかった。二十歳前後の年齢にしてはしっかりしている印象だった。中学時代からアイドルとして活動し、生存競争の厳しい芸能ビジネスの世界で多くの人間たちに揉まれながら勝ち残ってきたゆえだろうか、むしろ大人びた印象さえ感じられたくらいだ。

だが、それはそれとして彼女の表情には何かしら焦慮のようなものが見え隠れしていた。目にも切迫した光が宿っていた。全体として熱に浮かされているような雰囲気が漂っていたのも事実だったのだ。

事件後の報道をすでに知っている以上、自分の見方にかなりのバイアスがかかっているのは確かだろう。だが、そうしたものを差し引いても、さきほどの霧戸ツムギには奇妙な佇まいがあったように思う。

もちろん、〝前の世界〟で起きた陰惨な事件が〝今の世界〟でも起きると決まったわけではなかった。

「その彼氏さんとはうまくいっているんですか？」

という別れ際の問いかけに、

「はい。私たち、すごく仲良しなんです」

と彼女は笑顔ですぐに返してきた。

その笑顔を素直に受け取るなら、〝今の世界〟の二人は〝前の世界〟の二人とは違った関係性で結ばれているのかもしれない。

とはいえ、それはやはり楽観に過ぎると功一郎は考える。

彼女の今朝の様子を子細に反芻すれば、あの笑顔はアイドル兼女優の職業的な演技と見なした方がいいように思えた。

当時の報道によると、事件の数ヵ月前から霧戸と戒江田は戒江田の女性問題で揉めていたという。だとすれば、現在の二人が「すごく仲良し」というのは言い過ぎだろう。その行き過ぎた言葉の中に彼女の嘘を嗅ぎ取れるような気がする。

今日だって霧戸ツムギは本当は挨拶になど来たくなかったのかもしれない。

戒江田に、「人間としてサイアクサイテー」とこてんぱんにやられて、やむなく足を運んできたのではないか？

功一郎が多少の無理を冒して彼女の電話番号を聞き出したのは、万が一の場合を想定しての咄嗟の判断だった。

もしも〝前の世界〟と同じような事件が起きるのだとすれば、彼はこの二ヵ月のあいだに大きな決断を迫られることになる。

霧戸ツムギと戒江田龍人をこのまま見殺しにすべきなのか？

それとも二人の間に割って入って、事件の発生を未然に防ぐべきなのか？

――仮に後者を選択するのなら、霧戸ツムギの連絡先くらい知っておかなきゃ始まらないだろう……。

彼は、霧戸との面談中にそう思いついて、とりあえず電話番号を交換することにしたのである。

麻生探偵事務所の麻生所長から連絡が入ったのは、昼食を終えて会社に戻った直後だった。

――今日は朝から何やら不穏な感じだな。

電話口で所長の低い声を耳にした瞬間、そんな気がした。

調査結果がまとまったので、いつでも報告できるとのこと。

「だったら、これからでもいいですか？」

と訊いてみる。午後の予定が一本キャンセルになったところだった。

「もちろんです。私が、そちらに伺いますよ」

「いや。僕が事務所に行きます」

ちょうど二ヵ月前、調査を頼んだときも高田馬場（たかだのばば）の事務所を功一郎が訪ねたのだった。

「そうですか。でしたら二時でどうでしょう？」

デスク上のデジタルウォッチの数字は「13：10」。高田馬場までは東西線で十分程度の距離だからたっぷり余裕があった。

「じゃあ二時にお邪魔します」

そう言って、功一郎は自分から電話を切ったのだった。

麻生所長とは数年前にひょんなことで知り合った。

ある日、大学の同窓で公認会計士をやっている中居信介と銀座で飲んでいたら、たまたまその店に麻生所長が来ていて、彼の方から声を掛けてきたのだ。中居は仕事柄、麻生事務所にしばしば信用調査を依頼しているようだった。

結局、その夜は三人で遅くまで飲んだ。以来、年に一度か二度は中居も交えて一緒に飲む間柄になった。

「唐沢さんも何かあったらいつでも相談に来て下さい。中居さんとは堅い仕事ばかりだけど、うちは浮気調査も素行調査も得意なんです。その道のプロを何人も揃えていますから万に一つも失敗することがありません」

一緒に飲むたびに麻生はその種の営業トークを忘れない男だった。保険会社や金融機関ならいざ知らず、フジノミヤ食品が業務上で探偵事務所に調査を依頼する案件などなく、これまで麻生と仕事上の付き合いは皆無だった。なので、まさかこういう個人的な問題で彼に相談を持ち込むことになるとは夢想だにしていなかったのだ。

午後二時ちょうどに「麻生探偵事務所」のドアを開ける。

「探偵事務所」といってもテレビに出てくるようなちっぽけなビルの小さな個人事務所というわけではなく、駅からは少し遠いもののそれなりの規模の商業ビルの三階のワンフロアを占める立派なオフィスだった。

前回初めて訪ねたときに麻生から聞いたところでは、従業員は三十六名。内勤を除く常勤の調査員だけで二十名近くを抱える大所帯だという。

受付の女性におとないを入れると、これも前回同様にオフィスの右奥に並んだ応接室の一つに通された。

別の女性が冷たい緑茶を二つ持ってきて、「麻生がすぐに参ります」と言い置いて出て行く。

五分もせずにノックの音がして、A4サイズのクリヤーブックを手にした麻生がドアを開けて入ってきた。

「一度ならず二度までもご足労いただき申し訳ない」

サバサバとした物言いで会釈を一つくれると、青い表紙のクリヤーブックをテーブルに置きながら向かいの椅子に座る。応接室といっても小会議室という感じで、テーブルも椅子も会議用のシンプルなものだった。

「二ヵ月の調査期間をいただいたので、しっかりとした調査ができました」

前置きはなく、すぐに麻生は本題に入る。

二ヵ月前もそうだったが、今日はそれにも増して引き締まった表情だ。酒の席だけの付き合いなので、彼のそういう態度に接したのは初めてで、その分、頼りがいを感じたものだった。

麻生はテーブルに置いた手元のクリヤーブックを持ち上げた。ページは開かず、

「今回は三名の調査員で細大漏らさず調査し、結果はこのファイルの中に詳細に記されています」

と言い、

「これを私の方で読み上げながら説明することもできますけど、まあ、唐沢さんが、ご自身で一読すれば全部分かるように書かれているから、いまは概要だけ伝えればいいかと思います。それでいいですか？」

と続けた。

「もちろんです」

功一郎は麻生の生真面目な顔を見つめながら頷いた。

「分かりました」

彼はクリヤーブックを下ろし、テーブルの上で手を組むと落ち着いた口振りで話し始めた。

「奥さんと床次礼音氏は、この二ヵ月のあいだに七回会っています。会うのは奥さんが木場のアートフラワースクールで講師を務めた日の午後で、時間帯はおおよそ午後三時から六時くらいまで。場所は、七回とも床次氏が借りている人形町のマンションでした。床次氏の自宅マンションは八丁堀にあるので、この人形町のマンションは奥さんと会うためのものと思われます。その証拠に、床次氏はそれ以外の用事では一度もこのマンションを使っていません。要するに密会専用の部屋ということでしょう。床次氏がマンションを借りたのは三年前、二〇一六年の四月のことです。その点からして、奥さんと床次氏との関係は、少なくとも三年前から始まったと推定されます。ただ、タック・アートフラワースクールの元従業員たちの証言に基づけば、それ以前から二人が親密な関係だった可能性も高く、そのあたりの詳細はファイルの中の証言録をご覧ください。

奥さんは、月、水、金の週三日、午前、午後一コマずつの授業を受け持っていると唐沢さんには話していますが、二年前から水曜日、金曜日は午前に二コマの授業をこなして、午後は授業を行っていないようです。水、金は午前中いっぱいで仕事を終わらせ、買い物などを済ませて一旦自宅に戻り、床次氏と会う日は、そのあと午後二時半過ぎに再び家を出て人形町に赴いています。つまり、二人が会うのは水曜、金曜が主で、この二ヵ月間で月曜日に会ったのは一度きりでした」

そこまで話して麻生は言葉を止める。手元の緑茶で一度喉を潤した。

「まあ、結果は、唐沢さんの見立ての通りだったというわけです。ただ、二ヵ月間の調査中、二人がマンション以外の場所で会ったことはなく、それこそ一緒に外でお茶を飲んだり、食事をしたりといったこともしていません。そういう意味ではお互い、非常に割り切った関係を続けてきたのだろうと思われます。とはいえ、奥さんがマンションに食材を持ち込んだり、床次氏がテイクアウトの食べ物を持参したりといった様子は確認できているので、割り切っていると同時にできるだけこの関係を露見させることなく継続させていきたいという強い意志が二人のあいだで共有されているのも確かでしょう。このファイルには、マンションへのそれぞれの出入りや、立ち寄り先での行動を撮影した写真も添えてあるのでご確認下さい。

そしてもう一つ、奥さんと床次氏とのあいだには金銭的トラブルの形跡はなく、また、双方でプライベートな金銭のやりとりがある可能性もほとんどないだろうというのが調査員たちの一致した見方でした」

麻生はそこで再び言葉を区切り、もう一度グラスの緑茶をすすって、

「私からの説明は以上です」

と告げた。

金銭トラブルや金銭のやりとりがないというのは、要するに二人の関係は合意に基づく単純な恋愛関係ということなのだろう。

「そうですか……」

功一郎は視線を麻生の顔から、彼の手元に置かれたクリヤーブックへと動かしながら呟くように言った。

あの渚が三年以上ものあいだ、ほぼ毎週、自分以外の男と寝ていたというのがにわかには信じられなかった。

麻生は「唐沢さんの見立ての通り」と言ったが、功一郎は、仮に渚が床次礼音と浮気をしているとしても、それは、ごく最近始まった関係だと推し量っていたのだ。

——美雨と標連とのことを知って、渚は一時的に自暴自棄になったのだろう。

そんなふうに思い込んでいた。

「マンション以外では会っていないとおっしゃいましたが、じゃあ、どうしてあの晩に限って二人はグランドパレスにいたんでしょう？」

真っ先にそう訊ねたのは、やはり現実を認めたくないという心理が働いたからだろう。

「それは発想が逆かもしれませんね」

麻生が不思議な言い方をした。

「発想が逆？」

「つまり、四月五日の晩に偶然一緒にいるところを唐沢さんに見られ、人形町のマンション以外では絶対に会わないと二人で決めたのだと思います。三年以上も付き合っているにもかかわらず、外でお茶を飲むことさえしないというのは明らかに異常な警戒ぶりなので、五日のことがあって特に用心しているのだと思いますね」

「ということは、それまでは外でも羽を伸ばしていたということですか？」

「そうでしょうね。とはいえ、密会専用の部屋を準備して、会うのも昼間の時間帯に限定しているわけですから、彼等が関係の秘匿に特段の注意を払っているのは確かです」

「なるほど」

そうやって渚はあのキアヌと平日の真っ昼間からラブホテル代わりのマンションで交わり続けてきたというわけか……。

目の前の麻生に渚の素行調査を依頼したときから、彼女と床次礼音との関係を強く疑っていたのは確かだった。しかし、こうして否定しようのない事実を突きつけられると頭の中がひどく混乱してくる。

早見や吉葉と「禄寿園」に出かけた日、ホテルグランドパレスで渚と床次礼音が食事以外のことをしていたと分かり、「これは間違いなくクロだ」と感じた。だからこそ、日を置くことなく功一郎は調査を依頼したのだ。

二ヵ月、三ヵ月と時間は掛かってもいいから徹底的に調べて欲しい、と彼は麻生に言った。

そして、自分自身はこの件から一切手を引いてしまった。日々の暮らしの中で渚を疑い、監視し、クロかシロかと心悩ませるような惨めな真似だけはしたくなかった。それでなくても美雨のことや仕事のことで頭の中はいっぱいいっぱいだった。妻の不貞まで抱え込む時間的な余裕も精神的な余裕も功一郎にはなかったのである。

――今後どうするかは、調査結果が出てから考えればいい。

そうやってモラトリアムを決め込んでいたが、結局のところ自分は千に一つ、渚が「シロ」だという方に賭けていただけなのかもしれない――いまの我が身の混乱ぶりからして、功一郎はそう思わざるを得ない気分だった。

「こういう言い方はお気に障るかもしれませんが……」

黙り込んでいる功一郎を見かねたのか麻生が口を開く。

「奥さんのようなケースは非常に多いんです。妻の浮気に関しては、夫は何年も気づかないのが普通で、男が鈍感だからとか日頃から妻に関心を払っていないからだとよく言われますが、本当の理由は、妻の側が非常に細心で注意深いからです。これは考えてみれば当然の話で、彼女たちにとって夫以外の男と関係を持つのは非常にリスクが高い。浮気がバレることによって蒙(こうむ)る打撃は男性の比ではありませんからね。下手をすると何もかも失う羽目になる。それこそ経済的な基盤のみならず、自分が産んだ子供まで一切合切奪われる危険性がある。

だからこそ彼女たちは決してバレないように徹底した情報管理を行うんです。唐沢さんがいままで気づかなかったのは、ある意味当然の話なんですよ」

「はあ」

よく回らない頭で麻生の話を耳におさめながら、確かに渚の浮気が判明して、自分は渚を責める以上に、彼女の背信にまるで気づけなかった迂闊な自分自身を責め、さらには深く恥じているような気がした。

「一つ訊きたいんですが、こういう場合、夫側は妻に対してどういう態度を取るのが一般的なんですか？」

渚の浮気が本当ならば自分はどうすべきか——そのことはこの二ヵ月のあいだぼんやりと考え続けてきた。

「そこはきれいに二分されるんです。見て見ないふりも含めて妻を許し、夫婦関係の継続を望むケースと、もう一つは断固として離婚するケースですね」

「なるほど」

それはそうだろうと思う。

「で、その比率はどのくらいなんでしょうか？」

「経験的に言うと七対三くらいですね」

「継続が七ですか？」

「いえ。おおよそ七割の男性は、妻の浮気を許さずに離婚してしまいますね。夫が浮気した場合はちょうどこれと正反対の数字になります。それだけ妻の浮気のリスクの方が高いということです。実際のところ、夫に内緒で別の男と付き合っている妻たちは非常に多数に上るはずですが、夫側とは違って、彼女たちは露見しないよう最大限の注意を払っているのだと思われます。奥さんの場合もまさしくそうですね」

「なるほど」

功一郎はただ頷くしかない。

三時前には「麻生探偵事務所」をあとにした。麻生は三階のエレベーターホールまで見送りに来て、

「お嬢さんも今年成人のようだし、正直なところ奥さんとは別れた方がいいかもしれませんね。さっきは割り切った関係と申し上げたけど、三年以上というのは長過ぎます。奥さんの方も相当ご執心なんでしょう。しかも相手は独身ですからね」

と言い、

「唐沢さん、お互いもう人生も終盤戦です。思うように生きるのが一番ですよ」

と一言添えてきたのだった。

高田馬場駅まで戻り、駅前のコーヒーショップに入った。

貰ってきたクリヤーブックをカバンから取り出し、パラパラとめくる。ページの半分くら

いは渚や床次礼音の姿をおさめた写真だった。隠し撮り風のものもあれば、間近で撮影されたカットもある。

麻生の説明の通り、二人のツーショットは一枚もないが、人形町のマンションのエントランスをぐるときのそれぞれの様子を見れば、二人がどういう目的で同じ場所に通い詰めているのか一目瞭然に思えた。

この写真を目の前に突きつけたら、渚は一体どんな言い訳をするのだろうか？

「週に一度、床次さんから英語のレッスンを受けているのよ」

「三年以上もか？」

「そうよ」

「どうして僕に隠していたんだ？」

「あら、隠したりしていないわよ。あなたにはちゃんと話していたと思うけど」

そんなやりとりが頭に浮かび、もうそれだけで怒りの炎が胸に湧き上がる。

クリヤーブックには四月五日のホテルグランドパレスの宿泊カードのコピーまで添付されていた。宿泊者名は「床次礼音」。住所は八丁堀の自宅住所。

それにしても、探偵たちは、こんなものをどうやって入手したのか？

「うちは浮気調査も素行調査も得意なんです。その道のプロを何人も揃えていますから万に一つも失敗することがありません」

今度は、麻生の口癖が脳裏によみがえってくる。

クリヤーブックの中身をざっと確認して、功一郎はそれを再びカバンにしまう。

冷め切ったコーヒーを一口すすった。

頭の中はいまもって混乱の極みだが、〝今の世界〟に来てすぐからずっと胸中にわだかまっているモヤのようなものが今日はまた一段と色を濃くしているのを感じた。

美雨の中絶といい、渚の裏切りといい、〝前の世界〟にいるときは想像もできないような事態の連続だった。

それに加えて今朝、急に訪ねてきた霧戸ツムギの件もある。

〝前の世界〟で美雨が事故に巻き込まれた際も現場に霧戸ツムギはいたのかもしれない。そして〝今の世界〟では彼女が美雨の身代わりになるはずだった。それを功一郎が何とか回避させた。そうやって〝前の世界〟と〝今の世界〟との「ずれ幅」を小さくしたつもりでいたが、今日になって霧戸ツムギが訪ねてきたことで、そうとは言い切れない現実を突きつけられた。

だとすれば、美雨の中絶や渚の不倫はどう捉えればいいのか？

美雨にしろ渚にしろ、事故以前から標と付き合い、床次と関係を持っていたわけだが、それは〝今の世界〟の現実であって、〝前の世界〟では一体どうだったのか？

美雨の場合は、親友の花房美咲と待ち合わせていた事実、三軒茶屋の駅を出て近づいてくるときの浮かない様子などから〝前の世界〟でもすでに標連と密かに交際し、妊娠もしていたのだろうと功一郎は考えている。

では、渚の場合は？

〝前の世界〟でも彼女は夫の目を欺いて床次礼音との逢瀬を長年に亘って続けていたのだろうか？

功一郎には、自分が妻の不倫に三年以上も気づかない不注意な男だとはどうしても思えなかった。しかし、さきほどの麻生の解説では、夫の側は総じて妻の不倫に気づけないのだという。「妻の浮気に関しては、夫は何年も気づかないのが普通で、唐沢さんがいままで気づかなかったのは、ある意味当然の話」だと麻生は言っていた。

本当にそういうものなのか？

〝前の世界〟でも渚がこの世界と同じように人形町のマンションで床次礼音との密会を重ねていたのだとすれば、あの美雨が亡くなった日、彼女は一体どこで何をしているときに警察からの一報を受けたのだろう？

麻生の事務所から高田馬場駅までの十分ほどの道のりで、功一郎がずっと考えていたのはそのことだった。

あの日、渚から会議中の功一郎の携帯にラインが来たのは午後四時過ぎ。慌てて外に出て電話を入れると彼女はすでにタクシーに乗って病院へ向かっているところだと言っていた。

　功一郎は、渚は当然自宅で連絡を受けたあと東陽町のマンションを出て、永代通りでタクシーを捕まえたのだろうと考えていた。記憶は曖昧だが、彼女はそんなふうにあのときも説明したような気がする。

　だが、いまにして思えば渚はなぜ自分の車を使わなかったのだろう？

　むろん、美雨の事故を知って動転しているわけだから、運転などできない心理状態だったのかもしれない。だが、それはそれとしても、一刻も早く駆けつけるために運転上手の彼女なら自家用車を使うという選択肢も皆無ではなかったと思われる。

　そして、さらなる疑問がもう一つ。

　仮に自宅で警察からの一報を受けたのであれば、彼女はなぜマンションを出る前に功一郎に連絡を寄越さなかったのか？　あのときは最初に電話が入って次にラインが来た。だがその間隔は一、二分に過ぎなかった。電話もラインも彼女はタクシーの中から発信したのだ。なぜ、彼女はタクシーに乗るまで功一郎に連絡しなかったのか？　普通ならば警察からの電話を終えた途端にまずは夫である功一郎に伝えるのではあるまいか？

　調査結果によると、床次礼音が人形町に密会用の部屋を借りたのは二〇一六年の四月だったという。渚が水曜日と金曜日の授業を午前中に集めて午後をフリーハンドに切り替えたのが二年前の二〇一七年。それ以降、二人は主に水曜日と金曜日の午後三時から午後六時までの三時間を密会の時間として利用していたらしい。

あの日、二〇一八年九月二十八日は金曜日だった。

渚は、床次との逢瀬を楽しんでいる真っ最中に美雨の事故を知らされたのかもしれない。慌てて人形町のマンションを飛び出してタクシーを拾い、その中から功一郎に電話した……。

麻生の事務所を出た直後に功一郎はそのことに思い当たったのだった。

もしそうであれば、美雨の妊娠の事実とは比較にならないほどの精神的なダメージを渚が受けたのは確実だろう。

愛娘が車に撥ね飛ばされて重傷を負ったことを、男との肉欲に溺れている最中に彼女は突然知らされたのだ。パニック状態で服を身につけ、驚愕する男の顔には目もくれずに密会部屋を飛び出し、病院に駆けつけ、すでに事切れた娘と対面する――彼女の受けた衝撃は想像するに余りあるものであったろう。

だとすれば、あの気丈な渚が日を追うごとに鬱の度合いを重くしていったのも大いに頷ける。彼女は自らの愚かさを責め、罪悪感に苛まれ、呪われた我が運命に恐怖したに違いない。

――〝前の世界〟でも、渚は床次と関係を持っていたのだ。そして、俺はその事実にまったく気づかないまま彼女との暮らしを続けていたのだ。

功一郎はコーヒーを飲み干して立ち上がる。

「唐沢さん、お互いもう人生も終盤戦です。思うように生きるのが一番ですよ」

麻生の言葉が頭の中に響く。

――俺の場合、時間まで遡って、思うように生き直そうとした結果がこれか……。美雨を取り戻し、渚の鬱病を阻止できたことを思えば一切贅沢を言えないのは重々承知している。

――しかし、幾らなんでもこれはないだろう……。

功一郎は不意に泣き出したいような気分になった。

2

朝刊一面では、昨日の板門店での米朝首脳による電撃会談の記事が大見出しで報じられている。

二〇一九年六月三十日のこの会談は結果的には何の成果にも繋がらず、それどころか来年の米大統領選挙で二期目を目指したトランプ大統領は民主党のバイデン候補に敗北を喫する――という〝事実〟を功一郎はすでに知っている。

二〇二一年二月二十四日までの〝未来〟を記憶した状態で〝現在〟の出来事にこんなふうに触れるのにも大分慣れてきた。

〝未来の目〟で新聞を読む面白さも徐々に感じられるようになってきている。

たとえば次のような記事。

〈米国大統領が北朝鮮国内に足を踏み入れた歴史的な意義は大きい。（中略）ただし、最大の懸念である北朝鮮の非核化はなおざりだ。（中略）北朝鮮は今もウラン濃縮施設の活動を続ける。（中略）そうした北朝鮮にトランプ大統領が歩み寄って、歴史的和解をことさら強調する必要があるのかは疑問だ。（中略）「歴史的」という言葉を連発するトランプ氏の姿からは、北朝鮮の非核化よりも来秋の大統領選に向けて「偉大な業績」を米国民にアピールしたい思惑が透ける。（中略）今回の板門店会談後も何ら進展がなければ、「壮大な政治ショーだった」という歴史的評価をまぬがれないだろう。〉

この朝日新聞の園田耕司（そのだこうじ）記者の「解説」は実に正鵠（せいこく）を射ている。

園田記者の予見した通り、トランプ大統領のやったことは結局、単なる「政治ショー」以外の何物でもなかったのだ。

一面から経済、国際、スポーツ、文化とじっくり各面に目を通して最後の社会面までたどり着いたところで功一郎はその訃報を見つけた。

著名な狂言師、元農水次官、元地方銀行頭取と並んでそれはあった。顔写真はない。

〈道明健一郎さん（どうみょう・けんいちろう＝DOMYO元会長）26日、肝臓がんで死去。83歳。ゴルフ用品大手のDOMYOを創業。全日本ゴルフ協会理事としてアマチュア選手の育成などに尽力した。葬儀は近親者で営んだ。喪主は長女でDOMYO会長の久美子さん。近く東京でお別れの会を開く（日程は未定）〉

掛け時計の針は午前七時になろうとしていた。

功一郎はリビングのソファに陣取って、いつものようにコーヒー片手に新聞を読んでいる。キッチンでは渚が朝食を準備していた。

今朝は久しぶりに味噌汁を作っているようだ。出汁と味噌の香りが食欲をそそる。

月曜日は決まって夫婦二人きりだ。美雨は金曜日の夜から標連の住む用賀に行き、月曜日も標の部屋から渋谷の大学へと通っている。

功一郎も渚も正式に認めたわけではないが、美雨のそうした週末同棲はここ数ヵ月ですっかり既成事実化してしまっていた。

月曜日は渚もアートフラワースクールがあった。午前六時過ぎには二人で起き出し、しっかりと朝食を食べて、功一郎は八時過ぎに出勤。渚の方は授業が十時からなので、片付けや洗濯などを終えて九時半を回ってからプリウスで家を出ているようだった。教室は木場の深川ギャザリアにあるので、それでも充分に時間的な余裕はあった。

美雨が週末同棲を始めたことで功一郎たちも土日のどちらかで交わるようになった。土曜日にするか日曜日にするかは渚の気分次第だった。

いまにして思えば、それも床次礼音との密会を織り込んでのチョイスだったのだろう。礼音と金曜日に寝たあとは日曜日を選び、水曜日だったときは土日どちらでもいい。だが、次の週、月曜日しか礼音の都合がつかない場合は土曜日を選択する。渚はそんなふうにセックスの割り振りをしてきたのではないか。

必ず中一日以上は空けて夫と愛人とのセックスを繰り返す――几帳面な彼女ならいかにもやりそうな工夫にも思える。

麻生の調査報告を聞いて以降は、さすがに渚を抱く気にはなれなかった。セックスのない週末が二度続いたわけだが、彼女の方はそれを別段不審に感じている気配はない。

功一郎は道明の訃報を繰り返し読んだ。

――これは〝前の世界〟と〝今の世界〟の明らかな「ずれ」だ……。

二〇二一年二月二十四日までのあいだに彼の訃報を目にした記憶はない。

〝前の世界〟では道明健一郎は存命だった。

〝前の世界〟でもいまの時期に道明が亡くなっているのであれば、仮に訃報を見逃したとしても一年半余りのうちにその死に気づかないはずがなかった。

美雨の事故以降クラブを握ることはなくなったもののゴルフ界の動静は自ずと耳に入ってくる。

中居を筆頭に友人たちの一部は功一郎がかつて道明家の婿だったのを知っている。道明が亡くなれば彼等がそれを話題にしないはずはない。

〝前の世界〟ではそんなことは一度もなかった。

――やはり〝今〟と〝前〟の世界は大きく異なっているのだ……。

出来事のスケールはまるで違うものの、東日本大震災のことを知ったときと似たような衝撃を功一郎は受ける。

訃報にはもう一つ意外な情報があった。

喪主が久美子で、しかも彼女がDOMYOの会長だという。

あの久美子はいつから会社に関わるようになっていたのか？

離婚後、功一郎は道明家への関心を意識的に消し去った。いまでは久美子との結婚生活自体が束の間の幻影であったように思える。だから、久美子が再婚したかも、無事に跡取りを産んだのかも知らない。ただ、功一郎が知っていた久美子はおよそ父親の事業に首を突っ込むようなタイプではなかった気がする。

――まあ、この世界では五日前に健一郎が亡くなっているのだ。久美子とDOMYOの関係そのものが〝前の世界〟と大きく食い違っている可能性はある。

そんなふうに考えながら、功一郎は新聞を畳み、ローテーブルに置いてあったスマホを取り上げた。検索バーに「DOMYO」と打ち込み、DOMYOグループのホームページを呼び出した。「会社データ」のページを開き、「役員」のアイコンをタップする。

代表取締役会長として確かに「道明久美子」の名前がある。

その下の〈代表取締役社長〉の名前を見て、功一郎はまた意外な気がした。

「道明真一郎」

と記されていたのだ。

道明真一郎は、久美子の腹違いの弟の名前だった。健一郎が愛人に産ませた子で、久美子とは十五歳近くも歳が離れているはずだ。

なぜ真一郎がDOMYOの社長を務めているのだろう？

そもそも久美子の姓が「道明」のままであるのも不思議だった。

久美子は再婚しなかったのだろうか？

子供は産まなかったのか？

離婚したとき久美子は二十九歳。あのあとすぐに再婚し、念願通りに出産していれば子供はとっくに成人しているはずだ。そして、そうやって跡継ぎが生まれたのであれば、愛人が産んだ弟がDOMYOの社長におさまることはあり得なかっただろう。

他の役員の中には「道明」姓は一人もいないし、個々の経歴のページを開いてチェックしたが久美子の息子や娘とおぼしき年齢の人物は見つからなかった。

——少なくとも久美子は子供を産むことができなかったのだろう。

この役員名簿を見ればそれは明白な気がする。

結局、久美子はあれだけ欲しがっていた我が子を手にすることができず、真一郎が会社入りするのが確実となって、それならばと自らがＤＯＭＹＯの経営に参画する道を選んだのに違いない。

自分が知っている気の強い久美子であれば、きっとそうする。

功一郎は久方ぶりに前妻の顔を懐かしく思い出していた。

「朝ご飯、どうぞ」

渚の声に顔を上げる。

エプロンを外した彼女が自分の席に座るところだった。

「ありがとう」

と言って功一郎は立ち上がる。

美雨のこともあり、仕事のこともある。渚とのことは、いましばらく事態を静観するしかあるまいと功一郎は考えていた。

午後二時からの役員会議を終え、数日ぶりに経営企画本部の本部長席でパソコン画面を見ていると内線が入った。時刻は午後四時を過ぎたところだ。

「本部長、こちらの席にお電話が入っています」

七階の品質管理本部からだった。

「じゃあ、こっちに回してくれる」

「分かりました」

すぐに回線が切り替わる。相手が誰なのか訊かなかったな、と思っているときごちない感じの声が受話器から伝わってきた。

「こんにちは。はじめまして」

誰だろう？

男の声だ。

「わたくし、標連と申します。すっかりご挨拶が遅くなってしまい、誠に申し訳ありません」

電話の主は意外な人物だった。

午後六時に会社を出て、前の通りでタクシーを拾い、神楽坂の「志満金（しまきん）」に向かう。

今日は非番だという標とは六時半待ち合わせにしていた。

「志満金」は功一郎が行きつけの鰻屋で、ときどき接待でも使っている。この店のあっさりとしつつもコクのあるタレの鰻が好物だった。百数十年続く老舗とあって店内の雰囲気も店員の接客ぶりも落ち着いている。夜でもそれほど混み合うことはなく、テーブル席でゆっくりと大事な話ができるのも気に入っていた。

いずれイタリアンの店を開きたいという標と食事をするならイタリアンとは正反対の店がよかろうと功一郎は思ったのだ。

六時十五分には店に到着し、二階の四人席に案内された。

着物姿の仲居さんたちも大体が顔馴染みだ。

五分ほどするとジーンズに白いTシャツ、薄手の黒いジャケットを羽織った標が階段を上ってくる。「痩せて上背がある」というよりは「ひょろりと細長い」という形容がぴったりきそうな体形だ。とにかく足の長さが凄い。

まだ客はほとんどいないので、標がすぐにこちらに気づく。

待ち合わせの約束を交わすとき、

「僕の顔、分かりますか？」

と訊ねると、

「お顔は、美雨さんのスマホの写真で拝見しています」

電話口でそう言っていた。

標が会釈をしながら小走りに近づいてくる。

功一郎も軽く手を振って立ち上がった。

「はじめまして」

正面に立つと、直立不動の姿勢になり、それから身体を半分に折るように頭を下げてきた。

「はじめまして。美雨の父の唐沢功一郎です」

顔が上がるのを待って言う。

「標連と申します」

道玄坂の「ベリッシマ」で接客しているときとはまた違う雰囲気を彼は漂わせていた。

――ウッチーというよりは若い頃の福山雅治(ふくやままさはる)っぽいな。

私服姿を眺めながら思う。

鰻重を注文し、一緒にう巻き、肝煮、帆立のぬたを頼む。酒は二人ともビールだった。

食事をしながら二時間ほど話し、九時になる前に店の前で別れた。

標はご馳走になった礼を何度も繰り返したあと、振り返り振り返り振り返りしながら通りを渡り、地下鉄の出入り口へと消えていった。

その姿を見届けると、功一郎は外堀通りまで坂を下る。

相変わらず神楽坂は賑やかだった。

梅雨の真っ盛りだが、ここ数日は好天続きだ。日中は暑いくらいだが、日が落ちると涼しい風が吹く。来年の今頃は未知のウィルスの脅威にさらされ、人々はマスクの下の顔をしかめながらこの混み合った坂道を行き交うのだ。

そんな未来が訪れるとは、功一郎でさえにわかには信じられない。

「このたびは、大切なお嬢さんに心身共にとんでもない負担をかけてしまい、本当に申し訳ありませんでした。そのうえ、お詫びに参上するのもこんなに遅くなってしまい、失礼の段、あらためまして幾重にもお詫び申し上げます」

向かい合って着席した途端、標は、それこそテーブルに額を擦り付けるように深々と頭を下げてきたのだった。

お茶を持ってきた仲居さんが、その様子に驚き、席の近くでお盆を持ったまま固まっていた。

「大体の事情は神宮寺碧さんから聞きました。あなただけの責任とは思っていませんので、どうか顔を上げて下さい」

功一郎が言ってもなかなか姿勢を戻さなかったのである。

彼はビールはほとんど飲まなかったが、つまみや鰻重は美味しそうに食べていた。話が弾むわけもないが、こちらが訊ねる前に、故郷の石巻のこと、学生時代のこと、仕事のこと、そして東日本大震災で母と妹をいっぺんに失ったこと、そのあと鬱病になって離婚したことなどを自分から話してくれた。亡くなった母親は石巻港の漁協で、妹は港近くの宅配便の事務所で働いていたのだという。

飾るでもなく謙遜に過ぎるでもなく、それは誠実な話しぶりであった。

週末同棲のような美雨との現在の状態についても、

「勝手なことをしていて、本当に申し訳なく思っています」

と言い、

「僕としては、お許しがいただけるのであれば、美雨さんと早く結婚したいと望んでおります」

はっきりと口にしたのだった。

「美雨はまだ学生ですよ」

功一郎が釘を刺すと、

「よく承知しております」

標は頷き、

「お許しがいただけるよう精一杯努力しようといつも美雨さんと話し合っています」

と付け加えた。

坂を下りながら、

――この世界は、いろんなことがありすぎる。

つくづく思う。

――〝前の世界〟だって似たようなものか……。

内心で呟く。

何しろ〝前の世界〟では美雨が事故死するという驚天動地の悲劇が起こったのだ。その悲劇の量を一〇〇とすれば、〝今の世界〟ではその一〇〇がゼロに変わった分、別のさまざまな〝悲劇〟が合計一〇〇を目指して沸き起こっているのかもしれない。

最近の功一郎はたまにそんなふうに考える。

美雨の妊娠中絶にしても、渚の長年の不倫にしても要はそういうことなのかもしれない。

神楽坂下の交差点まで来ると、人波を避けるようにしてスターバックス前で立ち止まった。

今夜の標の話の中には見過ごせない重大な部分があった。

功一郎が、

「碧さんの話では、美雨が最初にあなたを好きになったそうですね」

と言ったときだった。

「それはそうでもないんです」

標は少し躊躇うような気配を見せたあと次のように話したのだ。

「こんなことを口にすると唐沢さんはお気を悪くされるかもしれませんが、実は、美雨さんは僕の死んだ妹によく似ているんです。似ていると言っても顔や体形がそうだというのではなくて、雰囲気がそっくりだったんです。それで、バイトで入ってきたときから僕の方も目が離せなくて。やがてそうした感覚は薄れていったんですが、今度は妹みたいだった彼女のことが一人の女性としてすごく気になり始めて……」

この標の言葉を耳にして、功一郎はひどい困惑を覚えたのだった。

――〝前の世界〟で美雨が付き合っていたのはこの男ではないのか？

真っ先に浮かんだ疑問はそれだった。

〝前の世界〟では標が大切な妹を失うことになる東日本大震災が起きなかったのだ。

だとすると、その妹に雰囲気がそっくりな女の子がバイトとして入ってきても、そこまでの強い関心を彼が払うことはなかったのではないか？

震災で亡くなった哀れな妹とよく似ていたからこそ、彼は美雨に妹の面影を追い、やがてその執着が恋愛感情へと転化していった――いかにもありそうな成り行きだが、肝腎の妹が死んでいなければそんな感情作用は起こるべくもない。

だが、一方で、碧によると中学時代から「恋雨」を愛読していた美雨の方がまずは標を好きになったという話だった。そうであれば、標の妹がたとえ死んでいなかったとしても、美雨は何とかして彼を振り向かせようとしたに違いない。

東日本大震災のことを知ったとき、あれだけの巨大な悲劇が生まれればどんな人間もその悲劇の傘の下から逃れることはできないと考えた。美雨と標が男女の仲になったのもそういうことの表れの一つなのだと受け止めた。

だが、考えてみれば東日本大震災が起きたことで広がる影響もあれば、逆に東日本大震災が起きなかったことで広がっていく影響も同じようにあるに決まっているのだ。

功一郎は美雨の死や渚の鬱病を受け入れることができず、あれを使って〝今の世界〟にやってきた。

　そして、まさにいま彼が受けているのは、美雨が死なな
かったことや渚が鬱を患わなかったことによってもたらされた影響なのだ。

　やはり一人の人間の人生において、悲劇の総量は決まっているのかもしれない。美雨の死という最悪の悲劇を、自分は〝今の世界〟に来ることで幾つかに分割し、その切り分けた中程度の悲劇を一つ一つ味わっているだけなのかもしれない——功一郎はまたぞろそんな心情に駆られてしまう。

　益体もない想念を頭から追い払い、混み合っているスタバの中を覗き込みながらポケットのスマホを取り出した。

　時刻は九時ちょうど。

　今夜もこのまま渚のいる家に帰るのは気が重い。

　最近はラインもせずに深夜帰宅を重ねても渚は何も言わなくなっている。夫の底意を察知しているというよりは、新しく取締役に就任して仕事が多忙を極めているのだと解釈しているふうだった。功一郎自身もそうした雰囲気をいつも醸し出してはいた。

　発信履歴を開き、先頭の番号をタップする。

「はい。新富寿司です」

　二代目の声だった。

「いま空いてる？」

このところしょっちゅう「新富寿司」に顔を出していた。

一人でぶらりと入って誰にも邪魔されずに帰宅前の時間を潰すなら、やはり長年馴染みの店に限る。のほほんとした二代目の顔を見ているだけで気持ちが和らぐ。彼は二度の離婚を経験し、いまは店の二階で気楽な独身暮らしを続けていた。

「もちろん空いてるよ。そうそう、いまちょうど面白い人が来てるよ」

「面白い人？」

「よかったらおいでよ」

「誰？」

「それは来てのお楽しみ。じゃあ、隣の席を空けて待ってるから」

そう言うと二代目の方から電話は切れたのだった。

外堀通りでタクシーを拾い、「新富寿司」に着いたのは九時半過ぎだった。のれんを捲って引き戸を引く。店内に首を突っ込むと左手のカウンターにはとびとびで六人ほどが座っていた。

カウンターの中の二代目と目が合い、その目線につられて客席を見ると彼の正面に意外な人物が腰を下ろしていた。

横顔を見た瞬間、驚きと共に懐かしさが胸に込み上げてくる。

それはそうだろう。ちょうど今朝、この顔を久々に思い出したばかりなのだ。

彼女も二代目に促されて功一郎の方へと顔を振り向けた。

視線を交わした瞬間、照れたような笑みが面上に広がる。

約三十年ぶりに見る久美子は、昔とそれほど変わっていなかった。

「お久しぶり」

笑みを浮かべたまま彼女の方から声を掛けてきた。

「どうぞ」

左隣の空いている席へと手招きする。

功一郎はちょっと胸が詰まったような心地で、一言も発せぬままに彼女の横に腰掛けたのだった。

二代目がいつものように生ビールを持ってきてくれる。久美子の手元には赤ワインのグラスがあった。

「お義父さん、肝臓がんだったんだね」

おしぼりで手を拭ったあと、お悔やみを述べるでもなく、口をついて出たのはそんな言葉だった。

「そうなのよ。三年くらい入退院を繰り返していて、ここ半年はずっとホスピスだったの」

「そうなんだ。お義母さん、さぞや悲しんでるだろうね」

「まあね。でも、つききりで看病もできたし、亡くなってからは案外サバサバしてるよ」

道明健一郎が亡くなったのは先月二十六日と新聞に出ていた。まだ五日しか経っていない。

「だけど、どうして？」

と訊く。

近くで見ると目尻や首筋に皺が目立つものの、久美子はやはりそれほど変わっていなかった。体形も昔のままだし、紺の半袖のワンピースから覗く腕は白くなめらかだ。ワンピースは若い頃からお気に入りブランドのシャネルで、足下は黒のハイヒール。首に真珠のネックレスが巻かれているのは喪中だからだろう。

「今月末に東京でお別れの会を開くことにしたの。その打ち合わせがあって出てきたわけ。今夜はこっちに泊まって明日一番の新幹線で名古屋に帰るわ」

「そうなんだ」

「仕事は待ってくれないし、サボってたらお父さんに怒られちゃうしね」

「だけど、どうして？」

功一郎は同じ質問を繰り返す。

ただし今度は右手の人差し指でカウンターを指さした。

「今朝、二代目からお悔やみの電話を貰って、それで久しぶりに寄ってみることにしたの」

彼女はそう言ってワイングラスを口許に運ぶ。それを見て功一郎も泡の消えたビールにようやく口をつけた。

「二代目とはときどき連絡を取り合っていたの？」

グラスを戻して言う。

「ええ」

事もなげに久美子が認める。

「ここにも？」

「ここは、二年ぶりくらいかなー」

「全然知らなかったよ」

「そりゃそうでしょう」

久美子がしてやったりの雰囲気になった。

「私が、きつく口止めしておいたんだから」

そこに二代目がつまみを手にして近づいてきた。

穴子の白焼きとヒラメの刺身を功一郎の前に置く。

「水くさいことするね」

功一郎が突っかけると、

「元妻の話なんてしないのが筋だろ。功ちゃんには新しい奥さんがいるんだしさ」

二代目はすましたものだった。

「二代目は、この人がDOMYOの会長になってるのも知ってたんだ」

「そりゃそうでしょう。もうずいぶん前だよね」

久美子に相槌を求める。

「会社に入ったのは二十年前、会長に上がってからは三年かな」

「それもまったく知らなかった」

「気づかない方が不思議だよ」

逆に二代目が突っ込んできた。

「じゃあ、今夜はどうして？」

「今夜あたり功ちゃんが来るかもよって話したら、彼女が会いたいって言ったんだよ」

「そうなんだ……」

久美子の方を見ると小さく頷いている。

それからしばらく久美子の話を聞いた。

二十年前、三十七歳のときに健一郎に勧められてＤＯＭＹＯに常務として入社したらしい。

「二度目の結婚もその前の年に破綻しちゃってたし、『そんなふうに何もしないでぶらぶらしているんだったらウチに入って働け！』って半分強制的に入社させられたのよ」

久美子が懐かしそうな目で言う。

「じゃあ、前の旦那さんとのあいだに子供はできなかったの？」

功一郎は、一番気になっていたことを訊いた。

「ええ。そこはあなたのときと似てる。ただ、二度目は私の方から別れて下さいって頼んだの」

「なるほどね。『では、お次の方どうぞ』ってわけか」

功一郎は茶化したように返した。

「違うのよ」

そこで久美子は居住まいを正すようにして、功一郎の方へ身体を向けた。

「私、あなたにどうしても謝らなきゃいけないことがあって、今夜は、だから会いたいと思ったの。ずっと引っかかっていたんだけどなかなか本当のことが言えなくて。最近ちょくちょく顔を出しているって二代目に聞いて、だったらこれが最初で最後のチャンスかもしれないって思ったのよ」

久美子の真剣な眼差しに功一郎も背筋を真っ直ぐにする。

「あなたが東京に行ってしまったとき、父が強引に私たちを別れさせたと思っているだろうけど、それは全然違うのよ」

意外な言葉が彼女の口から飛び出す。

「父も母も、あなたがいなくなったと知って、『すぐに功一郎君を迎えに行きなさい』って私のことを凄く怒ったの。それを私の方が、『どうしても別れたい』って無理を通したのよ」

話を聞きながら思っていた。

確かに、あのとき道明健一郎から届いた長文の手紙には、謝罪の言葉が繰り返し述べられていた。当時は、久美子に成り代わって一気に離婚を進めるために、そうした〝らしくない〟手紙を送って寄越したのだろうと推量したが、いまの話だとあの文面はそのまま義父の本心だったということになる。

「総務部の名義で離婚届を送ったのも、私が父に内緒で専務の君島さんに頼んでやって貰ったことなの。父はあとからそれを知って、君島さんを叱りつけていたわ」

これまた驚くような話だった。

「じゃあ、あの役員退職慰労金の二百万は？」

「あれも私がＯＬ時代に貯めたお金から出したの。だから二百万円が精一杯だったのよ」

「何だよ、それ」

余りの話に功一郎もさすがに呆れ返ってしまう。

「実はね、あなたが出て行く一ヵ月くらい前にあなたの精液を病院で調べて貰ったの」

「調べる？」

何を言っているのかよく分からない。

「私の身体の中に残っていた精液を、次の日、婦人科で採取して貰えば精液の濃さ、つまり精子の数だとか運動性とかがある程度調べられるのよ」

「嘘だろう？」

本人の許可も取らずにそんな検査を行うことができるのだろうか、と功一郎は思う。

「本当なの。そしたら、年齢の割に精子の数が極端に少なくて、無精子症の一歩手前だってドクターにはっきり言われてしまったの」

「じゃあきみは、もしかしたらそれで……」

久美子がわずかに首を縦に振った。

「あなたが東京に戻ったと知って、いま別れるのが最善の選択だと思った。私はどうしても子供が欲しかったし、あなたはそうでもなかったでしょう。あなたの身体のことを知って、これ以上一緒にいたらもっと悲惨な未来が待ち受けているような気がして、私はとても怖くなってしまったのよ」

「お義父さんやお義母さんにもそのことを話したのか？」

久美子は申し訳なさそうにまた頷き、

「仕方なかったの。私がなぜ離婚したいのか、本当の理由を伝えないと二人ともとても納得してくれそうになかったから」

功一郎は黙り込むしかない。

またしても頭の中が混乱するような話だった。

「でも、再婚しても子供はできなかった。それで私自身も詳しく調べて貰ったら、精子不動化抗体っていう特殊な抗体を持っていることが分かったの。この抗体があると男の人の精子を弱らせてしまうから妊娠自体が難しいの。結局、あなたのせいにしていたけど、問題は私の側にあったってこと。あのときあなたの精子数が少なかったのは一時的なストレスのせいだったのよ。その証拠に、あなたは再婚してちゃんと女の子を授かっているんだもの」

久美子はそこまで話すと、残りのワインを一息で飲み干した。

「あのときは本当にごめんなさい。いまさらこんな謝罪をしても仕方がないのは承知だけど、あなたにはひどいことをしたと思っているし、心から申し訳なかったと思う。私に子供ができなかったのは、余りに自己中心的で傲慢だった自分への当然の報いだったといまは考えているの」

彼女は、最後にそう言って深く頭を下げてきたのである。

それから三十分ほどで久美子は席を立って「新富寿司」を出ていった。

功一郎は結局、店の看板まで一人で飲んだ。

二代目が呼んでくれたタクシーに乗ったのが午前一時過ぎ。かなりのアルコールを身体に入れたがまるで酔わなかった。

アルコールの代わりのように恐ろしい妄想が全身を駆け巡っている。

「年齢の割に精子の数が極端に少なくて、無精子症の一歩手前だってドクターにはっきり言われてしまった」

久美子の残したこの言葉が鋭い刃のように胸に突き刺さっていた。そして、恐ろしい妄想はその傷口から噴き出しているようでもあった。

功一郎は一生懸命に思い出していた。

美雨の赤ん坊からこれまでの顔、性格、血液型、得意科目、趣味、癖、声や歩き方……。いまだかつて彼女が自分の子供かどうかを疑ったことなどただの一度もない。渚がそんなことをするとは夢にも思ったことがなかったからだ。

だが、床次礼音との関係を知ってしまった以上、そういう楽観は自分の迂闊さの証でしかないだろう。

――美雨は本当に俺の娘なのか？

気が狂いそうな思いで、功一郎は何度も何度もその疑問を頭の中で繰り返していた。

3

標連に会ったことは渚には言わなかった。

あの日、「新富寿司」で久美子の告白を聞いて、渚のことをますます信じられなくなったというのもある。

だが、それ以前に、標の誘いに乗った時点で、このことは当分秘密にしておこうと決めたのだった。

標に対してもしっかりと口止めを行った。

「妻は、表向きは美雨の自主性を尊重しているような態度ですが、心中は恐らくその正反対なんです。きみたちが結婚を強行すれば激しい反発を見せるでしょう。美雨とも絶縁になりかねない。それは双方にとって最も不幸な展開です。なので当面は現在のような曖昧な状態を保っておいて欲しい。今日のことは妻には内緒にするので、そこは美雨にもきつく口止めしておいて下さい。いいですね」

功一郎はいつぞや渚が口にした「そしたらもうゲームオーバーだよ」という言葉を想起しながら少し大袈裟に言った。

「おかあさまのことは、僕たちも充分に心得ているつもりです」

標は頷いて、美雨にも必ず口止めしておくと約束してくれたのだった。

そんなふうに渚に対して同じ秘密を共有することで、功一郎は、自分が標や美雨のサイドに身を寄せる形になる点についてさほど躊躇いはなかった。

渚の長年に亘る裏切りが明らかになった以上、自分たち夫婦の行く末がまずもって不透明なのだ。そんな立場の親たちに娘の結婚をとやかく言う資格があるとも思えない。

今回、二時間程度とはいえ標と直接やりとりをしてみて、功一郎は渋谷の「ベリッシマ」で得た印象が見誤りではなかったと改めて確認できたのだった。

――美雨のことはこの男に任せてもいいのではないか……。

正直なところ、その思いを尚更に強くしたのである。

標と会って三日後、七月四日木曜日。

昼休みの時間を狙って、功一郎は碧に電話を掛けた。

結果的に標との仲介の労を取ってくれた恰好の碧に、標と会ったことを報告すべきだと思ったのだ。同時に、「脱力系」で「頼りない」との印象を語っていた彼女に自分の見立てを伝えることで、その評価を修正しておいた方がいいという気もしていた。

年明けの一月九日に日本橋の「徳陽飯店」で会って以来、碧とは一度も顔を合わせていない。顔を合わせていないどころか電話で話すことさえなかった。

六ヵ月ぶりに碧の声を聞いた途端、功一郎は、「会いたい」と強く思った。

最初からそのつもりで電話したのだと、そのときになって自覚した。

簡単な挨拶のあと三日前に標と面談したことを伝え、

「久しぶりにご飯でもどうですか？　幾つかご報告したいこともあるので」

と誘ってみた。

「もちろん喜んで」

碧はすぐに応じてくる。その物言いで、美雨たちのことから関心が離れているわけではないというのが感じ取れる。

「僕は今週だったらいつでも時間を作れます」

「じゃあ、善は急げで今日にしましょうか？」

話はとんとん拍子に進んだ。

「じゃあ、今回はこっちで場所は用意します。時間は六時半くらいでいいですか？」

「はい」

「この電話を切ったらすぐに店の名前と場所をメールしておきますね」

「了解です」

あっさりと約束は整ったのだ。

オリンポス本社がある日本橋の隣町・京橋に行きつけの小料理屋があるので、場所はそこにする。京橋宝通り沿いの古いビルの地下にある小さな店だが、そこであれば碧も迷わずに来ることができるだろう。

六時半で個室の予約を入れて、すぐにスマホから食べログの店舗情報を添付したメールを碧に送っておいた。

碧と久々に会えると思うと、ここ数ヵ月間の陰鬱な気分が少しばかり晴れてくるのを感じた。こんなことならもっと早くに連絡を入れればよかったと後悔する。

〝前の世界〟でのこともあって、〝今の世界〟では極力、彼女の人生に立ち入らないよう肝に銘じていた。連絡しなかったのもそのためだが、本当は彼女の想像もつかないようなレベルで自分たちはすでに親しいのだ。

――彼女に会えば、なんらかの解決策なり展望なりが見えてくるかもしれない。

そう思うと気持ちがずいぶん楽になる。

現在、功一郎が陥っている苦境を思えば、もっと早めに碧にSOSを発信してもよかったような気がした。

京橋の店には碧が先着していた。といっても五分と待たせたわけではない。

狭い畳の部屋で差し向かいになってみると、前回会ったときより碧が痩せているのに気づいた。頬がこけて首筋のあたりもげっそりしている。

冷酒で乾杯し、前菜をつついている彼女に、

「少し痩せたみたいだけど、何かあったの？」

と訊ねる。

冷酒のグラスを持つ手が微かに震えているのに気づいて、さすがに訊かないではいられなくなった。〝今の世界〟に来る直前にも似たようなことがあった。碧の震える手を見て、功一郎はこれ以上、彼女を巻き添えにするわけにはいかないと覚悟を決めたのだった。

「実は四月に異動があって、それでちょっと大変なんです」

彼女の答えは予想とは違うものだった。てっきり二股を掛けている男の問題で悩んでいるのかと功一郎は思っていたのだ。

「異動？　どこに？」

「今度は宣伝なんです。一度も経験したことがない部署なんで一から出直しって感じで……」

「へぇー」

「あげく抜擢されちゃって」

「抜擢？」

「そうなんです。いきなり宣伝課長で、しかも来月からのメディア展開を全部仕切らなくちゃいけなくて。イメキャラも何もかも一新するんで、もうこの三ヵ月間バタバタって感じでした」

イメキャラというのはイメージキャラクターのことだろう。オリンポスのイメージキャラクターはたくさんいそうだが、パッと思い浮かぶのはとある有名女優の顔だ。

「それは大変だねえ。だけど、なんでそんな畑違いな部署に回されたの？」

「どうも私の元上司でいまは副社長をやっている人がうちのイメージ戦略にずっと不満があったみたいで、それで、だったらいっそのことズブの素人にやらせようってわけで白羽の矢が立っちゃったみたいです」

「へぇー」

その副社長というのが、要するに長年の不倫相手というわけだ。

「あとは、なんていうか、餞別というかしっぺ返しというべきか……」

そこで碧が奇妙なセリフを口にした。

「餞別？　しっぺ返し？」

「そうなんですよ。実は、三月にその元上司と別れたんです。そしたらいきなり今回の人事だったんです」

碧は、そこでため息を一つつくと、お通しの枝豆豆腐の上にのった生ウニを箸で器用につかんで口に放り込んだ。

「あ、このウニ美味しい」

と呟く。

「じゃあ、あのとき言っていた元上司ってのがその副社長なわけだね」

「はい」

やはり功一郎の想像通りだ。

「ということは、去年懇親会で知り合った同い年くらいの独身にターゲットを絞ったわけだね」

あの晩は、「情は生もので腐りやすいから溺れるな」などと言って、独身を選ぶように勧めた記憶がある。

「そうだとよかったんですけどねー」

　ところが、またまた碧が妙な返しをしてくる。

「よかったって？」

「実はそっちの人とも同じ三月に別れちゃったんです」

「どうして？　独身の方を選びたいってあの日も言ってたじゃない」

「そのつもりだったんですけど、単独になった途端、何だかつまらない人に見えてきたんですよね」

「単独？」

「要するに、私の中では副社長があくまでメインで彼はサブだったんだと思います。メインと別れてみて、サブはサブだとつくづく分かったというか……」

「何、それ……」

　目の前の碧が渚によく似ているだけに、功一郎はまるで自分がそう言われているかのような気がした。

　——渚にとっては俺と床次礼音のどっちがどっちなんだろうか？

　ふとそんな馬鹿げた疑問が頭に浮かんでくる。

「すみません」

　碧が言う。

「あんまり自分勝手ですよね、私」

心の中で舌を出していそうな表情で付け加えた。

その顔が渚に見えて、功一郎はいささかげんなりした気分になったが、さほど不愉快というわけではなかった。

というより、碧が二股を掛けていた男たち両方と別れたと聞いて何とはない嬉しさを感じている。

「じゃあ、また新しい彼氏を見つけるしかないね」

つい探るような質問を口にしていた。

「そうですね。でも、今年は恋愛は休戦ってことにします。仕事も大変だし、人を好きになるのも結構体力使うんで……」

そんな話をしているうちに注文した料理が次々と運ばれてくる。

刺身や鱧(はも)の煮こごり、山芋と海苔の天ぷらなど、どれも功一郎の好物だった。

ただ、この店は魚もうまかったが、一番の名物は鴨ねぎの鉄板焼きだった。ジンギスカン鍋で合鴨のスライスと太ねぎを焼いて、すだち醬油で食べるのだが、鴨の脂がしみた太ねぎの味が絶品なのだ。

碧は冷酒は一杯だけにして焼酎の水割りに切り替えた。

功一郎の方は引き続き冷酒にする。もともと彼の身体は、ビールや焼酎よりも日本酒の方が回りが早かった。てっとり早く酔って帰宅するには好都合で、数ヵ月前から日本酒ばかり飲んでいた。

そのうちいつの間にかすっかり日本酒党になってしまったのだ。

料理をつまみながら、「恋雨」の映画を観たあと矢も楯もたまらず渋谷の「ベリッシマ」に行ったことや三日前「志満金」で会ったときの標の印象などを問わず語りに功一郎は披露した。

「僕の印象としては、なかなかしっかりした男だと思うよ」

碧に言うと、

「おにいさんが気に入ってくれたのなら何よりですね。前回も言いましたが、二人はお似合いだと私は思っているんです。美雨ちゃんも週末に彼と生活を共にするようになってずいぶん大人になってきた感じがしますよ」

碧は、美雨とはときどきご飯を食べたり、ラインでやりとりをしたりしているようだった。それもあってか、標に対する功一郎の評価もすんなり受け入れた気配だ。

メインの鴨ねぎ焼きのためのカセットコンロと鍋がテーブルにセットされる。

仲居さんが運んできた大皿には鴨肉と斜め切りにされたねぎがきれいに並べられている。

それを一目見て、

「なんだか美味しそうですね」

碧が笑顔になる。

「これは期待していいよ」

こうやって一緒に食事をしていると、碧に向かって胸の中に溜まっているいろんなことを洗いざらいぶちまけたい衝動に駆られる。

自分がここには違う〝別の世界〟からやって来たこと、目的は美雨のいのちを救うためだったこと、〝前の世界〟では碧と二年近く一緒に暮らしていたこと、渚に床次礼音という長年の愛人がいること、美雨が自分の子供ではないかもしれないということ、そして、ここにやって来た理由には碧が大きく関わっていること――それらをいまこの場ですべて打ち明けられたらどれほどすっきりするだろうか。

だが、そんなことをいきなり喋っても、彼女はこちらの見当識を疑うだけだろうし、そもそも喋っていいわけがない。

熱くなったジンギスカン鍋で仲居さんが鴨肉やねぎを焼き始める。香ばしいにおいがあっと言う間に立ちのぼってきた。

肉やねぎが焼けると仲居さんがそれぞれの取り皿によそってくれた。

「ありがとうございます」

と功一郎は言い、

「あとは自分たちで勝手にやりますから」

と断りを入れる。

仲居さんが「それじゃあ、ごゆっくり」と言って部屋を出て行った。

焼けた肉をすだち醤油につけて、碧が口に持っていく。

「やわらかーい」

口許をほふほふさせながら頬張り、

「すっごく美味しい」

と目を見開いた。

そんな豊かな表情や潑剌とした様子を目の当たりにして、功一郎はまたぞろ、あの二月二十三日の早朝、柏の葉キャンパス駅まで車で送ってくれたときの碧の姿を思い出す。

「おにいさん、行ってらっしゃい」

眠そうな顔に笑みを浮かべた碧は、目の前の碧とは別人のようにやつれていた。

――あの碧は、あっちの世界で一体どうしているのだろう？

考えても仕方のないこと、考える意味のないことと頭では分かっていても、功一郎はときどき〝前の世界〟の彼女のことを思い、いたたまれないような心地になる。

「確か、オリンポスのイメージキャラクターは……」

そんな碧の顔を頭から振り払い、功一郎は話題を切り替える。

有名女優の名前を口にして、

「彼女の後任が決まったってこと？」

と訊いた。

「そうなんです。四月に異動したときはまだ数人の候補者がいたんですが、着任してすぐに自分の個人的な趣味でささっと決めちゃいました」

「へぇー。ちなみにその人の名前って訊いてもいいのかな？」

好物の焼きねぎを口に運びながら功一郎は言った。

「メディア発表は来週なんですけど、もうネットでは一部噂になっているんで教えちゃいます。といっても、おにいさんが彼女のことを知っているのかどうか分からないんですけど」

「僕だって芸能ニュースにはそこそこ目を通しているからね。『恋雨』の小松菜奈だって顔と名前くらいは知っていたしね。で、誰になったの？」

「この子を推したのは、宣伝部でも私一人だったんですけど、メインキャラのイメージを思い切って若返らせたくてそうしたんです」

碧は気を引くようにちょっともったいぶってから、

「霧戸ツムギです」

と言ったのだった。

「へぇー」

功一郎は余りの偶然に何と言えばいいのか言葉を見つけられなかった。

「おにいさん、霧戸ツムギってご存じでしたか？」

功一郎のぼやけた反応に碧が当然の質問をしてくる。

「もちろんだよ。というか、彼女のことはよく知っているよ」

上の空で答えながら猛スピードで思考を巡らせていた。

霧戸ツムギは、来週のメディア発表でオリンポスの新しいメイン・イメージキャラクターとして登場することとなる。しかし、その霧戸は来月の半ば、たしかお盆休みの期間中に新宿の高層マンションで恋人の戒江田龍人を刺殺し、自分も三十六階のベランダから飛び降りて自殺してしまうのだ。

だとすると、今回、霧戸の起用を決断した新任の宣伝課長である碧の社内的な立場は一体どうなってしまうのか？

起用したばかりのメインのイメージキャラクターが殺人犯になってしまうなど企業にすればまさしく悪夢だろう。ましてオリンポスのようなアパレルメーカーにとっては致命傷にもなりかねない。

直接の責任者である碧が窮地に追いやられるのは自明の理のように思われた。

いまはもうおさまっているようだが、さきほどのグラスを持つ手の震えからして彼女はすでに過大なストレスを抱えているようだ。そんなところへ霧戸の事件が重なったら、それこそ精神的に耐えきれなくなってしまうのは明らかだと思われる。

「碧さんは霧戸ツムギと会ったことはあるの？」

とりあえず訊いてみる。

「ポスターとかPVの撮影現場で何度か顔を合わせたことはあります」

「どんな人ですか？」

「そうですねえ。どちらかというと真面目な感じでしょうか。礼儀正しいし、人の話も熱心に聞くし、一般的なイメージとはちょっと違って大人びていますね。まだ二十歳そこそこなんですけど」

碧はそう言い、「ただ」と付け加える。

「ただ、なんとなく一生懸命過ぎて思い詰めるタイプのような気がします。もちろん凄くきれいな子なんですけど」

さすがに碧の人物眼は確かなようだった。

「そうなんだ」

功一郎がそう言って再び考えを巡らせていると、

「よく知っているってどういう意味なんですか？」

碧の方が不意に問いかけてきた。

「おにいさん、『彼女のことはよく知っているよ』ってさっき言いましたよね」

興味津々の表情になっている。

その顔を見ながら、この人に何もかも黙っているのは、今後のことを考えればマイナスだし、だいいち力を貸してくれている相手に失礼だと功一郎は感じた。

三軒茶屋の事故の件は、恐らく碧も美雨から聞いているに違いない。何しろ、美雨はあの日、標に妊娠の事実を告げ、彼に言われて渋谷の産婦人科で二ヵ月の診断を受け、それで急に不安になって親友の花房美咲に相談するために三軒茶屋に赴いたのだ。

「うーん」

それでも功一郎は霧戸ツムギのことを話すべきかどうか迷う。

「実は、おにいさんが霧戸ツムギのヘビーなファンだとか？」

碧がこちらを覗き込むようにして言う。

「いや、そんなんじゃないんだけど……」

功一郎は苦笑してみせたあと、

「実は僕も、霧戸さんとはひょんなことから面識があるんだよ」

と言ったのだった。

「そうなんですか？」

碧が驚いた声を出す。

それから手短に昨年九月の事故の話、半月ほど前に突然霧戸が会社を訪ねてきたことなどを説明した。むろん、これから彼女が引き起こす大事件については一切触れない。

「へぇー」

碧は、事故のことは案の定、美雨から詳しく聞いていたらしく、功一郎が助けた「金髪の女性」の存在も知っていた。

今度は向こうが余りの偶然に沈黙する番だった。

しばらくして口を開く。

「彼氏の部屋にいたことがバレちゃいけないから御礼に行くのも駄目だなんていかにも芸能人あるあるな話ですね。彼女のマネージャーって年配の女性なんですけど、相当厳しい感じの人なんですよね。まさにそういうことを言いそうなタイプです」

さらに、

「だけど、おにいさんが助けなきゃ、彼女、死んでいたかもしれないんですよね」

と付け加えた。

「さあ、それはどうか分からないけどね」

「美雨ちゃんがはっきりそう言っていましたよ。おとうさんが抱き取って横に飛ばなかったら彼女は間違いなく車とぶつかっていたって」

「正直、よく憶えていないんだ。咄嗟のことだったしね」

「でも、美雨ちゃんにとってその事故はすっごく大きかったみたいです」

碧が、空になった鍋の上に菜箸で肉やねぎをきれいに並べながら言う。またジュージューという音と共に香ばしい油のにおいが立ってくる。

「というと？」

功一郎には彼女の言っている意味がいまひとつ分からなかった。

「つまり、あの日、あの場所でおにいさんとばったり会っていなかったら、自分が金髪の女の子のようになっていて、そのときは誰も助けてくれないから死んでいたに違いないと美雨ちゃんは思ったんです」

「それで？」

なんとなく嫌な感じを受けながら功一郎は先を促す。

「しかも、おにいさんは彼女を助けるために実際に死にかけたわけでしょう。そのことを事故の後ずっと考えていて、そんな状況になったのは、自分が親たちに内緒で標さんと付き合い、子供まで身ごもってしまったからだと結論づけたらしいんです。きっと罰が当たったんだって」

「罰が当たった……」

「はい」

碧が頷く。

「だから、美雨ちゃんは標さんと別れると決めて、お腹の子も堕ろすことにしたんです。『あのときは、おとうさんを死地に追いやろうとしたのはこの私だと思い込んでいた』って本人が振り返っていました。妊娠が確定したその日におにいさんとばったり会ったのも大きかったみたいです。確かに偶然にしては出来過ぎているし、彼女がそんなふうに受け止めたのもやむを得ない気もしますよね」

「うーん」

功一郎は考え込まざるを得ない。

彼自身も美雨の妊娠中絶を知った夜、美雨を助けるために自分は孫のいのちを生け贄に差し出してしまったのではないか、と思った。

この碧の話を聞く限り、美雨も似たような発想をして、しかも、まるで時間を遡って同じことをするような羽目に陥ってしまったことになる。

「その考えが間違っているって気づいたのは、標さんに凄く怒られたからだそうです。おとうさんはいのちがけで娘のいのちを守ったのに、どうしてきみは父親である僕にさえ内緒で我が子を殺してしまったんだ——そんなふうに言われて、自分がどれだけ恐ろしいことをしたのかやっと気づくことができたって美雨ちゃんは言っていました」

「……」

功一郎は何も言えない。

さまざまな思いが去来して、うまく考えをまとめることができなかった。

——俺は一体何のためにこの世界にやって来たのか？　これでは、ほんとうに美雨のいのちと美雨のお腹の子のいのちとを交換しただけじゃないか……。

あの晩の後悔が何倍にも膨らんで我が身を圧迫してくるのを感じた。

いつの間にか俯けていた顔を彼はゆっくりと持ち上げた。

目の前にはあの懐かしい碧の顔があった。

「渚がどうやら浮気をしているようなんだ……。しかもここ最近のことではなくて、もう何年も続いているらしい。相手は彼女が講師として働いているアートフラワースクールの社長でね、彼は渚と密会するためのマンションまで借りている。そこで二人は週に一度くらいの割合で逢瀬を繰り返しているんだ」

自分でもどうしてそんな言葉が口をついて出てくるのか分からなかった。

霧戸ツムギの件とも美雨の中絶の件とも何の関係もないような、しかし、現在それらをはるかに凌駕して我が心を悩ませている事柄をどうしても碧に聞いて貰いたい――そうした衝動を自分でも抑えられなくなってしまったのだった。

焼けた肉やねぎをそれぞれの皿に取り分けていた碧が、カセットコンロの火を消してから功一郎の方へ顔を向ける。

「知っています」

彼女は功一郎の瞳を真っ直ぐに見つめ、はっきりとそう言った。

4

二〇一九年八月七日水曜日。

日付が変わった深夜零時過ぎ。

ベッドサイドテーブルにいつも置いているスマートフォンが鳴った。ちょうど寝床に入ったところで眠ってはいなかった。隣の渚は、たまに起きる偏頭痛で、ロキソニンを飲んで早めに就寝していた。

なので音量は絞っていたのだが、急いで身体を起こしてスマホを手に取る。

着信表示は「山本さん」だった。

着信音を消すために通話ボタンをタップし、渚が眠っているのを確かめてから立ち上がってスマホを耳に当てる。

こんな夜中に一体どうしたのか？

六月に会ったきりで、これまでやりとりは一度もない。彼女からは何もなかったし、功一郎の方も連絡したことはない。

ただ、お盆休みもいよいよ近づき、今日、明日にでも電話しようかと思ってはいた。そうした思いを先取りして電話を寄越したのだろうか？

「もしもし」

寝室のドアをそっと開けて廊下に出ながら口を開く。

「もしもし」

霧戸ツムギが、ひび割れた声で返してくる。

「こんな夜分に申し訳ありません」

一瞬、電波状態のせいかと思ったが、声自体が震えているのだと察する。

「どうしたんですか？」

だが、霧戸は何も答えない。

ずいぶんと長い沈黙のあと、

「私、どうしていいか分からなくなって……」

ぼそりと言った。

「それで、こんな時間なのに、つい唐沢さんに電話してしまいました」

どうしていいか分からなくなって――頭の中で彼女の言葉を反芻し、

――まさか……。

不意に背筋に冷たいものが走った。

――まさか、もう、やってしまったのか？

〝前の世界〟での事件はお盆休みに起きた。だが、〝今の世界〟ではそうではないのかもしれない。

一週間くらいの時間的「ずれ」なら充分にあり得るだろう。

——すでに犯行に及んだあと、「どうしていいか分からなくなって」発作的に〝いのちの恩人〟である相手に電話をしてきたのか？

功一郎はめまぐるしく頭を回転させる。

このまま放っておけば、彼女は〝前の世界〟と同じように戒江田龍人の部屋のベランダから飛び降りて死ぬだろう。

こうやって連絡をくれた以上、まさか見殺しにするわけにもいかない。

だが、だからといって自分が現場に駆けつければ、世間を震撼させる殺人事件に否応なく巻き込まれてしまうことになる……。

——どうする？

こんなことなら、もっと早くこちらから連絡すればよかった。

——いや、ともかく事実確認をすべきだ。まだ、彼女が戒江田を殺したと決まったわけではないのだ。

強く自分に言い聞かせた。

「霧戸さん、いまどこにいるんですか？」

先ずは彼女の居場所を確かめよう。

「いま、赤坂のANAホテルのお部屋にいるんです」

予想とは違う答えが返ってきた。

殺害現場も〝前の世界〟とは違うのか？

「お一人ですか？」

「はい」

「何かあったんですか？」

「実は、さっきこの部屋に彼氏がやってきて……」

——やはりやってしまったのか……。

ホテルのベッドか床に血を流して倒れている戒江田龍人の姿が脳裏に浮かんだ。

「それで？」

意を決して訊ねる。

「必死で追い返したんですけど、彼氏のしようとしたことがあんまりひどくて悔しくて。それで私、頭がどうにかなりそうで……」

そのあとはもう嗚咽で言葉にはならなかった。

だが、いま彼女は確かに「必死で追い返した」と口にした。

——よかった。まだ手遅れではなさそうだ。

功一郎は、胸を撫で下ろす。

ただ、こんな電話が来るようでは一刻の猶予も許されない状況ではあろう。

「分かりました。とにかく、いまから僕がそっちに行きます。赤坂のANAホテルですね。ロビーに着いたらその携帯に電話します。三十分くらいだと思うので、それまで部屋にいて下さい」

「すみません。ご迷惑をおかけして」

霧戸ツムギは、思いのほかすんなりと功一郎の来訪を受け入れた。

よほど切羽詰まっている上に頼れる人間もいないのだ。なるほど、あんな大事件に発展したのだから周囲にまともな相談相手がいなかったのは間違いないと思われる。

多少強引にでも電話番号を交換しておいてよかったと思う。あのときの「私、唐沢さんのことを信用しているので」という彼女のきっぱりとした物言いが耳朶によみがえってくる。

「迷惑なんかじゃありません。僕も、ちょうどあなたに連絡しようと思っていたところでした。じゃあ、その件も含めて詳しい話はあとで」

そう言って功一郎の方から通話を打ち切った。

書斎代わりの和室で急いでスーツに着替える。ネクタイは上着のポケットにねじ込み、内ポケットの財布の中身だけ確認した。

寝室に顔を出すと、渚がベッドでちょうど半身を起こそうとしているところだった。さすがに話し声と物音で目を覚ましてしまったのだろう。

「どうしたの？」

功一郎の服装を目にして訝しげな声を出す。

「ちょっと会社に行ってくるよ。いま吉葉君から電話が入ってね。高崎の工場でまたトラブルが起きたらしいんだ」

着替えながら考えていた嘘がするすると口をついて出る。

「会社で対応策を練って、そのまま朝一の新幹線で高崎に行くかもしれない。車は置いていくよ」

水曜日は、アートフラワースクールだからプリウスは渚が使うことになっている。

「たいへんね」

ベッドから降りようとする渚を手で制止した。

「見送りなんていいから。教室もあるんだし、きみはゆっくり休んでくれ」

「ごめんなさい」

渚が姿勢を元に戻す。まだ頭痛が続いているようだった。

「痛みが残っているのなら、もう一錠ロキソニンを飲めばいいよ」

「ありがとう」

「じゃあ」

そう言って寝室のドアを静かに閉める。

マンションを出て永代通りでタクシーを拾った。

「木場から高速に乗って、赤坂のANAインターコンチネンタルホテルまでお願いします」

運転手に告げる。

腕時計を見ると、午前零時十五分。この時間帯は高速も空いているから二十分もあればANAホテルに着けるだろう。

霧戸の部屋は二十七階の角部屋だった。大きなダブルベッドとライティングデスク、窓際には小ぶりの二人がけのソファと同じ材質のオットマンが置かれている。

窓の外には、すでに完成して九月の営業再開を待つばかりのホテルオークラの新本館が見え、その右手には明かりの消えた東京タワーがうっすらと見えた。

ドアを開けて功一郎を招き入れると、窓と向き合う形で霧戸ツムギは大きなベッドのふちに腰を下ろす。必然的に功一郎が窓辺のソファに座った。

「何かお飲みになりますか？」

そう言って再び立ち上がろうとする霧戸を制する。

「いや、お構いなく」

今日は金髪のカツラをかぶっていないので、どことなく別人のように見える。そう感じたあとで、そうではなく、その泣き腫らした瞳のせいで先日の彼女とはだいぶ印象が異なるのだと気づいた。

「いつもホテルなんですか？」

霧戸はもう泣いてはいないが、手元にはハンカチが握りしめられている。

「違います」

明瞭な声で彼女は言う。

電話をしてきたときよりは冷静さを取り戻しているようだ。

「明日、ドラマのロケで早朝に房総（ぼうそう）の方まで行かなきゃいけないんで、今日はここに泊まりなんです」

「房総？　房総のどこですか？」

「南房総市の岩井海水浴場というところです。明け方の海岸でロケなんです」

「それはたいへんですね」

「そうでもないです」

「何時出発ですか？」

「四時です。三時半にマネージャーとテレビ局の人が迎えに来てくれます」

三時半ということはあと三時間弱しかない。

少しは眠って、泣き腫らした顔をクールダウンさせる必要もあるだろう。

「じゃあ、もうあんまり時間がないですね」

功一郎が言うと、

「本当にごめんなさい。見ず知らずに近い唐沢さんにこんな甘えるような真似をしてしまって。でも、他に頼れる人が誰もいなくて……」

「そんなことは気にしなくていいですよ。先日も言いましたが、こういうこともあろうかと思って霧戸さんの電話番号を聞いておいたんですから」

「そうなんですか……」

功一郎の言葉にさほど違和感を持った様子でもなさそうだった。

「これから霧戸さんの話を聞く前に、ちょっと理解しておいて欲しいことがあります」

姿勢を真っ直ぐにして言う。

「はい」

俯きがちだった面を上げ、霧戸が功一郎の顔を見た。

「僕はちょっと特別な人間なのです。いずれ詳しい事情をお伝えしますが、霧戸さんがいま抱えている問題についてもすでに具体的に知っていることも多いですし、その問題をどうやって解決すればいいかも分かっています。なので、僕のことは安心して頼って下さって構いません。それと同時に僕の言うことを信用して欲しい。分かりますか?」

「はい。私は唐沢さんのことは最初から信用しています」

霧戸は言い、

「自分でもどうしてだかはよく分からないんですが……」

と付け加えた。

「さっき電話で、この部屋に彼氏がやってきて、ひどいことをしようとしたと言っていましたね」

「はい」

「その彼氏というのは俳優の戒江田龍人さんですよね」

功一郎が戒江田の名前を出す。

〝前の世界〟のことを口にするのは、去年の仕事納めの日以来だった。しかも、あのときは「令和」と口を滑らせたに過ぎず、こうして誰かに面と向かって〝前の世界〟の知識を明かすのは初めてだ。

「そうです」

しかし、霧戸ツムギはそれほど驚いた様子も見せずにしっかりと頷いたのだった。

午前四時過ぎに東陽町のマンションに帰った。

ぐっすり眠っている渚の隣にもぐり込むと、

「早かったね」

目を閉じたまま渚が言う。

「少し眠って、それから高崎に行くよ。出るときに起こしてくれる？」

「うん」

そう言って、彼女が背中を丸めて懐に入ってくる。その身体を抱き締め、功一郎は静かに目を閉じた。

出かける前に渚が声を掛けてくれて、功一郎は目覚めた。時刻は九時半。しっかりと五時間も眠ることができた。

ベッドを降りる前に会社に電話して、二階の応接室を一つ予約しておく。

それから起き出して顔を洗い、渚が作り置いていってくれた朝食をあたため直して腹におさめた。

着替えを済ませたところで霧戸ツムギからメールが届く。

時刻は午前十一時ちょうど。

〈ロケが終わってこれから都内に戻ります。予定通りでよろしいでしょうか？〉

とある。

〈はい。それでは午後一時から二時のあいだでお待ちしております。前回同様、受付で僕の名前を言って下さい。予約してある応接室に受付の女性が案内してくれます。〉

〈ありがとうございます。〉

彼女とのメールのやりとりもこれが最初で最後かと思いつつスマホをズボンのポケットにしまう。

和室に行って押し入れから例の絵を取り出した。

一月二十日に森満由希子から送られてきて以来、これを引っ張り出したのは一度きりだ。それも別に検分したり鑑賞するためではなく、用意しておいた特大巾の風呂敷で包むためだった。

絵を玄関まで持っていき、壁に立てかける形で下ろしてから再びスマホを取り出した。たまに利用しているタクシー会社の番号を呼び出して発信ボタンをタップする。

ワゴンタクシーを一台頼み、風呂敷包みを抱えて部屋を出た。

マンションの玄関前で待っていると五分もせずにワゴンタクシーがやってくる。絵と一緒に後部座席に乗り込み、「竹橋のフジノミヤ食品まで」と運転手に告げた。

会社に着くと、風呂敷包みをそのまま抱えて七階の品質管理本部に上がった。

本部長席の背中が窓のある壁なので、その壁に包みを立てかける。

誰かが「本部長、それ何ですか？」と声を掛けてくるかと思ったが、部下たちは黙々と仕事に勤しんでいる。

すると、吉葉が紙を一枚持って、こちらへと近づいてきた。

「本部長、十五分ほど前にこれが出ました」

差し出してきた紙を受け取って目を落とす。契約している通信社からのニュースリリースだった。

大手の菓子メーカーの製品回収情報だった。

この会社が製造・販売しているチョコレート菓子二種からアレルギー物質の「乳成分」が自社基準を超えて検出されたため、二種類のチョコ菓子合計六十万個を自主回収すると決めたという内容である。

回収対象は製造が始まった昨年夏以降の全製品で、会社発表によれば、チョコレートの原材料に乳成分は含まれていなかったものの、乳成分を含む商品と同じ製造ラインで生産を行っていたために混入が起きたということだった。「製造ラインの洗浄が不充分だったため、乳成分の残留があった」と発表にある。

「乳成分」は食物アレルギーを引き起こす典型的な原材料で、発症数、摂取時の重篤度などから製品への表示義務が課されている「特定原材料」七品目の一つだった。

そんな重大な原材料をラインの洗浄不充分で製品に混入させてしまうというのは、およそ大手メーカーとしては考えられない初歩的ミスと言うしかない。

「さっそく、このリリースを添付した点検要請の文書メールを全工場の品質管理課宛てに送付し、現在電話での確認作業を部員にやらせているところです」

「分かりました。点検結果の報告はいつですか？」

「チョコレート関連製品のラインについては今日の十八時、その他のラインについては明日の午前九時までということにしています」

「それでいいでしょう」

乳成分をはじめとして、えび、かに、小麦、そば、卵、落花生の特定七品目については、フジノミヤ食品各工場でも混入事故が起きないよう最大限の注意を払っている。こうした他社の事故が起きるたびに、各ラインの点検要請を即時通達しているのだ。ただ、ここ数年は「混入疑い」の結果報告は一本もなかった。

むろん健康被害の報告も一件も上がってきてはいない。

「しかし、お粗末ですね」

功一郎の手元のペーパーに目をやりながら吉葉が言う。

このリリースによれば、乳アレルギーの症状が出たという健康被害が二〇一八年十一月以降十一件も報告されていたにもかかわらず「社内の連絡に不備があった」ため確認できなかったとメーカー側は説明しているのだった。しかも、四月の定期検査で、乳成分が自社基準を超えているのが判明しており、その事実も「社内の連絡に不備があった」せいで関係部署に伝わらなかったというのである。

吉葉の言うとおり、「お粗末」の一語に尽きる。

ただ、食品事故というのは常に、そうした信じがたいような「お粗末」が幾つも積み重なることで発生する。

「とにかく、我々も点検結果を待ちましょう」

「はい」

吉葉が頷くのを見て、功一郎はニュースリリースの紙を机の引き出しにしまった。

「ところで本部長、久しぶりに早見さんも誘って昼飯でもどうですか？」

吉葉が誘ってくる。

腕時計を見ると、いつの間にか正午になっている。

「いや、今日はちょっと用事があるんだ。近いうちに僕の方から誘わせて貰うよ」

「分かりました。それでは各工場の結果は分かり次第、ご報告します」

そう言って吉葉は自席へと戻っていったのである。

昼休みになって大方の部員が出払ったところで、功一郎はホワイトボードに「二階　応接室B」と記し、風呂敷包みを持って品質管理本部を出た。エレベーターで二階に降り、絵と一緒にBの部屋に入る。

Bは前回、霧戸ツムギと話したEよりも少し広めの部屋だった。窓はE同様に隣のビルの壁に面しているので外から覗かれる心配はない。その窓のある壁に風呂敷包みを立てかける。実際に使うときは、ソファの一つを壁際まで移動させて、壁にくっつけたソファの背にこの絵を置けば何とかなるだろう。

時刻は十二時半。

十一時にロケ先の南房総で〈これから都内に戻ります。〉と霧戸はメールを寄越したから、すでに東京に着いていると思われる。約束は一時から二時のあいだだったが、恐らくもう三十分もすればやって来るのではないか。

功一郎はコーヒーメーカーのコーヒーをカップに注いで、片側のソファに腰を下ろした。渚が作ってくれた朝食をしっかり食べてきたので空腹は感じなかった。

コーヒーをすすりながら考えを巡らせる。

昨夜の霧戸ツムギの話は衝撃的だった。

〝前の世界〟では、彼女の戒江田への異常な執着が陰惨な事件へと発展する最大の要因だったと各メディアは報じていたが、昨夜の話からするとそれは相当にピント外れな解釈のようだった。

霧戸が、戒江田に別の女性がいるのを知ったのは、今年の初めだった。

それまでも怪しい気配は「ムンムンしていた」のだが、正月休みに二人でベトナムに出かけたとき、宿泊先のホーチミンのホテルでしきりにラインをやっているので、彼のスマートフォンをチェックしたのだという。

パスコードの数字は、それまでの観察ですでに把握していた。

ラインを開くと、トーク欄は女性の名前で埋まっていた。

「何人かとはいまでもやりとりが続いていたし、中には私が知っているアイドルの子もいたんですが、先頭の女の子とが頻繁で、ホーチミンでずっとラインしていたのはその子とでした」

ベトナムを出て東京に帰る前日、霧戸は戒江田に彼女のことを問い質した。

「私がスマホを見たことが分かっても彼は平気って感じで、あっさりその子との関係も認めました。『ねえ、なにマジギレしてるわけ？』とか笑われて、たまにセックスしてるだけのそれだけの相手だって言うんです。私が、『そんな言い訳が通用するわけないじゃない』と言うと、『何だよ、俺がやってることをどうしてお前に言い訳しなきゃいけないんだよ』と逆ギレしてきて、『お前なんかに言い訳するほどこっちは落ちぶれちゃいないんだよ！』って思い切りほっぺたを張られたんです。彼が私に暴力をふるったのはそのときが初めてでした」

東京に戻ったあとも、その相手との関係は続いているようで、戒江田の部屋にもたまに出入りしている様子だった。そんな二月のある日、戒江田が新しく借りた新宿のタワーマンションを訪ねた際に彼女と遭遇してしまう。

「そこはコンシェルジュからエレベーター用のカードキーを借りないと入れないタイプのマンションなんですけど、彼の部屋に連絡したコンシェルジュが『少々お待ち下さい』と言ってなかなかカードキーをくれなくて、そしたらエレベーターホールの方から若い女の子が近づいてきて、カードキーをカウンターに返して、私をチラ見してから出て行ったんです。私、すぐにピンときて、彼の部屋に入ると『女が来てたでしょう』って言いました。『彼女と別れる気がないんだったら、こっちが別れるだけだから』って。本気でした。そしたら、『あっちは全然気にしていないのに、なんでお前だけ気にすんだよ。調子に乗るんじゃねえよ』ってまた逆ギレしてきて、そのときはお腹とか背中とかボコボコに殴られたんです。私が泣きながら『絶対別れる』って言ったら、『やれるもんならやってみろよ。その代わり、お前の写真や動画をバラまいてやるからな。そういうことを請け負ってくれる仲間なら、俺には幾らでもいるんだよ』って脅されてしまって」

それから半月ほど音信不通にしていると、戒江田の方から連絡が入る。

渋々新宿の部屋に行くと、なんとそこには件の彼女がいて戒江田と酒を飲んでいたのだった。

「酔っ払った戒江田が三人でやろうって言い出して、そしたら彼女もノリノリで服を脱ぎ始めたんです」

慌てて逃げ出そうとすると、戒江田はスマホに保存されていた動画を突きつけてきたのだった。

「仲間の誰かに編集させたらしくて、自分の姿は完全に消してありました。帰るんだったらいまからこれをSNSで拡散するっていうんです」

彼女は心底恐ろしくなって、

「生理中だから今夜は無理なの。本当にごめんなさい」

と泣きながら謝って、その場は何とか切り抜けたのだった。

それからこれまでの数ヵ月間は、酔うとしきりに三人でやろうと言い出す戒江田を宥めすかすので精一杯だった。

「それ以外のことは全部、彼のどんな要求でも黙って言うことを聞いてきたんです」

そして、昨夜、戒江田はとうとう彼女が泊まっているANAホテルの部屋に女を連れて押しかけてきたのだという。

「それで？」

功一郎が訊くと、霧戸ツムギはベッドから立ち上がって、荷物台に置いた自分のバッグから何かを取り出して持ってくる。それは、割と大きめの折りたたみナイフだった。

彼女はナイフの刃を手慣れた手つきで開くと、

「私、これを首に当てて、帰ってくれなかったらこの場で死ぬって言いました」

実際に切っ先を自分の喉元に当ててみせたのである。

こうした一連の告白を聞き、これは本来、警察に相談するべき案件だろうと功一郎は思った。だが、彼女の話を信ずる限りでは、戒江田龍人という男はそんな真似をすれば本当に霧戸とのプライベート動画をSNSでバラまきかねないと思われる。

功一郎が最も気になったのは、彼が、もう一人の女を加えた三人でのセックスに執拗にこだわっている点だった。

いまをときめく人気俳優である男が、恋人のみならず別の女をも巻き込んで本気でそのような行為に及ぼうとするのは、彼が常識では測れない特殊な性癖の持ち主であることを如実に示していると考えられた。

「その相手の女性は何をやっている人なんだろう?」

功一郎の質問に、

「たぶん業界の人じゃないと思います。少なくともモデルやタレントじゃないと思う」

と霧戸は言っていた。

要するに霧戸ツムギはとんでもない男にひっかかってしまったのである。

彼女は戒江田龍人との関係を清算することも叶わず、このままだと人間としての尊厳をズタズタにされる窮地へと追い込まれていくに違いない。

このような状況では、〝前の世界〟で霧戸が思い余って戒江田を刺殺したのもむべなるかなという話ではあった。

功一郎は、昨夜、

「とにかく一刻も早く、その男と別れるしかない」

と霧戸に告げた。

そうしなければ〝前の世界〟と同じ事件が近々起こるに決まっている。

「でも、どうやって?」

途方に暮れた顔で霧戸が言った。

「一つだけ方法があります」

「方法？」

「そうです。ただし、そのためにはこれから僕が話すことをあなたが信じてくれなければならない。もし、信じてくれるのであれば、最初に言った通り、僕はあなたに戒江田との問題を解決する方法を教えてあげることができる」

霧戸は困惑の表情で功一郎を見ていた。

「そうでなければ、あなたは来週、戒江田龍人を三十六階の彼の部屋で刺殺し、自分もその部屋のベランダから飛び降りて自殺してしまうことになるんです」

――それにしても……。

昨夜の霧戸とのやりとりをこうして思い出しながら功一郎は不思議な心地になる。

霧戸はあのあと功一郎が語ったことを信じてくれた。

「本当にありがとうございます」

それどころか、彼の提案に彼女は涙ぐみながら深い感謝の念を示したのだった。

いきなり応接室の電話が鳴った。

物思いから一気に現実に引き戻され、慌ててソファから立ち上がる。

ドア側の壁に掛かった電話機を持ち上げた。

「唐沢本部長、山本さんがお見えになりました」

受付の女性の声だった。

腕時計で時刻を確かめる。案の定、一時を五分回ったばかりだ。

「じゃあ、申し訳ないですが、彼女を応接Bまで案内してきて下さい」

「承知しました」

電話機を戻し、功一郎は窓側の壁に立てかけておいた風呂敷包みの方へ歩み寄る。絵を持ち上げて、さっきまで座っていたソファに置いた。それでも自分が座るくらいの座面は確保できそうだ。

霧戸ツムギを会社に呼んだのには理由があった。

自らの経験からして、絵の中へと吸い込まれるのは〝自分という意識〟だけだと思われる。手にしていた荷物も身につけていた服や時計さえも功一郎は〝今の世界〟に持ち込むことができなかった。

ということは、肉体は〝前の世界〟に残される可能性があるということだった。

前回、長倉人麻呂邸であれを行ったときも、五十六歳の唐沢功一郎の肉体は、あの長倉邸の書斎に残されたままになったのかもしれない。

その場合、人麻呂と功一郎のために昼餉の食材を買いに出かけた高橋という若い家政婦は、長倉邸に戻ってみるとカフェオレを飲んでいたはずの客人の姿がリビングから消え、あちこち探したあげく、人麻呂の書斎で意識を失って横たわっているのを見つけて仰天する羽目になったはずだ。

そうだとすると、霧戸ツムギもまたその肉体だけを残して別の世界へと旅立つことになる。つまり、いまから一時間もしないうちに彼女はこの応接室で、功一郎の目の前で意識をなくして倒れてしまうのだ。

そうやって彼女は、今日、ここで〝前の世界〟での短い生涯を終える。

そうした可能性があるからこそ、功一郎は、この場所で実行することにしたのである。

霧戸の自宅でも功一郎の東陽町のマンションでも、はたまたどこかのホテルの一室でも霧戸の死体が残ってしまえば必然的に事件化してしまう。

自宅やホテルのような密室であれば功一郎が殺人の嫌疑をかけられる危険性さえ大いにあった。

霧戸が仮に死体になっても功一郎に不都合が生じないシチュエーションを作り出すとなれば、先日も訪ねてきたこの二階の応接室に彼女を再度招くのが最も安全かつ手っ取り早い方法だった。

ここであれば、たとえ面談中に霧戸ツムギがいきなり絶命したとしても功一郎はその第一発見者になるに過ぎない。慌てて部屋から飛び出して人を呼び、救急車を手配すればいい。功一郎が彼女に何かをしたと疑われる確率は低いし、そもそも、この部屋には防犯カメラもなければ、外から誰かに覗かれる心配もなかった。

むろん、有名なアイドルがこんな会社の応接室で突然死するのだから大ニュースにはなるだろう。だが、彼女が功一郎を訪ねてきた理由——あの三軒茶屋の事故の経緯が明らかになれば、功一郎は美談の主になりこそすれ、まさか霧戸の死に関与したと疑われることはないに違いない。

去年の九月二十八日、彼が霧戸ツムギのいのちを救ったことは警察の記録にも残っているし、霧戸の女性マネージャーもよく承知しているのである。

碧にとっても、この展開は悪くないと功一郎は考えていた。

先月からオリンポスの新しいイメージキャラクターとして霧戸ツムギはさまざまなメディアに登場していた。テレビコマーシャルも始まり、駅やショッピングモールには彼女の巨大なポスターが至る所に掲示されている。

その霧戸がイメージキャラクター就任からわずか一ヵ月で亡くなってしまうのは衝撃的だが、しかし自分のいのちを救った恩人に会いに行った出先での急死というのは決して悪い印象を世間に与えないと考えられる。

場合によっては霧戸の最後の仕事として、オリンポスのイメージキャラクターはそのまま継続という展開さえあり得るだろう。

少なくとも霧戸を推した碧が責任を問われるような事態は起きないと推察できる。

ノックの音がしてドアが開く。

「本部長、山本さんをお連れしました」

受付の女性が先に顔を見せ、その後ろから霧戸が入ってくる。

今日も、前回と同じ金髪ショートのカツラをかぶっていた。身なりはモスグリーンのノースリーブワンピースにブラウンのブーツ。手にしているバッグはプラダのかごバッグだった。アクセサリーは耳のピアスだけ。黒縁の眼鏡は今回はなかった。

「それでは失礼いたします」

霧戸を残して受付の女性が去り、静かにドアが閉まる。

手で促して霧戸を向かいのソファに座らせ、功一郎は風呂敷包みの横に腰を下ろした。

早速、風呂敷の結び目をほどき、「道」を取り出した。

霧戸が大きな目をさらに見開くようにして絵の方へと身体を乗り出す。

「これなんですね」

「はい」

功一郎は頷き、

「霧戸さんも感じてらっしゃると思いますが、あなたと僕は何かの御縁でこうして出会ったのだろうと思います。そもそも、娘の身代わりになるはずだったあなたを僕が助けたこと自体、とても不思議な話です。なのでいまからあなたが試みることもきっとうまくいくと思っています。とにかく、僕の言ったことを信じて、この絵に思念を集中させて下さい。もう二度と戒江田と関わることのない新しい人生を強く望んで下さい。そうすればあなたはこの絵を使って別の世界へと旅立つことができるはずです」

「分かりました」

霧戸が深く頷く。

「向こうの世界で戒江田が近づいてきても、決して誘いには乗らないよう注意して下さいね」

「はい」

「僕の場合は、娘の事故の直前に戻ることになってしまいました。あと少し遅かったら間に合わなかったくらいです。なのであなたの場合は、戒江田と知り合うかなり以前に戻るようにして下さい。知り合ってからだと別れるのに苦労することになって、元の木阿弥になりかねないですから」

「そうします。彼とはドラマの共演が初対面だったので、今度は、そのドラマのオファー自体を断ろうと思っています。大した作品でもなかったし、楽しい現場でもありませんでしたから。とにかく、そのあたりまで何とかして時間を遡るつもりです」

「それがいいですね」

「はい」

「じゃあ、始めましょうか」

詳しい話は昨夜のうちに済ませてある。

あとは実行あるのみだった。

功一郎は立ち上がり、風呂敷を畳んでローテーブルに置くと、絵を座面に載せたままソファを壁際へと引きずっていく。霧戸がすぐに立って一方の肘掛けの側に行ったので、功一郎も反対の肘掛けの側に回り、二人でソファ自体をそっと持ち上げた。共同作業のたまもので、あっと言う間に壁際まで寄せることができた。

ローテーブルとの間に充分なスペースが生まれ、これなら二人で縦に並んでも余裕だ。

ソファの背もたれに「道」を載せる。

「バッグを持って絵の正面に立って下さい」

「はい」

かごバッグを手にして霧戸が絵の真ん前に立つ。バッグを一緒に持ち込めないのは分かっていたが、極力、自分がやったときと同じようにやらせようと思っていた。

彼女は、やや視線を下ろす形で絵を見つめている。

脇に立って、横合いから声を掛ける。

「真ん中の白い道が〝今の世界〟です。他に二本、左に黒い道、右にバラ色がかった白い道が見えます。分かりますか？」

「はい」

「真ん中の白い道ではなくて、左右どちらかの道を選んで、その道に移りたいと念じて下さい」

「唐沢さんは、どちらの道を選んだんですか？」

「僕は左の黒を選びました」

「だったら私もそうします」

功一郎は頷く。それがいいと思った。

ゆっくりと彼女の背後に回る。

意識をなくして倒れ込んだとき身体を急いで受け止める必要があるからだ。

「じゃあ、始めて下さい」

霧戸は無反応だった。

どうやらもう絵の中の道に意識を集中しているようだ。

すると数分後、その身体が小刻みに揺れ始めた。

固唾を呑んで微かに震える華奢な背中を見つめる。

やがて上体がゆっくりと「道」の方へと傾いていく。

さらに数秒。不意に震えが止まったと思うと、霧戸の身体から力が抜けて一気に「道」へと倒れ込んでいった。

あっと心の中で叫んで、功一郎は右足を一歩前に踏み出す。両腕を大きく広げて彼女の身体を掬い取ろうとした。

だが何も摑むことはできなかった。

霧戸ツムギは彼の目の前から忽然と消えてしまったのである。

5

霧戸ツムギの失踪が明らかになったのは、彼女が消えて一週間が過ぎた八月十四日水曜日のことだった。

世間はまだお盆休み期間中だったが、そんなところへ超人気アイドル失踪のニュースが飛び込んできて、昼間のワイドショーのみならず各メディアはこぞってこの驚くべき事件を大々的に報じ始めたのだった。

第一報は霧戸の所属事務所による記者発表だった。

十四日の午後三時、緊急会見の場に集まった報道陣を前にして、大手芸能事務所「トライハンドレッド・オフィス」の国富秋光（くにとみあきみつ）社長は、所属アーティストの霧戸ツムギが去る八月七日を最後に行方不明となり、いまもまだ所在が摑めていないこと、この日の午前十一時、千葉県佐倉市に住む霧戸の両親と共に警視庁赤坂警察署に霧戸ツムギ（本名、福山紬）の捜索願を提出したことなどを公表したのだった。

突然の捜索願提出の発表に、詰めかけた記者たちからどよめきが起きた。

矢継ぎ早の質問に国富社長は一つ一つ丁寧に答えていったが、しかし、その説明は曖昧で、これという確たる情報は何一つ語られなかった。実際、社長本人が困惑しきりの様子だったのである。

七日早朝の南房総市岩井海水浴場でのドラマロケのあとテレビ局のロケバスで都内に戻った霧戸は、港区南青山にある自宅マンションの前でバスを降りる。

以下は社長の説明。

「マネージャーによりますと、元気な様子で手を振って自宅マンションの玄関へと入っていったとのことです。それが、正午をちょっと過ぎる時刻で、この日いっぱいはオフで、明日はスタジオでのドラマ収録が入っていたので翌八日の午前九時にマネージャーが自宅まで迎えに行ったところ応答がなく、携帯電話も繋がらなかったため、ご両親にも相談の上でマンションの管理人にお願いして彼女の部屋に立ち入りました。しかし、霧戸の姿はなく、行き先を示すようなメモなども置かれていませんでした。これまで、彼女の場合は仕事を無断で休むようなことは一度もなく、にもかかわらず電話は繋がらず、向こうからの連絡も一切ありませんでした。それから今日まで、関係先など多方面を当たり、また本人からの連絡を待ち続けていたのですが、いまだに行方は摑めず、本日、赤坂警察署へご両親と相談に赴き、捜索願を提出する運びとなったわけです」

会見に参加した記者たちからは当然ながら、

・トップアイドルの所在不明にもかかわらず捜索願の提出がこんなに遅れた理由は何だったのか？

・どうして一週間も失踪を伏せていたのか？

などの厳しい質問が社長に対して浴びせられ、

「誘拐などの事件性は感じていないのか？」

という質問も出た。

これに対して国富社長は、

「事件性は感じなかった」

と答え、「現在もか？」との問いにも「はい」と頷く。

「どうして事件ではないと判断しているのか？　警察はどう言っているのか？」

さらに追及されると、

「彼女に限って何らかのトラブルに巻き込まれた可能性は低いと思います。私どもの説明から警察の方でもそのように判断されているようです」

と答えるのみだった。

「関係先など多方面とは、具体的にはどんなところや人物のことなのか？」

という質問に対しても、

「さきほど赤坂警察署にご相談させていただいたばかりですので、今日の段階ではそのへんの詳しいことは差し控えさせていただきたいと思います」

と苦しい返答に終始したのだった。

だが、三日後には早くも戒江田龍人の名前がスポーツ紙の一紙に一面で大きく報じられ、戒江田と霧戸との間にトラブルが起きていたこと、それが原因で霧戸が「もう、どこか遠いところへ逃げ出したい」と事務所のタレント仲間に口走っていたことなどが暴露されたのだった。

それは、明らかにトライハンドレッド・オフィス側からのリークによって書かれた記事だと思われた。

ここで、トップアイドルと超人気若手俳優との隠された恋愛事情と愛憎関係が白日の下にさらされて報道合戦は一気にヒートアップすることになる。

警察の捜索にもかかわらず霧戸の行方がまったく摑めない一方、霧戸が失踪する前夜、宿泊先のANAインターコンチネンタルホテル東京に、戒江田龍人が霧戸を訪ねた事実などが詳らかとなって、彼女の失踪に戒江田が深く関わっているのは疑問の余地がないところだった。

その一方で、戒江田がANAホテルに姿を見せたことを最初に伝えたのが、当日その時間にたまたまホテルロビーに居合わせた客がアップしたツイッター写真だったことや、ANAホテル側が戒江田の事務所からの要請でロビーの防犯カメラ映像をメディアに出し渋り、警察に対しても非協力的だったことなども世間一般の大きな指弾を浴びる結果となった。

警察の捜査で、霧戸の部屋への戒江田の訪問がロビーやエレベーター内の防犯カメラによって推定され、本人への任意聴取が行われると、ネット上では戒江田による「霧戸殺害」の噂が瞬く間に広まり、戒江田は事務所の社長と共に緊急会見を開き、霧戸との関わりや失踪前夜の出来事について長時間に亘る釈明を行わざるを得なくなったのである。

事態の推移と共に、これまで業界最大手である戒江田の事務所が抑え続けてきた彼の〝良くない噂〟が虚実ごっちゃまぜで噴出し、戒江田龍人は人気俳優として深刻なダメージを受けることにもなった。

しかし、霧戸ツムギの行方はその後も杳として知れず、半月も過ぎると自殺説がまことしやかに囁かれるようになる。

真実を知っているのはこの世界で功一郎ただ一人だった。

その功一郎は、「霧戸ツムギ失踪事件」の成り行きを固唾を呑んで見守り、いつ自分のところへ警察から連絡が入るかと常に身構えていなくてはならなかった。

何しろ、失踪前夜、戒江田龍人が訪ねた数時間後には彼自身が霧戸ツムギの部屋を訪ねているのだ。ホテル内の防犯カメラが霧戸の部屋への人間の出入りを完全に記録していれば、早晩、その人物の特定へと警察が乗り出すのは明らかだった。

果たしてそうした録画映像があるのか否か、そこが分からなかったし、加えて事情聴取を受けた戒江田の口から霧戸と功一郎との関係が露見する恐れもある。

こんなことなら霧戸本人に、戒江田に自分の名前や職業を告げたのかどうか確かめておくべきだったと深く後悔しつつ、彼は緊張の日々を強いられたのである。

一ヵ月余りが過ぎ、報道が徐々に下火になってきて、功一郎はようやく少し落ち着きを取り戻した。万が一、自分のことが特定されたのであれば一ヵ月以内には警察からの接触があるに違いないと推量したのだ。

霧戸を悩ませることになった戒江田のもう一人の愛人については一切報じられることはなかった。恐らくその一点だけは戒江田の事務所が徹底的に封印したのだろう。彼女の存在が発覚すれば、戒江田の俳優生命が完全に絶たれることを事務所も本人も充分に理解していたに違いない。

二ヵ月もすると、霧戸ツムギの失踪は警察の手にも負えない不可解な事件として次第に世間で認知されるようになっていったのだった。

その間、渚や美雨との関係に別段の変化はなかった。

霧戸の一件もあって、功一郎には渚の裏切りを追及する余裕などなかったし、その気持ち自体もますます薄らいできていた。

妻の不貞が発覚したとき、夫側の対応は二つに分かれると麻生は言っていた。「見て見ないふりも含めて妻を許し、夫婦関係の継続を望むケース」と「断固として離婚するケース」の二つで、その比率は大体三対七になるのだと。

あの話を聞いたときは、三割の泣き寝入り組の気持ちが理解できず、渚とはいずれ離婚することになるのだろうと直感的に感じた。

——ただ、いまがそのときではない。

と思ったのだ。

だが、霧戸ツムギとのことが起きて以降は、渚の不貞をそんなふうに見なすこと自体が難しくなってしまった。

美雨と標についても同様だった。美雨のことは、標連という男の人となりに多少とも触れることで前々から大きく容認の側へと傾いていたし、まして、七月四日の晩、碧から美雨が母親の不倫に高校時代から気づいていたこと、そもそも叔母の碧に最初に会いに行った理由は、進学の相談ではなくそれだったことを知らされ、父親として夫として何も気づかず、そのことで尚更に美雨の心を傷つけてしまっていた事実に功一郎は深く懺悔(ざんげ)するしかなかった。

「美雨ちゃんが海外の国際機関で働きたいと思うようになったのは、母親が父親を裏切り、しかもそのことにちっとも気づいていない父親のいる家を一刻も早く出て、おにいさんや姉のいない遠い外国で暮らしたいと考えたからでもあるんです」

碧はそう言ったのだ。

そして、碧はさらに驚くべき話をしてくれた。

渚の相手である床次礼音は、渚の高校時代の同級生だったというのである。

「床次さんとは高校のときに同じ美術部で、卒業するまで交際していたと思います。そのあと姉は短大に進んで彼は大学に入ったので、交際は自然消滅したんですが、姉にとっては珍しく本気で付き合った相手でした。なので、偶然とはいえ彼と再会して、また恋心がよみがえってしまったんでしょう。いまだから申し上げますが、姉は若い頃から情の濃いタイプで男性が途切れたことがありませんでした。そうした部分はきっと恋多き人だった父の血を受け継いだんだと思います。姉が非常にもてたというのにはそういう側面もあったんです。ただ、彼女は、恐らくいまの家庭を壊す気持ちはまったくないと思います。両親の不和を長年見て育ったわけですから、おにいさんや美雨ちゃんと作り上げてきた家族を捨ててまで床次さんに走ることはあり得ません。そういうところはおにいさんもご承知のようにもの凄くはっきりした人ですから」

美雨がどうして母親の不倫を知ったのかも碧は教えてくれた。

高校一年の夏、彼女は偶然、床次礼音と一緒に歩いている母親を渋谷の街中で見つけて尾行したのだという。

「相手の人があんまりハンサムだったから、それでついあとをつけたと言っていました。そして二人が円山町のホテルに入るところを目撃したんです。美雨ちゃんがそのとき携帯で撮った写真を見せられて、なんだ、相手は床次さんだったんだと私は思いました。姉は昔から超のつく面食いで、そういうところは美雨ちゃんもちょっと似ているんですよね」

碧は困ったような顔で付け加えたのだった。

やはり渚は、〝前の世界〟でも床次礼音と付き合っていたのだろう。だが、鬱病を発症して彼との関係は途絶した。〝今の世界〟でいまだに礼音と密会していられるのは、ひとえに美雨が死なず、彼女も鬱病に罹患せずに済んでいるからだった。

美雨もまた同じだ。

存命だからこそ標と別れることなく、いまでは結婚を視野に入れた交際を続けることができているのだ。

美雨が三軒茶屋の交差点でミニバンに撥ね飛ばされたりせず、渚が鬱を患うことのない〝今の世界〟とは要するにそういう世界であり、そういう世界を作り出した張本人は功一郎なのだった。

自分自身がそのように仕向けた〝今の世界〟において、自分がこれ以上の介入を行うのは、本来望んでいたはずの〝今の世界〟を余計に混乱させ、さらには破壊してしまうだけなのではないか？

そんな気がしていた。

美雨が生きている――それだけを念じていた功一郎にとって、確かに渚の裏切りや美雨の妊娠中絶は決して歓迎すべきものではなかったが、しかし、美雨が生きている世界ではそのように出来事が進行していくのがごく自然な流れなのかもしれない。

この「美雨が生きている世界」で生きる限り、自分は渚の裏切りも美雨と標との関係もそのまま受け入れるしかない――彼は次第にそう思うようになっていったのだ。

そして、そんなふうに達観せざるを得なくなった最大の理由は、霧戸ツムギの失踪にあった。

あの日、会社の応接室Bで「道」の前に立った霧戸ツムギは、意識だけを「道」に吸収されたわけではなかった。

功一郎の予想を大きく裏切って、彼女は身体ごと、いやそれどころか手にしていたプラダのバッグや身につけていた衣装、耳のピアスさえも残すことなく一瞬で「道」の中へと吸い込まれていったのである。

この驚くべき事実が示唆するものは重大だった。

霧戸は〝今の世界〟から完全に消滅した。

だが、その一方で、霧戸が消滅した〝今の世界〟はいまもって厳然と存在し、〝前の世界〟からやって来た功一郎はそこでこうしてちゃんと生き続けているのである。

——ということは……

そうなのだ。

二〇二一年の二月二十四日、功一郎があれによって抜け出した〝前の世界〟もまた、〝今の世界〟とは別の次元で変わらずに存在し続けているということになる。

霧戸の事例から分かることは、長倉人麻呂邸で「道」の中に吸い込まれた功一郎自身も、提げていたリュックや着ていた服を全部持って肉体ごと消え去ったに違いないということだった。霧戸がそうやって忽然と〝失踪〟したように彼自身も〝前の世界〟から失踪してしまったのだ。

そうであれば、あの日、カツ丼の材料を買って帰宅した家政婦の高橋さんは、玄関の靴だけを残して功一郎が姿を消してしまったのに気づくことになる。靴の点には不審を抱きつつも、彼女は、功一郎が急用か何かで長倉邸をあとにしたと判断し、昼過ぎに戻ってきた長倉人麻呂にもそのように報告しただろう。

一方、松葉町の家で留守を守っていた渚と碧は思わぬ事態に直面せざるを得ない。

帰るはずの二十四日夜にも彼が戻らず、それどころか連絡もなく、碧からの電話やラインにもまったく反応がない。困惑した二人は功一郎の身に異変が起きたのではないかと心配を募らせる。

一晩待っても音信不通のままで、思い余った碧は、我孫子工場やフジノミヤ食品本社に問い合わせを行うだろう。

しかし、工場にも会社にも功一郎からの連絡は来ていない。

当然、北九州のフクホク食品黒崎工場にも照会するだろうし、当夜の宿泊先である小倉のホテルにも電話して、功一郎の宿泊と翌朝のチェックアウトを確認する。だが、それ以降の足取りは容易には摑めないと思われる。

八方手を尽くして箱崎公民館の女性館長にたどり着き、九州大学正門の門衛所に残された訪問票から長倉邸を功一郎が訪ねたところまで突き止めたとしても、それでもそこから先の足取りを割り出すのは不可能だ。

長倉人麻呂は、

「自分がここに戻ったときには、もう功一郎君は帰ってしまったあとでした」

と証言するだろうし、彼としては「そのあと功一郎君がどこに行ったか見当もつきませんね」と答えるほかないのだ。

当日の福岡─羽田便の搭乗者名簿にも功一郎の名前はなく、長倉邸を出たあとの姿は周辺の防犯カメラにも捉えられていない。

警察の助力を得ても手がかりはまるで見つからず、一ヵ月も過ぎたところで功一郎の失踪は確定的になると考えられる。

突然、功一郎に蒸発された渚と碧は一体どうするのだろう？

彼女たちの戸惑いと混乱は察するに余りある。

娘の美雨に続いて夫の功一郎まで失った渚の精神状態は限界を超え、一気に破綻をきたしてしまうのではなかろうか？

そんな姉を抱えて途方に暮れる碧の絶望はいかばかりであろうか？

〝前の世界〟がいまも存在するのであれば、あれによって救われたのは功一郎一人だけということだ。それどころか、彼が〝前の世界〟から抜け出したことで置き去りにされた渚と碧はこれまで以上の苦境へと追いやられてしまう。

――俺だけが苦しみから逃れ、結果的に二人を不幸のどん底に突き落としてしまった……。

〝今の世界〟での渚の不倫問題など、向こうで二人が背負う苦しみに比べれば物の数ではあるまい。

いや、問題はそれだけではない。

自分が消滅しようが、遺体になってしまおうが、どちらも世界が二つ存在することを証明してしまうことに変わりはないではないか。

醒めない夢を見続けるようにして、懸命に意識野に起ち上がらせまいとしてきたもの――

それは、碧たちを置き去りにしてきた世界の存在だった。

あの朝、柏の葉キャンパス駅で見送ってくれた碧の疲弊しきった顔が常に脳裏から離れなかったのは、心のどこかで彼女を裏切ってしまった己の罪を深く自覚していたからではないか？

霧戸ツムギを送り出したあと、功一郎の頭を占めているのは、そうやって残してきた二人のことばかりだった。とりあえずは〝今の世界〟で平穏に生きている美雨や渚のことよりも〝前の世界〟にいる二人のことが案じられて仕方がない。

しかし、彼を悩ませている大きな問題は他にもまだあった。

功一郎があれを試したのは、前回が初めてだったわけではなかった。その四十年以上前の一九八〇年（昭和五十五年）三月に彼は最初のあれを行っている。

あのときも肉体や中学の制服ごと別の世界へと移動したとすると、当時箱崎にあった広大な長倉邸の離れで、彼は今回と同じように〝前の世界〟から蒸発してしまったことになる。

そして、その〝前の世界〟がそのまま存続していたのだとすれば、中学生だった功一郎の失踪は大事件へと発展していたに違いない。

何しろ、あの日、長倉邸には人麻呂だけでなく母の美佐江もいたのだ。母屋で美佐江にオレンジジュースを飲ませて貰ったあと、彼は離れの人麻呂を訪ね、人麻呂がカフェオレを淹れるために書斎を出た隙に「道」の前に立って絵の中へと吸い込まれたのだった。

カフェオレをお盆に載せて書斎に戻った人麻呂は、功一郎がいなくなっているのに気づく。

トイレだろうと思って待っていても一向に戻ってこず、少し心配になって離れの各部屋をざっと調べ、それから母屋へと渡り廊下を渡って捜しに行っただろう。だが、当然いるはずの功一郎は母親のところにもいない。いささか面妖な心地になって人麻呂は再び離れに戻り、玄関で功一郎の靴があるのを確認する。そうなると、功一郎が建物の外に出ていないのは間違いない。今度は二階も含めて離れの部屋を念入りに捜索し、それでも見つからず、美佐江にも告げて母屋の各部屋も二人で見て回る。だが、さきほどまで離れの書斎の革張り椅子に座っていたはずの功一郎の姿はどこにも見つからない。

そのあたりから事態は徐々に緊迫の度を増してくる。

功一郎が靴も履かずに外に出たとはおよそ考えにくい。

やがて二人は血眼（ちまなこ）になって部屋という部屋を捜し回るだろう。しかし、功一郎を発見することはできない。

刻々と時は過ぎ、当主である長倉彦八郎も帰宅する。

その頃には、功一郎の自転車が長倉邸の玄関に置かれたままなのも確認されているだろうし、美佐江は箱崎団地に一度戻って、功一郎の不在を確かめてもいるはずだ。

最初は「もう高校生になる年齢なんだ。心配し過ぎだよ」と楽観していた彦八郎も夜が更けるに従って深刻な面持ちへと変わっていく。

当日か、遅くとも翌朝には警察への通報が行われるだろう……。

——母はたった一人の息子が神隠しにでも遭ったように姿を消して、その後、どうやって生きていったのだろうか？

これまでは、もしも〝前の世界〟が続くのであれば、肉体はそこに〝死体〟となって残される可能性が高いと功一郎は想像していた。同じ制服でわずか二日前に戻った初回のときはともかく、今回のあれで〝今の世界〟にやって来ることができるのは自分の意識だけだと明確に認識した。だから自分の意識が別の世界に移行したあとも〝前の世界〟が続くようなことがあれば、肉体や衣服はその世界にそのまま取り残されるしかないだろうと想像したのだ。

だが、それはあくまで想像であって、現実に死体だけが残されるような世界が存続することなどあり得ないはずだと思いたい自分もいた。

そういうことは考えても意味のないことだと割り切っていたし、あれはタイムトラベルと同じようなものなのだから、世界自体は一つきりに違いないと信じていたのだ。

霧戸にあれを行うまで、功一郎にとってのあれはあくまで自分一人のものだった。なのでそこに客観が入り込む余地はなかった。あれは徹頭徹尾、主観的な経験に過ぎなかった。我思う故に我あり——自分が認識する観念世界だけが唯一の世界であり、それ以外の世界を想定する必要はなかったのである。

ところが霧戸にあれを行わせることで、彼は厄介な問題を抱え込んだ。霧戸が「道」に吸い込まれたあとの世界を〝現実〟のものとして受け入れざるを得なくなったのだ。

霧戸が消えたあとも続く〝現実〟の中にこうしてありありと自分自身という主観が存在しているのだから、その実在は素直に認めるしかない。

霧戸の消滅によって、功一郎はあれを客観的なものとして把握し直す必要に迫られたのである。

そしてもう一つ、大きな問題が生じていた。

それは、あれとタイムトラベルとのあいだの〝違い〟の問題だった。

もともと両者には大きな違いがあった。

タイムトラベルの場合、二十歳の自分が十年前に戻れば、そこには十歳の自分がいるし、十年後に跳躍すればすでに三十歳になった自分が存在している。だが、あれはそうではない。最初のあれのときも前回のあれにおいても時間を遡ったのは意識（記憶）のみだった。

従ってあれの場合は、タイムトラベルとは違ってもう一人の自分と出会うことはない。あれは、いわば〝前の世界〟の意識（記憶）を〝今の世界〟の肉体に移植する行為なのである。

だからこそ、霧戸が無事に旅立てたときは、彼女の肉体は〝死体〟となって残置されるしかないだろうと予想したのだった。

だが、実際には霧戸はタイムトラベルと同じように肉体ごと「道」の中へと吸い込まれてしまった。つまり彼女の失踪は、世界が唯一ではないという厄介な現実を証明するだけにとどまらず、肉体や衣服だけが残置される〝また別の世界〟があることを示唆していると言える。功一郎の体験からしてそれは確実なように思われた。

だとすると、霧戸の肉体やモスグリーンのワンピース、ブラウンのブーツやプラダのバッグ、耳につけていたピアスは一体どこに行ったのだろうか？

さらには、功一郎自身の肉体や衣服、提げていたリュックは一体どこに行ってしまったのか？

霧戸を送り出してからこの方、功一郎はその問題がどうにも頭から離れなくなってしまったのである。

第五部

1

二〇二一年二月十二日金曜日。

前日が「建国記念の日」で休診だったこともあり、休み明けの病院は患者たちで混み合っていた。慈恵医大柏病院の各科外来はB棟の一階と二階に分かれているが、精神神経科は内科や小児科などと同じく二階にある。

内科の広い待合ロビーは患者たちでごった返している。

ずらりと並んだ長椅子もほとんど埋め尽くされていた。といっても、一月七日に一都三県に発出された緊急事態宣言がいまだ継続中なので、マスク姿の患者たちは相応の距離を保って着座している。それもあって、椅子に座れない人たちが周辺に散らばり、まるで満員電車のような様相を呈しているのだった。

渚がいつも通院している精神神経科の診療受付は、その内科の待合ロビーの前を通ってさらに奥に進んだところにあった。

一つ手前が眼科で、こちらも常に混雑しているのだが、B棟の一番端っこに位置する精神神経科は休日明けでもそれほどの人数ではなかった。

精神神経科は外来だけで、専門の入院病床はない。外来診療時間も午前中のみで、そのうえ診療科の性質上、飛び込みの患者はほとんどいないためほぼ全員が予約済みの患者たちなのだ。

そんなわけで、月に一度の診察も予約時刻に合わせて顔を出せば、長めに待たされたとしても三十分程度で済むのだった。

渚の主治医の小針俊直（こばりとしなお）医師は診療部長であり、慈恵医科大学の教授でもある。気分障害、つまり鬱病や躁（そう）鬱病の専門家だ。

痩身長軀で、白髪交じりの髪にメタルフレームの眼鏡。眼鏡の奥の瞳はいつも温かみのある光を宿している。しばし対峙しているだけでささくれだった気持ちが平らかになるような、そういう精神科にうってつけの佇まいのお医者さんであった。

年初には全国での一日の感染者数が六千人を超え、特に増加傾向が著しい首都圏では破局的な医療崩壊の発生が危惧されたが、一月七日の東京、千葉、埼玉、神奈川の一都三県への緊急事態宣言発出の効果もあったのか、一月後半から徐々に感染者数は減り始め、二月に入るとピーク時の四分の一ほどになっていた。

昨日の感染者数は全国で一六九〇人。東京は四百三十四人で、功一郎たちの住む千葉県は百二十七人だった。

まだまだ油断できる数字ではないが、さほど混み合っていない精神神経科を訪ねるくらいのことはできると思われた。これまでも緊急事態宣言が発出された直後の診察はキャンセルしていた。代わりに功一郎か碧が小針医師と電話でやりとりし、それをもとにした処方箋を松葉町の家まで送って貰って最寄りの薬局で薬を入手していたのだった。

というわけで、十二日は今年に入って初めての受診でもあったのである。

病院には功一郎が付き添った。精神科の都合上、診察室にまで一緒に入ることはできないが、代わりに診察後、功一郎が別途小針医師の話を聞かせて貰う仕組みになっている。

ところがこの日は、診察を終えたところで小針医師が、まだ渚のいる診察室に招き入れてくれたのだった。

「お待たせしました」

そう言って、医師は自ら折りたたみ椅子を開いて、功一郎の分の場所を渚の隣に作ってくれる。

「ずいぶんと回復されているようですね」

明るい声で言った。

「そうですか？」

「ええ」

功一郎は隣へと顔を向ける。渚が笑みを浮かべてこちらを見返してきた。

確かに年明けから、彼女を包み込んでいた薄(うっす)らとした霧のようなものが次第に晴れてきているのを功一郎も碧も感じていた。

「睡眠の問題もかなり改善していますし、薬を少し減らしてみようと思います」

「先生、本当ですか？」

「はい」

小針医師が力強く頷く。

小針医師に診て貰うようになってもうすぐ二年になるが、彼の方から減薬の話を持ち出してきたのは初めてだった。いままで何度か功一郎の方からやんわりと求め、そのたびに、

「唐沢さん、あんまり薬を悪者と思わないで下さい。いまだってそんなにたくさんのお薬を出しているわけじゃありませんから。いつも話している通りで、鬱病というのは焦らずにじっくりと付き合うのが回復の一番の近道でもあるんですよ」

と拒まれてきたのだった。

その小針医師の方から薬を減らすと提案してきたのだから、渚の回復は本物と考えて間違いなさそうだった。

「先生、ありがとうございます」

功一郎は隣の渚をもう一度見てから、正面の医師に向かって頭を下げた。

処方箋を受け取り、病院の近くの薬局で薬を貰う。そのあいだ渚は薬局の駐車場に駐めた車の中で待たせていた。薬が出てくるまでの間に碧にラインをする。

回復が順調で、ついに薬を減らすことになったと伝えると、

〈おめでとう！〉

というポップアップスタンプが続けて三種類も送られてきた。

〈今日は、お祝いに何か美味しいものを作ります。〉

というメッセージに、

〈じゃあ、買い物は僕たちで済ませてきます。何を買ってくればいいか食材のリストをお願いします。〉

と返信した。

病院からだと松葉町までの帰り道にモラージュ柏というショッピングモールがあり、そこにヤオコーが入っていた。ヤオコーは埼玉県発祥の食品スーパーだが、その品揃えの良さに定評があった。功一郎たちは柏に来てヤオコーの存在を初めて知り、あっと言う間にヘビーユーザーになったのだった。

モラージュ柏でたっぷり食材を仕入れ、帰宅したのは正午過ぎ。

お昼はヤオコーの調理パンで三人とも簡単に済ませ、夜勤明けの功一郎は一階の寝室に入った。渚もさすがに疲れたのか功一郎と一緒に隣のベッドに横になっている。

碧はリモートワークなので自室での仕事に戻っていた。

功一郎が起きたのは午後四時過ぎだった。一睡もせずに渚の病院に付き添ったので三時間

ほどの睡眠では足りなかったが、なんとなく目が覚めてしまったのだ。

隣のベッドを覗くと渚が気持ちよさそうに眠っている。彼女もあのまま寝入ってしまったらしい。

音を立てないように布団を畳み、功一郎は一階の寝室を出た。長い廊下を歩いてリビングダイニングルームのドアを開ける。

美味しそうな匂いが廊下まで漂っているので、碧が料理をしているのはすぐに分かった。

ドアの開く音に碧が鍋の蓋を持ったまま振り返る。

ビーフシチューのいい香りがした。

「仕事なのに悪いね」

今夜は碧の得意料理のビーフシチューなのは、送ってくれた食材リストで分かっていた。シチュー用のもも肉と飴色に炒めた大量のタマネギを鍋で煮込むのだが、ハインツのソースをメインに何種類かのデミグラスソースを併せ、それに赤ワインやケチャップ、バター、さまざまな香辛料を入れて作り上げる彼女のシチューは、手間と時間は何分の一のはずなのに洋食屋顔負けの旨さなのだった。

渚も煮物が得意だったが、もっぱら魚や野菜の煮付けが主だった。一方、碧はシチューやカレー、ポトフといった洋風を好んで作っている。

最近でこそ、渚がキッチンに立って簡単なものを作ることもあったが、昨年まではずっと調理担当は碧と功一郎だった。といっても夕食のメインはもっぱら碧が作り、功一郎はサラダや味噌汁、スープをこしらえたり、あとは食器洗いやキッチンの掃除を主務としていたのだ。

今日のように彼が夜勤明けで碧も在宅勤務の折などは、うどん、そば、ラーメン、焼きそばといった昼食を功一郎が用意することも多かった。柏市に転居してからの一年十一ヵ月で麺類の腕前はずいぶん上がったと自負している。

「さてと」

鍋の蓋を戻して、碧がガスの火を弱める。

「これであと一時間半くらい煮込めばできあがり」

彼女は、腰に巻いたエプロンを外しながら、

「おにいさん、サラダをお願いしますね。生ハムは最後に載せればいいのでパックは開封しないで下さい。シチュー用の茹で野菜とカルパッチョはあとで私が作りますから」

と言い、

「あとバゲットも食べる直前に切るので、いまは袋に入れたままにしておいて下さい」

と付け加える。

「じゃあ、私はもう少し仕事をするので」

彼女は畳んだエプロンをダイニングテーブルの自分の椅子に掛けると、さっさと自室に引

きあげたのだった。

夕方六時過ぎには渚も起きてきた。

いつものように渚は先に入浴を済ませ、それから三人で夕餉の食卓を囲む。時刻は七時になっていた。

普段は渚の前ではアルコールは控えているのだが、今夜は、減薬のお祝いということで赤ワインを一本抜いた。そのワインは、フジノミヤ食品が出資する山梨のワイナリーが作る国産ワインだったが、昔ながらの葡萄酒の趣があって飲みやすく、近年多くのスーパーに卸して人気を博している商品だった。クリスマスにケースごと取り寄せて、碧にプレゼントしたところ、えらく気に入って飲んでくれていた。

「私の分もお願い」

グラスを取りに行った碧の背中に渚が声を掛ける。

「もちろん」

碧は三個のグラスを片手で器用に挟んで戻ってきた。

みんなで乾杯した。

一緒に暮らし始めて、そうやって乾杯するのは初めてのことだった。

渚が神妙な面持ちでグラスに注がれたワインをすする。

その様子を功一郎も碧も息を詰めるようにして見つめていた。

「どう？　大丈夫？」

少し不安そうに碧が言う。

「ぜんぜん。すっごく美味しい」

ちゃんと一口飲み干してからグラスを置くと渚は笑みを浮かべた。

それから十時近くまで一緒に過ごした。テーブルの後片づけは先送りにして、テレビの前のソファに三人で移動し、バラエティ番組を視聴した。

渚は口数も多く、タレントたちの益体もないトークによく笑い声を上げた。そういうところだけ見れば、鬱病などすっかり吹き飛ばしたように思えるくらいだ。

十時近くになって、さすがに疲れが出たようだった。

「寝ようか？」

と言うと素直に頷いた。

「今夜から薬、減らす？」

すると小さく首を振る。

「今日はいつも通りにしておく。まだ何日分か残っているから」

冷蔵庫の扉に掛けてあるカレンダーポケットの方へ目をやりながら渚が言う。

朝、晩の薬は、そのポケットに入れてある。睡眠剤は夜だけだから、晩のポケットの方が少しふくれていた。

碧の方は一人でダイニングテーブルの自席に戻って、残っていたワインを手酌で飲み始めていた。渚は一口二口だったたし、功一郎たちも大して飲まなかったのでまだボトルには中身が半分以上残っていた。

「碧ちゃん、テーブルの上はそのままにしておいて。あとで僕がやるから」

功一郎はそう言い置いて、薬を飲んだ渚と一緒にリビングダイニングルームを出たのだった。

ふと、足下から這い上がってくるような冷気を感じて目を開ける。

常夜灯のオレンジの小さな光が見え、ぶるっと身を一度震わせて上体を起こした。

一瞬、自分がいまどこにいるのか分からなかったが、夜目に慣れるうちに意識がクリアになった。

微かな寝息が耳元に届く。

そうだった。いつものように部屋の明かりを落として渚を見守っていたのだ。彼女が寝入ったらリビングダイニングに戻って片づけをするつもりだった。

知らないうちに自分までベッドの脇に畳んである布団に寄りかかってウトウトしてしまったようだ。

夜勤明けの睡眠不足がたたったのだろう。最近、たまにそういうことがある。功一郎もあと二ヵ月足らずで五十七歳。寄る年波には勝てないと言うべきか……。

静かに立ち上がってベッドの中の渚を覗き込む。暗いから顔色までは分からないが常夜灯の明かりで表情ははっきりと見て取れる。

いつになく穏やかな顔で、渚はぐっすりと眠っているようだった。薬の力も借りているので、こうして眠ると朝まで起きることはない。功一郎や碧が飛び起きるような夜中の地震でも彼女が目覚めたことはいままで一度もなかった。

玄関脇の寝室を出てリビングに向かう。廊下に置いたコンソールテーブルの上の時計で時刻を確かめる。

もうすぐ十一時。一時間近くも寝てしまったようだ。

リビングダイニングの向こうは静かだった。結局、後片づけは碧がやってくれたのだろう。申し訳ないことをしてしまった。

ドアを開けると、テーブルの上はそのままだった。食べ終えた食器やカトラリーはさすがになくなっていたが、碧がつまみにしていたカルパッチョの皿やあとから出したチーズ、それにボウルに盛り付けた野菜サラダなどはテーブルにある。

そして、碧も椅子に座っていた。手元のグラスには飲み残しのワイン。その代わりボトルの方はすっかり空になっている。

碧は、功一郎が入ってきても顔を上げなかった。

椅子の背に預けた身体を少し丸めて俯いている。肩越しに見えるキッチンのシンクにはまだ汚れた食器が積まれていた。

小刻みに碧の細い肩が揺れている。

功一郎はその場に立ち止まって、静かに眠っている碧の姿を見た。

三分くらいじっと眺めていただろうか。ようやく我に返った心地ですぐそばまで近づき、

「碧ちゃん」

と声を掛ける。反応がないので、右手を彼女の左肩に置いて小さく揺すった。

それで碧がはっとしたように身体を真っ直ぐにする。大きな瞳を見開いて功一郎を見つめていた。

「寝落ちしちゃった。ごめんなさい」

「きみももう寝なよ。洗い物は僕がやっておくから」

「おねえちゃんは？」

「ぐっすり眠っている」

「よかった」

あー、今日は良い一日だったなあ、と呟きながら伸びをするように碧が立ち上がる。

そのときだった。右足が椅子の前脚に引っかかるような感じになって大きくよろけてしま

ったのだ。

慌てて功一郎が一歩進んで両手で倒れそうな彼女を抱きとめた。

懐にその身体がすっぽりとおさまる。

碧はなぜか離れなかった。

無言で身じろぎもせずに功一郎の胸に頬を当て、彼の腰に自分の腕を回している。彼女の鼓動が直に伝わってくるのを感じた。

そうやって長い時間二人で立ち尽くしていた。

やがて自分から身体を離すと、碧は上目遣いに功一郎を見つめた。

相変わらず何も言葉は発せず、彼女は自分の部屋のドアの前に行き、ドアノブを握ってゆっくりとそれを開けた。部屋には入らず、ドアの前に立って、こちらを振り返る。

またじっと功一郎の瞳を見つめてくる。

功一郎はその瞳を見返すことができなかった。しかし、足は自然とドアの方へと向かっていく。

自分でも自分が何をしているのか、何をしようとしているのかが分からない。

ドアの前の碧を通り過ぎるようにして先に部屋へと入る。部屋は暗かったが、ダイニングからの明かりで内部の様子は見て取れる。今日までこの部屋には一度も足を踏み入れたことがない。中を覗いたこともなかった。

奥の壁際にベッドがあった。

そのベッドに視線が吸い寄せられる。

碧が部屋に入る気配を背中に感じた。

ドアが再びゆっくりと閉まっていく。

光は徐々に失われ、そして真っ暗になった。


渚の二度目の自殺未遂はその三日後、二月十五日月曜日の深夜に起きた。

月曜日は功一郎の作った塩焼きそばを三人で食べて、彼は午後遅くに家を出て我孫子工場に向かった。

出かけるまでの渚の様子に変わりはなかったし、碧によれば夕食も普通に食べて、その日は早めに寝室に引きあげたのだという。

碧の方は急ぎの仕事があったので、夕食後はすぐに自室に籠もって作業に没頭していたようだ。一段落して時計を見ると午後十一時を回っていた。キッチンにビールを取りにいくついでに、いつもの習慣で姉の寝室を覗きに行った。

するとドア越しにも尋常ではない唸(うな)り声が聞こえてきて、碧は仰天して部屋に飛び込んだのだった。ベッドサイドテーブルに空になった水差しとコップ、大量の薬のカラが散っているのを一瞥して渚が何をしたのかはすぐに分かった。

急いで救急車を呼び、三日前に診察を受けたばかりの慈恵医大柏病院に譫妄(せんもう)状態の渚を運んだのだった。

火曜日の午前二時過ぎに碧からその連絡を受けたとき、功一郎は背筋が凍りつくような感覚に見舞われた。碧は何も触れなかったが、しかし、彼女も同じことを思っているのは電話口から伝わってくる気配で充分に汲み取ることができた。

三日前の晩のことに渚が気づいたとは思えない。

しかし、年明けからずっと元気で、しかもあの慎重な小針医師でさえ折り紙を付けた回復ぶりの渚が、いきなり自殺未遂をするなどあり得ないことだった。もし、その行動に何らかの理由があったとすれば彼女が金曜日の出来事に勘づいたと考えるほかはない。

――この人は、俺たちの裏切りに気づいていたのだ……。

病院に駆けつけて、眠っている渚の青ざめた顔を見つめながら功一郎は確信した。

先に帰した碧もきっとそう感じたと思う。

そして、渚の二度目の自殺未遂から九日後の二月二十四日水曜日、功一郎は前日からの北九州への視察旅行の機会を摑まえて、あれを実行した。

自らの心の在処(ありか)をすっかり見失ってしまい、彼は、〝今の世界〟へと落ち延びてくるしかなかったのである。

2

二〇一九年十月十四日月曜日。

夕方、美雨がめずらしく家に戻ってきた。

ふだんは金土日と標の部屋に泊まって月曜日に帰宅するのだが、この日は体育の日で休みだった。そういう場合は月曜日も用賀に泊まってくるのが最近はもっぱらだったので、功一郎も渚も美雨が帰宅するとは思っていなかったのだ。

美雨はもともと四日間しかこちらにいないし、その四日もバイトのときは帰りが深夜になる日もある。功一郎の方も役員就任以来、残業や接待が大幅に増え、夕食時までに帰宅できる日は少なくなっていた。この数ヵ月、三人で夕餉の食卓を囲むのは、週に一度あるかないかという状態だが、渚の裏切りを知った功一郎にすればそれはそれで好都合だったし、美雨の方もそこは似たり寄ったりだろうと思われる。

渚は渚でいまのところは、そのことに別段不満があるふうではなかった。

彼女も六月にタック・アートフラワースクールの取締役に就任し、当初は「名前を貸すだけ」という話だったが、現実には経営陣の一人として何かと仕事を割り振られているようだ。

教室数の倍増と同時に、それまで深川ギャザリア内に置いていた会社本部を葛西駅前のビルに移したらしく、渚は授業のある日以外にも葛西の本部に頻繁に顔を出して会議などをこなしているのだった。

ただ、本人はそうした講師以外の仕事にも魅力を感じているようだ。もとから事務能力に長(た)けた細心緻密な性格だし、本部で働けば社長の床次礼音ともおおっぴらに同じ時間を共にできるのだから彼女にすれば願ったり叶ったりなのかもしれなかった。

美雨も加わって久々に家族揃っての夕食となった。

メニューは鯛飯と天ぷら。それに松茸のお吸い物だった。

美雨が戻るとラインで知って、松茸は渚が奮発したのだろう。お吸い物だけでなく天ぷらにも松茸が入っていた。

美雨も今日は楽しそうに大学の話など披露して、食事は和やかに進んだ。

食卓が片づいてデザートの柿が出てきたところで、

「実はおとうさんとおかあさんにお願いがあるの」

柿に手をつける前に、美雨が改まった口調になる。

——なんだ、やっぱりそういうことか……。

めずらしく祝日に帰ってきたのは何か理由があってのことだろうと思っていた。渚も恐らく同じだろう。

「実はね、今週いっぱい、用賀の標さんの部屋に泊まり込みたいの」

美雨は功一郎と渚の顔を順番に見る。

「というのも、明日から標さんが三泊四日の管理職研修で部屋を留守にするの。で、そのあいだ彼が飼っている猫たちのお世話を私がしようと思っているの」

「猫？」

先に口を開いたのは功一郎だった。

「彼は猫を飼っているのか？」

「そうなの。この春に保護猫を二匹、引き取ったの。さいわいいまのマンションはペット可だったから。石巻に住んでいる彼の高校の同級生が震災のあとから動物の保護活動のボランティアを始めていて、その同級生から連絡があって猫を引き受けてくれないかって頼まれたのよ。それで、三月にレンタカーを借りて石巻まで二人で迎えに行ってきたの」

「じゃあ、三月からずっと猫と一緒に暮らしているわけだ」

「そう。引き取ったとき生後二ヵ月で、まだ一歳にもならない子猫たちなんだけど、すっごく可愛いよ。ただ、赤ちゃん猫だからずっと誰かが面倒を見てあげないといけないの。三日間も二匹だけで過ごさせるなんて無理だし、昼間だけってわけにもいかないの。心配なのは昼間じゃなくて夜中の方だから。オスとメスのきょうだいなんだけど、メスの方が食が細くて、なのによくお腹をこわすから、ご飯をたくさん食べる夜は付き添ってあげないと不安なの」

「じゃあ、明日から木曜日まで美雨が彼の部屋で一人で過ごすって言うのか」

「一人じゃないよ。猫たちが一緒だもん」

「そういうことなら、誰か標君の友人にでも頼めばいいだろう。何も美雨がわざわざ泊まり込む必要はないだろう」

「そうはいかないよ。猫たちがなついているのは私たちだけだし、まさか標さんの友だちに三日も泊まり込んでくれなんて言えないもん。みんな仕事や家庭を持っている身なんだから」

美雨はそう言い、

「それにあの子たちはうちの子なんだよ。あんなに小さいのに他人に任せたりできないよ」

と付け加えた。

「うちの子ってどういう意味？」

そこで初めて渚が口を開く。美雨がよく分からないような表情を作ると、

「うちの子って一体どこのうちの誰の子なの？」

美雨がぽかんとした顔で渚を見ている。

「美雨、あなた、何か大きな勘違いをしているんじゃないの？」

渚が押し殺した声で言う。

「あなた、標さんと所帯でも持っているつもりなの？　誰がそんな勝手をしていいって言った？　私たちが黙っているからって、自分は何をしてもいいって考えているの？　それとも、あなたはもうこの家を自分の家だとは思っていないってこと？」

美雨は啞然とした表情でじっと渚を見ている。一度、座り直すように姿勢を改め、

「おかあさん、私はそんなつもりで言っているんじゃないの。猫たちのために今週だけ用賀に泊まらせて欲しいってお願いしているだけ。もし、それが無理だというなら、猫たちをこの家に連れてきてもいい。私の部屋で面倒を見て、おかあさんたちには迷惑をかけないって約束する。その代わり、猫のフードやお皿やベッドやトイレやらを持ち込まなくちゃいけないからうちの車は使わせて欲しい。それだったら明日の夜にここに二匹を連れて戻ってくるから」

と言った。

渚はその言葉を聞いて、これみよがしのように大きなため息をついてみせた。

「美雨。あなた、これからどうするつもりなの？　まだ標さんと付き合い続けるつもりなの？　そんなヘンな猫なんかまで引き取って、夫婦気取りで世話まで焼いて。あなたはまだ学生の身分だし、八月にやっと二十歳になったばかりなのよ。これから幾らだってやれることがあるのに、どうして自分で自分の人生をそうやって狭めてしまうの？　そもそも私やおとうさんのことをあなたはどう考えているの？　十代で中絶までして、あげく、十六歳も違

うバツイチの男といまだにズルズルと付き合って、そんなのってみじめで情けないと思わないの？　あなたはそういうまともな感覚までなくしてしまったの？」

「やめなさい」

さすがに功一郎は隣の渚に向かって言った。

「幾ら母親でも、ちょっと言い過ぎだぞ」

すると渚は、

「何が言い過ぎなの？　あなただって同じことを思っているんじゃないの？　だってそうでしょう。美雨があの男の留守中、男の部屋に泊まり込んで子猫の世話をさせられるのよ。どうしてうちの娘がそんな目に遭わなきゃいけないの？　その標って男は一体何を考えているのよ。美雨のことをまるで召使いか何かとでも勘違いしているんじゃないの。美雨や私たちを馬鹿にするにもほどがあるわ」

食ってかかるというのではなく、いかにも彼女らしく静かな語調だった。

「別にそんなに大袈裟な話でもないんじゃないか。現に美雨は外泊が無理ならうちで猫の面倒を見ると言っているんだし、それならそれでいいんじゃないのか。確かに一歳にもならない子猫たちを三日間も夜中に放置するのは不安だろう」

功一郎が言うと、

「あなた、どうしちゃったの？　どうしてこの家にそんな猫を置いてやらなきゃいけないの？」

「ヘンな猫とか、そんな猫とか、そういうひどい物言いはやめて下さい」

黙り込んでいた美雨が、母親を睨みつけるようにして言った。

「私はあの子たちの親代わりなんだから、ちゃんと育てる義務があるの。おかあさんが幾ら反対しても今週は向こうに泊まって、あの子たちの面倒を見ます」

「親代わり？」

今度は渚の方が呆れたような表情を作る。

「分かった。じゃあ、そうしなさい。今日からでも向こうに戻ればいい。ただし、もしそうするなら、あなたは、もう二度とこの家には帰ってこなくていいから」

彼女は躊躇う気配は微塵も見せずにはっきりとそう言った。

美雨は何も返事をせずに椅子から立ち上がる。

無言のままリビングダイニングを出て自室へと向かった。

「幾らなんでも『二度と帰ってくるな』はないだろう。猫たちをうちに連れてこさせれば済む話じゃないか。標君とのことはきみも放っておくのが一番だと言っていたはずだ」

美雨の部屋のドアが閉まったところで功一郎は言う。

「これは、私たちが彼との関係を絶対に認めないと美雨に思い知らせておくいい機会だと思う。いままで自由にさせていたのも、下手に介入して、親である私たちが標という男を美雨の交際相手と認定するのを避けたかったからだもの。こうなったら思い切り突き放して、美雨に男を選ぶか親を選ぶか真剣に考えさせてみればいいのよ」

渚はそう返してきた。

「僕が標君の顔を見に行ったとき、きみは彼と話せばよかったのにって言っていたじゃないか？」

「だけど、あなたはそんなことはしなかったでしょう？」

「……」

その渚の様子を見ながら、標と神楽坂で会ったことを内密にしておいてつくづく良かったと功一郎は感じていた。

「じゃあ、きみは、美雨があっちを選んだらそれでいいというわけか？」

「前にも言ったけど、そうなったらもうどうしようもないでしょう。大学を出るまで金銭的な面倒を見て、あとは二人の勝手にさせるしかないのよ」

「要するにゲームオーバーってわけか」

「そうね。まさかとは思っていたけど、こうなってくるとその可能性も出てきた気がするよね」

渚は意外にサバサバとした口調で言う。

「あの子がそんなに標さんのことを好きなら、親の私たちがその心を変えるのは不可能だもの。若いというのはそういうことでしょう。もう少し大人になれば、周囲に迷惑をかけずに人を愛する方法も分かるようになるだろうけど、美雨はまだ二十歳になったばかりなんだから」

功一郎は渚の顔から目を逸らす。「周囲に迷惑をかけずに人を愛する方法」という一語が胸の奥に突き刺さってきた。

功一郎はその一言に渚の傲慢さを強く感じた。

——そんな便利な方法を操れる「大人」なんていないんじゃないのか？　きみにしても俺にしても……。

内心で呟く。

十分ほどで美雨が部屋から出てきた。旅行に使うキャリーケースを手にしている。どうやら今夜から向こうに泊まるつもりのようだった。

時刻は午後八時半を過ぎたところだ。

「とにかく用賀まで車で送っていくよ」

そう言って功一郎は立ち上がる。渚は止めなかった。

廊下に出て美雨に声を掛ける。

「こんな時間だから、おとうさんが送っていく」

美雨は黙って頷く。

彼女は標から神楽坂でのことも聞いているだろうし、もしかすると碧から渚の浮気を功一郎が知ったという事実も耳にしているのかもしれなかった。

「おかあさんもお前も少し頭を冷やした方がいい」

そう言いながら、功一郎は美雨からキャリーケースを引き取った。

木場で高速に乗るまで二人とも無言だった。助手席の美雨は真っ直ぐに前を向いている。その横顔は母親によく似ていた。

こうやって母親と大喧嘩して、好きな男のもとへと逃げ帰ることができるのも、美雨があの事故を切り抜けて無事に生きてくれているからだ——功一郎は思う。

同時に、渚が、ああして娘のわがままに反発して怒りを爆発させたり、「周囲に迷惑をかけずに人を愛する方法」を知っていれば夫を裏切っても平気だとうそぶくことができるのも、彼女が美雨の死に打ちのめされて鬱の深い淵に転落せずに済んだからなのだ、と自分に言い聞かせる。

美雨が生き続け、渚が健康でいられる世界では、きっとこういう状況が生まれるように功一郎の人生は設計されているのだろう。だとすれば、その設計図に従いつつ、より良い選択を行っていく以外に道はない。

「名前は？」

箱崎ジャンクションを過ぎたところで功一郎の方から話しかけた。

「名前って？」

「猫たちの名前」

「女の子がピッツァで男の子がパスタ」

功一郎が言うと、

「なんか、まんまだな」

「まあね」

美雨が小さく笑う。

「実は、おとうさんからも美雨に話があるんだ」

功一郎は言った。

「時期が来たらちゃんと話すつもりだったんだが、いい機会だからいま伝えておくことにするよ」

美雨がこちらを向くのが分かった。

「おかあさんとは離婚しようと思っている」

美雨の息が一瞬詰まるのを感じた。

「お前には悪かったと思っている。おとうさんが迂闊なばかりに、おかあさんの不倫に何年も気づくことができなかった。碧さんから聞いているかもしれないが、おとうさんがそのことを知ったのはこの六月だ。それから四ヵ月、いろいろと思い悩んできたが、やはりおかあさんとはこれ以上一緒には暮らせないと思う」

「おかあさんにはもう話したの？」

「いや」

功一郎は首を振った。

「お前と標君のことがはっきりしたら話し合おうと思っていた。しかし、今夜のおかあさんの言動を見て少し考えが変わったよ」

「考えが変わった？」

「ああ。美雨たちのことをおかあさんはどうやら半分諦めているみたいだ。それはそれで正しいとおとうさんも思う。一度しか会ったことはないが、おとうさんは標君に美雨を託すのにそれほど不安を感じていないのも事実だ。それに……」

そこで功一郎は少し言い淀む。

「それに？」

美雨が先を促す。

「どうやらおかあさんは、いままで一度も引き返そうという気持ちにはならなかったみたいだ。いまも自分なら家庭を守りつつ相手の男とも長く付き合っていけると信じているらしい。そのことが分かって、これは一刻も早く結論を出すべきだと思ったんだ」

「そう……」

美雨はそこで少しの間を挟んだ。

「私もそうした方がいいと思う。おとうさんとの結婚を続けながら、一方で床次さんとの関係も続けるなんて、おかあさんはどうかしてるってずっと思っていたから」

美雨は相手が床次礼音だということも知っていた。

「去年、標君に会わせろと迫ったとき美雨が猛反発した理由がずっと分からなかった。あのときの鋭い刃物のような視線が忘れられなかったよ。だけど、今回おかあさんのことを知って、どうして美雨があんな目をしたのかやっと分かった気がした。確かに、美雨たちのことに首を突っ込む前に、おとうさんは自分自身の足下をしっかり見つめ直すべきだったんだ」

「おとうさん」

美雨が言う。

「私のことは心配しなくていいから、おとうさんはおとうさんのやりたいようにやって。おかあさんだって自分の好きなように生きているんだもの、おとうさんだけが我慢する必要なんてないよ。おとうさんとおかあさんが離婚したとしても、二人とも私の親であることに変わりはない。私は、二人が自由に生きてくれた方がずっと嬉しい」

さらに言葉を重ねる。

「碧さんは、おかあさんと床次さんのことをおとうさんに伝えるべきだって、ずっと前から言ってた。私がどうしても決心がつかなかったの。でも、いまになってみて、碧さんが言っていたようにすればよかったたって後悔している」

そして彼女は最後に、

「おとうさん、私の方こそ本当にごめんなさい」

と謝ってきたのだった。

美雨が用賀に戻って二日後の十六日水曜日、功一郎は碧を夕食に誘った。メールを送ると〈少し遅めでもいいですか？〉という返信がすぐに届く。

〈じゃあ、久しぶりに新富寿司でいかがですか？　僕は七時くらいには行っています。今夜はいろいろ話したいので、二階の個室を予約しておきます。〉

と送ると、〈ありがとうございます。できるだけ早く伺うようにします。〉というメールが返ってきた。

六月以降、功一郎は月水金の三日は、帰宅を遅くに設定していた。アートフラワースクールの講師を務めるその三日のうちのどれかで渚は床次と逢瀬を遂げているのだ。

床次に抱かれたばかりの渚と一緒に食事をしたり、美雨のことや仕事のことを話し合ったりするのは耐え難かった。同じベッドで眠るのも苦しいので、渚の様子を観察してクロっぽい日は執筆にかこつけてなるべく書斎で寝るようにしている。

そうした日々を数ヵ月送ってきて、美雨にも言った通り、これ以上一緒に暮らすのは非現実的だと感じるようになった。

今日も渚は床次礼音と密会用の人形町のマンションで身体を重ねるのかもしれない。

彼女が役員になってからは、それ以外の日も仕事で家を空けているし、帰宅が遅くなることもしばしばだった。功一郎が渚と距離を取り始めたのと軌を一にして彼女は彼女で床次との関係をさらに深める方向へと舵を切ったのかもしれない。

――いよいよ俺たち夫婦は崩壊過程に突入したのだろう。

いつ離婚を切り出してもよいくらいに機は熟したと言うべきか……。

碧が到着したのは七時半を少し回った頃おいだった。功一郎はメールで知らせた通り、七時ちょうどに新富寿司に入った。

ビールの中瓶一本を空にしたところで、碧が襖を開けて二階の座敷に顔を見せたのである。

「二階にこんなお部屋があるんですね」

掘り炬燵式のテーブル席の向かい側に腰を下ろしながら碧が言う。

「ここは普段は使っていないんだけどね。二代目が二度目の離婚のあとここに住み着いちゃったんで使えなくなったんだよ。まあ常連専用の隠し部屋ってところかな」

「じゃあ、二代目はこの二階に？」

「そうそう。奥の六畳間と八畳間は二代目の私室になってるよ。風呂と水回りもちゃんと付いているしね」

「そうなんですか」

「土地も建物もとっくに完済しているからね。二代目は気楽な身分なんだよ」

「別れた奥さんたちとのあいだにお子さんは？」

「男の子が一人。最初の奥さんとのあいだにね。とっくに成人してサラリーマンをやっているはずだよ」

「息子さんもときどき店に来るのかしら？」

　碧が独り言のように言う。

「まさか。中学生のときに一度会ったのが最後だと思うよ。最初の奥さんは恐ろしく気の強い人でね、僕も初めて会ったときから長続きはしないと思ったよ」

「そうなんですか」

「うん」

　そんな話をしているところに、噂の二代目がビールとつまみを持ってやって来た。

「こんにちは。この前はお世話になりました」

　碧が掘り炬燵から足を抜き、座椅子に正座して頭を下げる。

「とんでもない。こちらこそありがとうございました」

　去年の年末に碧を連れてきたのが最初だったが、それから彼女はちょくちょくここを使ってくれているようだった。

「この前っていつの話？」

功一郎が口を挟むと、

「先週、うちの部会でお邪魔させて貰ったんです」

碧が言う。

「何だか大人数でガヤガヤしちゃって申し訳ありませんでした」

二代目にまた頭を下げていた。

「いやあ、うちはむさ苦しいオヤジばっかりの店だから、若くてきれいな女の子たちがあんなに多勢来てくれるなら大歓迎ですよ。他の客たちも結構嬉しそうにしていました。これに懲りず、今後とも贔屓にしてやって下さい」

「そんなあ。こちらこそ今後ともよろしくお願いいたします」

二代目は、ビール二本と碧のグラス、それに車海老の塩焼きと鰹の刺身、柿の白和えを置くと、あとは何も言わずに出て行った。

そういうあっさりしたところが二代目の真骨頂でもある。

渚とうまくいっていないことは、彼にはそれとなく伝えてあった。

ビールで乾杯したあと、

「実はね、もう聞いているかもしれないが、月曜日に渚と美雨が喧嘩しちゃって、いま美雨は標君の部屋に行ったきりになっているんだ」

碧が鰹の刺身に箸を入れながら、

「月曜日の晩に美雨ちゃんからラインが来て、大体のことはそのとき」

と言う。

「そうか」

「昨日の夜に電話でも話しました」

「そう」

「美雨ちゃん、おかあさんに謝りたいって言っています」

意外な一言が碧の口から漏れる。

「この週末は東陽町に帰ると思います。私もそうした方がいいよって言いました」

「そうなんだ」

いまひとつ話の筋が読めない気分で功一郎は相槌を打った。

渚に似て頑固なところのある美雨がなぜ急にそんな態度変わりを見せたのか？

「彼女、できるだけおとうさんの邪魔はしたくないんだそうです」

「僕の邪魔？」

尚更意味が分からない。

「はい。姉とおにいさんが離婚するときに自分まで姉とトラブっていたら話がややこしくなりかねないって思っているみたいで。だから、とりあえず姉との関係はちゃんと修復して、おにいさんのバックアップに回りたいんだそうです」

「じゃあ、僕が渚と別れたいという話も碧さんは美雨から聞いたわけだ」

「はい。昨日の電話で。美雨ちゃん、ずいぶん気持ちがすっきりしたみたいです。まあ、そこは分からなくもないですよね。これまで何年も自分一人で抱え込んで悩んできたわけだから」

「うーん」

功一郎はちょっとばかり肩透かしを食らったような気分だった。

「バックアップか……」

「彼女もいろいろと考えているんだと思います。離婚となれば、姉だってさすがに動揺するでしょうし、そういうとき姉の相談に乗れるポジションを作っておきたいんだと思います。そのためには、いま姉と決裂するのは確かに得策じゃないですし」

「うーん」

功一郎には何とも言いようがない。

「おにいさん、どうしたんですか？」

こちらのグラスにビールを注ぎ足してくれながら碧が訊いてくる。

「いや、今夜はそのことで碧さんの意見を聞きたくて誘ったもんだから」

「そのこと？」

「渚との離婚のこと」

「そうなんですか。美雨ちゃんの話を聞いて、てっきりもう決まったものだと私は思っていました」

碧が意外そうな顔を作った。

「いや、気持ちは固まっているんだが、一応、きみの考えも知りたいと思ったんだよ」

「私は賛成です」

碧はあっさり言った。

「夫婦といえども秘密があるのは当然なんでしょうが、でも、浮気はその範疇には入らないと思います。しかも姉の場合、床次さんとの関係は長期に亘っていますし、恐らく彼女の性格からしておにいさんに露見しない限りずっと彼との関係を続けていくつもりだろうと思います。姉は、恋愛に関してはすごく自信家の面があって、若い頃も複数の男性とゲームみたいに重なって付き合うようなことをしていました。床次さんと別れたあとの一時期は特にそうでした。私は美雨ちゃんから写真を見せて貰って、相手が床次さんだと知ったとき、すぐにおにいさんに伝えた方がいいって言ったんです。そのうえで姉にもおにいさんにも今後どうするか考えて貰った方があなたのためにもなるだろうって」

「そうだったんだ」

功一郎は、「碧さんは、おかあさんと床次さんのことをおとうさんに伝えるべきだって、ずっと前から言ってた」という美雨の言葉を思い出していた。

　そしてもう一つ。あれ以来頭から離れない「周囲に迷惑をかけずに人を愛する方法」という渚の言葉を思う。

「事実を知らせなければ、おにいさんに床次さんから姉を奪い返す機会すら与えないことになります。それは一番理不尽なことじゃないですか。当時もそんなふうに美雨ちゃんを説得したんですけど、美雨ちゃんはやっぱり姉が自らの意志で家庭に戻るのを待ちたかったんだと思います」

「美雨は一昨日、碧さんの忠告に従っておけばよかったと僕にこぼしていたよ」

「そうですか。時間ばかり過ぎて、きっともう彼女も待ちくたびれてしまったんでしょうね」

　碧がぽつりと言った。

　そこで、店の女の子二人が襖を開けて料理と酒を運んできた。

　金目鯛の煮付け、カニ団子のお椀、あとは功一郎がキープしている「三岳(みたけ)」のボトルとお湯割りのセットだった。

「このあとお寿司になります」

　先方がそう言い置いてそそくさと退出していった。

　功一郎は「三岳」と保温ポット、グラスの載ったお盆を手元に引き寄せて二人分の焼酎のお湯割りを作り、碧の分のグラスを彼女に手渡した。

「ところで碧さんに一つ訊きたいんだが……」

口調を改める。

「渚は、美雨に自分の不倫がバレているのを知っているんだろうか？」

そこはずっと気になっている点だった。

彼女の美雨に対する淡泊さ、というよりも一貫したこれまでの不介入方針の裏には、美雨に大事な秘密を握られているという怯えがあるような気がしないでもない。というのも、本来の渚であれば美雨の中絶を知った時点でもっと強力な介入を美雨と標に対して行っていたような気がするのだ。

「うーん。そこはよく分かりませんねー」

焼酎のグラスを手に持ったまま、碧は首を傾げてみせる。

「おにいさんにもこれまで知られていなかったわけだし、まさか美雨ちゃんに勘づかれているとは思ってないんじゃないかしら」

少し考えるようにしてから彼女は言った。

「自分が父親っ子だった人ですし、美雨ちゃんに知られるのが最悪だというのは分かっているはずです。おにいさんにも美雨ちゃんにも徹底的に隠し切っているつもりなんだと思います。ただ、今回、標さんとのことを知って少し不安になっている可能性はありますね。手塩にかけてきたはずの美雨ちゃんが、母親の心を踏みにじるような恋愛にのめり込んでしまったのは、自分の不倫がバレているからじゃないかって……」

「なるほど」

「なので、離婚を切り出すにしても、美雨ちゃんが気づいているということはおにいさんの口から姉には伝えない方がいいと思います。伝えるなら美雨ちゃん本人がそうするべきだと思うし」

「分かった。そこは触れないことにするよ」

それからしばらくは二代目の料理を楽しんだ。

「これ、美味しい！」

金目鯛の煮付けに箸をつけて碧は声を上げる。

「魚に関しては二代目は目利きだからね。先代の上を行っているんじゃないかと僕は睨んでいるくらいなんだ。北海道での長年の修業がきっと実を結んだんだと思うね」

「へぇー、二代目は北海道で働いていたんですか」

「そうなんだ。昔、彼が修業していた根室の店を一度訪ねたこともあったよ」

功一郎は話しながら、七月の初めに会った久美子の顔を思い浮かべる。あのときは彼女と一緒に根室まで足を延ばしたのだった。

「道明健一郎を送る会」は七月末に都内のホテルで開かれたが、結局、彼女から招待状が届くことはなかった。

大皿に盛った握り寿司が運ばれてきたところで、

「そうそう。例の件、あれからどうなった？」

彼の方から話題を振った。

「例の件？」

碧が問い返してくる。

「ポスターの件だよ」

「ああ、あれですか」

ようやく合点がいったような顔になる。

「先週、全国で一斉に回収したんですけど、集計したところ三割くらい盗まれてしまっていましたね。三割ってことは千五百枚くらいなんですが」

「三割？　それはすごいね。ネットオークションでずいぶん高値がついているっていうニュースは先週目にしたけど」

「うちのポスターは化粧品メーカーのキャンペーンポスターなどと違ってドラッグストアや販売店で掲示終了後、譲ってもらえませんからね。今回は系列店舗にもサービス品として渡すのは優良顧客に対しても行わないように通達しましたし。だから、駅や電車のを剝ぎ取ったり、お店でこっそり盗むしか手がなかったんです。当然、美品も限られてくるのでオークションで三万円とか五万円とかのべらぼうな値段がついちゃってるんだと思います」

「へぇー」

八月十四日に霧戸ツムギの失踪が公表されて以降、霧戸をイメージキャラクターに起用したオリンポスのポスターの盗難が全国で相次いだのだった。それは当然、大きな話題となってニュースやワイドショーでも取り上げられ、オリンポスにとっては思わぬ広告波及効果をもたらしたのである。

霧戸失踪発覚から半月ほどした頃に銀座で一緒に飲んで、そういう話を詳しく聞かされていた。

「おにいさんのところへも相変わらず何の連絡も入っていないんですか？」

今度は碧の方が訊いてくる。功一郎が「いのちの恩人」だと知っている碧は、

「彼女が連絡するとしたら、案外おにいさんが一番可能性があるんじゃないでしょうか？」

そのときも実に鋭いことを言っていたのだった。

「全然ないね」

「そうですか」

碧は呟き、

「世間では自殺説が有力になっていますけど、私は、彼女は絶対生きていると思っています」

と断言した。

「どうして？」

まるで心の中を見透かされているような心地になって聞き返す。

「理由はないんですが、何度か会ったときの印象で、自殺なんてしないタイプだと感じたんです」

「自殺なんてしないタイプ？」

「はい。あんなにきれいな子でしたけど、すごく芯がしっかりしている印象でした。だから戒江田龍人に騙されたのは本人にとっても意外だったんじゃないかと思います。騙されたと気づいてプライドがひどく傷ついたはずだし、だとしたらそんな相手のために自殺なんてするとは考えられません。もし自殺するんだったら戒江田を殺してから死ぬような、そういうタイプの女性だと思います」

ますます鋭い洞察に、功一郎は内心で舌を巻く。

碧は何事でもないような顔つきで、皿に盛られた寿司を次々に口に運んでいた。

「その手、どうしたの？」

話の風向きを変える気持ちもあって、さっきから気になっていることを口にした。

京橋の料理屋で食事をした折にグラスを持つ手が震えているのを見た。彼女の手の震えを見るのはそれ以来だ。いまは寿司をつまむ箸が微かに震えている。

手の震えを指摘するのは〝今の世界〟では初めてだが、〝前の世界〟では一度持ち出したことがある。あのときは本社の入っているビルの脳神経内科で自律神経の失調と診断されたと碧は言っていた。それが、いまから〝一年四ヵ月後〟のことだった。

言われて気づいたような顔で、

「ときどきこうなるんですよね。でも、最近だいぶ減ってきました。新しい仕事に慣れてきたからかもしれません」

碧は気にするふうもなく言った。

「碧さんはストレス過多なんだよ」

「それを言うなら、おにいさんこそでしょう。取締役になってますます忙しそうだし、それに姉のことも大きいですよね。もちろん美雨ちゃんの件もあるし」

「僕は碧さんにだいぶ助けて貰っているからね。何か手伝えることがあればいつでも言ってよ。美雨の分まで恩返しさせて貰うから」

「そんなあ。こうして美味しいお店でご飯食べさせてくれるだけでもう満足です。おにいさんとご飯を食べるのが、いまの私の一番のストレス解消法ですから」

「嘘でもそう言って貰えると嬉しいよ」

「嘘じゃありませんよ」

碧が箸を止めて功一郎を見た。

「私、そういうことでおべっかとか嘘とかつくのは嫌いですから」

「そうか……」

功一郎も碧の瞳を見つめる。

ストレスで自律神経に多少の乱れが生じているとはいえ、〝今の世界〟の碧は溌剌としていた。目には力が宿り、顔の色艶も良かった。目鼻立ちの整い方は渚と同様だが、髪をショートにしている分、格段に若々しい。彼女も今年で三十八歳になるはずだが、とてもそんな年齢には見えない。

「じゃあ、これからも遠慮なく誘わせて貰うよ」

そう言いながら功一郎は〝前の世界〟に残してきた碧のことをまた思い出している。

3

二〇一九年十月十八日金曜日。

午後六時過ぎ。八階の経営企画本部の会議室で新しく経営企画室長に就任した早見卓馬と打ち合わせを行っていると、テーブルの上に置いたスマホが鳴った。音量は絞っているので着信音は小さい。震動音の方が大きいくらいだった。

ディスプレーには「渚ケイタイ」と表示されていた。その文字を見た瞬間に嫌な予感がした。

　あのときは最初に着信があり、続けて渚からラインが入ったのだった――通話ボタンをタップしてスマホを耳に押し当てるあいだにそんな記憶が脳裏を過った。

「もしもし」

　渚の低い声が聞こえた。

「いま、碧の会社の人から連絡があってね、碧が自宅で倒れて病院に搬送されたそうなの。意識不明の状態なのですぐにいらして下さいって。病院は浜田山総合病院……」

　渚の声は低いのではなくて震えているのだった。

「意識不明って誰が？」

　口走るように功一郎は言っていた。

「誰がって、私の妹の碧がよ」

「まさか……」

　あの碧が浜田山の自宅で倒れて「意識不明」？

　そんなはずはなかった。

　彼女とは水曜日の夜に新富寿司で一緒に食事をしたばかりだ。

　何かの間違いに決まっている――功一郎は本気で思った。

「そんなの何かの間違いだろう」

他の言葉が見つからない。

「私だって、いまあなたにこうやって電話しながら、さっきの連絡は私の妄想だったんじゃないかって思ってる。だけど、脳梗塞だっていうのよ」

「脳梗塞……」

神宮寺の両親は二人とも脳梗塞で突然死している。

脳裏に浮かんできたのは、一昨日、目にした碧の箸の微かな震えだった。

そして同時に浮かんだのは、昨年の御用納めの日、新富寿司で初めて二人で食事をしたときに碧が語ってくれた話だった。

「母が同じ脳梗塞で倒れたのはそれから半年もしないときで、台所で洗い物をしている最中にいきなりその場に崩れ落ちて、私や姉がびっくりして飛んでいったときはもう意識がありませんでした。慌てて救急車を呼んで病院に運んだんですが、結局、一度も意識は戻らないまま二日後に亡くなったんです」

にわかに、碧の「意識不明」が功一郎の中で現実味を帯びてくる。

「ウソだろ……」

碧は少なくとも再来年の二月までは元気に生きているはずなのだ。

「とにかく、私はいまから車で浜田山総合病院に向かいます」

渚の言葉に我に返ったような心地になった。

「きみはいまどこなの？」

　金曜日は床次と密会する可能性がある日だった。恐らく美雨のときもそうだったように……。

「家だよ。今日はスクールだけだったから早かったの」

「じゃあ、うちの車を使うんだね」

「ええ」

「僕もいまから浜田山に向かうよ」

「お願いします」

「美雨には？」

「美雨にはまだ伝えなくていいと思う。碧の容態が分かってからでいいし、あの子は碧とはほとんど縁もないから」

「いや、たった一人の叔母なんだ。一刻も早く伝えるべきだろう」

　縁がないどころの話じゃない、と思いながら言う。

「じゃあ、その判断はあなたに任せます。とにかく私はいまから支度して出ますから」

「何かの間違いかもしれない。本当だとしても、まさか最悪のことは起きないだろう。碧さんは若いんだからお義父さんやお義母さんのときとは全然違うよ。きみも心を平静に保って、運転に気をつけて行ってくれ」

「分かりました。気をつけます」

そこで、渚の方から通話は切れたのだった。

「何かあったんですか？」

スマホをポケットにしまっていると早見が心配そうな声で訊いてくる。

「ああ。義理の妹が脳梗塞で倒れて病院に運ばれたらしい。悪いけど、僕もいまからそっちに向かう。打ち合わせの続きは明日以降にしよう」

「もちろんです。すぐに行って下さい。いま車を手配しますから」

フジノミヤ食品では、専用車は会長、社長と専務しか持っていないが、各役員は適宜ハイヤーを利用することができた。ちなみに現在の会長席は空席だった。

「いや、外でタクシーを拾うから大丈夫だよ」

功一郎は立ち上がる。こんなプライベートな用件でハイヤーを使うわけにはいかなかった。

「分かりました。確かにそっちの方が早いかもしれません」

早見もすぐに了解する。

そうやってやりとりをしながらも、功一郎の意識には薄い膜がかかったようだった。

あの碧が脳梗塞で意識不明——何が何やらよく分からない。一昨夜の潑剌とした彼女の姿が連続写真のように次から次へと意識のスクリーンに再生されていく。

——そんな馬鹿な話があるものか。

「本部長、くれぐれもお気をつけて」

早見の言葉に、また我に返ったような心地になる。

「ありがとう」

功一郎が先に会議室を出る。足下がふわふわして一歩一歩が覚束なかった。

会社の前でタクシーを拾い、「浜田山総合病院まで」と言う。タクシーのナビによれば到着予定時刻は午後六時四十七分。先に東陽町を出発した渚と同着くらいだろうと思われる。

――仮にこっちが早く着いたときは、碧の容態だけ確認して病院の入口で渚がやって来るのを待つことにしよう。

そんなことを考えつつ後部座席のシートに背中を預けたところで、美雨の顔を思い出した。

――そうだった。美雨に連絡をしなくては……。

美雨はまだ大学だろうか？　それともバイトか？　標は火曜日から三泊四日で管理職研修だと言っていた。ということは今日は用賀の部屋に戻るはずだった。子猫たちのこともあるし、美雨は案外、もう用賀かもしれない。標がすでに帰宅済みの可能性もあった。

上着のポケットからスマホを取り出して、美雨の携帯番号を呼び出す。

「美雨にはまだ伝えなくていいと思う。碧の容態が分かってからでいい」

渚の言葉が脳裏に浮かぶ。

確かに、碧の様子が分かってから連絡した方がいいのかもしれない。いきなり、いま碧が意識不明で病院に担ぎ込まれたと伝えれば、美雨の動揺は計り知れないだろう。

——渚というのはつくづく冷静な人間だ……。

スマホをしまいながら、功一郎は妙なくらいくっきりとそう思った。

それからの三十分近く、ずっと車窓の景色を眺めていた。まとまったことは何も考えることができない。一昨夜の碧の顔ばかりが脳裏によみがえり、あんなに元気だった彼女が死んだりするわけがないとひたすら自分に言い聞かせる。

それでも、「まさか……」という思いが首をもたげてくると、その先に想像が膨らまないように外の夜景に意識を集中した。

井ノ頭通り沿いにある浜田山総合病院に到着したのは午後六時四十五分。救急の看板はあるものの思ったよりもずっとこぢんまりした病院だった。

駐車場も病院の玄関前に数台分あるくらいで、タクシーを降りるとすぐに渚の乗ってきたプリウスが駐車しているのが分かった。

夜間入口ではなく、正面玄関がまだ開いている。

入ってすぐが外来ロビーで、さすがに診療は終わっているのか明かりは落ちていたが、左のカウンターにはワイシャツ姿の男性が座っている。ロビーには彼以外に人の姿はない。渚はもう碧の病室なのだろう。

早速近づいて、

「夕方、ここに搬送された神宮寺碧の身内の者ですが……」

と告げると、

「三階の三〇八号室です」

ああ、と頷いて彼がすぐに病室の番号を教えてくれた。いまどきは当たり前の入館許可証を渡されるわけでもなければ、名前や連絡先を書かされるわけでもない。

「このまま三階に行っても構わないんですか?」

功一郎の方から確かめると、

「はい」

彼が幾分怪訝そうな表情になって頷いた。

エレベーターで三階まで上がり、ナースステーションは素通りして三〇八号室のドアの前に立つ。

「神宮寺碧」という手書きのネームプレートが挿さっている。名札入れは一つきりだから個室のようだった。

ノックをすると、「はい」という声。渚の声だった。

ゆっくりと引き戸式の扉を右に引く。入口にはカーテンがかかり、三分の二ほどが閉じられている。それをくぐるようにして室内に入る。

六畳ほどの個室だった。窓の近くにベッドがあって、手前に背を向けて渚が立っていた。

他には誰もいない。功一郎が入ってきても振り返らないので、渚の肩越しにベッドに横たわる碧の姿を確認する。

その姿を見て、功一郎は立ち竦んだ。

彼女の顔には白い布がかけられていたのである。

4

「武漢市　謎の肺炎　海鮮卸売市場」で検索をかけ始めて十日目。

十二月三十一日の午後十時過ぎ、ついにその記事を発見した。

〈中国・武漢で原因不明の肺炎　海鮮市場の店主ら多数発症〉

配信は午後九時四十二分。いまから二十分ほど前で、購読している朝日新聞デジタルの記事だった。

〈中国湖北省武漢市で原因不明のウイルス性肺炎の発症が相次いでいる。同市当局の12月31

日の発表によると、これまでに27人の症例が確認され、うち7人が重体という。中国政府が専門チームを現地に派遣し、感染経路などを調べている。

同市によると、患者の多くは市内中心部の海鮮市場の店主らで、発熱や呼吸困難などの症状を訴えているという。対象の患者は隔離され、海鮮市場も消毒処理を進めているが、中国メディアによると、31日も多くの店が通常営業していたという。

中国のインターネット上では、2003年ごろに中国で流行した重症急性呼吸器症候群（SARS）との見方も広がっているが、共産党機関紙・人民日報のSNSサイトは「現在、原因は明確ではないが、仮にSARSだとしても、治療システムは確立しており、パニックに陥る必要はない」との現地医師の話を伝えている（北京＝冨名腰隆（ふなこしたかし））〉

〝前の世界〟でも朝日新聞の第一報が三十一日だったかは定かでなかった。

ただ、年末に〝謎の肺炎〟が中国で発生したというニュースを見た憶えがあり、今日までの十日間ずっとウォッチを続けていたのである。

非常に不謹慎な話ではあるが、功一郎はこの記事を年末ぎりぎりに見つけて胸を撫で下ろすような心地になった。

十月に早見を経営企画室長に抜擢して以降、経営企画本部では来年度の「宅食、宅飲み、テイクアウト」需要の大幅な増加を見込んで、詳細な生産・販売計画を立案し、主要な取引先企業に対してもすでにプレゼンテーションを開始しているのだった。

正直なところ、こうしたコロナ対応が不要となれば、経営企画本部一丸となって進めている目下の事業計画が無駄とは言わないまでも「性急で大胆過ぎる」として今後役員会で問題視される可能性は大いにあった。

むろん、早見を筆頭に経営企画本部の面々に新型コロナウイルスの蔓延を教えるわけにはいかない。なので、あくまで功一郎の本部長指示という形で彼等には仕事を続けさせていたのだ。

――それにしても……。

〝前の世界〟でのパンデミックを思い出しながら記事を読み、あらためて中国政府の隠蔽体質に憤りを禁じ得なかった。

こうして武漢市当局が発表した時点で中国政府は、この感染症がSARSではないことも、人から人へと感染するものであることも、致死性のウイルスであることもすでに知っていたのである。にもかかわらず、「人民日報」でさえ「仮にSARSだとしても、治療システムは確立しており、パニックに陥る必要はない」という論評を、しかも現地医師のコメントというかにも官僚的な話法で平然と報じているのだ。

世界中にウイルスが拡散し、武漢市のみならず欧米で多数の死者が生まれ、地球全体がウイルスパニックに陥っていくなかで発生当事国・中国への批判は次第に薄れていくのだが、今日から一年と二ヵ月後までの世界を知る功一郎からすれば、こうした中国政府の無責任な初動対応が、その後のパンデミックをより一層深刻なものにしたのだといまさらながら痛感させられるのである。

とりあえず、朝日の記事を書斎代わりの和室でプリントアウトしてから、功一郎はテレビがつけっぱなしのリビングダイニングに戻った。テーブルではなくソファに座り、ローテーブルからグラスを取って飲みかけの冷酒を一口飲んだ。

つまみは今日、デパートで購入してきたおせちの詰め合わせだった。

テレビでは紅白歌合戦をやっている。紅組司会は綾瀬はるか、白組司会は櫻井翔。〝前の世界〟でもこの二人が司会役だったかどうかはよく憶えていなかった。

別に紅白歌合戦に関心があるわけではなかったが、会場のNHKホールが満員の観客で埋まっている光景を見たくてずっとつけている。

ここにいる人たちは誰一人として、来年の紅白歌合戦が無観客で開催されることを知らないのだ。

今年の年越しは一人きりだった。

それを案じて、美雨はこっちに戻ると言ってくれたのだが、功一郎の方からその申し出をきっぱり断った。

標は年末年始は毎年、父親一人だけになっている石巻の実家に帰省しているらしい。父親はまだ六十代だったが、震災後に腎臓を悪くして三年ほど前から人工透析を受けているようだった。長年、石巻で理髪店を営んでいたが、いまはその店も畳み、週に三度の病院通いを続けながら先立たれた妻と娘の菩提を弔う日々を送っているという。

腎不全の患者は新型コロナウイルス感染症で重症化する可能性の高いハイリスク群の一つだ。石巻とはいえ、来春からは感染に厳重警戒しながらの透析治療が始まることになるだろう。当然、ウイルスが蔓延する東京住まいの標が春以降帰省するのは困難だ。だとすれば、この年末年始は彼が父親に会える貴重な機会だった。そして、それは、美雨にとっても同様なのだ。義父となるであろう人に直接会えるチャンスは、この先いつになったら巡ってくるか分かったものではない。

そんな大切な機会をこんな父親のために奪ってしまうのは決して功一郎の本意ではなかった。

冷酒をちびりちびりすすりながら、見た目には豪華なおせちに箸を入れる。美味しいと言えば美味しいが、素っ気ないと言えばひどく素っ気ない味がした。今年の御用納めは二十七日金曜日だった。その晩は早見や吉葉たちと日付が変わるまで馴染みの店を巡り、翌日から今日までの三日間はほとんど家に引き籠もってテレビばかり見ていた。その合間にネットで「武漢市　謎の肺炎　海鮮卸売市場」を何度も何度も検索しまくっていたのだ。

今日、電車で日本橋のデパートに行ったのが久々の遠出だった。激混みのデパ地下でおせちと正月三が日がまかなえる程度の食材を調達して夕方帰宅し、そこからはこうしてソファに陣取って冷酒のグラスを重ねている。

大して酔ったわけでもないが、さきほどからしきりとおくびが出る。昨夜もたっぷりと寝たはずなのに妙に眠かった。

　ぼんやりと名前も聞いたことのないような歌手の歌を耳に入れる。いまの功一郎には、テレビ画面の中で歌って踊っている歌手や芸能人たちが、どこか違う世界の住人のように感じられた。

　目の前の紅白歌合戦に限らず、ここ二ヵ月余りの功一郎は〝今の世界〟のすべてに対してそんな感じがあった。何もかもが、大きくて頑丈な窓の向こうで起きている自分とはまるで無関係な出来事のように思える。

　碧の死亡推定時刻は功一郎と食事を共にした十月十六日の深夜から翌十七日未明にかけての時間帯だった。彼女は功一郎と別れて帰宅し、部屋着に着替えてベッドに入ったあとの数時間のうちに脳梗塞の発作に見舞われ、恐らくは即死に近い状態で亡くなってしまったのだった。

　十七日は無断欠勤で、重要な会議が入っていた十八日も連絡がまったくつかなかったことからオリンポス宣伝部の部員二人が午後、浜田山の碧のマンションを訪ねてインターホンを鳴らした。応答がなく、マンションの管理人に相談して、三人で彼女の部屋に入ったところ、ベッドの上で意識を失っている碧の姿を発見したのだ。

救急車で浜田山総合病院に搬送する時点ですでに碧の死亡は確認されていたという。たった一人の身内である姉の渚に連絡した際に「意識不明」とオリンポス宣伝部の部員が告げたのは、あくまで渚の心情を慮(おもんぱか)ってのことに過ぎなかったのである。

来年いっぱいでの解散を一月に発表した嵐が、これまでのヒットソングをメドレー形式で熱唱している。どうやら彼等が今年の大トリで、ということはあと三十分もすれば新型コロナウイルスのパンデミック・イヤーを迎えるのだろう。

功一郎はテレビを消して、ソファの背に身体を預けた。

〝前の世界〟での二〇一九年の年越しを思い出してみる。

柏市に転居し、碧が一緒に暮らし始めて九ヵ月が過ぎていた。大晦日は三人で何をしていただろうか？　渚の自殺未遂からちょうど一年の節目で、功一郎も碧も渚の挙動に目を光らせていた気がする。

慈恵医大病院の小針医師からも、

「美雨さんの命日である九月二十八日から自殺を図った十二月三十一日までの期間は奥さんの精神状態がより不安定になる可能性があります。できるだけ一人にさせず、妹さんとお二人で手厚く見守ってあげて下さい。逆に言うなら、その時期を乗り越えることができれば回復はより鮮明になってくると思います」

と九月の初めに告げられていた。

九月二十八日は功一郎も碧も仕事を休み、美雨の遺骨を預けてある都内の納骨堂で命日の供養を行った。その寺の納骨堂には美雨と共に美佐江の遺骨も納めてある。柏に戻った渚は泣き疲れたこともあってすぐに薬を飲んで寝室に入った。それから翌朝まで功一郎と碧が交代で渚の様子を見守ったのだった。

命日以降、小針医師の指摘の通り渚の調子は上がったり下がったりを繰り返し、その振れ幅も大きかった。クリスマスを越したあたりからは鬱がひどくなり、渚は終日、寝室に籠もっている日がほとんどだった。

二〇一九年の大晦日は、夕方三人で食事をし、渚は寝室に戻り、功一郎と碧も紅白歌合戦の冒頭だけをちょっと眺めて、功一郎は渚のいる寝室に、碧は自室に引っ込んだのだった。最初の自殺未遂から丸一年、功一郎も碧も心底疲れ果てていた。

渚の病状が目に見えて改善してくるのは、それからさらに半年以上も先のことだったのである。

美雨は昨日から石巻の標の実家に猫たちと一緒に出向いている。さきほどラインが来て、標の父親と三人で撮った写真が添付されていた。父親は存外元気そうで、それも、息子が若く美しい恋人を連れて久しぶりに故郷に戻ってきてくれたゆえであろう。標同様、父親も端整な顔立ちの二枚目だった。

スウェットパンツのポケットからスマホを取り出して、その写真を開く。

ピンチアウトして美雨の笑顔を拡大し、その顔にしばし見入った。

功一郎の中には去年、不慮の事故で亡くなってしまった美雨といまもこうして元気に生きている美雨、二人の美雨が同時に存在しているのだった。

そして、それは単なる気分の問題というわけではなくて正真正銘の現実でもある。

死んでしまった美雨と生きている美雨が、この宇宙には同時に存在し、どちらも本物の美雨なのだった。

功一郎は〝前の世界〟では前者の美雨と共に在り、〝今の世界〟では後者の美雨と共に在る――要するにそういうことなのだ。

霧戸ツムギをこの世界から送り出したことで、功一郎自身の存在にはある種の〝タガ〟がはめられているのを知った。〝前の世界〟の功一郎は〝今の世界〟に来ることによって消滅してしまった。彼は失踪したのでも死んだのでもなく、〝前の世界〟から煙のように消えてしまったのだ。

置き去りにされた渚や碧は、もちろん、彼が家出したか、死んでしまったと考えているだろう。まさかこうして別の世界でもう一人の自分たちと関わりを持っているとは想像だにしないに違いない。

美雨が亡くなり、渚が重い鬱病に苦しむ〝前の世界〟も、美雨や渚は元気でも、碧や美雨のお腹の子供が死んでしまう〝今の世界〟も、いまの功一郎にとっては、いましがたの紅白歌合戦と同じようにまるで自分とは無縁の別世界のように感じられる。

——俺はもう、〝今の世界〟にも〝前の世界〟にも生きていない……。

碧を亡くしてからというもの、そうした気分がずっとつきまとっていたし、クリスマスを前に渚が家を出て行ったあとは、尚更その思いが強くなっていた。

——あれと同じだ……。

そう気づいたのは二日ほど前だった。

現在と同様の心持ちを以前にもどこかで経験したことがある気がしていたが、それがいつどこでだったかを彼は思い出したのだった。

そうなのだ。

あのスタールのギャラリーにいるとき、彼はいまとよく似た気分を味わっていたのである。

そのことに気づいてからは、あそこでの経験の細部が次第に鮮明になってきている。

たとえば、霧戸の消失からこの方、長らく疑問だった肉体や身につけているもの、手にしていた物品が一体いつまで〝自分〟と共にあり、どこで〝自分〟と分離したのか——そのヒントになる記憶を彼は取り戻した。

ゼリー状の透明な液体の中を長時間歩き、スタールのギャラリーに到着したときまでは肉体も衣服も手に提げていたリュックも〝自分〟と一緒だった。

五十六歳十ヵ月の肉体の上にグレーのズボン、白いシャツ、茶色の分厚いジャケットを身につけ、上着のポケットにはアイフォーンXSがおさまっていた。右手には三年分の手帳や著書、書きためた原稿のUSBメモリを詰め込んだリュック、そして足下は人麻呂邸で出されたスリッパ履きだった。

ということは、彼が〝自分〟だけになったのは、スタールのギャラリーに着いたあとからということになる。つまり、肉体や衣服、スマホやリュックはスタールのギャラリーに残してきた可能性が高かった。

これは非常に興味深い〝発見〟だった。

功一郎は「道」を通って直接〝今の世界〟にやって来たのではなく、スタールのギャラリーで肉体や衣服を脱ぎ捨て、唐沢功一郎という〝意識（記憶）〟のみとなって〝今の世界〟の肉体に乗り移ったのだ。

だとすると八月に送り出した霧戸ツムギが蒸発するように消えてしまった理由もよく分かる。彼女もまたゼリー状の空間を歩いてスタールのギャラリーに到達し、そこで肉体や身につけていたものを脱ぎ捨てて新しい世界へと向かうのだろう。

霧戸を「道」の前に立たせたとき、功一郎は、

「戒江田と知り合うかなり以前に戻るようにして下さい」

と彼女に伝えた。霧戸は「そうします」と頷き、戒江田と初共演したテレビドラマのオフ

ァーが来るあたりまで戻って、ドラマへの出演自体を断ると言っていた。

だが、正直なところ、どうやれば霧戸が〝戻る時間〟を決められるのか功一郎には定かではなかったのだ。ただ、霧戸の口からはっきりとしたプランを聞いたとき、そういえば自分は最初のときも二度目のときも、「もう一度受験をやり直したい」、「美雨を事故から救いたい」と願っただけで、そのために一体いつの時点まで遡ればよいのか具体的にイメージしていなかったのに気づいたのだった。

――「道」を通って直接〝今の世界〟に行くのではなく、途中でスタールのギャラリーという中継地点に立ち寄るのであれば、霧戸のように具体的なプランを持っている人間は、そのプランに沿った時間へとピンポイントで戻れるのかもしれない……。

功一郎はそんなふうに考え始めていた。

スタールのギャラリーで自分がどのようにして〝今の世界〟へと飛び込んだのか、その方法については思い出せないままだった。だが、その記憶もやがて取り戻せるだろうと、あの〝発見〟以降、彼は自信を持つようになったのである。

正月元日。

目覚めたときは寝室のベッドの中だった。前夜何時まで飲んで、どうやってベッドに入ったのか憶えていなかった。ただ、眠気覚ましのつもりで、あれからさらに新しい冷酒の四合瓶を出してきて、それも空にした記憶はあるから、恐らくは午前二時、三時までは飲み続けい。

ていたのではないか。

ベッドから起き出して、そばのミニテーブルに置いたデジタルウォッチで時刻を確かめる。

午前七時十四分。よほど眠ったような気がしていたが、せいぜい四、五時間程度だったらしい。

碧が死んでからは、いつの間にか夫婦別々に寝るようになった。渚が寝室を使い、功一郎はリビングダイニング横の書斎に布団を敷いて寝ていた。彼が寝室のベッドに復帰したのは十二月の二十三日、渚が突然のようにこの家を去ってからだ。

一人だと大き過ぎるベッドから立ち上がる。

渚が出て行くときに置いていった離婚届はまだそのまま書斎の書類入れの中に放ってあったから功一郎と渚はいまもって夫婦ではあるのだが、床次礼音との関係を洗いざらい告白し、「これからの人生は彼と一緒に生きていきたい」とはっきり宣言して署名済みの離婚届まで置いて出て行った渚がもう戻ってくるとは到底思えない。

この広過ぎるベッドを真っ先に買い換えるべきだとは功一郎も先刻承知なのだが、どうにもどこかへ出かけたり誰かに会ったりするのが億劫で、その気になれないでいるのだった。

——三が日が明けたら、ニトリにでも行ってシングルベッドを買ってこよう。

長年使い慣れたダブルベッドを見下ろしながら、さほど本気でもなく功一郎は思う。

顔を洗い、部屋着から外出着に着替える。行くあてもないが、せめて深川不動堂に初詣くらいはしたいと思った。

毎年、家族三人で出かけていたが、去年は渚と二人きりで、今年はとうとう一人きりになってしまった。

〝前の世界〟でも家族で参拝したのは美雨を亡くす年までだった。その年の大晦日に渚が自殺を図って翌年は参拝どころではなく、次の年はもうここには住んでいなかった。

〝今の世界〟に来れば、また昔のように家族三人で初詣に出かけられると夢見ていたのだが、現実はまるきり違っていた。

昨夜のおせちを食べ、緑茶をすすっていると美雨からのラインが入る。

すぐにこちらの様子を知らせる返信を打つ。せっかく標の実家を訪ねている彼女に余計な心配はかけたくなかった。

午前九時になったところで腰を上げる。

元日とあってお不動様は初詣客で長蛇の列だろうが、今日はそんな人混みに紛れてみたかった。何しろ、あと一ヵ月もすればクルーズ船ダイヤモンド・プリンセスで多数の新型コロナ感染者が見つかり、日本中が騒然となるのだ。

そういう意味で何の不安もなく雑踏や行列に参加できる、今年の初詣は貴重な機会でもある。

——心置きなく長い行列待ちを楽しむことにしよう。

功一郎は、多少愉快な気分にもなって深川不動堂へと向かったのだった。

たっぷり一時間以上並んで、本堂の不動明王像に参拝した。

美雨や自らの息災を祈るのもそこそこに、〝前の世界〟に残してきた碧と渚の幸福を願う。

しかし、人々でごった返す参道を流れに逆らうようにして山門に向かって引き返しているうちに、〝前の世界〟での碧の体調が尚更に気になってくる。

〝今の世界〟の碧は三十八歳の若さで逝ってしまった。

自分は二度も、彼女の手が震えているのに気づきながら、そのことと「脳梗塞」とを結びつけず、新しい部署での激務によるストレスのせいだと思い込んだ。〝前の世界〟での「自律神経失調」だという碧の言葉が却って仇になってしまったのだ。

〝今の世界〟でも〝前の世界〟でも神宮寺の義父母は同じ脳梗塞で亡くなっている。ということは、碧の受けた診断が不充分だった可能性が多分にあった。その診断が甘かったのだとすれば、〝前の世界〟の碧も早晩、〝今の世界〟の碧と同じように脳梗塞で死んでしまうのかもしれない。

現在の碧は、突然功一郎に蒸発され、鬱病の姉の面倒をたった一人で見なければならなくなっている。彼女のストレスは功一郎がいた頃の倍、三倍ではきかないだろう。

ストレスは、糖尿病や喫煙、肥満、過度の飲酒などと並んで脳梗塞の代表的な発症要因だ。

――自分のせいで、〝前の世界〟の碧までが脳梗塞で倒れてしまったらどうなる？

たった一人残された渚は一体どうやって生きていけばいい？

そんなふうに想像すると、居ても立ってもいられない心地になってくる。

十一時前にマンションに戻った。

またぞろソファに座り込んで、テレビを眺めながら独酌を決め込もうかと考えたが、新年早々からそんな自堕落な生活にはまっていては、この先ろくなことがあるまい――という月並みな自制心が働く。

しかし、何もやることはなかった。

コロナ対策もフジノミヤ食品のような食品メーカーの場合は慌てて取り組む必要がなかった。マスクにしろアルコール消毒液にしろ、もとから生産現場で必須のアイテムだし、震災などへの備えとしてすでに大量の備蓄を行っていた。

ウイルスの拡散が始まった時点で、その備蓄品の一部を社員たちにも開放すれば、一時的なマスク不足や消毒液不足には十二分に対応できる。昨日の朝日新聞の一報を受けて、急いで総務部門に調達を促す必要はなかった。

コーヒーを飲みながら、しばらく各局の正月番組を観ていたが正午になる頃にはすっかり飽きてしまった。お腹もまるで空いていない。今夜は米だけ炊けば副菜はたくさん残っているおせちで間に合うだろう。

急な仕事でもないが、年末に版元から届いた自著の初校ゲラをチェックすることにした。

本当ならその本を昨夏に出版して、それを契機に独立する予定だった。だが、成り行きはご覧の通り。会社の仕事が忙しく、完成稿を渡したのは九月の末だった。その段階で出版は今年の三月から四月と決まった。

二杯目のコーヒーを淹れて書斎に入り、一時間ほどゲラの著者校正を進めた。

どうにも集中できない。

〝前の世界〟に残してきた碧や渚のことばかり考えている。

とりわけ碧に会いたかった。

彼女に向かって〝今の世界〟で脳梗塞の予兆に気づいてやれなかったことを深く謝りたかったし、それは無理としても向こうの碧まで脳梗塞で死ぬことのないよう一刻も早く専門医のもとへ連れて行ってやりたかった。

功一郎はペンを置いて、狭い書斎の中を見渡す。

視線が押し入れの襖まで降りてきたところで、ふと感ずるものがあった。

彼はゲラを書類ケースにしまい、押し入れの前に行って襖を引いた。左隅に押し込んである大きな風呂敷包みを引っ張り出す。

あの日、こっそり会社から持ち帰って以降、ずっとここにしまったままだった。というより、霧戸の一件や碧の急逝もあってこの絵の存在自体をすっかり失念していたと言う方が正しいかもしれなかった。

襖を閉め、その前に絵を立てかけて風呂敷包みを解いた。ほぼ五ヵ月ぶりに「道」と対面する。

渚と暮らしているときはじっくり鑑賞することもできなかった。一人きりだと思う存分に眺めることができる。

「道」は非常に不思議な絵だった。白と黒だけで構成され、空に当たる上半分は青みがかった白、地面に当たる下半分には左から黒、白、そしてバラ色がかった白の三つの三角形が描かれている。

画面の中央で一点に集まる三つの三角形がそれぞれ別の道なのだ。

功一郎も、そして霧戸ツムギも左の黒い道を通って〝前の世界〟から〝今の世界〟へと移行した。

この絵は一体何なのか？

どうしてこんな奇妙な絵が〝前の世界〟にも〝今の世界〟にも存在しているのだろうか？

そもそもこの絵は本当にニコラ・ド・スタールが描いた本物の「道」なのか？

スタールの「道」だと教えてくれたのはあの長倉人麻呂だった。確かに彼は西洋美術史学の専門家ではあったが、これが「道」の真物であると証明できる具体的な証拠を提示してくれたわけではなかった。

見る限り複製画とは思えない。

ただし、誰か別の画家が描いた贋作である可能性も十二分にあった。

むしろ、この「道」の特性からして、真物であるというよりも贋作と見なす方が正しいような気もする。

その前に立った人間を、その人間が望んだ別の世界へと送り込む「時空転送装置」がこれの正体であり、ニコラ・ド・スタールの「道」はあくまでカモフラージュのための意匠として用いられているに過ぎない――そう考える方が理に適っているのではないか。

功一郎は真正面からではなく、斜め方向から「道」を見つめる。正面から見据えれば、いつなんどき絵の中に吸い込まれないとも限らないからだった。

そうやって数分、「道」と向き合っているうちに、さきほどふと感じたものが何だったのか分かった。

――母の美佐江も、この「道」を使って〝今の世界〟にやって来たのではないか？

いままでぼんやりと頭の中にあったことが、不意にくっきりしたのである。

突飛に過ぎる空想だったが、母がこの「道」を持っているというのは、そういうことなのではなかろうか。功一郎は、母の形見としてこの絵が送られてきた時点から心のどこかでずっとそう思っていたような気がした。

「蒸発したあなたを追って、私も〝今の世界〟にやって来たのよ」

母は自分の死後、どうしてもその一事を功一郎に明かしておきたかったのではないか？

むろん辻褄の合う話でないのは百も承知だった。「道」はあくまでも通路であって、それを次の世界に持ち込むことはできない。仮に母が〝今の世界〟へやって来たのだとしても、彼女が「道」を持っている理由にはならない。

だが、その一方で、功一郎は二度目のあれのときを思い出す。

中学三年生の自分は最初のあれを行い、〝前の世界〟に移った。そこで数十年を過ごし、二度目のあれを行って〝今の世界〟に来た。どちらのあれも「道」を使うことで成功した。つまり、〝前の世界〟にも〝前の前の世界〟と同じように長倉邸に「道」が存在し、その「道」もまた次の世界への通路として機能したのだ。

いま目の前にある、彼にとっては三点目の「道」にも「時空転送機能」が備わっているのは霧戸ツムギの件ですでに実証済みだった。

ということは、〝今の世界〟にやって来たと思われる母が、そこで「道」を手に入れる可能性はゼロではない。実際、彼女はそれを実行し、こうして死後、功一郎のところへ三点目の「道」を届けてきたのではないか。

功一郎は「道」を再び風呂敷で包み直すと元の場所へ戻し、今度は玄関脇の納戸から持ってきた脚立を使って押し入れの天袋を覗いた。

〝前の世界〟でもそうだったように小ぶりの段ボール箱が天袋の端に置かれている。その箱を手にして脚立を降りる。

仕事机にしている座卓に箱を置き、ガムテープの封を剝ぎ取る。

箱の中には母のわずかばかりの遺品が納められていた。幾つかのアクセサリー類、腕時計、保険証や運転免許証、それに若い頃につけていた日記帳が五冊。

佐久間重明から受領した際に日記帳にはじっくり目を通したが、日々の身辺雑記が綴られているだけで、功一郎が密かに期待した父親の情報はどこにも見当たらなかった。

功一郎が生まれたとき、父はすでになく、母は彼の名前も年齢も決して教えてはくれなかった。写真一枚、家には残っていなかったのだ。

功一郎が知っている父の情報といえば、「母親が働いていた地元のデパートにバイトで来ていた九大生」というだけだった。

一九六二年（昭和三十七年）の年末に、お歳暮の配送係として勤めていたバイト学生と母は恋仲になり、翌年には同棲。翌々年の四月に功一郎を産んだ。だが、彼が生まれる数ヵ月前にはもう父は姿を消してしまっていたのだった。

当然、功一郎の戸籍には最初から父親の名前はなかった。

――だが、この中には違う記述があるかもしれない……。

〝前の世界〟の日記には特筆すべきことは何も書かれていなかったが、この五冊の日記帳は〝前の世界〟のものではなく〝今の世界〟のものだった。

父に関することを始めとして功一郎が知らない事実が含まれている可能性はある。

一番古い一九七二年（昭和四十七年）のものから改めてチェックしていく。七二年といえば功一郎は小学校二年生だ。

七三年、七四年、七五年、七六年と順番に斜め読みしていったが、〝前の世界〟で読んだ日記とほとんど同じだった。全文諳(そら)んじているはずもないが、随所に憶えのある記述が登場する。

結局、最後のページまでたどり着いて、これという新発見はなかった。

当てが外れた心地で、七六年（昭和五十一年）の日記帳を閉じようとしたそのとき、見返しに付いているポケットに何やら紙が挟まっているのに気づいたのだった。

――こんな紙は〝前の世界〟の日記にはなかった……。

あのときも念入りにチェックしたので、見返しのポケットに紙が挟んであれば気づかないはずはなかった。

――これは〝今の世界〟と〝前の世界〟の「ずれ」に違いない。

功一郎はポケットから分厚い紙を抜く。

それは、便箋三枚を重ねて四分の一に折り畳んだものだった。

開いて中身を見る。

功一郎へ

冒頭にそう記されていた。

その先は、びっしりと懐かしい文字で埋まっている。

母、美佐江からの手紙だった。

5

功一郎へ

ようやくこの絵をあなたのもとに届けることができました。

この絵のことは長倉人麻呂さんから教えて貰いました。そして、これは本来、あなたが持っておくべきものなのです。

なぜなら、あなたのお父さんからあなたへのプレゼントなのですから。

あなたが長倉邸から姿を消して三日後、途方に暮れている私のところへ人麻呂さんが訪ねてきました。私には、あなたがこの世界からいなくなった——というより私の人生からいなくなった——とはどうしても思えなかった。私の感覚では、あなたが私のいる世界から消えたのではなくて、私があなたのいる世界から消えてしまったような気がしていました。自分がいつの間にか別の世界に迷い込んでしまった。だから、あなたを探すのではなくて、私がその別の世界から抜け出さなくてはいけない。ずっとそんな気分だったのです。

なので、人麻呂さんの話も、私はそれほど不思議には感じなかった。

この絵はもともとあなたの父親が持っていたものです。

人麻呂さんは、留学先のパリで彼と知り合い、不治の病で亡くなる直前に彼は、事情があってどうしても別の世界に行かねばならなかった人麻呂さんに、この絵と大切な遺言を託したのです。

私もあなたのようにあの離れの書斎でこの絵の前に立たされた。

そして、人麻呂さんに言われたのです。

「スタールのギャラリーに着いたら、何枚も絵や写真のようなものが見える。その中から、この絵が彼（あなたの父親です）からあなた（私のことです）宛てに送られてきた場面を選びなさい。そして、その場面の中にあなたは戻るのです。

まだ功一郎君は小さい。でもそうやって功一郎君のいる世界へと戻り、そして、彼から受け取ったこの絵をあなたが死んだあとに功一郎君に渡してあげて下さい。それがあなたの夫である彼の遺言でもあったのだから」

と。

その結果、私は、あなたとこの絵が手元にある世界へと帰ることができたのです。あなたは最初の結婚には失敗したけれど、よき伴侶を得て、何より美雨という素晴らしい娘を手にしました。これからもどうか大切にあの子を育てて下さい。母として祖母として、私の望みはそれだけです。

この絵はひとまず重明さんに託します。

重明さんが亡くなったとき、あなたのもとへと届くよう言い残しておくつもりです。誠実な重明さんならきっと約束を守ってくれるでしょう。

私は、あなたと共に二つの世界を生きることができて幸運でした。

この世界がたった一つではないことを身を以て知ることができたのですから。

死んだ私は、もしかしたらまたあのスタールのギャラリーに行くのかもしれません。

そして、また別の世界で私として生きるのかもしれない。

人生とは何と不思議なものなのでしょう。

人間とは何と不思議なものなのでしょう。

功一郎、あなたの幸福をずっといつまでも祈っております。

この絵は、今日からあなたのものです。

母より

6

功一郎は時間を忘れて何度も母の手紙を読み返した。

彼の想像していた通り、母もまたあれによって〝今の世界〟へやって来たのだった。〝前の世界〟からではなく、彼女は、功一郎が最初のあれを行った世界から〝今の世界〟へと一足飛びで移行したのだ。

つまり、〝前の世界〟で功一郎と一緒に暮らした母と、〝今の世界〟で生きた母とは別の母ということになる。

この母は、功一郎が受験に失敗した〝前の前の世界〟の母だった。

あくまで功一郎の主観で言うならば、彼女こそが功一郎を産んでくれた本当の母であり、功一郎が中学のときに置き去りにしてきた母でもある。

彼女もまたあの長倉邸の離れの書斎で、「道」の前に立ち、〝今の世界〟へと移った。

中学生の功一郎が〝前の世界〟へと移った三日後のことだったという。

功一郎の場合と異なるのは、長倉人麻呂が母を迎えに行き、ちょうど功一郎が霧戸ツムギを別の世界へと送り出したように、母を〝今の世界〟へと送り出したということだ。

人麻呂は、書斎に掛けていたニコラ・ド・スタールの「道」が、別世界への通り道であることを知っていたのだ。その中継地点として「スタールのギャラリー」が存在することも知っていたのだった。

手紙の中で最も注目すべきは次の件だ。

〈人麻呂さんは、留学先のパリで彼と知り合い、不治の病で亡くなる直前に彼は、事情があってどうしても別の世界に行かねばならなかった人麻呂さんに、この絵と大切な遺言を託したのです。〉

この文章から人麻呂もまた、「道」を使って別の世界へと移行したことが分かる。だからこそ、彼は「道」の能力も、「スタールのギャラリー」の存在も了解していたのだ。そして人麻呂に「道」を使わせたのは、留学先のパリで知り合った功一郎の父親だった。

父は、「事情」があって「別の世界」へ行きたがっていた人麻呂に「道」を使わせ、その交換条件として「道」を母や功一郎に渡すように依頼したのだろう。

そのとき父はすでに「不治の病」に冒され「亡くなる直前」だったという。

やはり、と功一郎は思う。

人麻呂があの日、ニコラ・ド・スタールの「道」を見せたあと、「まあ、人生、いろんなことが起きるし、いろんな道があるのさ。あの絵のようにね」と思わせぶりな言葉を残して部屋を出て行ったのは、意図的な行動だったのだ。

人麻呂は、受験で失敗して落ち込んでいる功一郎にもう一度チャンスを与えようと思ったのだろう。本気で受験をやり直したいと切望しているのであれば、自分の言葉に反応して功一郎が「道」の前に立つと睨んでいたのではないか。

カフェオレを淹れて書斎に戻ってみれば、案の定、功一郎の姿はなく、彼はすぐに功一郎が時間を遡ったと理解した。

だからこそ、三日後には悲嘆に暮れていた母のもとを訪ね、パリで知り合った功一郎の父親の伝言を伝え、彼女を功一郎のいる世界へと送り出した。

そして、その世界は功一郎がいた〝前の世界〟ではなく、この〝今の世界〟の方だったのだ。人麻呂が母を〝今の世界〟に送り出した一番の目的は、恐らく父から託された遺言を実行することだったのだろう。

そのためには、父が母に直接「道」を届ける世界に母を送り出さねばならず、その世界は、「まだ功一郎君は小さい」世界であり、東日本大震災が起こる世界であり、碧が早世する世界であり、〝前の世界〟からやって来た功一郎が美雨を事故から救出する世界でもあったというわけだ。

むろん、人麻呂がそこまで承知していたはずはないが……。

手紙でとはいえ、母が父について語るのは初めてだった。

だが、手紙の中で触れられている父親の人物像は相変わらず曖昧模糊としたままだ。

・父と人麻呂がパリで出会っていたこと。

・「道」の所有者は父であったこと。

・父は不治の病でパリで客死したこと。

・その父は死ぬ直前、「道」を人麻呂に託し、母と息子に渡すよう依頼したこと。

手紙にあるのはそれきりで、父が何という名前で、一体誰なのか、一切が伏せられたままだった。母亡きいま、父の正体を知っているのは要するに長倉人麻呂一人のみということになる。

だが、功一郎には何とはない予感があった。

恐らく、この世界で長倉人麻呂を見つけ出したとしても、彼は功一郎の父親のことは知らないのではなかろうか。なぜなら、この世界では、父から母に直接「道」が届けられることになっているからだ。スタールのギャラリーで、母にそうした世界を選択するよう促したのは人麻呂本人でもあった。

もう一つ、注目すべき点が母の手紙にはある。

人麻呂は絵の前に立った母に対して、功一郎の父が母に「道」を送りつけてきた場面を選んで、その絵の中に戻れと指示しているのだ。

ということは、「何枚も絵や写真のようなもの」が連なっているスターのギャラリーでは、その中から目指す場面を選んで、そこへ移行することができるのだろう。

霧戸の場合だったら、テレビドラマのオファーが届き、事務所のマネージャーからオファーを受けるかどうかの判断を求められたその場面に戻って、出演を断固として拒否すればいいというわけだ。

――やはり、自分の望む世界へと時間を遡ることができるのか……。

功一郎は改めて自らの予想が当たっていたのを知る。

手紙を畳むと書類ケースの奥にしまい、日記帳を含め遺品の段ボール箱は天袋に戻す。

再び座卓の前に座り、PCを開いてスイッチを入れる。

検索バーを呼び出して「長倉人麻呂」と打ち込む。

功一郎が思っていた通りだった。

人麻呂は九州大学名誉教授で、現在は西南学院大学の教授を務めている。

今度はグーグルマップを開き、箱崎の県立図書館を見つける。マウスを左にドラッグして隣の建物を確かめる。

そこには、あの広壮な長倉邸がしっかりと写っている。ストリートビューに切り換えて撮影日を確認すると二〇一九年九月。つい三、四ヵ月前のことだった。

〝前の世界〟ではこの場所はすでに「大日鉄グランドホークス箱崎」という巨大マンション に建て替えられていたはずだ。

〝今の世界〟では、福岡の大富豪である長倉家と母や自分とのあいだには何の繋がりもなかったのだろう。仮に、母が長倉家で長く家政婦として働いたとしても、それは単に家政婦紹介所の斡旋で勤務したに過ぎないと思われる。

そうなのだ。

ストリートビューで写し出されているこの長倉邸の離れに「道」は存在しない。たとえ仮に人麻呂がフランス留学を経験していたとしても、彼がパリで「道」を手に入れることはなかった。なぜなら「道」は功一郎が小さい頃から母の美佐江の手にあったのだから。

幼少期、功一郎は箱崎団地で「道」を見たことはない。これは当然で、功一郎の幼少期の記憶は〝前の世界〟でのものだから、母が「道」を持っていたはずがないのだ。

しかし、母の手紙によれば、〝今の世界〟の功一郎も「道」の存在は知らなかったようだ。恐らく、母は、自分の死後に功一郎にこの絵が渡るよう息子には内緒にしていたのだろう。誰か友だちに預けていたか、あるいは貸倉庫でも借りていたのか。それもまた人麻呂から伝えられた父の遺言だったのである。

――俺の父親は、一体誰なのか？　なぜ彼は「道」を所有していたのか？

父は、「道」を使えば自由に別の世界へ移動できることを知っていた。

だとすれば、父自身も「道」を通って別の世界へと行ったのかもしれない。母が身ごもってほどなくその前から消え去ったのも、あれを行ったからではないか？

母の手紙からでは父の正体はよく分からない。

だが、〝前の世界〟や〝前の前の世界〟の人麻呂は父をよく知っていたに違いない。

留学先のパリで父と知り合い、不治の病で余命いくばくもない父から「道」を託された人麻呂は、自らも何らかの事情ゆえに「道」を使って〝前の前の世界〟へと移行した。そしてその世界で再び「道」を入手して、功一郎や美佐江を別の世界へと送り出した。

「絵と大切な遺言」を託された人麻呂であれば、当然、父が誰であるかも、「道」という不思議な絵を父が持っていた事情も知っているに違いない。

ただ、父を知る人麻呂と会うには、功一郎は、〝前の世界〟か〝前の前の世界〟のどちらかへ帰還し、彼のもとを訪ねるしかなかった。

二〇二〇年二月二十四日月曜日。

二十三日は新しい天皇が即位して初めての天皇誕生日だった。昨年は御代替わりが五月だったため天皇誕生日の存在しない珍しい年になった。昨日が日曜日だったから今日は振替休日で会社は休みだ。この週末は三連休というわけだった。

連休最終日のこの日、功一郎は午前八時過ぎに目を覚ました。コーヒーを飲みながら新聞にざっと目を通すと外出の支度を始める。

土日は近所のコンビニに行った程度で家籠もりだった。会社には欠かさず出ているが、休みの日はいまだに引き籠もっている。

たまに美雨たちが訪ねてきて、標が自慢の料理の腕を振るってご馳走を作ってくれたりはするのだが、それにしても月に一度か二度の話だった。

自分を捨てた渚にさらさら未練はない、と建前では思っているが、本音はどうやら違うようだった。彼女に出て行かれて二ヵ月だが、このところその顔や姿、そして声をよく思い出す。

寝室のダブルベッドも相変わらずそのまま使っていた。

石巻から帰ってくると美雨はすぐに渚と会った。

美雨の話によれば、渚は碧を亡くしてすぐにとある大学病院で詳細な脳の検査を受けたらしかった。その結果、脳内の数ヵ所に小さな梗塞の痕跡が見つかり、それればかりか未破裂の脳動脈瘤が数個発見された。しかも、そのうちの一つは五ミリ以上の大きさがあり、担当医から可及的速やかに開頭クリッピング手術か、または動脈瘤にコイルを詰める脳血管カテーテル治療を受けるよう強く勧められたらしかった。

この診断結果を聞いて、渚は手術を選択すると同時に功一郎との結婚生活に終止符を打つことを決断したのだという。

「あなたや功一郎さんには申し訳ないけど、残された人生を、自分の思い通りに生きることに決めたの」

彼女はそう言い、その面会のときに美雨に床次礼音を引き合わせたらしい。

「彼はどんな感じだった？」

功一郎が訊くと、

「とにかく何十回も、申し訳ありませんって繰り返していた。できればおとうさんにも謝罪に伺いたいって言うから、そんな馬鹿げたことは金輪際しないで下さいって、私の方からはっきり断っておいた」

美雨はそう言っていた。

行くあてがあるわけでもないが、ベッドから降りて窓のカーテンを開くと外は日本晴れだった。見事な青空を目にした瞬間に不意に思いついた場所がある。

今朝は車でそこへ行ってみようと思う。さすがに三日間まるまる引き籠もるのはまずいだろう。

九時過ぎに出発する。木場の乗り口から高速に上がり、常磐自動車道方面へと向かう。道は空いていて四十分ほどで柏インターを出ると国道十六号線に入る。休日とあって十六号線もそれほど混み合ってはいなかった。

左右に懐かしい風景が広がっている。

柏方面まで足を延ばすのは、昨年四月、本部長視察で我孫子工場を訪ねて以来だ。あの日、ナリタ乳業の件を報告してくれた橋本課長は、いまは製造第一課長として相模原工場で勤務している。ナリタ乳業の脱脂粉乳からエンテロトキシンAが検出された事実を隠蔽しようと図った長谷川工場長と森内製造第三課長は共に我孫子工場を追われた。長谷川はいまは子会社のフジノミヤ運輸へと転籍させられ、森内課長も別の子会社へ出向させられていた。

結局、袋井直販課長と八重樫食品分析室長はお咎め無しで、いまも我孫子工場で働いている。

十六号線を柏消防署の手前の信号で左折して、消防局指令センターの角でさらに左の細道へと入る。

指令センターの建物の先には戸建ての住宅が六軒並んで建っている。奥から一つ手前、五軒目の二階家がかつての功一郎の家だった。

家の正面を通り過ぎ、その先の三叉路の手前に車を駐めた。滅多に車が通らない道だし、ここならしばらく駐車しても通報されることはない。

プリウスを降りて、功一郎は懐かしい我が家へと近づいていく。

門扉の前に立って二階建てのベージュ色の外壁の家を見上げた。

〝前の世界〟で渚や碧と共にこの家に越してきたのは二〇一九年の三月半ば。いまから十一ヵ月前のことだった。持ち主が売りに出したのが一九年の一月で、功一郎が物件を見つけて仲介業者に連絡を入れたのは、その直後だった。渚の一度目の自殺未遂を受けて、東陽町のマンションを出ることを即決した彼は、我孫子工場への異動も一月末に堀米に申し入れていた。早見にも吉葉にも一切相談抜きでやったのだが、後になって、せめて二人には事前に話しておくべきだったと大いに反省したのを憶えている。

ガレージにはマツダのSUVがあった。表札は「唐沢」ではなく、「本橋」となっている。玄関の右手は植栽用の土地で、功一郎のいる頃はただの更地だったが、いまは煉瓦作りの花壇が設けられ、水仙が咲き乱れていた。

意外だったのはガレージの脇に枝振りの見事な梅の木が一本あって、たくさんの紅色の花をつけていることだった。およそ最近植えられたとも思えず、しかし、功一郎が住んでいたこの家に梅の木などなかった。

――こういう小さな「ずれ」もあるのだ……。

感慨深く、功一郎は可憐な花をつけた緋梅の古木を見つめた。

〝前の世界〟ではまだ渚も碧も、そして功一郎もここに住んでいる。功一郎は夜勤中心で我孫子工場に通い、碧は毎日ここから日本橋のオリンポス本社に出社していた。二〇年の二月といえば、渚の病状はいまだ安定せず、功一郎も碧も神経を休めることのできない日々を過ごしていたのだった。

今日から数えてちょうど一年後、功一郎は、〝前の世界〟を抜け出して〝今の世界〟へとやって来たのだった。

二年近くの歳月を過ごした〝我が家〟を前にして、功一郎は、こうしてその家を眺めている自分という存在が一体何者なのか分からない気がする。

この家で苦しい日々を送っている渚や碧や功一郎が間違いなくいるのに、渚も碧も、そして功一郎自身さえもがこの家には存在しない。存在しないにもかかわらず、しかし彼等は確実に存在している。

存在しないことを知っているにもかかわらず、存在することをも実体験として肌身に刻んでいる自分とは一体どういう存在なのか？

ドアが開く気配がして、功一郎は急いで家の前を離れ、プリウスに戻った。

四十歳前後とおぼしき夫婦と中学生くらいの娘、小学校高学年と思われる男の子が家から出てきた。四人はガレージの車に乗り込み、功一郎の車の横をすり抜けるようにして十六号線の方へと走り去って行った。

時刻は午前十時を回ったところだ。

運転席のシートを倒して身体を伸ばす。

昨夜も遅くまで飲んでいたので、シャワーを浴びて出てきたものの身体の奥深くに酒気が残っている気がする。フロントガラスから差し込む暖かい陽光を全身に浴びて眠気が兆してくる。

ぼんやりしてくる意識の中で、またいつものようにスタールのギャラリーのことを思い出そうとした。こんなふうにウトウトしているときの方があの場所のイメージがより鮮明になることに最近になって功一郎は気づいたのだった。

母の手紙によれば、長倉人麻呂は「スタールのギャラリーに着いたら、何枚も絵や写真のようなものが見える」と言ったという。その絵や写真の中から功一郎の父が母に「道」を送りつけてきた場面を見つけ出し、その場面の中に戻るよう人麻呂は指示した。

二度目のあれを行ったとき、では、自分は一体どんな場面の絵や写真を選んだのか？

それがどうにも思い出せない。

結果としては美雨が事故に遭う当日、安心品質会議が始まる直前のタイミングに戻ったわけだが、自らの意志でその場面を選んだ記憶がまるでなかった。

ただ、こうやって繰り返し記憶をたぐっているうちに仄(ほの)かによみがえってきたものもあった。栄光銀行三軒茶屋支店にミニバンが突っ込み、美雨が車に撥ね飛ばされている場面を功一郎は動く映像として見たような気がするのだ。

それは絵や写真ではなく確かに動画だった。

目の前で美雨が撥ねられる瞬間を目撃して、功一郎は大声を上げ、その瞬間に会社の品質管理本部長席に落下したのではなかったか。

それが本物の記憶なのか、もしくは後付けの妄想なのか、功一郎には区別がつかない。

というのも、他にも違う映像を見たような感触があるからだった。

美雨の事故の場面と併せて、彼は別の幾つかの場面にも立ち会ったような気がする。

どんな順番で、どんな映像を見たのかは詳らかに思い出せないのだが、彼はそれぞれの場面を念入りに検分した上で、最終的に事故当日を帰還場所に選んだような、そんな気もしてきているのだった。

上着のポケットのスマートフォンが大きな音を立てて、功一郎はまどろみから我に返った。

車のシートを起こし、スマホを取り出して画面を見た。早見からの着信だった。呼吸を一度整え、通話ボタンをタップして受話口を耳に押し当てる。

休みの日でも、早見はたまに電話を寄越す。渚が出て行ったことを年明けに伝えてからは大した用件でなくても土日に連絡してくることがあった。それだけ功一郎のことを気にかけてくれているのだろう。

「本部長、いまよろしいですか？」

しかし、今日はそういう砕けた口調ではなかった。

「大丈夫だよ」

「実は、たったいま総務部長の富田さんから連絡がありまして、社長の奥様が今朝、亡くなられたそうです」

「堀米さんの奥さんが?」

「はい」

意外な連絡だった。

堀米夫人が肝臓がんを患っているという話は、昨春、役員就任を打診されたときに堀米本人から打ち明けられていた。それから十一ヵ月近くが過ぎて、いまではそのことは社内周知となっていた。今年六月での退任の意向が堀米から明かされ、保坂専務が後継社長に就くことがすでに既定路線として固まっているからだ。

「そんなに悪かったのか?」

だが、夫人の病状が深刻なものだという話は耳にしたことがない。

「死因は肝臓がんではなくて、突然死だったみたいです」

「突然死?」

「富田部長の話では、今朝、社長が目覚めて隣の奥様に声を掛けたら、すでに息を引き取っておられたとか。恐らく睡眠中に心不全か何かで亡くなられたんだろうと……」

「……」

功一郎は何と言っていいか分からなかった。

「で、ご遺体はいまは?」

「一応、検視はあるみたいですが、夕方にはご自宅に戻られるそうです」

「じゃあ、富田さんたちはもう社長宅に行っているんだね」

「そのようです」

「分かった。いま出先なんだが、僕も夕方までに家に戻って、着替えてから社長宅に弔問に伺うことにするよ」

「僕も同行していいでしょうか？」

「もちろん。それならタクシーできみの家に寄って、それから堀米さんのところへ一緒に行こう」

早見は豊洲のマンション住まいで、堀米の家は確か白金だったはずだ。

「ありがとうございます」

「じゃあ、僕が家を出るときに電話するよ。四時過ぎくらいになると思う」

「分かりました。よろしくお願いします」

吉葉はともかく、経営企画室長の早見はいまや会社の中枢メンバーの一人だ。とりあえず堀米の私邸に駆けつけても失礼には当たるまい。

「通夜、葬儀の日程が決まったらメールで教えてくれ」

「了解しました」

早見の言葉を耳に入れたところで、功一郎の方から通話を打ち切った。

もう一度シートを倒して背中を預ける。

車窓の向こうには相変わらず抜けるような青空が広がっていた。

堀米夫人の亡骸が自宅に戻るのが夕方であれば、まだ時間はたっぷりとあった。急いで東陽町に戻る必要はない。

夫人は堀米と二つ違いだと聞いているから、享年六十か六十一。早過ぎる死ではあるが、碧に比べればずいぶん長生きとも言える。

先ずはそう思い、

――堀米は一体どうするのだろう？

次に思った。

彼がこの六月での退任を決意したのは、病妻との時間を作るためだった。

「とにかく生きている間はあらん限りのことをしてやろうと思っている」

役員就任を打診されたあの晩、堀米は言っていた。

だが、その肝腎の妻が逝ってしまったのだ。これで、彼が六月に社長を辞める理由はなくなったことになる。

その上、今年は新型コロナウイルスで世界中が激変してしまう。退任予定の六月までには人々の生活様式が様変わりし、とりわけ、フジノミヤ食品が取り引きするスーパーや外食チェーンが受ける影響は甚大なものとなるのだ。

仮に保坂に社長の座を譲るとしても、現在は空席となっている代表取締役会長のポストに上がれば、会社は堀米の経営手腕を失うことなく更なる発展へと大きな一歩を踏み出すことができるだろう。

功一郎はふと思う。

――こんなことなら、役員になどならなければよかった……。

そうすれば、昨年の夏までには退社独立し、時間的な余裕も生まれていただろう。その分、碧の健康状態に目を光らせることができたかもしれず、渚との関わりにも改善の余地を見出すことができたやもしれない。そもそも我孫子工場を訪ねたあの日、神楽坂の「ちとせ」で役員就任を断っていれば、「ちとせ」のあと堀米とホテルグランドパレスに行くこともなく、渚の不倫現場に遭遇する羽目になることもなかったのではないか。

――いやいや、そんなふうに考えてはいかん。

妙な思いを功一郎は急いで打ち消す。

こんな恨み言を思い浮かべるなど、愛妻の突然の死にうちひしがれているであろう堀米に対して不謹慎極まりない。

堀米は若い頃に小学校二年生の娘を交通事故で失い、そして今度は苦労を共にしてきた伴侶を失ってしまった。家族運に恵まれていないという点では、自分以上に不遇の身の上だと功一郎は思う。

そんな彼をこのまま六月で退任させていいわけがない。仕事まで失ってしまえば彼には生きるためのよすがが何もなくなってしまうのではないか。

まだ六月までには時間があった。

堀米に翻意を促すのが、取締役となった自分の一番の仕事だろうと功一郎は思い直す。

二月二十六日水曜日。

堀米夫人の葬儀は、白金の堀米邸から徒歩三百メートルほどの場所にある菩提寺でしめやかに執り行われた。

会葬者は堀米夫妻の親族数名と保坂をはじめとしたフジノミヤ食品の役員四名だけだった。本来ならば総務部が行う取引先への通知も今回はなく、一般紙、業界紙への連絡も中止された。

すべては堀米の指示だった。

葬儀前日の全国の感染者数は十一人。東京はゼロ。

ただ、夫人が亡くなった二十四日には専門家会議の尾身茂副座長が「不特定多数が参加するような立食パーティーや飲み会には、症状がない人もなるべく行かないように」と記者会見で求め、二十五日にはJリーグが公式戦の延期を決定し、読売巨人軍も東京ドームで予定している月末からのヤクルトとのオープン戦を無観客で行うと発表していた。

そういう意味で、堀米が夫人の葬儀を極力簡素化したのは当然の判断でもあったのである。

火葬のあと寺に戻って初七日の法要を済ませ、それから一同堀米邸に徒歩で帰って、用意されていた精進落としの膳を囲んだ。

時刻は午後一時を回ったところだった。あいにくの天気で、小雨もぱらつき久々に冷え込んだ日だった。

堀米は通夜、葬儀でも涙一つ見せず淡々とした様子だった。

ただ、時折ぽつんと一人きりになる場面があって、そういう姿を垣間見ると子供のいない夫婦が片割れを亡くしたときの寂寥を感じざるを得なかった。

宴が始まって三十分ほどしたところで、堀米がお銚子を手にして功一郎の隣に腰を下ろした。

「今日はわざわざ済まなかったね」

いつの間にか黒ネクタイを外している。

「とんでもない。おさみしくなりますね」

盃に酒を受けながら功一郎は言う。

「まあね。でも、案外これでよかったのかもしれないと思っているよ」

今度は功一郎が新しい盃を堀米に渡して酒を注ぐ。

「がんで苦しんで死なせるのは嫌だったからね」

その酒を飲み干して彼は言った。

「娘の命日だったんだ。今頃はきっと向こうで娘に会えて涙を流して喜んでいると思うよ」

「お亡くなりになった日は、お嬢さんの命日だったんですか？」

「そう。三十五年前の二月二十四日」

「そうだったんですか……」

亡くなった一人娘の命日に夫人が突然死したというのはさすがに驚きだった。しかも、二月二十四日は、功一郎が〝前の世界〟を旅立った日でもあった。

「この家も、その年に買ったんだよ。ほら、お寺が近いからね」

「はい」

学校のそばの横断歩道で事故に巻き込まれたと、あの日、堀米は言っていた。その界隈をすぐに離れたのは当然だったろう。そして、夫婦は娘の眠る菩提寺の近くへと転居したというわけだ。

「この家に来てから、かみさんは毎日墓参りをしていたよ。二十年くらいは続いたかな。だから、そのあいだは泊まりがけで旅行なんて一度もしなかったし、何より相模原まで片道一時間半も通勤にかかるんだから本当に大変だったよ」

「じゃあ、相模原工場の頃はずっとこのお宅から通っておられたんですか？」

「そうだよ」

堀米は懐かしそうな顔になって言った。

「こなみという名前だったんだ」

「こなみ？」

「小さい波と書いて小波。人生、波瀾万丈は避けがたいものだが、それでも余り大きな波をかぶることなく穏やかで幸福な人生を全うして欲しいと思って二人で決めた名前だった」

亡くなった夫人の名前が「洋子」だから「小波」はそれとも揃えたのだろう。

「こんなことなら『凪子』にすればよかったとか、いやいっそ逆張りで、嵐の子で『嵐子』とでもすべきだったかとか、そんなことまでずっと後悔し続けるんだ」

「そうですか……」

名前のことは功一郎にも心当たりがあった。美雨を失ったとき、どうして「美雨」などという儚げな名前を与えてしまったのだろうと深く悔いたものだ。

「二十年で区切りがついたのはどうしてだったんですか？」

気になっていたことを訊ねる。その二十年間、時間が許す限りは堀米も一緒に墓参を続けていたはずだ。

「ちょっと違う気持ちになったんだよ」

「違う気持ち？」

堀米が深く頷く。

「かみさんにも訊いてみたんだが、彼女も同じような気持ちになったんだそうだ」

　堀米はそこで、仮ごしらえの祭壇に置かれている夫人の遺影の方へちらと目をやった。

「あの子は、この世界ではあんなに早く死んでしまったけれど、どこか別の世界ではいまも元気に生きている。また違う別の世界では、きっと百歳までの長寿を生きる子として生まれている――そんな気がしてきたんだよ。たとえ我が子とはいえ、二十年ものあいだありありとその声や姿を憶えていて、ずっと愛し続けていられるのは、きっとどこか別の世界で小波がまだ元気に生きているからに違いないってね。そうじゃなきゃ、二十年間も欠かさず墓参りをして、そのたびに花を手向けたり、好物をお供えしたり、いろいろ話しかけたりなんて、幾ら親でもできるわけないと思ったんだ。

　僕はそう気づいたとき、ああ、人間の宗教心というのはそうした思いの中に根源があるんだろうって思ったよ。天国というのはそういう世界のことで、つまりは、あの子がいまも現実に生き生きと生きている世界が本当に存在するというある種の確信から生まれているんじゃないかって。

　そしてね、僕たち自身も同じなんだよ。

　僕の人生も他にあって、その世界では愛する娘の成長をたのしみに生きている幸福な自分がきっといるんだ。だけど、こうやって小波を小学校二年生で亡くすという人生もある。僕の場合は、そっちのつらい人生を選んだけれども、そのつらい人生を僕が引き受けたからこそ、別の世界では娘と仲良く暮らすもう一人の僕の人生が保証されているんじゃないかって。

そして小波が僕や妻の中でいまだにこうして生き続けているのは、僕の代わりに彼女を大切に慈しんで育ててくれているもう一人の僕がいてくれるからかもしれないってね」

そこで、堀米は一つ息をついた。両の瞳からわずかに涙が滲んでいるのが見えた。

「そんな話をかみさんにしたら、彼女も同じことを言ったんだ。あの子は、きっと別の世界で元気に生きているに違いない。そして、ときどき私たちのところにも会いに来てくれている。だからいまもこうしてあの子の存在を私たちはしっかり感じ取れるんだって」

堀米は再び、夫人の遺影の方へと視線を送った。

「死んだら、またきっと会えるから大丈夫——それ以来、彼女は口癖みたいにそう言うようになったんだよ」

7

二〇二〇年六月二十六日金曜日。

この日、フジノミヤ食品の定時株主総会がオンライン形式で開催され、三月期決算が承認されると共に保坂明輝(あきてる)専務の代表取締役社長就任、堀米正治社長の代表取締役会長就任をはじめとする「役員人事案」も無事に株主たちからの承認を得たのだった。

功一郎はこの日をもって、フジノミヤ食品取締役を退任した。

わずか一年の役員生活だったが、彼の中に心残りはなかった。

経営企画本部長として新型コロナ対応の経営計画を策定し、妻を亡くした堀米の会長就任を後押しすることができた。これで会社の発展は約束されたようなものだった。

それだけでなく、堀米、保坂と相談し、経営企画室長の早見卓馬を自分に代わる新しい取締役に、品質管理本部品質管理第二課長の吉葉慎市を早見の後釜の経営企画室長に据える人事もなんとか実現することができた。

さらにもう一つ。社外取締役として中林淳子（なかばやしじゅんこ）東京理科大学教授を招聘（しょうへい）することにも成功した。食品衛生学の専門家である中林教授とは二十年来の付き合いで、自分が辞めた後のフジノミヤ食品の品質管理、衛生管理を託すには最適任の人物だった。

独立祝いを兼ねた送別会はすでに終わっていたので、この日をもって功一郎は晴れて完全に自由の身となった。

四月に出版された新著の評判も上々で、功一郎の独立を聞きつけた関係各方面から仕事の依頼がたくさん舞い込んでいる。

彼はそのどれにも確たる約束はせず、品質管理・衛生管理の専門家としての活動は今秋からのスタートになると返事するにとどめておいた。

六月二十六日の感染者数は百五人。東京は五十四人で二日ぶりに五十人を超えた。とは言っても、大方は「夜の街関連」で、五月二十五日に緊急事態宣言が終わって以降、感染者数は落ち着いている。都内での休業要請緩和もすでにステップ2からステップ3へと移行していた。

感染者の減少によって、このパンデミックも猛暑の夏を過ぎれば終息するとの見通しや日本人は体質的に感染しにくい「ファクターX」を持っているという楽観論も広がり始めている。

まさか、年末には東京だけで一千人を超え、年明けには全国で八千人に迫る感染者数となるとはまだ誰も知らない。一年延期が決まった東京オリンピックもこの分なら大丈夫だろうと皆が考えていた。

——結局、来年のオリンピックは開かれるのだろうか？

功一郎はたまに思う。

彼が旅立ったときの〝前の世界〟の感染状況は容易なものではなかった。何しろ死者だけで百人を超える日がずっと続いていたのだ。

——あの状況だと、少なくとも各競技場に満員の観衆を呼んでの開催は難しかろう……。

そう考えざるを得ない。

七月中は国内を旅して歩いた。

再び感染の急拡大が始まるのは十一月からだ。それまでのあいだはマスク、手洗いを徹底していれば滅多なことで感染はしない。

ことに首都圏や名古屋、大阪、兵庫、それに福岡といった過密都市を避けて地方の田舎町を訪ねる分には危険性はほとんどなかった。むしろそうした地方の人々の方が、東京者の来訪に神経を尖らせている状況なのだ。

プリウスに着替えや本をたくさん積み込んで気ままに走った。長野、富山、石川、福井、京都、そこから日本海側の町々を巡って出雲大社を参拝、さらに北九州まで足を延ばして、門司―有明便のフェリーで帰路についた。およそ三週間ほどの旅程だった。

七月最終週に東陽町のマンションに戻るとさっそく身辺整理にとりかかる。

新たなる旅の準備のためだった。

この世界に残しておくべきものは残し、自分がいなくなったあと見られたくないもの、不要なものはきれいさっぱり処分した。

美雨に何も告げずに立ち去るわけにはいかないので、相応の内容の置き手紙を作らねばならなかった。この手紙を書くのにずいぶんと時間がかかったし、それが最も厄介でしんどい作業だった。

結局、以下のような項目を文面に盛り込んだ。

・いろいろと悩んだ末に第二の人生を始めると決心したこと。

・当分は一人で生きていくと決めたこと。
・そのための資金として会社の退職金と役員退職慰労金を使うことにしたので、これは残してやれないこと。
・自宅マンションの権利証、預貯金や多少の証券類はそのままにしておくので、今後、標と店を持つときはそれらを開業資金の一部として充てればいいということ。
・渚との離婚届は家を出る前に区役所に提出するということ。
・渚には、このことを伝える必要は一切ないこと。
・しばらく経って新しい人生が軌道にのれば、そのときこちらから連絡するので、それまでは決して探さないで欲しいこと。

美雨への手紙とは別に標連にも一筆したためた。

こちらの方は、ひとえに娘をお願いします、とただそれだけを記せば良かったので、あっと言う間に片づいた。

会社の退職金や慰労金を持って家を出たことにすれば、美雨もよもや父親が自殺するなどと心配することはないだろう。どこか自分たちの知らない土地で第二の人生を始めたと考えざるを得ないし、七月に東京を長期間離れたのは、そのための場所探しが目的の旅だったと美雨や標に示唆するのも狙いの一つだった。

そうした作業が終わると、今度は物件探しを始めた。栃木県の山間(やまあい)の小さな町に恰好の物件を見つけたので、仲介業者に連絡をつけてさっそく見学に出向いた。

町外れに建つログハウスだった。東京在住の所有者がときどき楽器の練習もかねて訪ねていたらしいが、一年ほど前に海外赴任の話が持ち上がり、思案の末に売りに出すことにしたのだという。狭いダイニングキッチンにワンベッドルームの小さな物件で築十五年。価格は三百二十万円だった。

一度見てすっかり気に入り、功一郎はすぐに購入を決めた。築十五年とはいえ、まだまだ風雪に耐えそうな堅牢な作りだった。一車線の県道から枝分かれした一本道のどん詰まりに建っていて、建物の背後は鬱蒼とした雑木林で、人が偶然通りかかるといったシチュエーションはおよそ考えにくい。

ここであれば、世間と完璧に隔絶した暮らしを営むことも不可能ではあるまい。

二〇二〇年八月三十一日月曜日。

功一郎はレンタカーで那須塩原まで行き、そこでレンタカーを返却してワゴンタクシーに乗り換えた。那須塩原から一時間半ほどをかけて目的地の別荘に到着した。

レンタカーは東陽町ではなく築地の店で借りたし、タクシーも一度乗り換えたので美雨たちが功一郎の足跡を辿るのはかなり難しいと思われる。

ログハウスの契約関係書類も、それを見つけ出すために使ったパソコンも持ち出してきた。家捜ししても手がかりになる物は一切見つからないはずだった。

午後一時過ぎに二台目のワゴンタクシーでログハウスに到着した。

都心は雨混じりの曇天でひどく蒸し暑かったが、こちらは天気は変わらないものの暑さはそれほどでもない。

功一郎は家から持ってきた荷物をログハウスに運び込むと、待たせておいたタクシーに再び乗り込んで最寄りの私鉄の駅まで行き、そこでタクシーを降りた。

駅前にうどん屋があったので、その店でうどんを食べて時間を潰し、小さな駅の周辺をしばらく散歩した。空は曇ったままだったが雨はやんでいる。

道行く人は数少ないが、誰もがマスクをつけている。さきほどのうどん屋でも店員は全員マスク姿だったし、出入りする客たちも食事中以外はマスクをつけていた。

恐らくこの近辺で感染者はほとんど出ていないと思われる。

それでもこうして、人々がマスク着用を怠らないのは、ある意味不思議な光景だと功一郎は思う。

義務に忠実とも言えるし、いかにも融通が利かないとも言える。

〝今の世界〟で起きた東日本大震災が〝前の世界〟では起きなかった。自然環境には巨大な「ずれ」が生じても、こうした日本人の国民性は相変わらずというのが実に興味深かった。

――俺は、一体何のためにこの世界にやって来たのだろう。

会社を辞めたあと、ずっとそのことばかり考えている。

そして、そうやって考えるたびに、夫人の葬儀の日に堀米が話したことが脳裏によみがえってくるのだった。

「僕の人生も他にあって、その世界では愛する娘の成長をたのしみに生きている幸福な自分がきっといるんだ。だけど、こうやって小波（こなみ）を小学校二年生で亡くすという人生もある。僕の場合は、そっちのつらい人生を選んだけれども、そのつらい人生を僕が引き受けたからこそ、別の世界では娘と仲良く暮らすもう一人の僕の人生が保証されているんじゃないかって」

堀米はあのとき、「僕の場合は、そっちのつらい人生を選んだ」と言った。彼は「人生を与えられた」ではなく、あえて「人生を選んだ」と口にしたのだ。

――どうして堀米は、あんなふうに言ったのだろう？

小学二年生の幼い娘を輪禍で失い、その後の長い人生を夫人と共にかなしみの中で生きた彼にすれば、いっそこの人生を自分が「選んだ」とでも考えない限り、現実の余りの理不尽さ、無情さに耐えきれなかったのだろうか？

――それとも、愛娘を早くに失うというむごい人生を彼は本当に自ら選択したのか？　スタールのギャラリーの存在を知らない頃の功一郎ならば、「人間がそんなことするわけがない」と一蹴したと思われる。

だが、自身の体験や母の残した手紙の内容を反芻する限り、人間は一定の範囲内で自らの人生をどんな人生にするかを選ぶことができるようなのだ。

仮に堀米がそのような人生を自ら選んだのだと考えると、それはそっくりそのまま功一郎自身の人生にも跳ね返ってくる話だった。

功一郎もまた美雨が二十歳にもならぬ若さで死んでしまう人生を自分自身で選んだのだろうか？

そして彼は、その現実にどうにも我慢できなくなって〝前の世界〟から〝今の世界〟へと逃亡してしまったのだろうか？

堀米から娘の話を打ち明けられたとき、功一郎は、

――この人は、〝前の世界〟で生き続けてきた俺なのだ。

と思った。

本当なら自分もまた堀米のように生きなくてはならなかったのだ――忸怩たる思いでそう考えたのである。

ビルもマンションも見当たらない曇天の広がる山間の町は静かだった。

歩くと首筋に汗が滲んでくるが、時折吹いてくる風は涼味があって不快な暑さではなかった。

しっとりと湿り気を帯びた空気がまろやかでうまかった。

〝今の世界〟も今日で見納めなのだ。

もう会うことのない人間は誰だろうと考える。

何人もの顔を思い浮かべ、この世界での一年十一ヵ月で新たに出会った人間がほとんどいなかったことに気づく。思いついたのは標連と霧戸ツムギの顔くらいだった。

結局、二度と会えないのはただ一人、美雨だけなのだ。

それは当然の話ではある。功一郎は失った美雨を取り戻すために〝今の世界〟へとやって来た。そして、これから再び美雨のいない世界へと帰っていくのだ。

駅前に引き返して、付け待ちしていたタクシーに乗った。

目的の場所を伝える。ログハウスはここから三十分ほどの距離にあった。

こうしてあらためて手ぶらでログハウスに向かうことで、功一郎の足取りを摑むのはさらに難しくなる。たくさんの荷物を抱えてログハウスに消えた客のことは印象に残るが、そうでなければ運転手の記憶から客の印象などすぐに薄れてしまうだろう。

ログハウスに着いたのは午後三時ちょうど。タクシーに乗っている間に空はみるみる晴れて、車を降りる頃には夏の日射しが降り注ぎ始めていた。

背後の雑木林では蟬の声がかまびすしい。

靴のまま部屋に上がると、功一郎は最初に「道」の梱包を解いて、それを寝室の壁に飾った。八畳ほどの寝室には前の持ち主が残していったシングルベッドがそのまま置かれている。ベッドの足下側の壁に釘を打ちつけて、ちょうど自分の目の高さに三本の道が見えるように絵を掛ける。

その作業を終えると、ダイニングキッチンに戻ってパソコンや母の日記帳、ログハウスの契約書類などを詰めたキャリーケースを開き、別に用意しておいたリュックにそれらを詰め込む。

残った退職金と役員退職慰労金はログハウス購入後すぐに美雨に譲る通帳に振り込んであった。なので手元の現金はほとんどない。そのわずかな現金が入った財布やスマートフォンなどもリュックにおさめる。

身体を動かしているうちに汗が全身から噴き出してくる。

ガス、電気、水道の契約はしていないのでクーラーは使えないし、冷たい飲み物を飲むこともできず、身体を濡れたタオルで拭くわけにもいかなかった。

キャリーケースを玄関脇の納戸に片づけると、汗の浮いたTシャツと短パン、靴はスニーカーという出で立ちで重いリュックを背負って寝室に戻る。両手にはキャリーケースから取り出したキャンピング用のLEDランタンを提げていた。

LEDランタンを「道」を飾っている壁の足下に絵を挟む形でふたつ置き、開け放っていた窓を閉じ、カーテンを引く。寝室のドアも閉じた。

あっと言う間に狭い室内は薄暗くなった。

ランタンのスイッチを入れる。

強烈な光で部屋は明るさを一気に取り戻した。

ぼやけていた「道」が細部まではっきりと見えるようになった。

部屋の温度は、閉めきったせいでぐんぐんと上昇している。

引いていた汗がまたもや身体中から滲み出してきていた。

功一郎は正面の「道」の方へ顔を向けた。

――美雨の生きている姿をもう一度見ることができた……。

俯いて彼は思う。

それだけで、この世界にやって来た意味は充分にあったのだ。

――さあ、出発だ。

ゆっくりと顔を持ち上げ、正面の「道」を見つめた。

第六部

1

足下から這い上がってくるような冷気を感じて功一郎は目を開ける。

常夜灯のオレンジの小さな光が見える。ぶるっと身を一度震わせて上体を起こした。

渚の微かな寝息が聞こえる。

暗い明かりに眼が馴染んだところで静かに立ち上がった。

どことなく身体が重かった。それは仕方がない。あと二ヵ月足らずで五十七歳の肉体に戻ったのだ。しかも、この身体は二年に及ぶ渚たちとの暮らしですっかり疲れ切ってしまっている。

功一郎は一度ゆっくりと深呼吸する。

真夏の世界から一気に真冬の世界へと移動した。吸い込んだ冷気が胸に痛いくらいだった。

あの日と同じようにベッドの中の渚を覗き込む。常夜灯の明かりで表情ははっきりと見て取れる。彼女は穏やかな顔でぐっすりと眠り込んでいた。

これならばよほどのことがあっても朝まで起きることはないだろう。

——このあと自分と碧とのあいだに起きたことをどうやって渚は察知したのか？

抱え続けてきた疑問が尚更に重みを増す。

渚が自殺未遂を起こすのはいまから三日後の月曜日だった。

彼女が気づいたのだとすれば、今夜の現場を目撃したのではなくて、明日、明後日の自分と碧の変化を敏感に嗅ぎ取ったからとしか思えなかった。

しばらく寝顔を見つめ、渚の熟睡を確かめてから玄関脇の寝室を出た。

廊下に置いたコンソールテーブルの時計の針を読む。午後十一時になったところだった。

家の中は静まり返っている。廊下の奥からはリビングダイニングの明かりが漏れているが物音はしない。

碧はダイニングテーブルの椅子に座ったまま眠っているのだ。

抜き足差し足でドアの前まで行ってドアノブを握り、音を立てないよう用心しながらノブを引いた。

碧の姿が目に入る。

功一郎はドアのそばで立ち止まって、気持ちよさそうに眠っている碧を見つめた。

およそ二年ぶりに目にする〝前の世界〟の碧の姿だ。

――やはり印象はだいぶ違うな……。

向こうにいた碧を思い出す。

あんなに早く逝ってしまったとはいえ、あっちの碧は溌剌とした生気を常に漲らせていた。

——それでも……。

功一郎は彼女の方へとそっと足を運びながら思う。

——この世界の碧はまだ生きてくれている。

眠っている彼女の横を抜けて対面式のオープンキッチンに入り、シンクの前に立って水栓を開く。スポンジに食器用洗剤を垂らし、シンクの底に積み重なっている食器や調理道具を洗い始める。

手を動かしながら碧の背中を注視していた。

盛大な水音や食器や鍋の触れ合う音が湧いて一分ほどしたところで丸めていた彼女の背中が真っ直ぐになった。目を覚ましたようだ。

ハッとした気配を見せた後、碧が椅子に腰掛けたままこちらへと顔を向けた。大きな瞳を見開いて功一郎の方を見ると、

「ごめんなさい。寝落ちしちゃってた」

ちょっと照れ臭そうな笑みを浮かべている。

功一郎は泡まみれの手をすすぐと急いで水栓を止める。

「悪かったね、起こしちゃって」

まるで夢を見ているようだった。

一度目のあれのときはいきなり福高の受験会場に引き戻されていて、訳も分からぬままに

目の前の解答用紙を埋めるのにかかり切りになった。二度目のときは、安心品質会議が始まる直前で、早見を先に送り出すとすぐに会社を飛び出し、事故現場の三軒茶屋へと急いだ。どちらの場合も無我夢中で、新しい世界に辿り着いたことをしみじみと味わう余裕などまるでなかったのだ。

だが、三度目の今回は違った。

栃木の山間のログハウスで「道」の中へと飛び込んだあと、功一郎はスタールのギャラリーでさまざまな情景を目の当たりにし、〝今日、この場所、この時間〟に的を絞って移行してきたのだった。

狙いすました場面にこうして着地することができて、ちょっと信じがたいような心地になっている。だが、その分記憶も意識も前二回よりはるかにクリアだった。

二〇二〇年八月三十一日真夏のログハウスから二〇二一年二月十二日真冬の松葉町の家へと彼は見事に帰還したのである。

「碧ちゃん、悪いけどテーブルの上のものを持ってきてくれる？　寝ぼけているかもしれないから足下に注意してね」

そう言って、功一郎は再び水栓を開いた。

あの日は、「あー、今日は良い一日だったなあ」と呟きながら伸びをするように立ち上がったところで椅子の脚に引っかかって碧は大きくよろけ、功一郎にしがみついてきたのだった。

碧が腰を持ち上げる。

今回はバランスを崩すこともなく、きっちりと立った。

空になったワインボトル、グラス、サラダの残ったボウルやカルパッチョ、チーズを盛り付けた皿などをてきぱきとキッチンカウンターに運んでくる。

「お風呂はどうする？」

手を動かしながら碧に訊ねる。

「私はもう寝る。朝、シャワーを浴びるから」

「了解」

最後の皿をカウンターに置いた後、碧は少し物憂げに立ち止まっていたが、何かを思い切ったような表情になって自室へと引きあげていった。

功一郎は洗い終わった食器を水切りカゴに入れながら小さく息を吐く。

――これで、前回のような過ちを犯さずに済んだ……。

一抹のさみしさを覚えながらも深く安堵している。

あの過ちを繰り返さないために、彼は今日という日を選んで戻ってきたのだ。

二月十五日月曜日は休暇を取った。

丸一日、家で渚と共に過ごすことにする。

彼女が大量の睡眠薬と抗うつ剤を飲んで自殺を図るのは、夕食後、碧が部屋に籠もって急ぎの仕事に没頭しているあいだのことだった。午後十一時過ぎ、一段落した碧がビールを取りに行ったついでに玄関脇の寝室を覗くと、すでに渚は譫妄状態に陥り、不気味な唸り声を上げていたのだった。

三人で夕食を食べ、碧は自室に籠もって仕事を始めた。

功一郎と渚はリビングでしばらくテレビを眺めたあと一緒に寝室に戻る。渚にこれといった心の動揺は見えなかった。もちろん功一郎がついているから薬を大量に飲むような真似もできない。

それどころか、渚は、ベッドに横になると身体を片側に寄せて空いたスペースに功一郎を招いたのだ。美雨を失って以降、渚がそんなことをするのは初めてだった。

恐る恐る功一郎は隣に身を横たえる。

天井のシーリングライトが少し眩しくて、渚の方へ顔を向けると、彼女はしっかりと目を開けてライトの光を見つめていた。

「功一郎さん」

渚が名前を呼ぶ。声にも張りが出てきているのは明らかだった。

「何？」

功一郎の左手に自分の手をかぶせるように載せてきた。その手を握り返す。

「ずっと迷惑ばかりかけてごめんなさい」

「迷惑だなんて思っていないよ」

「私、あと少しで立ち直れると思う」

これまでも調子がいいとき、不意に謝罪の言葉を口にすることはあったが、自分から先の見通しを語ることは一度もなかった。まして「立ち直れる」などという前向きのセリフを渚が発したのは驚きだった。

「全然急がなくていいから。小針先生もそう言っているだろう」

鬱病は回復期に入ってからが最も警戒を要するというのは小針医師の口癖であり、鬱に関する書物を読めば大方がそう書いている。

「今朝ね……」

一度唾を飲み込んで、渚が言う。

「美雨が会いに来てくれたの」

天井に向けていた顔を再び功一郎は渚の横顔に戻した。

「美雨が？」

「うん。美雨が夢に出てくるのはこれで三度目だけど、でも、今朝のはいままでと全然違った。本当に美雨が会いに来てくれたのよ」

渚の声は落ち着いていて表情も穏やかだった。元気だった頃の沈着冷静さをすっかり取り戻しているようにさえ見える。

「美雨は腕に赤ちゃんを抱いていて、隣には背の高いハンサムな男の人が立っていた。年齢は美雨よりだいぶ上みたいだったけど、すごく優しそうな人だった」

続いて出てきた渚の言葉に功一郎は緊張する。

「じゃあ、その男の人が美雨の旦那ってことかな？」

「たぶん……」

「ハンサムってどんな感じの顔なの？」

固唾を呑むように訊ねる。

「うーん。顔ははっきりとは分からない。ただ、すごくすらっとして恰好いい人だった」

「そうなんだ」

「美雨の方は表情も豊かでとっても生き生きしていた。少しふくよかになっていた気がする。私の方へ赤ちゃんを抱いて近づいてきて、こう言ったの。『おかあさん、もう苦しまないで』って。『これからは、おかあさんの生きたいように自由に生きて欲しい。それが私とこの子の願いなんだから』って……」

そこまで言ったところで渚は表情を少し苦しそうに歪める。

「私、ごめんなさいってずっと謝ってた。助けてあげられなくてごめんなさいって」

声は涙声に変わっている。その大きな瞳から涙が滲んでいた。

「そしたらね、美雨が、『私はいまもこうして大切な赤ちゃんと、大切なだんなさまと幸せに暮らしているよ。今日は、そのことをおかあさんに知らせるために来たんだよ』って言うの」

それからしばらく渚はさめざめと泣いた。

功一郎はベッドから降りて、ティッシュを彼女に渡す。渚は涙を拭いながら泣き続けた。

涙が止まると不意に身体を起こす。立ったままの功一郎を見上げて、

「私、あなたに黙っていたことがある」

呟くような声で言った。

「黙っていたこと?」

渚は首を縦に振る。

「あのときね……」

功一郎の目を見据えるようにして彼女は話す。

「美雨のお腹には子供がいたの。あの子、妊娠していたのよ」

功一郎は渚の視線からわずかに顔を逸らした。

どう反応していいか分からなかったのだ。

やはりそうだったのか、と内心で思う。

「あの日、あなたが病院に着く前に検死を担当した警察の人から聞いたの。だけど、あなたには言えなかった。私自身もその事実をどう受け止めていいのか分からなかった」

「それで？」

「あの子の四十九日が済んだ後で、美咲ちゃんにだけ話したの。相手の人が誰なのか知っておきたかったから」

渚のその言葉に功一郎は内心驚く。

「彼女は、思い当たる人がいるって言ってた。きっとバイト先の人だと思うって」

先を急ぐように渚が続けた。

「だけど、それ以上は訊けなかった。その相手のことを知ってもどうすることもできないと思ったし、私自身の心がもう限界だったから」

「そうだったのか……」

「本当にごめんなさい。こんな大事なことを隠していて」

「いや」

功一郎はかぶりを振る。

「きみがいま言った通り、知ったとしてもどうにもならなかったことだ。ただ……」

「ただ？」

渚が訝しげな顔つきになる。

「遅くはなったけど、その子の供養をちゃんとしてあげないとね」

〝前の世界〟でもそうするべきだった、と功一郎は思いながら言った。

「そうね」

渚が頷く。

「ほんとにそうしなきゃね」

泣き止んでいた二つの瞳からまた大粒の涙がこぼれてくる。

二月二十三日は予定通り、フクホク食品の黒崎工場に視察に出向いた。夜は前回のように「かしわめし」弁当を部屋で一人でつつくのではなく、ホテルまで送ってくれた西嶋常務を誘ってホテル内のレストランで一緒に食事をとった。そのあと、常務を自室に招いて冷蔵庫のビールとつまみで一献傾け、午後十一時過ぎに散会した。

翌朝は午前七時にホテルをチェックアウトし、新幹線で博多に移動。博多駅から地下鉄で福岡空港に出て、午前八時半発のJALで羽田に向かったのだった。

年明けから夏にかけての国内の新型コロナウイルスの感染状況は一進一退を続けた。

国内でも医師や看護師を皮切りにワクチン接種が三月から本格化したものの医療体制の逼迫もあって感染の拡大は止まらなかった。感染の波が来るたびに政府は緊急事態宣言を発出し、結果的にほとんど途切れることなく宣言が継続するという異様な状況が生まれたのである。

しかし、そんななかでも渚の回復は順調に進んでいった。

七月二十三日からの東京オリンピックが無観客と正式に決まった直後の七月九日金曜日。

この日の慈恵医大柏病院での診察で小針医師は、

「もういままでのように継続的にお薬を飲む必要はないと思います。不安になったときや眠れないときに頓服的に用いればそれで充分でしょう」

と、ついに断薬の判断を示したのだった。

二月の診察以来、徐々に薬量を減らしてはいたものの、とうとう薬を飲まない日常を取り戻したのは画期的なことだった。

「先生、長い間、本当にお世話になりました」

この日も一緒に診察室で話を聞いたのだが、隣の渚は感無量の面持ちで目の前の小針医師に深々と頭を下げた。

「唐沢さんも、そしてご主人もこの三年近くのあいだ本当に大変でしたね。お二人、それに唐沢さんの妹さんも含めて、よく頑張られたと思います。もう大丈夫。これからは生まれ変わったような気持ちで前向きに歩いて行って下さい」

「先生、本当にありがとうございます」

渚と二人で何度も何度も頭を下げながら診察室を後にしたのだった。

碧と渚の脳の検査は、二度目の緊急事態宣言が終わった三月下旬に慈恵医大柏病院で受けさせた。

二人とも最初は渋っていたが、功一郎が粘り強く検査を勧めると重い腰を上げてくれた。

その頃も碧の手の震えは間歇的に起きていて、それは、一過性脳虚血発作という脳梗塞の前駆現象の可能性があった。一過性脳虚血発作を起こすと、そのうちの三割から四割の人が脳梗塞を発症すると言われている。実際、碧の場合は〝前の世界〟で就寝中に発作に見舞われ、そのまま帰らぬ人となったのだ。彼女の手の震えが脳梗塞の前兆である恐れは多分にあった。

脳のMRの結果、碧にも渚にも小さな梗塞の痕跡が見つかった。

渚の場合は、それだけでなく〝前の世界〟でそうだったように未破裂の脳動脈瘤も幾つか発見されたのだった。

ただ、あのとき美雨が話していたような、緊急にクリッピング手術やカテーテル治療が必要な五ミリ以上の動脈瘤は見つからず、そこは、〝前の世界〟で渚が大袈裟な話を美雨にしたか、または両世界のあいだの「ずれ」なのかもしれなかった。

隠れ脳梗塞の痕跡があちこちに存在する自身の断層画像を目の当たりにして、碧も渚も少なからぬショックを受けたようだった。

診断をつけてくれた脳神経内科の医師も、

「お二人とも、この若さでこれだけの無症候性脳梗塞が見つかるということは、やはり遺伝的な要因を考えざるを得ないと思いますね。たとえお二人のようにほとんど症状のない場合でも、数年以内に三割の人が脳梗塞の発作を起こすというデータもあります。脳梗塞というのは一度起きると必ずと言っていいほど再発をします。そして、次に起きたときも初回と同じように無症候性で済むとは限りません。だとすると、普段から脳梗塞を予防する薬を根気よく飲んで再発を防いでいくしかないんです」

医師に懇切丁寧な説明を受けて、二人は真剣に自分たちの置かれた状況を受け止めたようだった。

結局、医師の勧めで碧も渚も抗血小板剤の「プラビックス」と「バイアスピリン」の二剤をまずは九十日間服用、それ以降は「バイアスピリン」単剤を飲み続けることで脳梗塞を予防すると決まったのだった。

不思議な話だが、この検査結果を聞き、抗血小板剤の服用を始めてから渚はさらに格段のスピードで鬱を脱していった。

両親と同様、自分にも突然死の可能性があると知らされ、渚の心と身体が、「鬱なんかで落ち込んでいる場合じゃない！」とまるで奮起したような印象だった。

功一郎がワクチン接種を終えたのは八月末。渚と碧は半月遅れの九月半ばに二度目の接種を完了した。

二〇二一年十月十一日月曜日。

碧は日本橋のオリンポス本社に出勤し、功一郎は夜勤明けで非番だった。

昼前には起き出して渚と二人で流山にあるコメダ珈琲にランチに出かけた。渚の方から誘ってきたのだ。

梅雨が明けた頃から渚はハンドルを握るようになり、最近は車を使って一人で買い物に行くようにもなっていた。食事の支度も碧と交代でやっていたが、今週から碧の勤務形態が原則出社へと変わり、平日の食事作りは渚がすべて引き受けることになったようだった。

渚はすっかり元気を取り戻したのである。

コメダに着いたのは午後一時過ぎ。店内はほぼ満席の状態だった。ワクチン接種の前であればとても足を踏み入れられない混み具合だが、功一郎も渚もワクチンによる感染予防効果が数ヵ月は続くと見込まれているので、さほど心配せずに案内された席に腰を落ち着ける。

食事は、ミックスサンドとエビカツパンを二人で分けることにして、飲み物は功一郎はコーヒー、渚はアイスオーレを注文した。

九月末の自民党総裁選挙で新総裁となった岸田文雄元外相が一週間前の十月四日に新しい首相に就任した。ワクチン接種を強力に推進した菅義偉首相は、世論を無視したオリンピック強行開催が裏目に出て総裁選への出馬さえ叶わないままに退陣の憂き目を見たのだった。

岸田新首相は、感染状況が落ち着いている現状に鑑み、今週木曜日に衆議院解散に打って出ると表明している。

巷では徐々に日常が戻り始めていた。

こうしてランチ時の喫茶店が満員なのもその表れの一つであろう。

飲み物が先に届く。マスクを外してアイスオーレを一口すすったあと、

「実はね……」

渚が少し身を乗り出すようにして話しかけてきた。

その表情は、まだ美雨を亡くす前の渚のそれを彷彿させる。むろん〝前の世界〟で二年近くを共に過ごした渚とは顔色にしろ雰囲気にしろ比ぶべくもなかったが、とはいえ彼女がかつての生気を回復しつつあるのは確実に思えた。

「何？」

功一郎もマスクを取って手元のコーヒーを一口すする。

「私、そろそろ仕事を再開しようかと思うんだけど」

「仕事？」

何を言っているのか分からなかった。

「タックの仕事だよ」

「タックの仕事って、またスクールの講師をやるってこと？」

思わぬ提案だった。

美雨が亡くなった直後に渚はタック・アートフラワースクールを辞めている。あれからもう三年以上の月日が流れていた。

「昨日、久しぶりにエミリーに連絡してみたの。そしたら、また働いてみないかって誘われたのよ。最初は週一でもいいからって」

功一郎は何と返していいか分からない。元気になってきたとはいえ、大勢の生徒たちを相手にアートフラワーを教えるなど時期尚早のような気もする。

「この三年で教室の数も増えたみたい。ホームページで確認したらもう十教室くらいになってるの。会社の本部もいまは葛西に移っていて、東西線沿線にずらりと教室が並んでいる感じ。西船橋の駅前にも一つあるから、柏だったら、その教室がいいんじゃないかってエミリーが言ってた。彼女も週に一度、西船で教えているからその日に合わせて出てくればいいよって」

「だけど、西船橋は遠いよ」

車だと一時間以上かかる距離だろう。

「柏の葉キャンパス駅でTX（つくばエクスプレス）に乗れば、南流山で武蔵野線に一度乗り換えるだけでいいみたい。キャンパス駅から西船までは三十分そこそこだから、自転車を使えばドアトゥードアで四十分くらいで行けると思う」

「電車で通うってことか」

「そう」

「うーん」

三年間、世間の風に触れていなかった渚がいきなり講師に戻るのは不安があった。だが一方で、以前もやっていた仕事を、エミリーという親友のサポートも受け、しかも週に一度からスタートできるのであれば決して悪くない話だろう。仮にうまく運べば、渚にとって非常に大きな自信にも繫がるはずだった。

そしてもう一つ。

功一郎は、あの床次礼音の顔を思い浮かべる。

渚がタックでの仕事に戻りたい一番の理由は、床次礼音との関係を復活させたいからに違いない。

〝前の世界〟でも妹の碧を脳梗塞で亡くした後、渚は、残された人生を思い通りに生きたいと言い出して、あっと言う間に功一郎を捨てて礼音のもとへと奔ったのだ。

状況はあのときとよく似ている。長い鬱病との闘いから抜け出し、脳梗塞の予防薬の服用も始めた——残された人生をやり直すにはいまは恰好のタイミングと言っていい。この世界の渚が〝前の世界〟の渚と似たような判断を下すのは当然と言えば当然の成り行きでもあろう。

　――それにしてもタックはさらに四つも教室を増やしたのか……。

〝前の世界〟では二〇一九年六月に三教室から六教室に増え、年末に渚が家を出て行った時点では同じ六教室のままだったと思う。ということは、このコロナ禍のなかで社長の床次礼音はさらに経営上の攻勢をかけたことになる。「仕事はちゃんとやる人なんだと思うよ。現にこうしてタックも順調に成長しているわけだしね」というセリフの渚の言葉が脳裏によみがえってきた。

「ねえ、あなたはどう思う？」

反応の薄い夫にしびれを切らした様子で渚が訊いてきた。

　そういうところも以前の渚を思わせて心強い。

「碧ちゃんの意見も聞いた方がいいだろうけど、僕は思い切ってやってみるのも手だと思う」

　功一郎が言うと、

「碧の意見なんてどうでもいいよ」

　そこで、渚は冷たく言い放った。

「あの子に訊いたら、絶対『まだ早過ぎる』って止めるに決まっているんだから」

　功一郎は何も言わずに渚を見る。

「それに、もし私がタックに復帰できたら、碧のことも考えなくちゃね」

幾らかばつの悪そうな表情になりながらも、渚はさらに大胆な言葉を口にした。

「考えるって？」

「そろそろ浜田山に帰って貰っていいと思うのよ。碧にとってもそっちの方がいいに決まっているんだから」

「まあね。ただ、その件は、きみや僕から持ち出すようなことじゃないだろう。彼女が、もう僕たちだけで大丈夫だと判断したら、そのときは自分から浜田山に帰るって言うはずだからね」

功一郎は穏やかな口調を心がけながら告げた。

三年近くも面倒を見させておいて、「元気になったからさっさと出て行け」というのは、幾ら姉妹の仲とはいえ余りに失礼な話だった。

「まあ、それはそうだけど、彼女もなかなか言い出せないでいるのかもしれないよ。近いうちに一度あなたの方からそれとなく持ちかけてみて欲しい。たとえば、今年一杯で同居を解消してもいいんじゃないか、とかね」

「年内で解散ってわけか」

功一郎はつい苦笑する。

一人で過ごしたあの大晦日を思い出していた。テレビの向こうでは解散発表後の嵐が紅白歌合戦でヒットメドレーを熱唱していた。

「区切りとしてはちょうどいいかもしれないしね」

渚はあくまで前向きだった。

——それもこれも、もうじきあのキアヌと再会できるからなのか……。

美味しそうにサンドイッチを頰張る渚を見ながら功一郎は密かにため息をつく。

碧をお茶に誘ったのは、その週の土曜日だった。

土曜日は功一郎も仕事休みだったので、買い物も兼ねてモラージュ柏の二階にある珈琲館に行くことにした。

土日の料理は碧が担当で、功一郎も非番のときは手伝う決まりだった。買い物に二人で行くのはいつものことだったし、先日の件を碧に話してみるとは前の日に渚にも伝えてあったのだ。

ヤオコーで食材を買う前に珈琲館に入った。時刻は午前十時過ぎで、まだそれほどの混みようではない。朝食は済ませていたので、二人ともコーヒーだけを注文して席で向かい合った。

水を一口飲んで、功一郎はさっそく本題を切り出す。

一通り話すと、渚の予想の通りで、碧は難しい顔になった。

「私は、仕事なんてまだ早いと思うな」

運ばれてきたコーヒーにミルクを入れながら碧は言う。

「ここで調子に乗って無理をして、それで鬱が再発でもしたら元も子もないと思う」

「確かにそういう一面はあるけど、でも、ここは本人の意欲を尊重してもいい気がするんだ。週に一度から始めるのならいいんじゃないかと僕は渚に言ったんだけどね」

「うーん」

再び顔をしかめて、碧はコーヒーを一口すすった。

「何か他にも反対する理由があるの？」

功一郎はそれとなく探りを入れる。

〝今の世界〟でも碧が渚と床次礼音との関係を知っているのかどうか定かではない。と言うより彼等がこの世界でも不倫関係だったのかどうかもはっきりしないのだ。

「タックに戻るというのも、私はちょっと嫌な感じがする」

碧が言った。

「どうして？」

「昔の人間関係は捨てて、もっと新しい世界で新しい人間関係を作った方がおねえちゃんのためにいいような気がするんだよね」

「それって、渚のこれまでの人間関係には大きな問題があったということ？」

この一言に今度は碧の方が怪訝な表情を作った。

功一郎はさらに突っ込んでみる。

彼女は何も答えず黙って功一郎を見る。

「つまり……」

功一郎は彼女の目をしっかりと見返した。

「碧ちゃんが言いたいのは、渚とタックの社長との関係が問題だということなのかな？」

碧の瞳に驚きの色が滲んだ。

「おにいさん、知っていたの？」

口調を改めて訊いてくる。功一郎は深く頷いた。

「美雨が大学に入った直後に、彼女に打ち明けられた。高校時代にきみのところに相談に行ったという話もそのときに聞いたよ」

かねて決めていた通りの作り話を披露する。

「そうだったんだ……」

「美雨は、僕に話したことを碧ちゃんには言わなかったの？」

「ええ」

「そうか……」

やりとりをしつつ、功一郎は、状況はどうやら〝前の世界〟と同じだと思う。美雨が叔母に母親の浮気の件を相談に行ったことも、そのとき渚の相手が床次礼音であると碧が知ったのも〝前の世界〟と一緒に違いない。

碧の反応を垣間見ながらそう確信していた。

「僕はそれでもいいと思っているんだ」

功一郎は言う。

尚更、碧が訝しげな顔になる。

「渚が元気になってくれるのであれば、それこそどんな手段を使ってもいいと腹をくっているからね。三年ぶりに床次さんと再会して彼女がまた生きる意欲を取り戻すことができるのならそれに越したことはないよ。まあ、問題は渚の方ではなくて床次さんの気持ちの方だけどね。彼が渚を受け入れてくれなければ、それこそ碧ちゃんが言うように元も子もない話になってしまうわけだしね」

この功一郎の言葉に、碧は信じられないという表情になった。

「おにいさん、本気でそんなことを言っているの？」

「もちろん」

「じゃあ、おにいさんたちの夫婦関係や結婚生活はどうなるの？」

「きみも知っている通り、渚と床次さんとの関係は長く続いている。僕も美雨から教えられた後、すぐに二人のことは調べさせて貰った。だから、大体のことは分かっているんだ。美雨を失う前から、もう僕たちの夫婦関係が壊れていたのは間違いない。単に僕が迂闊で渚の裏切りに気づかなかっただけの話だからね。渚と床次さんの関係を知った時点で、本来なら時を置かずに離婚すべきだったものが、美雨がああいうことになってそれどころじゃなくなってしまった。だから、僕たち夫婦のことは、言葉は悪いかもしれないけど、もうどうだっていいと思っている。それより、いま大事なのは渚の体調を元に戻すことだし、その一点が解決しなければ離婚することさえままならないだろう」

「そっか……」

碧はすっかり冷めてしまったコーヒーに口をつける。

「おにいさんのそういう気持ち、おねえちゃんは分かっているのかな？」

カップを皿に戻して彼女は言った。

「床次さんとの件を知られているとは思っていないだろうね。彼女は三年間自分自身のことで精一杯だったし、僕やきみの気持ちを忖度する余裕なんてまるでなかったと思うよ。となれば、彼女がバレていると察知する前に、床次さんと縒りを戻してくれるのが一番いいと僕は思っているんだ」

「ということは……」

碧が考えを巡らせるような表情で呟く。

「そうなんだ。僕としては、今後の渚は床次さんに引き受けて貰いたい。むろん、この三年で彼の状況も変化しているだろうからそんなに都合良く事が運ぶとは思えないけど、ただ、月曜日に渚がタックへの復帰話を持ち出してきた点から察するに、彼女はエミリーだけでなく彼ともすでに連絡をつけているんじゃないかという気がする。その証拠に、できるだけ早く碧ちゃんに浜田山に帰って欲しいと言い出しているからね。恐らく、僕と二人きりの生活に戻して、そのステップを挟んだ上でゆくゆくは床次さんとの新しい人生へと舵を切る心づもりなんだと思うよ。もう僕たちのあいだには美雨もいないし、身体が元気になってくれば、もはや彼女が僕と一緒に暮らす必然性はないわけだから」

功一郎は喋りながら、自分はそうやって渚を床次礼音に引き渡すためにこの世界へと戻ってきたのだと感じていた。

碧の脳梗塞を防ぎ、鬱を脱した渚との関係を清算し、自分自身も新しい人生へと一歩を踏み出す——美雨の死を受け入れるしかない〝今の世界〟に帰ってきたのは、何もただ娘を失った悲しみに明け暮れるためではなかった。

渚や碧を三年間の桎梏(しっこく)から解放し、それによって自分自身も救われる。そして、率先して〝この人生〟を引き受けることで、別世界での自分や美雨の幸福を確かなものにする——〝前の世界〟で堀米の語っていたことを身を以て実践するつもりで功一郎はいま、こ、こ、に、い、るのだ。

むろん、もう二度と別の世界へ逃げ出そうとは考えていなかった。

「確かに、おにいさんの今後のためにもその方がいいのかもしれないよね」

碧はしばらくの沈黙を挟んでそう言った。

「碧ちゃん一人が割を食うような形になって本当に申し訳ないと思っているよ。ただ、たとえ渚と別れたとしても、僕はずっときみとは付き合っていきたいと思っている。三年もこんな状況にきみを巻き込んで本当に悪かったし、その償いは必ずさせて貰うつもりでいるんだよ」

「償いなんて、そんなのいいけど……」

そこで、碧は薄い笑みを浮かべた。

「だったら」

こちらに身を乗り出してくる。

「おねえちゃんが床次さんと縒りを戻してくれるのが、私たちにとっても一番いい展開ってことかもしれないよね」

彼女はいかにも悪戯っぽい目になって言ったのだった。

2

二〇二一年十一月一日月曜日。

揺れに先に気づいたのは渚だった。

「あなた、地震」

という声で功一郎は目を開けた。最初は目が回っているような感じだった。意識が鮮明になるにつれてゆらゆらと部屋全体が揺れているのが分かった。急いで半身を起こす。

渚はすでにベッドを降り、立ち上がっていた。

さらに大きな揺れが来たのは、渚の姿を見上げた直後だった。

ガタガタと建物全体が軋(きし)みながら震える。

廊下の方でドアが開く音、足音、そして声が聞こえた。

「ねえ、地震だよ！」

碧の大声だった。

渚が寝室を出る。功一郎も布団を剝いであとを追った。揺れは続いているので足下が不確かだが、それでも歩けないほどではない。

最近では滅多にないような強い揺れだった。

パジャマ姿の碧が明かりの灯った廊下にいる。渚と二人で中腰になって片手は壁に添えていた。天井を見上げると二階がみしみしと音を立てて左右に揺れているのが分かる。

築二十年ほどの家屋で、ぎりぎり木造家屋の新耐震基準を満たしている。震度6強の揺れにも何とか倒壊は免れるはずだ——そんなことをふと自分に言い聞かせるほどの揺れだった。

一分程度で揺れはおさまった。

碧が無言のままリビングの方へと戻っていく。すぐにテレビの音が聞こえてきた。アナウンサーが地震のニュースを伝えている。

功一郎も渚も続いてリビングに入った。

震源は福島県沖。マグニチュードは6・1。最大震度は福島県浜通りで震度6弱。東北地方の三陸沿いが大きく揺れたようで、岩手から宮城、福島の沿岸部にかけて5強、5弱の数字がずらりと並んでいる。

この近所だと茨城県南部が震度5弱、柏や松戸など千葉の東葛地域から関東にかけては軒並み震度4の数字がテレビ画面の地図上に表示されている。

「4より強かった気がするよね」

「5弱はあったんじゃない?」

東京育ちで地震慣れしているはずの渚と碧が、「結構凄かったね」と二人で口々に言い合っている。

「ところで、携帯の緊急地震速報は鳴った?」

割って入るように功一郎が訊ねる。二人ともきょとんとした顔を見せる。

——しまった……。

ここが〝前の世界〟ではないことを功一郎は忘れていたのだった。

なぜか分からないが、この世界では〝前の世界〟のようなスマートフォン用の緊急地震速報報システムが普及していないのだった。

功一郎も前回、あちらへと移った当座、大きめの地震のときに突然スマホが震え、けたたましい警報音に続いて「地震です、地震です」という音声が流れ出して度肝を抜かれたものだった。

「ごめん。寝ぼけてた」

言葉を濁すと、渚も碧もあっさりスルーしてくれる。

時刻は午前五時を少し回ったところだ。地震発生は午前四時四十八分とアナウンサーが繰り返している。

「もう大丈夫そうだね」

功一郎が言うと、碧がテレビを消した。

「あとちょっと寝ようか」

渚を誘ってリビングを出る。

午前七時に功一郎は起床した。地震があったせいか渚はまだぐっすりと眠っている。碧もさきほど「今日は午後出社だから遅くまで眠る」と言っていた。

シリアルにヨーグルトと蜂蜜をかけた簡単な朝食をとり、功一郎は八時前に家を出る。今日は日勤で、仕事終わりは午後五時だが、そのあと久しぶりに竹橋の本社に顔を出すことになっていた。

社長の堀米正治から「折り入って話がある」と呼び出しを受けていたのである。

渚の方は結局、今月からタック・アートフラワースクールの講師として仕事に復帰することになった。エミリーの提案通り、西船橋駅前の教室で毎週金曜日、週一回から始める予定だ。

三年ぶりの授業は今週五日金曜日と決まっていた。この日は功一郎は休みを取って車で柏の葉キャンパスの駅まで送り、帰りは西船橋に迎えに行くつもりでいる。そのときエミリーにも挨拶をしようと思っている。

八時半過ぎに工場に着き、管理監室で事務作業をする。メールの返事や書類の作成、それにフジノミヤ食品の七工場から上がってきた品質管理に関する日々のレポートのチェックなどを行う。

日勤の日は、午前中は大体そうやって過ごし、生産ラインを回ったり会議を主催したりするのは昼食が終わった午後からと決めている。職制上、役員待遇の管理監である功一郎はこの我孫子工場の最上席者だった。そういう意味ではシフトも含めて仕事上の自由度は高い。ただ、だからこそ自らのわがままを通さないよう心がけているし、渚が元気になってきたここ半年くらいは、工場長や各部門の責任者たちに自分の都合を押しつけることのないよう注意してきた。

レポートのチェックを早めに済ませ、必要な指示を各工場の品質管理担当者にメールで伝えると、功一郎は作業を一旦止めて、今朝の地震の情報を集めることにした。

まだ時間も経っていないので、第一報を超えるような情報はほとんど見つからないが、それでも、今回の地震がやがて到来する関東直下型地震や三陸沿岸を大津波が襲う東北大地震の前兆かもしれないという地震学者の見解が早くもネット上で散見された。

〝今の世界〟では二〇一一年の「東日本大震災」は起きていない。

だが、日本列島の地下でせめぎ合っている四つのプレートが生み出す歪みは現在も刻々とその大きさを増しているのは間違いなかった。実際、東日本大震災以外の大地震、たとえば一九九五年の阪神・淡路大震災や一九二三年の関東大震災などはこの世界でも〝前の世界〟と同じように発生しているのだ。

だとすれば、十年の時間差をつけて「東日本大震災」が起きる恐れは充分にある。

福島県沖を震源とする今朝の大きな地震がその前兆である可能性も否定はできなかった。

〝前の世界〟では東北の太平洋沿岸を巨大津波が襲い、あろうことか福島第一原子力発電所がメルトダウンに至る大事故を引き起こしてしまった。向こうではさまざまな偶然が重なって関東圏に人が住めなくなるような破滅的な被害は免れたが、しかし、〝今の世界〟での原発事故が果たしてそうした偶然に恵まれるかどうかは未知数だ。

――仮に被害がもっと甚大なものになってしまったら……。

今朝の地震を経験して、功一郎はその危険性に初めて気づいたのである。

パソコンの画面には今日の地震を伝えるヤフーニュースが表示されている。その画面を眺めながらしばし物思いにふけった。

——早く独立して、関西にも拠点を持っておいた方が安全かもしれない。大退社して食品衛生の専門家の看板を掲げ、東京と大阪の両方に事務所を開いておけば、大地震が東北や関東を襲おうとも、東海や関西で発生しようとも、被害を受けなかった事務所の方をとりあえずの避難場所として活用できる——そんなことをぼんやりと思う。

ふと我に返って、功一郎は椅子に座り直した。

時刻は午前十一時半。まだ打ち返していないメールが何本かあった。それを午前中に片づけておこう。

そう考えて、ヤフーニュースの画面を閉じようとしたとき、右のアクセスランキングが目に入った。ランキング第一位の記事の見出しに視線が吸い寄せられる。

〈霧戸ツムギ、四年間の沈黙を破って来年大河で電撃復帰！〉

急いでその見出しをクリックする。

スポニチアネックスが今日の午前十一時二十二分に配信したばかりの記事だった。

〈二〇一八年の三月から適応障害を理由に芸能活動を休止していた元能面坂(のうめんざか)46のメンバー霧

戸ツムギ（22）が、来年から始まるNHK大河ドラマ「鎌倉殿の13人」で電撃復帰を果たすことが明らかになった。……〉

功一郎は短い記事を何度も繰り返し読む。

記事に使用されている写真はアイドル時代のものだったが、その顔を見て懐かしさが胸に込み上げてきた。

——四年前から休んでいたということは、彼女は、戒江田龍人と共演するドラマを辞退したあと芸能界から一度足を洗ったということか。

いかにも霧戸らしい選択のような気がした。

それにしてもこの四年間をよく乗り切ったと思う。自分のやったことが無駄ではなかったと知って功一郎はほっと胸を撫で下ろす心地になった。

だが、とんでもない事実に気づいたのはネット画面を閉じ、Ｏｕｔｌｏｏｋを起動して受信トレイを呼び出したところでだった。

——おい、ちょっと待てよ……。

自分に声を掛ける。

——なぜ霧戸ツムギが生きているんだ？

顔を上向けて天井に視線をさまよわせる。

——この世界は、俺が、渚や碧を置き去りにしてきた世界ではないのか？

唖然とした思いで独りごちた。

功一郎はいまのいままで、二度目のあれを行って抜け出したかつての世界へと舞い戻ることができたと信じ込んでいた。美雨のいない〝前の世界〟に帰還し、碧との過ちを犯す直前からやり直そうと考え、あの夏の日、ログハウスで「道」の中へと飛び込んだのだ。

スタールのギャラリーに辿り着き、目の前を流れていく無数の場面の中から二〇二一年二月十二日金曜日の夜、うたた寝から目覚めた瞬間をわざわざ選び出し、その場面の中へと〝いまの意識〟を流し込んだのだった。

だが、そうやって帰ってきたはずの世界は、どうやら自分が以前住んでいた世界ではなかったらしい。

あの世界の霧戸ツムギは恋人の戒江田龍人を刺し殺し、自分も戒江田の部屋から身を投げて自殺した。その霧戸が現在も生きているのは明らかにおかしい。

この世界に来たあと、ここが〝前の前の世界〟であることを確認するために功一郎は真っ先に「東日本大震災」の有無を確認した。むろん渚や碧の言動も日々子細に点検し続けた。結果として、ここは〝前の前の世界〟で間違いないと確信したのだった。ただ、迂闊にも霧戸の事件について調べることを怠っていた。

いまにして思えば、どうして確かめなかったのかと我と我が身が信じられない。

ただ、こうして帰ってきた世界では霧戸の姿はどこにも露出していなかった。それもあって、彼女は二年前に死んだとばかり思い込んでいたのである。

――いや、まだ、ここが〝前の前の世界〟ではないと完全に決まったわけではない。

功一郎は早計な判断を戒める。

〝前の世界〟で先に送り出した霧戸が、功一郎が抜け出してきた〝前の前の世界〟に着地したのだとすれば、この世界の霧戸が死なずに済んでいたとしても矛盾はないことになるからだ。

まずは、今回芸能界に復帰する霧戸が、あの日、功一郎が送り出した霧戸と同一人物であるかどうかを確かめる必要がある。さきほどは、霧戸がこちらに来て、戒江田との共演を拒否した上で休業の道を選んだのだと即断してしまったが、功一郎は別に霧戸を追いかけてこの世界にやって来たわけではなかった。もしも、いまの霧戸が功一郎が知っているあの霧戸でなかったとすれば、それこそこの世界は、功一郎が抜け出してきた〝前の前の世界〟でもなく、霧戸が戒江田と別れるために向かった世界でもなく、その二つの世界とはまったく異なる新しい世界だということになる。

――霧戸があの霧戸であれば、この世界が〝前の前の世界〟である可能性は残される。その場合は別の手段で、ここが〝前の前の世界〟であるかどうかを検証するしかあるまい……。

霧戸は「道」に飛び込むとき、功一郎がそうしたように左の黒い道を選択した。そして功一郎もまた彼女と同じように今回も黒の道を選んでここへと着地したのだ。

──だとすれば、霧戸と自分が同じ世界へ来たとしても不思議ではあるまい。

霧戸の生存を知って、功一郎の頭は混乱の極みだった。

仮にここが〝前の前の世界〟でなければ、彼は何とかして本物の〝前の前の世界〟へと再び移行しなくてはならない。

そうしなければ、彼が置き去りにしてきた渚や碧は、これからも途方に暮れたまま絶望の中で生き続けていかなくてはならないのだ。

──せめて、柏の葉キャンパス駅で碧と別れる場面に戻るべきだったのか？

それとも、万全を期する意味で、功一郎の失踪が明らかになったあとでひょっこり姿を現わすべきだったのか？

実は、功一郎もスタールのギャラリーでそこはずいぶんと迷ったのだ。

結局、碧との過ちを訂正することを最優先と決めて、二月十二日金曜日の夜に舞い戻ったのだった。

とにかく、いまの霧戸と連絡を取って、彼女があの霧戸かどうか確認するしかない。

功一郎はすぐにうまい手を思いついた。

霧戸のスマホに電話を掛けてみればいいのだ。

電話番号は頭の中にある。

もしも、いまの霧戸があの霧戸であれば、彼女は新しい世界に着地したあとも同じ電話番号を使うなり、手元のスマホが違う番号であれば、〃前の世界〃で使っていた番号に変更するか、〃前の世界〃と同じ番号のスマホをもう一台手に入れていると思われる。

もちろん、功一郎のスマホの番号も登録しているだろう。

旅立つ前に彼女は、

「向こうの世界でもまた唐沢さんと会えたらいいですね」

と言っていたのだ。

「この絵があれば、それも可能かもしれないよ」

あのとき功一郎もそんなふうに返したのだった。

パソコンの電源を落とし、ポケットのスマホを取り出して霧戸の電話番号をダイヤルする。躊躇うことなく発信ボタンをタップした。時刻は正午になったところだ。食事中かもしれないが、留守番電話にメッセージを残しておくだけでもいいだろう。

スマホを耳にあてがう。呼び出し音が鳴っている。どうやらこの番号は生きているようだった。

「もしもし」

数回の呼び出し音のあと声が聞こえた。

霧戸の声だった。この電話番号で正しかったのだ。

「もしもし」

功一郎が返すと、受話口の向こうの気配が緩むのが察せられた。

「唐沢さんですか？」

霧戸が言う。

「はい。突然電話なんて掛けて申し訳ない」

開口一番の「唐沢さん」で、功一郎の方も少し気抜けしたようになった。

「お久しぶりですねー」

戸惑いと興奮のためか、霧戸の声のトーンが上ずっている。

「こちらこそ。実は、僕も今年の二月にこっちに来たんです」

「えー」

「今朝、霧戸さんのニュースを見つけて、それでつい電話してしまいました」

「そんなあ。えー。そうなんですかー」

霧戸が言葉に詰まる。

「えー。ちょっと信じられないみたいですー。こうしてまた唐沢さんとお話ができるなんて
ー」

「霧戸さんもお元気そうで何よりです。芸能界復帰、おめでとうございます」

「ありがとうございます。えー、でもちょっと待って下さい」

霧戸はかなり驚いているようだった。しばらくの沈黙を挟んだあと再び口を開いた。

「いきなりで恐縮ですけど、唐沢さん、よければお目にかかれないですか？　あのときの御礼も言いたいし、それにこの世界であったことも是非お話ししたいです」

彼女の方から願ってもない話を持ち出してきてくれた。功一郎としては、最初からそのつもりだったのだ。

「いいんですか？　いまお忙しいでしょう？」

「私は全然大丈夫です。復帰と言っても、ドラマに参加するのは年末からで、まだまだヒマなんです」

「そうですか。だったら僕はいつでも大丈夫ですよ。霧戸さんの都合に合わせます」

「じゃあ、さっそくですが明日とかいかがですか？　今日はこれから記者会見とか取材とかで立て込むんですけど、明日はオフなので」

「分かりました。明日、時間と場所はどうしましょうか？」

「だったら、また唐沢さんの会社を訪ねてもいいですか？」

霧戸は、いまも功一郎が竹橋の本社で働いていると思っているのだろう。

「もちろんです。それでは、明日の午前十一時に会社の受付で僕を呼んで下さい。例によって二階の応接室を一つ押さえておきますから」

我孫子工場勤務うんぬんをいま説明するのも面倒なので本社で待ち合わせにする。応接室は今日、堀米に会いに行ったときに予約しておけばいいだろう。

「了解しました。また山本の名前でお邪魔させていただきます」

霧戸はそう言い、

「じゃあ、明日の十一時に楽しみに伺わせていただきますね」

明るい声で付け加えて、自分から電話を切ったのだった。


翌、十一月二日火曜日。

あの日と同じ応接室Bに案内し、ソファに座って霧戸と向かい合った。

今朝の霧戸は金髪のカツラ姿ではなかった。黒縁の眼鏡はかけている。ショートだった髪が肩までかかるセミロングになっていたが、マスクを外した容貌は〝前の世界〟で会ったときとさほど変わっていない。ただ、印象はずいぶん違っていた。顔色も良く、潑剌とした雰囲気を全身に漂わせている。

「まさか、このお部屋でこうしてまた唐沢さんと会えるなんて、何だか嘘みたい……」

殺風景な部屋を見回しながら、しかし、彼女はきらきらと瞳を輝かせて言った。

「昨日は急に電話なんて掛けてすみませんでした。びっくりしたでしょう」

「はい」

霧戸は大きく頷き、

「電話を切ったあともしばらく呆然って感じでした」

と笑顔になる。

「本当は僕たちのような人間は、こうして新しい世界で会うような真似はしない方がいいのかもしれません」

功一郎が言うと、

「そんなことないですよ。私は唐沢さんから連絡を貰ってすごく嬉しかったです。いまも感無量って感じです」

「そうですか……」

「はい。だって前の世界を知っているのは、この世界では唐沢さんと私の二人だけなんですから」

「そう言えばそうですね」

「私、こっちに来て、ここでは東日本大震災が起きていないって知って度肝を抜かれちゃいました。他にも違うことがいっぱいあって最初はびっくりしてばかりだったんです」

「確かに震災も原発事故も起きていないのは驚きますよね。ただ、去年からの新型コロナのパンデミックはあちらでも同じように起きました」

「そうだったんですか」

霧戸が感じ入ったような声を出す。

「そのことも唐沢さんに訊いてみたかったんです。大地震が起こらなかった代わりにこんなウイルスパニックが世界中を襲ったんじゃないかって、そんな気がしていたんです」

かつて功一郎が〝前の前の世界〟から〝前の世界〟へと移ったときに感じたようなことを霧戸も感じたのだろう。

発生する悲劇の総和はいかなる世界においても同じ量になる――エネルギー保存則のような法則がこの無限に広がる世界を貫通している。だが、一方でその無限の世界に住む人間一人一人には〝悲劇の偏り〟というものがあって、その偏りは、それぞれの世界で別々に生きる無数の〝自分自身〟が意識的に作り出しているのかもしれない……。

三度目のあれによってスタールのギャラリーに辿り着いたとき、そこで展開されている驚異的な光景に触れて、現在の功一郎はそんなふうに考え始めているのだった。

昨日の堀米の「折り入って」の話というのは想像の通りだった。

来年、取締役になってくれという打診だったのだ。

前回とは違って、功一郎は即答はしなかった。

「少し考える時間を下さい」

と言うと、

「しっかり考えて返事をくれ。ただ、噂ではきみの奥さんも大分元気になっているそうじゃないか。そろそろきみ自身のことを考えてもいい時期なのかもしれない。僕は今後の社の発展にはきみの力がどうしても欠かせないと考えているんだ」

堀米はそう言って、「唐沢君、よろしく頼むよ」と頭を下げてきたのだった。

むろん、この世界の堀米は〝前の世界〟の堀米とは異なり社長退任など夢にも考えていないようだった。すでに三期目に入り、恐らく五期まで務めて会長に上がると思われる。後継は去年の六月に専務に上がった保坂が最有力だが、副社長として残っている大前田にもまだ次の目があると社内では観測されていた。

この世界の堀米には「小波」という名前の一人娘がいて、彼女はすでに結婚して子供もいるという。

「社長は娘さんやお孫さんを溺愛していて、この前、大山町の邸宅の隣に娘さん一家の家を建てて半分同居のような形にしちゃったらしいですよ」

これは数ヵ月前に早見卓馬から聞いた情報だった。

早見によれば、堀米夫人の洋子が肝臓がんだという噂もどこにもないようだった。

そうした状況を見るなら、〝前の世界〟で堀米が語っていたことが尚更に説得力を増すように功一郎には思われてくる。

〝前の世界〟の堀米は、娘を亡くすという悲劇のみならず、肝臓がんを患った妻を早くに失うという悲劇までも選び取って、この世界の堀米の豊かな幸福をしっかりと保証しているのかもしれない。

「コーヒーでもいかがですか？」

功一郎が言うと、

「ありがとうございます」

霧戸ツムギは頷く。

自分の分も用意して、功一郎は霧戸のカップを差し出す。霧戸が受け取り、そのまま一口、口をつけた。

「他にも違うことがいっぱいあったというのは、たとえばどんなことですか？」

功一郎もコーヒーを一口すすってから訊ねた。

「そう。それなんです」

すると霧戸は予想以上の反応を見せる。

「今日、どうしてもお話ししたかったのはそのことなんです」

そういえば、彼女は昨日の電話でも「この世界であったことも是非お話ししたい」と言っていた。

功一郎はコーヒーをもう一口すすりながら、霧戸の次の言葉を待った。

「実は、この世界に来てみたら戒江田龍人が消えていたんです」

耳を疑うようなセリフが彼女の口から飛び出した。

「消えていた？」

「はい」

真顔で霧戸が答える。

それから彼女が語ったのは次のような不思議な話だったのである。

〈あの日、この部屋で「道」の中に吸い込まれて、私も、唐沢さんと同じような体験をしました。気づいてみるとゼリーみたいな液体の中に自分が立っていて、でも息苦しさのようなものは全然なくて、とにかく唐沢さんに言われた通り、私も真っ直ぐに歩いて行ったんです。一時間くらい歩いたら、これもおっしゃっていた通りで、「スタールのギャラリー」に辿り着きました。

でも、私が着いた場所にはたくさんの絵や写真は並んでいなくて、十枚くらいの絵が、ちょうど目の高さくらいで宙に浮かんでいるだけでした。一枚は「道」でしたが、あとの絵は誰が描いたものなのか分からなくて……。

この世界に来てニコラ・ド・スタールの作品を調べてみて、「道」の他にも一枚か二枚は彼の作品があったように思いました。他の絵はきっと別の画家が描いたものなのでしょう。

横に連なって浮かんでいるその十枚くらいの絵の前には真っ白な一本脚のカフェテーブルのようなものが置かれていて、その上にVRゴーグルが一つ載っていました。VRゴーグルの色も白でした。

私はテーブルに近づいて、迷わずVRゴーグルをかぶりました。どう見てもそうするしかないと思ったからです。

するといろんな映像が目の前を次々と流れ始めました。もうはっきりとは憶えていないんですが、自分とは直接関係のない映像もたくさんあったような気がします。親とか友だちとか、他にも会ったことのない人たちの顔や姿がいっぱい見えたし、その中には唐沢さんの顔もありました。

だいぶ長い時間、目を奪われるようにしてさまざまな映像を眺めていたんですが、そのうち、これじゃあ駄目だと気づいて、自分の人生に集中したんです。そしたらようやく自分の子供の頃の姿やアイドルオーディションを受けまくっていた小学生時代の姿が見えるようになりました。そうやって自分の映像を探しているうちにドラマの台本をマネージャーから渡された場面が見つかったんです。

ちょうど天井から俯瞰しているような感じでした。

これだと思って、その場面に飛び込もうとするんですが、どうしてもできなくて、そのうち場面がちらちら揺れ始めて、いつの間にか別の場面に変わってしまうんです。

場面が変わるたびに意識を集中して、まるでスロットマシーンの絵柄を揃えるような感じで台本を受け取る場面を呼び戻し、繰り返しそこへ意識を注ぎ込もうとしました。

でも、何度やってもうまくいかないんです。次第に絶望的な気分になってきて、とうとう私は泣き出してしまいました。くるくる入れ替わる映像も涙で曇ってよく見分けられないような状態でした。

私はやけっぱちになって目をつぶり、

「いつでもどこでもいいから、あの戒江田と絶対に付き合うことがない世界へ連れて行って下さい」

って叫びました。

そしたら、意識がすーっと身体から抜けていく感覚があって、気がつくと事務所の休憩室で椅子に座っていたんです。呆然とした気分で目の前のテーブルにあったペットボトルのお茶を一口飲んで、するとノックの音がしてドアが開き、マネージャーが入ってきました。彼女の手には例の台本がありました。

私は内心で「やったー」って思いながら、マネージャーの説明を上の空で聞いて、台本を受け取りました。真っ先にキャスティングをチェックしたんですが、不思議なことにどこにも戒江田龍人の名前がないんです。ドラマのタイトルも監督や脚本家の名前も戒江田と初めて共演したときと同じだったのに、私の相手役の俳優さんだけが別の人になっている。

狐につままれたような心地で、

「ねえ、この相手役の俳優さんって戒江田龍人じゃなかったの？」

とマネージャーに訊きました。すると、マネージャーが奇妙な顔をして、

「カイエダリュウトって誰よ？」

って言ったんです。

「誰って、あの戒江田龍人だよ、俳優の」

そう返しても彼女はピンとこない感じで、

「そんな俳優さん、知らないよ」

って言うじゃないですか。

私は急いでスマホを手にして、「戒江田龍人」でググりました。確かに彼女の言う通り一件もヒットしないし、画像を検索しても戒江田の顔は見つからないんです。

「ごめん。ゲームのキャラとかぶっちゃってた」

苦しい言い訳をして、

「オファーを受けるかどうかは台本を読んでからでいいでしょう?」

と話を逸らしました。

もちろん、戒江田の名前があろうがなかろうがこのドラマは絶対に受けないって決めていましたが、とにかく戒江田がなぜこの世界に存在しないのか、その事実をもっと詳しく調べなきゃって、そのときはそればかり考えていました。もしかしたらこっちの世界では、台本にある別の俳優さん(その人も有名な人でしたけど)が実は戒江田と同一人物なのかもしれないと勘繰っていました。

でも、そうじゃなかった。

それから三日後のことです。事務所の社長の国富さんとマネージャーと私の三人で南青山のレストランでランチを食べたんです。オファーの来たドラマに出演するかどうか最終判断をするためでした。むろん社長は私に出演して欲しかったんですが、私は台本を受け取った次の日にはマネージャーを通じて「出たくない」という意志を国富さんに伝えてありました。

南青山の店は社長の行きつけでしたが、私は初めてでした。

そして、その店に戒江田がいたんです。

戒江田はそこでウエイターをやっていました。

彼が水を持って私たちのテーブルに来たときは仰天しました。これ全部がドッキリか何かなんじゃないかと思って、慌てて周りにカメラがないか確かめたくらいです。

彼の胸には「竜崎海人(りゅうざきかいと)」という名札が付いていました。竜崎海人は戒江田龍人の本名です。

竜崎が席を離れるとマネージャーが社長に言うんです。

「社長、結局、彼はOKしなかったんですか？」

私は何が何だかちんぷんかんぷんだし、まだこれがドッキリじゃないかと強く疑っていました。

そしたら社長が私に向かって、

「実はね、あの彼、うちにスカウトしたくてずっと口説いていたんだよ。ほら、なかなかの男前だろう。売り出したら結構いい線をいくような気がしてね。だけど、どうにも堅くて駄目なんだよ」

と説明してくれたんです。

「そうだったんですか……」

半信半疑で私は頷き、戒江田のいる調理場の方へと目をやりました。彼はウエイター仲間と何やら言葉を交わして、別のテーブルにメニューを持っていくところでした。その雰囲気はウエイターそのもので、どうやら彼が演技をしているわけじゃなさそうだと思いました。

それに、いくらドッキリとはいえ、「竜崎海人」という本名をメディアにさらすとは到底思えませんでした。その名前は、彼が芸能界に入ってすぐに封印したはずだったからです。

私は、この世界の戒江田は芸能界には入らず、ああしてこの店でウエイターの仕事をやっているんだとようやく理解したんです。

「どうしてそんなに嫌がるんでしょうね？」

マネージャーはマジ顔で首をひねっていました。

するると国富さんが声を落として、

「この前、店の外に呼んで、少しゆっくり話したんだけどね。どうやら昔いろいろやんちゃをしてたみたいで、『実は、俺、弁当持ちなんですよ』って打ち明けてくれたんだよ。ああ、それじゃあ無理筋だと思って、さすがに諦めることにしたよ」

と言ったんです。

「そうなんですか。なるほどー」

マネージャーも納得顔で、でも、私には社長が何を言っているのか分からなくて、

「弁当持ちって何ですか？」

と隣のマネージャーに訊ねました。

「弁当持ちっていうのはね、現在執行猶予中ってこと。何か刑事事件を起こして有罪判決を受けてるんだよ」

「そうなんですか」

私はただ頷いただけでした。

〝前の世界〟の戒江田も未成年の頃に暴力沙汰で少年院送りになったことがあったみたいで、その前歴があるから彼は「竜崎海人」を決して表に出さなかったんですが、でも、さすがに成人してから刑事事件になるようなことはやっていなかったと思います。もちろん彼の周囲には刑務所帰りの友だちなんかも結構いるみたいでしたけど。

結局、私は社長の説得には頑として応じず、そのドラマ出演は断りました。

それから三ヵ月くらいはブッキングされていたスケジュールをこなしましたが、実は、この南青山でのランチの次の日には、社長に直接会って、芸能界から引退したいという気持ちを伝えました。国富さんも、聞きつけたマネージャーも大反対だったし、それから何週間も言葉を尽くして私の翻意を促してきましたが、決意は変わりませんでした。

戒江田があのレストランで普通にウエイターとして働いている姿を見たとき、私、すごく感動したんです。

——そうなんだ、自分が芸能人をやらない世界があってもいいんだ……。

そう思いました。

小学生の頃から芸能界にどっぷり浸かって生きてきた私は、自分が芸能人じゃなくて普通の女の子として生きる人生があることをすっかり忘れていたんです。

結果的には社長の説得を受け入れて、引退ではなく適応障害で休業という形になりました。でも自分としてはもう二度と芸能界に戻ることはないだろうと考えていたんです。

休業するとすぐにロサンゼルスに渡って、そこで二年近く暮らしました。そしたらコロナが広がり始めて、帰れるうちにと思って慌てて日本に戻ってきたんです。ロスで普通の生活を満喫している間にいろんなことを考えました。

こうして戒江田のいない世界に生まれ変わって、自分はこれからどうやって生きればいいんだろうとか、芸能人としての自分を育ててくれた両親や国富社長や、それに能面坂のメンバーたちを置き去りにしてこの世界に来てしまった自分が、一体どうやったらその人たちに恩返しができるんだろうか、とか。

そんなふうにたくさん悩んだ末に、やっぱり自分はもう一度霧戸ツムギとして復活して、いまここで生きている事務所の人たちや活動しているメンバー、それにずっと〝前の世界〟

から応援し続けてきてくれたファンの人たちのために生きていこうって思ったんです。私がそんなふうに前向きになることができたのも、全部唐沢さんのおかげです。〝前の世界〟にいたら戒江田を殺して自殺してしまっていたはずの自分が、唐沢さんのおかげでこうやって別の人生を歩ませていただいて、私にはもう何と御礼を言っていいか分かりません。

唐沢さん、本当に本当にありがとうございました〉

3

前回のようにわざわざレンタカーで那須塩原まで行き、そこからタクシーを乗り継いで現地に赴くというような遠回りをする必要はなかった。あのときは、美雨たちに自分がどこで蒸発したかを知られぬようできる限り足跡を消しておかねばならなかったのだ。見ず知らずの他人の手に残していく「道」が美雨に発見されるわけにはいかなかった。ログハウスとともにあの絵が渡るのも絶対に避けたかった。

だから、人里離れた別荘地の小さなログハウスをわざわざ購入し、ログハウスとともにあの絵が朽ち果てるまで誰の目にも触れないよう取り計らったのである。

この世界が、功一郎が二度目のあれによって抜け出してきた世界でないことは、霧戸ツムギの述懐ではっきりした。「戒江田龍人」が最初から存在しない世界は、渚と碧を置き去りにしてきた世界ではない。あの世界の戒江田龍人は、霧戸に殺される何年も前から人気俳優として大活躍していたのだから。

霧戸の話を聞いて、功一郎は、

――自分のやっていることは余計に世界を混乱させているだけではないのか？

途方に暮れるような気分でそう思った。

一度目のあれのときは、幸い母の美佐江も自分を追って別の世界へと移行してくれたので彼女を置き去りにせずに済んだ。だが、二度目のあれでは渚と碧を不幸のどん底に陥れる羽目になった。そして、三度目のあれによって今度は、美雨と渚を放り出してしまった。美雨には標がいたし、渚には床次礼音の存在があった。とはいえ、長年生活を共にした功一郎がいきなり蒸発してしまえば、二人にとって衝撃は大きかっただろう。美雨に対しては父親に捨てられたという苦い思い出を残す結果になった。

そして今回、四度目のあれを試みれば、〝今の世界〟にいる渚と碧を再び置き去りにしてしまうことになる。

三度目のあれのあと立ち寄ったスタールのギャラリーで、功一郎は、碧との過ちを打ち消すことを最優先として場所と時間を選んだ。が、同時に、床次礼音と親しげにしている渚の様子を何度も確かめた上で、その流れに逆らわないよう心がけながら二月十二日夜の場面へと意識を流し込んだのだった。

〝前の世界〟で床次礼音に会った折、初対面のような気がしなかった理由も、そのときようやく分かった。

功一郎は二度目のあれのときもスタールのギャラリーで渚と床次が一緒にいる場面を見たのだ。ただ、〝前の世界〟に着いた時点でそのことをすっかり忘れていたのだった。

碧との過ちを繰り返さなかったのは正しかった。

そのおかげで渚は順調に回復し、いまでは仕事にも復帰できている。床次との関係もいずれは復活するだろう。

碧に脳の検査を受けさせられたのも大きな成果だ。四十前の若さで急死した碧とは違い、こちらの世界の碧はもう脳梗塞で死ぬことはない。

渚の回復と碧の突然死の回避という二つは果たせたが、しかし、そうは言っても功一郎がいきなり消えてしまえば、二人が困惑するのはやはり目に見えている。

それによって渚の鬱が再発する危険性もゼロとは言えない。

そう考えると、渚の行く末を見守るために当分はここにとどまった方がいいのではないかという気もしてくる。

「道」の所在さえ摑めれば、正直なところいつでも美雨のいない〝前の前の世界〟へと再チャレンジできるはずだ。渚が立ち直り、美雨のいる〝前の世界〟と同様に床次との第二の人生に踏み出すのを見届けた上で四度目のあれを試みてもいいのではないか？

だが、一方で別の考え方もあった。

功一郎は、二〇二一年二月二十四日に二度目のあれを行って二〇一八年の九月二十八日の世界に戻り、それから二〇二〇年の八月三十一日までの二年近くをそこで過ごした。そのあと三度目のあれで〝今の世界〟に来たわけだが、ここでも九ヵ月ほどの時日を費やしている。ということは、病気の渚と碧を置き去りにしてから三年近くの歳月が流れているのだ。もしかしたら、その三年のあいだに渚はさらに病状を悪化させ、碧は脳梗塞の発作を起こしているかもしれない——そんなふうに想像すると一刻の猶予も許されないと思われる。

たとえ、過去に戻って彼女たちを救済できたとしても、すでにして三年近くの苦しみを二人はいまも味わい続けているに違いないのだ。

——もうこれ以上、渚と碧を待たせるわけにはいかない……。

あれこれ思案を重ねても、結局はその結論に帰着してしまうのである。

二〇二一年十一月八日月曜日。

午前九時過ぎに松葉町の自宅を車で出発した。

常磐道、外環道、東北道と高速を乗り継いで目的地に向かう。

二時間半で鬼怒川(きぬがわ)温泉に到着し、そこからさらに会津方向へと三十分近く車を走らせた。県道から一本道の側道に入る。鬱蒼とした雑木林の手前でその道は終わっていた。

木々の姿も周囲の景色も以前の記憶の通りだった。

だが、あの日、そこから旅立ったはずの小さなログハウスはどこにもなかった。

同じ場所にはログハウスよりもさらに小さな倉庫のようなものが建っている。それはドアも外れ、屋根にも大穴の空いた残骸のような代物で、中を覗いても何一つ物は収まっていなかった。

――やはり、ここではなかったのか……。

最初からそんな気はしていた。

今日は、念のためにと思って足を運んだのだった。この場所に同じログハウスが建ち、ベッドルームの壁に「道」が掛かっているようであれば、近いうちに前回同様のやり方で出直してきて、別の世界へと旅立つつもりだった。確認用に寝室の窓をこじ開けるための特殊な工具も車に用意してきている。

――ここにないということは、「道」はあそこだ……。

二度目のあれを行った場所、長倉邸の書斎を思い浮かべる。

〝今の世界〟に来た直後に長倉邸の所在はチェックしていた。〝前の世界〟とは異なり、長倉邸のあった場所には大日鉄の巨大マンションが建ち、人麻呂が寝起きしていた離れだけが九大旧工学部本館の隣に移築されていた。その様子をグーグルマップで確かめ、そのこともここが美雨のいない〝前の前の世界〟だと信じた大きな理由の一つだったのだ。

松葉町への帰りの車中で、三度目のあれのとき自分はどうして着地する世界を見誤ってしまったのだろうかと考えた。

スタールのギャラリーであそこまで慎重に場面を選んだにもかかわらず、結果的には霧戸ツムギと同じ世界にやって来てしまった。

――最初の段階で、霧戸と同じ左の黒い道を選んだのが失敗だったのか？

それ以外に理由が思いつかない。

霧戸はスタールのギャラリーでVRゴーグルをかぶって、さまざまな場面が目の前を流れていくのを体験したようだが、功一郎の場合はちょっと違った。

功一郎が到達したスタールのギャラリーには大きな窓が中空に切り取られていた。

その窓の前に立ったとき、彼は前回も前々回もこの同じ場所に来たことを思い出したのだった。絵や写真が連なって目の前に浮かんでいるように思っていたのは、記憶がぼやけて曖昧になっていたせいだったのだ。

窓の向こうを覗くと、物凄い数の映像が次々とスライドショーのように展開されていった。映像は写真ではなく一つ一つが映画のワンシーンのような動画だった。

そうやって流れる映像の中から功一郎は自分の帰るべき場面を念入りに吟味し、その場面が現れた何度目かの瞬間にそこへ意識を流し込んだのである。

にもかかわらず美雨のいない〝前の前の世界〟へと帰還できなかったのは、そもそも左の黒い道を選択した段階で本来のコースを外れてしまったからとしか考えられない。

黒い道の先には、渚と碧を置き去りにした世界へと通ずる分岐がなく、かつての世界へと辿り着くには、真ん中の白い道か右のバラ色がかった白の道のどちらかを選ばなくてはならなかったのだろう。

ただ、真ん中の道は、〝いまいる世界〟を表わしていると思われる。

――バラ色がかった白の道を選ぶべきだったのか……。

そんな気がする。

むろん確信はない。

それでも、四度目のあれを試みる際は右の道へと身を投ずるしかないと功一郎は腹をくっているのである。

年が明けると、渚は週に三回の授業を受け持つようになった。十一月から始めた仕事がストレスになるどころか、彼女の回復を決定的なものにしたようだ。

年始にはうちうちで開かれた会社の新年会にも参加し、その日は、床次姉弟と三人だけの二次会でかなり飲んだらしく、泥酔に近い状態で家に帰ってきた。

酔っ払った渚を着替えさせ、寝室のベッドで寝かしつけたあと、功一郎は長いこと彼女の寝顔を見つめていた。

三年間の闘病で、眉間の皺は深く、首筋にも年齢がにじみ出ている。整った顔立ちは同じだったが〝前の世界〟の渚に比べれば老け込んでいるのは否めなかった。

それでも、彼女は急速に体力、気力を回復しつつあった。

この分なら、あと半年もすれば向こうの渚同様、およそ四十代半ばとは思えないような若々しさを取り戻せるかもしれない。

――それもやはり、床次礼音の存在が大きいのだろうか？

〝前の世界〟で一度だけ言葉を交わした彼のハンサムな顔を思い浮かべる。

碧は昨年、十二月三十日に実家のある浜田山へと帰って行った。

前日一日で自室の片づけを行い、三十日には単身者向けの引っ越しサービスを使ってあっと言う間に荷物と一緒に引きあげていったのである。

碧から同居を解消したいという申し入れを受けたのは、その数日前のことだ。

二人きりでじっくりと話した。

予想した通り、渚の方から出て行って欲しいと言われたようだった。そして、碧は驚くようなことを口にした。

渚に床次とのことをぶつけると、彼女があっさりと事実を認めたというのだ。

「姉は、美雨ちゃんに勘づかれていることも、私が美雨ちゃんからその話を聞かされているんじゃないかというのも薄々察していたんだそうです。ただ、おにいさんは何も気づいていないと思っているようでした。だから、私もそこは否定しませんでした。タックに戻ってまた床次さんと縒りを戻すつもりなんじゃないかと詰め寄ったら、姉は、『そんなことをするわけがないでしょ』って一笑に付して、『これだけ功一郎さんやあなたに助けて貰って、その恩を仇で返すような真似は絶対にできないし、そもそも床次さんの方にもそんなつもりはさらさらないよ』と言っていましたね。『いまの彼は戦友みたいなものよ』って。これからはおにいさんと二人で、一から夫婦をやり直していきたいんだそうです」

そして碧の口からさらに驚くような言葉が飛び出した。

「もう一度、おにいさんの子供を産みたいって言っていました」

功一郎は呆気に取られて思わず聞き返した。

「誰が？」

「姉がです」

碧も少々呆れ顔になっている。

「だから、悪いけどあなたには一刻も早く松葉町を出て行って貰いたいって……」

「いや、しかし……」

功一郎には訳が分からない。渚との間に再び子を生すなど想像してみたことさえなかったのだ。

「渚はもう四十五歳だよ。そんなの無理に決まっているだろう」

そう言いながら、功一郎は〝前の世界〟で聞いた久美子の話を思い出す。若い頃の功一郎は「無精子症の一歩手前」だったそうで、それが離婚の一番の決め手になったと彼女は言っていたのだ。

その話を聞いて以来しばらく、美雨が本当に自分の子供なのかどうか思い悩んだものだ。ただ、念入りに思い返しても美雨の誕生前後に渚に他の男がいたとは考えにくく、その疑いはいつしか立ち消えになってしまったのだった。

「姉は、年齢のこともあるので、体外受精も検討しているみたいです」

すると、またまたびっくりするようなことを碧が言う。

「体外受精？」

「年が明けたら、おにいさんにもちゃんと相談して、不妊治療のクリニックに一緒に行って貰うつもりだって言っていました」

「……」

功一郎は再び絶句するしかない。

渚が元気になって数ヵ月が経っているが、まだ一度も交わったことはなかった。現在も相変わらず渚がベッドで眠り、功一郎はその下に敷いた布団で眠っているのだ。

「そんな姉の本気が見えたら、もう私の出る幕じゃないって痛感しちゃいました」

「それで、ここを出ると決めたわけか」

「はい」

「うーん」

功一郎は碧を引き留めるべきか否か、心の中で葛藤していた。

渚とあらためて子作りをするなど到底考えられない。万が一にも彼女が身ごもってしまえば、自分は何十年もあれを試すことができなくなってしまう。それは、〝前の前の世界〟に置き去りにしてきた渚と碧を見捨てるに等しい行為だった。

同時に〝今の世界〟が本来戻るべき世界でなかったと分かった以上、碧との関わりをさらに深めるのも御法度だ。そんなことをすれば渚が妊娠した場合と同様に〝本物〟の渚と碧のもとに帰還することができなくなってしまう。

そう考えると、こんな形で大恩のある碧を放り出してしまうのは、それこそ恩を仇で返す行為ではあるものの黙過せざるを得ないように思われた。

「仕事はどうするの？　もう現場には戻らないつもり？」

功一郎は慰留の言葉を喉の奥に引っ込めて話題をずらす。

「例の生活雑貨部門の責任者から来ないかってずっと誘われているので、この際、その誘いを受けようかと思っているんです。部門自体、コロナのせいで苦戦しているみたいで、どうやら来年が正念場みたいなので」

「なるほど」

現在副社長の地位にある元上司は、碧のかつての不倫相手でもある。

「私も今年大台に乗っちゃったし、こうなったら仕事でとことん頑張るしかないですよね。そういう意味では、おねえちゃんが元気になってくれたのは何よりだと思っています」

「碧ちゃんには心から感謝しているよ。前にも言ったけど、この恩返しは必ずするつもりだから」

「ありがとうございます。この前はそんなことといいって言いましたけど、じゃあ、お言葉に甘えて楽しみにしておきます」

碧は笑みを浮かべ、悪戯っぽい目で言った。

功一郎は胸の内で「碧ちゃん、本当にごめん」と繰り返すしかない。

碧が去ったあと、渚と二人きりで年を越した。

そうやって三年ぶりで夫婦だけの暮らしに戻り、いまでは鬱病の微かな余韻さえ感じさせない渚と対峙して、功一郎は彼女が碧に向かって口にした言葉をずっと考え続けていた。

渚は床次礼音のことを「いまの彼は戦友みたいなものよ」と言ったという。

戦友とは文字通り、生死を共にした仲間の謂いだ。その言葉を碧から聞いて、功一郎は仕事に復帰してからの渚が加速度的に元気になっていった理由に得心がいったような気がしたのだ。

――床次は、渚にとって恋愛関係を超えた大きな存在ということか……。

そう感じる一方で、この三年間、鬱病との闘いを共に闘ってきたはずの自分は、渚にとっては恩義を感ずるべき相手ではあっても「戦友」と呼ぶほどの存在ではないというわけか――と彼は思ったのだった。

だからこそ、その恩に報いるために「一から夫婦をやり直して」いくには、夫婦だけでは事足りずもう一度子供をもうける必要があると彼女は判断したのだろう。

もちろん、自分がこの世界を離れるために、そんなふうに余計にひがみっぽい目で渚を見ているのは自覚している。だが、渚のきっぱりとした性格からして、仮に不妊治療の末に子供に恵まれなかったときは、再び彼女が床次へと大きく傾斜していくであろうことは自明のように功一郎には思われた。

そんな羽目に陥るのは金輪際ご免だ。一度ならず二度までも裏切られるのであれば、それは単なる道化に過ぎまい。

その晩、酔って死んだように眠っている渚の寝顔を眺めながら、功一郎は改めてそう思ったのである。

二〇二二年二月二十四日木曜日。

午前十時五分羽田発の飛行機で功一郎は福岡に向かった。

福岡空港到着は予定通り、昼の十二時十分。

空港の建物を出るとタクシー乗り場でタクシーを拾い、運転手に「九大正門前までお願いします」と告げる。

渚には、昨年に続きフクホク食品の工場視察のための出張だと前々から話してあった。福岡市郊外の久山工場を巡り、今夜は博多のホテルに泊まって、明日の夕方には帰宅の予定である。

だが、本当に明日帰ることができるかどうかは定かではない。

フクホク食品の工場を回るというのがそもそも嘘だった。昨年の黒崎工場視察の折に西嶋常務と「次は久山工場」と決めていたが、コロナの感染状況に鑑み、時期は未定のままにしてあった。

年末に一度、常務と電話でやりとりしたが、すでに新しい変異ウイルスであるオミクロン株の世界的な流行が始まっていたため、「早くても来年の四月以降でしょうね」という話で日時は依然確定しなかったのだ。

従って、今回の福岡行きにフクホク食品は一切関係がない。工場視察はあくまで渚に対する口実に過ぎず、本当の目的は長倉人麻呂に会うことであった。

そんな矢先、不妊治療の話が持ち上がったのは先週だった。

年が明けても、功一郎たちは一度も交わることはなかった。功一郎が極力隙を見せないよう注意していた面もあったが、渚の方も露骨に求めてくるような真似はしなかったのだ。

ところが一週間前の十七日木曜日。夕食のあと、

「大事な話があるの」

いきなり渚が核心を衝いてきたのだった。

意外なことに、彼女は最初から不妊治療の件を持ち出してきた。都内で評判の不妊治療クリニックのパンフレットを功一郎の前に広げて、

「実は、火曜日にこのクリニックに相談に行ってきたの」

と言った。

碧から事前に話を聞いていなければ、功一郎の方は面食らって何も考えられなくなっていたかもしれない。

「あの夢でね、美雨が赤ちゃんを抱いている姿を見て、私ももう一度自分の子供を抱いてみたいって思ったの。もしかしたら、まだ産めるかもしれないって。美雨が『これからは、おかあさんの生きたいように自由に生きて欲しい』と言っていたのは、そういう意味だったんじゃないかって、だんだん考えるようになってきたのよ」

渚はクリニックでの医師の説明を事細かに紹介したあと、ひときわ真剣な目つきになって最後にそう付け加えたのだった。

結局、彼女に押し切られる形で、この週末に功一郎もそのクリニックを訪ねることに決ま

った。それが明後日二十六日土曜日と迫っている。

クリニックへの同行を承知したあと、二十四日の福岡出張の話をすでに渚に伝えておいてよかったと胸を撫で下ろした。

昨年末、碧から話を聞いて以降、渚が子供の話を切り出してきたら、そのときが長倉人麻呂に会いに行くタイミングだと功一郎は気持ちを固めていたのだった。

むろん、人麻呂に会えたとしても、再びあれが行えるかどうか定かではなかった。

人麻呂が〝前の前の世界〟やそのまた前の世界のように功一郎を知っているか否かもはっきりしないのだし、たとえ九大旧工学部本館の隣に長倉邸の離れが移築されていたとしても、そこに人麻呂が住んでいるかどうかもはっきりしない。まして、離れの書斎にニコラ・ド・スタールの「道」が同じように飾られていて、その絵の前に立てば四度目のあれを実行できるかどうかも分からないのだった。

しかし、今回は前々回のときのように人麻呂の隙を狙って「道」の前に立ち、あれを行う必要はなかった。

母の手紙によれば長倉人麻呂は功一郎の父親の友人であり、息子に置き去りにされた母を〝前の世界〟へと送り出した張本人でもあるのだ。

この世界の人麻呂が「道」を所有しているのであれば、恐らく、彼は〝前の前の世界〟やそのまた前の世界の人麻呂と同様に父を知り、母を知り、功一郎のことも知っている人物であろうと思われた。

今回は、正々堂々と面会し、父のことを詳しく訊ね、そしていままでの経緯も詳らかに語った上で、渚と碧を残してきた世界への帰還を願い出ようと功一郎は思っている。

あの人麻呂であれば、功一郎の抱える事情を理解し、きっと希望を叶えてくれるに違いない。

〝前の前の世界〟の人麻呂は、福岡市内と湯布院に居宅を構えていて、九大跡地の離れに滞在する日は限られていると家政婦の高橋さんは話していた。あの日も、湯布院の別荘からの帰途で、戻ったら一緒に昼食を食べようという話になったのだった。それもあって、功一郎は同じ二月二十四日の昼過ぎに彼を訪ねることにしたのだ。一年のずれはあるものの、その時間帯であれば、人麻呂が九大跡地の離れに在宅している可能性が少しは上がるような気がしたからだった。

もし、不在であったり、彼が離れに住んでいる形跡がない場合は、前回のように部屋に上がり込むのではなく、先ずは所在と連絡先を突き止めるつもりでいる。その上で面会の約束を取り付けて改めて出直すしかないと考えていた。

渚宛ての手紙は、二階の書斎にある仕事机の引き出しの中にしまってきた。

今日中に人麻呂と会い、無事に四度目のあれを実行できた場合、功一郎はこの世界から蒸発してしまうことになる。

夫の失踪に衝撃を受ける渚に何らかのメッセージを残すのは当然だった。

功一郎が福岡から帰らないとなれば、渚は夫の私物を検め失踪の手がかりを探るに違いない。仕事机の中の手紙は時を置かずに見つけることができるだろう。

手紙の文面には、以下のような内容を盛り込んだ。

・美雨が大学に入ったあと、彼女から渚と床次礼音との関係を知らされたこと。

・すぐに探偵事務所を使って素行を調べ、人形町のマンションで長年二人が密会している事実を突き止めたこと。

・その時点で離婚を考え、いつ切り出そうかと悩んでいる最中に美雨があんなことになり、渚も鬱病を発症し、言い出せぬままに三年の歳月が流れ去ったこと。

・渚がようやく立ち直り、そろそろ自分の役割も終わりだと考えていたところで、いきなり子供を作ろうと言い出され、非常に困惑したこと。

・いまさら渚との間に子供をもうけるつもりがまったくないこと。

・そこで今回、一大決心をして別の人生を生きると決めたこと。

・なので渚は渚で今後は自由に生きて欲しいこと。

・松葉町の土地建物や、残してきた通帳の中身、株式などはすべて譲渡すること。

・この手紙と一緒に署名捺印した離婚届を置いていくこと。

これを読めば、功一郎が何らかの事件に巻き込まれたわけではなく自身の意志で身を隠したことが一目瞭然であった。署名捺印した離婚届も準備して手紙と一緒に封筒におさめてきた。

文面にある通り、預金通帳も著作権収入や講演料を貯めておいた一通だけを持ち出してきたのだった。

功一郎の置き手紙を見つけた渚は驚愕するだろうが、長年の床次との不倫関係を知られていたと分かれば諦めをつけるだろう。

正直なところ、彼女がそのくらいの目に遭うのは自業自得というものだ。

そこは彼女も納得せざるを得ないと思われる。

4

九大正門の前でタクシーを降りた。

時刻は昼の十二時半を過ぎたところ。

正門前のアプローチに立ってぐるりを見回す。前回同様、敷地を取り囲むように延々とスチールフェンスが張り巡らされているが、今日はそのフェンスのところどころが透明なアクリル板に取って代わられていた。

そこからなら広いキャンパスの内部を眺めることができそうだった。

これが一年の時間経過による変化なのか、それとも〝今の世界〟と〝前の前の世界〟との「ずれ」なのか、そこはよく分からない。

功一郎は赤煉瓦造りの門柱が並ぶ正門ゲートには向かわず、大きな松の木が頭を出している右側のフェンスへと近づいて行った。そのフェンス板の何枚かが透明になっていたからだ。

アクリル板越しに中を覗く。

旧工学部本館の古めかしく重厚な建物は変わらずにあり、その隣には長倉邸の離れがひっそりと建っていた。本館と比べればこぢんまりとしていて、いささかみすぼらしくさえ見えてしまう。

いまも人が住んでいるのかどうかは、むろん遠目には判別できなかった。

敷地内に人影はない。

真冬の寒風になぶられる剝き出しの黒々とした地面が見渡す限り広がっているばかりだった。

その荒れ地のような風景をしばらく眺めたあと、功一郎はフェンスの前を離れ、前回そうしたようにゲートのそばに建つ門衛所へと向かった。今日は、門衛所のそばにガードマンの姿はなかった。

受付台の小さなガラス窓の前に立ち、中を覗いてみる。そこにも人の姿は見えなかった。まさか昼食で不在にしているわけでもなかろうにと思い、五分ほど寒空の下で待っていたが誰も戻っては来ない。そもそも五分の間、門衛所の近くを通り過ぎる人影さえ皆無だった。新たな変異株の猛威に押されて門衛所そのものを廃止してしまったのか？

前回は、ガードマンに差し出された「訪問票」に名前と住所を書かされたのだった。

さらに五分ほど待って、功一郎は、門衛所脇の狭いゲートを抜けて大学構内に入って行った。

誰かに呼び止められたときは門衛所に人がいなかったことを伝え、改めて訪問手続きを行えばいい。それにしても離れはすぐ目と鼻の先だし、訪問票に名前や連絡先を書かずに済めばそれに越したことはなかった。

仮に今日、ここであれを実行できるのならば、福岡での足取りは極力ぼやかしておきたい。人麻呂に迷惑をかけないためにも訪問票は残さないのが一番だろう。

離れの佇まいは記憶の通りだった。

棟の奥に見えるウッドデッキも二階のベランダも何も変わっていない。建物の薄いブルーもスレート屋根の黒も、両開きの門扉が嵌まる赤煉瓦の門柱も同じだった。

ただ、前回と一つだけ違っている点があった。

門扉の先、玄関に通ずる低いスロープが始まる手前に電動自転車が一台、置かれていたのである。

——ここには誰かが住んでいる。

功一郎の胸の期待が一気に膨らむ。

門扉を開け、自転車を横目にして短いスロープを上がった。花柄の彫刻がほどこされた古めかしい木製ドアの前に立って右の壁にあるインターホンのボタンを押す。

ドアの向こうからチャイムの音が聞こえてくる。

前回は高橋さんという若い家政婦がすぐにドアを開けてくれたのだが、今日は、何の反応もなかった。

三十秒ほど待ってもう一度インターホンを押した。チャイムの音が三回聞こえるまで押し続ける。

ドアに耳を近づけて中の様子を窺う。しばらくして微かな足音が聞こえてきた。

ドアの前に誰かがやって来たのが分かる。ドアスコープで訪客の姿を覗いているのだろうか。

「こんにちは」

功一郎の方から声を出した。

「突然、お邪魔して申し訳ありません。わたくし、唐沢功一郎と申します。長倉人麻呂さんはおいでてでしょうか」

しかし、何の応答もない。

人の気配は勘違いだったのか、ともう一度ドアに耳を寄せたときだった。

ガチャリと錠の上がる重々しい音が響いた。

慌てて功一郎は後ずさる。

音もなく分厚いドアが開き、白髪交じりの頭の背の高い男性が姿を現わした。マスク越しにも長倉人麻呂だとすぐに分かる。

人麻呂と会うのは何十年ぶりだろうか？

功一郎が最初のあれを行ったのは高校入学の年、一九八〇年（昭和五十五年）の三月十四日、まだ十五歳のときだ。そして現在は二〇二二年二月二十四日。功一郎はもうすぐ五十八歳になる。最後に人麻呂と会った世界と〝今の世界〟とは別物ではあるが、しかし、時の流れに隔たりはない。だとすると実に四十二年ぶりの再会ということになる。

当時まだ三十くらいだった人麻呂もすでに七十過ぎの年齢になっているはずだ。

人麻呂が訝しげな瞳で功一郎の顔を凝視していた。

「ご無沙汰しています。子供の頃にお世話になった唐沢功一郎です」

四十二年の歳月が挟まっていても、人麻呂にはすでに成人だった当時の面影が充分に残っているが、まだ中学三年生だった功一郎の方は顔も身体もすっかり変わってしまっている。

いきなり訪ねてこられても急には思い出せないのはむべなるかなではあった。

「きみが功一郎君か……」

ようやく人麻呂が口を開いた。

「はい」

功一郎は頷く。

「今日は、あの絵のことや僕の父親のことを知るためにあなたを訪ねてきたんです」

人麻呂は「あの絵」にも「僕の父親」という言葉にもさしたる反応を示さない。ただ、じっと功一郎の顔を見つめるばかりだった。

「まあ、入りなさい」

ドアを大きく開きながら彼は言った。それ以上は発せず、くるりと背を向けて家の中へと戻っていく。

功一郎は「お邪魔します」と呟きながら、人麻呂の背を追うようにして入口をくぐり、ドアを閉めると靴を脱いで広い玄関ホールへと上がった。人麻呂は長い廊下を進み、正面のリビングに通ずるドアの手前で立ち止まる。こちらを振り向くでもなく左側のドアの奥へと消えてしまった。

リビングを背負って右側はかつて人麻呂の書斎兼仕事場があった部屋だった。ちょうど一年前、〝前の前の世界〟で彼の不在中に二度目のあれを行ったのもその場所だった。この世界でも同じくそこは書斎兼仕事場として使われているのだと思われる。

廊下を進み、部屋の前に立つ。ドアはすでに閉じられていた。

功一郎は一つ息をついて、軽くノックした。応答はない。

「失礼します」

と言ってドアを開ける。

部屋の中央に据えられたマホガニー製の巨大なデスクがまず目に飛び込んでくる。デスクの背後の壁一面が膨大な書物で埋め尽くされているのも記憶のままだ。

功一郎は真っ先に目当てのものを求めて部屋の左側の壁に目をやった。だが、そこにあるはずのものが見当たらない。

「心配いらないよ」

という声に視線を正面に戻す。

マホガニー製のデスクの前に置かれた四人掛けのソファの真ん中には人麻呂が座っていた。ソファの背に身体を預け、寛いだ風情でこちらを見ている。

昔からそこが彼の定席だった。

びっくりするほど高い鼻のせいで不織布のマスクが顔から浮き上がっている。

「あの絵は隣の部屋に置いてあるんだ」

大きな二つの瞳には微かに笑みが滲んでいた。

功一郎は無言のまま彼の前を横切り、ソファのはす向かいに置かれた一人掛けの革張りの椅子に腰を下ろした。中学生の頃、人麻呂と話すときはいつもその椅子に座っていたからだった。

「誰から聞いたの？」

長い足を組み直しながら人麻呂が言った。

そうやって対峙しているうちに人麻呂に若い頃の雰囲気がよみがえってくるのを感じた。

質問の意味を測りかねて功一郎は小さく首を傾げてみせる。

「僕が、功一郎君のおとうさんを知っているというのを誰に聞いたの？」

質問が繰り返される。

「母からです。というより母の日記帳に残された手紙にそう書かれていました」

「美佐江さんの手紙……」

人麻呂が考え込むような表情になる。彼は〝前の前の前の世界〟でも母のことを「美佐江さん」と呼んでいた。

この世界でも母は長倉邸で家政婦として働いたことがあったのだろうか？

「人麻呂さん」

功一郎は少し身を乗り出すようにして言う。

「先に、今日、僕があなたに会いに来ることにした事情を話してもいいですか？　その方が手っ取り早いような気がするのですが」

人麻呂は眉をわずかに動かすと、小さく頷く。

「実は……」

だが、そうやって口火を切ろうとした瞬間だった。大きな動作で彼がソファから立ち上がったのだ。

功一郎を見下ろすようにしているその瞳にまた微かな笑みが浮かんでいる。

「その前にカフェオレでも淹れてくることにしよう。どうやら、今日は長い話になりそうだからね」

ふふんという調子で彼は言うと、さっさと部屋を出て行ったのだった。

一人残され、功一郎は広い書斎を見回す。視線はどうしても「道」が消えてしまった壁の方へと吸い寄せられてしまう。

しばらくしたところで怪訝な心地になった。

——これは、あのときと同じではないか？

そんな気がしてきたのだ。

初めてあれを行ったとき、そういえばいまみたいに人麻呂はカフェオレを淹れるために部屋を離れ、直前に彼が口にした思わせぶりなセリフにつられるようにして功一郎はあそこの壁に掛かっていた「道」の前に立ったのだった。

そして、今日も、「心配いらないよ」「あの絵は隣の部屋に置いてあるんだ」というセリフを残して人麻呂は部屋を出て行ってしまった。

腕時計を見ると、すでに五分が経過している。

――ということは……。

今回もまた、自分が姿を消しているうちにあれを実行しろと彼は示唆しているのだろうか？

この部屋を出て隣の部屋に忍び込み、「道」の前に立って再び別世界へと旅立つ――人麻呂は暗々裏にそう促しているのではないか。

だとすれば、この世界は功一郎が初めてあれを行った世界ということになる。人麻呂が功一郎のことも母の美佐江のことも承知しているのは当然という話でもあった。

だが、そんなはずはない。

十五歳のときに蒸発してしまった世界に功一郎が帰還することはできない。五十七歳の彼が帰るべき場所は、その世界には存在しないはずだからだ。

この世界の人麻呂は、功一郎に最初のあれを促した人麻呂でもなく、母の美佐江を〝前の世界〟へと送り出した人麻呂でもない。だが、そうでありながらも、彼は功一郎のことも美佐江のことも、そして功一郎の父親のことも知っているようなのだ。

スタールのギャラリーに浮かんでいた大きな窓の向こうではさまざまな世界が展開されて

いた。功一郎がこれまで体験した四つの似て非なる世界のみならず、それを遥かに凌ぐ数の〝功一郎の人生〟が〝終わりのない映画〟のように場面場面ごとに目の前を流れ続けていた。

そうした数々の世界の中には、功一郎や美佐江と面識があって、しかも、あの「道」を所有している人麻呂が何人も存在し、現在の自分はそのうちの一人のもとを訪れているということなのかもしれない。

——今回は一度目や二度目のように人麻呂の不在を利用して別世界へ移行するのはやめよう。

功一郎は最初からそう腹を固めていた。

彼が目指すのは渚や碧を置き去りにしてきた〝前の前の世界〟一つきりなのだ。

その世界に無事に帰り着くには一体どのような工夫が必要なのか——「道」を功一郎の父から託されたという人麻呂であれば、その方法を知っている可能性がある。

絵の中に描かれた三本の道を、功一郎は、真ん中がいまの世界が続く道、左の黒の道と右のバラ色がかった白の道が別の世界へと通ずる道だと捉えているが、その見方自体が正しいのかどうかも定かではなかった。

前回は黒の道を選んで〝前の前の世界〟への帰還を図ったが不首尾に終わった。

次は右のバラ色がかった白の道を選択するつもりでいるが、果たしてそのやり方でいいのかどうかも確信はないのだ。

十五分近くが過ぎて、ようやくお盆を抱えた人麻呂が戻ってきた。

お盆の上のカップの一つを功一郎に手渡し、定席に座ると目の前のローテーブルに自分のカップはお盆ごと置く。

部屋に入ってきたとき、人麻呂は功一郎の姿を認めて一瞬、おやという顔になったような気がした。ただ、それは功一郎の思い込みに過ぎないのかもしれない。着座した彼の表情には何も変わったところはなかった。

「じゃあ、失礼して」

人麻呂はマスクを外すとカップを持ち上げてカフェオレを一口すすった。功一郎もマスクを取り、畳んだそれを上着のポケットにしまう。

「いただきます」

そう言って手にしていたカップを口許に運ぶ。

カフェオレはひどく懐かしい味がした。パリ仕込みの人麻呂のカフェオレはひと味もふた味も違った。アイスカフェオレはとりわけ美味しくて、そのカフェオレのことは大人になってからも夏になるたびに思い出し、どこの店で飲んでも同じ味がしないのをいつも残念に思ったものだった。

そんなことをふと思い出す。

こうして向かい合ってカフェオレを飲んでいると、この部屋でわくわくしながら人麻呂の蘊蓄(うんちく)あふれる一人語りに耳を傾けていた中学時代に逆戻りしたような心地になってくる。

功一郎は手元のカップをローテーブルに置いた。

「僕はこれまでに三度、あの絵を使って別の世界へと移りました。いまこうしてあなたと一緒にいる世界は、実は四つ目の世界なんです……」

功一郎が話し始めると、人麻呂も手にしていたカップをテーブルに戻す。ソファの背に身体を預け、足を組んで、彼はゆったりとした姿勢になった。

最初のあれから三度目のあれまでに自身に起きたことを功一郎は丁寧に説明していった。人麻呂は表情を変えることもなく黙って聞いていた。途中で何か質問を挟むようなこともしなかった。

三十分ほどかけて功一郎が語り終えると、

「なるほど」

人麻呂は足を組み替えながら言った。

「それで、お父上のことを知りたくて僕の所へやって来たというわけなんだね」

「はい。そしてあと一つ、最後に申し上げたように、僕としては妻と義理の妹を置き去りにしてきた〝前の前の世界〟にどうしても帰りたいのです。そのためにあなたに力を貸して欲しいと願っています」

「つまり、あの絵をもう一度使いたいと言うんだね」

「おっしゃる通りです」

功一郎は言葉に力を籠めて返した。

「なるほど」

人麻呂は面白そうな表情になっている。そういう顔は若かった頃の彼を彷彿させる。

「僕の方から一つ、質問をしてもいいかな？」

足を解き、ちょっと身を乗り出すようにして人麻呂が言った。

「もちろんです」

「功一郎君が福高の受験に失敗して、この部屋で別世界へと旅立ったとき、きみの言うように僕がそれをやらせたというのであれば、僕は、あの『道』を通ればきみが肉体ごといなくなると前々から知っていたことになるよね。つまり〝今の世界〟からはきみが完全に消滅するとあらかじめ知っていたんだと……」

功一郎はいまひとつその問いかけの意味が摑めなかった。

人麻呂は一体何を訊きたいのだろうか？

「いや、だからさ……」

彼が少し焦れったそうな表情になる。

「もしもだよ、あの絵を使って別の世界に飛ぶのが意識だけだとすれば、幾ら僕でもきみにそんなことをやらせるはずがないと思うんだよ。だってそうだろう。肉体が死体となって残るのであれば、それはこの世界ではきみが死んだということに他ならない。きみの意識がたとえ保存されていたとしても、現実にきみの死体が存在していれば、誰もそんなことを信じるはずがないし、そもそも我が子を失った美佐江さんは物凄いショックで、きっと精神的にどうにかなってしまうだろうからね」

「……」

そうした人麻呂の心の動きについては、確かに首肯できるものだ。

肉体が残ってしまうのであれば、それは普通の死と変わらない。もとから我々は死後の自分がどうなるかを知らないのであるから、功一郎の場合も、「道」を通って別の世界に意識だけが移行したのであれば、それは文字通り〝あの世に行った〟つまりは死んだということになるだろう。

「だからさ……」

そこで彼はさらに身を乗り出すようにして、功一郎の顔をじっくりと見た。

「もし、あのときの僕が、きみがあの絵を使ったあとどうなるかを知らなかったとしたらどうする？」

人麻呂の次の言葉を身構えるようにして待つ。

「いや、むしろこう言った方がいいのかもしれない。きみの肉体がこっちの世界に死体として残ってしまうかもしれない、恐らくはそうなってしまうだろうと予想しつつ、それでも僕がきみをあの絵の前に立たせたとしたら？」——

人麻呂の大きな瞳はさらに見開かれ、印象的な光を放っている。彼独特の好奇心と諧謔味を宿した、それは功一郎にとって懐かしい光でもあった。

功一郎は不思議な心地でその光を見つめていた。

何か、胸中にもやもやとしたものが湧き上がってきているのが分かる。

やがて、そのもやもやは奇妙な疑念へと形を変えていった。

「ということは……」

心の中の呟きが、知らぬ間に小さな声になっている。

「もしかして……」

いや、そんなはずはなかった。あの世界の功一郎は中学三年生の終わりに蒸発してしまったのだ。その自分があの世界にこうして戻り、あの世界の人麻呂と対峙することは不可能なはずだ。

——だが……。

功一郎は混乱した意識を鎮め、思考に集中する。

自分が「道」を利用して三度もあれを行ったように人麻呂もまた幾度もあれを行っていたのだとすれば、あの世界とはまた別の世界で、自分と彼がこうして再会を果たす可能性もゼロではないのではないか？

「あなたは、あのときの人麻呂さんなのですか？」

功一郎は半信半疑の思いでそう口にしていた。

人麻呂は乗り出していた身体を元に戻し、再び足を組んでみせる。

彼は口角を吊り上げ、はっきりとした笑みを浮かべる。

「ようやく会うことができたね。功一郎君」

人麻呂は言った。

5

おとうさんは不思議な人物だったよ。

周囲からはヨシと呼ばれていた。あのパリで一体どうやって生活しているのか分からなかった。ただ、西洋美術にやたら詳しくて、ヨシと偶然出会ったのも「ジュ・ド・ポーム美術館」、別名「印象派美術館」とも呼ばれていた美術館だったんだ。エドゥアール・マネの「オランピア」の前だったよ。

一度の出会いで意気投合してね、すぐに仲良くなったんだ。

パリ中のいろんなカフェで西洋美術の話をたくさんした。ヨシはモンパルナスの小さなアパート住まいだったけど、僕の学生寮もその近くだったからね。お互いの部屋を行き来して一緒に食事をとることもたまにあった。

当時、僕はパリ大学の美術史学講座に留学していたんだ。恩師はエドゥアール・マネやディエゴ・ベラスケスの世界的な研究家でね、その人の仕事に魅せられて僕は彼の講座を選んだってわけ。

ヨシと知り合ったのは、留学して二年目、一九七三年の春だった。僕は二十三歳、ヨシは僕より五つか六つ年上だったと思う。どっちにしろ二人とも若かった。

もちろん、僕が買い付けた絵も日本に送る前に必ずヨシに見て貰っていた。そのうちヨシが買い付けに同行してくれるようにもなったし、ヨシの懇意にしている画商たちのツテで絵を融通して貰うようにもなったんだ。どういう理由でなのか分からないが、ヨシはパリの美術界にすごく顔が利いていて、大きな影響力を持っているようだった。

知り合って三年目、僕が日本に帰る半年ほど前の一九七五年の秋のことだった。

恩師がベラスケスの作品が出たらしいと教えてくれたんだ。

イタリアのとある教会が資金不足に陥って、どうしても絵を売らなくてはならなくなったと。もちろん表には出せない相対取引で交渉はすべて秘密裏に行われる。これは美術界ではよくある話だった。

「もし、ヒトマロに興味があるのであれば、間に入っている画商に繋いであげようか？　入手できれば最高の帰国土産になるからね」

教授はそう言ってくれた。何しろ彼はベラスケスの世界的な研究者だし、とても信用できる人物だった。

僕はその話に飛びついたよ。

絵はすでにパリに持ち込まれていた。しかるべき鑑定書も揃っていた。早速、恩師に立ち会って貰ってパリの画廊で絵を見たんだ。ベラスケスが宮廷画家として一番脂がのっていた時代に描いた大作だった。

「画歴も申し分ないし、何より、これほど見事なベラスケスの作品は滅多にない」

教授もその場で太鼓判を押してくれたんだ。

しかも、価格は十四億円。寡作で、おまけにほとんどの作品が市場には流れてこないベラスケスとしては破格の安さだった。

すぐに父に連絡して送金の手続きを取って貰った。半月後にはもうベラスケスは僕の手の中にあった。これで日本に大手を振って帰ることができる。僕の鼻の穴はふくらみっぱなしだったよ。

さすがにこれほどの取引だからね。ヨシには一切知らせてはいなかった。秘密厳守が先方の教会が出してきた一番の条件だったからね。

だけど、僕はだんだん我慢ができなくなってきたんだ。なんと言ってもあのベラスケスをたったの十四億円で自分のモノにしたんだ。このことをヨシが知ったらどれほど驚くだろうかって。

三ヵ月近くが過ぎて、いよいよ絵を日本に船便で送る寸前になって僕の辛抱は限界に達した。ヨシに自慢したくて仕方がなかった。いつもは冷静な彼が唸り声を上げる姿をどうしても見たかった。

だから、船会社の倉庫まで連れて行って、ヨシに絵を見せたんだ。するとヨシが子細に絵や鑑定書を検分して、予想もしなかったような言葉を口にした。

「人麻呂、きみはイタリアの教会まで出向いて、この絵を実際に確かめたのか？」

そして彼は、こう言ったんだ。

「この教会にベラスケスがあるなんて聞いたこともない。人麻呂、これはきっと贋作だよ」

船便を止めて、僕はヨシに紹介されたパリの有名な鑑定士に絵を見せた。彼も贋作だと断言したし、鑑定書も画歴も偽造だと言い切った。

慌てて恩師のところへ駆け込んだよ。

僕の話を聞いて彼は非常に困惑していた。

「あれは本物に間違いないと思った。だが、あの鑑定士がそう言うのであれば贋作なのかもしれない。お恥ずかしい話だが、自分もすっかり騙されてしまったようだ」

要するに彼もグルだったんだ。

取引の間に入った画商も幾ら連絡しても何の返信もない。絵を初めて見た画廊に出かけてみたら、何のことはない。ドアには「a louer」（貸し家）の札が下がっていたよ。

しかし、証拠は何一つない。あるのは偽物のベラスケスと偽物の鑑定書だけ。取引を証拠立てる書類一枚残ってはいないんだ。父の十四億円だけが何処へか消えてしまった。

僕は諦めて、父には申し訳ないけれど本物と偽ってその絵を日本に送ろうと決めた。

それはそうだろう。絵画詐欺に引っかかって十四億円を持っていかれたなんて幾らなんでも報告できるようなことじゃないからね。

ところが、悪いことには悪いことが重なってしまう。

仕切り直しの船便が出る五日前だった。ロンドンのオークションに、なんと同じ絵が出品されてしまったんだ。持ち主は明らかにされていなかったけれど、フランスの元貴族が手放したと言われていた。それは間違いなく本物のベラスケスだった。

万事休すだったよ。

もう父になんと言って詫びればいいか分からない。十四億円を騙し取られてしまったんだからね。

そのとき、ヨシが声を掛けてきたんだ。

「人麻呂、よかったら別の世界に行ってみないか」

って。

そして、彼は僕を自分のアパートに連れて行くと、部屋の小さなクローゼットから、あの「道」を取り出してきて見せてくれたんだ。

「この絵を使えば、きみは新しい世界で生きることができる。今度こそ、そんな狡猾な画商や教授に騙されないようにすればいい。逆に彼等に一泡も二泡も吹かせてやればいいじゃないか」

ヨシは愉快そうに笑っていた。

「道」がニコラ・ド・スタールの作品だというのはすぐに分かった。だが、本物かどうかは分からない。いまだって分からないし、というより僕はそんなことは知りたくもない。とはいえ、パリの美術界にあれだけの力を持っていたヨシだったら、スタールの絵の一枚や二枚くらい持っていても不思議はないって、クローゼットから「道」が現れたとき、驚きと共に僕はそう思ったものだ。

「一つだけ条件がある」

ヨシは言った。

「実は、自分は重い病にかかっていてもう余命いくばくもない。きみに代わりに行って貰って、〝前の世界〟に残してきた妻と息子を助けて欲しい」

ヨシによれば、いままで何度も二人に会いに〝前の世界〟へ戻ろうとしたんだそうだ。だけどどうしても戻ることができなかった。

「どうやら、そっくり同じ〝前の世界〟には行けないようなんだ。だから、誰かに代わりに行って貰って、自分のしでかした過ちを訂正して貰うしかない」

ヨシはそう言っていたよ。

考えてみれば、幾らヨシを信用していたとはいえ、よくもそんな荒唐無稽な提案を真に受けたと我ながら思うよ。だけど、あのときは本当に追い詰められていた。長倉家に莫大な損害を与えてしまい、まさに「この世から消えてしまいたい」気分だった。そんなときにあの不思議な絵を持ち出され、ヨシという謎めいてはいるが一度だって嘘をついたことのない親友から「別の世界に行ってみないか」と耳元で囁かれたんだ。

僕にはその甘い囁きに抗う力なんてひとかけらも残っちゃいなかった。

だからこそ、自分でもびっくりするほどすんなりと彼の言葉を受け入れ、すっかりその気になってしまったってわけさ。

ヨシがどうやって「道」を手に入れたのかも、あれが本物の「道」なのかどうかも僕にはいまでもまったく分からない。ただ、あの絵を使えば「新しい世界で生きることができる」というのは間違いのない真実なんだ。

それはきみ自身もすでに身にしみて知っているだろうし、僕は、きみ以上にそのことをよく分かっているわけだけどね。

6

「ヨシの本名は何というのでしょうか？」

人麻呂の話を聞き終えて、功一郎が真っ先に訊ねたのはそれだった。

「分からないんだ」

彼はちょっと申し訳なさそうな口調で言った。

「僕にもヨシとしか名乗らなかったし、周りの連中もみんなそう呼んでいたからね。多分、美佐江さんは知っていたんだろうけど」

「そうですか……」

母は父のことは名前も年齢も、どこの出身かも一切口にしなかったのだった。あの手紙にさえ父の名前は記されていなかった。

「重い病というのは？」

「それも分からないんだ。僕はその日のうちにヨシから『道』を借りて、すぐに船便の倉庫に持ち込んで次の世界へ旅立ってしまったからね。詳しい話は何も聞かなかった。ただ、重い病と言われて意外だったのは事実だ。それまで三年以上も付き合っていて、彼の体調が悪いようには一度も感じたことがなかったからね。とはいえ、がんや免疫系の疾患であれば、そういうことも無きにしも非ずかもしれない。それに、あの場面でヨシがわざわざそんな作り話をする必要もないと思うからね」

「そうですか……」

結局、人麻呂の話を聞いても、父のことはほとんど分からない。

「ヨシ」と呼ばれ、パリの美術界で隠然たる影響力を誇っていた若い日本人――その「ヨシ」がどうして一時期母の勤める福岡のデパートでアルバイトをしていたのかも、彼が本当に九大の学生だったのかも、そしてなぜ身ごもった母を置いて去ったのかも、いまだに何も分からないのだった。

人麻呂は本当に「ヨシ」のことをその程度しか知らないのだろうか？　三年以上もパリで付き合った相手だ。他にも何か知っているのではなかろうか？

日本人離れした彼の顔を見つめながら功一郎は思う。

「絵はどうなったのですか？」

質問の方向を少し変えてみた。

人麻呂が怪訝な表情になる。

「さきほど、船便の倉庫に持ち込んだとおっしゃっていましたが……」

ああ、と合点がいったような仕草をした。

「残してきた『道』がどうなったのかは分からない。何しろ、そのときは自分の肉体がどうなってしまうのかも知らなかったわけだからね。倉庫を選んだのは、父に僕の死体を見せるならそこが一番いいと思ったからなんだ」

「死体を見せる？」

「偽のベラスケスの近くに僕の死体とスタールの『道』が残されていれば、父だって僕が責任を感じて自殺したと思ってくれるだろうからね。それが僕にすればせめてもの罪滅ぼしだった」

「そうだったんですか……」

九州一と呼ばれる大富豪の家に生まれるというのは、そういうことなのだろうか？

「次の世界でも父には会ったのですか？」

人麻呂の話で一番気になったのはそこだった。恐らく彼は「道」を通って別世界のパリに着地したと思われる。だとすれば、再びその世界で「ヨシ」と知り合うのは難しいことではないだろう。

「いや、ヨシとは会えなかったよ」

人麻呂は残念そうな顔つきになって言った。

「あれ以来、彼とは一度も会っていないんだ」

「本当に？」

「ああ。もちろんすぐに彼を探したよ。モンパルナスのアパートも訪ねたし、ジュ・ド・ポームやルーブル、好きだったカフェにも出かけてみた。彼の友人だった画廊主や画家たちのところへも行った。でも、なぜか全員が口を揃えて『そんな男のことは知らない』と言うばかりだったんだ」

「そうですか……」

人麻呂の口振りや顔つきからして、嘘を言っているようには思えない。

「ベラスケスの話が持ち込まれる直前のパリに僕は戻り、案の定、教授が誘いを掛けてきたから前回同様に彼の話に乗った。そして、二人で例の画商のところに絵を見に行ったよ。ただし、事前にパリ市警に通報した上でのことだったけどね。贋作取引の現場に警官たちが踏み込んで、画商も教授も現行犯逮捕された。教授にはもとから絵画詐欺の嫌疑が幾つもかけられていたらしい。そうやって僕は、ヨシが言ったように、彼等に思い切り一泡吹かせてやることができたってわけさ」

人麻呂は笑みを浮かべ、

「本当はヨシに真っ先に報告したかったのに、肝腎の彼がいないのはすごく残念だったけどね」

いささか皮肉っぽい口調で付け加えた。

「じゃあ、その世界が、僕が初めてあなたと出会った世界なんですね」

「そういうことになるね」

では、やはりここは自分が初めてあれを行った世界なのか？

いやそんなはずはない。

「ヨシはもういなかったけど、きみや美佐江さんのことは聞いていたからね。僕はパリからすぐに父に連絡して、唐沢美佐江という女性を探して貰い、彼女が家政婦の仕事をしていると分かって、長倉家で雇うように頼んだんだ。そして、パリでの留学を終えて日本に戻ると、きみや美佐江さんのバックアップをすることにした。それがヨシとの約束だったし、そもそも偶然を装って彼が僕に接近してきた一番の理由は、僕が長倉家の人間だと知っていたからだと思う」

「じゃあ、あのときの『道』はどうやって手に入れたのですか？」

もう一つ気になっていたのはそれだった。

ヨシに借りた「道」は〝前の世界〟に置いてきているのだから、人麻呂は新しい世界で「道」を新たに求めねばならなかったはずだ。

「パリを引きあげる前に八方手を尽くして買い取ったよ。だから、きみが使ったのはニコラ・ド・スタールの描いた本物の『道』なんだよ」

「じゃあ、父の持っていた『道』も本物だったということですか？」

「さあ、どうだろう。何しろ、僕がヨシから借りた『道』は、僕が次の世界で大枚はたいて買った『道』と同じかどうかも分からないからね。本物かもしれないし偽物なのかもしれない」

「しかし……」

やりとりをしているうちに、功一郎は次第に頭が混乱してくる。

「ということは、本物でも偽物でも、あの絵があれば誰でも別の世界に行けるということなんですか？」

「それはどうだろう。何とも言えないと僕は思っている。きみが使った最初の『道』はスタールの描いた本物だった。これは間違いない。少なくともあの世界では、どこかの美術館や蒐集家が同じ絵を持っているという情報はなかったからね。しかし、あの絵をパリの画廊で見た瞬間に、これが自分がヨシから借りた絵と同じだと僕には分かった。それも事実なんだ。正面に立って左の黒の道をじっと見つめていると、あのときと同じように身体が吸い込まれそうになるのを感じた。だとすれば、ヨシの持っていた『道』も本物ということになりそうだが、しかし、僕が購入した『道』とヨシが持っていた『道』は、存在する世界がもとから違うんだからね。そのどちらもニコラ・ド・スタールが描いた本物だと断定するのは危険だと思う。よく思い出してみても、ヨシはあの絵をニコラ・ド・スタールが描いたものだとは一言も言わなかったからね。もしかしたら贋作だったのかもしれない。ただ、贋作だったとしてもあの『道』が、僕たちを別の世界へと連れて行ってくれるのは同じなんだ。僕が、二つの『道』を同じだと感じたのは、そういう意味においてでしかない。僕は新たに入手した『道』を日本に持って帰るのはやめた。セーヌ河畔に借りた美術品専用の倉庫に預けたままにしておいた。でないと、また自分がその絵を使って別の世界に行きたくなってしまうかもしれないだろう。そうしたら、ヨシとの約束を守ることができなくなってしまうからね」

人麻呂がさきほど、ヨシの持っていた『道』を「ニコラ・ド・スタールの作品だというのはすぐに分かった。だが、本物かどうかは分からない。いまだって分からないし、というより僕はそんなことは知りたくもない」と言っていた意味が功一郎にも少し分かったような気がした。

「あの日、この書斎に『道』が掛かっていたのは予期せぬ偶然だった」

いまは絵の掛かっていない壁の方を見つめながら人麻呂が独りごちるように言った。

「きみが暗い顔で訪ねてくる二日前、パリの代理人に頼んで買い付けた絵が何点か送られてきた。そしたら代理人の手違いで、他の絵に交じってあの絵も一緒に船便で送られてきてしまったんだ。帰国してすでに四年が過ぎていたし、僕もうすっかり〝今の世界〟に慣れていた。ここで新しい人生を送ると気持ちも固めていた。だから、ついあの絵の梱包を解いて、あそこの壁に掛けてしまった……」

人麻呂はそこで冷めてしまったカフェオレを一口する。カップを持ったまま、

「きみには済まないことをしたと思っているよ」

彼はそう言った。

「あの絵を飾った二日後、きみが訪ねてきた。書斎に通してみるとひどく浮かない顔をしている。ああ、受験でミスをやらかしたんだとすぐに分かったよ。最初は、別にそんなことは気にしないで高校で頑張ればいいと励ますつもりだった。だけど、どうにもきみの落ち込みぶりがひどくてね。しかも、この部屋に入ってくるとすぐにあの絵を見つけて、壁の方へと近づいて行った。しげしげと絵を眺めているその姿を見て、僕の胸中によからぬ企みが芽生えてしまったんだ。あれは魔が差したとしか言いようのない瞬間だった」

言葉とは裏腹に人麻呂の頬がゆるむ。

「あの絵の中に吸い込まれた人間の肉体は一体どうなってしまうのか――ずっとそのことが気になっていた。そして何より、自分以外の人間にもあの絵が反応して、その人間を別の世界に送ることができるのか、それが知りたかった。ちょうどヨシが僕をそうしたようにね。もしも、僕以外の誰かが吸い込まれてしまうのであれば、僕は単に時間を遡ったのではなく、ヨシが言っていたように『新しい世界』にやって来たことになる。パリでヨシと再会できなかったことで、恐らくそうなのだろうと思っていたけれど、確証はなかった。いくら『そんな男のことは知らない』と言われても、もしかしたら何らかの理由でヨシの知り合いたちが口裏を合わせているだけかもしれないからね。

とにかくこんなに落ち込んでいるのだったら、もう一度受験をやり直させてやればいいじゃないか――そう思いついたんだ。二日前にあの絵が届いたのも、そうするためにヨシが計らってくれたのかもしれない。常に学年トップの成績を取っていたきみのことだから、もう一回チャンスがあれば万に一つも不合格になることはないだろう……。そうやって考えているうちに、そのチャンスをきみに与えないのは却って残酷だとさえ思えてきた。何しろきみの目の前には別の世界へと通ずる『道』が拓けているんだからね。

だから、僕はついついあんな思わせぶりなセリフを残して、きみを一人にすることにしたんだ」

そのときのことを思い出したのか、人麻呂の瞳が一瞬、いたずらっぽく光った。

「だけど、書斎に戻って、きみの姿がどこにも見えないと知ったときは我ながら狼狽したよ。『道』に関しても、ぼんやり匂わせるようなことしか言っていなかったし、多分、何もせずにそのままそうやって座って待っているのだろうと思っていたんだ。だから、きみが消えたと知って家中を本気で探し回った。絵の中に吸い込まれたと分かったのは玄関で靴を見つけたときだ。仮に家を出たとしても、まさか靴を履かないで出て行くわけがないからね」

「じゃあ、あなたもあの日、絵を通る人間が肉体も一緒に持っていくことや、この世界が一つだけではないというのを知ったんですね」

「その通り。そして数日後、悲嘆に暮れている美佐江さんをここに連れてきて、目の前で別の世界に送り出したとき、僕はこの宇宙がたくさんの世界、つまり多世界が同時に共存する形で成立しているのを知ったんだ。その後、いろんな世界を渡り歩くことで、それは僕の中で確信になっていった。すでにきみも分かっていると思うけど、僕たちはそのそれぞれの世界で別々に生き続ける無数の〝自分〟でもあるんだよ」

「母は、僕が受験をやり直した世界にはやって来ませんでしたよ。彼女は僕がこの世界に来る一つ前の世界に行ったんです」

「それはそうだろうね。でも、美佐江さんにすれば、きみの行った世界に行かなくたって問題はなかったんだ。息子と一緒に人生を送り続けられる世界であればどこでもよかったのさ。だから、僕は彼女が旅立つときに、『一つ約束して下さい。この絵があなたのもとへ届く場面を見つけたら、迷わずその場面に飛び込んで下さい。たとえ功一郎君がまだ小さくても構いませんから』と頼んだんだよ。美佐江さんの手紙の内容からすると、どうやら彼女はその約束を忠実に守ってくれたようだね」

「どうしてそんなことを母に頼んだんですか？」

「美佐江さんが『道』を手に入れ、それがやがてきみに渡れば、もしかしたらあのときのきみともう一度会うことができるかもしれないと思ったからだよ。受験をやり直すために新しい世界に旅立ったきみが〝前の世界〟に戻ることは不可能だ。だが、きみが再び『道』を使い、僕もまた新しい世界に旅立てば、そのうちどこかの世界で再会する可能性が残るだろう」

「じゃあ、そのためにわざわざこんな場所にこの離れを移築したんですね」

「その通り。さまざまな世界を渡り歩いていても、そこで毎回、『道』を手に入れるのは難しいからね。だから、『道』を保管し、いつでも『道』に戻ることができる目印のような建物を一つ作っておきたかったんだよ。そしてそこは周囲の環境にほとんど左右されない場所の方がいい。そう考えると、この離れをこの九大の跡地に移築するのが最善だった。この場所さえあれば、僕は常にこの建物が存在する世界を選んで移動することができるし、その世界で暮らしていれば、いつの日か、きみがここを訪ねてくるかもしれないと思っていた。そして、現に僕たちはこうして再会することができた。それが僕たちにとっての現実だったわけだよ」

人麻呂と話し始めてずいぶんと時間が経っていた。

腕時計の針を覗くと、午後二時半を回っている。いつの間にか二時間近くが過ぎたようだ。ローテーブルのカップの中身は二つともとっくになくなっていた。

家の中は静かだった。話し声が消えると時の流れが止まったような不思議な空気に自分が包まれているのが分かる。

「ちょっと待っていてくれ」

不意に人麻呂が立ち上がる。

「すぐに戻るから」

彼は空のカップを二つともお盆に載せるとそれを持って部屋を出て行った。また何か飲み物を作ってくるのだろうか。

しかし、さきほどとは違って五分もせずに彼は戻ってきた。

ドアを開けると、

「功一郎君、悪いけどちょっと手伝ってくれ」

出入り口で手招きする。功一郎は立ち上がってドアの方へと歩み寄った。

人麻呂は「道」を両手で抱えていた。慌てて大きな額縁の片側に手を添える。両端をそれぞれが持って書斎へと運び込む。人麻呂の指示で何もなくなっていた左側の壁へと移動し、壁に刺さっている絵画用フックに重い額縁の吊り紐を慎重にひっかける。

「よし、できた」

人麻呂が若やいだ声を出す。彼が「道」の右側、功一郎が左側に立っていた。二人とも正面は避けているのだ。正面に立つといつなんどき絵の中へ吸い込まれないとも限らなかった。

「この絵はニコラ・ド・スタールが描いた本物なのでしょうか？」

功一郎が訊くと、

「さあ、どうだろうねー。本物かもしれないし偽物かもしれない」

人麻呂が愉快そうに言う。

「西洋美術を勉強しているとよく分かるんだが、絵の真贋というのは物凄く曖昧なものなんだよ。素人は簡単にホンモノ、ニセモノと言うけどね、どんな名画であってもそれとそっくり同じものを描くことは、優秀な贋作画家であればたやすいんだ。結局、鑑定書の有無だけがその絵の真贋を保証するわけだけど、それはあくまで商業的な要請に基づくものであって、絵自体の優劣を計るものではない。まあ乱暴に言えば、贋作の方ができのいい名画だってたくさんあるし、中には贋作の方に立派な鑑定書がついてしまって本物が贋作扱いされてしまった名画だってあるんだよ」

人麻呂はいかにもいとおしそうな瞳で目の前の「道」を眺めている。

「それにだよ、この絵はこの世界にも存在するし、功一郎君がいた〝前の世界〟にも〝前の前の世界〟にも、さらにはその一つ前の世界にも存在したわけだろう。もうそれだけでこの絵がホンモノかニセモノかを問い詰めるのがいかに無意味か充分に分かるはずだ。

功一郎君がずっと暮らした世界では東北で大地震は起きなかったが、娘さんを助け出すために渡った世界ではその大地震で多くの人々が亡くなっていた。そんなふうにそれぞれの世界にはさまざまな『ずれ』がある。それと同じで、この絵だってこの世界ではこれまで通りニコラ・ド・スタールが描いたものとして定着しているけれど、別の世界の中にはこの絵を誰か違う画家が描いたことになっている世界もあるだろうし、または、ニコラ・ド・スタールという画家は存在していても、彼がこの絵を描かなかった世界もあるだろう」

「この三本の道は、それぞれどういう世界へと通じているのですか？」

人麻呂が出て行ったあと、ぜひ訊いておかねばならないことを功一郎は頭の中で整理していた。一番に訊くべきはそれだった。

「さっき、きみが言っていたように真ん中の道は、いま我々がいるこの世界を表わしている。左の黒い道は、次に行く世界を選ぶためのスタールのギャラリーへと通じている。僕自身、何度もこの絵を通ったけど、どんなに真ん中の道や右の道に入ろうとしても駄目だった。左の黒い道を凝視したときにだけ、いつも絵の中に吸い込まれることができたんだ。ただ、ヨシも言っていたように旅立つ前とそっくり同じ世界に舞い戻ることはできないんだけどね」

「じゃあ、この右のバラ色がかった白の道はどこへ通じているのですか？」

それが肝腎の質問だった。

「この白い道は、左の道を通った自分によって弾き飛ばされたもう一人の自分が通るために用意された道なんだ」

「弾き飛ばされたもう一人の自分？」

功一郎には人麻呂が何を言っているのか分からなかった。

「そう。僕がヨシから絵を借り受けるとき、ヨシがそう言っていた。右の道は、きみが弾き飛ばすもう一人の自分のための道だから、次の世界へ行くには左の黒い道を通ればいいんだってね」

「それって一体どういう意味なのでしょう？」

相変わらず、功一郎には人麻呂の言葉の意味が摑めない。

人麻呂は、怪訝そうな顔をしている功一郎を逆に不思議な目で見ている。

「だって、きみはもう三度も『道』を通ってスタールのギャラリーに行ったんだろう？」

そんなことも知らないのかという声つきだった。

「はい」

「だったらそのたびに、きみが移った世界にもともといた自分自身を弾き飛ばしていたんだよ。きみは、これまでに三人の〝もう一人の自分〟を別の世界に弾き飛ばしたことになるんだ」

「別の世界に弾き飛ばす？」

「そうだよ。きみも言っていただろう。高校受験のときは突然、受験会場の椅子に落下したって。娘さんを助けるために別の世界へ移ったときは、会議直前の会社の椅子にいきなり落ちたって。ということは、それまで受験会場の椅子に座っていたり、会社のきみの席に座っていたもう一人の自分たちを、きみはそのとき弾き飛ばしてしまったんだよ。そうやって〝今の世界〟から追い出された彼等は、この右の白い道を通って別の世界へと向かうんだ。その場合も、彼等はスタールのギャラリーに到着し、僕たちがそうだったように自分の好む人生を選び取って、その新しい世界に移るんだと思うよ。もちろん、彼等からすればいきなり別の世界に行くわけだから、そういう人生の変転がどうして起きたかも分からないし、変転が起きたという意識すらもないと思う。たとえスタールのギャラリーで別の人生を選び取ったとしても、そのこと自体を明確に自覚するのは不可能だろうね。つまりさ、弾き飛ばされた彼等には、自分がいつの間にか別の世界の自分に置き換わったという認識はほとんど持てないんだと思うよ」

「そんな……」

功一郎は人麻呂の言っていることがうまく飲み込めない。

だが、スタールのギャラリーから新しい世界の自分へと向かうとき彼は意識だけを次の世界の自分に移植していた。肉体は若返ったり、元に戻ったりだった。そのたびに〝今の世界〟の自分に憑依したと感じていたが、それは人麻呂の言うように、その世界の自分の肉体を乗っ取り、それまで宿っていた〝もう一人の自分の意識〟を肉体から〝弾き飛ばした〟と考えることもできそうだった。

「こんなふうに言われると、きみ自身にも思い当たることがあるんじゃないか？」

人麻呂が例によって面白そうな顔になっている。

「突然、自分の人生が思わぬ方向へと動いたと感じたことや、ほんの出来心で試みた行為が意外なほど大きな結末へと繋がって驚愕したことが何度かあったんじゃないか。そういうときは、きっともう一人の自分がきみの身体を乗っ取って、きみはこのバラ色がかった白の道を抜けてスタールのギャラリーに立ち、自分の望んでいた新たな意外な人生へと舵を切ってしまったんだよ。ただ、きみにはその自覚が持てないから、いつの間にかそんなふうになってしまったと感じるしかなかったわけさ」

そんなことがあるのだろうか。功一郎は内心で呟く。

「じゃあ、この宇宙には僕以外にも『道』を使って別の人生へと飛び移った自分がいるということですか？」

「さあ、それは僕にも分からない。だけど、現に僕たちがそうやって別の人生からさらに別の人生へと渡り歩いているんだ。この宇宙が無数の世界の積み重なりなんだとすれば、僕たちのように世界を次々と移動しているもう一人の自分がいたとしても決して不思議ではないと思うね。もちろん彼等が移動手段として『道』を利用しているのかどうかは分からない。もしかしたら、誰か他の画家の絵を使っているのかもしれないし、まったく違う手段を利用しているのかもしれない」

にわかには信じ難い人麻呂の話に、次から次へと疑問が湧き出してしまう。

「しかし、そうだとすると、僕が弾き飛ばしてしまった三人の僕は、さらに別の僕を弾き飛ばして、次の世界に飛び移ったことになりますよね。その上、そうやって誰かを意識的に弾き飛ばしている僕やあなたのような自分が他にもいると……。それが真実だったら、それこそ玉突きのような連鎖反応が起き続けることになりませんか？」

「恐らくね。理屈としてはそうなるしかないと思うよ。きみが誰かを弾き飛ばす。その誰かもまた別の誰かを弾き飛ばす。弾き飛ばし、飛ばされる自分は決して元の世界に戻ることができず、しかも、そうやって人生をさまざまに変化させるきみはすべてにおいて平等な存在であり、唯一無二の存在でもある——非常に理解しにくい話ではあるが、この宇宙が無限の可能性を持った多世界宇宙であったとすれば、僕たちは一人一人がそんな無限の人生を抱え込んで生きていると考えざるを得ないだろう」

この人は、一体何を言っているのだろう……。

「功一郎君、きみや僕が、この世界が一つではないと知ったというのは、要するに僕たちの人生の永遠性を自覚したということでもあるんだよ」

「永遠性？」

「そう。きみの人生も僕の人生も永遠なんだ。そして我々の人生は無限に続いていく」

「それは違うでしょう」

功一郎は今日、初めて人麻呂の言葉に反論した。

「自分の人生が永遠なんてことはあり得ません。だって、あなたも僕もいずれは死んでしまう。死んでしまえば、もうそれで人生は終わりですから」

「きみは、いまでも本当にそう思っているのかな？」

人麻呂が鋭い視線で功一郎を見つめる。

「死で人生が終わるのであれば、きみはどうして娘さんを助けることができたんだ？　どうして奥さんや義理の妹さんに検査を受けさせて、もう二度と脳梗塞が起きないように仕向けることができたんだ？」

「それとあなたが言っている永遠性とはまったく別の話でしょう」

「そうだろうか？　死が永遠を断ち切るものであるなら、どうして一度死んだ娘さんをきみは生き返らせることができたんだろう。死が絶対的な力なら、死すべき一人の人間に過ぎないきみが、その死をひっくり返すようなことが果たしてできるのだろうか。そもそもこの世界が無数の世界の積み重なりなのであれば、きみにしろ僕にしろ、きみの娘さんにしろ完全に消滅してしまうことは不可能なんじゃないか。宇宙が多世界であるというのは、きみが死んでしまう世界の存在が、きみが生き続ける世界の存在を保証しているということなんじゃないのかね」

　人麻呂の言葉が巨大な渦を作り出している。

「そんなことを言い出せば、僕があなたであったり、あなたが僕であったりする世界だって存在することになってしまうんじゃないですか。それどころか、あの『スタールのギャラリー』に戻れば、自分以外の人間に意識を注ぎ込むことだってできる。つまり、誰もが誰かであったり誰かでなかったりを自由に選択できてしまうことになります」

　功一郎も勢いを増すその渦にいまにも巻き込まれそうだった。

「僕はね、それがこの世界の真実だと思っているんだ。だからこそ、僕たちはこの絵を使っても、そっくり同じ〝前の世界〟に戻ることができないのさ。だってそれは、僕たちの人生に与えられた無限の可能性を唯一、否定する行為だからね」

人麻呂の確信に満ちた声が聞こえる。

7

「どうする功一郎君」

人麻呂は問う。

「この絵をもう一度使っても、きみは奥さんや義理の妹さんを置き去りにしてきた世界に帰ることはできない。いままでとは違う別の世界へ行くことしかできないんだ。だとしたら、いまさらそんな新しい世界へ出向く必要はないんじゃないか。きみがここを捨てることで、また誰かもう一人のきみが別の世界へと弾き飛ばされてしまう。つまり、きみの人生がさらに錯綜してしまうだけの話だからね」

功一郎は人麻呂の問いには答えず、黙り込んで「道」を見ていた。

「余命いくばくもなかった父は、自分の代わりにあなたを僕と母の世界に送り込んだのですよね」

しばらくののち功一郎は言った。

「そうだよ」

人麻呂が頷く。

「だとしたら、今回も僕の代わりに妻や義理の妹の世界へあなたに行っていただくわけにはいきませんか？　突然、僕に去られて二人は困り果てているはずなのです。妻は重い鬱病を抱えていますし、義理の妹ともども脳に問題を抱えています。義理の妹は〝前の世界〟で脳梗塞を発症し、三十八歳の若さで亡くなってしまいました。だから、あなたが向こうに行って、彼女たちを救ってあげてくれませんか。そして、もし許されるのであれば、僕からの伝言を伝えて、二人をその世界から別の世界に送り出して欲しい。妻は娘の美雨が生き続ける世界に、そして、義理の妹は……」

そこで、功一郎はしばし口籠もった。

「義理の妹さんは、この世界に送り込んで欲しい――そういうことだね」

人麻呂がこちらを覗き込むようにして言う。

その顔は日本人離れしていて、まるで外国人のようだった。この人麻呂こそがヨシなのではないか？――ふとそんな馬鹿げた妄想が脳裏をよぎる。

「もし可能ならば……」

功一郎は小さく頷いてみせるしかなかった。

解説

池上冬樹

白石一文の『神秘』からはじめよう。白石作品には解説を担当したい本がたくさんあるが、この小説もその一つだった。今年七月に毎日文庫に収録されたばかりだ。

この小説は、膵臓(すいぞう)がんで余命一年を宣告された男の物語である。普通なら闘病小説、もしくは家族小説になるところが、そうはならない。男は出版社の役員で、妻と離婚していて、子供たちも離れているので、純粋に病気の問題に焦点があわされる。

男は、二十年前に出会った病を癒やす力をもつ女性を思い出し、彼女を求めて神戸に赴くことになるのだが、そこでがんを通して、人生の目的や人間の存在を様々な観点から捉えなおそうとする。白石一文はいつも、人は何のために生まれ、何のために生きるのかの思索をめぐらすけれど、『神秘』では一段と厳しい内省が繰り返される。

小説の中で男は、バーニー・シーゲル『奇跡的治癒とはなにか』、スティーブ・ジョブズの伝記、志賀直哉、聖書などを縦横に引用して病気の意味や人生の意義を問いかけ、やがて「がんはね、生まれ変われっていうサインなのよ」という言葉に出会う。この言葉が力強い。僕はこのくだりを読んで、遠藤周作のあるエッセイ（朝日文芸文庫『万華鏡』所収「ある闘病記」）を思い出した。ユング派の女性心理療法家が乳がんにかかり、病の意味を摑(つか)もうとする内容で、「病気はこういう原因があったから、こういう結果になったとフロイト的因果律で考えるより、ユング的に何をめざして病気になったのかと未来に向けて問いを発することが人間の魂にとって建設的なのではないか」というのだが、まさに『神秘』もそうである。

白石一文の小説なので、物語は波瀾に富み、人物たちがおりなす出会いと別れが新たな縁を生み出して、驚きの真実を見せることとなる。「私たちの人生は私たちが感じたり想像したりしている以上に、一つの定めに従って動いている」ことを感得させるのもいい。ややメロドラマ的な要素が強く、着地に不満を覚える向きがあるかもしれないが、それでも生きることの神秘にふれていて実に感動的な小説だ。

もう一冊、愛着があったのが、『記憶の渚にて』（角川文庫）である。

白石一文は抜群のストーリーテラーであるけれど、いつにもまして読者を強力に引っ張っていく。六百頁近い長篇（九百枚）なのに読み始めたらやめられない。ある一族の数奇な出会いと別れと再会の物語が輻輳していて、まことに壮大かつダイナミック、まったく先を読むことができない。実に精緻に作りあげられ、唖然とする驚きが隠されていて、物語の面白さをとことん味わうことができる。ある一族の物語が浮上して、様々な過去と人物がつながり、人生が多層的に述べられていくからである。

白石一文は、人智を超えたものをわりと自然にとりあげてきた。人と人を結びつける霊的なもの、いや単純に神秘的な体験といっていいが、それを好んで題材に選んできたけれど(『神秘』がそうだ)、この小説ではそれを前面に押し出し、ある宗教団体の趨勢(すうせい)をメインにおいて、どのように一族の記憶が受け継がれていくのかを何ともスリリングに捉えているのである。

味わいはほとんどミステリといっていいだろう。突飛に聞こえるかもしれないが、僕はロス・マクドナルドの私立探偵リュウ・アーチャー・シリーズを思い出した。人間関係が錯綜(さくそう)していき、誰と誰がどんな血縁関係にあるのか見えづらくなるあたり、アメリカの家庭の悲劇を描いたロス・マクの小説と同じく、家系図がほしくなるからである。

さいわい作者は繰り返し人間関係を整理してくれるから、一時的に混乱しても、全体が見えるようになっているので問題はないし、そもそも『記憶の渚にて』はミステリではない。テレビドラマ化された『私という運命について』や、近年では『快挙』『神秘』『松雪先生は空を飛んだ』がそうだが、白石一文はよく運命の不思議さを描く。人と人とが出会うことの不思議さ、そこから始まる関係と広がる縁を、まるで神様の気まぐれのような形で始めても、最後になれば必然の形をとり、生きることの大切さが浮かび上がる内容であるが、本書ではいちだんとそれを掘り下げているのである。

この掘り下げの深さは、きわめて文学的な厚みがあり(申し忘れたが、主人公の兄にあたる作家が残した作品が鍵となる)、またプロットはきわめてミステリ的で優れており、『記憶の渚にて』が海外に翻訳されたら、大きな反響を呼ぶのではないかと思う。さきほど名前をあげたロス・マクドナルドは日本ではハードボイルド・ミステリの作家として数えられているが、アメリカではダシール・ハメットやレイモンド・チャンドラーとともに、いまやアメリカ文学の古典的作家として地位を確立していて、彼のリュウ・アーチャー・シリーズのうちの十一作がアメリカ文学の古典を顕彰する叢書「ライブラリー・オブ・アメリカ」に選ばれているほど。白石作品はそんな海外文学に比肩するほどの硬質な魅力をそなえているのである。

さて、枕が長くなってしまったが、『道』である。この小説も海外に翻訳されたら、かなり注目されるのではないかと思う。『神秘』は病気を通して人生のありかを考えていたが、『道』は娘の死である。死をはたして回避することが出来るのか、そのためにどうするのか。そしてもうひとつは『記憶の渚にて』に出てくるような多層的な人生模様で、さまざま事例をくりだして、ありえたかもしれない人生の姿を見せてくれる。

二〇二一年二月二十四日、食品会社勤務の唐沢功一郎は私生活で行き詰まっていた。二年半前に大学生である娘の美雨を交通事故で亡くし、妻の渚は重い鬱病にかかり、事故から三カ月後、最初の自殺を企てた。心配した妻の妹の碧が同居するようになり、住居も変えて、功一郎と碧で渚の様子を注意深く見守っていたが、数日前、渚が二度目の自殺をはかる。幸い命はとりとめたものの、このままでは四十歳に近づいた碧の仕事や人生設計にもさわるし、五十六歳の功一郎自身が考えていた独立問題もあり、どん詰まりだった。

功一郎はもう一度、ある絵の前に立とうとする。高校受験に落ちたと思ったとき、その絵の前に立ち、試験前の自分に戻りたいと願うと、吸い込まれるようにして過去に戻り、受験をうまくこなすことができたのだ。

功一郎は、新幹線で博多へと向かい、再び絵の前に立つ。そして、美雨が事故死する直前の、二〇一八年九月二十八日にとび、午後二時三十二分、三軒茶屋駅に到着する。午後二時五十分、心臓発作で意識を失った七十代の男の車が突っ込んできて、娘ははねられて亡くなったのだ。今度こそどうしてもそれを阻止しなくてはならない。

二〇二一年二月二十四日の意識と記憶を携えて、二年五カ月前の過去にとんだ男の物語である。功一郎は、未来の記憶というアドバンテージをもって生きることになるのだが、美雨が生きのびた人生も社会も、前の人生とは微妙に異なり、新たな選択をしなくてはいけなくなる。

ぐいぐいと読ませる。読み始めたらやめられないだろう。相変わらず作者は、隠された事実の提示を考えぬいて、日常的な一つ一つの出来事をまるで事件のように感じさせるからたまらない。白石一文が抜群のストーリーテラーであることは十二分にわかっていても、読むたびに(読み返すたびに)、いやあ巧(うま)いなあ、面白いなあとわくわくする。頁を繰る手がとまらないし、頁を繰る喜びがある。

読者の興趣をうばってはいけないので、曖昧に書くけれど、功一郎を待ち受けるのは知りたくなかった事実の連続で、「この世界は、いろんなことがありすぎる」とつくづく思うことになる。美雨が事故死するという悲劇は避けられたので、「その悲劇の量を一〇〇とすれば、〝今の世界〟ではその一〇〇がゼロに変わった分、別のさまざまな〝悲劇〟が合計一〇〇を目指して沸き起こっているのかもしれない」という皮肉な状況におちいるのである。「美雨の死という最悪の悲劇を、自分は〝今の世界〟に来ることで幾つかに分割し、その切り分けた中程度の悲劇を一つ一つ味わっているだけなのかもしれない」とも。この〝切り分けた中程度の悲劇〟の一つ一つが読ませるのである。職業上での、家庭での、人生上での問題が、前の世界とは異なる姿を見せて悩ましく迫ってくるのだ。

『道』の趣向、つまり未来の記憶をもったままで過去にとんで人生をやり直す話といえば、ケン・グリムウッドの『リプレイ』が有名だが、『リプレイ』のように十回近く繰り返すことはしない。どちらかというと、佐藤正午の『Y』のように人生の分岐点を捉えて、ありえたかもしれない別の人生を模索するのに近い。タイムトラベルの趣向を使っているけれど、ファンタジーとしての面白さよりも、人生ドラマの追求に主眼がある。「人生、いろんなことが起きるし、いろんな道があるのさ」を具体的な形にするための実験であり、「僕たちの人生に与えられた無限の可能性」を検証するための仕掛けなのである。

それを示す挿話がたくさん語られるが、なかでも忘れがたいのは、若くして小学二年生の娘を失った堀米夫妻の話だろう。二十年間毎日墓参りをした堀米夫人とそれを見守った夫の話が切ないのだけれど、二人は二十年後ある境地にたったという。そこで語られるのは、死んだら娘に会えるという、あの世の話のようであって、実はそうではなく、この宇宙には無数の世界が重なっているのではないかという見方だった。そして功一郎は様々な冒険をへて、最終的には「僕たちはそのそれぞれの世界で別々に生き続ける無数の〝自分〟でもある」という世界観を得ることになる。「僕たちは一人一人がそんな無限の人生を抱え込んで生きている」のだとも。

そう、白石一文は、ここでも生きるとは何かを力強く問いかける。白石一文らしく物語は変化に富み、ときに劇的で、人物たちがおりなす不可思議な出会いと別れの考察も鮮やかで、僕らの人生の見方をたえず更新してくれる。刺激的で、独創的で、包容力にあふれた豊かな物語世界だ。海外文学に比肩する物語の魔術師・白石一文の代表作の一つだろう。必読！

（いけがみ・ふゆき／文芸評論家）

カバーデザイン　bookwall

装画　ニコラ・ド・スタール「道」
（「ニコラ・ド・スタール展図録」　東京新聞／1993年刊行より）

―――本書のプロフィール―――

本書は、二〇二二年六月に小学館より単行本として刊行された作品を文庫化したものです。

小学館文庫

道（みち）

著者　白石一文（しらいしかずふみ）

二〇二三年十月十一日　初版第一刷発行

発行人　石川和男
発行所　株式会社　小学館
〒一〇一-八〇〇一
東京都千代田区一ツ橋二-三-一
電話　編集〇三-三二三〇-五八〇六
販売〇三-五二八一-三五五五
印刷所――大日本印刷株式会社

ISBN978-4-09-407297-6